जमीनी और क्षेत्रीय पत्रकारिता की ताकत

जमीनी और क्षेत्रीय पत्रकारिता की ताकत

'प्रभात खबर' की 40 साल की यात्रा

अनुज कुमार सिन्हा

प्रभात प्रकाशन

प्रकाशक

प्रभात प्रकाशन प्रा. लि.

4/19 आसफ अली रोड, नई दिल्ली–110002

फोन : 011–23289777 • हेल्पलाइन नं. : 7827007777

इ–मेल : prabhatbooks@gmail.com ❖ वेब ठिकाना : www.prabhatbooks.com

संस्करण

प्रथम, 2024

पेपरबैक मूल्य

छह सौ रुपए

मुद्रक

आर–टेक ऑफसेट प्रिंटर्स, दिल्ली

———————— ★ ————————

ZAMEENEE AUR KSHETRIYA PATRAKARITA KI TAQAT

by Shri Anuj Kumar Sinha

Published by **PRABHAT PRAKASHAN PVT. LTD.**

4/19 Asaf Ali Road, New Delhi-110002

ISBN 978-93-5562-841-1

₹ 600.00 (PB)

भूमिका

'प्रभात खबर' अपनी स्थापना के 40 वर्ष पूरा कर रहा है। किसी भी अखबार के लिए यह बड़ा अवसर है कि वह इतिहास के झरोखे में झाँके और भविष्य की सुध ले। 'प्रभात खबर' का सफर संघर्षों की दास्ताँ है। पत्रकारिता में लगातार नए प्रयोगों से यह अखबार नहीं, आंदोलन की छवि पा सका। 'प्रभात खबर' अपने पाठकों के सुख-दुःख का साथी रहा है, मार्गदर्शक रहा है। 'प्रभात खबर' की 40 साल की यात्रा को समर्पित अनुज सिन्हा की यह किताब एक महत्त्वपूर्ण दस्तावेज है। यह किताब न केवल 'प्रभात खबर' के इतिहास और उसकी यात्रा को दरशाती है, बल्कि भारतीय पत्रकारिता में इस समाचार-पत्र के योगदान को भी उजागर करती है। 'प्रभात खबर' का प्रारंभिक सफर, इसकी चुनौतियाँ और उसके बाद की सफलता की कहानी इस किताब में विस्तार से प्रस्तुत की गई है। किताब में उस समय की प्रमुख घटनाओं, संपादकीय फैसलों और समाज पर इसके प्रभावों को विवेचित किया गया है, साथ ही इसमें 'प्रभात खबर' के पाठकों के साथ इसकी गहरी निष्ठा और समाज के प्रति इसके उत्तरदायित्व को भी उजागर किया गया है। यह किताब पाठकों को यह समझने में मदद करती है कि कैसे 'प्रभात खबर' ने बदलते समय और तकनीकी परिवर्तनों के साथ अपने आप को ढाला और अपनी पहचान को बरकरार रखा। 'प्रभात खबर' की शुरुआत 1984 में हुई थी। उस समय किसी भी नए अखबार के लिए खुद को स्थापित करना एक बड़ी चुनौती थी। इस किताब में इस बात का जिक्र है कि कैसे एक छोटे शहर में एक नए अखबार ने अपने कदम जमाए और धीरे-धीरे एक प्रमुख स्थान हासिल किया। प्रारंभिक दिनों में 'प्रभात खबर' को कई चुनौतियों का सामना करना पड़ा, इसमें आर्थिक समस्याएँ, संसाधनों की कमी और कड़ी प्रतिस्पर्धा जैसी चुनौतियाँ शामिल थीं, लेकिन अपने अद्वितीय दृष्टिकोण और समर्पित टीम के बल पर 'प्रभात खबर' ने इन सभी कठिनाइयों को पार किया। 'प्रभात खबर' ने हमेशा पत्रकारिता के उच्च मानकों को बनाए रखा। इस किताब में विस्तार से उस संपादकीय दृष्टिकोण का उल्लेख किया गया है, जिसने इसे अन्य अखबारों से अलग बनाया।

'प्रभात खबर' ने समाचार की प्रामाणिकता, निष्पक्षता और समाज के प्रति अपनी जिम्मेदारी को सदैव प्राथमिकता दी। 'प्रभात खबर' ने समय-समय पर समाज के महत्त्वपूर्ण मुद्दों को उठाया और उन पर गहन रिपोर्टिंग की। अनुज सिन्हा ने इस पुस्तक में उस सामाजिक प्रभाव का भी जिक्र किया है, जो 'प्रभात खबर' की पत्रकारिता ने डाला। इसमें भ्रष्टाचार के खिलाफ लड़ाई, सामाजिक न्याय के मुद्दे और जनहित के मसले शामिल हैं। जैसे-जैसे समय बदला, 'प्रभात खबर' ने भी अपनी तकनीकी क्षमताओं को बढ़ाया और डिजिटल युग के अनुरूप अपने आप को ढाला। अनुज सिन्हा ने इस बदलाव और नवाचार के पहलुओं को भी विस्तार से बताया है। 'प्रभात खबर' की सफलता में अनेक लोगों ने महत्त्वपूर्ण भूमिका निभाई। इसमें संपादक, रिपोर्टर, फोटोग्राफर और अन्य कर्मचारियों की मेहनत और समर्पण को भी सराहा गया है। अनुज सिन्हा 'प्रभात खबर' की कोर टीम का हिस्सा रहे हैं और उन्होंने अपने निजी अनुभव से बताया है कि कैसे 'प्रभात खबर' आने वाले वर्षों में भी अपने आदर्शों और मूल्यों को बनाए रखते हुए नई ऊँचाइयों को छू सकता है।

'प्रभात खबर' ने जनता की समस्याओं के हल का हर संभव प्रयास किया है, हर संकट में लोगों की आशा का किरण 'प्रभात खबर' बना है। 'प्रभात खबर' के पाठकों की भी अपेक्षा रहती है कि 'प्रभात खबर' पहल करे और हम सब एक तरह से इसे अपनी जिम्मेदारी भी मानते हैं कि लोगों की अपेक्षाओं पर हम खरा उतरे। इन 40 वर्षों में राज्य बनने से पहले 16 साल 'प्रभात खबर' ने राज्य-निर्माण की दिशा में कार्य किया, बाद के 24 साल राज्य के पुनर्निर्माण में और राज्य-हित में लगाए। अपनी यात्रा के दौरान 'प्रभात खबर' ने कई उतार-चढ़ाव देखे, लेकिन अखबार की यात्रा निरंतर जारी है। पिछले चार दशकों के दौरान राजनीति बदली और अर्थनीति में भी भारी परिवर्तन आया है। अखबार निकालना पहले भी चुनौतीपूर्ण था, लेकिन मौजूदा दौर में और भी चुनौतीपूर्ण हो गया है। यह सही है कि हर दौर की अपनी चुनौतियाँ होती हैं। 40 साल पहले 'प्रभात खबर' के सामने चुनौतियाँ कुछ अलग तरह की थीं, आज के दौर की चुनौतियाँ कुछ अलग हैं। भारतीय मनीषियों ने हमेशा से यह कहा है कि हमारे जीवन की पहली साँस से लेकर अंतिम साँस तक चुनौतियाँ-ही-चुनौतियाँ हैं। चुनौतियाँ असंख्य हैं, पर जो लोग इन चुनौतियों के बीच रास्ता निकालते हैं, वे ही इतिहास बनाते हैं।

दरअसल पूरी पत्रकारिता का परिदृश्य बदल गया है या यों कहें कि पिछले 40 वर्षों में स्वर्ण रेखा नदी में काफी पानी बह गया है, इसके बावजूद 'प्रभात खबर' पूरी मजबूती से आगे बढ़ रहा है। सामाजिक सरोकारों के प्रति प्रतिबद्धता और विश्वसनीय

खबरें ही 'प्रभात खबर' की पत्रकारिता की पहचान रही है और उसने अपने दायित्व को बखूबी निभाया है। यह सच है कि मौजूदा दौर में खबरों की साख का संकट है, लेकिन आज भी अखबार खबरों के सबसे प्रामाणिक स्रोत हैं। कोई भी अखबार अपनी छपी खबर से पीछे नहीं हट सकता है। अखबार की खबरें काफी जाँच-पड़ताल के बाद प्रकाशित की जाती हैं। यह सही है कि तकनीक के विस्तार ने अखबारों के समक्ष नई चुनौती पेश की है। कहा जा रहा है कि यह सदी आर्टिफिशियल इंटेलिजेंस की है। इसे लेकर दुनिया भर में कहा जा रहा है कि लोगों को इसके माध्यम से वह समृद्धि मिलेगी, जो उन्होंने कभी देखी नहीं और इसके माध्यम से जो बदलाव होगा, उसकी किसी ने कल्पना भी नहीं की होगी। जाहिर है कि टेक्नोलॉजी के विस्तार का असर सभी अखबारों पर पड़ा है, आगे और पड़ेगा। आज डिजिटल मीडिया, सोशल मीडिया के बीच बने रहना अखबारों के लिए सबसे बड़ी चुनौती है। कई अखबार इस कठिन दौर से तालमेल नहीं बिठा पा रहे हैं और बंद हो जा रहे हैं, लेकिन यह भी सच है कि फेक न्यूज के इस दौर में प्रामाणिक खबरों की जरूरत बढ़ी है। लोग आज भी अच्छी पत्रकारिता को महत्त्व देते हैं। चुनाव हों या फिर कोई आपदा जैसी कोई बड़ी घटना, लोग समाचार माध्यमों से चिपके रहते हैं; लेकिन एक बात मुझ जैसे पुरानी पीढ़ी के पत्रकार को अखरती है कि मीडिया पर एकतरफा टीका-टिप्पणी करने का चलन बढ़ा है। कोई भी और कभी भी पूरे मीडिया-जगत् के विषय में बयान दे देता है और उसकी विश्वसनीयता पर सवाल खड़ा कर देता है, जबकि निर्भीक पत्रकारिता करना बेहद मुश्किल होता जा रहा है। देश में अनेकों पत्रकारों के खिलाफ एफ.आई.आर. हुई है, कई को तो जेल तक जाना पड़ रहा है। मीडिया ही एक ऐसा माध्यम है, जो आप तक सूचनाएँ पहुँचाता है, आपके मुद्दे और समस्याएँ उठाता है और किसी भी विषय पर आपको अपनी राय कायम करने में मदद करता है। यह कोई दबा-छुपा तथ्य नहीं है कि मीडियाकर्मियों को कई तरह के दबावों का सामना करना पड़ता है, इसमें राजनीतिक और सामाजिक दोनों दबाव शामिल हैं। यह सच है कि मौजूदा दौर में खबरों की साख का संकट बढ़ा है। यह भी सच है कि पत्रकारों में राजनीतिक खेमेबंदी बढ़ी है।

'प्रभात खबर' की बात करें तो हमने सबसे अधिक घपले-घोटाले उजागर किए हैं, जिसके कारण कई नेताओं और मंत्रियों तक को जेल तक जाना पड़ा है, लेकिन आज भी 'प्रभात खबर' जैसे अखबार खबरों के सबसे प्रामाणिक स्रोत हैं। इस किताब में इन सब उतार-चढ़ावों का विस्तार से जिक्र है। अनुज सिन्हा 'प्रभात खबर' की शुरुआत से इससे जुड़े रहे हैं और वे सारे उतार-चढ़ावों के साक्षी रहे हैं। वे खाँटी

पत्रकार हैं और उन्होंने झारखंड और देश की राजनीति को बेहद करीब से देखा है। उन्होंने अनेक पुस्तकें लिखी हैं, जो सभी गहरे शोध पर आधारित हैं। अनुज सिन्हा की इस किताब में 'प्रभात खबर' की 40 साल की यात्रा का एक गहन और समृद्ध वर्णन है। यह किताब 'प्रभात खबर' के इतिहास का एक महत्त्वपूर्ण दस्तावेज है और पाठकों के लिए एक प्रेरणादायक स्रोत भी है। मेरा मानना है कि पत्रकारिता की पढ़ाई करने वालों और शोध करने वालों के लिए यह एक आवश्यक पुस्तक है।

—आशुतोष चतुर्वेदी
राँची

अपनी बात

मैंने यह पुस्तक 'प्रभात खबर' की 40 साल की यात्रा पर लिखी है। शीर्षक है—'जमीनी और क्षेत्रीय पत्रकारिता की ताकत'। यह किताब सिर्फ 'प्रभात खबर' यानी एक अखबार का इतिहास नहीं है, बल्कि संपूर्ण दस्तावेज है, जिसमें यह तथ्य छुपा हुआ है कि लगभग बंद एक संस्थान का कैसे कायाकल्प किया जा सकता है। देश में लाखों ऐसे संस्थान-कंपनियाँ हैं, जो बंद होने की स्थिति में हैं। वैसे संस्थानों और उसमें काम करने वाले लोगों के लिए 'प्रभात खबर' की सफलता की कहानी उम्मीद की किरण है, कभी हार नहीं मानने का संदेश है। मनुष्य की यह कमजोरी है कि वह संकट में टूटने लगता है, कमजोर पड़ने लगता है, उम्मीद खो देता है और हार मान बैठता है, भगवान् भरोसे सबकुछ छोड़ देता है। इससे काम नहीं बनने वाला, हालात नहीं सुधरने वाला। बेहतर करने के लिए आशावादी होना पड़ता है, कर्म करना पड़ता है, समय के अनुसार बदलाव करना पड़ता है, सही निर्णय करने होते हैं, धैर्य रखना पड़ता है और कठिन-से-कठिन श्रम करना पड़ता है। सिर्फ बोलने या योजना बनाने से नहीं, बल्कि योजना के कार्यान्वयन से परिवर्तन होता है। हाथ पर हाथ रखकर बैठने से समस्या का हल नहीं निकलता। 'प्रभात खबर' इसका उदाहरण है और यही कारण है कि आज कई प्रबंधन संस्थानों में 'प्रभात खबर' की सफलता को एक केस स्टडी के तौर पर छात्रों को बताया जाता है। इस पुस्तक में उन कारणों का विस्तार से वर्णन है, जिनके कारण लगभग बंद होता 'प्रभात खबर' आज देश के शीर्ष दस अखबारों में शामिल है। इस किताब में 'प्रभात खबर' की टीम भावना, स्पष्ट लक्ष्य, श्रेष्ठ लीडरशिप, दूरदृष्टि, तकनीक का बेहतर उपयोग से लेकर आर्थिक अनुशासन, पत्रकारिता में किए जा रहे प्रयोग, समाज से बेहतर जुड़ाव, जनहित-सामाजिक सरोकार की पत्रकारिता तक का जिक्र है। इसलिए यह किताब एक दस्तावेज है।

इस किताब में पत्रकारिता के अलावा उद्योगों से जुड़े मालिकों-कर्मचारियों के लिए भी सकारात्मक संदेश है। मृतप्राय संस्थान कैसे पुनर्जीवित हो सकता है, कैसे एक

ताकतवर और प्रभावशाली संस्थान बन सकता है, यह किताब उसी पर केंद्रित है। इस किताब में उदाहरणों और घटनाओं के जरिए यह बताने का प्रयास किया गया है कि वह कौन सी ताकत है, जिसके बल पर एक स्थानीय-क्षेत्रीय अखबार ने देश के बड़े अखबार घरानों से मुकाबला किया।

देश-दुनिया में एक-एक कर कई बड़े अखबार बंद होते गए, यह सिलसिला अभी भी जारी है, आगे भी जारी रहेगी, क्योंकि दुनिया तेजी से बदल रही है। अब तो प्रिंट की जगह लेने के लिए डिजिटल और सोशल मीडिया में होड़ मची है। सच यह है कि जो अखबार बंद हो गए, उनमें से शायद ही कोई अखबार बाद में खुला या फिर अपने पैरों पर खड़ा हो पाया। 'प्रभात खबर' अपवाद रहा और तमाम चुनौतियों का सामना करता हुआ आगे बढ़ा।

इस किताब से सबसे बड़ा संदेश जाता है कि जब सभी रास्ते बंद हो जाते हैं, उसके बावजूद अगर हिम्मत हो, टीम हो, विजन हो, जुनून हो, तो अच्छे रास्ते निकलते हैं।

'प्रभात खबर' की 40 साल की यात्रा और इस पर किताब लिखने के लिए खुद मैं बहुत ही उत्साहित रहा, जब हमारे प्रधान संपादक आशुतोष चतुर्वेदी ने मुझे किताब लिखने का सुझाव दिया तो बगैर एक सेकंड गवाए मैं तैयार हो गया। इसका सबसे बड़ा कारण है भावनात्मक लगाव। 'प्रभात खबर' के आरंभ के दिनों, यानी 1984 से मैं 'प्रभात खबर' से जुड़ा हूँ। काम करते-करते कैसे 40 साल बीत गए, पता ही नहीं चला। 40 साल में 'प्रभात खबर' के सभी उतार-चढ़ाव को मैंने देखा है, महसूस किया है, इसका हिस्सा रहा हूँ, इसलिए पुस्तक लिखने में मुझे कोई परेशानी नहीं हुई। अब मैं अपने पत्रकारिता के कॅरियर के अंतिम पड़ाव पर हूँ, लेकिन मुझे इस बात की खुशी है कि 'प्रभात खबर' के साथ 40 साल पहले जुड़ने के वक्त मेरे अंदर जो उत्साह था, जज्बा था, आज भी मरा नहीं है और पहले जैसा ही है। आज भी मेरी दिनचर्या (देर रात सोना, अखबार-पत्रिका के साथ समय गुजारना) वैसा ही है, जैसा 40 साल पहले कॅरियर आरंभ करते वक्त था। पत्रकारिता में बहुत कम ऐसे लोग मिलेंगे, जिन्होंने जिस संस्थान से काम आरंभ किया, वहीं 40 साल व्यतीत कर दिया, वहीं से अवकाशग्रहण भी किया, मैं उनसे से एक हूँ। ऐसी बात नहीं कि कहीं और अवसर नहीं मिला था, अनेक बड़े संस्थानों से अवसर आते रहे, लेकिन 'प्रभात खबर' के प्रति जो लगाव रहा, उसने कहीं जाने ही नहीं दिया। यही कारण है कि 40 साल की 'प्रभात खबर' की पत्रकारिता पर पुस्तक लिखने का मौका मुझे ही मिला है।

कैसे मैं पत्रकारिता में आया, इसकी अलग कहानी है। लेखन में स्कूल के दिनों से ही मेरी रुचि थी। जब हजारीबाग के हिंदू हाई स्कूल में नौवी-दसवीं कक्षा का छात्र था, तब 'विज्ञान प्रगति' में पहली बार मेरा लेख प्रकाशित हुआ था। एक लेख छपने

के बाद उत्साह बढ़ गया था, फिर तो लिखने का चस्का ही लग गया। उसके बाद तो स्कूल में पढ़ते हुए विज्ञान की कई पत्रिकाओं में लगातार लिखता रहा। यह क्रम चलता रहा। स्कूल के बाद मैंने आगे की पढ़ाई संत कोलंबा, कॉलेज, हजारीबाग से की। गणित ऑनर्स की पढ़ाई कर रहा था, तब मेरे एक मित्र पंकज ने मुझे जानकारी दी कि राँची में एक नया अखबार (नाम वह बता नहीं पाया था) निकलने जा रहा है। तुम वहाँ बात कर क्यों नहीं उससे जुड़ जाते हो! मुझे उसकी सलाह पसंद आई।

यह अप्रैल 1984 की बात है, जब अखबार का प्रकाशन आरंभ भी नहीं हुआ था। मैं दूसरे दिन राँची आ गया और खोजते-खोजते कोकर स्थित 'प्रभात खबर' के कार्यालय पहुँच गया। उन दिनों सुरेश सिन्हा समाचार संपादक थे, जो नवनीत पत्रिका से आए थे, मुझे उनसे मिलाया गया था। मैंने उन्हें कहा था कि कॉलेज में पढ़ता हूँ, हजारीबाग से लिखना चाहता हूँ। सुरेश सिन्हा मेरी बात से प्रभावित हुए थे और उन्होंने मुझे हजाराबीग से समाचार भेजने के लिए अधिकृत कर दिया। सिर्फ जुबानी कहा ही नहीं, उसी समय एक पत्र भी बनाकर दे दिया। इतना त्वरित निर्णय वे लेते थे। उसी दिन मैं संपादक एस.एन. विनोद से भी मिला। छोटी मुलाकात थी, पर विनोदजी ने मेरा उत्साह बढ़ाया था। उसी समय से मैं 'प्रभात खबर' से जुड़ गया और जब अखबार निकला तो हजारीबाग से 'प्रभात खबर' के लिए समाचार भेजने लगा। इस प्रकार मैं पत्रकार बन गया। संत कोलंबा के मेरे अधिकांश मित्र आई.आई.टी. की तैयारी कर रहे थे। मैं अखबार और पत्रिकाओं के लिए लिखने में व्यस्त रहता था, अजीब जुनून था।

सन् 1984 की पत्रकारिता और आज की पत्रकारिता में बहुत फर्क है, सुविधाओं में बहुत फर्क है। समाचार भेजने के साधन में बहुत फर्क है। उन दिनों अखबारों की संख्या कम थी, पत्रकारों की संख्या भी कम थी, तब पत्रकार का घर ही अखबार का दफ्तर हुआ करता था। न तो कंप्यूटर का जमाना था, न मोबाइल-इंटरनेट था। कागज पर समाचार लिखता, प्रेस की गाड़ी (जो अखबार लेकर आती थी) से उसे भेज देता था। इसके लिए सुबह-सुबह साइकिल से पुराना बस स्टैंड (सरकारी) जाना पड़ता था, जहाँ गाड़ी आती थी। टेलीफोन महँगा था, इसलिए टेलीफोन से समाचार भेजने की सख्त मनाही थी। आपात स्थिति में ही ऐसा करना था, तब कंप्यूटर या फैक्स देखा भी नहीं था।

उन दिनों पत्रकारिता आज की तुलना में बहुत कठिन थी। न्यूज कवरेज के लिए जहाँ जाना होता था, साइकिल से जाता था। कोई शर्म महसूस नहीं करता था। बाइक थी नहीं, हाँ, कुछ पुराने पत्रकारों (जो पत्रकारिता के साथ-साथ किसी अन्य पेशे से जुड़े होते थे) के पास स्कूटर या मोटरसाइकिल रहती थी। एक-दो अपवाद को छोड़ दें तो छोटे-छोटे शहरों में युवा पत्रकारों को वरिष्ठ पत्रकार सहयोग नहीं करते थे, डाँटते भी

थे। उन लोगों का एकाधिकार होता था, इसके बावजूद उनके पीछे-पीछे घुमते थे, ताकि कुछ सीख सकूँ। साँवरमल अग्रवाल, अभिजीत सेन और ब्रजमोहन वरिष्ठ पत्रकार थे, जो सहयोग करते थे।

जब मैं पत्रकारिता में आया था तो यही सोचकर आया था कि पत्रकारिता के बल पर दुनिया बदल दूँगा, क्रांति ला दूँगा। जिन दिनों मैं पत्रकारिता में आया था, उन दिनों पत्रकारिता में जल्दी कोई आना नहीं चाहता था। साइंस का छात्र तो और नहीं, इंजीनियरिंग का क्रेज उन दिनों भी था। उन दिनों यही धारणा थी कि जो कुछ नहीं कर सकता, वह पत्रकार बन जाता है। हिंदी फिल्मों में पत्रकारों की जो छवि दिखाई जाती थी (कुरता-पाजामा और हवाई चप्पल पहने हुए, मोटे फ्रेम का चश्मा लगाए हुए और कंधे पर कपड़े की थैली), उससे इस धारणा को बल मिलता था।

जब मैंने तय किया कि पत्रकारिता के क्षेत्र में जाऊँगा तो मेरे पिताजी के अलावा किसी और ने मेरा समर्थन नहीं किया था। मेरे अधिकांश मित्र इंजीनियरिंग की पढ़ाई कर रहे थे। अखबार में लिखने के कारण अनेक मौके पर मेरा मजाक भी उड़ाया जाता था, लेकिन मुझे फर्क नहीं पड़ता था। ऐसे लोगों को चुप कराना मुझे अच्छी तरह से आता था। मैंने तय कर लिया कि किसी की नहीं सुनूँगा और इसी क्षेत्र में बेहतर करके दिखाऊँगा, इसलिए जब राँची विश्वविद्यालय में पत्रकारिता की पढ़ाई शुरू हुई तो पहले बैच में एडमिशन लिया। सबसे पहले एडमिशन के लिए गया था, इसलिए राँची विश्वविद्यालय के पत्रकारिता विभाग के पहले बैच का पहला छात्र, यानी रोल नंबर एक मैं बना। पढ़ाई के लिए मुझे हजारीबाग से राँची आना पड़ा। दिन में पत्रकारिता की पढ़ाई करता, रात में 'प्रभात खबर' में काम करता, देर रात तक अखबार निकालता। वह संघर्ष का दौर था, कठिन समय था, लेकिन साथी इतने अच्छे थे कि कभी परेशानी नहीं हुई।

तब अखबार के मालिक ज्ञानरंजन थे। दफ्तर में उन दिनों वरिष्ठ लोग युवा साथियों को अंगुली पकड़कर बताते थे। बताने वालों में डॉ. राज चंद्र झा, शिबू दा, जावेदजी, प्रकाश चंद्रायन, रजत दा आदि थे। उन दिनों युवा पत्रकारों में सीखने की ललक थी, वे पूछते थे, डाँट भी सुनते थे। पत्रकारिता में उन दिनों वेतन बहुत कम मिलता था, लेकिन जुनून होता था। आज हालात बदल चुका है। अच्छा वेतन है, लेकिन नई पीढ़ी में वह जज्बा दिखाई नहीं देता। एक बार लिख दिया तो लिख दिया, दुबारा लिखने को कह दीजिए तो झल्लाहट दिखेगी। लगता है कि जबरन पकड़कर कोई काम करा रहा है। उनमें लिखने की ललक कम होती जा रही है, दो-चार जुनूनी पत्रकार आज भी लगे रहते हैं। वे आगे बढ़ रहे हैं, लेकिन अधिकांश तो सिर्फ नौकरी करते हैं, घंटा गिनते हैं। आज यहाँ, कल किसी दूसरे संस्थान में, जहाँ अधिक वेतन मिलेगा, वहाँ काम करेंगे। ठीक है, जिस संस्थान में पत्रकारिता करनी है, वहाँ करने की आजादी होनी भी चाहिए; लेकिन

इस बात का खयाल रखना चाहिए कि पत्रकारिता अन्य विधाओं से अलग है। लोगों को पत्रकारों से अपेक्षाएँ होती हैं, उन पर खरा उतरना होगा।

40 साल में 'प्रभात खबर' ने काफी उतार-चढ़ाव देखा। 1984 में शुरू होने के एक साल बाद ही स्थिति खराब होने लगी थी। धीरे-धीरे एक-एक कर साथी यहाँ से छोड़कर जाते रहे। मुझे भी चलने को कहा गया था। पत्रकारिता की पढ़ाई के बाद मैं एक्स.आई.एस.एस. से मैनेजमेंट की पढ़ाई कर रहा था, इसलिए तय किया था कि पढ़ाई पूरी होने तक (1990 तक) कहीं नहीं जाऊँगा। प्रबंधन की पढ़ाई भले ही कर रहा था, लेकिन कॅरियर पत्रकारिता को ही चुना था। इसलिए इसी में पूरे मन से लगा रहा, फिर तय किया कि भागना किसी समस्या का हल नहीं है। यहीं रहकर इसे ही ठीक करने का प्रयास करूँगा।

जब 40 साल की यात्रा को याद करता हूँ तो बहुत फर्क पाता हूँ। पत्रकारिता कितनी बदल गई है। काम करने का तरीका बदल गया है, टेलीविजन और डिजिटल मीडिया ने प्रिंट मीडिया का स्वरूप ही बदल दिया है। 40 साल में मैंने भी बहुत उतार-चढ़ाव देखा है, 'प्रभात खबर' में भी और मीडिया (प्रिंट और इलेक्ट्रॉनिक दोनों) में भी। अच्छे दिन भी देखें और संघर्ष-परेशानी, संकट का दौर भी देखा, फिर 'प्रभात खबर' को हिंदी के दस शीर्ष अखबारों में भी देख रहा हूँ। उस दौर को भी देखा, जब संयुक्त बिहार में राँची में अखबारों की क्या स्थिति थी, फिर 'प्रभात खबर' को देश के बड़े-से-बड़े अखबारों का सफलतापूर्वक सामना करते हुए भी देखा।

मैंने उस दौर को भी देखा, काम किया, जब अखबारों में समाचार भेजने के लिए फैक्स-मॉडम नहीं हुआ करता था, टेलीफोन (तब मोबाइल नहीं होता था) काफी महँगा होता था। स्कैनर नहीं था, कैंची का जमाना था, पेस्टिंग कर, निगेटिव बनाकर उससे प्लेट तैयार कर अखबार निकाला जाता था। आज का दौर भी देख रहा हूँ, नई-नई तकनीक का प्रयोग हो रहा है और काम आसान हो गया है। तसवीर को ही देखें, एक समय था, जब रात में अगर कोई घटना घटती थी, फोटोग्राफर तसवीर खींचता, डार्क रूप में (प्रायः स्टुडियो में ही) उसका प्रिंट आउट तैयार करता, फिर प्रेस लेकर आता तो निगेटिव बनाकर छापा जाता। एक तसवीर छापने में इतनी परेशानी होती थी। आज स्थिति बदल चुकी है, मिनट में सारा काम हो जाता है, डिजिटल कैमरा आ गया, चला गया डार्क रूम का जमाना। तसवीर खींची, कोई प्रिंट आउट नहीं चाहिए, कंप्यूटर में डाउनलोड किया, स्कैनर से साफ किया, पेज पर फोटो पेस्ट कर दिया। अब तो मोबाइल पर ही फोटो खिंचने से लेकर उसे साफ करने, नेट से भेजने तक का काम हो जाता है।

सबसे बड़ा अंतर आया है, पुरानी तसवीर (फाइल फोटो) को खोजने या किसी भी विषय पर अतिरिक्त सूचना जमा करने में। डिजिटल लाइब्रेरी या नेट से मिनटों में सर्च

कर सकते हैं। आर्टिफिशियल इंटेलिजेंस (ए.आई.) का जमाना आ गया है, जिस विषय पर लेख चाहिए, तैयार मिल जाएगा। एक दौर था, जब बड़े-बड़े नेताओं, खिलाड़ियों के फोटो के निगेटिव बनाकर रखे हुए रहते थे। उन्हें ही बार-बार चिपकाया जाता था, ताकि बार-बार निगेटिव नहीं बनाना पड़े। काम अब काफी आसान हो गया है, तकनीक ने दुनिया बदल दी है।

पत्रकारिता में जो भी नई पीढ़ी आ रही है, उसे ये सब बातें पता नहीं हैं। दोष उनका नहीं है, चयन प्रक्रिया ही बदल चुकी है। एक समय था, जब अखबारों में संपादक बनाने के पहले उनके पत्रकारिता ज्ञान, भाषा को परखा जाता था। अब यह देखा जाता है कि अखबार को चलाने की उनमें क्षमता है या नहीं, अखबार को बेचने की क्षमता है या नहीं, विज्ञापन दिलाने की उनमें कितनी क्षमता है! एक बदलाव और आया है, एक समय था, जब अखबार आठ पेज के होते थे। स्थानीय खबरों के लिए एक या दो पेज हुआ करते थे, संस्करण कम होते थे। पत्रकारों पर काम का दबाव कम था, इसलिए उन्हें खबरों को संपादित करने के लिए समय मिलता था। अब समय कम है, एक संस्करण के बाद दूसरा संस्करण, हर संस्करण में चार-पाँच पेज हर जिले के लिए। पहले किसी तरह अखबार भरने के लिए समाचार चाहिए, दबाव इतना कि खोजपूर्ण रिपोर्ट के लिए समय कहाँ से निकाले। ऐसे में गुणवत्ता प्रभावित हो रही है, फिर लिखने की क्षमता भी खत्म होती जा रही है।

आज की पीढ़ी के संपादकों में भी लिखने की प्रवृत्ति कम होती जा रही है, जबकि लेखन ही उनकी पूँजी है। मैंने भरसक प्रयास किया कि खुद लिखता रहूँ। जमशेदपुर में संपादक रहने के बावजूद अनेक घटनाओं के कवरेज में मैं खुद गया। इसके कारण थे, लिखने की ललक तो रहती ही थी, टीम भी इससे उत्साहित रहती थी। अगर रिपोर्टिंग करने खुद नहीं निकलता तो शायद झारखंड आंदोलन पर मेरी जो पुस्तक 'झारखंड आंदोलन का दस्तावेज : शोषण, संघर्ष और शहादत' आई, वह मैं नहीं लिख सकता था। एक संपादक को खुद अपने कार्यक्षेत्र में निकलना चाहिए, लोगों से मिलना-जुलना चाहिए, तभी वह समाज की सही तसवीर अपने अखबार में रख सकता है। अभी यह कमी अखबारों में दिखती है। दरअसल अखबारों में कॉरपोरेट कल्चर हावी होता जा रहा है। इससे संपादकों को बैठकों से समय ही नहीं मिल पाता, ताकि वे ग्रामीण इलाकों में जाकर समय व्यतीत करें। 'प्रभात खबर' ने अपनी यात्रा में सैकड़ों प्रयोग किए, देश की मीडिया में आज अनेक प्रयोग हो रहे हैं, उनकी शब्दावली भले ही अलग-अलग हो, लेकिन 25-30 साल पहले ही 'प्रभात खबर' में इनमें से अधिकांश प्रयोग किया जा चुका है।

इस पुस्तक को लिखते वक्त मैंने अतिरिक्त सतर्कता बरती है और इसे बेहतर

बनाने का प्रयास किया है। मेरा प्रयास रहा कि किताब में ऐसी-ऐसी सामग्री, दस्तावेज, पत्र, तसवीर, घटनाओं और उदाहरण का उल्लेख हो, ताकि यह हर व्यक्ति के लिए लाभदायक हो, चाहे वह पत्रकारिता से जुड़ा हो या नहीं।

'प्रभात खबर' अगर पत्रकारिता में अपना स्थान बना सका तो इसके पीछे अनेक प्रयोग हैं। यह प्रयोग संपादकीय में तो हुए ही, अन्य विभागों में भी प्रयोग किए गए। एक कहावत है—जितनी चादर है, उतना ही पैर फैलाइए। 'प्रभात खबर' ने इसी फॉर्मूले को अपनाया। सीमित साधन में कैसे आगे बढ़ा जा सकता है, उसका रास्ता खोज उसी रास्ते पर आगे बढ़ता गया। जब आर्थिक संकट गहराया तो एक-एक पैसे की बचत की। शीर्ष अधिकारी से लेकर नीचे तक के कर्मचारी तक ने उन क्षेत्रों को तलाशा, जहाँ पैसा बचाया जा सकता है। कैसे खर्च कम किया जा सकता है, इसी क्रम में संपादक-प्रबंध निदेशक और निदेशक तक ने कभी-कभी बस से यात्रा की।

अन्य साथियों ने काम के घंटे को नहीं गिना। रात हो या दिन, जब भी जरूरत हो, काम पर लग गए और असंभव को संभव कर दिखाया। जब पैसे नहीं थे तो कम पैसे में नए-नए यूनिट खोले गए, पुरानी मशीनों से, कोई समारोह नहीं, चुपचाप अखबार निकलता गया। कोई प्रचार नहीं, कहीं जरूरत पड़ी तो दीवार लेखन या एक-दो होर्डिंग्स से काम चला लिया। अखबार तो वही चल सकता है, जो जनता से सीधे जुड़ा हो। 'प्रभात खबर' ने छोटे-छोटे प्रयास कर लोगों को जोड़ा, अनेक अभियान चलाए। समाज के लोगों को अहसास कराया कि 'प्रभात खबर' उनके सुख-दुःख का साथी है। इन सारे प्रयोगों के बारे में इस पुस्तक में विस्तार से जिक्र है।

40 साल की यात्रा और सैकड़ों प्रयोगों को एक पुस्तक में समेटना आसान नहीं होता। यह काम मेरे लिए आसान इसलिए हो गया, क्योंकि पुरानी तसवीरों, पुराने अखबारों, दस्तावेजों को सुरक्षित और सहेजकर रखना मेरी आदत रही है। जब मैं राँची में (1995 से पहले) था, मेरे साथ कई क्विंटल अखबार-पत्रिकाएँ थीं, जब अखबार निकालने जमशेदपुर गया तो वहाँ भी इन्हें ले गया। वहाँ यह और बढ़ता गया, जब भी किराए का मकान लेता, एक कमरा इन्हीं दस्तावेजों के लिए ज्यादा लेता। भले ही अधिक किराया देना पड़ता, फिर जब राँची आया तो सारे अखबार, पेपर कटिंग, पत्रिकाओं को साथ लेता आया। जब 2010 में जमशेदपुर से राँची लौटा तो आधा ट्रक अखबार, पत्रिका और कागजात लेकर आया, तो कुछ लोगों ने उसे 'कचड़ा' कहा था। पत्रकारिता में दस्तावेजों का बहुत महत्त्व होता है, इसलिए इन्हें कभी बेकार नहीं माना। मेरे कमरे का तीन-चौथाई हिस्सा उन्हीं दस्तावेजों से भरा पड़ा है। आज वही दस्तावेज, पुराना अखबार, पुरानी पत्रिकाएँ इस किताब को तैयार करने में काम आईं। इस पुस्तक में ऐसी अनेक दुर्लभ तसवीरें, अंक, पत्र, पैम्प्लेट हैं, जो अन्यत्र उपलब्ध नहीं हैं, ये बहुमूल्य

हैं। इस पुस्तक को कोई और लिखता तो उन्हें और परेशानी होती, क्योंकि 'प्रभात खबर' संपादकीय में कार्यरत शायद मैं इकलौता व्यक्ति बचा हूँ, जो 40 साल से जुड़ा हूँ।

मैंने 'प्रभात खबर' के पहले संपादक एस.एन. विनोद, दूसरे संपादक सुनील श्रीवास्तव और तीसरे संपादक दिलीप दाराद के साथ भी काम किया। जब प्रबंधन बदला, तब हरिवंशजी के साथ, यानी 1989 से, 29 साल तक काम किया। उसके बाद हरिवंशजी की जगह पर आए आशुतोष चतुर्वेदी के साथ मैं 2017 से काम कर रहा हूँ, इन्हीं कारणों से 40 साल की लगभग सारी बातें स्मरण में हैं।

इस पुस्तक में कुल 43 अध्याय हैं। 2014 में जब 'प्रभात खबर' ने 30 साल की यात्रा तय की थी तो मैंने 'प्रयोग की कहानी' नामक एक पुस्तक लिखी थी। अब 40 साल पूरा होने पर नई किताब है। इसमें झारखंड के इतिहास, झारखंड की पत्रकारिता, झारखंड की राजनीति और 'प्रभात खबर', 'झारखंड आंदोलन और प्रभात खबर', 'प्रभात खबर' : अखबार नहीं आंदोलन, आदि पर विस्तार से सामग्री दी गई है। झारखंड की पत्रकारिता के इतिहास को इसलिए लिखा हूँ, ताकि पता चल सके कि झारखंड आंदोलन के दौरान किस तरह की पत्रकारिता की कमी खल रही थी, जिसे 'प्रभात खबर' ने पहचाना, उसे अपनाया। झारखंड में पत्रकारिता करने वाले पत्रकारों और पत्रकारिता की पढ़ाई कर रहे छात्रों को भी झारखंड का संक्षिप्त इतिहास, यहाँ की पत्रकारिता का इतिहास, झारखंड आंदोलन और झारखंड की राजनीति का हलका ज्ञान तो होना ही चाहिए। इसी उद्देश्य से 'प्रभात खबर' पर लिखी इस किताब में उन्हें शामिल किया गया है।

अन्य अध्यायों में जमीनी पत्रकारिता, जनहित की पत्रकारिता और पत्रकारिता में संपादकीय प्रयोग पर ज्यादा जोर दिया गया है। 'प्रभात खबर' ने कैसे स्थानीय लोगों को, यहाँ की भाषा-संस्कृति को, यहाँ की प्रतिभाओं को, स्थानीय लेखकों को, झारखंड के मुद्दों को महत्त्व दिया, इसका उल्लेख है। एक संस्थान तभी चल सकता है, जब उसका वित्तीय अनुशासन बहुत मजबूत हो। इस किताब में वित्तीय अनुशासन, खर्च-कटौती, बचत आदि पर उदाहरण के साथ चर्चा की गई है। इसलिए यह एक संपूर्ण किताब है।

'प्रभात खबर' ने अनेक विशेष अंक निकाले। यह अंक अब शायद ही कहीं उपलब्ध हों, लेकिन ये सभी संग्रहणीय अंक हैं। साहित्य, नक्सलवाद, भारतीय स्वतंत्रता संग्राम, आदिवासी नायकों पर तो खास सामग्री छपी है। शोधार्थी के लिए ये काफी महत्त्वपूर्ण हैं, इसलिए इस किताब में अनेक लेखों-अंकों का जिक्र है कि वे कब और किस पत्रिका में प्रकाशित किए गए। इसका उद्देश्य है शोधार्थियों का काम आसान करना।

'प्रभात खबर' अखबार नहीं, आंदोलन है। इस अखबार ने ऐसे-ऐसे काम किए, सामाजिक अभियान चलाया, लोगों को जागरूक किया, चुनाव में सुधार के प्रयास किए, लोगों की सहायता की, जिससे संदेश गया कि 'प्रभात खबर' लोगों के सुख-दुःख

का साथी है। यह काम हर अखबार नहीं कर सकता है, 'प्रभात खबर' ने किया। ऐसी घटनाओं का इस किताब में विस्तार से उल्लेख है।

मैंने यह प्रयास किया कि 40 वर्ष की कोई भी बड़ी घटना छूट न जाए, उसे हर हाल में जगह मिले। पुराने साथियों का भी जिक्र इस पुस्तक में है, जिनका योगदान भी कम नहीं है। 'प्रभात खबर' अब बड़ा ग्रुप बन चुका है और उसमें हजारों लोग काम कर रहे हैं। सभी के सहयोग से अखबार आगे बढ़ रहा है, लेकिन पुस्तक में सभी का नाम प्रकाशित करना संभव नहीं है, इसलिए जिनके नाम का उल्लेख नहीं कर पाया, उनसे क्षमाप्रार्थी हूँ।

इस पुस्तक को तैयार करने के दौरान मैं कई लोगों को परेशान करता रहा। राय भी ली, कुछ पुराने अखबार को स्टोर से खोजना आसान काम नहीं था। अजय कुमार महतो ने मेरी मदद की। पूर्व एम.डी. के.के. गोयनका, सुमित भट्टाचार्य, आलोक पोद्दार, विजय अग्रवाल, विनय भूषण से सुझाव-दस्तावेज जमा करने में मदद मिली। विजय पाठक, जीवेश रंजन, साकेत पुरी, संजीव सिंह, आनंद मोहन, विकास कुमार (एच.आर.), नवीन कुमार सिन्हा, राजीव पांडेय, मनीष जयसवाल, कौशिक, अमित दास, दीपेश, मनोज लाल, प्रकाश आदि अनेक साथियों से मदद मिली। हमारे संपादक आशुतोष चतुर्वेदी मेरा उत्साह बढ़ाते रहे, उनका आभार। लंबे समय तक 'प्रभात खबर' के प्रधान संपादक रहे हरिवंशजी का आभार, जिन्होंने अपने कार्यकाल में मेरा उत्साह बढ़ाया। मेरे पिता श्री सुरेंद्र प्रसाद सिन्हा खुद कटिंग जमा कर उसकी फाइल बनाकर रखते हैं, उन्होंने 'प्रभात खबर' की कटिंग की कई पुरानी फाइल्स मुझे भेज दी। उनका बड़ा योगदान है। इस पुस्तक को लिखने में लगभग छह माह का समय लगा। इस दौरान मैंने अपने पूरे घर में पुराने अखबार, कटिंग्स और पत्रिकाएँ को बिखेरकर रख दिया था। मैं उन्हें रोज रात में बिखेरता, दूसरे दिन मेरी पत्नी डॉ. अंजू कुमारी, बेटा आदित्य और बेटी अदिति—सब उसे समेटते, जगह पर रखते। अगर इन तीनों का सहयोग न मिलता, कुछ अखबार को भी इधर-उधर कर दिया होता तो यह पुस्तक पूरी नहीं हो पाती, इसलिए इन सभी का भी आभार। इस पुस्तक का कवर मेरे मित्र और प्रसिद्ध डिजायनर उमेशजी ने तैयार किया है, उनका बहुत-बहुत आभार।

—अनुज कुमार सिन्हा
राँची
मोबाइल : 9431114268
इमेल : anuj64sinha@gmail.com

अनुक्रम

झारखंड का इतिहास

झारखंड की पत्रकारिता में प्रभात खबर ने बड़ी महत्त्वपूर्ण भूमिका निभाई है। अपने स्थापना काल से ही इस अखबार की अपनी खास पहचान रही है। 1984 में जब राँची से प्रभात खबर का प्रकाशन आरंभ हुआ था, तो उस समय राँची बेहद पिछड़ा इलाका था। तब झारखंड अलग राज्य नहीं बना था। यह बिहार का हिस्सा था। पूरा झारखंड, यानी छोटानागपुर और संथाल परगना अलग राज्य के लिए आंदोलित था। आर्थिक गतिविधियाँ नहीं के बराबर थीं। ऐसे में इस क्षेत्र से एक दैनिक अखबार निकालना और उसे सफलतापूर्वक चलाना आसान नहीं था। इसके बावजूद राँची से प्रभात खबर निकला और धीरे-धीरे राष्ट्रीय पहचान बनाई। अब वही अखबार 40 साल की यात्रा पूरी कर रहा है। इस दौरान प्रभात खबर ने अनेक उतार-चढ़ाव देखे, अनेक संकटों और चुनौतियों का सामना किया। इसके बाद अपनी अलग किस्म की जुझारू पत्रकारिता के बल पर पूरे देश में चर्चा का विषय बना, जिसने पहले झारखंड राज्य बनाने और बाद में इसके पुनर्निर्माण में अपनी भूमिका निभाई, न सिर्फ राज्य के राजनीतिक बदलाव में, बल्कि इसके सामाजिक बदलाव की प्रक्रिया में भी। यही कारण है कि इसे अखबार नहीं, आंदोलन के नाम से पूरे झारखंड में जाना जाता है।

प्रभात खबर की पत्रकारिता और इसकी सफल यात्रा को समझने के लिए झारखंड के इतिहास और यहाँ के आदिवासी-मूलवासियों द्वारा भारतीय स्वतंत्रता संग्राम और झारखंड आंदोलन के दौरान किए गए संघर्ष व झारखंड की पत्रकारिता और झारखंड की भाषा-संस्कृति पर चर्चा करना आवश्यक है। प्रभात खबर की जमीनी और जनहित की पत्रकारिता में इन सभी का बड़ा महत्त्व रहा है, इन्हें प्रमुखता मिलती रही है। झारखंड का इतिहास बताता है कि पूरा झारखंड क्षेत्र कभी पहाड़ों-जंगलों से भरा होता था और खतरनाक जंगली जानवरों की यहाँ भरमार थी। जब आदिवासियों का पहली बार यहाँ प्रवेश हुआ, तो उन्होंने जंगलों को साफ कर खेती लायक जमीन तैयार की। इसलिए आदिवासी यह मानते रहे कि जमीन पर उनका अधिकार है, क्योंकि उन्होंने मेहनत कर

खेती के लिए जमीन तैयार की थी। जल, जंगल और जमीन आदिवासियों के जीवन और अस्तित्व से जुड़ा हुआ है। पहाड़, नदी, झरना आदिवासियों के जीवन का हिस्सा है। झारखंड का इतिहास गवाह है कि जब भी जमीन से आदिवासियों को हटाने, विस्थापित करने या उस जमीन पर किसी तरह कब्जा करने का किसी ने प्रयास किया, आदिवासियों ने इसका विरोध किया, संघर्ष किया और यह संघर्ष आज भी जारी है।

समय के साथ-साथ इस पूरे इलाके में गैर-आदिवासी भी आए, यहाँ बस गए। इनकी संख्या बढ़ती गई, इन सबके बावजूद आज भी झारखंड को आदिवासी बहुल क्षेत्र माना जाता है। यहाँ संथाल, मुंडा, उरांव, हो, बिरहोर, पहाड़िया, कोरबा आदि समेत लगभग 32 प्रकार की जनजातियाँ निवास करती हैं। कुल आबादी की लगभग 26 प्रतिशत आबादी आदिवासियों की है। यह संख्या 86 लाख से ज्यादा है, इसलिए झारखंड की संस्कृति में आदिवासी संस्कृति का खास महत्त्व है। जब भी आदिवासियों को ऐसा महसूस हुआ कि उनकी पहचान, उनकी संस्कृति, उनकी भाषा, उनकी जमीन पर संकट है, संघर्ष करने में वे पीछे नहीं रहे। इसकी झलक अंग्रेजी राज में ही दिखने लगी थी। जिस जंगल को साफ कर आदिवासियों ने खेती और रहने लायक जमीन तैयार की थी, अंग्रेज सरकार द्वारा उस पर कब्जा करने और टैक्स लगाए जाने के बाद उसका जोरदार विरोध हुआ।

12 अगस्त, 1765 को शाह आलम द्वितीय ने बंगाल, बिहार, ओड़िशा की दीवानी अंग्रेजों को दे दी। इसके बाद अंग्रेजों को बंगाल, बिहार, झारखंड, ओड़िशा (तब ये सब एक साथ ही थे) में टैक्स वसूली का अधिकार मिल गया। अंग्रेजों ने विलंब नहीं किया और दो साल के अंदर ही वर्ष 1767 में झारखंड के पारंपरिक जल, जंगल और जमीन पर कब्जा करने का प्रयास आरंभ कर दिया। अंग्रेजों की हिम्मत इसलिए और बढ़ गई थी, क्योंकि उन दिनों कुछ जमींदारों ने भी अंग्रेजों की अधीनता स्वीकार करते हुए टैक्स वसूली में उनका साथ दिया था। छोटानागपुर का इतिहास बताता है कि इस क्षेत्र में अंग्रेजों के आगमन के पहले भी मुगलों ने अधिकार जमाने का प्रयास किया था, लेकिन वे कभी भी इस क्षेत्र पर कब्जा नहीं कर सके थे। इसलिए जब अंग्रेजों ने पहली बार आदिवासियों से टैक्स वसूलने और उनकी जमीन पर कब्जा का प्रयास किया तो धालभूम के राजा जगन्नाथ और उनकी प्रजा (इसमें आदिवासियों की संख्या सबसे ज्यादा थी) ने अंग्रेज शासक फर्ग्यूसन और उसकी सेना के खिलाफ विद्रोह कर दिया। धालभूम के लोगों द्वारा किए गए विरोध की खबर धीरे-धीरे आसपास के इलाकों में भी फैल गई; आदिवासियों के बीच संदेश चला गया कि अंग्रेज उनका शोषण करना चाह रहे थे। उस जमीन पर टैक्स लादा जा रहा था, जिस जमीन पर उन्होंने जंगल साफकर उसे रहने लायक बनाया था, अंग्रेज उस पर कब्जा करने की साजिश रच रहे थे, इसलिए इसका विरोध करना होगा।

धालभूम के विद्रोह के बाद रघुनाथ महतो ने अंग्रेजों को 1769 में चुनौती दी। इसे चुआड़ विद्रोह कहा गया। इसके बाद तो जैसे विद्रोहों की झड़ी लग गई। 1770–71 में चेरो विद्रोह, 1772 में संथाल परगना में पहाड़िया विद्रोह, 1784 में बाबा तिलका माझी का विद्रोह, 1782–1821 में तमाड़ विद्रोह, 1798 में भूमिज विद्रोह, 1820 में कोल विद्रोह, 1831–32 में ग्रेट कोल विद्रोह, 1832–33 में गंगा नारायण सिंह का भूमिज विद्रोह, 1855 में सिदो–कान्हू की अगुवाई में संथाल विद्रोह हुआ। 1860 में सरदारी लड़ाई आरंभ हुई, जो लंबे समय तक चली। इसी संघर्ष के दौरान अन्य विद्रोह भी होते रहे, जिसमें 1874 का खरवार विद्रोह भी शामिल है। बिरसा मुंडा की अगुवाई में 1895 से 1900 तक जो उलगुलान हुआ, वह निर्णायक साबित हुआ। इन सभी विद्रोहों के यदि कारणों को देखा जाए, तो आदिवासियों की जमीन पर जबरन कब्जा करना, उनका शोषण करना प्रमुख कारण है। इन बड़े विद्रोहों के अलावा भी, अंग्रेजों, जमींदारों और महाजनों के खिलाफ झारखंड के लोगों ने संघर्ष किया। इससे स्पष्ट हो जाता है कि जब–जब झारखंड के आदिवासियों–मूलवासियों के अधिकारों का हनन करने, उन पर जबरन टैक्स लादने, उनकी जमीन हड़पने, उनका शोषण करने या फिर आदिवासी संस्कृति को खत्म करने का प्रयास किया गया, यहाँ के लोग चुप नहीं बैठे और अपने अस्तित्व के लिए संघर्ष का रास्ता अपनाया। अंग्रेजों ने भी स्वीकार किया था कि आदिवासियों के विद्रोह के पीछे जमीन का मुद्दा ही मुख्य है और इसलिए कुछ बड़े विद्रोहों के तुरंत बाद अंग्रेज सरकार ने जमीन से जुड़े कानून बनाए। इनमें छोटानागपुर काश्तकारी अधिनियम (सी.एन.टी. एक्ट) और संथाल परगना काश्तकारी अधिनियम (एस.पी.टी एक्ट) प्रमुख थे, इन विद्रोहों और अन्य मुद्दों की यहाँ विस्तार से चर्चा इसलिए की गई, ताकि पता चल सके कि वे कौन–कौन से मुद्दे हैं, जिनसे झारखंड के लोगों का अस्तित्व जुड़ा हुआ है। ऐसे मुद्दों को उठाना किसी भी अखबार–पत्रिका का धर्म है और यही काम किया प्रभात खबर ने।

□

झारखंड की पत्रकारिता और प्रभात खबर

जिस समय वर्ष 1984 में राँची से प्रभात खबर का प्रकाशन आरंभ हुआ, वह झारखंड आंदोलन का दौर था। पूरा छोटानागपुर–संथाल परगना वर्षों से अलग झारखंड राज्य के लिए संघर्ष कर रहा था, लेकिन इस आवाज को मीडिया में प्रमुखता नहीं मिलती थी। झारखंड के आंदोलनकारियों को वर्षों से एक ताकतवर स्थानीय अखबार की कमी खल रही थी। छोटानागपुर–संथाल परगना का यह क्षेत्र, जो बाद में झारखंड राज्य बना, बिल्कुल उपेक्षित था। यह अलग झारखंड राज्य के लिए आंदोलन का दौर था, लेकिन आंदोलन की आवाज को जनता तक पहुँचाने के लिए कोई एक ताकतवर दैनिक अखबार नहीं था। आंदोलनकारियों का बड़ा हिस्सा आदिवासियों और मूलवासियों का था, जिनके मुद्दों को बिहार या कोलकाता से प्रकाशित होने वाले अखबारों में जगह नहीं मिलती थी। इन्हीं सब जरूरतों को पूरा करने के लिए प्रभात खबर जैसा एक अखबार चाहिए था। प्रकाशन के पूर्व अखबार का नाम रखने से लेकर खबरों के चयन तक में झारखंड की छोटी–छोटी बातों का खयाल रखा गया था। कह सकते हैं कि प्रभात खबर ने अपने पाठकों का चयन और पाठकों पर अपनी पकड़ बनाए रखने के लिए एक योजनाबद्ध तरीके से काम किया था। प्रभात खबर को जो सफलता मिली, उसके कारणों को समझने के लिए झारखंड की पत्रकारिता का इतिहास और झारखंड आंदोलन में पत्र–पत्रिकाओं की भूमिका को समझना होगा।

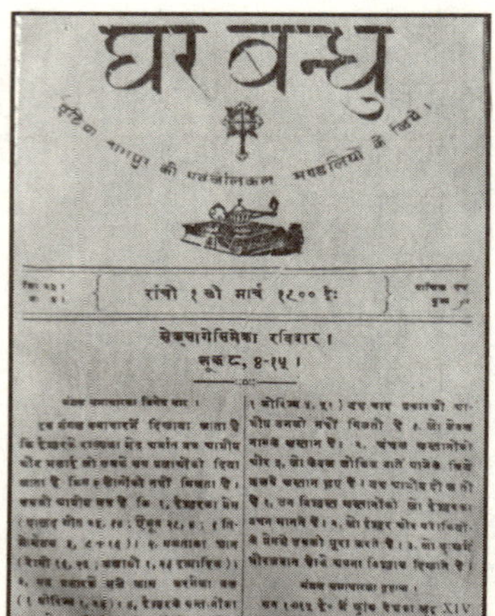

घर बन्धु

रांची १ लो मार्च १९०० ई:

घरबंधु का वर्ष 1900 का अंक

झारखंड में पत्रकारिता की शुरुआत ईसाई मिशनरियों के आगमन के बाद ही हुई। 1845 में झारखंड में मिशनरियों का पहली बार आगमन

हुआ। कैथोलिक मिशनरियों ने 1866 में दूत नामक पत्रिका निकाली थी, जिसे झारखंड की पहली पत्रिका कहा जाता है। दूत पत्रिका के प्रकाशन का उद्देश्य था इसके माध्यम से धर्म प्रचार करना, इसलिए दूत में धार्मिक खबरें और उनपर लेख ही होते थे। लेकिन इस पत्रिका का एक भी अंक आज कहीं उपलब्ध नहीं है। इसके कुछ साल बाद 1880 में जी.ई.एल. चर्च, राँची द्वारा घर बंधु नामक हिंदी पत्रिका का प्रकाशन किया गया। इसके संपादक पादरी रेवएंड एनाट रॉड थे। घर बंधु का भी उद्देश्य मूलतः धर्म का प्रचार करना था। यह पत्रिका आज भी निकल रही है। घर बंधु के पुराने अंक इस बात के गवाह हैं कि मूलतः एक धार्मिक पत्रिका होने के बावजूद कैसे इस पत्रिका ने आदिवासियों की मूल समस्याओं को उठाने का काम किया था।

घर बंधु भले ही धार्मिक पत्रिका थी, लेकिन इसमें सामाजिक मुद्दे भी प्रमुखता से छपते थे। मिशनरी आदिवासियों के बीच ही काम करते थे, इसलिए उनकी समस्याओं को घर बंधु में जगह मिलती गई। तब बिहार, झारखंड और ओड़िशा सभी बंगाल के अधीन आते थे। तब तक एक अलग झारखंड राज्य की माँग भी नहीं उठी थी। उन दिनों राँची से कुछ और अखबार भी निकलते थे। इनमें एक था आर्यावर्त, जिसका प्रकाशन आर्य प्रतिनिधि सभा द्वारा किया जाता था। इसका पहला अंक एक अप्रैल, 1898 को प्रकाशित हुआ था। इसके संपादक थे समाजसेवी बालकृष्ण सहाय। यह एक साप्ताहिक अखबार था, जो नवंबर 1905 तक प्रकाशित होता रहा। छोटी-बड़ी अनेक पत्र-पत्रिकाओं का झारखंड क्षेत्र से प्रकाशन आरंभ किया गया। इनमें अधिकांश धार्मिक, साहित्य और समाज सुधार से जुड़ी पत्रिकाएँ थीं, जिनमें इसाइयों की पत्रिका छोटानागपुर दूत (1896), निष्कलंका, वचन सुधा (1922), ग्रामगुरु (1946) और सत्संग (1938) प्रमुख हैं। ये मूलतः धार्मिक पत्रिकाएँ थीं।

आदिवासी पत्रिका का 1939 का अंक

1912 में बंगाल से अलग होकर बिहार अलग राज्य बना। झारखंड और ओड़िशा उन दिनों बिहार के हिस्से थे। धीरे-धीरे आवाज उठने लगी कि जो इलाका आदिवासी बहुल था, उसकी भाषा-संस्कृति बिहार से अलग थी, इसलिए आदिवासियों के लिए अलग राज्य होना चाहिए। वर्ष 1912 में ही अलग झारखंड राज्य की माँग का संकेत मिलने लगा था, लेकिन आवाज को मजबूत करने लिए कोई अपना एक अखबार

नहीं था। लोग इतना जानते थे कि बिहार राज्य के गठन में अखबारों और पत्रकारों ने बड़ी भूमिका अदा की थी, इसलिए जब अलग झारखंड राज्य की माँग उठी तो आंदोलनकारियों ने महसूस किया कि पत्रिकाओं और अखबारों के सहयोग से जनसमर्थन हासिल किया जा सकता है।

अलग राज्य की माँग उठने के बाद छोटानागपुर-संथाल परगना से निकलने वाले अखबारों या पत्रिकाओं में धीरे-धीरे यहाँ की समस्याओं को जगह मिलने लगी। इसी क्रम में सुकुमार हलधर ने सोशल जर्नल निकाला। राय साहब शरत चंद्र राय ने चर्च रोड राँची से 'मैन इन इंडिया' नामक पत्रिका निकाली। वर्ष 1924 में मामराज शर्मा ने राँची से 'छोटानागपुर' पत्रिका का प्रकाशन आरंभ किया। इस बीच 'घर बंधु' जैसी धार्मिक पत्रिका ने भी छोटानागपुर के आदिवासियों की समस्याओं को गंभीरता से उठाना आरंभ कर दिया। इसमें अनेक लेख ऐसे छपे जिसमें बताया गया था कि कैसे छोटानागपुर के आदिवासियों के साथ सौतेला व्यवहार किया जा रहा था। वर्ष 1928 में जब छोटानागपुर उन्नति समाज द्वारा साइमन कमीशन को ज्ञापन दिया गया था, तो घर बंधु ने ही इस खबर को महत्त्व दिया था। अन्य अखबारों ने इसकी उपेक्षा की थी। घर बंधु के संपादक उस टीम में शामिल थे जो टीम साइमन कमीशन को ज्ञापन देने के लिए पटना गई थी। यह बताता है कि उन दिनों घर बंधु ने कितनी महत्त्वपूर्ण भूमिका अदा की थी। जो भी हो, घर बंधु की एक सीमा थी; उससे बाहर जाना मुश्किल था। इसलिए अलग झारखंड राज्य के लिए संघर्ष करने वाली छोटानागपुर आदिवासी महासभा ने 1933-34 में 'आदिवासी' नामक पत्रिका का प्रकाशन आरंभ किया।इसके संपादक थे राय साहब बंदी उरांव और जूलियस तिग्गा। कहा जा सकता है कि अलग झारखंड राज्य के लिए आंदोलनकारियों की अपनी पहली पत्रिका 'आदिवासी' ही थी। इस पत्रिका को झारखंड के आंदोलनकारी ही निकालते थे, इसलिए उन्हें पूरी आजादी थी। आदिवासी पत्रिका आक्रामक तरीके से अपनी बात रखती थी। इसका खामियाजा भी उसे भुगतना पड़ा। इसमें एक कविता प्रकाशित हुई थी, जिसे आपत्तिजनक माना गया था और इसके संपादक जूलियस तिग्गा को जेल जाना पड़ा था, हालाँकि उन्हें माफी माँगने और गलती को स्वीकारने का मौका मिला था, लेकिन उन्होंने माफी माँगने के बजाय जेल जाना स्वीकार किया था। आदिवासी

जुलियस तिग्गा आदिवासी पत्रिका के संपादक, जिन्हें जेल जाना पड़ा था

अबुआ झारखंड

पत्रिका का प्रकाशन बीच में बाधित भी हुआ था। जब तक आदिवासी पत्रिका निकलती रही, इसके तेवर तीखे रहे और इसने झारखंड आंदोलन को छोटानागपुर के एक बड़े इलाके तक पहुँचाया। इसी बीच जनवरी, 1938 में गुमला से 'झारखंड' नामक पत्रिका का प्रकाशन आरंभ किया गया था—इसके संपादक थे बड़ाइक ईश्वरी प्रसाद सिंह। इसमें झारखंड की भाषा-संस्कृति से संबंधित अनेक जानकारियाँ होती थीं।

आदिवासी पत्रिका का प्रकाशन जब बंद हो गया तो इसकी भरपाई के लिए दूसरी पत्रिका की जरूरत थी। तब झारखंड आंदोलन को मजबूत करने का दौर चल रहा था और जयपाल सिंह आदिवासी महासभा का नेतृत्व कर रहे थे। उसी दौरान 1940 में इग्नेस बेक के संपादन में 'अबुआ झारखंड' नामक पत्रिका का प्रकाशन आरंभ किया गया। राँची के पथलकुदवा के दासो मुद्रणालय से इसका प्रकाशन होने लगा। इसके माध्यम से झारखंड आंदोलन और आदिवासी महासभा की गतिविधियों और कार्यक्रमों का प्रचार किया जाता था। 1944 में इग्नेस बेक के ही संपादन में हिंदी-अंग्रेजी दोनों भाषाओं में 'झारखंड न्यूज' का प्रकाशन आरंभ किया गया। जयपाल सिंह ने 1940 में अंग्रेजी, हिंदी और मुंडारी में 'आदिवासी सकम' पत्रिका निकाली थी। इसमें लेखन का अधिकांश भार खुद जयपाल सिंह सँभालते थे। राँची व सिंहभूम में इसे ज्यादा बाँटा जाता था।

'आदिवासी' नाम से पहले बंदी उरांव और जूलियस तिग्गा मिलकर पत्रिका निकालते थे। जब यह पत्रिका बंद हो गई, तो आजादी के बाद इसी नाम से बिहार सरकार ने एक साप्ताहिक पत्रिका निकाली, जो अब भी प्रकाशित होती है। जब झारखंड राज्य बन गया तो इसका प्रकाशन सूचना और जनसंपर्क विभाग, झारखंड द्वारा होने लगा। आरंभ के दिनों में इसके संपादक प्रसिद्ध साहित्यकार राधाकृष्ण थे। अभी तक जो भी पत्रिकाएँ छप रही थीं, वह साप्ताहिक, पाक्षिक या मासिक थी। इनमें से कोई भी दैनिक अखबार नहीं था। झारखंड से पहला दैनिक अखबार वर्ष 1950 में निकाला गया। इसका नाम था 'राष्ट्रीय भाषा'। इसे देवी प्रसाद मित्र निकालते थे। दो वर्ष तक चलने के बाद दैनिक के तौर पर इसका प्रकाशन बंद कर दिया गया। इस दौरान अनेक पत्र-पत्रिकाओं का प्रकाशन आरंभ किया गया, जिनमें से अधिकांश का जीवन बहुत ही कम रहा। इनमें

साहित्यिक पत्रिकाएँ ज्यादा थीं। यहाँ हम उन पत्र-पत्रिकाओं की चर्चा ज्यादा करेंगे, जो कहीं-न-कहीं झारखंड आंदोलन या झारखंड के मुद्दों और समस्याओं को प्रमुखता से जगह देती थी।

एकता

पृथक संयुक्त राज्य झारखण्ड हेतु आयुक्त, अनुसूचित जाति एवं जन-जाति का मनतव्य

सिंहभूम में दमन

आगजनी, लूट-पाट, गोली चालन, तोड़-फोड़ और गिरफ्तारियाँ

काले वन विधेयक पर सेमिनार

सामाजिक वानिकी प्रमन्डल में हिटलरशाही

सिंहभूमि एकता ने कोल्हान में बड़ी भूमिका निभाई

वर्ष 1963 में दो अखबारों का प्रकाशन आरंभ किया गया। इनमें एक था—'राँची एक्सप्रेस', जो आरंभ में साप्ताहिक था। 1976 से इसे दैनिक कर दिया गया। बलबीर दत्त इसके संपादक थे, सीताराम मारू के पास मालिकाना हक था। छोटानागपुर में राँची एक्सप्रेस की तूती बोलती थी। एक बहुत ही प्रसिद्ध दूसरा अखबार था—'राँची टाइम्स'। आरंभ में इसका संपादन-प्रकाशन शैलेंद्र भारद्वाज करते थे, बाद में दिलीप कुमार दाराद इसके संपादक-प्रकाशक बने और लंबे समय तक इसका प्रकाशन होता रहा। 1984 में जब प्रभात खबर का प्रकाशन राँची से आरंभ हुआ, उन दिनों भी राँची टाइम्स का प्रकाशन होता था। 1964 में 'द सेंटीनल' नामक साप्ताहिक अखबार का प्रकाशन आरंभ किया गया।

झारखंड आंदोलन से जुड़े थे—गोपाल मुंजाल। वह जयपाल सिंह के करीबी थे। उन्होंने 1968 में 'हीरानागपुर' नाम से एक साप्ताहिक अखबार निकाला था। इसमें भी वैसी ही खबरें होती थी जैसी खबरें कभी अबुआ झारखंड में छपा करती थी। 1970 में झारखंड पार्टी के मुख-पत्र के तौर पर एनई होरो ने झारखंड टाइम्स का प्रकाशन आरंभ किया था। इसमें झारखंड आंदोलन और आदिवासियों के मुद्दे मुख्य तौर पर होते थे। 1969-70 में कामिनी कांत श्रीवास्तव ने 'पर्वतालय' का संपादन-प्रकाशन किया। शारदा रंजन पांडेय और एस.एन. विनोद ने 'जनता टाइम्स' निकाला। सत्तर के दशक में चंद्रभूषण शर्मा ने 'छोटानागपुर दर्शन' नामक साप्ताहिक अखबार निकाला।

1970 के बाद का दौर झारखंड आंदोलन का दौर था। इसमें छोटानागपुर, झारखंड आदि नामों से मिलती-जुलती अनेक पत्र-पत्रिकाओं का प्रकाशन आरंभ किया गया। इनमें से कई ने झारखंड आंदोलन को मजबूत करने में बड़ी भूमिका अदा की। ऐसा ही एक साप्ताहिक अखबार था 'छोटानागपुर संदेश'। इसका प्रकाशन 1974 में भुवनेश्वर अनुज ने आरंभ किया था। कई साल तक यह अखबार निकलता रहा। इसमें झारखंड आंदोलन, झारखंड की भाषा-संस्कृति और छोटानागपुर की बड़ी-बड़ी

घटनाओं को प्रमुखता मिलती थी। इसके लेखों ने छोटानागपुर में लोगों को जाग्रत् करने का काम किया।

एक साहित्यिक पत्रिका 'शाल-पत्र' का प्रकाशन वीर भारत तलवार ने राँची और धनबाद से किया था। भले ही यह साहित्यिक पत्रिका थी, लेकिन इसने झारखंड आंदोलन के दौरान लोगों में चेतना जगाने का काम किया। इसने 1978 में झारखंड की भाषा-संस्कृति को लेकर राँची में बुद्धिजीवी सम्मेलन का आयोजन भी किया था। सुधा सिन्हा ने राँची में अस्सी के दशक में 'न्यू मैसेज' का प्रकाशन आरंभ किया था। 1984 में राँची से प्रभात खबर और दैनिक आज का प्रकाशन आरंभ किया गया था। इन दोनों के प्रकाशन से झारखंड आंदोलन को बल मिला था। बाद में 'अपनी राँची' (प्रभात मजूमदार), 'झारखंड दर्शन', 'राँची मेल', 'देश प्राण' (संपादक बलबीर दत्त), 'झारखंड जागरण', 'वनांचल प्रहरी', 'छोटानागपुर न्यूज' आदि का प्रकाशन किया गया!

वर्ष 2000 का वर्ष खास था। इसी वर्ष 15 नवंबर को झारखंड अलग राज्य बना और इसी वर्ष राँची से दैनिक 'हिंदुस्तान' का प्रकाशन आरंभ किया गया। राज्य बनने के बाद झारखंड में बड़े बदलाव हुए और विकास के नए रास्ते खुले। आर्थिक गतिविधियाँ बढ़ी और अखबारों के लिए बड़े बाजार का रास्ता खुला। इस बात को देश के कई बड़े अखबार घरानों ने महसूस किया और उन्होंने राँची व अन्य शहरों से अपने अखबार का संस्करण प्रकाशित करना आरंभ किया। इनमें दैनिक जागरण और दैनिक भास्कर जैसे राष्ट्रीय अखबार भी शामिल हैं। इन सभी अखबारों को अगर किसी एक अखबार से प्रतिस्पर्धा करनी थी तो वह अखबार प्रभात खबर ही था।

साप्ताहिक
छोटानागपुर सन्देश
अलग राज्य के लिए जबर्दस्त संघर्ष
केन्द्रीय मन्त्रिमण्डल में आदिवासी सदस्य हो

छोटानागपुर संदेश

प्रभात खबर के प्रकाशन के पहले छोटानागपुर से राँची एक्सप्रेस (राँची), दैनिक आवाज (धनबाद), उदितवाणी (जमशेदपुर) का प्रकाशन हो रहा था। राँची एक्सप्रेस छोटानागपुर के लगभग सभी जिलों में प्रभावशाली माना जाता था, जबकि आवाज की धनबाद और उदितवाणी की जमशेदपुर में अच्छी पकड़ थी। राँची में राँची एक्सप्रेस काफी ताकतवर था। उन दिनों राँची में पटना और कोलकाता से अखबार आते थे और अच्छी संख्या में बिकते थे। इनमें पटना का आर्यावर्त, इंडियन नेशन और कोलकाता का स्टेट्समैन शामिल था।

ये अखबार सुबह-सुबह नहीं आ पाते थे। ऐसे में जब प्रभात खबर अखबार निकालने की योजना बनाई गई तो कई बातों का ध्यान रखा गया था। राँची एक्सप्रेस भले ही सबसे ज्यादा लोकप्रिय अखबार था, लेकिन उसमें एक खास वर्ग को प्रमुखता मिलती थी। इसके मालिक सीताराम मारू आर.एस.एस. से जुड़े थे, इसलिए भाजपा की खबरें ज्यादा छपती थीं। 1988 से पहले तक भारतीय जनता पार्टी ने अलग झारखंड राज्य का समर्थन नहीं किया था, इसलिए झारखंड आंदोलन की खबर को भी राँची एक्सप्रेस में बहुत तरजीह नहीं दी जाती थी। इस पूरे इलाके में आदिवासियों-मूलवासियों के अलावा अल्पसंख्यकों की भी आबादी बहुत अधिक रही है, लेकिन ये सभी महसूस करते थे कि उन्हें अखबारों में जगह नहीं मिलती थी। तब ज्ञानरंजन कांग्रेस के विधायक थे। वे खुद अलग राज्य के समर्थक थे। उनकी शिकायत रहती थी कि राँची एक्सप्रेस में उन्हें उचित जगह नहीं मिलती थी। यदि उनका एक अपना अखबार होता तो बात ही कुछ और होती। झारखंड आंदोलन को आगे बढ़ाने के लिए खुल कर समर्थन देने वाले एक अखबार के लिए जगह तो बन ही रही थी। इन्हीं तर्कों ने प्रभात खबर के प्रकाशन का रास्ता खोला। अखबार का प्रकाशन आरंभ किया गया बाद में इसी रास्ते पर आगे बढ़ते हुए, उतार-चढ़ाव देखते हुए, संघर्ष करते हुए प्रभात खबर ने हिंदी पत्रकारिता में अपना खास स्थान बनाया। साथ ही झारखंड राज्य के गठन में महत्त्वपूर्ण भूमिका निभाई।

प्रभात खबर

झारखंड बना, मरांडी मुख्यमंत्री

झामुमो, राजद व वाम दलों ने शपथ ग्रहण का बहिष्कार किया

प्रभात खबर का
15 नवंबर, 2000 का अंक

□

प्रभात खबर की स्थापना

14 अगस्त, 1984 का दिन झारखंड की पत्रकारिता के लिए एक खास महत्त्व रखता है। इसी दिन राँची से प्रभात खबर का प्रकाशन आरंभ किया गया था। भले ही अखबार अगस्त 1984 में निकाला गया, लेकिन इसकी तैयारी 1982 में ही कर ली गई थी। जिस समय राँची से प्रभात खबर का प्रकाशन आरंभ किया गया था, वह झारखंड आंदोलन का दौर था। हिंसा, तोड़-फोड़ की घटनाएँ आम बात थीं। धरना-प्रदर्शन, जुलूस और आर्थिक नाकेबंदी के लिए पूरे क्षेत्र को जाना जाता था। कानून-व्यवस्था की स्थिति भी बेहद खराब थी। शाम होते ही दुकानें बंद हो जाती थी। झारखंड के बाहर इसकी छवि अच्छी नहीं थी। लोग इसे अशांत क्षेत्र ही मानते थे, इसलिए दूसरे राज्यों के लोगों के लिए दक्षिण बिहार (अभी का झारखंड) पसंद का इलाका नहीं था। मजबूरी में ही लोग दूसरे राज्यों से राँची आना चाहते थे। व्यवसाय के अनुकूल माहौल नहीं था, इसलिए उन दिनों राँची शहर से एक नए दैनिक हिंदी अखबार का प्रकाशन आसान काम नहीं था।

राँची से उन दिनों दैनिक अखबारों में राँची एक्सप्रेस का प्रकाशन होता था। पुराना अखबार था और लोकप्रिय भी था। प्रभात खबर के प्रकाशन के कुछ माह पहले ही राँची से दैनिक आज का प्रकाशन शुरू हुआ था। इसके बावजूद पटना से आर्यावर्त और इंडियन नेशन अखबार राँची में आकर बिकते थे; इसलिए ये अखबार दक्षिण बिहार इलाके में शाम में ही पहुँच पाते थे। पाठक जब शिकायत करते तो समय पर अखबार पहुँचाने का प्रयास किया जाता। ऐसी स्थिति में पुरानी बासी खबरें ही पाठकों को मिलती थीं। पटना से राँची या इसके आसपास की दूरी आड़े आती थी, इसलिए इस क्षेत्र में एक सशक्त हिंदी अखबार की कमी महसूस की जाती थी। कई और कारण भी थे, जिन्होंने राँची से एक सशक्त, निष्पक्ष हिंदी अखबार निकालने का काम आसान कर दिया था।

प्रारंभ से ही राँची, खूँटी, सिमडेगा, गुमला, सिंहभूम आदि आदिवासी बहुल क्षेत्र रहे हैं। उन दिनों गुमला, खूँटी, सिमडेगा, लोहरदगा, गुमला जिला नहीं बने थे। वे

प्रभात खबर भवन के लिए
1983 में भूमि पूजन करते ज्ञानरंजन

भी राँची जिले के हिस्से थे। लंबे समय से इन क्षेत्रों में मिशनरियों का अच्छा खासा प्रभाव रहा है. कई क्षेत्रों में इनकी आबादी भी अच्छी है। हालाँकि उन दिनों भी मिशनरीज की ओर से साप्ताहिक-पत्र प्रकाशित होते थे, लेकिन वे दैनिक हिंदी अखबारों का स्थान लेने में सक्षम नहीं थे। उन दिनों पूरे क्षेत्र में राँची एक्सप्रेस का बोलबाला था। इसका मानो एक छत्र राज था, लेकिन पाठकों में यह धारणा थी कि इस अखबार में ईसाई मिशनरियों और आदिवासियों की खबरों को प्रमुखता नहीं मिलती थी। झारखंड आंदोलन के साथ भी यही हो रहा था। आंदोलन से जुड़े लोगों को महसूस होता था कि राँची एक्सप्रेस उनकी खबरों को अहमियत नहीं देता था, इसलिए आंदोलनकारियों ने अपने छोटे-छोटे साप्ताहिक अखबारों का प्रकाशन आरंभ किया था। इनमें एक अखबार था सिंहभूमि एकता। इसे चक्रधरपुर से सीताराम शास्त्री और बहादुर उरांव निकालते थे। यह बड़ा सशक्त साप्ताहिक अखबार था और सीधे-सीधे लिखने में विश्वास करता था। इनमें झारखंड आंदोलन, पुलिस जुल्म, आंदोलन की गतिविधियाँ, शोषण अत्याचार से संबंधित खबरें ही होती थीं, लेकिन यह दैनिक अखबार नहीं था, इसलिए आंदोलनकारियों को भी एक दैनिक अखबार की कमी महसूस होती थी।

ज्ञानरंजन कांग्रेस के ताकतवर नेता थे। हालात ऐसे बने थे कि वे भी एक अखबार की जरूरत महसूस कर रहे थे, जिन पर उनकी पकड़ हो। वे तब राँची के विधायक थे जो मूल तौर पर खूँटी के निवासी थे। उनके पिता महेंद्र बाबू शिक्षक थे और एम.एल. सी. भी रह चुके थे। ज्ञानरंजन झारखंड राज्य के प्रबल समर्थक थे। भले ही वे सिर्फ विधायक थे, मंत्री नहीं थे, लेकिन दिल्ली में कांग्रेस के शीर्ष नेताओं तक उनकी पकड़ थी। तत्कालीन प्रधानमंत्री श्रीमती इंदिरा गांधी और आर के धवन तक उनकी सीधी पहुँच थी। इंदिरा गांधी के साथ उनके संबंध 1971 से थे जब राँची में पूर्वी क्षेत्र कांग्रेस प्रशिक्षण शिविर लगा था। इसी में पहली बार ज्ञानरंजन की मुलाकात इंदिरा गांधी से हुई थी। 1980 के चुनाव में झारखंड मुक्ति मोरचा के साथ कांग्रेस के गठबंधन में ज्ञानरंजन ने महत्त्वपूर्ण भूमिका निभाई थी। ऐसा उन्होंने इंदिरा गांधी के कहने पर किया था। इसका लाभ ज्ञानरंजन को मिला था और उन्हें राँची विधानसभा के लिए टिकट मिला।

1980 में विधायक बनने के बाद ही ज्ञानरंजन को महसूस होने लगा कि अगर अपना अखबार होता तो कांग्रेस की खबरें प्रमुखता से छपती और झारखंड आंदोलन की खबरों को महत्त्व मिलता। वैसे तो एक विधायक होने के कारण स्थानीय अखबारों में उनसे सबंधित प्रमुख खबरें तो छपती ही थीं, लेकिन इतने से काम नहीं चलता था। उसी समय ज्ञानरंजन ने मन बना लिया कि राँची से एक हिंदी अखबार निकाला जाए। तत्कालीन प्रधानमंत्री श्रीमती इंदिरा गांधी की भी इसमें सहमति थी। उनका मानना था कि अगर ज्ञानरंजन राँची से अखबार निकालते हैं तो इससे पूरे दक्षिण बिहार में कांग्रेस को फायदा मिलेगा। उन्हें मालूम था कि उन दिनों इस क्षेत्र के सबसे लोकप्रिय दैनिक राँची एक्सप्रेस से कांग्रेस को बहुत सहयोग नहीं मिलता था!

ज्ञानरंजन के पास न तो साधनों का अभाव था और न ही संपर्कों का। दिल्ली से हरी झंडी मिल चुकी थी। वे खुद अलग झारखंड राज्य के प्रबल समर्थक थे। झारखंड के आंदोलनकारियों खासकर शिबू सोरेन और सूरज मंडल से उनके बेहद करीबी संबंध थे। दूसरे अखबारों में झारखंड आंदोलन की खबरों को जगह नहीं मिलने से ये आंदोलनकारी भी नाराज रहते थे। उन्हें भी लगा कि अगर ज्ञानरंजन अखबार निकालते हैं, तो इससे झारखंड आंदोलन को लाभ मिलेगा। उन दिनों आज की तरह इलेक्ट्रॉनिक मीडिया नहीं थी और न ही मीडिया क्षेत्र डिजिटल था। राँची में दूरदर्शन केंद्र खुला था, लेकिन दूरदर्शन पर एक अलग झारखंड राज्य बनाए जाने की माँग की खबरों की बात तो दूर, झारखंड शब्द का प्रयोग भी बहुत कम किया जाता था।

अखबार निकालने के लिए ज्ञानरंजन ने अपने पुराने मित्र एस.एन. विनोद से बात की। कोलकाता के कुछ और पत्रकारों से विचार-विमर्श हुआ और अखबार की योजना बनाई गई। देश के अच्छे पत्रकारों की टीम तैयार की गई। तय हुआ कि एस.एन. विनोद संपादक होंगे। वे सिर्फ संपादक ही नहीं थे, बल्कि अखबार में साझेदार, यानी मालिक भी थे। वे मूलत: संपादकीय का काम देखते थे, प्रबंधकीय काम ज्ञानरंजन के जिम्मे था। अखबार निकालने के पहले जिन लोगों से ज्ञानरंजन ने विचार-विमर्श किया था, उनमें प्रसिद्ध पत्रकार सुरेंद्र प्रताप सिंह (उन दिनों वे रविवार में थे) भी थे। इस बीच कोकर औद्योगिक क्षेत्र में प्रभात खबर के लिए जगह तलाश की जा रही थी। भले ही अखबार अगस्त 1984 में निकला, लेकिन इसकी तैयारी कई साल पहले हो चुकी थी। दस्तावेज बताते हैं कि राँची के कोकर में जिस जगह (15 पी, कोकर औद्योगिक क्षेत्र) पर आज प्रभात खबर का मुख्य कार्यालय है, उस जमीन की खरीद के लिए विज्ञान प्रकाशन द्वारा आवेदन दिया गया था। 12 जुलाई, 1982 को राँची औद्योगिक क्षेत्र विकास प्राधिकार (रियाडा) ने विज्ञान प्रकाशन को 14520 वर्ग फीट का प्लाट आबंटित किया था। 22 फरवरी, 1983 को विज्ञान प्रकाशन ने इस प्लाट को प्रिंटिंग

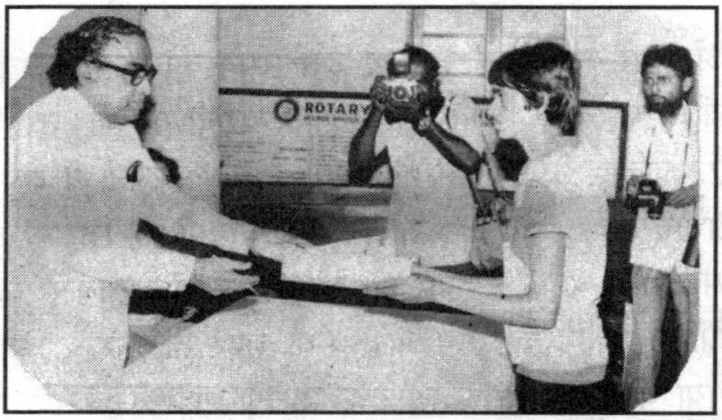

प्रभात खबर की पहली प्रति हॉकर को देते केंद्रीय मंत्री

प्रेस के लिए अपने कब्जे में ले लिया था। यह 99 साल के लिए पट्टे पर दिया गया था। जब कोकर में प्रभात खबर निकालने के लिए भवन निर्माण का काम चल रहा था, उस समय यह इलाका वीरान हुआ करता था। इस इलाके में रात में कोई आना नहीं चाहता था।

इसी कोकर औद्योगिक क्षेत्र में प्रभात खबर की 1983 में आधारशिला रखी गई। खुद ज्ञानरंजन और उनकी पत्नी विभा रंजन ने शिलान्यास किया। उस दिन भी एस.एन. विनोद समेत राँची के अनेक पत्रकार और प्रमुख लोग मौजूद थे। इस शिलान्यास कार्यक्रम में बिहार के तत्कालीन मुख्य सचिव के.के. श्रीवास्तव ने भी भाग लिया था। एक साल में 1984 में एक मंजिला भवन तैयार हो गया और 14 अगस्त, 1984 से उसी परिसर से विज्ञान प्रकाशन प्राइवेट लिमिटेड के बैनर तले प्रभात खबर का प्रकाशन प्रारंभ हुआ। उस समय प्रभात खबर का दाम सिर्फ पचास पैसे था।

प्रभात खबर का लोकार्पण कार्यक्रम राँची मेन रोड में रोटरी क्लब के हॉल में किया गया था। इसका उद्‌घाटन करने के लिए केंद्रीय खान मंत्री एन.के.पी. साल्वे आए थे। स्टेट्समैन, नई दिल्ली के संपादक सच्चिदानंद सहाय ने कार्यक्रम की अध्यक्षता की थी। अखबार के लोकार्पण कार्यक्रम की खबर प्रभात खबर के दूसरे दिन के संस्करण में सिर्फ तीन कॉलम में पृष्ठ एक पर छपी थी। संपादक-प्रकाशक एस.एन. विनोद और निदेशक मंडल के सदस्य ज्ञानरंजन के विचार को बहुत ही संक्षिप्त में (अंदर कुछ तसवीरें भी थीं) प्रकाशित किया गया था। पहले दिन का कवरेज बताता है कि प्रभात खबर ने पहले दिन ही संदेश दे दिया था कि अखबार का एक-एक इंच स्थान पाठकों के लिए खबरों को समर्पित था। उस समय मेन रोड में रतन सिनेमा घर (बाद में यह सिनेमा घर भी बंद हो गया) के पास कटारुका भवन था। इसी भवन में प्रभात खबर का सिटी कार्यालय खोला गया था।

प्रभात खबर प्रबंधन जानता था कि उसे अपनी जगह बनाने के लिए खबरों से लेकर प्रोडक्शन तक में गुणवत्ता पर ध्यान देना होगा, इसलिए पूरी तैयारी के साथ अखबार शुरू किया गया था। राँची में राँची एक्सप्रेस या पटना से आने वाले आर्यावर्त आदि अखबार प्रिंटिंग के मामले में कमजोर थे। प्रभात खबर ने बेहतर और सशक्त टीम के साथ-साथ

अखबार को छापने के लिए उस समय की आधुनिक तकनीक का इस्तेमाल किया था। बंधु एम-20 बेव ऑफसेट मशीन खरीदी गई थी। उस समय यह आधुनिक मशीन थी। 22 जुलाई, 1983 को ही मशीन निर्माता कंपनी ने बंधु मशीन की कीमत के संबंध में प्रभात खबर (विज्ञान प्रकाशन) को बताया था, जिसके अनुसार मशीन की कीमत (टैक्स समेत) 9,10,963 रुपए थी। उस समय के हिसाब से यह बड़ी कीमत थी। यह तो सिर्फ प्रिंटिंग मशीन का दाम था। इसके साथ सी.आर. ट्रॉनिक्स मशीन को इंग्लैंड से मँगाया गया था। दो सी.आर. ट्रॉनिक मशीनें आई थीं। उसके लिए ₹11.21 लाख का भुगतान किया गया था। यह वह मशीन थी जिस पर कंपोजिंग होती थी और ब्रोमाइड निकलता था। यह तकनीक उस समय बिल्कुल आधुनिक थी। इससे स्पष्ट है कि बड़ी ही तैयारी के साथ प्रभात खबर का प्रकाशन आरंभ किया गया था।

अखबार का प्रकाशन तो शुरू कर दिया गया था, लेकिन चुनौतियाँ कम नहीं थीं। दक्षिण बिहार में स्थानीय अखबार काफी सशक्त थे। राँची में अगर राँची एक्सप्रेस मजबूत था, तो जमशेदपुर में उदितवाणी और धनबाद में आवाज को हिलाना आसान काम नहीं था, पर कई चीजें प्रभात खबर के पक्ष में थीं। संस्थापक संपादक एस.एन. विनोद ने प्रभात खबर के लिए एक श्रेष्ठ टीम बनाई थी। इसके लिए उन्होंने दिल्ली और अन्य बड़े शहरों का दौरा कर संपादकीय के लिए पत्रकारों का चयन किया था। इनमें सुनील श्रीवास्तव, प्रकाश चंद्रायन, दिनेश जुयाल, मणिमाला, सुभाष डे, विजय भाष्कर, कल्याण कुमार सिन्हा, राय तपन भारती, व्योमेश चंद्र जुगरान, सुरेश सिन्हा, मधुकर, रजत गुप्ता, अविनाश ठाकुर, फैसल अनुराग, दीपक अंबष्ठ, अभय श्रीवास्तव, प्रबल महतो, मणिकांत ठाकुर, अनीस अहमद खान प्रमुख थे। अनुभवी एवं युवा टीम का सामंजस्य था। बाद में डॉ. राजचंद्र झा, श्रीनिवास, शशिकांत पाठक, कवींद्र कुमार कर्ण, जावेद इकबाल, हरिओम गुप्त और कमल नयन पंकज भी प्रभात खबर से जुड़े। दिनेश जुयाल और सुनील श्रीवास्तव ने जबलपुर में तीन साल साथ काम किया था। राष्ट्रीय स्तर के कार्टुनिस्ट लोकमान्य को विनोदजी प्रभात खबर में लाए थे। प्रभात खबर की शुरुआती टीम में कितने प्रतिभावान लोग थे, इसका अंदाजा इसी बात से लगाया जा सकता है कि उनमें से अधिकांश देश के प्रमुख अखबारों में कहीं-न-कहीं संपादक बने। सुनील श्रीवास्तव बाद में लोकमत के संपादक बने। दिनेश जुयाल हिंदुस्तान देहरादून के संपादक बने। राय तपन भारती ने पाटलिपुत्र के संपादक और कल्याण कुमार सिन्हा ने लोकमत के संपादक का दायित्व सँभाला। शुरू में प्रभात खबर (1984 वाले प्रभात खबर) के ले आउट से लेकर संपादकीय योजना में वरिष्ठ पत्रकार विजय किशोर, अरुण रंजन (पटना) की बड़ी भूमिका रही थी। संपादकीय में एस.एन. विनोद ने कई बड़े प्रयोग किए थे। आरंभ के दिनों में खुशवंत सिंह, अमृता प्रीतम, शंकर दयाल सिंह जैसे ख्याति प्राप्त

पत्रकार–लेखकों के कॉलम छपते थे।

राँची से उन दिनों अखबार निकालकर काम के लायक विज्ञापन ले आना बहुत बड़ी चुनौती थी। आर्थिक गतिविधियाँ दक्षिण बिहार में बहुत कम थीं। पिछड़ा इलाका था। प्रबंधन ने विज्ञापन में अशोक मुखोपाध्याय को मैनेजर बनाया था। अगली समस्या थी प्रसार बढ़ाने की। तेवर वाला अखबार निकालने के कारण अखबार का प्रसार बढ़ने लगा था। ऐसा नहीं था कि प्रभात खबर राँची से छपने के बाद सिर्फ राँची या इसके आसपास के जिलों में ही बिकता था। राँची से प्रकाशित होकर उत्तर बिहार के शहरों में भी प्रभात खबर भेजा जाता था। उन दिनों बिहार में आर्यावर्त का बोलबाला था। इसके बावजूद राँची से निकालकर प्रभात खबर पूर्णिया तक भेजा जाता था। एक पुराने दस्तावेज के अनुसार, आरंभ के दिनों में प्रभात खबर की पूरे बिहार में (तब झारखंड, बिहार का ही हिस्सा था) लगभग 54 हजार प्रति बिकती थी। मध्य प्रदेश, उत्तर प्रदेश, पश्चिम बंगाल, ओड़िशा और दिल्ली तक यह अखबार भेजा जाता था। दिल्ली समेत कई महानगरों में प्रभात खबर के कार्यालय थे। क्षेत्रीय अखबारों के लिए उस समय यह बिल्कुल नई बात थी। बहुत कम समय में प्रभात खबर ने अपनी जगह बना ली थी। परंतु अभी अखबार मजबूत हो ही रहा था कि प्रभात खबर, प्रबंधन के आपसी मतभेद का शिकार हो गया।

प्रभात खबर

लोकसभा में सरकार से वक्तव्य की मांग

बूटा सिंह पर सिखों को गुमराह करने का आरोप

कस्बा जला कर नष्ट कर डाला

राज्य सरकार सदन में आज वक्तव्य देगी

दोषी व्यक्तियों के खिलाफ कारवाई होगी

पटना रिजर्व बैंक में नये और फटे पुराने नोटों के विनिमय में भयंकर धांधली

'रा. सुरक्षा कानून में संशोधन जरूरी था'

प्रभात खबर का पहला अंक

हड़ताल के कारण प्रकाशन बंद रहा

अपने प्रकाशन के एक साल के भीतर ही प्रभात खबर गहरे संकट में फँस गया था। प्रबंधन में विवाद उत्पन्न हो गया। इसके कारण अखबार आर्थिक संकट में फँस गया। इस विवाद का असर यह हुआ कि अखबार में कुछ दिनों के लिए हड़ताल हो गई। कई दिनों तक अखबार नहीं निकला। उन दिनों शिव प्रसाद साहू कांग्रेस के सांसद थे। ज्ञानरंजन से उनके राजनीतिक मतभेद थे। इसी बीच शिव प्रसाद साहू के खिलाफ प्रभात खबर में एक रिपोर्ट छप गई, मामला दिल्ली तक चला गया। ज्ञानरंजन पर विरोधियों ने आरोप लगा दिया कि वे अखबार के जरिए अपने विरोधियों पर हमले कर रहे थे। उन

दिनों एस.एन. विनोद संपादक थे। संपादक होने के साथ-साथ वे अखबार के साझा मालिक भी थे। मतभेद के बाद ज्ञानरंजन ने आर्थिक सहयोग देना धीरे-धीरे कम कर दिया। यहाँ इस बात का उल्लेख करना आवश्यक है कि ज्ञानरंजन अपने संपर्क से देश की प्रमुख कंपनियों से प्रभात खबर को विज्ञापन दिलाने में बड़ी भूमिका अदा करते थे। मतभेद के बाद उनके पीछे हटने से प्रभात खबर की स्थिति बिगड़ने लगी। विज्ञापन और अखबार के सर्कुलेशन से जो पैसे आते थे, वे वेतन देने के लिए पर्याप्त नहीं थे। ऐसी स्थिति में कर्मचारियों को दो-तीन माह तक वेतन नहीं मिला था, लेकिन कर्मचारी काम कर रहे थे। लोगों में गुस्सा तो था ही। पैसा नहीं मिलने के कारण पी.टी.एस. के कर्मचारियों ने हड़ताल की घोषणा कर दी। मशीन के लोगों ने भी हड़ताल की धमकी दी थी। किसी तरह अखबार निकलता रहा। बाद में हड़ताल में संपादकीय के लोग भी शामिल हो गए और अखबार का प्रकाशन बंद करना पड़ा।

किसी संस्थान में कर्मचारियों को वेतन नहीं मिलने पर क्या स्थिति बन जाती है, इसका उदाहरण प्रभात खबर था। 1985 में जब कई माह तक कर्मचारियों को वेतन नहीं मिला तो संपादकीय और गैर-संपादकीय कर्मचारियों को भारी परेशानी का सामना करना पड़ा। उन दिनों कई ऐसे कर्मचारी थे, जो दूसरे राज्यों से आए थे और राँची में अकेले ही रहते थे। होटल में खाते थे। उनका उधार खाता चलता था। जब वेतन मिलता था तो होटल को पेमेंट कर देते थे। कोकर में उन दिनों एक झोपड़ी नुमा होटल था। प्रभात खबर के कर्मचारी वहीं खाना खाते थे। वेतन नहीं मिलने पर जब होटल को भुगतान नहीं किया गया तो होटल में बाहर एक कागज पर लिखकर चिपका दिया गया कि प्रभात खबर के कर्मचारियों को उधार में खाना नहीं मिलेगा। यह बड़ा अपमानजनक था। यह जानकारी मिलने के बाद उस समय के खेल संवाददाता रजत गुप्ता, दीपक अंबष्ट और कुछ अन्य सहयोगी होटल में गए और विरोध जताया। स्थिति बहुत बिगड़ गई थी। किराया नहीं देने के कारण कुछ कर्मचारियों को मकान मालिक ने मकान खाली करने का फरमान जारी कर दिया था। कर्मचारियों के साथ बदसलूकी की भी घटनाएँ घटी थीं। ऐसे कठिन दौर में राँची में स्थायी तौर पर रहने वाले कुछ कर्मचारियों ने बाहर से आए साथियों की मदद की। फिर तय हुआ कि किसी प्रकार हड़ताल खत्म हो, वेतन मिले और जीवन पटरी पर लौटे।

हड़ताल के आरंभ में संपादकीय विभाग के साथी अपने संपादक एस.एन. विनोद के साथ थे, मगर हड़ताल के कारण स्थिति बदल गई थी। संपादकीय विभाग के लोगों का मानना था कि संपादक बेहतर अखबार निकाल सकते हैं, बेहतर और पठनीय कंटेंट दे सकते हैं, लेकिन वेतन और अन्य खर्च के लिए पैसा लाना उनके लिए संभव नहीं है। बिना पैसों के अखबार चल नहीं सकता, इसलिए बेहतर था कि सीधे ज्ञानरंजन से बात की जाए। इतनी सहमति बनने के बाद संपादकीय के वरिष्ठ सहयोगी डॉ. राजचंद्र झा,

मधुकर, रजत गुप्ता, दिनेश जुयाल, दीपक अंबष्ट और कार्टूनिस्ट लोकमान्य, ज्ञानरंजन से उनके आवास पर मिले। उसी दौरान इस टीम ने उनसे साफ–साफ पूछा कि वे अखबार चलाना चाहते हैं या नहीं। ज्ञानरंजन ने कहा अखबार दिला दें तो जरूर चलाएँगे। सभी विभागों के कर्मचारियों ने तय किया कि वे सभी उसी का साथ देंगे, जिनमें अखबार चलाने की क्षमता है. संदेश साफ था।

प्रभात खबर के संकट के दौरान की एक रोचक घटना का जिक्र प्रसिद्ध पत्रकार बलवीर दत्त ने 'सफरनामा एक अखबार का 25 वर्षों का', शीर्षक से लिखे एक लेख में किया है। प्रभात खबर में आए संकट को टालने के लिए ज्ञानरंजन ने बलवीर दत्त से आग्रह किया था, तब वे प्रतिद्वंद्वी अखबार राँची एक्सप्रेस के संपादक थे। बलवीर दत्त कुछ भूले बिसरे, अल्पज्ञात लेख में लिखते हैं—जुलाई के तीसरे सप्ताह में कर्मचारियों की हड़ताल के कारण अखबार का प्रकाशन बिल्कुल ठप हो गया है। विवाद को हल करने के लिए नगर के कई विशिष्ट व्यक्तियों ने, जिनमें कई महारथी थे, प्रयास किए, लेकिन सफलता नहीं मिली। एक दूसरे के विरुद्ध आरोप–प्रत्यारोप का बाजार गरम था। दोनों भागीदारों के बीच संवादहीनता की स्थिति थी। वे सीधी बातचीत के लिए तैयार ही नहीं थे। सभी मध्यस्थ व बिचौलिए हार चुके थे। ऐसी विषम परिस्थिति में प्रभात खबर के विज्ञापन विभाग के कर्मचारियों की संघर्ष समिति के सदस्यों ने मुझे और पटना के अंग्रेजी दैनिक इंडियन नेशन के राँची में पदस्थापित विशेष संवाददाता पी.एन. झा को बीच बचाव करने को कहा। उन्होंने लिखित अनुरोध किया कि अखबार के भागीदारों को इस बात के लिए मजबूर करें कि वे प्रेस परिसर में कर्मचारियों से सीधी बातचीत के लिए तैयार हो जाएँ। काफी प्रयास के बाद दोनों भागीदार बातचीत के लिए तैयार हो गए। राजनीतिक सक्रियता के कारण ज्ञानरंजन का राँची से बाहर आना–जाना लगा रहता था और वह कई दिनों तक राँची से गायब रहते थे। इससे नाराज होकर मैंने उनसे कहा—आपका स्टैंड क्या है, यह तो हमें मालूम है लेकिन उसी दिशा में वार्त्ता को आगे बढ़ाने और उसकी रुपरेखा तैयार करने के लिए हम इंतजार में बैठे नहीं रह सकते। ज्ञानरंजन ने मुसकुराते हुए अपना लेटर पैड निकाला और उस पर लिखा—श्री बलवीर दत्त—श्री पी.एन. झा, जिन बिंदुओं पर आपसे बातचीत हुई है, उसमें आपका जो भी फैसला होगा, मुझे स्वीकार है—आपका ज्ञानरंजन। यह कहने और लिखकर देने के लिए काफी दमखम और जिगर चाहिए। अंततः दोनों भागीदारों की कर्मचारियों के साथ सीधी बातचीत हुई। बातचीत का यह दौर निर्णायक था। मामला सुलझ गया। दोनों के वकील प्रकट हुए, करारनामा बना और उस पर हस्ताक्षर हुए। अखबार बंद होने से बच गया। बलवीर दत्त का यह लेख बताता है कि तब प्रभात खबर को बचाने के लिए पत्रकारों ने कितना प्रयास किया था।

इस बैठक के बाद संपादक एस.एन. विनोद ने अखबार से हटने का फैसला कर लिया। सुनील श्रीवास्तव को नया संपादक बनाया गया। प्रभात खबर में आने से पहले वे धर्मयुग में काम करते थे। उन्होंने हड़ताल खत्म होने के बाद 1 अगस्त, 1985 के अंक में पृष्ठ एक पर विशेष संपादकीय लिखकर सभी मामलों का खुलासा करते हुए साथियों से अखबार को नए उत्साह के साथ आगे ले जाने की अपील की। इसी विशेष संपादकीय में सुनील श्रीवास्तव ने पाठकों के समक्ष हड़ताल और अखबार की वित्तीय स्थिति का भी खुलासा करते हुए सहयोग की अपील की थी। 1 अगस्त से फिर से प्रभात खबर का प्रकाशन आरंभ हुआ। कीमत थी 70 पैसे प्रति अंक। प्रबंधन का काम महाप्रबंधक एन.के. विश्वास (पूर्व अधिकारी एचईसी) और निदेशक अमित स्वरूप (पूर्व वरिष्ठ बैंक अधिकारी) देखते थे।

राँची टाइम्स अखबार को ज्ञानरंजन ने अपने पास रख लिया था। उन दिनों उसके संपादक दिलीप दाराद थे। प्रभात खबर से सुरेश सिन्हा को राँची टाइम्स में भेजा गया। ज्ञानरंजन ने संपादकीय साथियों से किया गया अपना वादा निभाया। हड़ताल के बाद चार साल तक उन्होंने एक-दो मामलों को छोड़कर कभी खबरों के चयन में हस्तक्षेप नहीं किया। खुद ज्ञानरंजन कभी हस्तक्षेप नहीं करते थे, लेकिन उनके अन्य करीबी कोई भी मौका नहीं चूकते थे। प्रभात खबर के पत्रकार-कर्मचारियों में उत्साह जगाने के लिए रजरप्पा में पिकनिक का आयोजन किया गया। सभी कर्मचारी व पत्रकार वहाँ गए थे।

जब प्रभात खबर गंभीर संकट से गुजर रहा था, तब कुछ वरिष्ठ सहयोगी संस्थान छोड़कर चले गए। ज्ञानरंजन अखबार के सदस्यों को परिवार की तरह मानते थे और अखबार को परिवार की तरह चलाते थे। जब जो भी उनके पास चला जाए, अपनी मजबूरी या संपर्क बता दे तो उसे वे नौकरी पर रख लेते थे। प्रोफेशनलिज्म की कमी दिखती थी। अखबार की आय थी नहीं, खर्च भी रोज बढ़ता ही जा रहा था। मैनपावर को देखने वाला कोई था नहीं। जिस काम को करने के लिए दो व्यक्तियों की जरूरत थी, उसके लिए चार-पाँच व्यक्ति नियुक्त कर लिए जाते थे।

कुव्यवस्था के कारण प्रभात खबर आर्थिक बोझ से दबता गया। विज्ञापन कोई देता नहीं था। अगर कुछ विज्ञापन मिल भी जाता था तो उसका पैसा नहीं आता था। अकेले ज्ञानरंजन निजी संपर्क से किसी तरह पैसे की व्यवस्था खुद करते थे, जिससे अखबार चलता था और वेतन मिलता था। दक्षिण बिहार में उस समय आर्थिक गतिविधियाँ नहीं के बराबर थीं। विज्ञापन के स्त्रोत अधिक नहीं थे। कभी राजीव गांधी अंक, कभी इंदिरा गांधी अंक तो कभी नेहरू विशेषांक निकालकर देश के कई प्रतिष्ठानों से विज्ञापन लाने का प्रयास किया जाता था, लेकिन यह पर्याप्त नहीं था। इसमें गौर करने की बात यह थी कि उन दिनों उस हालात में भी प्रभात खबर को ऐसी-ऐसी प्रतिष्ठित कंपनियों के विज्ञापन

मिलते थे, जिसके लिए बड़े-बड़े अखबार आज भी तरसते हैं। ये सब विज्ञापन मिलने के बावजूद आर्थिक चुनौतियाँ कम नहीं हुईं। वेतन और अन्य मदों में खर्च बहुत बढ़ गए थे। प्रिंटिंग मशीन हो या सी.आर. ट्रॉनिक्स मशीन, ये भी जवाब देने लगी।

1985 के सितंबर के बाद प्रभात खबर सामान्य तौर पर चलता रहा। 1987 के अंत से स्थिति फिर खराब होने लगी। इस दौरान कई ऐसे अवसर आए, जब कंपोजिंग की सी.आर. ट्रॉनिक मशीन खराब हो गई। किसी तरह अखबार तो निकालना ही था। सहयोगी हार नहीं माने। सामान्य टाइप राइटर पर कंपोजिंग कर और बाहर के लेटर प्रिंटिंग प्रेस (सरस्वती प्रेस) से हेडिंग बनाकर किसी तरह अखबार निकाला गया। यह एक अनोखा प्रयोग था। 30 अगस्त, 1987 के प्रभात खबर को देखने से पता चलता है कि उन दिनों कर्मचारियों व पत्रकारों में किस तरह की समर्पण भावना थी, कितना जज्बा था। किसी भी हालत में अखबार का प्रकाशन नहीं रुके, इसके लिए अंतिम प्रयास तक होता था।

जार्ज फर्नांडीस प्रभात खबर पढ़ते

प्रभात खबर फिर से संकट में फँसता जा रहा था इसका अहसास सभी को हो गया था। ज्ञानरंजन अपने प्रयास से चीजों को ठीक करने का भरपूर प्रयास कर रहे थे, लेकिन बेहतर टीम मैनेजमेंट नहीं होने के कारण कुछ कर नहीं पा रहे थे। कांग्रेस के नेता आर.पी. राजा और अपने करीबी न्यू राजस्थान कलेवालय के मालिक निरंजन से ज्ञानरंजन अखबार के भविष्य के बारे में बात करते थे। प्रभात खबर के अनेक साथियों

को लगा कि अब अखबार नहीं चलेगा, इसलिए कहीं और अवसर मिलता है तो जाना चाहिए। उन दिनों नागपुर से हिंदी में लोकमत का प्रकाशन होने वाला था। उसके संपादक थे एस.एन. विनोद, जो प्रभात खबर के भी संस्थापक संपादक थे। स्वाभाविक था कि जो लोग उनके साथ राँची में काम कर चुके थे, उन्होंने उनसे संपर्क किया। एक-एक कर कई लोग प्रभात खबर छोड़कर चले गए। प्रभात खबर के तत्कालीन संपादक सुनील श्रीवास्तव लोकमत समाचार (नागपुर) चले गए। प्रबंधन ने निर्णय लिया कि सुनील श्रीवास्तव की जगह राँची टाइम्स के संपादक दिलीप दाराद को प्रभात खबर का संपादक बनाया जाए। श्री दाराद ने इसके बाद प्रभात खबर के तीसरे संपादक के तौर पर काम सँभाल लिया। वे बेहद सरल स्वभाव के व्यक्ति थे।

दिलीप दाराद के नेतृत्व में अखबार तो हर दिन निकल रहा था, लेकिन लगातार घटते सर्कुलेशन से प्रबंधन परेशान था। कई सीनियर सहयोगी नौकरी छोड़कर अन्यत्र जा चुके थे। स्थिति को सुधारने के लिए ज्ञानरंजन ने जमशेदपुर कार्यालय में कार्यरत दिनेश्वर प्रसाद दिनेश को समाचार संपादक के रूप में राँची बुला लिया। मुख्य उपसंपादक के दायित्व में अविनाश ठाकुर थे, जो बड़े ही संयमित और धैर्यवान थे। इस बीच कई दिन ऐसे आए, जब लगा कि शायद कल का अखबार नहीं निकलेगा। उन दिनों कंपोजिंग के बाद सी.आर. ट्रॉनिक मशीन से ब्रोमाइड निकलता था। वह मशीन भी खराब हो गई। समय पर भुगतान नहीं होने के कारण न्यूज एजेंसी की लाइन काट दी गई थी। न्यूज प्रिंट और इंक की भी किल्लत होने लगी। परेशानियाँ बढ़ गईं। अब तक यह महसूस होने लगा था कि अब आगे की यात्रा बहुत मुश्किल है।

एक तरह से प्रबंधन भी मान चुका था कि अखबार चलाना मुश्किल था, लेकिन यहाँ के कर्मचारी हार मानने को तैयार नहीं थे। अपरिहार्य कारणों से प्रभात खबर का प्रकाशन कल से स्थगित रहेगा, यह सूचना बनाकर प्रबंधन के एक वर्ग ने वरिष्ठ सहयोगी अविनाश ठाकुर को सौंप दी और कह दिया कि किसी भी दिन इसका इस्तेमाल किया जा सकता था। कर्मचारियों के लिए यह सबसे दुखदायी खबर थी। यह सूचना ज्ञानरंजन को नहीं थी। जब उन्हें मालूम हुआ तो तुरंत उन्होंने संदेश भेजा कि किसी भी हाल में ऐसी सूचना नहीं लगेगी, मैं कुछ व्यवस्था करता हूँ।

भारी संकट के बावजूद प्रभात खबर के साथियों ने हिम्मत नहीं हारी थी और उन्होंने किसी तरह अखबार निकालने का संकल्प लिया। संकट के दौर में राँची शहर की कई संस्थाओं ने प्रभात खबर का साथ दिया। इनमें एक संस्था थी—समुद्रण। जब प्रभात खबर की सी आर ट्रॉनिक मशीन खराब हो गई और ऐसा लगा कि आज का अखबार नहीं निकल पाएगा तो कंपोजिंग के लिए समुद्रण प्रबंधन ने अपने सारे कंप्यूटर प्रभात खबर के कंपोजिटरों को अखबार का मैटर कंपोज करने के लिए सौंप दिए. ऐसा सहयोग

बहुत कम देखने को मिलता है। एक बार तो सहकर्मी अल्ताफ ने रात भर सामान्य टाइपराइटर पर कंपोजिंग कर अखबार निकालने में मदद की थी। सिर्फ संपादकीय ही नहीं, अन्य विभागों में भी ऐसे-ऐसे कर्मचारी थे, जो विपरीत परिस्थिति में भी हार नहीं मानते थे। इनमें मशीनमैन आसित घोष, प्रोडक्शन में मानव बसु राय, अमर पालित, इलेक्ट्रिशियन मुरली नायर, सीताराम साहु, दीपक घोष प्रमुख थे।

नए प्रबंधन द्वारा प्रभार लेने के कुछ पहले, यानी 1989 की एक घटना है। एक दिन कंपोजिंग की भी मशीन खराब हो गई। भुगतान नहीं करने के कारण न्यूज एजेंसी की लाइन काट दी गई थी। उन दिनों टेलीप्रिंटर से देश-दुनिया की खबर आती थी, तब टेलीविजन भी बहुत प्रचलित नहीं था। दूरदर्शन पर न्यूज निर्धारित समय पर प्रसारित होता था। रेडियो का भी बड़ा सहारा था। किसी तरह देश-दुनिया की बड़ी खबरों को तैयार कर लिया जाता था, लेकिन कंपोजिंग कहाँ हो, यह समस्या थी। गोदरेज का एक टाइपराइटर था, उस पर स्थानीय समाचारों को कंपोज किया गया। पुराने लेखों को काट कर संपादकीय पृष्ठ तैयार किया गया। हेडलाइन बड़ी होनी चाहिए। हेडिंग के लिए सररस्वती प्रेस (कोकर) का सहारा लिया गया। कुछ हद तक उससे काम निकला। जब परेशानी हुई, तो हाथ से हेडलाइन लिखकर अखबार निकाला गया। हाथ से लिखे गए शीर्षक का गवाह 8 सितंबर, 1989 (दिन शुक्रवार) का प्रभात खबर का अंक है। पत्रकार साथियों पर एक जुनून सवार था कि अखबार रूकना नहीं चाहिए, चाहे जो हो जाए, इसी संकल्प ने मनोबल को बढ़ाया। 13 अप्रैल, 1989 के प्रभात खबर का पूरा अंक टाइप कर निकला और समाचारों के शीर्षक लेटर प्रेस से निकाले गए, जिसमें सरस्वती प्रेस के ध्रुवजी ने काफी सहयोग किया था।

प्रभात खबर के प्रकाशन के पाँच साल पूरे होनेवाले थे। इसका अधिकांश समय संकट में ही कटा था। उन दिनों राँची एक्सप्रेस की तूती बोलती थी। वहाँ पवन मारू संपादक थे—बड़े मिलनसार, सहयोग करने में आगे रहने वाले और उदार विचार के थे। प्रभात खबर की जो हालत उन दिनों थी, उससे राँची एक्सप्रेस को कोई खतरा भी नहीं था। प्रभात खबर की मशीन खराब होती ही रहती थी। किसी-न-किसी तरीके से अखबार भी निकल जाया करता था। एक दिन फिर प्रभात खबर की कंपोजिंग मशीन खराब हो गई, लगा कि अखबार अब नहीं निकलेगा। कोई रास्ता सूझ नहीं रहा था। सहयोगियों से विचार-विमर्श हुआ। मेरे एक मित्र थे कवींद्र कुमार कर्ण। हमलोग के सीनियर थे अविनाश ठाकुरजी, हम लोगों के नेता भी थे। जो वह कहते थे, हम सब वही करते थे। उनसे बात हुई। यह तय हुआ कि अगर किसी अखबार का पेस्टिंग पृष्ठ मिल जाए तो काम चल जाएगा, लेकिन तैयार किया हुआ पेज देगा कौन? हम और कवींद्र दोनों स्कूटर से राँची एक्सप्रेस के कार्यालय में गए। वहाँ उनका अखबार छप रहा था।

पवन मारूजी सोने चले गए थे। पवनजी अखबार के संपादक और मालिक दोनों थे। वह राँची एक्सप्रेस की बिल्डिंग के ऊपर के तल्ले पर रहते थे। रात के लगभग दो बज रहे थे। किसी तरह गार्ड से आग्रह कर उन्हें उठाया गया। उन्होंने काम पूछा, मैंने बताया कि भैया, मशीन खराब है, कुछ कंपोज किया मैटर नहीं है, अखबार निकालना है, कुछ पेज तो किसी तरह पुराने न्यूज-लेख से बन गए हैं। पवनजी संकट को समझ गए। उन्होंने वह सहयोग किया, जिसकी आज की पत्रकारिता में कोई कल्पना नहीं कर सकता। उन्होंने राँची एक्सप्रेस का पूरा पेस्टिंग पेज दे दिया और कहा कि इसका जैसे उपयोग करना हो, कर सकते हो। वहाँ से खुशी-खुशी हम दोनों भागकर प्रभात खबर के कार्यालय में आए। जल्दी-जल्दी कट-पेस्ट किया और अगले दिन का अखबार तैयार। सहयोग का ऐसा उदाहरण आज की प्रतिद्वंद्विता के दौर में असंभव है।

तीन साल की यात्रा पर
1987 में प्रकाशित खास पेज

रोज-रोज आ रही परेशानियों से प्रभात खबर के सहयोगी भी खिन्न थे, हालाँकि सभी हिम्मत से काम लेते थे। ऐसा महसूस हो गया था कि अब बहुत दिनों तक अखबार चलने वाला नहीं है। जब पाँचवीं वर्षगाँठ 1989 में पूरी हो रही थी, उसी समय मैंने अपने सहयोगियों से बात की और उसी आधार पर उनकी राय छाप दी। इसमें कुछ साथियों ने वेतन नहीं मिलने की बात कही तो कुछ ने कह दिया कि यहाँ भविष्य नहीं है। प्रभात खबर में छपी मेरी रिपोर्ट एक तरीके से प्रबंधन विरोधी थी। लेकिन मैं तब सिर्फ एक उपसंपादक था, जिसके पास खबरों के बारे में अंतिम निर्णय लेने का अधिकार नहीं था। जो भी हो, रिपोर्ट छप गई। रिपोर्ट छपते ही हंगामा हो गया। किसी भी अखबार का प्रबंधन अपने ही अखबार में अपने ही खिलाफ रिपोर्ट छापने की अनुमति नहीं दे सकता। बात ज्ञानरंजन तक गई, लेकिन उस समय उन्होंने कुछ नहीं कहा। मेरे खिलाफ भी कोई काररवाई नहीं हुई। इसे मैं अपनी जीत नहीं मानता, बल्कि तत्कालीन प्रबंधन खास कर ज्ञानजी की उदारता मानता हूँ, जिसने उस पूरी घटना को नजर अंदाज कर दिया। दरअसल हालात ने उस रिपोर्ट को लिखने के लिए बाध्य कर दिया था।

प्रभात खबर का प्रबंधन बदला

जो हालात थे, उसमें प्रभात खबर को चलाने में ज्ञानरंजन को लगातार परेशानी हो रही थी। वे भी समझ गए थे कि अब इसे चलाना संभव नहीं था लेकिन वे यह भी नहीं चाहते थे कि इसे बंद कर दिया जाए। वह जानते थे कि एक बार बंद होने पर अखबार फिर से खुलने वाला नहीं। अगर प्रकाशन होता रहे और कोई बेहतर खरीदार मिल जाए तो यहाँ के कर्मचारियों का भविष्य सुधर सकता है। अंत में उन्होंने इसे बेच देने का निर्णय लिया। प्रभात खबर में अगस्त, 1989 से ही यह चर्चा सुनने को मिल रही थी कि ज्ञानरंजन अब अखबार को शायद बंद कर देंगे या किसी को बेच देंगे।

उषा मार्टिन ग्रुप से ज्ञानरंजन के पहले से ही बेहतर संबंध थे। घाटा बहुत ज्यादा बढ़ गया था। हर माह लगभग 17 लाख का खर्च था, जबकि कुल आय लगभग 10 लाख की थी (इस खर्च में कागज और इंक का भी खर्च शामिल था)। इस प्रकार प्रभात खबर को सात लाख का प्रति माह घाटा हो रहा था। बैंक और बी.एस.एफ.सी. का कर्ज एक करोड़ से ज्यादा का हो गया था। बाजार में 59 लाख का कर्ज अदा करना था। कर्मचारियों की संख्या जरूरत से ज्यादा थी। उनके वेतन पर लगभग साढ़े तीन लाख का हर माह खर्च था। ऐसे में अखबार को एक बेहतर हाथ में बेचना भी आसान काम नहीं था, लेकिन ज्ञानरंजन के व्यक्तिगत संबंधों के कारण परेशानी नहीं हुई।

ज्ञानरंजन और उषा मार्टिन के मालिक बीके झवर (लाली बाबू) में गहरे संबंध थे। ज्ञानजी ने लालू बाबू से अखबार को बेचने की चर्चा की। लाली बाबू ने अपने परिवार में अखबार खरीदने की चर्चा की. उसके बाद ही अखबार को खरीदने का फैसला किया गया। ज्ञानरंजन ने प्रभात खबर की एसेट्स और लाइबलिटी को सिर्फ एक रुपए में नए प्रबंधन को बेच (ट्रांसफर करना सही शब्द होगा) दिया। यानी जितना भी बकाया था, उसका भुगतान नए प्रबंधन को करना था। ज्ञानरंजन के पास दो कंपनियाँ थीं, एक प्रभात खबर और दूसरा विज्ञान प्रकाशन। दोनों को नए प्रबंधन को सौंप दिया गया। अखबार को नए हाथ में देने के बाद ज्ञानरंजन खुश थे। उसी वर्ष दीपावली में मैं और अविनाश ठाकुरजी ज्ञानजी से मिलने उनके घर गए तो बातचीत में उन्होंने कहा था—मैं अखबार को एक अच्छे और सुरक्षित हाथ में सौंपना चाहता था, वह मैंने कर दिया। मेरे लिए आगे अखबार चलाना संभव नहीं था। अब अखबार काफी आगे जाएगा, मुझे इसकी खुशी है।

उषा मार्टिन ग्रुप ने भले ही प्रभात खबर खरीद लिया था, लेकिन अखबार इंडस्ट्री का उसे अनुभव नहीं था। यह ग्रुप स्टील और वायर रोप के बिजनेस में था। उनके लिए अखबार इंडस्ट्री से जुड़े अनुभवी लोगों की टीम बनाना एक प्राथमिकता थी। एक ऐसी नई टीम बनानी थी, जो अखबार चला सके। जिन दिनों प्रभात खबर को बेचने-खरीदने की प्रक्रिया चल रही थी, उन्हीं दिनों हरिवंशजी से संपर्क भी किया गया था। तब वे

कोलकाता से प्रकाशित होने वाली रविवार पत्रिका में कार्यरत थे। जब उन्हें प्रभात खबर सँभालने का अनुरोध किया गया तो काफी सोच विचार कर कोलकाता जैसे महानगर की पत्रकारिता को छोड़ कर वे राँची में पत्रकारिता करने पर सहमत हो गए थे। ऐसी बात नहीं थी कि वे राँची या झारखंड क्षेत्र (तब का दक्षिण बिहार) से अपरिचित थे। धर्मयुग और रविवार में काम करने के दौरान इस क्षेत्र में वे आते रहे थे। रविवार पत्रिका में झारखंड आंदोलन पर उनकी कई रिपोर्ट प्रकाशित हो चुकी थी। इसके लिए न सिर्फ राँची बल्कि कोल्हान की भी उन्होंने यात्रा की थी। इस क्षेत्र में फादर कामिल बुल्के, फादर पी पोनेट और बी.पी. केसरी से उनकी पहले मुलाकात हो चुकी थी। इसलिए जब हरिवंशजी को झारखंड क्षेत्र में काम करने का अवसर मिला तो उन्हें लगा कि इस क्षेत्र में रहकर आदिवासी बहुत इस क्षेत्र में नई तरह की पत्रकारिता की जा सकती है, इसलिए राँची आने और प्रभात खबर का कायाकल्प करने की जिम्मेदारी लेने के लिए वे तैयार हो गए।

संपादकीय के लिए टीम बनाना भी आसान नहीं था। राँची कार्यालय में (तब प्रभात खबर सिर्फ राँची से प्रकाशित होता था) संपादकीय विभाग में पहले ही ज्यादा लोग कार्यरत थे। इसके बावजूद उन्हें कुछ लोगों को तो साथ में लेकर आना ही था, जिन पर उन्हें पूरा भरोसा हो। ऐसे ही एक व्यक्ति थे—संजीव क्षितिज। वे पहले रविवार में हरिवंशजी के साथ काम करते थे। इससे पूर्व वे मध्य प्रदेश प्रशासनिक सेवा के अधिकारी थे, जहाँ से इस्तीफा देकर वह पत्रकारिता करने कोलकाता आए थे। प्रतिभावान थे, प्रभात खबर की वास्तविक स्थिति को जानने के लिए हरिवंशजी उन्हें लेकर राँची आए। राँची के आर्या होटल में ठहरे। उषा मार्टिन ग्रुप द्वारा प्रभात खबर का टेकओवर करने के बाद डी.एस. शर्मा को निदेशक बनाया गया था। वह भी बड़े अनुभवी व जानकार थे। डी.एस. शर्मा और संजीव क्षितिज दोनों प्रभात खबर के दफ्तर पहली बार यह देखने गए कि अखबार किस हालत में था। प्रभात खबर में सिस्टम काम कर रहा था या नहीं। हरिवंशजी होटल में ही रुक गए थे। उन्होंने कहा था कि जिस दिन काम सँभालूँगा, उसी दिन दफ्तर जाऊँगा।

होटल में हरिवंशजी, संजीव क्षितिज के लौटने की प्रतीक्षा कर रहे थे। संजीवजी जब लौटकर आए तो रिपोर्ट देने के पहले ही उनके चेहरे से पता चल चुका था कि मामला गंभीर था। चेहरे पर चिंता दिख रही थी। संजीवजी की जुबानी पूरी कहानी सुनने के बाद हरिवंशजी हतप्रभ रह गए। उन्होंने जो सोचा था और जो उन्हें बताया गया था, उससे बुरी स्थिति थी। जब उन्होंने महानगर की पत्रकारिता को छोड़कर राँची में प्रभात खबर को सुधारने की जिम्मेदारी ली थी, उसी समय उनके मित्रों ने कहा था कि वे अपने पैरों पर कुल्हाड़ी मारने जा रहे हैं। एक बेहतर जीवन छोड़कर अनिश्चितता की ओर जा रहे हैं, जहाँ कोई भविष्य नहीं दिखता। प्रभात खबर के बारे में संजीवजी की रिपोर्ट सुनने

के बाद हरिवंशजी को लगा था कि लोग सही ही कह रहे थे। अगर पहले उन्हें इस सच्चाई का पता चल गया होता तो शायद उनका निर्णय अलग होता।

संजीवजी ने प्रभात खबर कार्यालय से लौटकर हरिवंशजी को जो फीडबैक दिया था, वह निराशाजनक और हतोत्साहित करने वाला था। संजीवजी ने बताया था कि कोई सिस्टम नहीं है, मशीन बेकार है, कट पेस्ट कर अखबार निकाला जा रहा है, हर विभाग में आदमी भरे पड़े हैं, लेकिन अधिकांश में प्रोफेशनलिज्म का अभाव है। समय की पाबंदी नहीं है, कौन कब आता है, कब जाता है, किसी को पता नहीं होता। बिल्कुल अराजक सी स्थिति है। कौन आदमी क्या काम करता है, वह भी स्पष्ट नहीं है। पुराने इंप्लायज की सूची भी बार-बार बदल रही थी। उस समय के प्रभात खबर की यह दशा देखकर कोई भी परेशान हो जाता। रिपोर्ट सुनने के बाद उसी दिन ट्रेन से हरिवंशजी और संजीवजी कोलकाता लौट गए। दोनों परेशान थे, लेकिन राँची आने का वे फैसला पहले ही कर चुके थे। उससे मुकरने का सवाल ही नहीं था। अब उसी को ठीक करने का इरादा था।

22 अक्तूबर, 1989 को प्रभात खबर का पुनर्जन्म हुआ, जब नए प्रबंधन (न्यूट्रल पब्लिसिंग हाऊस लिमिटेड) ने काम करना आरंभ किया। ज्ञानरंजन के समय विज्ञान प्रकाशन के नाम से प्रभात खबर का प्रकाशन होता था। टेक ओवर के बाद मालिकाना हक न्यूट्रल पब्लिशिंग हाऊस लिमिटेड के पास आ गया। उसी दिन, पहली बार हरिवंशजी ने प्रभात खबर परिसर में कदम रखा। उनके साथ कई सहयोगी भी आए हुए थे। इनमें संजीव क्षितिज के साथ-साथ कृपा शंकर चौबे, हरिनारायण सिंह और ओम प्रकाश मिश्र प्रमुख थे। अनिमेष, विनय बिहारी सिंह और शैलेंद्र भी बाद में आए थे। ये सभी लोग संपादकीय में आए थे। प्रबंधन ने दूसरे विभागों में भी बाद में इंडस्ट्री के वैसे लोगों को जोड़ा जिन्हें अपने-अपने क्षेत्र में महारथ हासिल थी। विज्ञापन में प्रशांत कुमार सेन (पीके सेन) प्रमुख थे, जो बाद में महाप्रबंधक और प्रकाशक तक बने। प्रोडक्शन में श्रीवास्तवजी (थामसन प्रेस से आए थे) को लाया गया, जिन्होंने अखबार की छपाई में बड़ा परिवर्तन किया। अखबार को तरीके से चलाने के लिए प्रबंधन ने प्रयास आरंभ कर दिया था। इसी क्रम में पटरी से उतर चुकी चीजों को ठीक करने के लिए न्यूज पेपर इंडस्ट्री से जुड़े विशेषज्ञों की सूची बनाई गई। प्रोडक्शन, सर्कुलेशन और मार्केटिंग के अनुभवी लोगों से सुझाव लिए गए। विशेषज्ञों को प्रबंधन की शीर्ष टीम से मिलवाया गया।

प्रभात खबर के नए प्रबंधन ने अखबार को पटरी पर लाने के लिए अनेक सार्थक प्रयास किए। प्रभात खबर क्षेत्रीय अखबार था, इसलिए एक क्षेत्रीय अखबार को कैसे मजबूत बनाया जाए, कैसे प्रभावशाली बनाया जाए, इसकी रणनीति बनानी थी। इसके लिए आवश्यक था कि देश में जो भी सफल क्षेत्रीय अखबार हैं, उनका अध्ययन कर एक मॉडल बनाया जाए।

प्रभात खबर

चंडीगढ़ को बिना शर्त पंजाब को सौंपने की मांग

राम नरेश यादव इंका में शामिल

अदालत में हाजिर होने का निर्देश

गुमला रहस्यमय बीमारी की चपेट में १८ मरे

मशीन खराब होने के बाद लेटर प्रेस से तैयार हेडलाइन

उस समय अजीब स्थिति हो गई जब न्यूज पेपर इंडस्ट्री के एक विशेषज्ञ अशोक दत्ता (जो बाद में खड़गपुर आई.आई.टी. मैनेजमेंट के प्रभारी बने) ने एक महत्त्वपूर्ण बैठक में यह राय दी कि इस अखबार (प्रभात खबर) को चलाना असंभव है। उन्होंने अपने नोट में भी यही साफ-साफ लिखा। जो हालात थे, उसे देखते हुए श्री दत्ता की जगह कोई और भी होता तो शायद यही टिप्पणी करता, उनके पास अपने तर्क भी थे।

राँची में पहले से राँची एक्सप्रेस ताकतवर अखबार था। आज अखबार भी निकल रहा था। बाजार छोटा था। ऐसे में तीसरे अखबार के लिए इस बाजार में जगह नहीं थी। जो दो अखबार थे, उनकी प्रसार संख्या भी अच्छी थी। इसलिए ऐसा भी नहीं था कि कुछ माह में सभी अखबारों को पीछे छोड़कर प्रभात खबर अपनी जगह बना लेगा। इन्हीं सब आशंकाओं को देखते हुए श्री दत्ता ने वह टिप्पणी की थी। प्रभात खबर की टीम उस नोट्स के बाद भी विचलित नहीं हुई, बल्कि नए संकल्प के साथ नई लड़ाई के लिए तैयार थी। इसी टीम ने तेवर के साथ पत्रकारिता की ओर एक इतिहास रच दिया। उन्होंने दत्ता जी की टिप्पणी को गलत साबित कर दिखाया।

जब प्रबंधन बदला तो संस्थान में एक चर्चा थी कि नया प्रबंधन किसे रखेगा, किसे बाहर करेगा। पुराने कर्मचारी असमंजस में थे कि क्या किया जाए, क्या होगा? ऐसी स्थिति हर संस्थान में होती है जब प्रबंधन बदलता है या नया संपादक आता है। पुराने और नए साथियों के बीच तालमेल बैठाना सबसे बड़ी चुनौती होती है। उषा मार्टिन ग्रुप एक अनुभवी ग्रुप था और उसे पता था कि असमंजस की स्थिति नहीं रहनी चाहिए, वरना काम पर असर दिखेगा। तय हुआ कि पुराने कर्मचारियों को हटाया नहीं जाएगा, बल्कि उन्हें बेहतर-से-बेहतर ट्रेनिंग देकर, उत्साहित कर, वेतन—बाकी सुविधाओं में बढ़ोतरी कर, इनक्रीमेंट देकर उनकी क्षमता का बेहतर इस्तेमाल किया जाएगा।

प्रबंधन ने वही किया भी। उनके सामने दो बड़ी चुनौतियाँ थीं, एक संस्थान को सिस्टम में लाना, ठीक करना और दूसरा अखबार को नए तरीके से (विश्वसनीयता

हासिल करना, सर्कुलेशन बढ़ाना) खड़ा करना। नया प्रबंधन प्रोफेशनल तरीके से अखबार को चलाना चाहता था। इसके लिए सबसे पहले दफ्तर के माहौल को ठीक करना था। उस समय की स्थिति पर हरिवंशजी ने देशज जनतंत्र की हिफाजत के 14 वर्ष नामक विशेषांक में एक लेख लिखा था। इसमें प्रभात खबर के आरंभकाल की चुनौतियों का जिक्र था। लेख का एक छोटा अंश इस प्रकार है—एक दफ्तरीय संस्कृति विकसित करने के साथ-साथ हमारी टीम की नई चुनौती थी, अखबार की नई संपादकीय नीति बनाना तथा कंटेंट इनपुट के बारे में तय करना। हमसे बड़े अखबार जो उन दिनों राँची-झारखंड में थे (सभी बड़े ही थे) उनसे कभी भी अस्वस्थ प्रतिस्पर्धा हमने महसूस नहीं की। प्रभात खबर के सामने लक्ष्य इन अखबारों को पीछे छोड़ना नहीं, हिंदी का एक बेहतर अखबार बनना था।

यह प्रथा बंद हुई कि प्रेस विज्ञप्तियाँ भी संपादक की इच्छानुसार ही छपेंगी, बल्कि हमने हर विषय पर एक खुली नीति बनाई और साथियों को उसके तहत काम करने को कहा। आज भी यही परंपरा है। जब खबरें, प्रेस विज्ञप्तियाँ आदि, संपादक की इच्छानुसार चलने लगे तो प्लांटेड और मैनिपुलेटेड पत्रकारिता को आप न्यौता दे रहे होते हैं। हाँ, रिपोर्ट लिखने में किस आचार संहिता मापदंड को अपनाया जाए, इसपर हम बार-बार बैठकों में चर्चा करते थे। यह एक पारदर्शी नीति थी। आरंभ से ही, जब हम पहचान के लिए संघर्षरत थे, हमारी कसौटी यही थी कि हम हिंदी का एक बेहतर, साफ-सुथरा और आधुनिक अखबार बनें। हमने अपना उद्देश्य और स्वर निर्धारित किया कि हमारा अखबार दृष्टिकोण और प्रवृत्ति में आधुनिक भारत की बात करने वाला होगा और यह धर्म, जाति व समुदायों के बंधनों से ऊपर उठकर कार्य करेगा। याद रखिए, उन दिनों धर्म और जाति ही हमारे हिंदी अखबारों की मुख्य विषय वस्तु थे। भागलपुर दंगों की अंदरूनी खबरें और सही तसवीरें छापने वाला प्रभात खबर बिहार (तब बिहार का बँटवारा नहीं हुआ था) का पहला अखबार था। यह जान बूझकर उठाया गया एक साहसिक कदम था (भागलपुर में 1989 में दंगा हुआ था। प्रभात खबर के अनुभवी साथी और जेपी आंदोलन से जुड़े श्रीनिवासजी को इस दंगे पर सही-सही रिपोर्ट करने के लिए भेजा गया था। उन्होंने भागलपुर दंगे से प्रभावित इलाके का दौरा किया था और कई किश्तों में उनकी रिपोर्ट प्रकाशित की गई थी, जो काफी चर्चित हुई थी)।

उठाए गए नए कदमों से स्पष्ट है कि अखबार की प्राथमिकताएँ क्या थीं, रोडमैप क्या था। नए प्रबंधन ने कई ऐसे कदम उठाए जिससे लगा कि वह संस्थान को सभी के सहयोग से आगे बढ़ाना चाहता था। इसी क्रम में पुराने सहयोगियों को विश्वास में लेकर काम का बँटवारा किया गया। यह तय हुआ कि किस व्यक्ति को क्या काम करना है। पुराने सहयोगियों के मन में इस बात का भय था कि नया प्रबंधन पुराने लोगों को निकाल

देगा और नए सिरे से नियुक्तियाँ करेगा। जब नए प्रबंधन ने ऐसा कुछ नहीं किया बल्कि सभी को साथ लेकर आगे की यात्रा आरंभ की, वेतन और अन्य सुविधाओं को ठीक किया, तो उसका अच्छा और सकारात्मक संदेश गया। इनफ्रास्ट्रक्चर को ठीक किया गया, प्रबंधन ने इस पर भारी खर्च किया। इससे माहौल बेहतर बना। टीम अब एकजुट थी, उसे पता था कि क्या करना था। टीम के साथियों के अंदर आत्मविश्वास था, सभी विभागों में बेहतर तालमेल था।

टीम बनाने में संजीव क्षितिज की महत्त्वपूर्ण भूमिका थी। उन्होंने बाद में सफरनामा में प्रकाशित एक लेख में इसका उल्लेख करते हुए लिखा 'जब टीम जुटी और काम शुरू किया तो देखते-देखते फिजाँ कैसे बदल जाती है, यह भी एक यादगार अनुभव था। निराशाएँ किस तरह आशाओं में बदल सकती हैं, आशाएँ कैसे पोजिटिव ऊर्जा को जन्म देती हैं और पोजिटिव ऊर्जा का विस्फोट कितनी नई चीजों और आयामों में सामने आता है, यह मैंने पहली बार राँची और प्रभात खबर में ही देखा। पहले भीतरी संगठन को दुरुस्त किया, सही कामों के लिए सही साथियों की पहचान की। मिसाल के लिए, अपने असीम उत्साह और अनगढ़ प्रतिभा के लिए अनुज सिन्हा ने सबसे पहले ध्यान आकर्षित किया था। उन्हें शहर के पन्ने की जिम्मेदारी सौंपी गई, जो उस वक्त प्राथमिकता में सबसे ऊपर था। पूरे अखबार का नया प्रोफेशनल लेआउट तैयार करवाया गया। न्यूजपेपर डिजाइनिंग का कार्य तब भारत के अंग्रेजी अखबारों में भी चलन में नहीं था (कोलकाता का टेलीग्राफ पहला और तब तक अकेला अखबार था, जो अपनी डिजाइनिंग के लिए जाना जाता था)। हिंदी के अखबारों की तो बात ही छोड़ दें। क्षेत्रीय अखबारों में मॉड्यूलर फॉर्मेट जैसे शब्द तब तक नहीं सुने गए थे, सिर्फ लेआउट ही नहीं, हरेक संपादकीय डेस्क को पेशेवर बनाया गया। बहुत कम लोग जानते हैं कि उस वक्त प्रभात खबर मुख्यतः डेस्क आधारित अखबार था और उसकी बेहतरी में डेस्क की बड़ी भूमिका हुआ करती थी। खबरों का रंग-ढंग बदला, उन्हें ज्यादा विश्वसनीय और सूचनापरक बनाया गया।' संजीवजी के ये विचार बताते हैं कि आरंभ के दिनों में कैसे प्रभात खबर की टीम बनी थी और जिम्मेदारी सौंपी गई थी।

अखबार की दिशा क्या होगी, इसका संकेत हरिवंशजी ने काम सँभालने के बाद 3 नवंबर, 1989 को लिखे संपादकीय में दिया था। उसी दिन हरिवंशजी ने अपने नाम से पहला संपादकीय लिखा था, जिसका शीर्षक था—धारा के विरुद्ध। इस संपादकीय से यह स्पष्ट हो गया था कि प्रभात खबर कैसा अखबार बनने वाला था। आम आदमी का अखबार, यहाँ की माटी का अखबार, अन्याय और शोषण के खिलाफ लड़ने वाला अखबार, जिम्मेदारी निभाने वाला अखबार। उस दिन का पहला संपादकीय पढ़िए, जिससे अलग किस्म की पत्रकारिता का जुनून दिखता है।

धारा के विरुद्ध

नए प्रबंधन न्यूट्रल पब्लिशिंग हाऊस प्राइवेट लिमिटेड के तत्त्वावधान में प्रकाशित दैनिक प्रभात खबर आपके सामने है। अखबारों की निर्मम दुनिया में हो रहे ऐसे परिवर्तन पाठकों के लिए तब तक कारगर नहीं होते, जब तक अखबार और उसके पाठकों के बीच सीधा संवाद कायम नहीं होता। यह दु:खद, पर हकीकत है कि पिछले दशक के दौरान यांत्रिक प्रगति-चकाचौंध-रंग-बिरंगी उत्कृष्ट छपाई के बावजूद अखबारों की आत्मा मलिन, तेजहीन और निष्प्रभ होती गई है। अब तो आलम यह है कि खुद पत्रकारिता जगत दो ध्रुवों में विभाजित होकर एक-दूसरे के खिलाफ छींटाकशी और छानबीन कर रहा है।

हिंदी पत्रकारिता अपनी समृद्ध विरासत, गौरवमय अतीत के बावजूद राष्ट्रीय फलक पर इस दुष्चक्र में फँस गई है। हमारी विनम्र चेष्टा है कि पत्रकारिता के मूल तत्त्व और मापदंड निष्पक्षता और तथ्यों के प्रति प्रतिबद्धता के तहत ही हम इस पत्र को सजाएँ-सँवारें और प्रो-पीपुल, यानी जनोन्मुख अखबार निकालें, हालाँकि अखबार की विषय-वस्तु में यह परिवर्तन अचानक नहीं, बल्कि धीरे-धीरे ही संभव है।

हाल के दिनों में इस पेशे में एक और अस्वस्थ परंपरा विकसित हुई है। अब अखबार पाठकों के नहीं, बल्कि संपादकों और संपादकीय मंडल के रह गए हैं। लाफाजी और विज्ञापन की दृष्टि से बने लोक लुभावन नारों के बावजूद हकीकत तो यही है कि अखबार घटनाओं और पाठकों की जिज्ञासा-रुझान और मनोभाव के प्रतिबिंब नहीं रह गए हैं। विश्वविद्यालय से निकलते ही जब पहली बार हमने पत्रकारिता की जो धमक सुनी (धर्मयुग-टाइम्स ऑफ इंडिया, बंबई), उसकी गूँज आज भी मस्तिष्क में कायम है। आदरणीय डॉक्टर धर्मवीर भारती ने धर्मयुग में काम की पहली कसौटी बताई थी कि पाठकों के मनोभाव, पत्र-प्रतिक्रिया के एक-एक शब्द हमारी काया का अंतिम हलफनामा (फाइनल जजमेंट) है, वही हमारे लिए सीमा है—अरिखा या लक्ष्मण रेखा है। पत्रकारिता जगत में आज जो यह लक्ष्मण रेखा मिट गई है, उसमें बँधना और उस आचार-संहिता के तहत आचरण ही हमारा अभीष्ट है।

दरअसल, प्रभात खबर शब्दश: पाठकों का अखबार बने, यही हमारी सर्वोपरि कोशिश होगी। मौजूदा उपभोक्ता समाज में कुछ हद तक बाजार के दबाव के कारण भी अखबारों की दृष्टि में पाठक महज क्रेता रह गए हैं। अखबार अधिक-से-अधिक मुनाफा अर्जित करने की प्रक्रिया में पाठकों की सुधि नहीं ले पा रहे। इस प्रवत्ति-धारा के खिलाफ जूझना हमारा संकल्प है। उपभोक्ता-क्रेता बनाम उत्पादक के बाजारु-रसहीन संबंध में आत्मीयता स्पंदन पैदा करना ही हमारी कसौटी होगी, लेकिन साथ-साथ विनम्रतापूर्वक हम इस पहलू को अनदेखा नहीं करना चाहेंगे कि अखबारों की जिम्मेदारी

सामग्री को रुचिपूर्ण बनाना है, नए पाठक पैदा करने हैं। उन कमियों को पूरा करना है, जो जागरूक हिंदी पाठक पत्रकारिता में पाते रहे हैं। इस तरह सामाजिक-सांस्कृतिक, आर्थिक-राजनीतिक क्षेत्र में पूरी दुनिया समेत आसपास में जो घट रहा है, उसका हम दर्पण बनें, यह हमारी चाह है। हालाँकि धारा के विरुद्ध बहने-तैरने की इस कठिनाई से हम वाकिफ हैं।

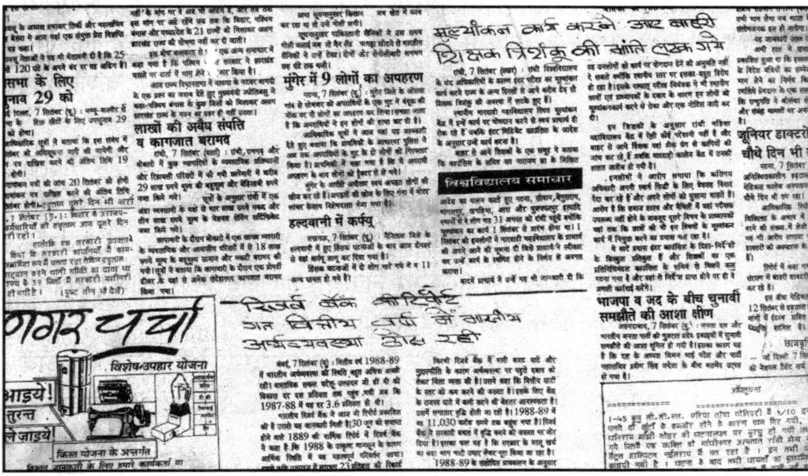

सभा के लिए चुनाव 29 को

लाखों की अवैध संपत्ति व कागजात बरामद

मुंगेर में 9 लोगों का अपहरण

हल्दवानी में कर्फ्यू

विश्वविद्यालय समाचार

भाजपा व जद के बीच चुनावी समझौते की आशा क्षीण

जूनियर डाक्टरों चौथे दिन भी

नगर चर्चा

विशेष-उपहार योजना

एक दौर आया था जब हाथ से हेडिंग लगाई गई थी

छोटानागपुर की इस धरती पर काम करते हुए हमारा मन गौरव से भर आता है, जहाँ बिरसा मुंडा जैसे पूर्ण पुरुष पैदा हुए, जिन्होंने आत्महीनता की स्थिति, अन्याय व शोषण के खिलाफ बगावत की। यह बगावत उस ताप शक्ति के विरुद्ध थी, जो पूरी दुनिया में दहक रही थी। उस विश्वविख्यात ताकत के खिलाफ बिरसा मुंडा ने हथियारों के जखीरे के बल विद्रोह नहीं किया, बल्कि संकल्प और साहस की पूँजी के बल पर आत्मोसर्ग कर इतिहास के उन पन्नों को रचा, जो आज भारत के अतीत की गौरवमय अमूल्य धरोहर है। उस धरती पर रोमांचित होकर काम करना स्वाभाविक है, जहाँ स्वतंत्रता आंदोलन के पूर्व ही संपूर्ण विद्रोह और विदेशी गुलामी के खिलाफ बगावत हुई। इतिहास का यह रोचक प्रसंग है कि 17वीं-18वीं शताब्दी में जब लगभग पूरा हिंदुस्तान अंग्रेजों के सामने नतमस्तक था, उस समय छोटानागपुर की धरती के मूल बाशिंदे आदिवासी लोगों ने हमारे आत्मस्वाभिमान, गौरव और तनकर खड़ा होने की धरोहर को सुरक्षित रखा और एक खंडित व्यक्तित्व को पूर्ण बनाने की कोशिश की। इतना ही नहीं, महात्मा गांधी के आदर्शों के अनुरूप ताना भगत के लोगों ने जो बलिदान स्वेच्छा से मूक कार्यकर्ता बनकर

किया, वह अप्रतिम है, लेकिन आजाद भारत में इन लोगों के ऋणों से हम कभी उबर न सके, बल्कि शर्मनाक बात तो यह हुई कि आदिवासियों की जमीन निरंतर कोलोनाइजर हड़पते जा रहे हैं। अब तो राँची का जिला प्रशासन भी यह तथ्य स्वीकार करता है। जिन ताना भगत के लोगों की जमीन अंग्रेजों ने ले ली थी, आजाद मुल्क में वे फिर उस भूमि के हकदार न बन सके, इससे शर्मनाक घटना दूसरी नहीं है। अलग झारखंड की माँग के मूल में इस अंचल में व्याप्त विषमता-शोषण है। ऐसी समस्याओं के प्रति हम पूरे देश में संवेदनशील दृष्टि विकसित करें। यह हमारी चाह है। हमारी नजर उन समस्याओं के उत्सर्ग में भी है, जो बिहार की बदहाली व गरीबी के कारण बने हैं।

आखिर विपुल प्राकृतिक संपदा के बावजूद यह धरती लुटी-पिटी क्यों है ? इस भूमि पर विकास का रास्ता अवरुद्ध क्यों है, यह तलाश भी हमारी मंजिल है। दुनिया में महिलाओं के साथ समान व्यवहार के लिए न जाने कितने आंदोलन चले और चल रहे हैं, लेकिन जिस आदिवासी समाज में सदियों से यह परंपरा कायम रही, क्या उस विरासत को हम आगे बढ़ाएँगे ? महिलाएँ तथा नौजवान सचमुच समाज की मुख्य धारा में निर्णायक बनें, इस दृष्टि से हम स्थानीय संस्कृति-समस्याओं को उजागर करेंगे। छोटानागपुर आदर्श भारत का शायद सबसे बेहतर नमूना है, जहाँ हर राज्य, बोली, परंपरा और धर्म के लोग बसे हैं। इस मिश्रित संस्कृति को मजबूत और जीवंत बनाने के प्रति हम जागरुक रहेंगे। धर्मनिरपेक्षता और स्थानीय समस्याओं के प्रति आरंभ से ही यह अखबार मुखर रहा है, उसे शिद्दत से हम आगे ले जाएँगे। बढ़ती क्रूरता, द्वेष, घृणा के बीज समाज को तोड़ते हैं, इस घटाटोप अँधेरे में ऐसे दिग्भ्रमित तत्त्वों के खिलाफ जूझना युगधर्म है। दिग-दिगंत में हो रहे आधुनिक प्रयोगों से हम पाठकों का तालमेल करा सकें, तो यह हमारी उपलब्धि होगी, लेकिन उपर्युक्त संकल्प सपने तब तक अधूरे हैं, जब तक इस कार्य में छोटानागपुर के प्राध्यापकों, विवेकशील, राजनीतिक, कार्यकर्ताओं, बुद्धिजीवियों, वरिष्ठ लेखकों-पत्रकारों, नवयुवकों, महिलाओं, यानी सभी पाठकों से हमारा आत्मीय रिश्ता कायम नहीं होता (प्रभात खबर में प्रकाशित विशेष संपादकीय)।'

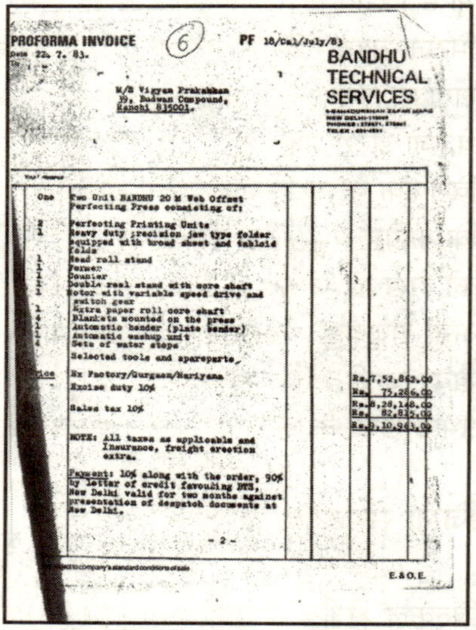

PROFORMA INVOICE (6) PF 18/Cal/July/83

Date 22. 7. 83.

M/S Vigyan Prakashan
39, Badwan Compound,
Ranchi 835001.

BANDHU TECHNICAL SERVICES

One	Two Unit BANDHU 20 M Web Offset Perfecting Press consisting of:
2	Perfecting Printing Units
1	Heavy duty precision jaw type folder equipped with broad sheet and tabloid folds
1	Head roll stand
1	Former
1	Counter
1	Double reel stand with core shaft
1	Motor with variable speed drive and switch gear
1	Extra paper roll core shaft
4	Blankets mounted on the press
1	Automatic bender (plate bender)
1	Automatic washup unit
4	Sets of water stops
	Selected tools and spareparts.
Price	Ex Factory/Gurgaon/Hariyana — Rs.7,52,862.00
	Excise duty 10% — Rs. 75,286.00
	Rs.8,28,148.00
	Sales tax 10% — Rs. 82,815.00
	Rs.9,10,963.00

NOTE: All taxes as applicable and Insurance, freight erection extra.

Payment: 10% along with the order, 90% by letter of credit favouring BTS, New Delhi valid for two months against presentation of despatch documents at New Delhi.

- 2 -

E.&O.E.

बंधु एम-20 की खरीद के लिए दिया गया आदेश

इस संपादकीय से अखबार की दिशा तय हो गई थी, टीम बन चुकी थी, काम आरंभ हो चुका था और अधिक काम करने थे। सभी एक साथ नहीं हो सकते थे। एक-एक को लेकर आगे बढ़ना था। प्रभात खबर को सबसे ज्यादा दिक्कत हो रही थी बाजार में अखबार की साख को लेकर। प्रभात खबर को ज्ञानरंजन ने निकाला था, वे उसके मालिक थे। राँची से कांग्रेस के विधायक रह चुके थे, इसलिए इस अखबार पर कांग्रेस का ठप्पा लग चुका था। जबकि सच यह था कि ज्ञानरंजन खुद संपादकीय में बहुत कम या नहीं के बराबर हस्तक्षेप करते थे। कुछ घटनाएँ अपवाद हो सकती हैं, लेकिन सच यह भी है कि किसी राजनीतिक दल का लेबल अगर किसी अखबार पर लग जाए तो उसे मिटाना बहुत मुश्किल हो जाता है। प्रभात खबर पर कांग्रेसी अखबार होने का जो ठप्पा लगा था, उसके कुछ कारण थे। 1984 के बाद प्रभात खबर ने कई ऐसे विशेषांक निकाले थे, जो इंदिरा गांधी और राजीव गांधी से जुड़े थे। इसके पीछे एक बड़ा कारण था कि विशेषांक के बहाने अखबार को बड़े-बड़े विज्ञापन मिल जाएँ। नए प्रबंधन में तय हुआ कि कांग्रेस से संबंधित वैसी खबरें नहीं छपेंगी जो छपने योग्य न हो। इसके बाद ऐसे लोगों को अखबार में जगह मिलने लगी जिनकी खबर कभी छपती नहीं थी या कम छपती थी। अन्य राजनीतिक दलों को प्रमुखता मिलने लगी, धीरे-धीरे धारणा बदलने लगी। प्रभात खबर जनहित की पत्रकारिता में लगा रहा। इस दौरान अनेक ऐसी खबरें छपीं जिनसे प्रभात खबर के प्रति लोगों का विश्वास बढ़ता गया।

जिला संस्करण-नेटवर्क का प्रयोग

1984 से प्रभात खबर का प्रकाशन हो रहा था, लेकिन सिर्फ राँची से। यह एक बिल्कुल क्षेत्रीय अखबार था, जिनकी देश में कोई पहचान नहीं थी। दैनिक 'आज' अखबार को छोड़ दें तो उस समय झारखंड क्षेत्र से कोई ऐसा अन्य अखबार नहीं था, जिसके अनेक संस्करण छप रहे हों। राँची एक्सप्रेस राँची से, आवाज धनबाद से और उदितवाणी जमशेदपुर से प्रकाशित होता था। प्रभात खबर प्रबंधन ने उसी समय यह अंदाजा लगा लिया था कि इस अखबार को आगे ले जाने के लिए अन्य कई जगहों से अखबार निकालना होगा, नेटवर्क को और मजबूत करना होगा, सिर्फ राँची में कार्यालय खोलने से काम नहीं चलने वाला। ऐसी योजना बनाने के पहले प्रभात खबर ने तैयारी की थी, अध्ययन किया था।

प्रभात खबर के अध्ययन से निष्कर्ष निकला था कि भविष्य का बाजार ग्रामीण क्षेत्रों का है। भविष्य में जिन ग्रामीण क्षेत्रों में हिंदी अखबारों की माँग बढ़ेगी, उन गाँवों में लोगों का जीवन स्तर भी सुधरेगा और एक नया बाजार तैयार होगा। बाद में प्रभात खबर का आकलन सही साबित हुआ। आज अखबारों के प्रसार का बड़ा आधार ग्रामीण

इलाका है। स्ट्रिंगर्स (प्रतिनिधि) द्वारा भेजी गई खबरों और विज्ञापन से अखबारों का आधार मजबूत हुआ। प्रभात खबर ने उसी दौरान देश के कई महानगरों में भी दफ्तर खोले। तब झारखंड-बिहार को महानगरों की बड़ी विज्ञापन एजेंसियाँ महत्त्व नहीं देती थी, इसके बावजूद प्रभात खबर ने बड़े-बड़े विज्ञापनदाताओं और एजेंसियों को बताया कि प्रभात खबर दक्षिण बिहार में एक मजबूत आधार बना चुका था। उन दिनों झारखंड क्षेत्र में कोई राष्ट्रीय अखबार नहीं आया था। राज्य बनने के आसपास से ही बड़े अखबारों का झारखंड में आगमन हुआ।

प्रभात खबर ने भविष्य की चुनौतियों को पहचान लिया था। आने वाले दिनों में किस तरह की पत्रकारिता होगी, कैसे कम-से-कम मैनपावर में अखबार निकालने होंगे, कैसे मल्टी एडिशन अखबार अनिवार्य होंगे, प्रिंटिंग में नई तकनीक क्या होगी और कैसे जल्द-से-जल्द अखबार तैयार कर पाठकों को देना होगा, इन सब पर काफी काम किया। जमीनी स्तर की पत्रकारिता शुरू की जानी थी, इसके लिए आवश्यक था कि जिलों में प्रभात खबर के दफ्तर खुलें। इसी क्रम में मॉडम सेंटर खोले गए। प्रभात खबर पहला अखबार था, जिसने जिला स्तर पर मॉडम सेंटर (जिसमें कंप्यूटर और अन्य सुविधाएँ थीं) खोला। पहला कार्यालय डालटेनगंज में खोला गया था। इससे पहले संवाददाता कागज पर लिखकर प्रेस की गाड़ियों से समाचार भेजा करते थे। आवश्यक हुआ तो तार (टेलीग्राम) से महत्त्वपूर्ण खबरें जाती थीं, प्रेस के लिए यह सुविधा थी। टेलीफोन से बात करना महँगा था। बहुत कम अवसरों पर इसका उपयोग किया जाता था। बाद में फैक्स की सुविधा आई तो अखबार का नया मॉडल तैयार किया गया। पलामू के बाद अन्य जिला मुख्यालयों में कंप्यूटर लगाए गए। जिलों में जो प्रतिनिधि/संवाददाता थे, उन्हें कंपोजिंग सिखाई गई। वे न्यूज संग्रह करते, खुद कंपोज करते और राँची के मुख्य कार्यालय को भेजते। राँची दफ्तर को तैयार की हुई सामग्री तुरंत मिलती। इससे समय बचता। यह क्षेत्रीय अखबारों के लिए एक नया प्रयोग था।

□

मल्टी एडिशन : पहला कदम और चुनौतियाँ

नया प्रबंधन (न्यूट्रल पब्लिसिंग हाऊस लिमिटेड) द्वारा टेक ओवर करने के बाद देश के कई क्षेत्रीय अखबारों का अध्ययन कराया गया। उनके मॉडल और काम करने के तरीके को जानना आवश्यक था, ताकि भविष्य की रणनीति तय करने में प्रभात खबर को सहायता मिले। हरिवंशजी ने अनेक अखबारों में जाकर उनके काम करने के तरीके और मॉडल को समझा। इनमें एक था इनाडू, एक ताकतवर क्षेत्रीय अखबार, आम आदमी का अखबार, जिसकी भाषा को एक सामान्य मजदूर/रिक्शावाला भी समझ सकता था। इस अखबार की सफलता का राज था—इसका जिला संस्करण। स्थानीय खबरों पर इस अखबार का जोर था। जिला स्तर पर निकलने से स्थानीय खबरों के लिए इनाडू में जगह रहती थी। उन दिनों प्रभात खबर के सिर्फ दो संस्करण हुआ करते थे, एक डाक और दूसरा सिटी। आठ से दस पृष्ठ के अखबार में मुश्किल से दो पृष्ठ डाक संस्करण के लिए होते थे, यानी पूरे दक्षिण बिहार की खबरों के लिए सिर्फ दो पृष्ठ। सिटी संस्करण में भी सिटी के लिए बहुत कम जगह होती थी। अधिक-से-अधिक दो पृष्ठ। वह दौर भी ऐसा था जब स्थानीय खबरों को कोई अखबार बहुत जगह नहीं देता था। उसी समय प्रभात खबर ने तय किया कि संस्करणों की संख्या बढ़ाई जाए ताकि ग्रामीण इलाकों के पाठकों को अधिक-से-अधिक और छोटी-से-छोटी खबर भी मिल सके। प्रभात खबर का मानना था कि सिर्फ राष्ट्रीय खबर छापकर, अखबार सिर्फ एक जगह से प्रकाशित कर, बहुत आगे नहीं बढ़ा जा सकता था। अपनी पहचान बनाने के लिए कुछ अलग करना होगा। भविष्य उसी का होगा जिसके पास अधिक-से-अधिक संस्करण हों, इसके पीछे कई कारण थे।

उन दिनों बिहार का बँटवारा नहीं हुआ था। बिहार एक बड़ा राज्य था, जिसके एक कोने में पूर्णिया, कटिहार, मधुबनी था तो दूसरे कोने पर सिंहभूम या गुमला- सिमडेगा क्षेत्र। प्रभात खबर राँची से प्रकाशित होकर पटना और उससे आगे भी कुछ क्षेत्रों में भेजा जाता था। दूरी ज्यादा थी। समय इतना ज्यादा लगता था कि पाठकों तक खबरें पहुँचते-

पहुँचते विलंब हो जाता था। समय पर अखबार पहुँचाने के लिए दूर भेजने वाला अखबार शाम को ही छप जाता था। पाठकों को बासी (पुरानी) खबरें मिलती थीं। देर रात की खबरें नहीं मिल पाती थीं, इससे पाठकों के साथ न्याय नहीं हो पाता था। अंततः प्रभात खबर ने तय किया कि राँची के अलावा कुछ अन्य शहरों से भी अखबार का प्रकाशन आरंभ किया जाए। यह काम आसान नहीं था। पूँजी और साधनों का अभाव था। इसके लिए एक योजना बनाई गई, फ्रेंचाइजी का रास्ता अपनाया गया।

बिहार में उस समय सबसे बड़ा शहर पटना था, राँची से भी बड़ा। आबादी और पाठकों के दृष्टिकोण से भी पटना और राँची में कोई तुलना नहीं थी। पटना, बिहार की राजधानी भी था, इसलिए राँची के बाहर प्रभात खबर निकालने के लिए अगर कोई शहर सबसे उपयुक्त था, तो वह था पटना। हर दृष्टिकोण से उचित, लेकिन प्रभात खबर की पहचान दक्षिण बिहार, यानी झारखंड के अखबार के रूप में थी। पटना और आसपास के क्षेत्र में अन्य अखबारों का बोलबाला था, उनकी पकड़ थी, इसलिए तय किया गया कि अगर प्रभात खबर को राँची से बाहर कहीं जाना है तो दक्षिण बिहार के किसी शहर में पहले जाया जाए। वैसे शहर सिर्फ दो ही थे—एक जमशेदपुर और दूसरा धनबाद। दोनों जगहों से पहले से ही अखबार निकलते थे। धनबाद से आवाज अखबार (संपादक ब्रह्मदेव शर्मा) निकलता था। काफी सशक्त और पुराना स्थानीय अखबार, जो आजादी के साल से निकल रहा था। इधर जमशेदपुर में उदितवाणी (संपादक राधेश्याम अग्रवाल) मजबूत था। प्रभात खबर ने तय किया कि पहले जमशेदपुर और धनबाद में ऐसे व्यक्तियों को तलाशा जाए, जो प्रभात खबर की फ्रेंचाइजी लेना चाहते हों। जमशेदपुर में अखिलेश सिंह अखबार उद्योग से जुड़े थे। अन्य सहयोगियों के साथ वे ग्रीन सिटी पब्लिकेशन प्राइवेट लिमिटेड नामक कंपनी चलाते थे। 29 जुलाई, 1992 को ही इस कंपनी का रजिस्ट्रेशन हुआ था। सितंबर, 1992 में ग्रीन सिटी पब्लिकेशन प्राइवेट लिमिटेड और न्यूट्रल पब्लिसिंग हाऊस (प्रा) लिमिटेड के बीच एग्रीमेंट पर हस्ताक्षर हुए। इस पर अखिलेश सिंह और वीके मोहता ने हस्ताक्षर किए थे। श्री मोहता उस समय एन.पी.एच.एल. (प्रभात खबर) के निदेशक थे। इसके कुछ दिनों बाद जमशेदपुर से प्रभात खबर का प्रकाशन (फ्रेंचाइजी) आरंभ किया गया। टिस्को के उस समय के प्रबंध निदेशक डॉ जेजे ईरानी ने विमोचन किया। यह एक प्रयोग था, जिसमें आपसी सहमति थी कि प्रभात खबर बैनर का उपयोग ग्रीन सिटी पब्लिकेशन प्राइवेट लिमिटेड करेगा। सारी व्यवस्थाएँ उनकी होंगी, कुछ खास पृष्ठ कॉमन होंगे जो प्रभात खबर राँची से लिए जाएँगे। प्रिंटिंग की व्यवस्था फ्रेंजाइजी को करनी होगी। इसके बाद प्रकाशन जमशेदपुर से आरंभ हो गया।

जमशेदपुर के बाद धनबाद में प्रभात खबर की फ्रेंचाइजी डी.बी. पब्लिकेशन प्राइवेट लिमिटेड को दी गई थी। धनबाद में इसके मालिक थे राजेंद्र अग्रवाल। 15 मार्च,

1993 को धनबाद से प्रभात खबर का प्रकाशन (फ्रेंचाइजी) आरंभ किया गया। अंजना अग्रवाल प्रकाशक थीं। लगभग पौने दो साल तक इसका प्रकाशन होता रहा। अब दोनों जगहों (जमशेदपुर और धनबाद) से भी प्रभात खबर का प्रकाशन हो रहा था लेकिन उनका प्रबंधन अलग था। प्रभात खबर का बैनर था और छपने वाले विज्ञापन के बारे में आपसी समझौता था। नीतियाँ स्पष्ट थीं। संपादकीय पृष्ठ राँची से जाता था, जिसमें किसी को फेरबदल का अधिकार नहीं था, लेकिन बाकी अखबार निकालने के लिए वे स्वतंत्र थे, हालाँकि इसके लिए प्रभात खबर की गाइडलाइन थी। दोनों के प्रधान संपादक में हरिवंशजी का ही नाम जाता था, लेकिन दोनों जगहों के स्थानीय संपादक उनके प्रबंधन द्वारा नियुक्त किए गए थे। जमशेदपुर और धनबाद, दोनों जगहों से जो अखबार निकल रहे थे, उससे प्रभात खबर (राँची) का प्रबंधन संतुष्ट नहीं था। कुछ शिकायतें आने लगी थीं, खासकर जमशेदपुर से निष्पक्षता, गुणवत्ता पर सवाल उठने लगे थे। प्रभात खबर (एन.पी.एच.एल., राँची) का मानना था कि अगर लंबे समय तक फ्रेंचाइजी के तहत अखबार इसी प्रकार निकाला गया तो प्रभात खबर की प्रतिष्ठा और विश्वसनीयता पर असर पड़ेगा। अंततः प्रबंधन ने फ्रेंचाइजी को खत्म कर दिया। तय किया गया कि इन जगहों से एन.पी.एच.एल. ही सारी व्यवस्था कर प्रभात खबर का प्रकाशन करेगा।

इसी बीच 1995 के आरंभ में एक घटना घटी। जमशेदपुर में जिन लोगों को फ्रेंचाइजी दी गई थी, उन्होंने रातोंरात इस्पात मेल नाम से अखबार निकाल दिया। सब जगह प्रचारित कर दिया गया कि प्रभात खबर का नाम बदल गया है। पाठकों को ये पता नहीं था कि इस्पात मेल बिल्कुल अलग अखबार है और इसका एन.पी.एच.एल., राँची वाले प्रभात खबर से कोई मतलब नहीं है। प्रभात खबर के पास अचानक चुनौतियाँ आ गईं। किसी तरह राँची से अखबार छापकर (सिंहभूम संस्करण) जमशेदपुर भेजा जाने लगा, ताकि पाठकों को प्रभात खबर मिलता रहे। इसी बीच शीर्ष प्रबंधन ने अचानक तय किया कि प्रभात खबर का प्रकाशन जमशेदपुर से आरंभ करने के लिए मुझे (अनुज कुमार सिन्हा) जमशेदपुर भेजा जाए। 12 जनवरी, 1995 को हरिवंशजी ने मुझे अपने चैंबर में बुलाया और कहा कि जमशेदपुर जाना है तुम्हें, वहाँ से अखबार (प्रभात खबर) निकालना है। प्रबंधन ने तुम्हारे नाम पर सहमति जताई है। यह काम तुम कर सकते हो। जमशेदपुर जाकर अखबार निकालने की तैयारी करो। उन्होंने आगे पूछा कि कब जाना है? मैं उत्साहित था, कह दिया कि आज ही जा सकता हूँ। मेरे उत्तर के बाद हरिवंशजी ने कहा था कि आज नहीं, एक-दो दिन समय ले लो, फिर तैयारी करो और जाओ। मुझे खुशी भी हो रही थी कि इस बड़े और चुनौतीपूर्ण काम का जिम्मा मुझे दिया गया था, परंतु मन में दुविधा भी थी कि कैसे होगा? अब तक तो मैं सिर्फ संपादन के कार्य से जुड़ा था। किसी यूनिट को खड़ा करने, उसका प्रबंधन सँभालने का मुझे कभी मौका नहीं मिला

था। ईश्वर का नाम लेकर मैं 17 जनवरी, 1995 को बस से जमशेदपुर पहुँच गया। इससे पहले दो-तीन बार परिजनों से मिलने जमशेदपुर गया था, लेकिन शहर के बारे में बहुत जानकारी नहीं थी। सहयोग करने के लिए संतोष को मेरे साथ भेजा गया था।

राँची के बाहर पहली बार कहीं प्रभात खबर अपना प्रकाशन आरंभ करने जा रहा था। टीम बनानी थी, तैयारी करनी थी, लेकिन आरंभ में इतनी परेशानी आएगी, मुझे पता नहीं था। जमशेदपुर पहुँचते ही एक-से-एक परेशानी आने लगी। उन दिनों जमशेदपुर में प्रभात खबर अखबार की एजेंसी कल्पनाथ दुबे नामक बुजुर्ग एजेंट के पास थी। उन्हें कहा गया था कि प्रभात खबर के कार्यालय के लिए एक मकान खोजिए। दुबेजी ने काशीडीह (कालीमाटी रोड पर स्थित) में दो कमरे का एक मकान खोजकर रखा था। हम लोग पहले वहाँ ही गए। उस दिन रात में जो घटना घटी, मैं उसे कभी भूल नहीं सकता। मैं और संतोष कार्यालय में जमीन पर ही सो गए थे। मकान मालिक बगल के कमरे में ही रहते थे। हम लोग अंदर थे, बाहर से मकान मालिक ने ताला बंद कर दिया। बाथरूम तक जाने का रास्ता भी नहीं दिया। जब मैं चिल्लाया तो मकान मालिक ने कहा—दो कमरों को किराया पर प्रभात खबर को दिया है कार्यालय के लिए, रहने के लिए नहीं। वह बड़े दबंग थे, मैं लड़ना नहीं चाहता था। नया था वहाँ के लिए। किसी तरह मामले को शांत किया। उन्हें समझाया।

पहला दिन किसी प्रकार से कट गया था जो बड़ा ही कड़वा अनुभव था। वहीं से यात्रा शुरू हुई। वहाँ पर एक संवाददाता थे, विनोद शरण। बड़ी मेहनती, समर्पित। हम दोनों दूसरे दिन कार्यालय के लिए टेबल-कुरसी खरीदकर लाए। टेलीफोन लगाने के लिए आवेदन दिया। राँची से मैं एक पुराना कंप्यूटर (486 मॉडल) लेकर गया था। दूसरे दिन से ही समाचार राँची भेजना शुरू किया। अखबार तो राँची से छपकर जाता था। पहले कुछ दिनों तक फैक्स से भेजा करता था। तसवीर के लिए स्कैनर की व्यवस्था उन दिनों नहीं थी, बस से तसवीरें भेजी जाती थीं। तब ईमेल भी प्रचलन में नहीं था, आज की तरह तकनीक उन्नत नहीं थी। धीरे-धीरे राँची से कुछ और सहयोगी आ गए। इनमें एक कंपोजिटर भी थे। उसके बाद मॉडम से समाचार जाने लगा। जहाँ कार्यालय था, वहाँ जेनरेटर की कोई व्यवस्था नहीं थी। कई ऐसे मौके आए, जब बिजली चली जाती थी। यू.पी.एस. था लेकिन बैक अप केवल आधे-पौन घंटे का था। जमशेदपुर की गरमी में जब बिजली नहीं होती थी, मोमबत्ती के प्रकाश में मैटर कंपोज करना काफी दुखदायी होता था। हमेशा डर बना रहता था कि कब यू.पी.एस. ट्रिप कर जाए। आरंभ में बहुत परेशानी हुई। उस समय सुमन नामक कंपोजिटर मेरे साथ थे। एक-दो मौके ऐसे आए, जब बिजली गुल होने के बाद गरमी में मोमबत्ती की रोशनी में कंपोज करते वक्त कंप्यूटर के की-बोर्ड पर पसीना चू जाता था। उसके बाद भी हमारे साथी उसी हालात में काम

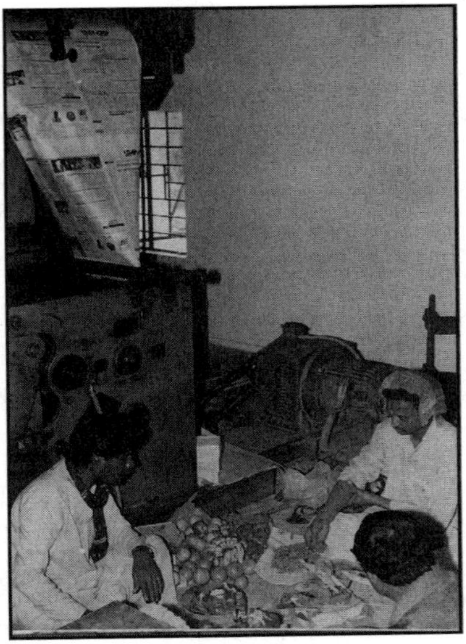

1995 में जमशेदपुर में प्रभात खबर की लगी थी मशीन

करते थे, शिकायत नहीं करते थे।

प्रभात खबर राँची से छपकर जा रहा था, इसलिए वहाँ के राजनेता हों, संस्थाएँ हों या अधिकारीगण, प्रभात खबर को स्थानीय अखबार नहीं मानते थे। न ही बहुत महत्त्व देते थे। स्थिति यह थी कि कोई भी व्यक्ति विज्ञप्ति देने प्रभात खबर कार्यालय नहीं आता था। अगर कभी कोई आ गया, तो उसे घंटों बात में फँसा कर वहाँ बैठाए रखता था, ताकि उनका प्रभात खबर से जुड़ाव बढ़े। राजनीतिक दलों के नेताओं और कुछ अन्य लोगों को मैं टेलीफोन कर दफ्तर में आमंत्रित करता, बैठाता। बैठाकर चाय के लिए खुद पास की दुकान पर दौड़कर जाता। ऐसे संबंध बनाने का काम शुरू किया, लोगों को जोड़ने का काम किया। कभी बुरा नहीं लगा कि मुझे चाय के लिए बोलने के लिए खुद दुकान जाना पड़ रहा है। धीरे-धीरे लोग प्रभात खबर से जुड़ते गए। आरंभ के दिनों में जो राजनीतिज्ञ आया करते थे, उनमें अमरेंद्र प्रताप सिंह (जो बाद में आरा से विधायक बने) का नाम आज भी याद है। धूप हो या ठंड, वे स्कूटर से आते थे और बैठते भी थे।

धीरे-धीरे प्रभात खबर की टीम बनती गई। प्रबंधन का दबाव था कि जल्द-से-जल्द अखबार निकालना है, लेकिन कार्यालय और प्रेस के लिए जमीन नहीं मिल रही थी। पहले बिष्टुपुर में कार्यालय खोला गया। मशीन के लिए जगह नहीं मिल रही थी। इस बीच एक दिन बसंत बाबू (बीके झवर) जमशेदपुर आए। प्राजीव स्टील (जो गम्हरिया में था) में उन्होंने मुझे भी बुलाया। वहाँ पहले से एक शेड बना था। एक ओर वायर रोप का काम चल रहा था। बसंत बाबू ने कहा कि अखबार जल्द शुरू करना है, अब और विलंब नहीं होना चाहिए। अगर जमीन नहीं मिल रही थी तो उसका इंतजार न करें। जो जगह हम लोग के पास है, तत्काल उसका उपयोग करें। जिस जगह बसंत बाबू बात कर रहे थे, उसके बगल में ही एक शेड था। उन्होंने कहा कि यहीं पर मशीन लगाकर अखबार की छपाई आरंभ करो। वहाँ मशीन लगाना खतरे से खाली नहीं था क्योंकि तार की घिसाई फिनिसिंग होने के कारण वहाँ लोहे के कण उड़ा करते थे। मशीन में लौह कण के जाते ही मशीन खराब हो सकती थी। पक्का हॉल बनाने में समय लगता, उतना

समय था नहीं। जल्दी छपाई का उपाय भी बसंत बाबू ने बताया।

उन्होंने राय दी कि जितना बड़ा मशीन रूम बनाना चाहते हो, उस एरिया को बाँस से घेर दो, बल्ली गाड़ो, टेंट लगाओ, जब चारो ओर से कवर हो जाए, तो उसी टेंट के अंदर मशीन लगाओ। इससे समय बचेगा और समय पर अखबार शुरू हो जाएगा। उन्हीं की सलाह पर टेंट में मशीन लगाई गई। न्यूजपेपर इंडस्ट्री में टेंट लगाकर अखबार निकालने की यह शायद पहली घटना थी। राँची में बंधु मशीन (एम-20) थी। यह वही मशीन थी जिसे 1984 में खरीदा गया था, जिससे राँची में पहली बार प्रभात खबर निकाला गया था। तब तक राँची में जलंधर से आयी एक अन्य पुरानी मशीन लग चुकी थी। बंधु मशीन को जमशेदपुर भेजा गया और उसे टेंट में लगाया गया।

उसी प्राजीव स्टील में मशीन के लिए लगे टेंट से कुछ दूरी पर दो छोटे कमरे बनाए गए थे। एक में प्लेट मेकिंग मशीन लगाई गई। पहले आज जैसी सुविधा नहीं थी। बिष्टुपुर स्थित मधुकुंज बिल्डिंग में संपादकीय का दफ्तर तैयार किया गया। पहले की तकनीक के अनुसार पेस्टिंग कर पृष्ठ तैयार किया जाता था। फिर कैमरे से उसका निगेटिव बनता था, इसलिए कैमरा भी बिष्टुपुर में ही लगाया गया था।

कैमरा लगाने की एक रोचक घटना है। प्रभात खबर के सहयोगियों का अखबार शुरू करने का क्या जुनून था, इस घटना से स्पष्ट होता है। अखबार आरंभ होने के कुछ दिनों पहले (अगस्त 1995 के अंत) की बात है। ट्रक से राँची से कैमरा भेजा गया था, जो देर रात जमशेदपुर पहुँचा था। आदेश था कि कैमरे को उसी समय ट्रक से उतारकर ट्रक खाली करना है। नहीं उतारा तो ट्रक का एक दिन का और भाड़ा देना पड़ेगा। अब रात में 11 बजे कैमरा (लकड़ी से पैकिंग के बाद उसका वजन तीन-चार क्विंटल से कम नहीं होगा) उतारने के लिए मजदूर मिलना संभव नहीं था। ऐसी स्थिति में पूरी संपादकीय टीम, गार्ड, प्रोसेस और सर्कुलेशन के सहयोगी कैमरा उतारने में लग गए। हम सभी ने मिलकर कंधे पर रखकर कैमरे को ट्रक से उतारा। सीढ़ी से चार तल्ले (मधुकुंज बिल्डिंग, बिष्टुपुर, जमशेदपुर) पर चढ़ाया। जिस कमरे में कैमरा लगाना था, उसके दरवाजे से वह घुस नहीं पा रहा था। एक ही उपाय था कि दरवाजे के बगल में दीवार तोड़कर इतना बड़ा छेद कर दिया जाए कि उसमें से कैमरा अंदर कमरे में जा सके। रात में ही कमरे की दीवार का कुछ हिस्सा तोड़ दिया गया। यह काम भी आसान नहीं था। इस दीवार को भी प्रभात खबर के साथियों ने ही तोड़ा था। फिर कैमरा वहाँ पहुँचाया गया। किसी सहकर्मी ने कभी नहीं कहा कि कैमरा उतारने का काम उसका नहीं है या यह काम वह नहीं करेगा। कोई दबाव नहीं, अखबार शीघ्र आरंभ करने का सभी में जज्बा था और वह कोई भी काम करने को तैयार रहते थे। सहकर्मियों के जज्बे का यह एक उदाहरण है।

ऐसे करते-करते 7 सितंबर, 1995 का दिन आ गया। दिन में प्राजीव स्टील में

पूजा हो गई, उसके बाद रात में अखबार छापने की तैयारी की गई थी, लेकिन एक छोटी घटना ने सभी को परेशान कर दिया। रात में जब प्लेट बनाने का प्रयास किया गया तो प्लेट नहीं बन रहा था। जिस कमरे में प्लेट बनाया जा रहा था, उसकी दीवारों में नमी थी, उसका असर प्लेट पर पड़ रहा था। हमलोग से गलती यह हुई थी कि पहले प्लेट बनाकर परीक्षण नहीं किया गया था। किसी तरह जल्दबाजी में दो-तीन हीटर लगाकर दीवार को सुखाने का प्रयास किया गया, यह अपने आप में एक प्रयोग था।

जब काम नहीं बना तो एक बार ऐसा लगा कि अखबार नहीं निकलेगा। उस दिन प्रभात खबर राँची से सभी वरिष्ठ जन जमशेदपुर आए हुए थे, क्योंकि पहली बार राँची से बाहर प्रभात खबर का प्रकाशन आरंभ हो रहा था। रात में जो लोग वहाँ मौजूद थे, उनमें हरिवंशजी, के.के. गोयनकाजी, आरके दत्ताजी, हरिजी, सेन दॉ (पीके सेन), एच.एन. चटर्जी प्रमुख थे। ऐसे में वहाँ किसी ने राय दी कि दूसरे अखबार में कहीं प्लेट बन सकता है तो प्रयास करना चाहिए। तब जमशेदपुर से दैनिक आज निकलता था। मानस षाड़ंगी प्रभारी थे। उनसे बात की गई, वे तैयार हो गए। अंततः पहले दिन दैनिक आज के दफ्तर में प्रभात खबर का प्लेट बनाया गया। उसी प्लेट से अपनी मशीन पर प्रभात खबर का प्रकाशन आरंभ हुआ।

पहले दिन किसी प्रकार अखबार निकला। दूसरे दिन नया संकट आ गया। हाइटेंशन तार टूटने के कारण पूरे गम्हरिया इलाके की बिजली चली गई थी, तब प्राजीव स्टील में प्रभात खबर के लिए जेनरेटर था नहीं। ऐसे में जमशेदपुर (बिष्टुपुर कार्यालय) से पृष्ठ बनाकर उसे मॉडम से राँची भेजकर, राँची में अखबार छापकर जमशेदपुर भेजा गया। तीन दिनों में दो बड़ी परेशानियाँ आई, लेकिन उनका समाधान भी निकल गया। अब अखबार के सामने इसे जमाने की बड़ी चुनौती थी। वहाँ उदितवाणी और आवाज दो जमे हुए अखबार थे। आज और इस्पात मेल जैसे अखबार भी थे। बहुत प्रयास के बावजूद सर्कुलेशन तेजी से नहीं बढ़ रहा था। इसी बीच चाईबासा और घाटशिला में प्रभात खबर का दफ्तर खोला गया। धीरे-धीरे अंचल में कई और मॉडम सेंटर खुले। एक-एक अखबार बढ़ाने के लिए टीम मेहनत करती रही। एक मौका ऐसा आया जब हम लोग बहरागोड़ा में एक एजेंट के पास घंटों बैठे रहे, उनसे आग्रह करते रहे कि प्रभात खबर की दो प्रति बढ़ाकर उसे 18 से 20 कर दें, लेकिन इसके लिए एजेंट उस दिन तैयार नहीं हुए। इसके बावजूद प्रभात खबर की टीम हतोत्साहित नहीं हुई थी।

बड़ा कठिन दौर था। चुनौतियों का सामना रोज करना पड़ता था। प्रभात खबर के लिए जब अच्छे संवाददाता की खोज करते थे तो ग्रामीण इलाके के प्रतिनिधि आना नहीं चाहते थे। वे जिन अखबारों से जुड़े थे, उन्हें छोड़ना नहीं चाहते थे। हम लोग सिंहभूम के प्रखंडों का दौरा करते और अच्छे संवाददाताओं को जोड़ने का प्रयास करते। धीरे-धीरे

सफलता मिलती गई। इससे अंचल में प्रभात खबर अखबार मजबूत होता गया। कुछ समय के बाद शहर में भी स्थिति बेहतर हो गई। अब मैनेजमेंट आगे की यात्रा के लिए तैयार था। जमशेदपुर से प्रभात खबर निकालने के बाद प्रबंधन ने महसूस किया था कि अगला पड़ाव पटना होना चाहिए। बहुत ज्यादा वक्त नहीं लगा। 1996 में पटना से प्रभात खबर का प्रकाशन आरंभ किया गया। राँची और जमशेदपुर के बाद पटना प्रभात खबर का तीसरा प्रिंटिंग सेंटर हो चुका था। राँची और जमशेदपुर से कई साथियों को पटना भेजा गया था।

राजधानी होने के कारण पटना का महत्त्व काफी ज्यादा था। वहाँ से प्रभात खबर का प्रकाशन आरंभ होने के बाद पटना संस्करण को जितना लाभ मिला, उससे ज्यादा लाभ राँची और जमशेदपुर संस्करण को मिला। तब झारखंड बिहार का हिस्सा था राजनीतिक गतिविधियाँ पटना से ही संचालित होती थीं, चाहे कैबिनेट का निर्णय हो या तबादले या अन्य सरकारी निर्णय, प्रभात खबर में इसका विस्तृत विवरण होता था। यहीं पर प्रभात खबर जमशेदपुर में अन्य स्थानीय अखबारों पर भारी पड़ता था। उन दिनों सोशल मीडिया का जमाना नहीं था। पाठक सरकारी तबादले, सरकारी फैसले, परीक्षा संबंधी जानकारी चाहते थे और ये सब जानकारी उन्हें प्रभात खबर में विस्तार से मिल जाती थी। इससे प्रभात खबर को सर्कुलेशन बढ़ाने में काफी मदद मिली।

एक और बड़ी परेशानी थी जमशेदपुर में संपादकीय-विज्ञापन का दफ्तर बिष्टुपुर में था और प्रेस गम्हरिया के प्राजीव स्टील में। प्रेस से दूरी 10 किलोमीटर थी। इस बीच ऐसे स्थान की तलाश की जा रही थी जिसमें प्रेस और कार्यालय दोनों एक ही जगह रहें। हमें ऐसी एक जगह काशीडीह (ठाकुर प्यारा सिंह रोड) में मिली, जहाँ पर एक खाली जगह थी। इसके लिए बात की गई। वहाँ प्रभात खबर के कार्यालय के लिए एक तीन मंजिला भवन बनवाया गया। दो फ्लोर प्रभात खबर ने किराए पर लिए, निचली फ्लोर पर प्रेस (मशीन) और ऊपर वाली फ्लोर पर संपादकीय, पेस्टिंग व अन्य विभाग स्थापित किए गए। मशीन व संपादकीय ऑफिस दोनों एक ही जगह लाने से सुविधा बढ़ गई। इसका लाभ भी मिला।

उन दिनों कनाडा में टोरंटो कप (वन डे क्रिकेट प्रतियोगिता) चल रहा था। भारत और पाकिस्तान के बीच मैच हो रहा था। सुबह चार-पाँच बजे तक मैच खत्म होता था। एक घटना याद है जब मैच एक रोचक स्थिति में था। सुबह होने जा रही थी। मैच चल रहा था, साथ में रिपोर्ट भी तैयार हो रही थी। काउंटर पर हॉकर्स आ चुके थे। तब तक पटना से सौभिक विश्वास (बाबू दा) जमशेदपुर आकर सर्कुलेशन विभाग का प्रभार ले चुके थे। उनकी टीम में मोहन नाम के व्यक्ति थे। दोनों ने काउंटर पर हॉकरों को रोककर रखा था। कहा गया था कि मैच खत्म होने वाला है, पूरी रिपोर्ट प्रभात खबर में आएगी।

ऊपर संपादकीय, नीचे मशीन रूम, इसका लाभ उसी दिन देखने को मिला। इधर अंतिम गेंद फेंकी गई, उधर अखबार तैयार। टीम भी तैयार थी। अखबार छपता गया। हम सभी लोग चाहे वे संपादकीय विभाग से हों या किसी अन्य विभाग के, अखबार गिनने या बंडल बाँधने बैठ गए थे। इसके बाद तुरंत उसे काउंटर पर भेजा जाता रहा। भारत चैंपियन बना था। जिसने भी मैच देखा था, उसे ताजुब हुआ क्योंकि मैच खत्म होने के सिर्फ 25-30 मिनट के भीतर मैच का रिजल्ट के साथ अखबार उसके हाथ में था। दूसरे अखबारों में रिजल्ट नहीं था। इससे पाठकों के मन में यह बात बैठ गई कि सबसे अधिक न्यूज प्रभात खबर ही देता है। इस तरह पाठकों का विश्वास जीता जा रहा था।

कई और चुनौतियाँ आने वाली थीं, इसलिए तैयारी हो रही थी। अखबार का सर्कुलेशन बढ़ता जा रहा था। पुरानी बंधु मशीन की स्पीड कम थी, उससे काम नहीं चलने वाला था। आठ पृष्ठ से ज्यादा की माँग हो रही थी। मशीन आठ पृष्ठ ही एक साथ छाप सकती थी। पटना की ओरिएंट मशीन को जमशेदपुर में लगाया गया। बाद में यह महसूस किया गया कि मशीन के लिए जगह कम पड़ रही थी। जिस जगह काशीडीह में बंधु मशीन लगाई गई थी, वहाँ बड़ी मशीन लगाने की जगह ही नहीं थी। मजबूरी में सिर्फ मशीन के लिए दूसरी जगह की तलाश की जा रही थी। प्रबंधन जॉब वर्क भी तलाश रहा था। इस बीच टेलीग्राफ अखबार जमशेदपुर से छपने की योजना बना रहा था। प्रभात खबर के पास यह एक अवसर के रूप में था। प्रभात खबर और आनंद बाजार पत्रिका ग्रुप के बीच समझौता हुआ जिसके तहत प्रभात खबर की मशीन पर टेलीग्राफ अखबार जमशेदपुर से छपना था। प्रभात खबर के पास जो मशीन थी, उस पर टेलीग्राफ छापना संभव नहीं था। प्रभात खबर ने नई मशीन के लिए जगह तलाशने का प्रयास किया।

उन दिनों आदित्यपुर में मेन रोड पर बिहार राज्य आवास बोर्ड का एक अच्छा प्लॉट खाली था। 8 फरवरी, 2000 को प्रभात खबर के तत्कालीन महाप्रबंधक (वित्त) के.के. गोयनका ने बिहार राज्य आवास बोर्ड के पास 7000 वर्गफीट के प्लॉट को खरीदने के लिए आवेदन दिया। प्रभात खबर उसकी पूरी राशि देने को तैयार था, लेकिन प्रभात खबर को आवास बोर्ड की वह जमीन नहीं दी गई। अगर वह जमीन मिल गई होती तो आज आदित्यपुर के मेन रोड में प्रभात खबर का अपना प्रेस-दफ्तर होता। तब झारखंड नहीं बना था, आवास बोर्ड का मुख्यालय पटना में था। प्रभात खबर को जमीन नहीं मिलने के पीछे बड़ा कारण था आवास बोर्ड में व्याप्त भ्रष्टाचार। बोर्ड के कुछ अधिकारी यह जानते थे कि प्रभात खबर को प्लॉट देने से ऊपर से कुछ नहीं मिलेगा। तमाम प्रयासों के बावजूद वह जमीन प्रभात खबर को नहीं मिल पाई। इसके बाद प्रभात खबर के पास कोई विकल्प नहीं था। काफी प्रयास के बाद आदित्यपुर औद्योगिक क्षेत्र में एक पुराना बड़ा शेड था, उसे खरीदा गया। यह शेड लगभग 30 हजार वर्ग फीट का

था। उसमें कुछ बदलाव किया गया। वहाँ प्रभात खबर की बिल्डिंग (दो मंजिला) भी बनाई गई, इस पर प्रभात खबर ने बड़ी राशि खर्च की। योजना थी कि उसी कैंपस में मशीन के साथ-साथ संपादकीय विभाग का भी कार्यालय रहेगा। अभी भी उसी जगह मशीन लगी है।

प्रभात खबर ने टेलीग्राफ के जॉब वर्क के लिए नई मशीन स्टार लाइन खरीदी। इसे आदित्यपुर में लगाया गया। बाद में एक और मशीन (न्यूज लाइन-30) लगाई गई। प्रभात खबर के साथ टेलीग्राफ प्रिंटिंग का जो समझौता हुआ, उसने जमशेदपुर में प्रभात खबर को तकनीकी तौर पर काफी समृद्ध किया। बाद में इमेज सेटर मशीन लगाई गई। प्रभात खबर ने काशीडीह दफ्तर को लेकर एक बड़ा कदम उठाया। यह तय किया गया कि अगर प्रेस आदित्यपुर स्थानांतरित होता है, तो कार्यालय भी वहीं पर रखा जाए। एक सिटी ऑफिस शहर में रखकर काम चलाया जाए। आदित्यपुर में जो बिल्डिंग बनाई गई थी, वहाँ पर पूरे कार्यालय को स्थानांतरित कर दिया गया। सिटी ऑफिस बिष्टुपुर में रखा गया। इस बदलाव का एक बुरा प्रभाव भी सामने आ गया।

आदित्यपुर का वह इलाका, जहाँ प्रिंटिंग प्रेस के साथ-साथ संपादकीय विभाग भी था, शहर से दूर पड़ता था। लोगों से संपर्क कम होता गया। इसका असर न्यूज और विज्ञापन दोनों पर पड़ने लगा। जब अखबार के दफ्तर तक लोग नहीं पहुँच सकें तो यह खतरनाक संकेत है। सवाल अस्तित्व का था, तकनीकी खामियाँ भी थीं। समाचार के लिए राँची पर निर्भर रहना था, लेकिन वहाँ से मॉडम से समाचारों का आदान-प्रदान बड़ी मुश्किल से होता था। प्रबंधन की बैठक हुई। समस्याएँ बताई गईं। एक मात्र हल दिखा वह था जहाँ से (काशीडीह) दफ्तर हटाया गया था, दफ्तर फिर वहीं ले जाया जाए। अखबार को बचाने का यही रास्ता दिखाई पड़ा था। दो माह में ही दफ्तर को पुरानी जगह पर ले जाने का फैसला आसान नहीं था। लाखों रुपए खर्च कर आदित्यपुर में एक नया शानदार कार्यालय बनाया गया था, जो बेकार पड़ा रहा। संयोग ही था कि तब तक काशीडीह की बिल्डिंग खाली थी। पूरा कार्यालय आदित्यपुर से काशीडीह लौट आया। यह घटना जून 2003 की है। दरअसल आदित्यपुर में जिस जगह प्रेस बनाया गया था, वहाँ पर अखबार के संपादकीय कार्यालय को ले जाने का इतना बुरा असर पड़ेगा, किसी ने सोचा भी नहीं था। आकलन ही गलत हुआ। इस चूक को ठीक किया गया, लेकिन कंपनी को इस पर लाखों रुपए खर्च करने पड़े। अगर कार्यालय को लौटने में विलंब होता तो नुकसान और ज्यादा होता।

जमशेदपुर जब इन परेशानियों से जूझ रहा था, प्रभात खबर के धनबाद, कोलकाता संस्करण भी आ गए थे। धनबाद में जमीन लेकर भवन बनाया गया था। जिस समय धनबाद में जिस जगह पर मशीन लगाई गई थी, वह शहर के बाहर का लगभग सुनसान

इलाका था। आज वह शहर का हिस्सा है और पूरे इलाके में बड़े-बड़े मॉल बन गए हैं। कोलकाता में भी बाद में अपनी जमीन खरीदकर उस पर मशीन लगाई गई। सिलिगुड़ी में भी संस्करण शुरू किया गया था, लेकिन बाद में इसे बंद कर दिया गया। भले ही पटना और कोलकाता से प्रभात खबर का प्रकाशन हो रहा था, लेकिन इन दोनों राज्यों में लंबे समय तक प्रभात खबर की पहचान एक झारखंडी अखबार की ही थी। राँची और जमशेदपुर में प्रभात खबर की अच्छी पकड़ बन चुकी थी।

वर्ष 2000 का वर्ष प्रभात खबर के लिए चुनौती और अवसर दोनों का रहा था। इसका बड़ा कारण राँची से हिंदुस्तान अखबार का प्रकाशन आरंभ होना था। फरवरी 2000 से दैनिक हिंदुस्तान का राँची से प्रकाशन आरंभ होना था। बड़ा अखबार होने के कारण साधन की कमी हिंदुस्तान के पास नहीं थी। हिंदुस्तान के आने के पहले तक प्रभात खबर का सामना राँची एक्सप्रेस, आवाज, उदितवाणी जैसे स्थानीय अखबारों से हुआ था, इसलिए जब राँची से हिंदुस्तान अखबार के प्रकाशन की खबर आई तो प्रबंधन का चिंतित होना स्वाभाविक था। पहले किसी राष्ट्रीय अखबार से पाला नहीं पड़ा था। प्रभात खबर को अपनी टीम और अपने कंटेंट पर भरोसा था। प्रतिद्वंद्वी अखबार की ताकत को प्रभात खबर जानता था। यह भी पता था कि नया अखबार 20-24 पृष्ठ या उससे भी अधिक पृष्ठ का निकल सकता था। उसके पास अधिक-से-अधिक रंगीन पृष्ठ छापने की भी सुविधा होगी। उस समय तक प्रभात खबर में रंगीन पृष्ठ छापने की सुविधा हो गई थी। प्रभात खबर ने हिंदुस्तान से मुकाबला करने के लिए अपनी तकनीक में भी परिवर्तन कर लिया था। मशीन में और यूनिट लगा दी गई थी। सारी तैयारियाँ कर ली गई थी, जो एक ताकतवर प्रतिद्वंद्वी अखबार का सामने करने के लिए की जाती है। सबसे पहले राँची में कलर प्रिंटिंग आरंभ हुई थी। इसके बाद 4 दिसंबर, 1999 से जमशेदपुर में भी कलर प्रिंटिंग शुरू कर दी गई। आरंभ में सिर्फ पहला पृष्ठ और बैक पृष्ठ ही कलर हो पाता था।

राँची से नए अखबार के आने के समय तक, यानी फरवरी 2000 तक प्रभात खबर के मैनपावर पर बहुत फर्क नहीं पड़ा था। कुछ लोग जरूर इधर-से-उधर हुए पर यह भी सही था कि प्रभात खबर में उन दिनों के वेतन या अन्य सुविधाओं और नए अखबार (हिंदुस्तान) के वेतन-सुविधाओं में बड़ा फर्क था क्योंकि प्रभात खबर के पास सीमित संसाधन थे। हालाँकि प्रभात खबर ने भी अपने बजट और सीमा को देखते हुए वेतन-सुविधाओं में बढ़ोतरी की थी। इसका लाभ सभी कर्मचारियों को चाहे वे किसी भी विभाग में क्यों न कार्यरत हों, दिया गया था। वेतन बढ़ाने के बावजूद संकट दूर नहीं हुआ और एक दिन एक साथ बड़ी संख्या में प्रभात खबर के कई लोगों ने अखबार से इस्तीफा दे दिया। इसमें संपादक स्तर से लेकर अन्य सीनियर साथी भी थे। पैसों को बड़ा कारण बताया जा रहा था।

प्रभात खबर की आर्थिक स्थिति ऐसी न थी कि प्रभात खबर छोड़कर गए हुए सहकर्मियों को उक्त अखबार से अधिक पैसा देकर फिर से बुला लिया जाए। ऐसी स्थिति में जो भी कर्मचारी बच गए थे, उन्होंने उदाहरण पेश किया। कॉलेजों से नए-नए युवकों को उठाकर लाया गया, रातोंरात प्रशिक्षण देकर उन सबको मैदान में उतार दिया गया। जब कई साथियों ने प्रभात खबर छोड़ दिया था, तो प्रभात खबर के पास दो ही रास्ते थे, एक था पुराने लोगों को फिर से लाना और दूसरा युवाओं को प्रशिक्षण देकर लड़ाई में शामिल करना। पहले रास्ते के पक्ष में अखबार नहीं था। उसने दूसरे रास्ते को चुना, स्वाभिमान का रास्ता। अखबार लंबी योजना बनाना चाहता था। संस्था खड़ा करना चाहता था ताकि क्षेत्र में पत्रकारों की किल्लत न रहे। भारती विद्या भवन (बंबई) से संपर्क किया गया। उन लोगों ने राँची में प्रभात खबर मीडिया इंस्टीट्यूट को मान्यता दे दी। 2002 से पीके एम.आई.एस. विधिवत काम करने लगा। प्रधान संपादक हरिवंशजी समेत अन्य सीनियर साथियों को भी पत्रकारों के प्रशिक्षण में लगाया गया। यहाँ से निकले कई छात्रों ने पत्रकारिता में अपनी जगह बनाई। 10 साल तक यह संस्था चलती रही। सैकड़ों पत्रकारों को प्रभात खबर मीडिया इंस्टीट्यूट ने तैयार किया। बाद में इसे बंद कर दिया गया क्योंकि प्रभात खबर के विस्तार में सारा ध्यान लगाना आवश्यक था। पीके एम.आई.एस. में विष्णु राजगढ़िया, ओम प्रकाश अश्क, विजय भास्कर, विजय पाठक, जीवेश रंजन, विनय भूषण समेत कई साथी प्रशिक्षण देते थे। बाद में इस संस्थान को चलाने की जिम्मेदारी राकेश कुमार को दी गई थी।

एक साथ जब तीस से ज्यादा प्रभात खबर के सहयोगियों ने अखबार छोड़ दिया था, तब बड़ा संकट आ गया था। प्रभात खबर इसके लिए तैयार नहीं था, लेकिन बहुत कम समय में बाकी कर्मियों ने चुनौतियों का सामना करते हुए स्थिति को सँभाल लिया। 16-16 घंटे तक साथियों ने काम किया। अनेक साथी अखबार के दफ्तर में ही सोते थे। विजय पाठक, जीवेश रंजन सिंह (बाद में ये दोनों प्रभात खबर के कई संस्करणों में संपादक बने) और उनके सहयोगियों ने मोरचा सँभाल लिया था। फिर बैजनाथ मिश्र राँची एक्सप्रेस से प्रभात खबर में स्थानीय संपादक के पद पर आ गए। दूसरे अखबारों ने विजय पाठक और उनके वरिष्ठ साथियों को भी अपने अखबार के साथ जोड़ने का प्रलोभन दिया, लेकिन ये लोग टस से मस नहीं हुए। तनाव के क्षण में भी इस टीम ने धैर्य का परिचय दिया और प्रभात खबर को कमजोर नहीं होने दिया। इससे पहले भी एक बार राँची कार्यालय में हड़ताल के दौरान एक मौका ऐसा आया था, जब प्रभात खबर के संपादकीय और कुछ अन्य विभाग के लोग प्रेस में ही रहने लगे थे और कई दिनों तक घर नहीं गए थे। वहीं खाना, वहीं रहना और वहीं सोना। प्रभात खबर में ऐसे प्रतिबद्ध, समर्पित और जीवट लोगों की संख्या बहुत अधिक रही है और यही इस अखबार की ताकत रही है।

हिंदुस्तान जैसे राष्ट्रीय अखबार से सामना करते हुए अभी तीन साल ही बीते थे कि 2003 में दैनिक जागरण का झारखंड में संस्करण आरंभ हो गया। जागरण भी देश का बड़ा अखबार है, दो–दो राष्ट्रीय अखबारों से प्रभात खबर को चुनौतियाँ मिल रही थीं। तब तक प्रभात खबर और मजबूत हो चुका था। झारखंड राज्य भी बन गया था, इसलिए उम्मीद भी की जा रही थी कि देश के कुछ बड़े अखबार राँची आ सकते थे। प्रभात खबर तब तक इसकी तैयारी भी कर चुका था। अच्छी मशीनें आ चुकी थीं, तकनीक बदल गई थी, प्रोफेशनल्स की टीम आ चुकी थी, फीचर विभाग की जिम्मेदारी विनय भूषण को दी गई थी। उसके बाद उन्होंने फीचर में कई नए प्रयोग किए। कई साल बाद अन्य अखबारों ने इसका अनुपालन किया। लगातार 15 नवंबर और दीपावली का विशेषांक निकाला गया जिससे अखबार की खास पहचान बनी। पहले ये काम रंजन श्रीवास्तव देखा करते थे।

प्रभात खबर ने धीरे–धीरे बिहार पर भी ध्यान देना आरंभ कर दिया था। वैसे तो जमशेदपुर से प्रभात खबर का प्रकाशन आरंभ होने के बाद पटना से प्रभात खबर का प्रकाशन 1996 से आरंभ हो गया था, यह प्रभात खबर जैसे अखबार के लिए बड़ी उपलब्धि थी। इसके पहले के प्रभात खबर के दोनों संस्करण दक्षिण बिहार (अब का झारखंड) से निकलते थे। राजधानी पटना से इसका संस्करण निकलने से इसे प्रांतीय अखबार का दर्जा मिला। वैसे भी पटना सत्ता का केंद्र था। सरकार पटना में थी, बड़े निर्णय पटना से होते थे जिसकी जानकारी सभी को चाहिए थी, इसलिए जब पटना संस्करण आरंभ हुआ तो राँची,जमशेदपुर के पाठकों की उम्मीदें भी बढ़ीं। वहाँ नई ओरियेंट मशीन लगाई गई। उन दिनों पटना में कार्यालय फ्रेजर रोड में हुआ करता था। इसके लगभग तीन साल बाद (15 जुलाई, 1999 से) धनबाद से प्रभात खबर का प्रकाशन आरंभ हुआ। यह प्रभात खबर का चौथा संस्करण था। इसके लिए प्रभात खबर ने अपनी जमीन खरीद ली थी। राँची के बाद धनबाद पहला संस्करण था, जिसका उद्घाटन अपनी ही जमीन पर हुआ था। अन्य जगहों पर किराए की जमीन/कार्यालय से प्रभात खबर की शुरुआत की गई थी। बाद में कई जगहों पर अपनी जमीन खरीदी गई।

भविष्य को देखते हुए यह महसूस किया गया कि प्रभात खबर का विस्तार अन्य राज्यों में किया जाए। उसी समय 31 अक्तूबर, 2000 को कोलकाता से प्रभात खबर का प्रकाशन आरंभ किया गया। वर्ष 2000 में झारखंड से हिंदुस्तान के प्रकाशन के बाद तय हुआ कि झारखंड और बिहार में प्रभात खबर का और विस्तार किया जाए। राँची के अलावा जमशेदपुर, धनबाद से प्रभात खबर निकल रहा था, लेकिन संथाल परगना का पूरा क्षेत्र उपेक्षित था। यह बड़ा इलाका है। धनबाद से छापकर पूरे संथाल परगना में अखबार समय पर भेजना संभव नहीं होता था। उस समय प्रभात खबर का

भागलपुर संस्करण भी नहीं खुला था, इसलिए निर्णय किया गया कि देवघर से प्रभात खबर का नया संस्करण खोला जाए ताकि वहाँ से देवघर, गोड्डा, साहेबगंज, जामताड़ा और पाकुड़ के लोगों को समय पर अखबार मिल सके। 29 जुलाई, 2004 को देवघर संस्करण का उद्घाटन किया गया। अब तक झारखंड से हिंदुस्तान और दैनिक जागरण का राँची, जमशेदपुर और धनबाद संस्करण खुल चुका था, लेकिन किसी के पास देवघर संस्करण नहीं था। देवघर संस्करण खुलते ही प्रभात खबर राज्य का पहला अखबार बना जो झारखंड में चार जगहों (राँची, जमशेदपुर, धनबाद, देवघर) से प्रकाशित होता हो। इसी बीच 10 मार्च, 2006 को बंगाल में एक और संस्करण बढ़ा। कोलकाता के बाद सिलीगुड़ी से प्रभात खबर का प्रकाशन आरंभ किया गया। वह प्रभात खबर का सातवाँ संस्करण था पर बाद में इसे बंद कर देना पड़ा था।

सर्कुलेशन के हिसाब से बिहार में बहुत अच्छी स्थिति नहीं थी। बिहार तेजी से विकास कर रहा था, वहाँ के हालात बदले थे, वैसे भी बिहार का मार्केट झारखंड से तीन गुना से ज्यादा ही है, ऐसे में प्रभात खबर ने महसूस किया कि बिहार में बगैर विस्तार किए प्रभात खबर का आगे बढ़ पाना मुश्किल था।

बिहार में विस्तार

पटना से प्रकाशित होने के बावजूद प्रभात खबर बिहार में वह स्थान नहीं बना सका था, जो झारखंड में था। इसके पीछे बड़ा कारण था बिहार में बड़ी पूँजी चाहिए थी। बड़े-बड़े अखबारों से सामना हो रहा था। एक और परेशानी थी बिहार में पाठकों को लगता था कि प्रभात खबर झारखंड का अखबार है। पाठकों की इस धारणा को तोड़ना आसान नहीं था, सिर्फ पटना से छपकर पूरे बिहार में प्रभात खबर की पहचान बनाना आसान नहीं था।

इस बीच देश के कुछ अखबारों में यह खबर छपी कि प्रभात खबर को बेचने की तैयारी चल रही है और इसके लिए कंसलटेंसी का सहारा लिया गया था। कुछ बिजनेस अखबारों ने खबर छापी कि प्रभात खबर में कुछ बड़े अखबार पूँजी लगाना चाहते हैं। इन खबरों ने प्रभात खबर में कार्य करने वाले लोगों को चिंतित कर दिया। इसका असर अखबार पर पड़ने लगा। धीरे-धीरे यह जानकारी दी गई कि खबर सही थी, लेकिन कोई अंतिम निर्णय नहीं लिया गया था। इस बीच प्रभात खबर के कुछ सीनियर सहयोगियों ने शीर्ष प्रबंधन से मुलाकात कर अखबार को नहीं बेचने का आग्रह किया। अंततः तय हुआ कि प्रभात खबर को बेचा नहीं जाएगा, साथ ही इस अखबार को आगे ले जाने के लिए प्रबंधन पूँजी भी लगाएगा, इसे कोर बिजनेस की तरह चलाएगा। हुआ भी यही।

प्रभात खबर प्रबंधन ने योजना के तहत बिहार में कई संस्करण खोलने और पूरे ग्रुप

को मजबूत करने का निर्णय लिया। इसी क्रम में बिहार में प्रभात खबर का नया संस्करण मुजफ्फरपुर से आरंभ किया गया। अनिकेत पहले संपादक बने। उनकी अगुवाई में 10 अक्तूबर, 2010 से प्रभात खबर का प्रकाशन पूरी तैयारी के साथ शुरू हुआ। पटना के बाद बिहार में यह दूसरा संस्करण था। बहुत ही कम समय में प्रभात खबर के मुजफ्फरपुर और इसके आसपास के क्षेत्र में अपनी पहचान बना ली। बाद में शैलेंद्र कुमार सिंह, मिथिलेश कुमार, रजनीश उपाध्याय और पवन ने संपादक के तौर पर इस अखबार को आगे बढ़ाया। योजना के अनुसार बिहार में अनेक संस्करण एक तय समय सीमा में खुलने थे। इससे एक संदेश गया कि प्रभात खबर बिहार में अब गंभीर हो गया था।

1996 और 2010, यानी 14 सालों के बीच प्रभात खबर भले ही बिहार में बहुत ज्यादा बिकने वाला अखबार नहीं बन पाया था, लेकिन इस दौरान अपनी गंभीर पत्रकारिता के बल पर एक विश्वसनीय अखबार की पहचान बना चुका था। बिहार में उस दौरान अनेक विशेषांक निकले, जिन्हें लोग आज भी याद करते हैं। वे संग्रहणीय अंक थे जिनकी माँग दिल्ली में बैठे शीर्ष ब्यूरोक्रैट्स तक ने की थी। बिहार में विकास को मुद्दा बनाकर प्रभात खबर ने अपनी यात्रा आरंभ की थी। मुजफ्फरपुर से प्रकाशन के बाद पाठकों की धारणा बदलने लगी। उन्हें लगा कि यह अखबार बिहार का अखबार है और बिहार या बिहारियों के सम्मान के लिए लड़ने वाला अखबार है।

बिहार आबादी और पाठकों के दृष्टिकोण से इतना बड़ा राज्य है कि सिर्फ पटना और मुजफ्फरपुर से अखबार निकालकर बिहार के एक कोने से दूसरे कोने में समय पर नहीं पहुँचा जा सकता है, इसलिए जल्द-से-जल्द भागलपुर से अखबार निकालना था। भागलपुर ऐसी जगह है, जहाँ से राज्य के कई जिलों में आसानी से अखबार भेजा जा सकता है। इसे देखते हुए बिहार में कुछ नए संस्करण खोलने के लिए संपादकीय की तैयारी की जिम्मेदारी राजेंद्र तिवारी को दी गई थी। 10 फरवरी, 2011 से प्रभात खबर भागलपुर से निकलने लगा। ये तीन प्रमुख प्रकाशन केंद्र पहले से रहे थे, इन तीनों जगहों से हिंदुस्तान, दैनिक जागरण पहले से निकलता रहा था। प्रभात खबर ने गया को भी प्रकाशन केंद्र में बदलने का काम किया। उसी साल, यानी 21 अक्तूबर, 2011 को प्रभात खबर गया से निकलने लगा। बिहार में प्रभात खबर का यह चौथा प्रकाशन था। चारो जगहों से प्रभात खबर का प्रकाशन आरंभ होने के बाद प्रभात खबर को ऐतिहासिक सफलता मिली। जिस अखबार की पहले कोई विशेष पहचान नहीं थी, उसी प्रभात खबर ने बड़े-बड़े अखबारों को चुनौती दी हालाँकि बाद में गया संस्करण को अन्य अखबारों के साथ प्रभात खबर ने भी प्रकाशन केंद्र के तौर पर बंद या स्थगित कर दिया।

बिहार में प्रभात खबर ने बिहारी अस्मिता को बिहारियों के सम्मान से जोड़ते हुए काम किया। बिहार जागे, देश आगे स्लोगन के साथ बिहार में प्रभात खबर आगे बढ़ा।

बिहार में विशेष पैकेज की माँग को लेकर प्रभात खबर ने अभियान चलाया। धीरे-धीरे प्रभात खबर बिहार में भी मजबूत और प्रमुख अखबार बन गया। अजय, मिथिलेश, रजनीश और रंजीत जैसे साथियों ने पटना में प्रभात खबर को मजबूत करने में बड़ी भूमिका अदा की. बिहार में प्रभात खबर ने बिहारी अस्मिता का सवाल उठाया। दर्जनों होर्डिंग्स लगाकर और अखबारों में लगातार विज्ञापन छाप कर हमने बिहार ब्रांड को मजबूत किया। आज बिहार में प्रभात खबर बड़ा ब्रांड है. पटना में इसका अपना विशाल-आकर्षक और अत्याधुनिक कार्यालय है

Prabhat Khabar

13 Ministers of State, five DyMinisters inducted

Union Cabinet expanded

Subodh Kant, Patel, Jena, Ajay Singh, Shastri get berth

Devi endorses seven names for JD presidentship

Six militants gunned down on border line

CM urged to consult on policy matters

Chautala not to campaign for his election

VHP blamed for fomenting trouble

ROTARY CLUB OF RANCHI

FETE

Games of skill

TAMBOLA

VP for enactment of Labour laws

Volga

अंग्रेजी प्रभात खबर का एक अंक

अंग्रेजी में प्रभात खबर

झारखंड हिंदी बहुल क्षेत्र रहा है और यहाँ कभी भी अंग्रेजी अखबारों की बड़ी माँग नहीं हुई है। झारखंड में अंग्रेजी पत्रकारिता का इतिहास भी यही बताता है. यहाँ से जब-जब स्थानीय तौर पर अंग्रेजी अखबार निकालने की कोशिश की गई, बहुत सफलता नहीं मिली। यह सही है कि केंद्र सरकार के कई बड़े संस्थान यहाँ होने के कारण एक वर्ग रहा जिसे अंग्रेजी अखबार चाहिए था, लेकिन स्थानीय लोगों को नहीं, इसलिए यहाँ कोलकाता के स्टेट्समैन की माँग पहले होती थी। प्रभात खबर ने स्थानीय खबरों को लेकर अंग्रेजी अखबार निकालने की योजना 1984 में ही बना ली थी, जब हिंदी प्रभात खबर का प्रकाशन आरंभ हुआ था। इसकी सार्वजनिक घोषणा भी की गई थी। प्रभात खबर के 4 अक्तूबर, 1984 के अंक में पृष्ठ एक पर अंग्रेजी में एक विज्ञापन छापा गया था कि जल्द ही अंग्रेजी में प्रभात खबर निकाला जाएगा। इसके लिए संवाददाता और डेस्क के लिए लोगों से 15 दिनों के भीतर आवेदन-पत्र भी माँगे गए थे, लेकिन इसके बाद प्रबंधन के आपसी विवाद के कारण यह योजना धरी-की-धरी रह गई।

1988 में अंग्रेजी प्रभात खबर निकालने की कोशिश सफल हो गई। तत्कालीन प्रधानमंत्री राजीव गांधी राँची आए थे, ज्ञानरंजन को उन्होंने सलाह दी थी कि अंग्रेजी में अखबार निकालना चाहिए। यह बात 25 मई, 1988 की है, जिस दिन राजीव गांधी राँची आए थे और मोरहाबादी मैदान में उन्होंने सभा की थी। ज्ञानरंजन प्रधानमंत्री के साथ ही

राँची आए थे। उसी दौरान प्रभात खबर की चर्चा हुई थी। तब प्रभात खबर का स्वामित्व ज्ञानरंजन के पास ही था। रास्ते में ही राजीव गांधी और ज्ञानरंजन के बीच अंग्रेजी प्रभात खबर पर चर्चा हुई थी। उसी दिन शाम में प्रभात खबर के कार्यालय में यह बात फैल गई और अचानक गतिविधियाँ बढ़ गई थीं। हमलोग को बताया गया था कि अंग्रेजी में प्रभात खबर निकालना है, जितना जल्द हो सके, अखबार निकल जाए। एक दिन पहले तक अंग्रेजी में प्रभात खबर निकालने की चर्चा तक नहीं थी, अचानक प्रबंधन सक्रिय हो गया।

अंग्रेजी अखबार निकालने के लिए जगह तक नहीं थी। तब तक प्रभात खबर एक मंजिला था। एक बड़ा कमरा (या छोटा हॉल कह लें) में संपादकीय के साथी बैठते थे। अंग्रेजी अखबार निकालने के लिए सिर्फ संपादकीय के लिए कुछ और जगह चाहिए थी। जल्दबाजी में छत पर कुछ कमरे बनाए गए। छत की ढलाई का भी समय नहीं था, इसलिए दीवार खड़ी कर उस पर एस्बेस्टस रखकर प्रभात खबर, अंग्रेजी का कार्यालय बनाया गया। वहाँ से ही 23 जुलाई, 1988 से प्रभात खबर (अंग्रेजी) का प्रकाशन आरंभ किया गया, यानी तय करने के दो माह के भीतर अंग्रेजी प्रभात खबर पाठकों के हाथ में था। उदय सिन्हा को अंग्रेजी प्रभात खबर का पहला संपादक बनाया गया था, बाद में मनोज प्रसाद इसके संपादक बने।

प्रभात खबर हिंदी के पास पहले से संवाददाताओं की अच्छी टीम थी, अंग्रेजी में भी इनका उपयोग करने का निर्णय लिया गया था। हिंदी में जो भी संवाददाता न्यूज फाइल करते थे, उसकी कार्बन कापी अंग्रेजी विभाग को भेज दी जाती थी। अंग्रेजी संस्करण के लिए उसका ट्रांसलेशन किया जाता था। अंग्रेजी के लिए अलग से भी कुछ संवाददाता रखे गए थे। प्रभात खबर के अंग्रेजी में छपने के पहले से राँची से एक अंग्रेजी दैनिक न्यू रिपब्लिक छपता था। अंग्रेजी प्रभात खबर में सबसे पहले मार्टिन टेटे की अस्वाभाविक मौत का मुद्दा उठाया गया था। तब यह चर्चित नहीं हो सका था। हिंदी संस्करण ने इसे बाद में प्रकाशित किया। अंग्रेजी और हिंदी दोनों में इसे मुद्दा बनाया गया। लगातार छपने के बाद मार्टिन टेटे की मौत का मामला राष्ट्रीय स्तर पर चर्चित हो गया। राष्ट्रीय अखबारों और पत्रिकाओं में भी यह छाया रहा। उन दिनों यह क्षेत्र अंग्रेजी पत्रकारिता के लिए उपयुक्त नहीं था, पाठकों की संख्या बढ़ नहीं रही थी, विज्ञापन आ नहीं रहे थे, लगातार घाटा बढ़ता जा रहा था। सिर्फ अप्रैल 1990 में अंग्रेजी प्रभात खबर का घाटा 75 हजार रुपए का था। हिंदी प्रभात खबर भी घाटे में ही (अप्रैल 1990 में हिंदी प्रभात खबर को 2.88 लाख का घाटा हुआ था) चल रहा था। उस समय यह एक बड़ी राशि थी।

अंग्रेजी अखबार का सर्कुलेशन, विज्ञापन नहीं बढ़ने का असर हिंदी पर पड़ रहा था। गुणवत्ता में भी वह टाइम्स आफ इंडिया और टेलीग्राफ जैसे अंग्रेजी अखबार का मुकाबला नहीं कर पाया। लगभग दो-ढाई साल अखबार चल चुका था, तब तक नया

प्रबंधन आ चुका था। प्रबंधन लगातार इस पर निगाह रखे हुए था। एक दिन प्रबंधन के एक शीर्ष व्यक्ति ने अपना लिखित सुझाव भेजा- मेरी राय में हिंदी और अंग्रेजी प्रभात खबर दोनों को चलाना संभव नहीं लगता। सही यह होगा कि घाटे को कम किया जाए और पूरा ध्यान हिंदी प्रभात खबर को आगे बढ़ाने और नई पत्रिका में लगाया जाए। अंग्रेजी अखबार को बंद करने के लिए तिथि निर्धारित करने के लिए भी उन्होंने कहा था। इस नोट के बाद ही अंग्रेजी प्रभात खबर का प्रकाशन बंद कर दिया गया। उसके बाद कभी भी प्रभात खबर ने अंग्रेजी में अखबार निकालने का प्रयास नहीं किया।

अंग्रेजी प्रभात खबर में कई ऐसे सहयोगी थे जिनकी हिंदी पर भी बहुत अच्छी पकड़ थी। डेस्क और फील्ड दोनों में अंग्रेजी बंद होने के बाद वहाँ कार्यरत घनश्याम (जो बाद में प्रभात खबर की साप्ताहिक पत्रिका रविवारीय के प्रभारी बने), अनिल झा, वाई एन झा, अनिल श्रीवास्तव, अनिल सिन्हा, मनोज लकड़ा समेत कुछ अन्य साथियों को हिंदी प्रभात खबर में लाया गया। इन सभी ने हिंदी प्रभात खबर को आगे बढ़ाने में योगदान दिया।

□

बिक्री नहीं, विस्तार हुआ

1984 में प्रभात खबर के प्रकाशन के कुछ ही साल बाद हालात ऐसे बने कि इसे बेचने-खरीदने की चर्चा होने लगी थी। 1989 में इसे तत्कालीन मालिक ज्ञानरंजन ने उषा मार्टिन ग्रुप को बेच दिया था। उसके बाद से प्रभात खबर की स्थिति लगातार बेहतर हो रही थी और इस अखबार ने अपनी पहचान बना ली थी। आरंभ के कुछ वर्षों तक उषा मार्टिन ग्रुप से लगातार आर्थिक सहयोग मिलता रहा, लेकिन एक समय ऐसा भी आया जब मालिकों ने साफ-साफ कह दिया कि अब प्रभात खबर को अपने पैर पर खड़ा होना होगा। अब आगे आर्थिक सहयोग संभव नहीं है, वह प्रभात खबर के लिए एक कठिन दौर था। उसके बाद प्रभात खबर अपने छोटे-छोटे प्रयासों से, एक-एक पैसा बचाकर, खर्च कम कर किसी तरह खुद को मजबूत करता रहा।

इस तरह समय बीतता रहा। 2001 का वर्ष था जब प्रभात खबर को उषा मार्टिन ग्रुप ने बेचने का मन बनाया था, लेकिन उचित दाम नहीं मिलने के कारण इसे बेचा नहीं जा सका। 'हरिवंश-पत्रकारिता का लोकधर्म' नामक पुस्तक में के.के. गोयनका ने श्रेष्ठ संपादक, कुशल प्रबंधक शीर्षक से एक लेख लिखा है। इस लेख में उन्होंने 2001 में प्रभात खबर को बेचे जाने के प्रयास का जिक्र किया है। वे लिखते हैं—'2001 में मालिकों ने इसे बेचने का मन बनाया, इसका असेसमेंट हुआ, दैनिक भास्कर से बात हुई। भास्कर समूह ने इसकी कीमत छह करोड़ रुपए लगाई। मालिक 20 करोड़ रुपए माँग रहे थे। बात नहीं बनी। यह वह दौर था जब झारखंड में, राँची से प्रकाशित होने के लिए बड़े घरानों के प्रकाशक आने शुरू हो गए थे। हिंदुस्तान आ चुका था। प्रभात खबर के सामने बड़ी चुनौती थी। मनचाहा डील नहीं होने से 2001 में अखबार नहीं बिका, अखबार चलने लगा, सबसे गौर करने की बात थी कि मालिक अखबार को 2001 में बेचना चाह रहे थे। उस दौर में दूसरे बड़े राष्ट्रीय अखबार राँची और झारखंड आ रहे थे। उसी दौर में प्रभात खबर ने अपना अपार विस्तार किया, सिर्फ प्रसार की दृष्टि से नहीं, बल्कि ब्रांड वैल्यू और साख की दृष्टि से भी। यह सब हुआ एडिटोरियल कंटेंट

के बल पर।' इसी लेख में के.के. गोयनका आगे लिखते हैं—

'प्रभात खबर झारखंड का सबसे मजबूत, विश्वसनीय ब्रांड बन गया तो एक बार फिर से इसे बेचने की कवायद शुरू हो गई। 2007 में मालिकों ने इसे बेचने की फिर से पहल की। इस बार देश के अनेक बड़े घराने प्रभात खबर की बोली लगाने पहुँचे। हिंदुस्तान, दैनिक जागरण, दैनिक भास्कर, अमर उजाला, नई दुनिया, जैसे बड़े संस्थानों के लोग आते रहे। माह-दो-माह तक प्रभात खबर दफ्तर में इन संस्थानों के लोगों की आवाजाही लगी रही, सभी अपने तरीके से असेसमेंट करते रहे। इस बार बोली करीब 75 करोड़ की लगी। दैनिक जागरण से बात पक्की हो गई। एग्रीमेंट भी बन गया, सिर्फ उस पर हस्ताक्षर होना बाकी था।

2001 में प्रभात खबर के लिए जो लोग सिर्फ छह करोड़ देने को तैयार थे, वे 2007 में, यानी सिर्फ छह साल में लगभग 75 करोड़ देने को तैयार थे। इससे अंदाजा लगाया जा सकता है कि प्रभात खबर ने सिर्फ छह साल में खुद को कितना मजबूत किया था। इसके लिए तैयारी तो कई साल पहले से हो रही थी। कुछ राष्ट्रीय अखबारों के राँची आने की खबर के बाद से ही प्रभात खबर ने तैयारी की थी।

2000 में हिंदुस्तान और वर्ष 2003 में दैनिक जागरण के राँची में आने के बाद प्रभात खबर अपने सीमित संसाधन के बल पर इन दोनों बड़े अखबारों का सामना कर रहा था। कई मौके ऐसे आए, जब प्रभात खबर को पूँजी का अभाव महसूस हुआ। इसी बीच एक-दो नए अखबारों के झारखंड आने की भी समय-समय पर चर्चा हो रही थी। उसी समय यह आभास हो गया था कि अगर प्रभात खबर को आगे ले जाना है तो इसका विस्तार करना होगा। साफ था कि नए संस्करण खोले जाएँ और दूसरे राज्यों में मजबूत हुए बगैर प्रभात खबर का कोई भविष्य नहीं था। जो भी साधन थे, उनमें नए संस्करण खोलना संभव नहीं था। नए संस्करण या विस्तार के लिए बड़ी पूँजी चाहिए थी, जो थी नहीं। जिन बड़े अखबारों से प्रभात खबर की प्रतिस्पर्धा थी, उनमें से किसी के पास साधनों का अभाव नहीं था। लिस्टेड कंपनियाँ थीं। प्रभात खबर के लिए समस्या यह थी कि पैसा आए तो कहाँ से? प्रबंधन को इसकी जानकारी दी गई। प्रधान संपादक हरिवंशजी ने अपना विजन बताते हुए प्रबंधन से साधन उपलब्ध कराने का आग्रह किया। प्रबंधन भी उनकी राय से सहमत था।

प्रभात खबर को आगे ले जाने के मुद्दे पर प्रबंधन ने आश्वासन दिया था कि वह इसके लिए पैसे की व्यवस्था करेगा। ऐसे लोगों या ऐसी कंपनियों को खोजेगा जो प्रभात खबर में पैसा लगाने को तैयार हों। फंड के जुगाड़ के लिए उषा मार्टिन प्रबंधन ने एडेलविस कैपिटल की सहायता ली। उन दिनों भागलपुर, मुजफ्फरपुर और गया संस्करण नहीं खुले थे। प्रभात खबर के सात संस्करण (राँची, जमशेदपुर, पटना, धनबाद, देवघर, कोलकाता, सिलीगुड़ी) निकलते थे। उन दिनों अखबार को लगभग 30 करोड़ का सालाना विज्ञापन

मिल रहा था। झारखंड के नंबर एक अखबार का आधार काफी मजबूत हो गया था, साथ ही इसकी ब्रांन्ड वैल्यू भी। इस बीच संस्था का वैल्यूएशन भी किया जा रहा था।

प्रभात खबर के विस्तार के लिए इसमें पूँजी लगाने वालों की तलाश की जा रही थी, लेकिन धीरे-धीरे यह बात फैल गई कि प्रबंधन इस अखबार को बेचने के पक्ष में था। यह खबर आते ही देश के कई प्रमुख मीडिया समूहों ने इसमें रूचि दिखाई। दैनिक जागरण के साथ बातचीत लगभग पक्की हो गई थी। अखबारों में यह खबर आने लगी थी। बिजनेस स्टैंडर्ड, द टेलीग्राफ में भी इससे संबंधित खबरें छप रही थीं। इससे काम करने का माहौल प्रभावित हो रहा था। स्थिति यह बन गई थी कि संथाल परगना के एक मॉडम कार्यालय में दूसरे अखबार के प्रतिनिधि यह कहते हुए घुस गए कि उनके प्रबंधन ने प्रभात खबर को खरीद लिया है, इसलिए कुरसी खाली करें। किसी तरह उन्हें समझाकर हटाया गया था। कुछ अंग्रेजी अखबार तो खबर लिखने में काफी आगे निकल गए थे।

मिंट ने मुंबई से एक रिपोर्ट प्रकाशित की कि भास्कर ग्रुप ने प्रभात खबर की 70 फीसदी हिस्सेदारी खरीद ली है। प्रभात खबर में कार्यरत कर्मचारी चिंतित थे। कर्मचारियों ने शीर्ष प्रबंधन को पत्र लिखा क्योंकि लोगों को सच का पता चल नहीं रहा था। इस बीच प्रभात खबर के कर्मियों ने प्रबंधन से आग्रह किया कि कर्मचारी उनसे मिलकर बातचीत करना चाहते हैं और अपनी बात रखना चाहते हैं। प्रबंधन सहमत हुआ, मिलने की तिथि तय हो गई। पाँच-छह साथियों को प्रबंधन से मिलने की अनुमति मिली।

प्रबंधन से मिलने के लिए जो टीम जा

Bhaskar, Jagran in race for Prabhat Khabar

BS REPORTER
New Delhi, 2 February

The race for the Jharkhand-based Hindi daily *Prabhat Khabar* is on its last lap. There is a crucial meeting between the Jhawars of the Usha Martin group that owns the daily and the top brass of Jagran Prakashan, the publishers of *Dainik Jagran*, in New Delhi next week.

HT Media (Hindustan) and Writers & Publishers that owns Dainik Bhaskar are also in the race for acquiring a controlling stake in the Jharkhand's largest circulated newspaper. Industry sources said *Dainik Jagran* and *Dainik Bhaskar* were leading the race for *Prabhat Khabar*, though no deal was clinched till then.

"We are at an advanced stage of negotiation, but we have not signed any deal," said a senior executive at *Dainik Bhaskar*.

प्रभात खबर की बिक्री की खबरें राष्ट्रीय अखबारों में

रही थी, उसमें तत्कालीन कार्यकारी संपादक ओम प्रकाश अश्क, खुद मैं (अनुज कुमार सिन्हा), विजय पाठक, विनय भूषण और विजय बहादुर थे। बैठक उषा मार्टिन परिसर में हो रही थी। उस बैठक में मूल बात तो मालिक राजीव झावर से होनी थी, लेकिन वहाँ लाली बाबू, प्रधान संपादक हरिवशंजी, के.के. गोयनकाजी भी मौजूद थे। यह बहुत ही महत्त्वपूर्ण बैठक थी, जिससे प्रभात खबर और यहाँ के कर्मचारी, पत्रकारों का भविष्य जुड़ा था। जाने के पहले मुझे बार-बार प्रधान संपादक ने चेताया था कि बैठक में तुम कुछ ऐसी बात नहीं कहोगे जिससे मामला बिगड़ जाए। धैर्य से अपनी बात रखना। वह दिन कितना महत्त्वपूर्ण था, हम लोग कितने चिंतित थे, इसका अंदाजा इसी बात से लगाया जा सकता है कि जाने के पहले हम लोग एक ज्योतिषी से दफ्तर से निकलने का शुभ मुहुर्त भी पता कर चुके थे। यह राय अश्कजी की थी। ज्योतिषी की राय के अनुसार, हम लोग दर्पण में अपना-अपना चेहरा देखकर निकले थे। ज्योतिषी थे कोलकाता के विनय बिहारी सिंह जी।

प्रबंधन के साथ बैठक में हम सभी ने बड़े अच्छे तरीके से अपनी बात रखी। साथियों ने प्रबंधन को यह याद दिलाने का प्रयास किया कि कैसे प्रभात खबर के कर्मियों ने इसे अपना अखबार माना है, रात-दिन श्रम कर इसे बड़ा और मजबूत अखबार बनाया है। बड़े-से-बड़े अखबारों का सीमित संसाधन में सफलता से सामना किया और अखबार को आगे बढ़ाया। बातचीत में टीम ने प्रबंधन को यह भी जानकारी दी कि कैसे प्रभात खबर अन्य अखबारों से अलग है, यहाँ का माहौल अलग है। ऐसी स्थिति में अगर इस अखबार को बेच दिया जाता है, तो नया माहौल वैसा नहीं मिलेगा जैसा पारिवारिक माहौल प्रभात खबर में है। राजीव झवर ने ध्यान से सभी की बातें सुनीं। फिर उन्होंने अपनी बात भी रखी। उन्होंने सिर्फ इतना कहा था कि देखता हूँ, क्या किया जा सकता है।

बैठक खत्म होने के बाद हम सभी प्रभात खबर कार्यालय आ गए, लेकिन समझ नहीं पा रहे थे कि प्रबंधन क्या निर्णय करेगा। मैं उसके बाद तुरंत जमशेदपुर के लिए निकल गया, जहाँ मैं काम कर रहा था। इधर राँची में यह बात फैल चुकी थी कि अखबार को बेचने की पूरी तैयारी हो चुकी थी, सिर्फ हस्ताक्षर होना बाकी थी। इस बीच राँची प्रभात खबर के कर्मियों ने प्रबंधन को ज्ञापन सौंपा। लोग असमंजस में थे कि क्या हो रहा था, क्या करना चाहिए।

राँची में सीनियर साथियों के साथ प्रबंधन की जो वार्त्ता हुई थी, उसकी जानकारी राजीव बाबू ने उषा मार्टिन के चेयरमैन बीके झवर को दी। एक-एक बात बताई, प्रभात खबर के कर्मचारी कितने दिल से, गहराई से कंपनी के साथ जुड़े थे, इसकी जानकारी दी गई थी। उसी दिन शीर्ष प्रबंधन ने आपस में बातचीत कर अखबार बेचने का निर्णय बदल दिया। यह तय हुआ कि अखबार को बेचा नहीं जाएगा बल्कि इसमें और पूँजी लगाई जाएगी। ग्रुप इसे अब कोर बिजनेस की तरह चलाएगा। प्रभात खबर के लिए यह बहुत

बड़ी खबर थी। साथियों ने प्रबंधन के प्रति आभार जताया।

अखबार को नहीं बेचने की खबर जैसे ही राँची में मिली, खुशी की लहर फैल गई। अन्य संस्करणों को भी तुरंत इसकी जानकारी दे दी गई, माहौल बिल्कुल बदल गया। मैं तुरंत जमशेदपुर से राँची आ गया। इस अच्छी खबर के बाद तय हुआ कि संपादकीय के कुछ साथी बाबा का दर्शन करने देवघर जाएँगे। शायद शिवरात्रि का दिन था; मैंने हरिवंशजी से कहा कि मैं भी जाऊँगा। मैं, विजय और सुरजीत देवघर गए और अखबार को नया जीवन मिलने के लिए पूजा अर्चना की। प्रबंधन से वार्त्ता के पहले तय मुहुर्त पर दर्पण में चेहरा देखकर निकलने का फैसला सही साबित हुआ।

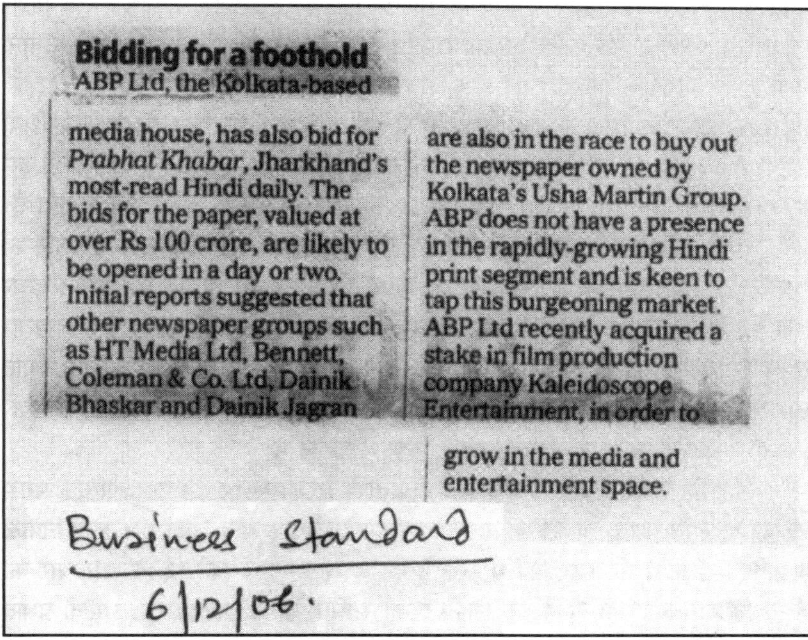

Bidding for a foothold

ABP Ltd, the Kolkata-based media house, has also bid for *Prabhat Khabar*, Jharkhand's most-read Hindi daily. The bids for the paper, valued at over Rs 100 crore, are likely to be opened in a day or two. Initial reports suggested that other newspaper groups such as HT Media Ltd, Bennett, Coleman & Co. Ltd, Dainik Bhaskar and Dainik Jagran are also in the race to buy out the newspaper owned by Kolkata's Usha Martin Group. ABP does not have a presence in the rapidly-growing Hindi print segment and is keen to tap this burgeoning market. ABP Ltd recently acquired a stake in film production company Kaleidoscope Entertainment, in order to grow in the media and entertainment space.

Business Standard

6/12/06.

प्रभात खबर की बिक्री की खबरें राष्ट्रीय अखबारों में

प्रभात खबर जैसे अखबार को नहीं खरीद पाने का दूसरे मीडिया हाऊस पर क्या असर पड़ता, इसका अंदाजा दैनिक जागरण समूह के शीर्ष के लोगों की टिप्पणी से लगाया जा सकता था। इंडिया टुडे ने 28 मार्च, 2007 के अंक में ऊँची और प्रभावशाली हस्तियों की सूची छापी थी, इसमें 24 नंबर पर थे दैनिक जागरण समूह के एम.एम. गुप्ता और संजय गुप्ता। इसमें उन्होंने लिखा था—प्रभात खबर को नहीं खरीदने का बड़ा अफसोस है।

अब प्रभात खबर का पुनर्जन्म हो चुका था, उषा मार्टिन प्रबंधन ने तय कर लिया

था कि अखबार को नहीं बेचा जाएगा बल्कि इसे कोर बिजनेस की तरह चलाया जाएगा। उसके बाद प्रबंधन ने अखबार का विस्तार करना आरंभ कर दिया। अखबार को आगे बढ़ाने के लिए भारी पूँजी निवेश किया गया। बिहार में पटना संस्करण को रिलाँच किया, फिर भागलपुर, मुजफ्फरपुर और गया में पूरी तैयारी के साथ प्रभात खबर का प्रकाशन शुरू किया गया। मशीनों में बदलाव किया गया। वे सारी व्यवस्थाएँ की गईं जो एक अखबार समूह को आगे ले जाने के लिए की जाती हैं। कई बड़े साहसिक फैसले भी किए गए।

2010 में राँची से भास्कर का प्रकाशन आरंभ होना था, इसकी जानकारी प्रभात खबर को थी। यह भी पता था कि दैनिक भास्कर 'प्राइस वार' में जा सकता था, यानी अखबार की कीमत कम कर सकता था। संभव था कि भास्कर दो रुपए में बाजार में लाँच किया जाए, जबकि प्रभात खबर और अन्य अखबारों की कीमत चार रुपए थी। प्रबंधन ने अचानक रात में प्रभात खबर की कीमत चार रुपए से घटा कर दो रुपए कर दी। यह एक बड़ा ही साहसिक और ऐतिहासिक फैसला था। योजना बनी और रातोंरात शहर में होर्डिंग्स-बैनर लगा दिए गए कि 15 जून, 2010 (आज) से प्रभात खबर दो रुपए में उपलब्ध होगा। यह अचानक लिया गया फैसला था। इसमें इतनी सतर्कता बरती गई थी कि किसी को (प्रतिस्पर्धियों को) इस निर्णय की भनक तक नहीं लगे, वरना प्रतिद्वंद्वी अखबार चौकस हो सकते थे। किसी अन्य अखबार ने यह कल्पना भी नहीं की थी कि प्रभात खबर भी प्राइस वार में जा सकता था। उस समय की स्थिति को देखते हुए एक रणनीति के तहत यह निर्णय लिया गया था, जिसमें प्रभात खबर सफल रहा। पाठकों के हाथ में जब प्रभात खबर गया तो उन्हें पता चला कि अखबार का दाम घटा कर दो रुपए कर दिया गया है।

दाम घटाने (मीडिया सर्कुलेशन की भाषा में प्राइस वार) के बाद प्रभात खबर का सर्कुलेशन तेजी से बढ़ा। यहाँ से प्रकाशित होने वाले अखबार जब तक अखबार का दाम घटा कर दो रुपए करते, बाजार पर प्रभात खबर अपनी पकड़ बना चुका था। प्रभात खबर की कॉपी अच्छी खासी बढ़ चुकी थी, लगभग दोगुनी। यह सब इसलिए हो सका क्योंकि प्रबंधन आक्रामक तरीके से दैनिक भास्कर का सामना करना चाहता था। प्रभात खबर अपनी रणनीति में सफल रहा। अखबार नहीं बेचने के निर्णय के बाद प्रभात खबर ने सारा ध्यान अखबार के विस्तार पर लगाया और बिहार में इसका असर दिखा। दो साल में बिहार में तीन नए संस्करण खुल गए, इससे झारखंड की तरह बिहार में भी प्रभात खबर काफी मजबूत हुआ। बिहार में तीन नए संस्करण खुलने से बिहार के हर जिले-कस्बे में प्रभात खबर मजबूत हुआ।

□

प्रभात खबर की सफलता का राज

प्रभात खबर पर देश की कई संस्थाओं के साथ-साथ कुछ शोधार्थियों ने शोध कर यह जानने का प्रयास किया है कि आखिर लगभग बंद होता एक अखबार-संस्थान (प्रभात खबर) का कैसे पुनर्जन्म हुआ, कैसे इस अखबार ने पूरे देश में अपनी खास पहचान बनाई। 1989 में जब इसे उषा मार्टिन ग्रुप ने खरीदा था, तो इसकी स्थिति बहुत ही खराब थी। तब झारखंड का पूरा क्षेत्र अशांत था और झारखंड अलग राज्य बनाने के लिए आंदोलनरत था। इस क्षेत्र में आर्थिक गतिविधियाँ अखबार निकालने के अनुकूल नहीं थी। वैसी स्थिति में इस लगभग बंद हो रहे अखबार को खरीदने का निर्णय ही एक साहसिक निर्णय माना जाएगा। खरीदने के बाद उसे सफलतापूर्वक चलाना, बड़ा मीडिया ग्रुप बनाना तो और भी बड़ी उपलब्धि है। बेहतर प्रबंधन, बेहतर और कारगर रणनीति, अच्छी टीम, निर्णय लेने की क्षमता, संपादकीय आजादी, बेहतर नेतृत्व समेत अनेक कारण हैं जिसने प्रभात खबर को यह पहचान दिलाई है। 1989 में जब प्रभात खबर को नए प्रबंधन ने खरीदा तो संपादकीय के तौर पर अखबार को चलाने का मुख्य जिम्मा हरिवंशजी को दिया गया था। बाकी कामों को देखने के लिए प्रबंधन में कई प्रमुख लोग थे, इनमें डी.एस. शर्मा, के.के. गोयनका और आर के दत्ता मुख्य थे। कुछ साल बाद से पूरा प्रबंधन हरिवंशजी, के.के. गोयनकाजी और आर के दत्ताजी की टीम ने देखा और इस अखबार को आगे बढ़ाया। हरिवंशजी द्वारा राज्यसभा में जाने के बाद उनके स्थान पर आए आशुतोष चतुर्वेदी और के.के. गोयनका (तत्कालीन प्रबंध निदेशक) के जाने के बाद आर के दत्ता ने नए दायित्व के तहत संस्थान को आगे बढ़ाया। अब वही प्रभात खबर 40 साल की यात्रा पूरी करने जा रहा है। इस अखबार ने जब 2014 में तीस साल की यात्रा तय की थी तो प्रयोग की कहानी में हरिवंशजी ने प्रभात खबर की सफलता और संघर्ष का विस्तार से जिक्र किया था। यहाँ हम उनके अनुभव-टिप्पणी को थोड़ा संक्षेप करते हुए उन्हीं की जुबान से प्रकाशित कर रहे हैं, जो बिल्कुल प्रमाणिक है। उस व्यक्ति ने यह टिप्पणी लिखी है जिनका प्रभात खबर को आगे ले जाने में बहुत बड़ा योगदान

रहा है। प्रभात खबर में लंबा समय रहने के बाद हरिवंशजी राजनीति में गए, राज्यसभा सांसद बने और राज्यसभा के उपसभापति बने। प्रयोग की कहानी में हरिवंशजी ने पुराने हालातों, चुनौतियों और उससे बाहर निकलने के रास्ते पर एक टिप्पणी लिखी थी। पढ़िए उनकी टिप्पणी-अनुभव।

'संस्थाओं का बनना मनुष्य के जीवन की तरह ही है। कभी सफलता मिलती है, कभी नहीं मिलती पर प्रभात खबर के साथ कुछ खास चीजें जुड़ी हुई थीं, अब भी जुड़ी हैं। वे प्रसंग, वे हालात ही प्रभात खबर को या प्रभात खबर से जुड़े किसी भी अध्ययन को विशिष्ट या अलग बनाते हैं। ऐसे अध्ययन का असर सिर्फ प्रभात खबर तक ही सीमित नहीं रहता या ऐसा अध्ययन सिर्फ प्रभात खबर जैसी संस्थाओं के अतीत तक ही सीमित नहीं रह पाता। एक ऐसी संस्था, जिसके सामने कोई भविष्य न रहा हो, एक ऐसी संस्था, जिसका जन्म देश के सबसे पिछड़े इलाके में हुआ हो, एक ऐसी संस्था, जिसके फलने-फूलने की जमीन सिर्फ वहाँ संभव हो, जो विकसित राज्य हैं या जहाँ तेजी से आर्थिक विकास हो रहा है, ऐसा उद्योग, जहाँ पहले से ही स्थापित बड़े खिलाड़ी पूरी ताकत, बड़ी पूँजी के साथ बाजार में 'मोनोपोली' (एकाधिपत्य) की स्थिति में हों, ऐसा उद्योग, जहाँ पुराने अखबार घराने पिछले 40-50 वर्षों की अपनी मौजूदगी के बल पर, अपनी बड़ी पूँजीगत ताकत के कारण नए प्रवेश करने वालों को टिकने न दें, एक ऐसी संस्था या उद्योग, जिसकी शुरुआत के लिए बड़ी पूँजी चाहिए, जिसके प्रचार-प्रसार के लिए बड़े पैमाने पर आरंभिक पूँजीगत समर्थन चाहिए, एक ऐसा उद्योग, जो बड़ी पूँजी का खेल बन गया हो, एक ऐसा उद्योग जिसका भविष्य शहरीकरण, तेज आर्थिक विकास या तेजी से बढ़ती साक्षरता पर टिका हो, वह उद्योग, जिसके फलने-फूलने और विकसित होने के लिए उचित माहौल या उर्वर धरती बनने के लिए ऐसे तत्त्व जरूरी हैं, लेकिन जिस जमीन या धरती पर ये तत्त्व न हों, वहाँ ऐसे उद्योग के खड़ा होने का प्रसंग ही प्रभात खबर को विशिष्ट बनाता है।'

'प्रभात खबर की शुरुआत 1984 में हुई, 1989 आते-आते यह लगभग बंद हो चुका था। महज चार सौ प्रतियाँ छपती थीं। बाजार में कोई पहचान नहीं थी। स्पर्धा में बड़े अखबार थे, तब राँची शहर से छपने वाला सबसे पुराना, जमा-जमाया, विशिष्ट और घरेलू अखबार राँची एक्सप्रेस हुआ करता था जमशेदपुर से उदितवाणी भी घरऊ अखबार कहा जाता था। इसी तरह धनबाद की मिट्टी की पहचान के रूप में आवाज अखबार जाना जाता था। इन सबके अलावा भी कई अखबार थे, पर बिहार के इन तीन खास औद्योगिक क्षेत्रों के ये तीन सबसे प्रमुख और मजबूत पहचान वाले, जमीन से जुड़े अखबार थे। आज अखबार भी था, जो अकेले इन तीनों जगहों, यानी राँची, जमशेदपुर और धनबाद से छपता था, एक रुपए पर बिकता था। इसके अलावा पटना से हिंदुस्तान

आकर बड़े पैमाने पर बिका करता था। राँची तब बिहार का हिस्सा था। झारखंड और बिहार देश में प्रगति के पायदान पर, आर्थिक विकास के सोपान पर सबसे नीचे के राज्य माने जाते थे। तब आर्थिक विकास की दृष्टि से अविकसित राज्यों या अल्प विकसित राज्यों की सूची में बिहार सबसे ऊपर था। उस बिहार में भी छोटानागपुर (जो तब बिहार का हिस्सा था और बाद में झारखंड में आया) सबसे पिछड़ा इलाका था, इसे जंगल का इलाका माना जाता था।

अत्यंत अल्प विकसित अखबार उद्योग सिर्फ-और-सिर्फ विज्ञापन पर ही निर्भर है। अखबार की आय का एकमात्र स्रोत अब विज्ञापन है। अखबार की कीमत, जिस पर अखबार बिकते हैं, पाठकों तक पहुँचते हैं, वह उसके उत्पादन लागत का बहुत मामूली हिस्सा है। उसमें भी एक पाठक अखबार की जो कीमत देता है, उसका बड़ा हिस्सा, उन एजेंट-हॉकरों तक जाता है, जो अखबार को, पाठकों के घर तक पहुँचाते हैं। इस कीमत का बहुत मामूली हिस्सा या नगण्य हिस्सा अखबारों तक पहुँचता है, इसलिए अखबारों की आमद का मुख्य स्रोत विज्ञापन है और आज के दौर में जब कीमत (कवर प्राइस) घटाकर अपना अखबार सबसे अधिक बेचने की स्पर्धा है, होड़ है, तब जिसके पास जितनी अधिक पूँजी है, वह उतना ही निर्णायक है, ताकतवर है।

आज हालात ये हैं कि पाठकों को अधिक-से-अधिक रियायत दें, प्रलोभन के तौर पर उन्हें गिफ्ट दें, उनसे कम-से-कम पैसे वसूलें और अखबार उनके घर-घर तक पहुँचा दें, इसकी कोशिश इस दौर में तो अखबार उद्योग, सरकुलेशन की कीमत को, यानी अखबार की कीमत को आय के रूप में जोड़ते ही नहीं, इसलिए अखबारों की आमद का एकमात्र प्रामाणिक स्रोत विज्ञापन ही है। विज्ञापन निर्भर करता है समुचित आर्थिक विकास पर। कहावत भी है, एडवरटाइजमेंट्स आर बाइप्रोडक्ट आफ इकोनामिक डेवलपमेंट' (आर्थिक विकास के ऊपर ही विज्ञापन मयस्सर या निर्भर है) और आर्थिक विकास की दृष्टि से बिहार, तब (1989 अक्तूबर, जब प्रभात खबर के दोबारा कायापलट की कोशिश हो रही थी) सबसे नीचे का राज्य था। बिहार में भी सबसे पिछड़ा इलाका छोटानागपुर (अब झारखंड) माना जाता था। उस राज्य से, वह बीमार या लगभग बंद अखबार फिर निकले और उस दौर के उस इलाके के जो स्थापित अखबार हों, महत्त्वपूर्ण अखबार हों, जमीन से जुड़े अखबार हों, बहुत पुराने अखबार हों, उनसे उसकी प्रतिस्पर्धा हो और उसे पुनः कार्यालाप करने की इच्छा रखने वाले अखबार के पास पूँजी न हों, सही इन्फ्रास्ट्रक्टर न हो, मैनपावर ऐसे हों, जिनमें कुछेक बड़े भावनात्मक ढंग से अखबार से जुड़े हो, लेकिन अधिकत्तर ऐसे लोग रहे गए हों, जिन्हें कोई दूसरा विकल्प नहीं मिला हो। इस तरह जिस संस्थान के सामने या जिस उद्योग के सामने यह चुनौती हो कि बिना पूँजी, उसी पुराने मैनपावर से, उसी पुराने इन्फ्रास्ट्रक्चर

से, उसी पुराने संस्थागत हालात और विधाओं के बीच अखबार निकालना हो और उस अखबार को इन बड़े और स्थापित अखबारों के सामने खड़ा रहना हो, बाजार में टिकना हो, तो आप समझ सकते हैं कि कितनी प्रतिकूल परिस्थितियाँ होंगी। ऐसे हालात में कोई संस्थान खड़ा होता है, तो वह संस्थान सिर्फ अपने लिए ही एक उदाहरण नहीं बनता, बल्कि समाज के अलग-अलग हिस्सों में वह एक नजीर (केस स्टडी) के रूप में देखा जाता है या इस तरह की सफलता, जीवन के किसी क्षेत्र में इतनी प्रतिकूल परिस्थितियों के बीच यदि किसी को मिले, तो वह एक उदाहरण के रूप में पढ़ा समझा या याद किया जाता है। प्रतिकूल परिस्थितियों में सक्रिय लोगों के लिए वह एक प्रेरणा के रूप में काम करता है। प्रभात खबर पर इसी दृष्टि से अनुज कुमार सिन्हा की यह पुस्तक प्रतिकूल परिस्थितियों में खड़ा होने की वह कहानी है, जो हरेक को अपने-अपने जीवन के अलग-अलग क्षेत्रों में, चाहे वह अखबार उद्योग में हो या किसी अन्य उद्योग में, जब ऐसी प्रतिकूल परिस्थितियाँ मिलें, तो वह कैसे, किस तरह टिक पाता है, इसका वर्णन है।

हर आदमी की जिंदगी, एक अलग कहानी है उसका जीवन एक अलग युद्ध क्षेत्र है संघर्ष का मैदान है, हरेक को अपना 'क्रॉस' (नियति) खुद तय करना है पर उस दौर में, उस मन:स्थिति में जिन चीजों से आपको ताकत मिलती है, दृष्टि मिलती है, संबल मिलता है, वही चीजें किसी समाज को एक नए रास्ते पर ले चलती हैं। अनुज कुमार सिन्हा ने प्रभात खबर के बारे में जो प्रसंग लिखे हैं, वे प्रसंग हाल के हैं, यथार्थ हैं, अपने-अपने ढंग से अपने-अपने जीवन संघर्ष में लगे लोगों के जीवन के लिए प्रभात खबर के ये अनुभव उपयोगी हों, यही इस पुस्तक का मकसद है।'

दरअसल, जब प्रभात खबर को नए ढंग से निकालने की तैयारी शुरू हुई, तो मुख्य दायित्व सँभालने के कारण मैंने तय किया कि देश के जो सफल क्षेत्रीय अखबार हैं, उन्हें घूम कर अध्ययन किया जाए। इसी प्रसंग में मैं केरल की मलयालम मनोरमा देखने गया, आंध्र (हैदराबाद) और विशाखापत्तनम ईनाडु अखबार देखने गया, इंदौर में नई दुनिया देखने गया, तब तक दैनिक भास्कर इंदौर में स्थापित हो चुका था, उसे जानने-समझने की भी कोशिश की। फिर महाराष्ट्र टाइम्स को समझने गया, वही महाराष्ट्र टाइम्स, जहाँ से पत्रकारिता में पहला पाँव रखा।

इन अखबारों के अध्ययन के बाद आनंद बाजार, जहाँ रविवार में काम करता था, जो क्षेत्रीय भाषाओं में सबसे प्रमुख और सफल अखबार था, उसको देखने समझने की कोशिश की। इन अखबारों को देखने समझने के बाद एक रिपोर्ट तैयार की, प्रबंधन को वह रिपोर्ट सौंपी। प्रभात खबर को नए सिरे से मजबूत बनाने की जिस कोशिश में हम साथी लगे थे, उस क्रम में पहला काम सफल क्षेत्रीय अखबारों का अध्ययन करना था, वह मैंने किया और विपरीत परिस्थितियों में किया। उन परिस्थितियों की मामूली झलक

प्रभात खबर के पहले निदेशक डी.एस. शर्मा का विदाई समारोह

इसलिए मैंने दी, ताकि यह पता चले कि किन विपरीत परिस्थितियों में हम काम कर रहे थे, हमारे संसाधन कितने सीमित थे। यहाँ काम करने के पहले मैं देश के दो सबसे बड़े अखबार घरानों के तत्कालीन प्रतिष्ठित प्रकाशनों में काम कर चुका था, अच्छी सुविधाओं के बीच पुन: बेहतर विकल्प होने के बावजूद, हम सब इन्ही मुसीबतों के बीच एक नया संसार बनाने पर तुले थे। क्षेत्रीय अखबारों के अध्ययन की रिपोर्ट के साथ हमने प्रबंधन को यह भी सुझाव दिया कि अखबार उद्योग के किसी जाने माने व्यक्ति को हम सब अपने साथ कुछ दिन जोड़ें, सलाहकार की भूमिका में और इस रिपोर्ट के आधार पर, इस अखबार को सफल बनाने की एक रणनीति, एक मॉडल तैयार करें। यह प्रस्ताव स्वीकृत हुआ। रिपोर्ट की कई चीजें मुझे आज भी याद हैं। रिपोर्ट में इन क्षेत्रीय अखबारों, जिनका अभी मैने उल्लेख किया, का उल्लेख तो था ही, साथ-साथ उन परिस्थितियों, उन हालात को भी समझने की कोशिश की गई, जिनके बीच उन सफल अखबारों की उपस्थिति थी। मसलन, केरल में अगर मलयालम मनोरमा इतना निर्णायक है, तो क्यों है ? आंध्र में ईनाडु इतना ताकतवर बना, तो क्यों बना ? महाराष्ट्र टाइम्स प्रसार संख्या में तब मजबूत भले ही न रहा हो, पर तब वह एक निर्णायक आवाज थी, सम्मानित आवाज थी, आनंद बाजार सम्मानित अखबार होने के साथ-साथ मास सरकुलेशन का अखबार कैसे बना ? गुजरात के अखबारों को भी तब मैंने समझने की कोशिश की थी, बिना गुजरात यात्रा किए, राजस्थान पत्रिका को समझने के लिए जयपुर गया था।

राजस्थान पत्रिका की सफलता के बारे में भी इस अध्ययन रिपोर्ट में हमने उल्लेख किया। रामोजी राव से भी मिलना हुआ। इन सभी विशिष्ट लोगों से मिलने के बाद जो रिपोर्ट बनाई, उस रिपोर्ट से हमारा साफ निष्कर्ष था कि चाहे राजस्थान हो, मुंबई हो, गुजरात हो, केरल हो, आंध्र हो या कोलकाता हो, यहाँ विज्ञापन के बड़े बाजार हैं। ये इलाके विकसित इलाके थे। यहाँ आर्थिक प्रगति रोज हो रही थी, विज्ञापन का बाजार, हर वर्ष थोड़ा बहुत फैल और बढ़ रहा था, इसलिए यहाँ अखबारों के बढ़ने की गुंजाइश थी पर झारखंड में या तब इस छोटानागपुर से निकल रहे प्रभात खबर के लिए कोई विज्ञापन का बाजार था ही नहीं। जो भी विज्ञापन का थोड़ा बहुत बाजार था, उस पर पहले से पुराने अखबारों का वर्चस्व था। इसलिए रिपोर्ट में उल्लेख था कि प्रभात खबर के भविष्य का रास्ता बड़ा कठिन दिखता है। इसके बाद प्रस्ताव था कि किसी एक्सपर्ट को, अखबार उद्योग के जानकार को हम जोड़ें और इस अध्ययन के बारे में उनकी राय जानें। मुझे याद है, हमने श्री अशोक दत्ता को जोड़ा, वह संडे मेल, जो तब डालमिया समूह द्वारा स्थापित बड़ा अखबार समूह था, के सर्वेसर्वा थे और प्रबंधन की दृष्टि से अमृत बाजार पत्रिका में महत्त्वपूर्ण पद पर काम कर चुके थे। उनकी बड़ी पहचान थी, अखबार प्रबंधन की दृष्टि से बाद के दिनों में वह इंडियन इंस्टीट्यूटऑफ मैनेजमेंट के डायरेक्टर या निदेशक बने। उन्होंने प्रभात खबर का, झारखंड के बाजार या तब छोटानागपुर के बाजार का अध्ययन किया और अपनी रिपोर्ट दी। उस रिपोर्ट का प्रसंग आज भी यथावत हमें याद है। उन्होंने कहा कि छोटानागपुर के अखबारी बाजार में पहले से ही अखबारों की भीड़ है। इस हिस्से में आर्थिक प्रगति नहीं हो रही, इसलिए किसी नए अखबार की यहाँ गुंजाइश है ही नहीं। यह अखबार जब तक चलेगा, घाटे पर चलेगा। इसे जितना जल्द बंद कर दें, बेहतर होगा। इसका कोई बेहतर भविष्य दिखाई नहीं देता। उनके ये निष्कर्ष निराधार नहीं थे। उनके निष्कर्ष के अनेक कारणों से हम सब सहमत थे और ये चीजें हमारी रिपोर्ट में भी दर्ज थीं।

इस तरह छोटानागपुर की जमीन किसी नए अखबार के अनुकूल थी ही नहीं, पर प्रभात खबर में काम करने वाले लोगों के संकल्प, उनके निर्णय, उनकी प्रतिबद्धता से यह संभव हुआ कि एक अत्यंत पीछे छूट गया अखबार, अखबारों की सूची में सबसे नीचे के पायदान पर दम तोड़ रहा अखबार, सबसे आगे निकल गया। सिर्फ आगे ही नहीं निकला, बल्कि तब छोटानागपुर या बिहार के जो स्थापित अखबार थे, उनको छोड़कर देश के सबसे ताकतवर हिंदी के तीन अखबार समूहों, जिनके पास असीमित अपार पूँजी है, जिनके पास एफ.डी.आई. (फॉरेन डायरेक्ट इन्वेस्टमेंट), यानी विदेशी पूँजी का बल है, जिनके पास शेयर बाजार की पूँजी का बल है, जिनके पास 600-800 करोड़ नकद धन हैं, वैसे अखबार घरानों से झारखंड में ही क्षेत्रीय अखबार प्रभात खबर का मुकाबला

हुआ। फिर बिहार में ऐसा मुकाबला हुआ। देश में और कहीं भी ऐसे तीन बड़े घरानों के खिलाफ एक क्षेत्रीय अखबार नहीं है। इन दोनों जगहों पर प्रभात खबर ताकतवर बना, इन तीनों घरानों के लिए चुनौती बना, इस दृष्टि से प्रभात खबर का अध्ययन, उन लोगों के लिए, उस युवा पीढ़ी के लिए उपयोगी है, जो प्रतिकूल परिस्थितियों में भी कुछ करने का संकल्प पालते हैं।

अशोक दत्ता की रिपोर्ट पर प्रबंधन ने बहुत गौर किया, क्योंकि वह मैनेजमेंट एक्सपर्ट थे। साथ ही तब तक ऐसी स्थिति बन गई थी कि प्रबंधन की ओर से प्रभात खबर के डायरेक्टर के रूप में जो-जो लोग रखे जाते थे, वे कुछ ही समय में वहाँ से स्वत: हट जाते थे। डी.एस. शर्मा, ऐसे पहले निदेशक थे, जिनमें अद्‌भुत धैर्य था और जिन्होंने एक मजबूत नींव रखने में बड़ा काम किया। फिर वह रिटायरमेंट लेकर जयपुर चले गए। उसके बाद दो नए लोग डायरेक्टर आए, पर दोनों कुछ ही समय में हट गए। एक तरफ अशोक दत्ता की रिपोर्ट की पृष्ठभूमि थी, दूसरी तरफ प्रबंधन की ओर से आने वाले जो डायरेक्टर होते, वे असमय हट जाते। ऐसे माहौल में प्रभात खबर में जो वरिष्ठ लोगों की टीम थी, उनमें हम तीन लोग, श्री के.के. गोयनका, श्री आर.के. दत्ता और मैं थे, मेरा अनुभव आनंद बाजार पत्रिका और टाइम्स ऑफ इंडिया में काम करने का था। श्री गोयनका और श्री दत्ता के लिए प्रभात खबर से ही शुरुआत थी। गोयनकाजी फाइनेंस पृष्ठभूमि के थे और दत्ताजी पर्सनल पृष्ठभूमि के थे, फिर हम तीन लोगों ने बैठकर सोचा कि एक बार गंभीरता से हम इस अखबार को चलाने के लिए प्रयत्न करते हैं। जब प्रबंधन से कोई डायरेक्टर नहीं मिल रहा, तो हम उनसे आग्रह करते हैं कि हम इसे सँभालेंगे। हम जानते हैं कि प्रतिकूल परिस्थितियाँ हैं, विशेषज्ञ की रिपोर्ट है कि इस अखबार का भविष्य नहीं है, फिर भी अगर प्रबंधन चलाना चाहे, तो हमें कुछ समय दे, हम सब गंभीर कोशिश करेंगे। बहरहाल, इस बीच के और अनेक प्रसंग हैं प्रभात खबर का अंग्रेजी अखबार निकलता था। मैनपावर के फ्रंट पर अनेक चुनौतियाँ थीं, यहाँ पत्रकारों की यूनियन बड़ी ताकतवर थी, जो पग-पग पर कई सवाल उठाते थे। जो स्थापित अखबार यहाँ थे, वहाँ पर कोई यूनियन नहीं थी, लेकिन प्रभात खबर, जो दम तोड़ रहा था, वहाँ पर ऐसी चीजें थीं। इस परिस्थिति के बीच प्रभात खबर को आगे ले जाने की यात्रा कैसे संभव हुई, उसको अनुज कुमार सिन्हा ने इस पुस्तक में रेखांकित करने की कोशिश की है।

प्रभात खबर के पास एक भिन्न किस्म की, एक अलग किस्म की पत्रकारिता करके अपनी जगह बनाने के अलावा कोई विकल्प था भी नहीं। अनेक अखबार थे, बाजार में अखबारों की भीड़ थी, बाजार कमजोर अखबारों के अनुकूल नहीं था, उस बीच अखबार का कायाकल्प करने के पहले यह सवाल उठ खड़ा हुआ कि अखबार

को चलाएँ कैसे? बिल्कुल देशी भाषा में कहें, तो प्रबंधन का तौर-तरीका क्या हो? यह वह दौर था, जब एम.बी.ए. या मैनेजमेंट-एज-डिसिप्लीन (विषय) में बदलाव का जादू दिखता था। मैनेजमेंट की पृष्ठभूमि के लोग ही नई-नई कंपनियों में कायाकल्प कर रहे थे। पर हमारी पृष्ठभूमि तो पत्रकारिता की थी, प्रबंधन से कोई सरोकार नहीं रहा था, पर हमने आरंभ में ही समझ लिया था कि अगर प्रभात खबर को बेहतर बनाना है, तो सिर्फ संपादकीय स्तर पर ही काम नहीं करना होगा, संपादकीय स्तर पर एक अच्छा अखबार निकाल भी दें, पर वह बाजार में टिक न पाए, वह अपनी जगह न बना पाए, उसका वितरण अच्छा न हो, वह सरकुलेशन में मार खा जाए, तो हम कैसे सफल हो पाएँगे? हम यह भी बहुत पहले समझ गए थे और लगातार अपने मित्रों से संवाद करते रहे कि अगर हम अपने पैरों पर खड़े नहीं होंगे, तो जैसे अनेक बड़े घरानों के अखबार बंद हो रहे थे, हम भी बंद हो जाएँगे। घाटे पर लंबे समय तक इसे कोई नहीं चलाएगा।

यह वह दौर था, जब टाइम्स ऑफ इंडिया जैसे प्रतिष्ठित घराने ने नवभारत टाइम्स के पटना संस्करण, लखनऊ संस्करण और जयपुर संस्करण को बंद किया था। अनेक बड़ी पत्रिकाएँ बंद हुई थीं, छोटे-छोटे अखबार बंद हो रहे थे। बड़े अखबार जिस ताकत और धाक से बाजार में उतर रहे थे, उससे छोटे अखबारों के पनपने की सारी संभावनाएँ कम हो रही थीं। बड़े अखबार, बहुत कम कीमत पर और प्रचार के क्षेत्र में बड़े आक्रामक तरीके से सामने आ रहे थे। यह बड़ी पूँजी का खेल हो गया था। उस दौर में, अखबारों में भी एम.बी.ए., मैनेजमेंट, आई.आई.एम., मार्केटिंग, आई.आई.टी. के लोगों का प्रवेश होने लगा था। मैनेजमेंट में इन सब के मुकाबले हमें प्रभात खबर को खड़ा करना था। मुझे स्मरण है एक ही सूत्र, जो बार-बार कहता था, जिसे बचपन में, गाँव में अपने पुरखों से सुना था कि पैर उतना ही फैलाना चाहिए, जितनी लंबी चादर हो। अपनी चादर के अनुसार पैर फैलाना, यानी अपनी स्थितियों के अनुसार खर्च करना यह बुनियादी मापदंड हमने तय किया। उन दिनों शब्दशः एक-एक पैसा हम बचाते थे, सिर्फ बचाते ही नहीं थे, बल्कि भविष्य की योजना भी बनाते थे।

आज अगर प्रभात खबर के पास जमशेदपुर में जमीन है, धनबाद में जमीन है, तो इन सब की शुरुआत उन्हीं घाटे के दिनों में, जबरदस्त प्रतिकूल परिस्थितियों के बीच हुई, जब अभाव या चुनौती नए तरीके से सोचने या चलने को विवश करती है। हर महीने जैसे एक व्यक्ति अपने लिए एक रेक्रिंग डिपाजिट में पैसा बचाता है, अपने कठिन दिनों के लिए, उसी तरह से प्रभात खबर में भी पाँच-दस हजार रुपए बचाने शुरू किए। बहुत सारे लोगों ने इसकी हँसी उड़ाई पर उसी पूँजी के बल पर हमने राँची में प्रभात खबर का एक फ्लैट खरीदा, जमशेदपुर में जमीन खरीदी, धनबाद में जमीन खरीदी। मुझे अफसोस है कि धनबाद की जमीन बहुत छोटी रह गई। आज ये सब चीजें, जिन्हें हमने कभी मामूली

कीमत पर खरीदा था, बहुत कीमती हो गई हैं। संस्थान की संपत्ति के रूप में हमने यह भी तय किया कि अगर हम प्रचार कर सकने की स्थिति में नहीं हैं, तो हमारा संपादकीय विभाग प्रचार की सामग्री बनाएगा। लगातार आज तक, नए वर्ष के अवसर पर, नववर्ष का कैलेंडर, प्रचार सामग्री, अखबार का विज्ञापन, पैम्फलेट के द्वारा विज्ञापन और न जाने इनोवेट करने के कितने तरीके हमने आजमाए व अपनाए, ताकि हम प्रचार के फ्रंट पर भी अपने सीमित साधनों के द्वारा अपनी जगह बना सकें।

जब भी कोई चीज हमने सीखी, जैसे पहली बार जब अमेरिका की यात्रा की और वहाँ देखकर आया कि कैसे दुनिया बदल रही थी, तो हमारे दफ्तर में पहली फ्लोर पर जो छत हुआ करती थी, हम सब वहीं बैठते थे। वहाँ बैठकर एक-एक बात बताई, पूरे प्रभात खबर स्टाफ को कि क्या करना है। मैंने गाँव में देखा था कि संकट के समय कैसे गाँव घर के लोग एक पेड़ के नीचे बैठकर, दालान में बैठकर सारी बातें खुलकर किया करते थे, उसी परंपरा का निर्वाह प्रबंधन की दृष्टि से प्रभात खबर में हमने किया। इसे मैं देशज परंपरा कहता था, और इसी रास्ते प्रभात खबर की परेशानियों पर बैठकर हम सामूहिक रूप से रास्ता निकालते थे और आगे बढ़ते थे। रोज कुआँ खोदना और पानी पीना, यह स्थिति वर्षों तक रही। एक तरफ इस लंबी यात्रा के वे पुराने दिन थे, जिसमें प्रबंधन की दृष्टि से हमने देशज प्रबंधन के तौर-तरीकों को अपनाया। उस वक्त जब आई.आई.एम., आई.आई.टी. से निकले लोग अखबार प्रबंधन को सँभाल रहे थे, हमारा मुकाबला उनसे था, पर हमने तो लोहिया से सीखा था कि आशावान् रहना और कर्म करना ही जीवन है। उस दौर में अखबार की कीमत प्रतिस्पर्धियों के मुकाबले घटा देना, बड़े पैमाने पर हॉकर्स, एजेंट्स और पाठकों को इंसेटिव देना बड़े अखबारों की फितरत थी। कमजोर पूँजी वाले अखबार को बंद करा देने का वह दौर चल रहा था, तब हम देशज प्रबंधन के बल पर इन बड़े अखबारों से मुकाबले के लिए तैयार हो रहे थे।

एक तरफ यह काम चल रहा था, दूसरी तरफ अखबार में क्या नए प्रयोग हों, वह हमारे लिए सबसे महत्त्वपूर्ण था। अगर आप सूची बनाने बैठें, तो असंख्य ऐसी खबरें प्रभात खबर में छपीं, जिनका राष्ट्रीय प्रभाव पड़ा। दो दर्जन से अधिक मामलों की आज सी.बी.आई. जाँच हो रही है। एक उदाहरण देना चाहूँगा। हम बराबर देखते थे, सी.सी.एल., बी.सी.सी.एल. और एच.ई.सी. के सरकारी क्वार्टर्स पर एक-दो सौ की संख्या में नहीं, दस-पंद्रह हजार की संख्या में लोगों ने अवैध ढंग से कब्जा कर लिया था, छुटभैए नेता, अपराधी, पुलिस के अफसर, राज्य सरकार के अफसर, जिसने जहाँ चाहा, वहाँ कब्जा कर लिया। इस मुद्दे को कोई उठाना नहीं चाह रहा था, क्योंकि इससे प्रभावी और अपराधी ताकतें जुड़ी थीं। हमने तय किया कि हम इस मुद्दे को उठाएँगे। मुझे अच्छी तरह याद है कि कैसे हमने अपने अखबार में इसे सुर्खियों में छापा कि बी.सी.सी.एल,

सी.सी.एल. और एच.ई.सी. के सरकारी क्वार्टरों पर किन लोगों ने अवैध कब्जा कर लिया था। इसमें केंद्रीय मंत्री भी थे नाम के साथ। काफी सूचनाएँ एकत्र कर, होमवर्क कर, ग्राउंड वर्क करा कर, पूरी तैयारी के साथ हमने अपने अखबार में यह विवरण दिया। कोर्ट ने सुओ मोटो कागनिजेंस लिया, यह मुद्दा हाइकोर्ट में पी.आई.एल. में तब्दील हो गया। हाइकोर्ट ने इन संस्थानों को आदेश दिया कि आप विज्ञापन निकालें और इन क्वार्टरों को खाली कराएँ। मुझे याद है कि हमारे विज्ञापन विभाग के लोग सी.सी.एल. और बी.सी.सी.एल. का विज्ञापन लेकर आए, जिसमें लिखा था कि प्रभात खबर में छपी खबर के अनुसार अवैध ढंग से रह रहे लोगों से क्वार्टर खाली कराया जा रहा था। क्योंकि प्रबंधन इतना डरा हुआ था कि इन अवैध कब्जा करने वालों से क्वार्टर खाली नहीं करा पा रहा था, निजी तौर पर ये लोग अखबार को धन्यवाद देते थे।

जिस समाज में सरकारी प्रतिष्ठान भयभीत होने लगे, वह समाज कहाँ पहुँचता है? विज्ञापन में इन सरकारी संस्थानों ने प्रभात खबर के नाम का इस्तेमाल किया, ताकि मजबूत लोगों को बताया जा सके कि प्रभात खबर के कारण उन्हें घर खाली करना पड़ रहा है, लेकिन आप सोचें कि राजसत्ता कितनी विवश थी? बी.सी.सी.एल., सी.सी. एल. या एच.ई.सी. किसकी संपत्ति है? भारत सरकार की संपत्ति पर अपराधी किस्म के लोगों-समूहों का कब्जा हो जाए, और उसको खाली कराने से सरकारें डरने लगें, कोई राजनेता उस पर आवाज न उठाए, कोई राजनीतिक दल उस पर न बोले, कोई एन.जी.ओ. उस पर सवाल न उठाए, उस दौर से, यह क्षेत्र गुजर रहा था। हमने तय किया कि हमारी पत्रकारिता में हमारे सरोकार ऐसे विषय होंगे। हमने तय किया पत्रकारिता का फोकस, जो पिछले 30-40 वर्षों में बड़े लोगों पर रहा है, बड़े नामों पर रहा है, बड़ी पूँजी के ईद-गिर्द रहा है, उसे बदलकर सामान्य लोगों तक ले जाएँगे, किसानों तक ले जाएँगे, स्कूल के बच्चों तक ले जाएँगे और समाज को प्रेरित करने वाली 'गुड स्टोरीज' भी छापेंगे। किसानों की सफलता की शुरुआत पर लगातार खबरें और बच्चों की सफलता पर आज कई-कई पृष्ठ सारे अखबार देश भर में छापते हैं।

इसकी शुरुआत हमने राँची से 1990 में की थी। इसके प्रमाण के तौर पर प्रभात खबर के पुराने अंक देखे जा सकते हैं। यही नहीं, इसके साथ-साथ अनेक किस्म की नई चीजें और प्रयोग हमने किए। पशुपालन घोटाला या झारखंड सरकार के घोटालों के बारे में तो पूरी दुनिया जानती है पर झारखंड बनने के बाद या 15 नवंबर, जिस दिन झारखंड बना था, उस झारखंड स्थापना दिवस के अवसर पर हर साल हमने एक ऑडिट अंक निकालना शुरू किया। इसमें देश के बड़े-बड़े लोगों के लेख होते थे, व्यवस्थागत भ्रष्टाचार की प्रामाणिक रपटें होती थीं। हमने झारखंड के टॉप आई.ए.एस. अफसरों के लेख छापे, जो दूसरे नाम से लिखे जाते थे। इसमें व्यवस्था की अंदर की बातें होती थीं।

वर्ष 2014 के अंक को देखकर मुझे सी.एस.डी.एस. के संस्थापक और महान् राजनीति शास्त्री प्रो. रजनी कोठारी ने फोन किया और कहा, ऐसा विलक्षण प्रयोग मैंने किसी अखबार में देखा ही नहीं है! यह प्रयोग देश भर के अखबारों में हो, तो भारत बदल जाएगा। 15 नवंबर के अवसर (स्थापना दिवस) के उन अंकों को अगर आज आप देखें, तो आपको मालूम पड़ेगा कि पत्रकारिता में ग्रासरूट पर कितने प्रयोग हुए। ऐसे ही एक स्थापना वर्ष के अंक में छपा था कि कैसे झारखंड के हर विभाग में ऊपर से लेकर नीचे तक कमीशनखोरी थी, कैसे कमीशन बँधा हुआ था, कैसे ट्रांसफर पर पैसे लिए जाते थे, झारखंड के नेताओं की चोरी की एक-एक दास्तान उन अंकों में होती थी। सिर्फ यही नहीं होता था, साथ में यह भी होता था कि रास्ता क्या है? देश में जहाँ-जहाँ भी प्रबंधन की दृष्टि से सफल प्रयोग हुए, शासन की दृष्टि से हुए, गुड गवर्नेंस की दृष्टि से हुए, उन सब चीजों के बारे में उसमें विस्तार से वर्णन होता था कि हम इस रास्ते आगे जा सकते हैं। इस तरह प्रबंधन के क्षेत्र में, गाँव-देहात से जो कुछ हमने सीखा था, उसका प्रयोग हमने प्रभात खबर में किया।

खबरों के मामले में हमने नई जमीन तलाशी कि हम पत्रकारिता किन मुद्दों के आसपास करेंगे और इन्हीं रास्तों ने प्रभात खबर को आज यहाँ तक पहुँचाया। प्रभात खबर में एक और नया प्रयोग हम सब ने किया। हमने तय किया कि प्रभात खबर को सँभालने वाली हमारी आगे की पीढ़ी भी तैयार हो, जो इस अखबार को सँभाले। मुझे एम.डी. के पद पर रहने का मौका मिला। एक तरफ प्रबंधन के पाठों में मैं लगातार यह पढ़ता रहता था कि सफल प्रबंधन वह है, जहाँ पर आप अपने उत्तराधिकारी को खुद चुनकर सामने बैठाते हैं। याद रखिए, यह सिर्फ कह देना ही बड़ा आसान है। हमने तय किया कि जब हम यह पद छोड़ेंगे, हमारे बाद जो लोग हैं, उनको सौंपेंगे। यह काम हमने संपादकीय में भी किया। हर जगह, जो संभावित लोग, जो अनुभवी लोग, जो प्रभात खबर से निष्ठापूर्ण ढंग से जुड़े रहे हों, उन्हीं के बीच से चुनकर लोगों को महत्त्वपूर्ण पदों पर बैठाया। खुद का काम कम किया। याद रखिए, पद, अधिकार और महत्त्व कोई छोड़ना नहीं चाहता, वह भी उस दौर में जब उस संस्थान को खड़ा करने में जिन कुछ लोगों की निणार्यक भूमिका रही हो, उन लोगों में रहने के बाद स्वत: आगे बढ़कर चीजों को छोड़ देना और आगे निकल जाना। आज जब मैं पीछे मुड़कर देखता हूँ, तो पाता हूँ कि हमने खुद अपने तहत एक संतोषप्रद काम किया। जिंदगी को एक बड़े व्यापक फलक पर देखता हूँ। हम सब को यहाँ आना और जाना है, फिर भी यह एक तरह की वासना है कि हम चीजों से चिपके रहते हैं, हम पद से चिपके रहते हैं, अपनी भौतिक दुनिया के महत्त्व से चिपके रहते हैं। हम खुद अपनी गौरवगाथा गाते रहते हैं।

प्रभात खबर में काम करते हुए हमने अनेक ऐसी चीजें या आचारसंहिता तय कीं,

जिनसे अपना प्रचार कहीं नहीं हो, अपनी तसवीरें न छपें, अपनी खबर या बयान न छपे, हालाँकि अखबारों में आमतौर से यह प्रचलन है कि संपादक से लेकर अन्य बड़े पदों पर बैठे लोग अपनी तसवीरें, अपनी बातें छापकर समाज में अपनी जगह बनाते हैं। हम सब ने नए ढंग से यह संस्थान चलाने की पहल की। यह सब करने के बाद हमने तय किया कि हर क्षेत्र में हम लोग अपने बाद की पीढ़ी को तैयार करें। यह काम भी प्रभात खबर में हुआ, इसलिए प्रभात खबर सिर्फ एक अखबार के तौर पर ही अध्ययन या रुचि का विषय नहीं होना चाहिए, बल्कि प्रबंधन की औपचारिक शिक्षा पाए बिना, जिस तरह प्रभात खबर की टीम ने काम किया, जो आचरण किया, जिस ढंग की आचारसंहिता का पालन किया, उसी बुनियाद पर यह अखबार खड़ा हुआ। वह अखबार, जिसके खड़ा होने की उम्मीद नहीं थी, वह अखबार जिसकी उम्र अखबार घराने के जाने माने लोग महीनों और एकाध वर्ष में आँक रहे थे, आज एक लंबी यात्रा कर यहाँ तक पहुँचा है।

यह कैसे हुआ, इसके पीछे क्या कारण रहे, इसे हम सब ने संक्षेप में बताने की कोशिश की है। ये ऐसी चीजें हैं जो सिर्फ अखबार उद्योग से नहीं जुड़ी हैं, किसी भी अन्य उद्योग धंधे या जीवन की किसी भी चुनौती से आप घिरे हों, तो यही चीजें आपकी यात्रा को आसान बनाती हैं। अनुज सिन्हा ने अपनी पुस्तक में विस्तार से उन सारी चीजों को बताने की कोशिश की है, जिनसे गुजर कर हमने एक अलग राह बनाने की, एक अलग पहचान बनाने की सामूहिक तौर पर कोशिश की और जिनके कारण हम यहाँ तक पहुँचे। मुझे उम्मीद है कि प्रभात खबर के काम-काज के बारे में इस पुस्तक से तो सूचनाएँ मिलेंगी ही, साथ ही जीवन में आप कुछ कठिन करना चाहते हैं, सपना पालते हैं, उस रास्ते पर प्रतिकूल परिस्थितियों के बीच बढ़ाना चाहते हैं, तो उस पथ पर चलने में भी इस पुस्तक से आप एक संबल, ताकत या ऊर्जा पाएँगे। यही इस पुस्तक की उपयोगिता है। यह सिर्फ अखबारी जगत तक ही सीमित पुस्तक नहीं रहेगी, बल्कि जो युवा अपने सपनों का संसार कायम करना चाहते हैं, उनके लिए भी प्रेरणा का काम करेगी!

□

प्रभात खबर और झारखंड आंदोलन

प्रभात खबर का झारखंड आंदोलन से गहरा नाता रहा है। 1984 में जब प्रभात खबर का राँची से पहली बार प्रकाशन आरंभ हुआ था, उसी दिन से प्रभात खबर झारखंड आंदोलन का समर्थक रहा है। तब अखबार के मालिक ज्ञानरंजन थे। कांग्रेस के विधायक थे, लेकिन वे झारखंड अलग राज्य के भी पक्के समर्थक थे। अलग झारखंड के लिए कांग्रेस में रहते हुए उन्होंने आंदोलन चलाया था। प्रभात खबर उन दिनों से ही झारखंड आंदोलन की खबरें प्रमुखता से छापता रहा था।

प्रभात खबर अखबार निकालने के पीछे भी कहीं-न-कहीं झारखंड आंदोलन एक कारण था। तब राँची से सिर्फ एक ही हिंदी अखबार राँची एक्सप्रेस प्रकाशित होता था। ज्ञानरंजन कांग्रेस के विधायक थे। राँची एक्सप्रेस में झारखंड आंदोलन और ज्ञानरंजन की खबरें प्रमुखता से नहीं छपती थी। उन्हें इसकी कमी खलती थी। ज्ञानरंजन अपने एक अखबार की कमी महसूस करते थे। इसकी चर्चा उन्होंने तत्कालीन प्रधानमंत्री श्रीमती इंदिरा गांधी से की, उन्हें हरी झंडी भी मिल गई और उसके बाद ही प्रभात खबर निकालने की तैयारी की गई।

शिबू सोरेन और सूरज मंडल के ज्ञानरंजन से गहरे और निजी रिश्ते थे। ये दोनों झारखंड मुक्ति मोरचा के बड़े नेता रहे हैं। ज्ञानरंजन ने प्रभात खबर निकालने से पहले इन सबसे संपर्क भी कर लिया था। जब तक प्रभात खबर के मालिक ज्ञानरंजन रहे, झारखंड मुक्ति मोरचा और झारखंड आंदोलन के कई शीर्ष नेताओं का प्रभात खबर के दफ्तर में आना-जाना लगा रहता था।

1989 में जब प्रभात खबर का उषा मार्टिन समूह ने अधिग्रहण कर लिया और हरिवंशजी इसके प्रधान संपादक बने, तब भी झारखंड आंदोलन की खबरें प्रमुखता से छपती रहीं। देखा जाए, तो 1989 के बाद प्रभात खबर झारखंड आंदोलन के समर्थन में खुलकर आ गया था। झारखंड आंदोलनकारियों को भी एक मजबूत अखबार की जरूरत थी, दूसरी ओर प्रभात खबर को भी पाठकों के बीच अपनी पैठ बनानी थी। यही कारण

था कि आंदोलनकारी और प्रभात खबर एक दूसरे के करीब चले आए।

प्रभात खबर ने आदिवासियों और मूलवासियों (इन दोनों समूहों की झारखंड आंदोलन में ज्यादा भागीदारी थी) की समस्याएँ, उनकी भाषा-संस्कृति, झारखंड के साथ बिहार का सौतेला व्यवहार, झारखंड क्षेत्र की उपेक्षा आदि विषयों पर लगातार न सिर्फ खबरें छापी, बल्कि लेखों के जरिए जनमत बनाने का भी काम किया। यह काम इतना आसान नहीं था, इसलिए प्रभात खबर ने झारखंड के बुद्धिजीवियों को, झारखंड पर लिखने वाले पत्रकारों-लेखकों को एकजुट कर, उन्हें प्रभात खबर से जोड़ा। ऐसे लोगों में डॉ. रामदयाल मुंडा, प्रो. वी.पी. केसरी, कुमार सुरेश सिंह, डॉ. अमर कुमार सिंह, न्यायमूर्ति एल.पी.एन. शाहदेव, सीताराम शास्त्री, शिशिर टुडू, संजय बसु मल्लिक, फैसल अनुराग आदि प्रमुख थे।

उन दिनों झारखंड आंदोलन पर हिंदी में बहुत सी पुस्तकें नहीं थीं। कुछ झारखंड आंदोलनकारियों ने बुकलेट या छोटी पुस्तकों को छपवाया था जिन्हें बँटवाया जाता था। शैलेंद्र महतो झारखंड मुक्ति मोरचा के महासचिव थे और झारखंड आंदोलन पर बुकलेट, किताब लिखना, लेख लिखना उनकी ही जिम्मेदारी थी। झारखंड आंदोलन पर उन्होंने एक बुकलेट प्रकाशित किया था—इसका नामा था झारखंड राज्य और उपनिवेशवाद। प्रभात खबर ने उस पूरी बुकलेट को कई किश्तों में अखबार में छापा। इससे झारखंड आंदोलन को समझने और जनमत तैयार करने में मदद मिली। बी.पी. केसरी ने झारखंड को समझने और झारखंड आंदोलन के बारे में संदेश देने के लिए रामदयाल मुंडा के साथ मोटरसाईकिल से पूरे झारखंड की यात्रा की थी। 'मैं झारखंड में हूँ', शीर्षक से प्रभात खबर ने उनकी पूरी यात्रा का संस्मरण कई किश्तों में प्रकाशित किया, जिसे बाद में पुस्तक का आकार दिया गया। इस प्रकार प्रभात खबर ने झारखंड आंदोलन से संबंधित दस्तावेजों को किश्तों में छापकर आंदोलन की जानकारी घर-घर तक पहुँचाने का काम किया।

जब 1990 में बी.एस. लाली कमेटी की रिपोर्ट (झारखंड मामलों पर बनी कमेटी की रिपोर्ट) जारी हो गई तो प्रभात खबर ने पूरी रिपोर्ट कई अंकों में प्रकाशित की। एक बड़ा वर्ग यह नहीं जानता था कि झारखंड में संघर्ष का इतिहास क्या रहा है, झारखंड आंदोलन क्या है, कब से यह आंदोलन चल रहा है, इसे बताने का काम किया रामदयाल मुंडा ने। प्रभात खबर में सप्ताह में एक बार उनका एक पूरे पृष्ठ का लेख छपता था। ऐसे लेखों के जरिए झारखंड आंदोलन को आगे बढ़ाने का काम प्रभात खबर ने किया। झारखंड क्यों बनना चाहिए, कैसे बिहार इस क्षेत्र की उपेक्षा कर रहा है, इस पर प्रभात खबर ने लगातार बहस चलाई। पक्ष और विपक्ष दोनों को मौका दिया। इसी प्रकार झारखंड राज्य के समर्थन में समाज के सभी वर्गों की राय लेकर उसे एक मुद्दा बनाया।

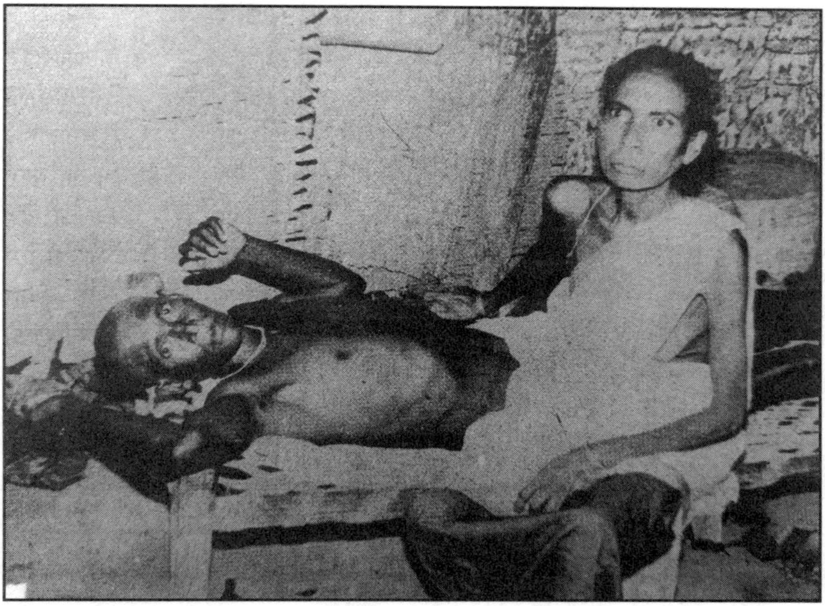

झारखंड आंदोलन के दौरान पुलिस जुल्म की प्रभात खबर में छपी एक तसवीर

संपादकीय किसी अखबार में विचारों का सर्वाधिक मजबूत हथियार होता है। प्रभात खबर ने झारखंड आंदोलन को संपादकीय के माध्यम से भी समर्थन दिया। अखबार की राय के मुताबिक, प्रभात खबर ने आंदोलन का पक्ष लिया। यह लगातार तब तक जारी रहा जब तक अलग राज्य बन नहीं गया। इससे आंदोलनकारियों का मनोबल बढ़ा। खबरों में तो सीमा से बाहर जाकर झारखंड आंदोलन का प्रभात खबर ने समर्थन किया ही, जब झारखंड बंद हो, हिंसा हो, आर्थिक नाकेबंदी हो, धरना प्रदर्शन या रैली हो, केंद्र या राज्य सरकार से वार्त्ता हो, प्रभात खबर इसे प्रमुख खबर बनाता ही था, महत्त्व देता ही था। इससे आंदोलन के पक्ष में माहौल बनता था। आंदोलनकारी नेताओं का इंटरव्यू—उनके विचार समय-समय पर छपने से आंदोलन का संदेश घर-घर पहुँच जाता था।

झारखंड आंदोलन के दौरान जब आंदोलनकारियों पर पुलिस जुल्म करती तो उन्हें भरोसा होता था कि प्रभात खबर सच लिखेगा ही। प्रभात खबर उन जुल्मों को प्रमुखता से प्रकाशित करता था। इसका नतीजा यह होता था कि पुलिस भी चौकस रहती और थोड़ा संयम बरतती थी। झारखंड आंदोलन के दौरान शहीद आंदोलनकारियों के जन्मदिन या शहादत दिवस या गोलीकांड के मौकों पर प्रभात खबर उनपर लेख रिपोर्ट आदि प्रकाशित कर उन्हें याद कराता था। ऐसे लेखों का बड़ा महत्त्व होता था।

झारखंड बंद अभूतपूर्व

□पुलिस फायरिंग में एक मरा □ वायु, रेल और बस सेवा पूरी तरह बाधित

रांची हवाई पट्टी पर वायुसेवा की उड़ान बाधित करते झामुमो समर्थक. तसवीर बापी की

आर्थिक नाकेबंदी आज से

जमशेदपुर, 15 सितंबर 1998, मंगलवार

जमशेदपुर, रांची और पटना से एक साथ प्रकाशित

वनांचल मेरी लाश पर ही बनेगा : लालू

राजद विधायक दल की बैठक में विधेयक का विरोध करने का फैसला, आज बैठक में रणनीति बनायी जायेगी

संवाददाता

पटना, 14 सितंबर : सत्तारूढ़ राष्ट्रीय जनता दल ने बिहार के बंटवारे की मुखालफत करते हुए विधानसभा में प्रस्तावित बिहार पुनर्गठन (वनांचल) विधेयक, 1998 के विरोध का फैसला किया है. यह फैसला पार्टी के राष्ट्रीय अध्यक्ष लालू प्रसाद की अध्यक्षता में पार्टी विधायकों की आज यहां हुई एक बैठक में लिया गया. बाद में श्री प्रसाद ने घोषणा की कि वनांचल राज्य उनकी लाश पर ही बनेगा.

मुख्यमंत्री आवास में भीड़ भरे एक संवाददाता सम्मेलन में लालू प्रसाद ने कहा कि केंद्र की भाजपा सरकार वनांचल राज्य का गठन कर इसे राष्ट्रीय स्वयंसेवक संघ का उपनिवेश बनाना चाहती है. उनकी पार्टी बिहार को बांट कर वनांचल राज्य के गठन ...

... जाना ही क्यों न पड़े. उन्होंने कहा कि केंद्र सरकार की इस कोशिश के खिलाफ शांतिपूर्ण तरीके से आंदोलन चलाया जायेगा. इस सिलसिले में पार्टी का एक प्रतिनिधिमंडल शीघ्र ही राष्ट्रपति से मिलेगा और उन्हें सारी स्थितियों से अवगत करायेगा. उन्होंने कहा कि पृथक झारखंड का अर्थ बिहार, मध्यप्रदेश, पश्चिम बंगाल और ओड़िशा के आदिवासी बहुल इलाकों को मिला कर वृहत्तर झारखंड का गठन है. केवल बिहार को बांट कर केंद्र सरकार नाइंसाफी कर रही है.

श्री प्रसाद ने कहा कि वह कभी भी पृथक झारखंड राज्य के समर्थक नहीं रहे हैं. उन्होंने पहले भी विधानसभा में कहा था कि झारखंड राज्य उनकी लाश पर बनेगा. इस संकल्प को दोहराते हुए उन्होंने एलान किया कि पार्टी के ...

... यहां फिर बैठक होनेवाली है, जिसमें अलग राज्य के खिलाफ आंदोलनात्मक रणनीति तय की जायेगी. पार्टी की ओर से जल्द ही 'बिहार बचाओ अभियान' शुरू होगा. इस सवाल के जवाब में कि बिहार विधानसभा ने पृथक झारखंड राज्य के गठन का प्रस्ताव पारित कर केंद्र सरकार को भेजा था, उन्होंने कहा कि प्रस्ताव में वृहत्तर झारखंड के निर्माण की बात थी. इसके तहत चार राज्यों को बांट कर झारखंड का निर्माण करना था.

एक अन्य सवाल के जवाब में उन्होंने कहा कि उन्हें इसकी परवाह नहीं कि कोई दल अपना समर्थन वापस ले ले. उनका इशारा झामुमो की ओर था. झामुमो के दोनों धड़े राज्य सरकार के समर्थक दल हैं. उल्लेखनीय है कि 19 जुलाई, 1997 को बिहार विधानसभा ने पृथक झारखंड राज्य के गठन के पक्ष में एक पंक्ति का एक प्रस्ताव ...

शेष पेज [illegible] पर

झारखंड मुद्दे पर गृह मंत्री की स्पष्ट घोषणा, विकास परिषद प्रस्ताव मंजूर नहीं

अलग राज्य या केंद्र शासित क्षेत्र ही एकमात्र हल

नाजुक मामला : लालू

गृहमंत्री एसबी चह्वाण

मुख्यमंत्री के काफिले पर झामुमो का हमला

☐ निजी अंगरक्षक सहित 18 घायल ☐ तीन गिरफ़ार ☐ शिबू सोरेन को धनबाद छोड़ने को कहा गया

धनबाद, 29 अक्तूबर : बिहार के मुख्यमंत्री लालू प्रसाद यादव आज झामुमो कार्यकर्ताओं द्वारा पत्थर व तीर से किये गये हमले में बाल-बाल बच गये. लेकिन उनके अंगरक्षक सहित तीन लोग घायल हो गये. उसके बाद पुलिस के लाठीचार्ज और जवाब में झामुमो कार्यकर्ताओं द्वारा तीरों की बौछार कर देने से छह पुलिसकर्मी व अन्य नौ लोग घायल हो गये. छह कारें भी क्षतिग्रस्त हुई हैं. उसके बाद पुलिस ने झामुमो (सोरेन गुट) अध्यक्ष शिबू सोरेन को हिरासत में ले लिया, जिन्हें यह कह कर छोड़ दिया कि वह धनबाद से बाहर चले जाएं, क्योंकि यहां तनाव है. झामुमो के तीन कार्यकर्ता गिरफ़ार कर लिये गये हैं. धनबाद में तनाव है और एक-दूसरे पर हमला करने की आशंका बनी हुई है. इधर मुख्यमंत्री ने कहा है कि इस घटना में शामिल लोगों के ख़िलाफ़ कड़ी से कड़ी कार्रवाई की जाएगी. उन्होंने कहा कि इस घटना के पीछे हिंसा में विश्वास रखनेवाले लोगों का हाथ है, जिन्हें सफ्य नहीं कहा जा सकता.

प्रभात खबर में प्रमुखता से छपती थी झारखंड आंदोलन की खबरें

एक बार तो झारखंड आंदोलन पर विचार करने के लिए प्रभात खबर कार्यालय में ही आंदोलनकारियों की बैठक बुलाई गई थी। रामदयाल मुंडा समेत अनेक बड़े नेता आए थे और आंदोलन की रणनीति प्रभात खबर में बनी थी। किसी अखबार द्वारा इतना आगे बढ़कर किसी आंदोलन को समर्थन देना विरले ही होता है। प्रभात खबर में काम करने वाले अनेक लोग ऐसे थे जो झारखंड आंदोलन को खुलकर सहयोग देते थे। दिल्ली या अन्य बड़े शहरों से जब भी मीडिया की टीम झारखंड आंदोलन को समझने या कवर करने के लिए राँची आती, प्रभात खबर उसे सहयोग करता। टेलीविजन की टीम को आंदोलनकारियों से मिलवाने या साक्षात्कार की व्यवस्था कराने का काम भी प्रभात खबर

के साथियों (अनेक मौकों पर मुझे ही यह काम करना होता था) ने किया था। इसी से अंदाजा लगाया जा सकता है कि प्रभात खबर की क्या भूमिका थी।

झारखंड आंदोलन के बड़े नेता-बुद्धिजीवियों ने भी प्रभात खबर के योगदान को स्वीकार किया। उन नेताओं ने अपने लेखों में प्रभात खबर के योगदान की चर्चा भी की है।कुछ उदाहरण यहाँ दिए जा रहे हैं—

हरिवंश पत्रकारिता के लोकधर्म नामक पुस्तक में डॉ. देवेंद्र का एक लेख प्रकाशित हुआ है, जिसमें उन्होंने प्रभात खबर के योगदान का जिक्र किया है। रामदयाल मुंडा ने 2009 में प्रकाशित एक लेख में लिखा था—झारखंड आंदोलन में प्रभात खबर की भूमिका मेहनत-भरी रही। आंदोलन में प्रयोग में लाए जा रहे पैम्फलेट और पोस्टर प्रभात खबर में ही छपते थे। झवरजी का बड़ा योगदान है इसमें. हरिवंश जी ने बौद्धिक स्तर पर इस आंदोलन को चर्चा के केंद्र में रखा। प्रभात खबर का सहयोग किसी पालिसी के तहत नहीं था बल्कि वे अंतर्मन से आंदोलन से जुड़े हुए थे। आंदोलनों के कवरेज के कारण ही हमारा आंदोलन जिंदा रहा। आंदोलन की आग को इसने जलाए रखा, यह सारा कार्य व्यक्तिगत नहीं बल्कि सामूहिक स्तर पर हुआ।

बी.पी. केसरी ने भी कई बार झारखंड आंदोलन में प्रभात खबर की भूमिका की चर्चा की है। एक लेख में उन्होंने लिखा है—'झारखंड की दुर्दशा के मूल कारण को दूर करने के लिए झारखंड को एक देशज बौद्धिक आधार चाहिए। वैसे लोगों की एक जमात चाहिए, जो झारखंड की पीड़ा को वाजिब आवाज दे सके। प्रभात खबर ने इस जमात को खड़ा करने में और झारखंड की आंतरिक पीड़ा को वाजिब आवाज देने में जो पहल की है वह पत्रकारिता की दुनिया में एक मिसाल साबित होगी। मेरे मन में ऐसी आशा जगती है। इस अर्थ में मुझे लगता है कि प्रभात खबर झारखंड के जन गण का एक चौकस पहरेदार है, सिर्फ शब्द से ही नहीं, कर्म से भी। मन, वचन और कर्म से ऐसी चौकसी बरतने वाले और भी अखबार हो सकते हैं।'

झारखंड आंदोलन में महत्त्वपूर्ण भूमिका निभाने वाले बहादुर उरांव ने 14 अगस्त, 2014 को अपने लेख में लिखा—'प्रभात खबर ने ही झारखंड आंदोलन को नई जिंदगी दी है। आंदोलनकारियों और शहीदों के आश्रितों को सभी लोग भूल चुके थे। प्रभात खबर ने शहादत दिवसों पर लेख लिखना शुरू किया, शहीदों के आश्रितों को अखबार में स्थान दिया। प्रभात खबर का नारा है 'अखबार नहीं आंदोलन' जिस पर हमेशा वह खरा उतरा है।'

बिहार विधानसभा के उपाध्यक्ष रहे और कोल्हान के बड़े नेता देवेंद्र चांपिया ने 'अलग राज्य आंदोलन का दस्तावेज' शीर्षक से एक लेख में लिखा—'प्रभात खबर का आना झारखंड आंदोलन के लिए टर्निंग प्वाइंट साबित हुआ है। इसने कमजोर पड़ते आंदोलन को संजीवनी दी। मैं निःसंकोच कहूँगा कि यह सचमुच अखबार नहीं, आंदोलन

है। प्रभात खबर के आने से आंदोलन की हर गतिविधि इसमें छपने लगी, इससे जुड़ी विज्ञप्तियों को प्रमुखता से जगह दी गई। इससे आंदोलन को गति मिली और इसी का नतीजा है कि हमें अलग राज्य के रूप में झारखंड मिल पाया।

नागपुरी भाषा के साहित्यकार और विद्वान गिरिधारी राम गोझू ने लिखा—सच पूछा जाए तो प्रभात खबर ने झारखंड आंदोलन के बुझते हुए दीए में तेल डालने का काम किया है और पहली बार झारखंडी जनजातीय समुदाय के पत्रकारों को अपने अखबार में स्थान दिया। इससे ये धीरे-धीरे मंजते चले गए। आज इस समुदाय में अच्छे और सुलझे हुए पत्रकार हो गए हैं और बन भी रहे हैं। कई तो इस नए पत्रकारिता जगत में स्वतंत्र स्थान बनाने में लगे हैं। इसका श्रेय भी प्रभात खबर को जाता है। प्रभात खबर का सबसे बड़ा योगदान रहा है, झारखंड आंदोलन एवं इसके निर्माण में मरांग गोमके जयपाल सिंह के अनछुए प्रसंगों को प्रकाशित कर उन्हें उजागर करना, झारखंड आंदोलन के जनक की दुर्लभ आत्मकथा (अपूर्ण) को 'लो वीर सेंदरा' के नाम से प्रकाशित करना, रामदयाल मुंडा जैसे अंतरराष्ट्रीय छवि के संस्कृति विशेषज्ञ और आदिवासी राजनीति के ज्ञाता के अनेक साक्षात्कारों और आलेखों को प्रकाशित करना, जिन्होंने झारखंड आंदोलन को दिशा देने में एक महत्त्वपूर्ण भूमिका अदा की।

कुमार सुरेश सिंह ने 'देशज जनतंत्र की हिफाजत के 14 वर्ष' में लिखा—'झारखंड की समस्याओं, आंदोलनों और उसकी अस्मिता के संबंध में प्रभात खबर की भूमिका प्रशंसनीय रही है। मैं नहीं समझता कि और कोई दूसरा अखबार है, जो झारखंड की समस्याओं पर इतने प्रमाणिक तथ्यों के साथ आधारभूत तथ्यों को रख पाया हो।' महेंद्र सिंह ने नवंबर 2003 में एक लेख में लिखा था—'इस तथ्य को नकारा नहीं जा सकता कि प्रभात खबर झारखंड में लोगों के लिए एक स्वाभाविक अखबार है। इस स्वाभाविकता को प्रभात खबर ने झारखंड अलग राज्य की लड़ाई को स्वर देकर हासिल किया। इस बात को समझने के लिए उस काल खंड को समझना जरूरी है। झारखंड आंदोलन का एक दौर ऐसा था, जब राष्ट्रीय राजनीतिक दल और मीडिया इसे शक, संदेह और अलगाववादी नजरिए से देखता या विश्लेषित करता था। राष्ट्रीय तथा तात्कालीन कई क्षेत्रीय अखबारों का भी यही नजरिया था। झारखंड के सभी राजनीतिक-आर्थिक-सामाजिक सवाल तब एक ही सूत्र में निहित थे अर्थात् एक सूत्री एजेंडा था—एक अलग राज्य को हासिल करना। अलग राज्य के बारे में ही झारखंड के सारे प्रश्न अभिव्यक्त होते थे। इसी दौर में प्रभात खबर ने आंदोलन के प्रचारक तथा बौद्धिक परामर्श की भूमिका निभाई।' यह वह खास पहलू है, जिसने प्रभात खबर की मीडिया और राजनीतिक क्षेत्र में एक अलग पहचान बनाई।

□

झारखंड की राजनीति और प्रभात खबर

झारखंड राज्य के निर्माण के पहले से ही प्रभात खबर का झारखंड की राजनीति से गहरा नाता रहा है। झारखंड में घटी छोटी से बड़ी राजनीतिक घटनाओं में आवश्यकता पड़ने पर प्रभात खबर ने सीधा हस्तक्षेप किया है, राजनीति को साफ-सुथरा बनाने के लिए पहल की है, राज्य को विशेष राज्य का दर्जा देने का अभियान चलाया है तथा विधानसभा में सीटों को बढ़ाने की पहल की है। 40 साल में सैकड़ों ऐसे उदाहरण हैं, जब राजनीतिक स्तर पर हो रही गड़बड़ियों पर प्रभात खबर ने हस्तक्षेप करते हुए उसे ठीक करने का प्रयास किया। प्रभात खबर की अभी तक की यात्रा में अनेक ऐसे अवसर आए, जब जनहित का मुद्दा, भ्रष्टाचार का मुद्दा, सरकारी खजाने की लूट का मुद्दा और जनप्रतिनिधियों के आचरण का मुद्दा उठाने से पक्ष-विपक्ष दोनों का निशाना प्रभात खबर बनता रहा, खासकर सत्ता पक्ष का।

प्रभात खबर की पत्रकारिता (उठाए गए मुद्दों) के कारण अनेक पूर्व मुख्यमंत्रियों, मंत्रियों, विधायकों, कई आई.ए.एस. अफसरों को जेल जाना पड़ा। इनमें लालू प्रसाद, जगन्नाथ मिश्र, मधु कोड़ा, एनोस एक्का, हरिनारायण राय, भानु प्रताप शाही, कमलेश सिंह आदि प्रमुख हैं। ऐसी बात नहीं है कि प्रभात खबर की इन लोगों से कोई निजी लड़ाई थी। इन लोगों ने जब गड़बड़ी की तो पत्रकारिता धर्म का पालन करते हुए प्रभात खबर ने इनके खिलाफ बेहिचक रिपोर्ट छापी, कानून ने अपना काम किया और इन्हें जेल जाना पड़ा।

कोई भी सरकार यह नहीं चाहती कि मीडिया में उसके खिलाफ रिपोर्ट छपे। प्रभात खबर की पहचान ही है कि अगर कहीं गड़बड़ी हो रही है तो प्रभात खबर बगैर हिचके, पूरे साहस के साथ मुद्दे को उठाता है। अनेक ऐसे मौके आए, जब प्रभात खबर ने सरकारी योजनाओं में गड़बड़ी, कानून-व्यवस्था आदि का मुद्दा उठाया, सरकार के खिलाफ कड़ी टिप्पणी की, जिससे सरकार की नाराजगी का खामियाजा प्रभात खबर को भुगतना पड़ा। सरकार के पास मीडिया को सबक सिखाने का एक हथियार है, सरकारी

विज्ञापन। किसी भी अखबार की आय का बड़ा स्त्रोत है—सरकारी विज्ञापन। प्रभात खबर जब काबू में नहीं आया तो राज्य सरकार ने सरकारी विज्ञापन या तो बंद कर दिए या कम कर दिया। प्रभात खबर के सामने दो ही रास्ते थे—एक सत्ता पक्ष के आगे झुक जाना और दूसरा ईमानदारी से बगैर समझौता किए न्याय के लिए लड़ना। अधिकांश अवसरों पर प्रभात खबर ने झुकने से इनकार कर दिया। लगभग हर सरकार के साथ प्रभात खबर की नोक झोंक होती रही और विज्ञापन भी बंद होते रहे। लंबे समय तक प्रभात खबर के संपादक रहे हरिवंशजी का मानना था कि खबरों से समझौता नहीं करेंगे, चाहे आर-पार की लड़ाई भी सरकार से लड़नी हो, तो लड़ेंगे। ऐसा उन्होंने किया भी।

जब प्रभात खबर के विज्ञापन बंद हुए, तो झुकने के बजाय प्रभात खबर ने आक्रमण और तेज किया। लोगों की अदालत में गया कि कैसे प्रभात खबर को सरकार तंग कर रही है। जिस सरकार ने विज्ञापन बंद किया, उसी को पत्र लिख कर बताया गया कि कैसे झारखंड के नंबर एक अखबार के साथ अन्याय किया जा रहा है। अंततः सरकार को विज्ञापन फिर से शुरू करना पड़ा। शायद ही कोई सरकार हो जिसने प्रभात खबर को निशाना न बनाया हो। पत्रकारिता का वह दौर अलग था। अपने तेवरों के बल पर प्रभात खबर लड़ता रहा और टिका रहा। यह अखबार के स्वभाव का हिस्सा था।

न सिर्फ राज्य सरकार, बल्कि केंद्र सरकार ने अगर कभी पक्षपात किया तो प्रभात खबर ने मजबूती से अपना पक्ष रखा। राज्य बनने के तुरंत बाद की बात है, राँची एक्सप्रेस से प्रभात खबर सर्कुलेशन में काफी आगे निकल चुका था, लेकिन जब वाजपेयी सरकार ने विदेश दौरे के लिए प्रभात खबर की जगह बार-बार राँची एक्सप्रेस को चुना, प्रधानमंत्री अपने साथ राँची एक्सप्रेस के संपादक-कार्यकारी निर्देशक को विदेशी दौरे पर ले गए तो तत्कालीन संपादक हरिवंशजी ने इस गलत नीति का विरोध करते हुए प्रेस काउंसिल से 17 मई, 2001 को शिकायत की। पत्र में तथ्यों की भरमार थी और इसमें इस बात का जिक्र था कि कब-कब राँची एक्सप्रेस के प्रतिनिधि को प्रधानमंत्री के आधिकारिक विदेश दौरे में ले जाया गया था। पत्र में राँची एक्सप्रेस के उद्घाटन से लेकर उसके राजनीतिक झुकाव का भी जिक्र था। इस पत्र के बाद तत्कालीन केंद्र सरकार ने विदेशी दौरे के लिए कई बदलाव किए। यह प्रभात खबर की जीत थी।

अनेक ऐसे मौके आए, जब प्रभात खबर की जुबान को बंद करने का प्रयास किया गया, दबाव दिया गया, पशुपालन घोटाला हो या अन्य घोटाला, धमकी दी गई। जब राजनेताओं के खिलाफ प्रभात खबर ने अभियान चलाया तो विधानसभा में प्रभात खबर के खिलाफ विशेषाधिकार का मामला लाया गया।

10 मार्च, 2003 की घटना है, विधायक महेंद्र सिंह ने इस्तीफा दे दिया था। अपने इस्तीफे में उन्होंने सिर्फ इतना कहा था—जिस सदन में स्वतंत्र निष्पक्ष ढंग से बात रखना

संभव न हो, उसके सदस्य बने रहने का कोई औचित्य नहीं है। महेंद्र सिंह के इस्तीफे के बाद प्रभात खबर, राँची के तत्कालीन स्थानीय संपादक बैजनाथ मिश्र ने 11 मार्च, 2003 के अंक में पृष्ठ एक पर त्वरित टिप्पणी लिखी थी, इसमें उल्लेख था—जब तमाम विधायक ठेका-ठपाली, दलाली, कमीशनखोरी के कीचड़ में नख शिख तक डूबे हुए हैं, महेंद्र सिंह हर लूट के खिलाफ खड़े होते हैं। त्वरित टिप्पणी का यह वाक्य झारखंड विधानसभा के कई सदस्यों को चुभ गया। 12 मार्च को ही विधायक भुवनेश्वर प्रसाद मेहता ने विधानसभा अध्यक्ष के पास विशेषाधिकार हनन की सूचना दी। विधायक हेमलाल मुर्मू, गिरिनाथ सिंह, दुलाल भुइयाँ और माधव लाल ने भुवनेश्वर प्रसाद मेहता के समर्थन में हस्ताक्षर किए। इसी आधार पर झारखंड विधानसभा के अवर सचिव ने 26 मार्च, 2003 को प्रभात खबर के बैजनाथ मिश्र को विशेषाधिकार हनन का नोटिस देते हुए अपना पक्ष रखने को कहा। एक सप्ताह के अंदर ही स्पष्टीकरण का जवाब देना था। प्रभात खबर के इतिहास में यह पहला मौका था जब विशेषाधिकार हनन का नोटिस दिया गया था। अखबार पीछे नहीं हटा और निर्धारित समय में इस नोटिस का जवाब दिया गया। यह प्रभात खबर पर दबाव बनाने का एक प्रयास था।

ऐसा नहीं है कि विधानसभा का हर सदस्य उस टिप्पणी के विरोध में था। कई विधायकों ने प्रभात खबर की टिप्पणी को सही करार दिया था। बाद के दिनों में भी प्रभात खबर के खिलाफ कुछ विधायक टिप्पणी करते रहे, लेकिन अखबार अपना काम करता रहा। यही प्रभात खबर की ताकत रही है। कुछ विधायकों ने तो प्रभात खबर के खिलाफ प्रेस काउंसिल में शिकायत की। ऐसे निर्णयों से प्रभात खबर विचलित नहीं हुआ। प्रभात खबर ने वहाँ भी अपना पक्ष रखा। प्रेस काउंसिल के चेयरमैन ने बिहार में अखबारों की भूमिका पर सवाल उठा दिया। प्रभात खबर के तत्कालीन प्रधान संपादक हरिवंशजी ने प्रेस काउंसिल आफ इंडिया के चेयरमैन द्वारा की गई टिप्पणी के एक-एक अंश का जवाब प्रभात खबर के पटना संस्करण में 15 अप्रैल, 2013 के अंक में दिया। जवाब विस्तार से, यानी दो पृष्ठों में था, बड़ी चर्चा हुई थी। आमतौर पर अखबार प्रेस काउंसिल से टकराने से बचते है, लेकिन प्रभात खबर ने अपनी बात शालीनता से रखी। ऐसी घटनाओं का झारखंड-बिहार या केंद्र की राजनीति पर गहरा असर पड़ता रहा।

ऐसी बात नहीं कि अचानक प्रभात खबर का रवैया कड़ा हो गया था। आरंभ से ही प्रभात खबर जनहित के लिए लड़ने वाले अखबार के तौर पर जाना जाता है, खासकर 1989 में जब से प्रभात खबर का प्रबंधन बदला था। प्रबंधन बदलने के बावजूद अलग झारखंड राज्य का समर्थन करना ही प्रभात खबर का स्टैंड रहा। जब तक झारखंड बिहार का हिस्सा था, प्रभात खबर ने अगर राजनीति में कोई हस्तक्षेप किया या सरकार का विरोध किया तो इसका कारण भ्रष्टाचार का विरोध करना, अलग झारखंड के समर्थन में

खड़े रहना या फिर जनहित के लिए आवाज उठाना था। जब राँची में पानी-बिजली के लिए 1992-93 में आंदोलन हो रहा था, जनता सड़कों पर थी तो बिहार से मंत्री राँची आए और बगैर अखबार का नाम लिए आरोप लगाया कि आंदोलन को एक अखबार हवा दे रहा है. आरोप गलत भी नहीं था। प्रभात खबर हवा नहीं दे रहा था बल्कि राँची की जनता के साथ खड़ा था, सड़कों पर भी, धरनों में भी साथ खड़ा था।

राज्यसभा चुनाव में बाहरी प्रत्याशी के खिलाफ प्रभात खबर के प्रयास से राँची के नागरिकों द्वारा किया गया प्रदर्शन। इसमें डॉ. रामदयाल मुंडा भी थे

15 नवंबर, 2000 को जब झारखंड राज्य का गठन हुआ और उसके बाद पहली सरकार के गठन की जब तैयारी चल रही थी, प्रभात खबर चुपचाप निष्पक्ष भूमिका में बना रहा। एन.डी.ए. की सरकार बनी और बाबूलाल मरांडी पहले मुख्यमंत्री बने। यह सरकार निर्दलीयों और छोटे-छोटे दलों के सहयोग से चल रही थी। प्रभात खबर का मानना था कि झारखंड का अभी जन्म ही हुआ है, नई-नई सरकार बनी है, रातोंरात परिवर्तन नहीं हो सकता, इसलिए मुख्यमंत्री बाबूलाल मरांडी की सरकार को एक साल का समय जरूर देना चाहिए, अगर उसके बाद भी स्थिति नहीं सुधरेगी तो इस सरकार को भी नहीं छोड़ेंगे।

अपने तेवर के विपरीत प्रभात खबर एक साल तक चुपचाप रहा। कुछ मंत्रियों ने अपनी मरजी चलाई, जब मरांडी नहीं झुके तो इस्तीफा देकर मरांडी सरकार को अल्पमत में ला दिया। इस्तीफा देने वाले मंत्री थे—लालचंद महतो, मधु सिंह, जलेश्वर महतो, रमेश सिंह मुंडा, समरेश सिंह, जोबा माझी और बैजनाथ राम। झारखंड बनने के तीन साल के भीतर ऐसी राजनीति से राज्य कमजोर हुआ। किसी तरह सँभालने का प्रयास हुआ। इसके बाद अर्जुन मुंडा को झारखंड का मुख्यमंत्री बनाया गया, तब प्रभात खबर ने मरांडी सरकार को गिराने में लगे मंत्रियों के रवैए की आलोचना की थी।

अर्जुन मुंडा की सरकार चलती रही और उसने बचे कार्यकाल को पूरा किया। फिर

2005 में विधानसभा चुनाव हुआ। प्रभात खबर ने झारखंड की राजनीति में पहला बड़ा हस्तक्षेप इसी चुनाव के बाद किया, जब सरकार बनाने में राज्यपाल की भूमिका पर सवाल उठा था। चुनाव में किसी भी दल या गठबंधन को स्पष्ट बहुमत नहीं मिला था। निर्दलीय और कुछ छोटे दलों को साथ लेकर अर्जुन मुंडा ने तत्कालीन राज्यपाल सिब्ते रजी के पास सरकार बनाने का दावा किया था, लेकिन राज्यपाल ने शिबू सोरेन को सरकार बनाने के लिए आमंत्रित किया और उन्हें मुख्यमंत्री पद की शपथ दिला दी। यह 2 मार्च, 2005 की घटना है राज्यपाल ने शिबू सोरेन के अलावा स्टीफन मरांडी (निर्दलीय विधायक), गिरिनाथ सिंह (राजद), अन्नपूर्णा देवी (राजद), जोबा माझी (यू.जी.डी.पी.), बंधु तिर्की (यू.जी.डी.पी.), कमलेश सिंह (एन.सी.पी.) को भी उसी दिन शपथ दिला दी। राजग का कहना था कि उसके पास 41 विधायकों का समर्थन था, जिसकी सूची राज्यपाल को सौंपी गई थी, इसलिए उन्हें सरकार बनाने के लिए बुलाना चाहिए था।

इस पूरे मामले के सूत्रधार थे राज्यपाल सैयद सिब्ते रजी। राज्यपाल का पक्ष था कि उन्होंने नंबर के आधार पर नहीं बल्कि अपने विवेक पर सरकार बनाने के लिए शिबू सोरेन को बुलाया था। अगर राजग के पास बहुमत है तो विश्वासमत हासिल करने के दिन वह सरकार गिरा दे। प्रभात खबर का भी मानना था कि सरकार बनाने में गड़बड़ी हुई थी और यह गड़बड़ी राज्यपाल ने की थी, इसलिए प्रभात खबर ने झारखंड की राजनीति में सीधा हस्तक्षेप किया और राज्यपाल के फैसले का खुलकर विरोध किया।

प्रभात खबर ने राज्यपाल के फैसले का विरोध करते हुए लिखा कि यह राज्यपाल का फैसला नहीं है, कांग्रेस का फैसला है। अखबार ने आगे लिखा कि झारखंड के राज्यपाल का फैसला, परंपरा और प्रामाणिकता दोनों के खिलाफ है। अगर राज्यपाल विधायकों की हार्स ट्रेडिंग (आयाराम-गयाराम) से चिंतित थे, जो उन्हें संवैधानिक प्रमुख के रूप में होना भी चाहिए, तब अपने विवादास्पद फैसले से उन्होंने यूपीए को बहुमत साबित करने के लिए 20 दिनों का समय क्यों दिया? ऐसी स्थिति में एक सप्ताह का समय पर्याप्त होता। इतना अधिक समय हार्स ट्रेडिंग के लिए दिया गया है या उसे रोकने के लिए? प्रभात खबर द्वारा की गई यह कड़ी टिप्पणी राज्यपाल के खिलाफ थी, क्योंकि राज्यपाल के निर्णय पर सवाल उठा था। प्रभात खबर द्वारा उठाए गए सवालों से पूरे झारखंड में यह माहौल बन गया कि राज्यपाल ने असंवैधानिक निर्णय लिया था, मामला राष्ट्रपति तक गया, सुप्रीम कोर्ट में भी गया। बहुमत साबित करने की अवधि कोर्ट के आदेश से कम कर दी गई। सदन में बहुमत साबित करने के पहले ही मुख्यमंत्री शिबू सोरेन ने इस्तीफा दे दिया और अर्जुन मुंडा को उसी राज्यपाल ने सरकार बनाने के लिए आमंत्रित किया। इसके बाद राजनीतिक अस्थिरता असमंजस का अंत हुआ, जिसमें प्रभात खबर ने बड़ी भूमिका निभाई थी।

प्रभात खबर ने झारखंड की राजनीति को रास्ते पर लाने के लिए 2008 में भी एक गंभीर प्रयास किया था। वह मुद्दा था राज्यसभा के चुनाव में बाहरी प्रत्याशी की जगह स्थानीय योग्य व्यक्ति को प्रत्याशी बनाना, विधायकों द्वारा पैसा लेकर किसी को वोट देने का विरोध करना। झारखंड में एक दौर था जब राज्यसभा चुनाव में गड़बड़ी होती थी। अनेक विधायक पार्टी के अधिकृत प्रत्याशी को वोट न देकर उस प्रत्याशी को वोट देते थे जिससे उन्हें फायदा होता था। प्रभात खबर ने विधायकों के इसी रवैए का जोरदार तरीके से विरोध किया था। एक अभियान छेड़ दिया था। अखबार में लगातार टिप्पणी लिखकर विधायकों की अंतर्रात्मा को जगाने का प्रयास किया था। प्रभात खबर का वह प्रयास उस चुनाव में भले ही सफल नहीं हुआ था, लेकिन राजनीतिक दलों पर बाद में इसका असर दिखा था।

2008 के राज्यसभा चुनाव में परिमल नाथवाणी, आर के आनंद और किशोर लाल प्रत्याशी थे। ये तीनों झारखंड के बाहर के थे। पहले गौतम सागर राणा को टिकट देने की बात आई थी, जो झारखंड के ही थे। तब यूपीए का शासन था। प्रभात खबर में 'घृणा करिए ऐसे विधायकों से', 'बाजार न बने विधानसभा', 'झारखंड के स्वाभिमान के लिए एक कदम', 'वोट डालिए', 'हालात बदलिए', 'बिकेंगे या बचेंगे' आदि शीर्षकों से टिप्पणी छपती रहीं। सभी टिप्पणी बहुत ही कड़ी थीं। तत्कालीन प्रधान संपादक हरिवंशजी खुद मोरचा लिए हुए थे। टिप्पणियों में जो वाक्य थे, उनसे पता चलता है कि प्रभात खबर ने राज्यसभा चुनाव को साफ-सुथरा बनाने और खरीद फरोख्त को रोकने के लिए कितना गंभीर प्रयास किया था। यह आसान काम नहीं था।

एक टिप्पणी में प्रभात खबर ने लिखा—आश्चर्य है कि गौतम सागर राणा को अंतिम क्षण तक समर्थन नहीं मिलता, पर झारखंड राज्यसभा चुनाव को भारत में चर्चित बना देने वाले परिमल नाथवाणी को सबसे पहले प्रस्तावक मिल जाते हैं। हमारे विधायकों में हया है तो उनसे पूछना चाहिए कि आपने झारखंड को ही चुनाव लड़ने के लिए क्यों चुना? क्या अन्य राज्यों में ऐसा संदेश है कि यहाँ के विधायक मैनेजेबल है? आपको झारखंड में कोई जानता नहीं था, आप अचानक राज्यसभा प्रत्याशी के रूप में कैसे अवतरित हो गए? कौन विधायक आपको जानता था? किसने गुरुजी से आपको मिलवाया? कैसे आपने अपनी उम्मीदवारी मैनेज की? झारखंड की राजनीति में दलालों की बाढ़ आ गई है। पावर ब्रोकर्स, लॉबिस्ट, मिडिलमैन, क्रूर राजनीति के जन्मदाता पाँच सितारा होटलों में डील राजनीति में माहिर यह ताकत झारखंड को चरागाह बनाना चाहती है।

प्रभात खबर ने विधायकों को जगाने का प्रयास किया था। अच्छे विधायकों का जिक्र भी किया था, तारीफ भी की थी। प्रभात खबर ने 19 मार्च, 2008 के अंक में लिखा—'झारखंड स्वाभिमान के सवाल पर तो सभी विधायक एक मत हों, हर दल में

ईमानदार विधायक हैं, महेंद्र सिंह की परंपरा में आज भी विनोद सिंह जैसे विधायक हैं, अपनी ईमानदारी, प्रतिबद्धता और पारदर्शिता की मिसाल सत्ता पक्ष-विपक्ष में अनेक अच्छे और सम्मानित नाम हैं पर झारखंडी स्वाभिमान से सौदेबाजी करने वालों के कारण यह स्थिति बन गई है।'

झारखंडी स्वाभिमान को जगाने के लिए प्रभात खबर ने झारखंडी ताकत को एक करने का प्रयास किया। 21 मार्च को राँची में एक जुलूस निकाला गया, जिसमें शामिल लोगों ने बाहरी प्रत्याशियों का विरोध जताया था। इस जुलूस में रामदयाल मुंडा, बी.पी. केसरी जैसे लोग और अनेक पत्रकार बुद्धिजीवी, समाजसेवी, झारखंड के शुभचिंतक, छात्र आदि थे। मकसद था कि झारखंड के विधायक पलटी न मारें। यह झारखंड को बदनामी से बचाने का प्रभात खबर का प्रयास था। तमाम प्रयास के बावजूद जब राज्यसभा चुनाव का परिणाम आया तो परिमल नाथवाणी ही विजयी हुए। झामुमो के अधिकृत प्रत्याशी किशोरी लाल हार गए। उन्हें उनके अपने ही दल के आठ विधायकों ने वोट नहीं दिया। न झामुमो जीता, न कांग्रेस जीती, जीत हुई तो निर्दलीय प्रत्याशी नाथवाणी की। चुनाव परिणाम चाहे जो भी हो, प्रभात खबर ने बाहरी प्रत्याशी के खिलाफ और साफ-सुथरे चुनाव के लिए जो अभियान आरंभ किया था, उसे बीच में छोड़ा नहीं, लेकिन इस सच को भी स्वीकार करना होगा कि जिस नाथवाणी का बाहरी प्रत्याशी होने के नाते विरोध किया गया था, सांसद बनने के बाद उन्होंने झारखंड में विकास का जो काम किया, वह शायद किसी अन्य सांसद ने नहीं किया। प्रभात खबर ने बगैर किसी पूर्वाग्रह के नाथवाणी द्वारा किए गए कार्यों को सराहा भी।

इसके बाद भी जब राज्यसभा का चुनाव हुआ तो प्रभात खबर ने विधायकों को उनकी जिम्मेदारी का अहसास कराते हुए अनेक टिप्पणियाँ लिखीं। धीरे-धीरे इसका अच्छा असर पड़ा। स्थिति सबसे अच्छी तब हुई जब 2024 के राज्यसभा चुनाव में जितनी सीट खाली थी, उतने ही नामांकन आए, बगैर चुनाव कराए सांसद चुने गए। सभी दलों ने मर्यादा का खयाल रखा और खरीद फरोख्त की ओर नहीं गए। यह सब कहीं-न-कहीं वर्षों से प्रभात खबर द्वारा चलाए जा रहे अभियान का असर था।

राज्य बनने के बाद, यानी 15 नवंबर, 2000 से 2014 तक का समय झारखंड की राजनीति और किसी भी मुख्यमंत्री के लिए उतार-चढ़ाव व तनाव का रहा। कारण था अस्थायी सरकारों का बनते रहना। चुनाव में किसी भी एक दल को स्पष्ट बहुमत नहीं मिलने के कारण छोटे-छोटे दलों और निर्दलीयों के बल पर सरकार चलती थी। बड़े और ठोस निर्णय लेने में बड़ी परेशानी होती थी। निर्दलीयों की बात नहीं मानने पर पहले भी सरकार गिर चुकी थी। इसलिए प्रभात खबर ने 2014 के झारखंड विधानसभा चुनाव में राजनीति को बदलने के लिए पूरे झारखंड में बड़ा अभियान चलाने का निर्णय किया।

ऐसा इसलिए किया गया ताकि झारखंड में जिस किसी भी दल की सरकार बने, वह स्थायी हो, यानी स्पष्ट बहुमत की हो। प्रभात खबर ने झारखंड के बेहतर भविष्य के लिए ही ऐसा निर्णय लिया था, हालाँकि जोखिम भरा था, आरोप लग सकते थे, लेकिन अभियान का उद्‌देश्य बिल्कुल स्पष्ट था, पूरे राज्य में जनता को समझाना कि 14 साल से झारखंड में कोई भी बहुमत की सरकार नहीं बन पाई है, इससे निर्णय लेने में परेशानी हो रही है। इस अभियान को नाम दिया गया; आओ हालात बदलें।'

आओ हालात बदले अभियान का शुभारंभ राँची से किया गया। एक ट्रक को रथ का आकार दिया गया। दोनों ओर बोर्ड पर आँकड़ा दिया हुआ था कि 14 साल में राज्य कहाँ पहुँचा है, राज्य किस स्थिति में है, राजनीतिज्ञों ने झारखंड को कहाँ-से-कहाँ पहुँचा दिया है। अखबारों में रोज रिपोर्ट छपती थी, पैम्फलेट बँटते थे, गोष्ठियाँ होती थीं, रथ तो था ही, प्रभात खबर के अभियान 'आओ हालात बदले' की शुरुआत करने के मौके पर 7 नवंबर, 2014 को राँची में प्रभात खबर ने एक गोष्ठी की, इसमें देश के पूर्व मुख्य चुनाव आयुक्त डॉ. एसवाइ कुरैशी ने भाग लिया।

प्रभात खबर का 'आओ हालात बदले' रथ झारखंड के लगभग सभी विधानसभा क्षेत्रों में गया। उन इलाकों में भी गया, जहाँ नक्सलियों ने चुनाव का बहिष्कार किया था। जहाँ भी रथ जाता, बैठक होती, लोगों को समझाया जाता कि बहुमत की सरकार के लिए आप वोट करें। जिसे मन करे, उसे वोट दीजिए, लेकिन सरकार स्थायी बने। स्कूल-कॉलेज, संस्थानों, बाजारों, चौक-चौराहों पर सभाएँ होती गई। इसका बड़ा व्यापक असर पड़ा। प्रभात खबर खुलकर अभियान चला रहा था कि राज्य के विकास के लिए किसी एक दल या गठबंधन को स्पष्ट बहुमत दें।

जब चुनाव परिणाम सामने आया तो सभी चौंक गए। राज्य के कई बड़े नेता चुनाव हार गए, कई पूर्व मुख्यमंत्रियों, उपमुख्यमंत्रियों को भी हार का सामना करना पड़ा। झारखंड की जनता ने 14 साल में पहली बार किसी एक दल को स्पष्ट बहुमत दिया था। सरकार एन.डी.ए. की बनी थी और रघुवर दास मुख्यमंत्री बने थे। पहली बार सरकार पाँच साल चली। स्थायी सरकार बनना (चाहे जिसकी बने) और सरकार पाँच साल चलना प्रभात खबर के अभियान का लक्ष्य था, वह पूरा हुआ। यह अभियान इस बात का सबूत है कि झारखंड की जनता को प्रभात खबर पर कितना भरोसा है।

□

स्थानीय खबरों का महत्त्व

प्रभात खबर की अगर पूरे देश में पहचान बनी तो राष्ट्रीय खबरों के कारण नहीं। स्थानीय खबरों, ग्रामीण इलाकों की खबरों और मुद्दों की पत्रकारिता को महत्त्व देने के कारण प्रभात खबर देश भर में चर्चित हुआ। 1984 से प्रभात खबर निकल रहा था और इसमें राष्ट्रीय महत्त्व की खबरों को अच्छी खासी जगह दी जाती थी। उन दिनों राष्ट्रीय खबरों को लीड बनाने की परंपरा थी। तब पंजाब और श्रीलंका में हिंसक घटनाएँ खूब घटती थीं, उन खबरों को महत्त्व दिया जाता था। उन दिनों के अखबार इसके गवाह हैं। यह स्थिति बदली 1989 से, जब प्रभात खबर की जिम्मेदारी अक्तूबर 1989 में नए प्रबंधन ने सँभाली।

प्रभात खबर का अधिग्रहण करने के बाद हरिवंशजी को प्रधान संपादक बनाया गया। वे पहले धर्मयुग और रविवार जैसी पत्रिकाओं में काम कर चुके थे। आते ही उन्होंने प्रभात खबर के पुराने अंकों की फाइल देखी थी। उन्होंने खबरों के चयन में बदलाव किया। उस समय यही निर्णय लिया गया था कि राष्ट्रीय खबरों को छापकर बिहार-झारखंड में प्रभात खबर की अपनी पहचान नहीं बनेगी। स्थानीय खबरों को हिम्मत कर पृष्ठ एक पर बेहतर जगह देनी होगी।

उस समय राँची-पटना के जो भी अखबार थे, वे स्थानीय खबरों की तुलना में राष्ट्रीय खबरों को ज्यादा प्राथमिकता देते थे, यह परंपरा सी बन गई थी। राष्ट्रपति के अभिभाषण को लीड बनाया जाता था। श्रीलंका में लिट्टे ने अगर बड़ी घटना को अंजाम दिया तो लीड खबर होती थी। अखबार का पृष्ठ एक देश-विदेश की बड़ी खबरों से भरा होता था। बहुत हुआ तो प्रदेश की बड़ी खबरों को कभी-कभी लीड बनाया जाता था। वह झारखंड आंदोलन का दौर था। तोड़-फोड़, गोलीबारी, जुलूस आम बात थी। हाँ, आर्थिक नाकेबंदी या बंद की खबरों को पृष्ठ एक पर प्रमुखता से जगह मिलती थी।

उन दिनों आम आदमी के जीवन को प्रभावित खबर करने वाली कहानी को अखबार की प्रमुख खबर बनाने की कोई हिम्मत नहीं करता था। एक उदाहरण 1987 में

प्रभात खबर

कुसुम अपनी दो बेटियों के साथ रांची छोड़ रही है

सासाराम में सेना भी हिंसा न रोक सकी ९० मरे

पत्रकारों के बिना गुजरी राजीव की चुनावी सभा

राजीव गांधी की सभा फीकी

दंगे के मुहाने पर खड़ा है बोकारो

प्रभात खबर ने बिल्कुल स्थानीय खबर को लीड खबर बना कर पाठकों से संपर्क बनाया

देखने को मिला था। झारखंड मुक्ति मोरचा के तत्कालीन अध्यक्ष निर्मल महतो की जमशेदपुर में गोली मारकर हत्या कर दी गई थी। घटना दिन की थी। प्रभात खबर राँची से छपकर जमशेदपुर जाता था। उन दिनों जमशेदपुर से प्रभात खबर का प्रकाशन शुरू नहीं किया गया था। निर्मल महतो की हत्या इस क्षेत्र के लिए बहुत बड़ी घटना थी। वह उस दल के अध्यक्ष थे, जो दल अलग झारखंड राज्य के लिए सबसे बड़ा ताकतवर संगठन था, लेकिन यह खबर उस दिन प्रभात खबर के पृष्ठ वन की लीड खबर नहीं थी। इसे संपादकीय चूक माना जाए, नीतिगण निर्णय माना जाए या खबरों के चयन की परंपरा, कहना मुश्किल है। अगर ऐसी घटना आज घटी होती तो सिर्फ प्रभात खबर ही नहीं, हर अखबार उसे पृष्ठ एक का न सिर्फ बैनर बनाता बल्कि अंदर भी तीन-चार पृष्ठ की सामग्री देता। इसके उदाहरण भी हैं।

जमशेदपुर के सांसद सुनील महतो की नक्सलियों ने हत्या कर दी तो स्थानीय अखबारों ने 10-12 पृष्ठ से ज्यादा की सामग्री प्रकाशित की। इससे पहले विधायक महेंद्र सिंह की जब हत्या हुई, तो इसी प्रभात खबर ने कई दिनों तक इसे महत्त्व देते हुए पृष्ठ एक पर बड़ी जगह दी। ऐसा इसलिए क्योंकि समय बदल गया है और पाठकों की रुचि स्थानीय खबरों में बढ़ी है। दूसरे अखबारों ने इस ट्रेंड को पहचानने में थोड़ा विलंब किया, प्रभात खबर ने पाठकों की रुचि को बहुत पहले, यानी 1989 में ही पहचान लिया था। अक्तूबर में अखबार का अधिग्रहण हुआ था और तीन नवंबर को नई टीम ने पूरे तौर पर जिम्मेदारी सँभाली थी। 5 नवंबर के अंक में ही प्रभात खबर ने पहला प्रयोग किया। उस दिन की लीड स्टोरी थी—किस अपराध की सजा भुगत रहे हैं राजेश और तेतर। दरअसल राँची जेल में बंद बच्चों के बारे में यह स्टोरी थी। ये बच्चे लंबे समय से जेल में बंद थे, इनकी तसवीर भी छपी थी। इस खबर की चर्चा हुई।

8 नवंबर, 1989 के अंक में प्रभात खबर ने फिर एक बड़ा कदम उठाया। स्टोरी थी—कुसुम राँची छोड़कर जा रही है कुसुम एक महिला थी, जो जगन्नाथपुर थाना क्षेत्र के हवाईनगर में रहती थी। 20 सालों से वह वहाँ रह रही थी, उनकी बेटियाँ उनसे मिलने

प्रभात खबर
पुनदाग के पास सात टावर क्षतिग्रस्त, बिजली आपूर्ति पूरी तरह ठप
कई दिनों तक अंधकार में डूबी रहेगी रांची
* उद्योग-धंधों की हालत और बिगड़ी * मरम्मत होने तक पानी की आपूर्ति भी नहीं हो पायेगी
पूर्वी दिल्ली में दंगा, पांच मरे
अनिश्चितकालीन कर्फ्यू
राव ने अर्जुन व पवार के पर कतरे
उत्साह की कमी से ही बिहार उद्योग में पिछड़ा : सुशी मोदी

प्रभात खबर ने बिल्कुल स्थानीय खबर को लीड खबर बना कर पाठकों से संपर्क बनाया

राँची आई थी। एक बेटी कोलकाता में मेडिकल की पढ़ाई कर रही थी और दूसरी राँची के पास के संस्थान में इंजीनियरिंग की छात्रा थी। 4 नवंबर की रात को 10–12 युवक जबरन उनके घर में घुस आए। कुसुम पर हमला किया, मारकर सिर फोड़ दिया, वह बेहोश हो गई। फिर घर में लूटपाट की। बेटियों के साथ इन अपराधियों ने दुर्व्यवहार किया। ये लड़कियाँ मदद के लिए चिल्लाती रहीं, कोई नहीं आया। पुलिस उनके घर से कुछ ही दूरी पर थी। बाद में जब पुलिस के पास वह गईं तो पुलिस ने काररवाई नहीं की। अंततः कुसुम ने तय किया कि राँची में वह और उसका परिवार सुरक्षित नहीं है। दूसरी बार हमला हुआ था, इसलिए उसने राँची शहर छोड़कर चंडीगढ़ जाने का फैसला किया था।

कानून–व्यवस्था के कारण एक महिला ने अपने बेटियों के साथ राँची शहर छोड़ने का फैसला किया था। प्रभात खबर ने इसी खबर को पृष्ठ एक पर लीड स्टोरी के तौर पर प्रमुखता से छापा था। यह घटना उस समय का हालात बता रही थी। इस खबर का महत्त्व इसलिए और बढ़ गया था, क्योंकि जिस दिन यह खबर छपी, उसके एक दिन पहले तत्कालीन प्रधानमंत्री राजीव गांधी की राँची में सभा हुई थी। पत्रकारों ने प्रधानमंत्री के कार्यक्रम का बहिष्कार किया था। जिस शहर में प्रधानमंत्री आए हों, उनकी खबर को प्रमुखता न देकर अगर कोई अखबार साफ्ट स्टोरी (कुसुम वाली खबर) को लीड बनाता है, तो हिम्मत की बात है। प्रभात खबर ने यही किया। प्रधानमंत्री की खबर नीचे छपी। राँची में ऐसी खबरों को लीड बनाने की न तो परंपरा थी, न ही पहले ऐसा प्रयोग किया गया था, इसलिए जब कुसुम वाली खबर पहले पृष्ठ की लीड स्टोरी बनी तो लोग चौंक गए, लेकिन उस रिपोर्ट से उसी दिन शहर को यह संदेश मिल चुका था कि प्रभात खबर भविष्य में झारखंड में किस तरह की पत्रकारिता करना चाहता है, कैसे भीड़ में अपनी अलग पहचान बनाना चाहता है।

ऐसी बात नहीं है कि हर किसी ने इस खबर को प्रमुखता देने की सराहना की थी। जिस दिन कुसुम वाली खबर लीड बनकर छपी, उस दिन राँची के पत्रकारिता जगत में चर्चा हुई। कुछ सीनियर पत्रकारों ने यहाँ तक कहा कि यह पत्रिका नहीं है, जहाँ ऐसी

खबरों को लीड बनाया जाए (दरअसल उन्होंने खबरों के चयन को लेकर कमेंट किया था), अखबार चलेगा नहीं। इन आलोचनाओं से प्रभात खबर घबराया नहीं, उसने आने वाली पत्रकारिता (भविष्य) को पहचान लिया था और स्थानीय खबरों के महत्त्व को समझा था।

ऐसे सैंकड़ों उदाहरण हैं, जहाँ प्रभात खबर ने राष्ट्रीय खबरों पर स्थानीय खबरों को प्रमुखता दी। ऐसा इसलिए क्योंकि प्रभात खबर जनहित की पत्रकारिता पर फोकस कर रहा था, आम आदमी की आवाज बनकर उनकी पत्रकारिता कर रहा था। इसका एक बड़ा उदाहरण 1992 में तब मिला जब आँधी-तूफान में राँची के आसपास के बिजली टावर गिर गए। 15 दिनों तक पूरा शहर अँधेरे में बिना पानी-बिजली के रहा। प्रभात खबर ने पहले दिन से न सिर्फ पानी-बिजली की इस खबर को लीड बनाया बल्कि इसे मुद्दा बना कर जनआंदोलन खड़ा कर दिया। राजनीतिक दल, स्वयंसेवी संगठनों और राँची की जनता को एक मंच पर लाया। लोग सड़कों पर उतर आए, सड़क पर धरना प्रदर्शन होने लगा। 16 मई को आँधी आने के बाद पुनदाग के पास टावर गिरा था, 17 मई के अखबार से यह अभियान आरंभ हो गया था। 21 मई को राँची बंद किया गया था। ऐसा पहली बार हुआ था जब पानी-बिजली के मुद्दे पर राँची शहर को बंद करने का आवाहन किया गया था। यह सीधे तौर पर जनहित का मामला था और आम आदमी से सीधे जुड़ा था। पहल प्रभात खबर की थी।

22 मई, 1992 के अंक में प्रभात खबर ने ऐतिहासिक कदम उठाया। राँची शहर के लोग पानी और बिजली के लिए तरस रहे थे, इसलिए स्थिति की भयावहता को बताने के लिए प्रभात खबर ने 22 मई का संपादकीय खाली छोड़ दिया था। चैंबर आफ कॉमर्स ने भी प्रभात खबर से यह आग्रह किया था। संपादकीय खाली छोड़ना पत्रकारिता में जनतांत्रिक विरोध का सबसे बड़ा अधिकार है। आपातकाल या किसी बड़ी घटना में विरोध दर्ज कराने के लिए इस हथियार का उपयोग किया जाता है। प्रभात खबर ने जनता को पानी-बिजली नहीं देने के विरोध में इस हथियार का उपयोग किया था। सिर्फ संपादकीय को खाली छोड़कर प्रभात खबर शांत नहीं बैठा। एक एक्टिविस्ट के रूप में प्रभात खबर की टीम मैदान में उतर चुकी थी।

इसी बीच एक बड़ी घटना घट गई। पानी-बिजली के लिए जब प्रदर्शन हो रहा था तो राँची के तत्कालीन एस.एस.पी., सी.आर. कासवान ने प्रभात खबर के छायाकार बापी को पीट दिया था। पानी-बिजली की माँग कर रहे लोगों को जब पुलिस पीट रही थी तो बापी उसे कैमरे में कैद कर रहा था। उस समय शशि भूषण राय कांग्रेस के नगर अध्यक्ष थे। उनकी अगुवाई में कांग्रेस पानी-बिजली के लिए प्रदर्शन कर रही थी। जब पुलिस की लाठी चली तो बाकी कांग्रेसी वहाँ से भाग गए लेकिन शशि भूषण डटे रहे। पुलिस

ने उन्हें घेर कर मारा था। पुलिस का गुस्सा बापी पर भी निकल गया। बापी को न सिर्फ पीटा गया बल्कि कैमरा भी छीन लिया गया। इस पूरी घटना ने राँची शहर को आंदोलित कर दिया था। प्रभात खबर भी आक्रामक तेवर में था और जनता के साथ मिलकर पुलिस व प्रशासन के खिलाफ खड़ा था। आमतौर पर अखबार जनता को सड़क पर उतरने के लिए सीधा आवाहन नहीं करता। बहुत हुआ तो माहौल बनाता है, खबरों में प्रमुखता देता है, लेकिन प्रभात खबर ने 22 मई, 1992 के अंक में पृष्ठ एक पर विज्ञापन छापकर इस प्रकार का खुला आवाहन कर दिया—

आवाहन

बिजली-पानी की समस्या से उत्पन्न संकट से जनता को आगाह करने के क्रम में कर्त्तव्य निर्वाह के दौरान छायाकार बापी के साथ पुलिस ने जो ज्यादती की, उसके विरोध में हम आपसे (सभी नागरिकों, राजनीतिक दलों के सजग कार्यकर्ताओं, जनप्रतिनिधियों, बुद्धिजीवियों, वकीलों, व्यावसायियों, महिलाओं, अध्यापकों, सरकारी कर्मचारियों, युवकों और डाक्टरों आदि) निवेदन करते हैं कि आप सुबह 9 बजे से अल्बर्ट एक्का चौक पर एकत्र हों। वहाँ से हम एक संयमित जुलूस के रूप में कमिश्नर कार्यालय तक जाएँगे, जहाँ एक सभा के बाद जुलूस समाप्त हो जाएगा।

—निवेदक, प्रभात खबर

पत्रकारिता में शायद ही ऐसे उदाहरण हों जब किसी अखबार द्वारा जनता को सीधे सड़क पर उतरने के लिए निवेदन किया गया हो। प्रभात खबर के आवाहन पर राँची में हजारों लोग सड़कों पर आ गए। इससे यह संदेश गया कि प्रभात खबर जनता की लड़ाई न सिर्फ अखबारों के माध्यम से लड़ रहा है, बल्कि सड़कों पर भी वह जनता के साथ खड़ा है। यह मामला काफी बढ़ गया। जनता का आंदोलन इतना उग्र तेज हो गया कि पटना में बैठी सरकार हिलने लगी थी। तब लालू प्रसाद बिहार के मुख्यमंत्री थे। उन्होंने अपने ऊर्जा मंत्री विजेंद्र प्रसाद यादव को अपना दौरा रद कर आपात स्थिति में राँची जाने का आदेश दिया। राजकीय विमान से ऊर्जा मंत्री राँची आए और उन स्थानों का भी निरीक्षण किया जहाँ टावर मरम्मत का काम चल रहा था। मंत्री ने सारा गुस्सा समाचार-पत्रों (खासकर प्रभात खबर) पर निकाला। बयान दिया कि समाचार-पत्रों ने आक्रोश भड़काया। यह खबर भी 20 मई के अंक में छपी थी। मंत्री का बयान खुद भड़काने वाला था। कहा था कि पत्रकारों से कोई बात नहीं करेंगे, समाचार-पत्रों में छपने से स्थिति सामान्य नहीं हो जाएगी, अखबारों में जितनी खबरें छपेंगी, सरकार उतनी ही मजबूत होगी। उनका यह बयान बता रहा था कि जनता के दबाव से सरकार

पर क्या असर पड़ रहा था। उस दिन गुस्से में ऊर्जा मंत्री जो बोल रहे थे, वह इस बात का सबूत था कि दक्षिण बिहार (झारखंड क्षेत्र) की उपेक्षा होती थी। ऊर्जा मंत्री का बयान था—आखिर राँची है क्या? पूरा बिहार सिर्फ राँची तक सीमित नहीं है जो सरकार सिर्फ राँची के लिए चिंतित रहे। हमें चारो तरफ देखना है। मंत्री जनता के आंदोलन को कुचलना चाहते थे। बयान दिया—जोर शोर से काम चल रहा है। फिर शहर में सड़क जाम और तोड़-फोड़ की क्या जरूरत है। यह सरासर बदमाशी है। मैं इस तरह की हरकतों को बरदाश्त नहीं करूँगा। मंत्री के बयान को प्रभात खबर ने फिर जनता के सामने रखा। जनता फिर गुस्से में आ गई। मंत्री और सरकार जनता के आंदोलन को गलत करार दे रहे थे, धमकी दे रही थे। प्रभात खबर ने दूसरे दिन के अखबार में राँची की जनता की ओर से मंत्री को जवाब दिया—अफसर बरगला चुके हैं बिजली मंत्री को। पानी और बिजली की इस लड़ाई को प्रभात खबर ने न सिर्फ लड़ा बल्कि जनता के सहयोग से जीता भी। प्रभात खबर की ऐसी पत्रकारिता को राष्ट्रीय मीडिया ने भी सराहा। देश के कई प्रमुख अखबारों ने प्रभात खबर की जनहित की पत्रकारिता का उल्लेख किया।

प्रभात खबर

बिजली- पानी के लिए हाहाकार, उद्योग ठप, प्रशासन मौन

रंगामाटी के पास भीषण दुर्घटना, 17 मरे

पुलिस-प्रशासन का तोहफा है यह संकट

Gift Sale 15% OFF

प्रभात खबर ने पानी-बिजली की समस्या को मुद्दा बनाया

इसके बाद प्रभात खबर लगातार स्थानीय खबरों को प्रमुख खबर बनाता रहा। अनेक मुद्दों को उठाया। धीरे-धीरे राष्ट्रीय खबरों को पृष्ठ एक पर स्थान मिलना कम होता गया। तब तक टेलीविजन का पूरे क्षेत्र में प्रभाव जम चुका था। पाठकों ने भी महसूस किया था कि राष्ट्रीय और अंतरराष्ट्रीय खबरें तो उसे टेलीविजन से उसी दिन मिल जाती है तो फिर दूसरे दिन अखबार में उसका इंतजार क्यों करे? उन्हें अपने शहर, अपने प्रांत की खबरें ज्यादा चाहिए थी, प्रभात खबर ने उन्हें यह सुविधा दी। प्रभात खबर ने आम आदमी को केंद्र बनाकर पत्रकारिता की। समाज के असली नायकों को तलाशा, उन्हें खबरों में प्रमुखता दी, देश-दुनिया के सामने लाया और फिर उन्हें सम्मानित भी किया। ऐसे ही एक नायक थे दशरथ माझी, एक ऐसे व्यक्ति जिसने पहाड़ का सीना चीर कर सड़क बनाई, वह भी बगैर किसी के सहयोग के। 2014 में अमीर खान ने उन पर फिल्म बनाई और दुनिया ने इस व्यक्ति को जाना (मरणोपरांत), लेकिन प्रभात खबर ने इससे

23 साल पहले इस नायक को खोज निकाला था। 29 सितंबर, 1991 के प्रभात खबर के साप्ताहिक अंक (रविवार) में 'अकेले ही तोड़ दिया पहाड़' शीर्षक से कवर स्टोरी बनाई थी। इसके लिए राँची कार्यालय में कार्यरत पत्रिका प्रभारी विनय बिहारी सिंह को दशरथ माझी के गाँव भेजा गया था। दशरथ माझी सचमुच नायक थे। इस पहाड़ को छेनी-हथौड़ी से काटने में उन्हें 22 साल लग गए। यह सामान्य घटना नहीं थी। दशरथ माझी जब जवान थे, शादी हो चुकी थी, वे पहाड़ पार के गाँव में काम करते थे। पहाड़ को पार करने के लिए डेढ़ कि.मी. का एक दर्रा था, उसमें से घुसकर जाना पड़ता था। उनकी पत्नी उसी दर्रे से खाना लेकर जाती थी। एक दिन वह खाना लेकर जा रही थी। उसके पास पानी से भरा घड़ा भी था। दर्रे में पत्थरों से टकराकर घड़ा फूट गया, रोटी बिखर गई, उनकी पत्नी का सिर फट गया और खून बहने लगा। उसी हाल में वह पति दशरथ माझी के पास गई। पत्नी के सिर से खून बहता देख और सच्चाई सुनकर उसी समय दशरथ माझी ने तय कर लिया कि वे पहाड़ को चीर कर सड़क बनाएँगे। उन्होंने इस कार्य को अपने जीवन का मकसद बनाया। इस काम को 22 वर्षों में पूरा किया। प्रभात खबर में रिपोर्ट छपने के बाद दशरथ माझी चर्चा में आ गए। 2005-06 में पटना में आयोजित कार्यक्रम में प्रभात खबर ने उन्हें सम्मानित किया। दशरथ माझी पर प्रभात खबर ने 29 सितंबर, 1991 का रविवारीय अंक निकाला था। देश ने उन्हें बाद में जाना। अमीर खान ने उन पर टेलीविजन के लिए एक विशेष कहानी तैयार की।

कैसे एक अखबार की खबर पर पूरा शहर बंद हो सकता है, इसका एक उदाहरण कारगिल युद्ध में शहादत को लेकर है। राँची के नागेश्वर महतो कारगिल युद्ध में शहीद हुए तो प्रभात खबर ने इसे बैनर बनाया। प्रभात खबर से ही लोगों को मालूम हुआ कि उनके अपने शहर राँची का एक लाल नागेश्वर महतो युद्ध में शहीद हो गया था। इस खबर का असर यह था कि उन्हें श्रद्धांजलि देने के लिए पूरा शहर स्वतः बंद रहा था। शहर रो पड़ा था।

सिर्फ शहरी क्षेत्र में ही नहीं, ग्रामीण क्षेत्रों में भी अखबार ने स्थानीय खबरों को प्रमुखता दी। जब कभी निर्दोष लोगों को पुलिस ने पकड़ा, उन्हें मारा-पीटा, किसी को तबाह किया, सरकारी पैसों का दुरुपयोग हुआ, भ्रष्टाचार हुआ, प्रभात खबर ने उसे मुद्दा बनाया और प्रमुखता से छापा। यही प्रभात खबर की ताकत रही। बाद में तो सारे अखबार इसी रास्ते पर चलने लगे। स्थानीय खबरों, प्रांत की खबरों को अखबार में पृष्ठ एक पर जगह मिलने लगी।

□

स्थानीय लेखकों को आगे बढ़ाया

प्रभात खबर ने तय कर लिया था कि स्थानीय खबरों को प्रमुखता देगा। न सिर्फ समाचारों में बल्कि अखबार में संपादकीय पृष्ठ और फीचर पृष्ठ के लिए भी खास रणनीति बनाई। झारखंड से जुड़े लेखों को उन दिनों बहुत प्रमुखता दी गई। झारखंड की भाषा-संस्कृति का मामला हो, यहाँ के आदिवासी जनजीवन का सवाल हो, यहाँ की मूल समस्या का मामला हो, झारखंड आंदोलन से जुड़े लेख हों, प्रभात खबर ने इन्हें प्रमुखता दी। यह काम इतना आसान था नहीं। वैसे लोगों को अखबार से जोड़ना था, जो झारखंड के विषयों के जानकार थे, इसके लिए झारखंडी लेखकों-पत्रकारों, बुद्धिजीवियों से संपर्क कर उन्हें पहले अपने साथ जोड़ा, आग्रह कर झारखंड के मुद्दों पर उनसे लेख-टिप्पणी, कॉलम आदि लिखवाए। ऐसे लोगों में डॉ. अमर कुमार सिंह, डॉ. रामदयाल मुंडा, कुमार सुरेश सिंह, डॉ. बी.पी. केसरी, रोज केरकट्टा, प्रभाकर तिर्की, संजय बसु मल्लिक, दिगंबर हांसदा, सी.आर. माझी, गिरधारी गोंझू, पी.एन.एस. सुरीन, जेवियर डायस, वंदना टेटे आदि प्रमुख थे। युवा लेखकों-पत्रकारों को भी अखबार से जोड़ा, उन्हें

रामदयाल मुंडा

महादेव टोप्पो

बी.पी. केसरी

गिरधारी राम गोंझू

लिखने के लिए प्रेरित किया, मंच प्रदान किया। इनमें दयामनी बारला, हेराल्ड टोपनो, रतन तिर्की, सुनील मिंज, वासवी, महादेव टोप्पो, फिलीप कुजूर, सुषमा कुजूर, मिखाइल डहंगा, ज्योत्सना डांग प्रमुख हैं। इनमें कई नाम ऐसे भी हैं, जिन्होंने राष्ट्रीय स्तर पर काफी नाम कमाया।

प्रभात खबर ने भारतीय स्वतंत्रता संग्राम, झारखंड आंदोलन के नायकों को सामने लाने का भी अभियान चलाया। एक समय ऐसा भी था जब अखबारों में बिरसा मुंडा के जन्मदिन, पुण्य तिथि, हूल दिवस आदि को अखबारों में जगह नहीं मिलती थी, सिर्फ कोरम पूरा किया जाता था। प्रभात खबर ने ऐसे मौकों पर विशेष पृष्ठों या विशेष लेखों का प्रकाशन आरंभ किया। अखबारों में बिरसा मुंडा, सिदो-कान्हू, बुधु भगत, शेख भिखारी, पांडेय गणपत राय, विश्वनाथ शाही, रघुनाथ महतो, पंडित रघुनाथ मुर्मू, लाको बोदरा, जयपाल सिंह, गंगा राम कालुंडिया, निर्मल महतो समेत अपने क्षेत्र के नायकों को खास जगह मिलने लगी। झारखंड आंदोलन के दौरान हुए गोलीकांडों और झारखंड के शहीदों पर अखबार में अनेक लेख छपे। इससे झारखंड के लोगों (आदिवासी-मूलवासियों) का गहरा जुड़ाव हुआ और वे इस अखबार को अपनी आवाज मानने लगे। यह अखबार की सबसे बड़ी ताकत के रूप में उभर कर सामने आया। जब झारखंड राज्य बन गया और यहाँ के विधायकों पर बेईमानी के आरोप लगने लगे, तो प्रभात खबर ने इस क्षेत्र के पुराने सांसदों-विधायकों को खोज-खोज कर निकाला, उनसे बात की और यह संदेश देने का

प्रयास किया कि झारखंड के पुराने विधायकों में कैसी ईमानदारी थी, जनप्रतिनिधियों के चरित्र को मजबूत करने का यह प्रयास था।

अंग्रेजों के खिलाफ झारखंड के आदिवासियों ने सबसे पहले विद्रोह किया था, उनके संघर्ष को पाठकों को बताने के लिए प्रभात खबर ने झारखंड के इतिहासकारों (जो राष्ट्रीय स्तर के हैं—थे) का सहारा लिया। इनमें पुरुषोत्तम कुमार, डॉ. अशोक सेन, डॉ. आई.के. चौधरी, डॉ. दिवाकर मिंज आदि प्रमुख हैं।

□

हर भाषा का सम्मान : एक प्रयोग

प्रभात खबर जिन तीन राज्यों (झारखंड, बिहार और बंगाल) से निकलता है, वहाँ के लोग अपनी भाषा-संस्कृति को लेकर काफी सजग हैं, उसके प्रति सम्मान है और अपनी भाषा को समृद्ध करने के लिए तीनों राज्यों के लोग प्रयासरत रहते हैं। इन तीन राज्यों में दो, यानी झारखंड और बिहार में बड़ी आबादी हिंदी भाषी है। बंगाल थोड़ा अलग है, इसलिए झारखंड और बिहार में हिंदी अखबारों की माँग और प्रसार संख्या बहुत अधिक है।

झारखंड में हिंदी के अलावा क्षेत्रीय भाषा बोलने लिखने वालों की संख्या बहुत ही ज्यादा है। झारखंड मूलतः एक आदिवासी बहुल राज्य रहा है। यहाँ संथाल, मुंडा, उरांव, हो, पहाड़िया, बिरहोर समेत अनेक जनजातियाँ रहती हैं। उनकी भाषा में भिन्नता है। इसके अलावा झारखंड में बड़ी संख्या में मूलवासी (गैर-आदिवासी, जो लंबे समय से यहाँ रहते हैं) हैं। इनमें कुड़मी प्रमुख हैं। झारखंड के कई जिलों में नागपुरी, खोरठा, कुरमाली, पंचपरगनिया बोली जाती है। समय के साथ-साथ झारखंड में बाहर से आने वाले गैर-आदिवासियों की संख्या बढ़ी है। इनमें बिहार और उत्तर प्रदेश के लोग शामिल हैं। इनकी भाषा भोजपुरी रही है। मैथिली बोलने वाले लोगों की संख्या भी अच्छी खासी है। झारखंड के कई जिलों में बंगालियों की आबादी अच्छी रही है, खासतौर पर जमशेदपुर, राँची, देवघर, हजारीबाग आदि शहरों में। प्रभात खबर ने प्रयास किया कि अखबार में सभी को जोड़ें, इसके लिए नए-नए प्रयोग किए गए।

हिंदी का अखबार होने के बावजूद प्रभात खबर में क्षेत्रीय भाषाओं में साप्ताहिक कॉलम की शुरुआत की गई। राज्य बनने के बहुत पहले, यानी 1992-93 से ही यह प्रयास आरंभ हो गया था। नागपुरी, खोरठा, मुंडारी, कुड़ुख भाषा में साप्ताहिक कॉलम छपते थे। जमशेदपुर संस्करण ने 'हो' भाषा में कॉलम चलाया क्योंकि सिंहभूम के बड़े हिस्से में हो भाषा का प्रचलन ज्यादा है। इसे कुदादा लिखते थे। प्रभात खबर ने बिहार-यूपी, मिथिला क्षेत्र से आए लोगों की भावनाओं का खयाल करते हुए भोजपुरी और मैथिली में भी कॉलम चलाया। इन भाषाओं को समृद्ध करने का जब भी अवसर आया, प्रभात खबर ने हर संभव प्रयास किया।

प्रभात खबर

चंद्रघंटा दुर्गा का ध्यान

ईद मुबारक

सामूहिक भाव

आज एटमी डील सीनेट से होगा पास

ऊर्दू को दी प्रमुखता

झारखंड में मुसलिम समुदाय की आबादी अच्छी है, ये लोग लंबे समय से झारखंड में हैं और इनमें से अधिकांश तो झारखंडी भाषा ही बोलते हैं। उर्दू तो उनकी भाषा है ही। वे भले ही नागपुरी, हिंदी या अन्य झारखंडी भाषा बोलते हैं, लेकिन जब हिंदी अखबार में उर्दू में कोई संदेश छपे तो उसका आकर्षण अलग होता है, वह चर्चा का विषय होता है। मुसलिम समुदाय भी प्रभात खबर का एक बड़ा पाठक वर्ग है। ईद उनका सबसे महत्त्वपूर्ण त्योहार है। ईद के अवसर पर तो हर अखबार मुसलमान भाइयों को मुबारकवाद देता है, लेकिन प्रभात खबर ने इसमें अनूठा प्रयोग किया। ऐसा ही एक प्रयोग 2009 में किया गया था, 20 सितंबर, 2009 को जब ईद का चाँद दिखा। तय हो गया कि 21 को ईद होगी। उस दिन के अखबार में (जमशेदपुर संस्करण) टॉप बाक्स ईद की खबर बनी, जिसमें मुसलमान भाइयों को ईद का मुबारकवाद और ईद का संदेश दिया गया था। इसकी खासियत यह थी कि यह हिंदी में नहीं बल्कि उर्दू में लिखा गया था, ऐसा प्रयोग पत्रकारिता में शायद ही कभी हुआ हो। इसे लोगों ने काफी सराहा था।

झारखंड में सिखों की आबादी कई जिलों में अच्छी है, जमशेदपुर, राँची, मेदिनीनगर, बोकारो, हजारीबाग वे शहर हैं, जहाँ सिखों की संख्या काफी है। बैसाखी सिखों का बड़ा पावन त्योहार है। अगर बिहार की बात करें तो पटना का तो सिखों के साथ गहरा नाता रहा है। प्रभात खबर बैसाखी पर पहले भी विशेष अंकों का प्रकाशन करता रहा है। 13 अप्रैल, 2007 का अंक खास बैसाखी का अंक था। अनेक लेख थे, बैसाखी पर कविताएँ थीं, लेकिन इस अंक के कवर पृष्ठ की हेडिंग गुरुमुखी में थी। ऐसा गुरुमुखी को सम्मान देने के लिए किया गया था। इस प्रयोग की काफी सराहना हुई थी।

झारखंड में हर साल बांग्ला नववर्ष बड़े ही धूमधाम से मनाया जाता है। नववर्ष के इस मौके पर प्रभात खबर विशेषांक निकालता रहा है। इसमें बंगाली समुदाय के प्रमुख लोगों के विवरण के अलावा अन्य लेख होते हैं। प्रभात खबर का लगभग पूरा अंक बांग्ला में निकलता है। इसकी लिपि भी बांग्ला होती है। इसे प्रभात खबर के मुख्य संस्करण के साथ बाँटा जाता है। ऐसे प्रयोग से बंगाली समाज और प्रभात खबर को और करीब आने

गुरुमुखी में निकाला गया बैसाखी का अंक

का अवसर मिलता रहा है। जमशेदपुर में श्री लेदर प्रा.लि. के शेखर डे ऐसे मौके पर बांग्लाभाषा को समृद्ध करने में बड़ी भूमिका अदा करते रहे हैं। बांग्ला अंक को आगे बढ़ाने में उनका बड़ा योगदान रहा है।

भारतीय स्वतंत्रता संग्राम में भी बंगालियों का बड़ा योगदान रहा है। बंगाल के क्रांतिकारियों को जब अंग्रेज सरकार बंगाल में खोजती थी, तो वे भाग कर सिंहभूम, राँची, हजारीबाग, देवघर में छिप जाते थे। स्वतंत्रता की लड़ाई लड़ रहे लोगों को प्रशिक्षित करते थे। उस समय से बंगाल और झारखंड का करीबी संबंध रहा है। जमशेदपुर, राँची की दुर्गा पूजा में भी बांग्ला संस्कृति की झलक मिलती है। प्रभात खबर ने प्रयास किया कि यह संबंध और मजबूत हों। इसके लिए प्रभात खबर ने 2008 में राँची में बांग्ला मेला का आयोजन किया। इस मेले में बांग्ला संस्कृति पर जोर दिया गया था। प्रभात खबर के आग्रह पर डोना गांगुली (सौरभ गांगुली की पत्नी) ने इस मौके पर राँची आकर विशेष नृत्य प्रस्तुत किया था।

बांग्ला में निकाला गया खास अंक

पश्चिम बंगाल के पूर्व मुख्यमंत्री और प्रसिद्ध वाम नेता ज्योति बसु का जब निधन हुआ, प्रभात खबर ने विशेष सामग्री दी, नया प्रयोग किया। ज्योति बाबू देश की बड़ी हस्ती थे। दूसरे दिन के अखबार में प्रभात खबर के पृष्ठ एक की यह लीड खबर थी, इसकी हेडिंग थी—'रइलेन ना ज्योति बाबू'। हिंदी अखबारों में बांग्ला भाषा में हेडिंग देने का उदाहरण विरले ही मिलता है। इस हेडिंग ने लोगों के दिलों को

छू लिया था। ये अनूठे प्रयोग थे।

सरहुल और करमा झारखंड के बड़े त्योहार हैं। आदिवासियों और मूलवासियों के त्योहार हैं। प्रभात खबर वैसे तो इन दोनों त्योहारों का बड़ा कवरेज करता रहा है, सरहुल के मौके पर विशेषांक या विशेष पृष्ठ भी निकालता रहा है। इसमें झारखंड की संस्कृति की पूरी झाँकी रहती है। झारखंड समाज के प्रमुख लोगों के जानकारीपूर्ण लेख इसमें रहते हैं। इसका फायदा सिर्फ झारखंड समाज को ही नहीं मिलता बल्कि यहाँ रह रहे दूसरों प्रांतों से आए लोगों को झारखंड की संस्कृति को समझने का मौका भी मिलता है। करमा पर तो विशेष पृष्ठ का आयोजन किया ही जाता है।

आउर कतना फोकना फूली?

नागपुरी बोली में सहिया कर गोइठ

राकेश रमण

नागपुरी में प्रकाशित कॉलम

प्रभात खबर बहुत दिनों से झारखंडी समाज, झारखंड की कला–संस्कृति, यहाँ के महत्त्वपूर्ण व्यक्ति, यहाँ की प्रमुख भाषा, ऐतिहासक घटनाओं, झारखंड के ऐतिहासिक स्थल, विरासत की जानकारी देने के लिए 'माय माटी' नाम से साप्ताहिक पृष्ठ निकालता रहा है। इसमें झारखंड के आदिवासी–मूलवासी समाज के संबंध में जानकारी रहती है। प्रभात खबर एक लंबे समय से इस पृष्ठ का उपयोग झारखंड की परंपराओं, व झारखंडियों की प्रतिभा को पहचानने और आगे बढ़ाने के लिए करता रहा है।

एकटा बुड़िबक बापक 'बाप रे बाप'

मैथिली भाषा में गप-गोष्ठी

कने इन्हरो

सुरेंद्र पाठक

मैथिली में प्रकाशित कॉलम

नागपुरी झारखंड की प्रमुख भाषा है और इसके बोलने वालों की संख्या बहुत ही ज्यादा है। कहा जाए कि झारखंड की यह संपर्क भाषा भी है तो गलत नहीं होगा। आदिवासी हों या गैर-आदिवासी, राँची के आसपास के बड़े इलाके में नागपुरी बोली जाती है। प्रभात खबर ने नागपुरी को और समृद्ध करने, इसका सम्मान करने के लिए नागपुरी भाषा में लंबे समय तक एक साप्ताहिक कॉलम चलाया। कॉलम का नाम था 'सहिया कर गोइठ', जिसे राकेश रमण लिखा करते थे। सामयिक विषयों पर नागपुरी में टिप्पणी करना इसकी खासियत थी।

मुंडारी भाषा में कॉलम आरंभ करने का श्रेय मंजीत सिंह संधू को जाता है। वे मुंडा नहीं थे, सिख थे, लेकिन मुंडारी भाषा के गहरे जानकार थे। उन्होंने प्रभात खबर में मुंडारी में कॉलम चलाया, जिसका हिंदी अनुवाद भी प्रकाशित किया जाता था। प्रह्लाद तिर्की कुडुख भाषा में 'आवाज' कॉलम लिखते थे। मैथिली में लंबे समय तक सुरेंद्र पाठक ने 'कने इम्हरो' कॉलम लिखा, लंबे समय तक यह कॉलम चला जिसकी काफी माँग रहती थी।

मुंडारी

चि अबू इतुअना?

मंजीत सिंह संदू

जोअर! सिरमा 1585 रे छोटानागपुर रेन राजाए तुडकू मुगल राजा अकबराः लतर गे तयकेनाए, सिरमा 1765 रे ने दिसुम ईग्रज इस्ट इंडिया कंपनी लतर हिजुः लेना. सिरमा 1765 जकेद गोटा-पुरः दिसुम रे ईंग्रेजी राज होबा जना. सिरमा 1770 रे चूअर आंदोलन, 1831 रे कोल आंदोलन, 1832-33 रे भुमिज आंदोलन, 1855 के संतल हुल, 1870-90 मुण्डा हुल, 1895-1900 रे बिरसा मुण्डा हुल ओडोः 1914 एते 1947 जकेद टाना भगत हुल होबा लेना. सिरमा 1910 रे डॉ राजेंद्र प्रसाद बिहारी छात्र काअः संगठन ए बई ला. सिरमा 1915 रे किरतान आदिवासी कोअः, छोटानागपुर उन्नति समाज नुतुम रेन मियद् संस्था बई जना. सिरमा 1920 रे ने संस्था सरकारी दफ्तर एते पूराः पूराः कामी नं. अचु ए नम जना. सिरमा 1938 रे आदिवासी महासभा सिदा थिओडोर सुरिन, तयोम ते 'मरंग गोमके' जयपाल सिंह. अः देंगा उम्बुल लतर तिंगु-रकब् लेना. सिरमा 1950 रे झारखंड पार्टी बई जना. सिरमा 1952 रे स्टेट रि-ओरगेनाईजेशन कमीशन रे झारखंड राज्य नं. जारकण्ड पार्टी सकम कागज को एम लाःए. सिरमा 1952 चुनाव रे जारकण्ड पार्टी कोअः 32 विधायक को साला लेना को. सिरमा 1963 रे जयपाल सिंग जारकण्ड पार्टी, दिकु पार्टी कांग्रेस के बोलो रिका लः, एना दो मरंग चिटा तयकेना-सिरमा 1973 रे झारखण्ड मुक्ति मोर्चा, सीबू-सोरेन आयाः देंगा-उम्बुल लतर रकब् लाःए.

सिरमा 1987 दांगडा कोअः पाटी आजसू बई जना. सिरमा 1966 रे अखिल भारतीय आदिवासी विकास परिषद बई जना. सिरमा 1967 रे झारखण्ड पार्टी तला रे हटिङ. होत्रा जना. सिरमा 1967 रे गे आल इण्डिया झारखण्ड पार्टी बई जना. सिरमा 1967 रे गे बिरसा सेवा दल बई जना. सिरमा 1968 रे हुल झारखण्ड पार्टी बई जना. सिरमा 1970 रे बिहार प्रोग्रेसिव हुल झारखण्ड पार्टी बई जना. सिरमा 1987 रे झारखंड सामान्य समिति बई जना. 1988 रे क्षेत्रिय सरकार बई जना. सिरमा 1990 रे झारखंड वनांचल एक्शन कमिटि बई जना. सिरमा 1991 रे युवाईटेड झारखण्ड पार्टी बई जना. सिरमा 1992 रे झारखंड पिपुल्स पार्टी बई जना. सोबेर रोकोम रेअः कामी होबा जना, ओडो. पार्टी को बई जना- मेन्दो झारखण्ड का बई जना- जोअर!

मुंडारी में प्रकाशित साप्ताहिक कॉलम

भोजपुरी भाषियों को जोड़ने के लिए प्रभात खबर ने 'भोजपुरी गाँव-जवार' नामक कॉलम चलाया। वरिष्ठ पत्रकार ओम प्रकाश अश्क इसे लिखा करते थे। राजस्थानी समाज के लिए जमशेदपुर निवासी मनोहर लाल गोयल ने राजस्थानी व्यंग्य कई वर्षों तक लिखा जो काफी लोकप्रिय हुआ। हेराल्ड एस तोप्पनो हिंदी में ही जंगल गाथा कॉलम लिखते रहे। यह एक साप्ताहिक कॉलम था। इसमें झारखंड में रहने वाले लोगों की जमीनी हकीकत की रिपोर्ट रहती थी।

□

पत्रों की पत्रकारिता का असर

पत्रकारिता में एक दौर वह भी था जब देश के प्रभावशाली व्यक्ति भी अखबारों में संपादक के नाम पत्र कॉलम में अपने विचार भेजते थे। पुराने अखबार और पुरानी पत्रिकाएँ इसकी गवाह हैं। तब अखबार उन्हें महत्त्व भी देता था। संपादक के नाम में समस्या छपने पर सत्ता में खलबली तक मच जाती थी। बाद में एक दौर वह भी आया जब पाठकों की रूचि पत्र भेजने में खत्म हो गई। ऐसा इसलिए क्योंकि अखबारों और पत्रिकाओं ने पाठकों के पत्रों को महत्त्व देना बंद कर दिया, उन्हें कूड़े में फेंकना आरंभ कर दिया। सच यह है कि पाठकों के उन पत्रों से अखबारों और पत्रिकाओं को समाज में घट रही घटनाओं की आहट मिलती थी।

प्रभात खबर पाठकों के पत्रों के महत्त्व को समझता था। उसने तय कर लिया था कि वह पाठकों के पत्रों को अधिक-से-अधिक महत्त्व देगा, न सिर्फ संपादकीय पृष्ठ पर पत्रों के कॉलम में बल्कि अखबार के महत्त्वपूर्ण पन्नों पर भी। यह सच है कि हिंदी पत्रकारिता में प्रभात खबर ने पाठकों के पत्रों को जितना महत्त्व दिया, शायद ही किसी अखबार ने दिया होगा। यह एक नया प्रयोग था। पाठकों के पत्रों को महत्त्व देने का कारण था प्रभात खबर की पत्रकारिता का आधार। प्रभात खबर जनहित और मुद्दों की पत्रकारिता करता रहा है। ऐसी पत्रकारिता में पाठकों की प्रतिक्रिया का महत्त्वपूर्ण स्थान होता है। अखबार पाठक के विचार से सहमत हो या असहमत, यह एक अलग विषय है, लेकिन उस पाठक की राय को अखबार में उचित स्थान देना भी अखबार का दायित्व है। प्रभात खबर इसी धारणा को मानता रहा। इसी क्रम में अनेक ऐसे अवसर आए, जब किसी पाठक ने नाम बदलकर या उपनाम से ज्वलंत मुद्दों पर पत्र लिखा, प्रभात खबर ने उसे भी उचित सम्मान दिया। जब इन पत्रों की प्रतिक्रिया में कोई पत्र आया तो उसे भी प्रकाशित किया गया। इसी प्रभात खबर में ईशान करण, पी जोसफ या एक कुजात के पत्र छपते रहे हैं। कुछ पत्र तो काफी तीखे थे, सत्ता या व्यवस्था के खिलाफ थे, ये काफी चर्चित पत्र रहे हैं और पाठकों ने इन्हें काफी पसंद भी किया है। ऐसे पत्रों को प्रकाशित करना भी साहस का काम है। अब समय बदला है और अधिकांश अखबार पाठकों के कड़े पत्रों को छापने व सत्ता

की नाराजगी लेने से बचते हैं। कुछ अपवाद तो हैं ही।

आमतौर पर यह धारणा रही है कि पाठकों के पत्रों को छोटा स्थान ही मिल पाता है। अनेक ऐसे अवसर आए, जब प्रभात खबर ने संपादकीय पृष्ठ पर लेख छापा लगभग पूरे पृष्ठ का। उसके बाद पाठकों ने उसका जवाब दिया, वह भी उसी प्रमुखता से उसी पृष्ठ पर (कई बार तो पूरे-पूरे पेज) छपा। कुछ ऐसे भी अवसर आए, जब प्रभात खबर को किसी पाठक ने अपनी पीड़ा विस्तार से लिखकर भेज दी, भले ही वह एक व्यक्ति की पीड़ा रही हो, लेकिन जब प्रभात खबर ने महसूस किया कि वह विषय पूरे समाज को प्रभावित करने वाला है, तो उस पत्र को पूरा सम्मान दिया गया। कोई और अखबार होता तो शायद उन पत्रों के आधार पर छोटी सी खबर बनाकर उसकी खानापूर्ति कर देता या फिर उस पत्र को पत्र कॉलम में छाप देता। प्रभात खबर ने पाठकों के पत्रों को अपनी पत्रिका की कवर स्टोरी बनाने का भी साहस दिखाया। यह पत्रकारिता में बिल्कुल नया प्रयोग था। बाद के वर्षों में प्रभात खबर ने पाठकों के पत्रों को एक पृष्ठ पर एक साथ छापने का भी निर्णय लिया। पंद्रह दिनों में सिर्फ पत्रों के लिए एक पृष्ठ जगह देना हिंदी पत्रकारिता में साहस का काम है, यह काम प्रभात खबर ने किया। इतना ही नहीं, जब देश में पत्र लिखने की पाठकों की रुचि कम होने लगी तो उसे जीवित करने के लिए प्रभात खबर ने पहल की। पाठकों के पत्रों को पुरस्कृत करने का निर्णय लिया ताकि उनमें जुनून पैदा हो। ये छोटे-छोटे प्रयास सार्थक साबित हुए।

सरकार, हम और उग्रवाद

कहां जाएं, क्या करें

एक व्यथित व्यक्ति द्वारा लिखा यह पत्र हमें डाक से मिला. यह पत्र एक मार्मिक दास्तान है उस व्यक्ति की, जो अपनी मेहनत और प्रतिभा से अपने गांव में सम्मानपूर्वक जीवन जीना चाहता है, परंतु जी नहीं पा रहा. यह पत्र स्वतः सारी स्थिति बयान करता है. प्रशासन, पुलिस, समाज बदलने का सपना देखनेवाले और हम सब समाज की इस स्थिति पर आत्मविश्लेषण करें, इसी उद्देश्य से यह पत्र प्रकाशित किया जा रहा है. –संपादक

एक युवा भुक्तभोगी का पत्र

मेरा घर बीहड़ जंगलों के बीच स्थित है. मैं एक ग्रामीण साधारण इंसान हूं. आइए पास एवं कंपाउंडरी ट्रेंड, परंतु नौकरी नहीं मिली. अतः कुछ दिनों तक किसान का जीवन, फिर कुछ वर्षों तक कंपाउंडरी कर परिवार का भरण-पोषण करनेवाला, पुनः कुछ समय के लिए ठेकेदारी करके जीवन व्यतीत करनेवाला और अब अंत में हार कर बेकाम शेष पेज 11 पर

बहाली में गड़बड़ी के खिलाफ प्रभात खबर में छपा पत्र

कुछ चर्चित पत्रों की यहाँ चर्चा होगी। पहले चर्चा करें वर्ष 1993 की एक घटना की। एक युवती ने प्रभात खबर को एक पत्र लिखा कि कैसे उसके साथ उसकी भाभी के भाई ने होली के दिन बलात्कार किया। वह युवती मानसिक तौर पर काफी परेशान थी और अपने दर्द को बाँटना चाहती थी। उसे कोई साथी नहीं मिल रहा था। सामने आकर बोलने की वह हिम्मत नहीं कर पा रही थी। ऐसी स्थिति में उसने प्रभात खबर को विस्तार से एक पत्र लिखा और इसे छापने का भी आग्रह किया, ताकि किसी और युवती के साथ ऐसी घटना नहीं घटे। प्रभात खबर ने महसूस किया कि उक्त पत्र को प्रमुखता से छापना

चाहिए। अंततः उस पत्र को प्रभात खबर की साप्ताहिक रविवारीय पत्रिका (23 मई, 1993) की कवर स्टोरी बनाया गया। 1993 का वह पत्र आज भी सामयिक है। समाज में युवतियों के साथ कैसा व्यवहार किया जाता है, उसका उस पत्र में उल्लेख है, इसलिए ऐसे पत्रों का आज से 30–35 साल पहले भी महत्त्व था, आज भी है और आगे भी रहेगा। हाँ, यह सही है कि प्रभात खबर ने उस युवती का नाम नहीं छापा था। पत्र इस प्रकार है—

पत्र-(1) मेरी भाभी के भाई ने मेरे साथ बलात्कार किया

एक पीड़ित महिला के पत्र के आधार पर प्रभात खबर में छपी कवर स्टोरी

12 मई, 1993 की शाम प्रभात खबर को यह पत्र मिला। इस सड़ रहे माहौल में इस पत्र की गंभीरता, मार्मिक उद्वेलन और बेचैन करने वाले सवाल कहाँ तक लोगों को मथ पाएँगे, यह द्वंद्व उभरा। क्या इसके प्रकाशन से उस पीड़ा की मनोभावना के साथ न्याय हो पाएगा, जिसके तहत यह लिखा गया है? क्या इस उपभोक्तावादी समाज में उपभोग वस्तुओं की तरह प्रस्तुत की जाने वाली महिलाओं के साथ इससे न्याय होगा? ऐसे असंख्य सवाल उभरे, पर आप पाएँगे कि धर्मयुग के अंक 'कलमुँही तू मर क्यों न गई' (बलात्कार के संदर्भ में) के तहत उठे सवालों ने इस उत्पीड़ित लड़की को आत्मदर्द लिखने के लिए प्रेरित किया। प्रेरणा का आग्रह कितना व्यापक था, इसे भी आप पत्र में पढ़ेंगे। यह उत्पीड़ित लड़की चाहती है कि दूसरी महिलाएँ-लड़कियाँ उसके इस दुःखद हादसे से अनुभव ग्रहण करें। सचमुच इस स्वार्थ भरे समाज में भी भारतीय महिलाओं की व्यापक सोच, संकीर्ण पुरुषों के आगे उदार और व्यापक है। पत्र में उक्त उत्पीड़ित लड़की ने उल्लेख किया है कि वह नाम सही लिख रही है, पता गलत। प्रभात खबर इस मूल पत्र से उस नाम और ऐसे दूसरे संकेत जिनसे उस लड़की की पहचान मिल सकती है, निकालकर इस पत्र को हू-ब-हू प्रकाशित कर रहा है। यह पत्र मामूली नहीं है, बल्कि मौजूदा सभ्यता, नैतिकता और समाज के सारे संकट इसमें

छिपे हैं। एक बर्बर और अमानवीय समाज के संकेत हैं। अवसादपूर्ण और अंधकार भरे भविष्य के पदचाप सुनाते हुए···

रविवारीय पत्रिका का 23 मई, 1993 का अंक···

मैं एक लड़की हूँ, औरत भी हूँ, मेरी माँ भी है, मैं भी माँ हूँ, नारी का अधिकतम स्वरूप मैं पा चुकी हूँ, साथ ही समाज में परिवार ने बहू और बेटी का दर्जा दिया है। मैं मध्यमवर्गीय परिवार की एक बेटी हूँ। तीन बहनें, बहनों में सबसे बड़ी मैं, एक भाई भी है, जो सबसे बड़ा है, दो बेटों की चाह में शायद तीन बेटियाँ आ गईं और बोझ बन गईं। उपेक्षा और कड़े अनुशासन के कारण दब्बू भी बनी, बिना किसी विरोध के इसे स्वीकार भी किया। मैं बी.ए. पार्ट थ्री की छात्रा हूँ। मेरे पिता एक कारखाने में कार्य करते हैं। हमारे समाज ने मुझे बहुत कुछ दिया और वह भी दिया, जिसकी बात या तो सुनती थी या पढ़ती थी पर कभी सोच नहीं पाती थी कि मेरे साथ भी वैसा हो सकता है और हुआ मेरे साथ बलात्कार···।

आज मैं टूट चुकी हूँ मैं किसी से कह नहीं सकती। यह बात लेकर मैं घुट-घुटकर जी रही हूँ, तो मेरे मनोविज्ञान में सिर्फ एक बात आ रही है—आत्महत्या। कुछ समझ में नहीं आ रहा था कि संयोगवश धर्मयुग का एक अंक 'कलमुँही तू मर क्यों न गई' सहेली से मिला। मैंने उसमें बलात्कार से पीड़ित महिलाओं के बयान पढ़े, तो लगा कि मेरी ही कहानी है, पर धन्य हैं वे महिलाएँ, जो खुलकर बयान दे पाईं। इसके बाद मैंने सोचा कि नीचता तो उस दुष्ट ने की, झेल मैं क्यों रही हूँ? उस धर्मयुग में बहुत कुछ लिखा था। सबकुछ एकदम सच था। उसमें लिखा था कि 67 प्रतिशत मामलों में किसी भी लड़की से बलात्कार उसके नजदीकी संबंधी या रिश्तेदार या पड़ोसी ही करते हैं। मेरा उद्देश्य है, उन सभी लड़कियों, औरतों और नारियों को सावधान करना, जो चरित्रवान हैं, पर वासनामय पुरुष के चंगुल में फँसकर बलात्कार की शिकार होती हैं।

इसी वर्ष होली की घटना है। मैं अपने घर में अकेली थी। माँ-पिता, बहन और भाई सभी रिश्तेदार के घर गए थे। शाम के सात बजे थे। मेरे बड़े भाई की ससुराल भी यहीं है। उनके साले आए। मैंने औपचारिकता निभाई। उन्हें गेस्टरूम में बिठाकर उनके लिए दही-बड़ा और छोला निकालकर ले गई। उनके आगे टेबल पर रखने लगी। उसने पूछा कि आपके वो नहीं आए हैं? मैं बोली नहीं, फिर उसने कहा, पहले होली मना लें, फिर नाश्ता वगैरह। रिश्ता हँसी-मजाक का था। मैं सदैव संकोची रही हूँ, उसने अबीर निकाला गेस्टरूम में चादर साफ थी। मैंने साफ किया था, इसलिए कहा कि यहाँ चादर गंदी होगी, बीच वाले रूम में आ गई। वह मेरी ओर न आकर दरवाजा बंद करने लगा। मैंने कहा, गेस्ट आएँगे, बंद देखकर लौट जाएँगे, मत बंद कीजिए। मैं थोड़ी डरी, वह

बोला, अरे खोलते हैं, अबीर लगाकर। मैं खड़ी थी। उसने कहा–बैठ जाइए चौकी पर, मैं बैठी, पीले रंग का अबीर उसने पूरे मुँह पर लगाकर उसने अपना हाथ सीधे मेरे स्तन में घुसाने का प्रयास किया। मैं अचकचा गई, यह क्या कर रहे हैं आप? और मैं खड़ी हुई। पहला प्रयास दरवाजा खोलकर बाहर भागने का किया, पर उसने कसकर मेरा हाथ पकड़ा, जबरदस्ती धक्का देकर चौकी पर बैठाने लगा। मैं घबरा गई। इस बार सामने मेरा रूम था, जहाँ मैं सोती थी। पूरी ताकत से कहा, आप क्या कर रहे हैं? वह बोला, क्या रखा है आप इतना नखरा कर रही हैं। मैं अपनी पूरी ताकत से रूम की ओर भागी। साड़ी उसके हाथ में थी। आधी साड़ी खुल गई, आधी पकड़ी थी। इस बार मैं गिरी, कैसे, समझ में नहीं आया, पर सिर में चोट लग गई, साड़ी पूरी खुल गई। मैं चिल्लाना चाह रही थी, मैं जानती थी कि रूम से आवाज बाहर नहीं जाती। हाँ, याद आया घर में वह टेप जो उसने दहेज में बहन को दिया था। उसकी आवाज बहुत तेज कर दी। बाहर लगभग सभी के घर गाने बज रहे थे पर क्या करती, पूरा शरीर डर से काँपने लगा। मैं रोने लगी। मैं दोनों हाथ से अपना पैर पकड़े, पक्का पर बैठकर बोली, तीन–चार बार। मैं पैर पड़ती हूँ, मुझे छोड़ दीजिए। कुछ देर वह शांत रहा, एकाएक दोनों हाथ से वह गरदन दबाया और उपर की ओर उठाया। मेरी आवाज रूंध गई। उसने चौकी पर पूरी तेजी से पटक दिया। मेरा पूरा शरीर थरथरा रहा था। मैंने उठने का प्रयास किया। एक हाथ से उसने मेरी गरदन को दबाया, मेरा दम घुटने लगा। मैंने दोनों हाथों से उसका हाथ हटाने का पूरा प्रयास किया। मेरी आवाज बंद हो गई थी। मेरे शरीर पर साया था, सिर्फ पेटीकोट था। कुछ ही देर बाद मैं बेहोश सी हुई। हालाँकि आँख खुली थी, अब मैं क्या लिखूँ, समझ में नहीं आ रहा मैं कलंकिनी हो गई, चरित्रहीन हो गई।

वह उठा, पेटीकोट ठीक किया, साड़ी नीचे से उठाकर मेरे शरीर पर रख दिया और चूड़ी जो फूट गई थी, उन्हें चुनकर बेसिन में डाल दिया, चला गया कुछ बोला, मैं सुन नहीं सकी। उसके जाने के साथ ही मेरा ध्यान टूटा। तेजी से जाकर रूम में बंद हो गई और फूट–फूटकर रोने लगी। सिर्फ पाँच या दस मिनट में मैं क्या से क्या हो गई। उसके बाद पड़ोसी की एक लड़की आई मुझे रोती देख, वह मजाक करने लगी—जीजाजी नहीं आए, इसलिए रो रही हैं। मैं स्तब्ध थी, सच तो कुछ और है। मेरी अपनी भाभी के भाई ने मेरे साथ बलात्कार किया था। मैं क्या करूँ। 9–10 बजे रात तक बहनें आईं, पापा–माँ सभी आए, किसी ने कुछ नहीं पूछा। अगर मेरे सिर में चोट या केहुनी की छिछन के बारे में वे पूछते तो मैं बता देती पर सभी आए और सो गए। मैं रात भर सो नहीं पाई। अब तो सबसे डर लगता है। मैं यह बात किससे कहूँ। अगर सहेली से कहूँ तो पूरी चर्चा का विषय बनेगा। माँ–बाप तो बेटी पर ही ज्यादा शक करते हैं और भाई या भाभी को बताऊँ जो उनका साला या भाई है क्या भाई विश्वास करेंगे? स्कूल के जमाने से सरल थी, जहाँ

से आज तक पिता और भाई की छाया में रही। कहीं भी अकेली नहीं गई। आइए में पढ़ती थी, तब शादी हो गई। छेड़खानी तो हम लड़कियों से खूब होती है, गंदी-गंदी बात टेंपो स्टैंड से लेकर सिनेमा हॉल तक सुनाई जाती थी पर मैंने इन सब पर कभी ध्यान नहीं दिया। मैं लड़की में अच्छी मानी जाती थी, चरित्रहीन लड़कियों से मुझे घृणा होती थी, आदत हो गई थी और दबाव घर से था ही, इस कारण दब्बू थी, कभी किसी स्तर से ना किसी से झगड़ा किया, न विरोध¨।

मैं यह लिख रही हूँ आग्रह के साथ कि इसे छाप दीजिएगा मेरे घर भी प्रभात खबर आता है, इसलिए मुझे लगेगा कि जो लड़कियाँ अपने रिश्तेदार पर विश्वास करती हैं, वे मेरी तरह बलात्कार की शिकार न हों। मैं पढ़ने में कमजोर हूँ। हताशा और घुटन है। बात आप लोगों के लायक नहीं लिख पाई हूँ। सिर्फ ब्याह हो जाए, इसलिए पढ़ा दिया गया, अत: गलती सुधार लेंगे। मैं धर्मयुग के उस अंक से प्रेरणा पाकर आपके अखबार में लिख रही हूँ। नाम सही लिखूँगी, पता नहीं लिखूँगी। सिर्फ शहर का नाम। मैं तो समझ ही लूँगी पता लिखने का साहस नहीं है। तीस वर्ष का तीन-तीन बच्चों का बाप, सुंदर पत्नी का पति मेरे अपने भाई का साला बलात्कार करेगा, अपनी ब्याहता बहन की ननद से, जहाँ उसने अपनी इज्जत भेजी है, वहाँ की इज्जत लूटेगा, यह मेरी सोच से बाहर था। मेरे पति मुझको बहुत प्यार करते हैं। उनसे कहने में डर लगता है क्योंकि पूरी जिंदगी का क्या होगा ? एक बुरा तो झेल नहीं पाई, अगर पति छोड़ देंगे तो क्या करूँगी ? कहाँ जाऊँगी ? मैं सोचती थी कि अगर मेरे साथ कभी ऐसी घटना हुई तो चिल्लाकर लोगों को जुटा लूँगी। मेरी आवाज तेज है कड़ा विरोध करूँगी पर जब विपदा आई, तो हताश हो गई, रोने लगी। मैं उन सहेलियों से माफी चाहती हूँ, जिन्हें मैं दब्बू कहती थी। आज क्या हाल है मेरा ? हमसे अच्छा आप लोग समझते होंगे, आज का समाज मुझे ही दोषी ठहराएगा। उस नीच का मैं क्या कर सकती हूँ, चुपचाप सहन कर लूँगी। बहुत हिम्मत कर के अखबार में लिख रही हूँ, आशा है आप लोग इनसान की तरह सोचेंगे, मेरी गलती क्या है, मेरा दोष कितना है ? सिवाय इसके कि मैंने उसे भईया कहा। एक बार तो राखी भी बाँधी थी, जब वह बहन से राखी बँधवाने मेरे घर आया था। कृपा कर के इसको छाप दीजिएगा। मैं नाम लिख रही हूँ, पता नहीं लिखूँगी क्योंकि आप जानते हैं कि आज मेरी क्या हालत है ? मैं बेबस हूँ, लाचार हूँ, कहीं से कोई सहारा नहीं है।

—एक पीड़िता

इस पत्र को लिखने वाली युवती के साथ दुष्कर्म करने वाला बाहर का व्यक्ति नहीं था, बल्कि परिचित ही था, अपने परिवार का ही था, जिसने रिश्तों की आड़ में होली के मौके पर उसका फायदा उठाया था। प्रभात खबर को ऐसे पत्र भी आए, जिसमें वाहनों में

लड़कियों के साथ हो रही छेड़छाड़ का उल्लेख था। आज भी ऐसी घटनाएँ घट रही हैं। 2008 में एक लड़की ने एक पत्र भेजा था। इस पत्र को 28 जनवरी के अंक में प्रकाशित किया गया था। इसमें एक लड़की ने जिक्र किया था कि कैसे जिस गाड़ी से वह गुमला से अकेले सिमडेगा जा रही थी, उसी गाड़ी के ड्राइवर और उसके सहयोगी ने उसके साथ दुष्कर्म किया था। उस पत्र को भी पढ़िए, प्रभात खबर ने उस पूरे पत्र को प्रमुखता से इसलिए छापा क्योंकि वह आँख खोलने वाला पत्र है। लड़कियाँ चौकस रहें कैसे अकेले आना-जाना जोखिम भरा है, इसकी पुष्टि उस पत्र से होती है कि वह लड़की पढ़ी लिखी थी, प्रोफेशनल्स कोर्स कर रही थी। हादसे के बाद उसने प्रभात खबर को पत्र लिखा, पुलिस अधिकारियों को भी पत्र लिखा। पत्र इस प्रकार है—

पत्र-(2) महाशय गण

मैं एक पढ़ी-लिखी लड़की हूँ। पढ़ाई से संबंधित कार्य हेतु मैं गुमला (28 जनवरी, 2008) दोपहर 12.30 बजे पहुँची। मैं आप सबों को पत्र के माध्यम से बताना चाहती हूँ कि मैं रूरल डेवलपमेंट की फाइनल ईयर की छात्रा हूँ। उसी से संबंधित कार्य हेतु मैं एक एन.जी.ओ. से मिलकर शोध एवं मूल्यांकन का कार्य कर रही थी। इसी क्रम में मुझे सिमडेगा जाना था। मैं गुमला से शाम पाँच बजे सिमडेगा जा रही थी। स्थानीय लोगों ने बताया कि यहाँ से सिमडेगा के लिए शाम में कोई बस नहीं मिलेगी। मैं बस स्टैंड से निकलकर शहर के बीचो-बीच टैक्सी स्टैंड पहुँची। वहाँ पर बहुत सारी बोलेरो गाड़ियाँ लगी हुई थीं। मैंने वहाँ मौजूद लोगों से बात की और अपने बारे में बताया। उनमें से एक बोलेरो गाड़ी का चालक सिमडेगा जाने के लिए राजी हो गया। मुझसे बोला कि आप 10 मिनट रुकिए, मैं आता हूँ। उसने बताया कि आपको सिमडेगा पहुँचाने के लिए 1200 रुपए लूँगा। मैं राजी हो गई। मेरे पास कोई विकल्प नहीं था, क्योंकि मेरी टीम के कई लोग सिमडेगा जा चुके थे। मेरे साथ जो मेरी कलिग थी, वह भी चैनपुर व डुमरी के दौरे पर दोपहर तीन बजे रवाना हो चुकी थी। बोलेरो का ड्राइवर शाम 5.30 बजे स्टैंड पहुँचा और बोला, चलिए मैंने गाड़ी में बैठने के पहले उसका नंबर नोट करना चाहा, पर नंबर प्लेट पर ए/एफ लिखा हुआ था। सिल्वर रंग की गाड़ी थी। बस इतना ही बता सकती हूँ। मुझे लेकर बोलेरो गाड़ी चली और आगे पेट्रोल पंप पर रूकी। ड्राइवर ने मुझसे कहा कि आप पाँच सौ रुपए दीजिए, डीजल भरवाना है, मैंने उसे पैसा दे दिया। गाड़ी में डीजल डलवाने के बाद गाड़ी आगे बढ़ी। मैं गाड़ी में अकेली थी, ड्राइवर को छोड़कर। कुछ दूर गाड़ी पहुँची, मुझे याद है गुमला कॉलेज पार करने के बाद ड्राइवर बोला कि मेरा एक दोस्त है, उसे बैठा लेता हूँ, । आते समय रात हो जाएगी, तब हम लोग साथ लौट आएँगे। मैं कुछ बोलती, उससे पहले ही उसने गाड़ी रोककर अपने दोस्त को बैठा लिया। वे दोनों आपस

में बातें कर हँसने लगे। गाड़ी में टेप बज रहा था। उसने आवाज काफी तेज कर दी। गाड़ी गुमला से 18–20 कि.मी. आगे गई होगी, तभी ड्राइवर ने गाड़ी रोकी। वह अपनी सीट से उतर कर मेरे बगल में बैठ गया और अपने दोस्त को बोला कि गाड़ी तुम चलाओ। उसने गाड़ी का शीशा बंद कर दिया और मेरे साथ अजीब हरकत करने लगा। मेरे साथ छेड़छाड़ करते हुए मुझे कसकर पकड़ लिया, बोला, जो मैं बोल रहा हूँ वही करो, नहीं तो यहीं पर मारकर जंगल में फेंक देंगे, किसी को पता भी नहीं चलेगा। मैं बहुत डरी हुई थी, मेरे साथ उसे जो मन में आया, करता रहा। मेरे कपड़े फाड़ दिए। सारे पेपर इधर–इधर बिखेर दिए। उन लोगों ने मुझे एक जंगल वाले रास्ते में गाड़ी घुसाकर मेरे साथ बारी–बारी से कुकर्म किया। मेरी स्थिति नाजुक थी। उन लोगों ने मुझे रात नौ बजे के करीब सिमडेगा से पहले ही गाड़ी से उतार दिया। मेरी हालत ऐसी थी कि मैं दो कदम भी कहीं नहीं चल पा रही थी। शुक्र है कि मेरा सेल फोन मेरे बैग में था। मैंने सेल फोन से अपने कलिग से बात की। मेरे कलिग्स वहाँ पहुँचे, फिर मुझे अपने साथ सिमडेगा ले गए। मैंने अपने सारे दोस्तों को बता दिया, जो घटना मेरे साथ घटी थी। वे लोग चाहते थे कि मैं सिमडेगा थाना जाकर रिपोर्ट दर्ज कराऊँ, लेकिन मैंने ऐसा नहीं किया, क्योंकि मेरा पूरा भविष्य चौपट हो जाता। मैंने तो अभी जिंदगी की शुरुआत ही की है। वैसे मेरी जिंदगी तो बरबाद हो ही गई है, जिसे मैं कभी भूल नहीं सकती हूँ। मैंने घटना के बारे में अपने माता–पिता को भी नहीं बताया और न ही बताना चाहती हूँ, क्योंकि इस सदमे को मेरे माता–पिता कभी बरदाश्त नहीं कर पाएँगे।

महाशय गण, मैं एक लड़की हूँ और मैं जिस देश में पैदा हुई हूँ, उस देश में नारी का सम्मान बहुत ऊँचा है, लेकिन मुझे बहुत दुःख है कि मेरे साथ इस तरह का कुकर्म किया गया। शायद ही मैं इस सदमे से उबर सकूँ। महाशय गण, विनम्रपूर्वक निवेदन है कि हो सके तो पूरे झारखंड में इस चीज का सख्ती से पालन हो कि जो भी बोलेरो या अन्य वाहन भाड़े पर चलाए जाते हैं, उसका रजिस्ट्रेशन कमर्शियल परपस के लिए हो तथा कौन–कौन सी गाड़ियाँ कहाँ जा रही हैं, उसकी डायरी मेनटेन हो, ताकि जो मेरा हश्र हुआ, वो दूसरों के साथ न हो। मैं सामने इसलिए नहीं आ रही हूँ, क्योंकि में एक संभ्रांत परिवार से आती हूँ, और मेरा भविष्य अंधकारमय हो जाएगा। महाशय गण, मुझे तभी तसल्ली मिलेगी, जब आप सब मेरी इस सलाह को पूर्णतया लागू कर देंगे। मेरी जिंदगी की दाग तो नहीं धुल पाएगी, लेकिन वाहन मालिकों को इसका अहसास तो हो। इस बात को समाचार–पत्र के माध्यम से पढ़ ही लूँगी, तभी अपना छोटा सा प्रयास सफल मानूँगी। याद रहे, इस चीज की पुनरावृति न हो, इसलिए सभी गाड़ियाँ जो भाड़े पर चलती हैं, का कमर्शियल रजिस्ट्रेशन हो और आने–जाने की डायरी मेनटेन हो। मैंने अपना काम कर दिया है, अब आप सबों का काम देखना है। इन्हीं सब बातों के साथ आप सबों की···

—सुमन (काल्पनिक नाम), झारखंड

झारखंड बनने के पहले का मामला हो या बाद का, प्रभात खबर ने भ्रष्टाचार को मुद्दा बनाया। जब झारखंड लोक सेवा आयोग द्वारा की गई नियुक्ति में गड़बड़ी की खबर मिली तो उसे प्रमुखता से छापा। लाखों बेरोजगारों को लगा कि उनके साथ राजनेता-अफसर गद्दारी कर रहे हैं और अपने परिजनों को जे.पी.एस.सी. में भर रहे हैं, बी.डी.ओ.—सी.ओ. और डी.एस.पी. बना रहे हैं। बुंडू के एक युवक (परीक्षार्थी) ने प्रभात खबर को कड़ा पत्र लिखा। इसमें उसने न सिर्फ परीक्षा में गड़बड़ी की बात कही, बल्कि अपनी पीड़ा का जिक्र करते हुए लिखा कि कैसे उसके साथ बार-बार अन्याय किया गया है। अंत में उसने सवाल किया कि ऐसे हालात से निबटने के लिए क्यों न वह नक्सली बन जाए। उस पत्र को प्रभात खबर ने पृष्ठ एक पर छापा था जो काफी चर्चित हुआ था। प्रभात खबर ने टिप्पणी के साथ इस पूरे पत्र को छापा था। एक तरह से परीक्षा में हुई गड़बड़ी के लिए छात्रों को आंदोलन करने और रास्ता दिखाने का भी प्रयास था। पीड़ा भरा यह पत्र हमें एक ग्रामीण युवक ने भेजा है। यह पत्र झारखंड में व्याप्त भ्रष्टाचार से उपजी पीड़ा का एक नमूना है। पत्र यह भी दरशाता है कि युवक क्यों हिंसा के रास्ते के राही बन रहे हैं। यदि यह आग धधकती रही, तो हिंसा की राह अपनाने वालों की सूची लंबी होती जाएगी, जिसे सिर्फ पुलिस की ताकत के जोर पर दबाया नहीं जा सकता। हालाँकि हम मानते हैं कि आंदोलन के गांधीवादी रास्ते का कोई विकल्प नहीं है। हिंसा, हिंसा को ही जन्म देती है और यह सिलसिला अंतहीन होता है, मगर सबसे ज्यादा चिंता की बात है कि सिविल सोसाइटी, राजनीतिक दल आदि के लिए भ्रष्टाचार विचारणीय मुद्दा ही नहीं रह गया है।

असंतुष्ट युवाओं की अनदेखी समाज का संतुलन बिगाड़ सकती है। पत्र में से युवक का नाम और पता हटा दिया गया है, क्योंकि उसने इस पत्र के प्रकाशन के बाद अपनी जान के खतरे में पड़ने के बारे में संकेत दिया है। प्रभात खबर को अनेक युवकों और उनके अभिभावकों ने जे.पी.एस.सी. की हाल की परीक्षा-परीक्षाफल में हुई अनियमितताओं की सूचनाएँ भेजी हैं। बगैर जाँचे इन सूचनाओं के संदर्भ में कुछ भी कहना मुश्किल है, इसलिए युवाओं को प्रभात खबर का सुझाव है कि जे.पी.एस.सी. परीक्षा से संबंधित कोई भी शिकायत हो, तो सीधे झारखंड के महामहिम राज्यपाल को पत्र भेजकर अवगत कराएँ।

—संपादक, प्रभात खबर

पत्र-(3) क्यों न बनूँ मैं नक्सली ?

सेवा में

संपादक, प्रभात खबर, राँची

महाशय,

मैं प्रभात खबर का नियमित पाठक हूँ। जब झारखंड बना तो मन में इच्छा जगी कि अब बिहार का कुशासन खत्म हुआ और हम सब युवक उचित प्रयास से नौकरी लेंगे, परंतु यहाँ पर भी उल्टी गंगा बही। मैंने प्रथम बार जे.पी.एस.सी. में पीटी पास किया और मुख्य परीक्षा में असफल रहा। कारण था, इतिहास के एक पेपर में 40 अंक प्राप्त करना, जबकि इस पेपर में पूरे पाँच प्रश्नों का जवाब मैंने दिया था परंतु जनरल मार्किंग के कारण उल्टी गंगा बही। द्वितीय जे.पी.एस.सी. में पीटी पास किया मुख्य परीक्षा में सफल रहा, साक्षात्कार में असफल बनाया गया। मैं शांति देवी बोर्ड में था। मेरा स्नातक स्तर का विषय भौतिकी था, परंतु भौतिकी से एक भी प्रश्न नहीं पूछा गया, सिर्फ भूगोल से प्रश्न पूछा गया, जबकि भूगोल मेरा विषय नहीं था। मुख्य परीक्षा में मेरा विषय था श्रम एवं सामाजिक कल्याण (एल.एस.डब्ल्यू.) और इतिहास। एल.एस.डब्ल्यू. से एक भी प्रश्न नहीं पूछा गया। इतिहास से कुछ प्रश्न पूछे गए। क्या यह उल्टी गंगा बहाने का तरीका नहीं है। फिर भी दूसरे साक्षात्कार में अच्छा रहा। उम्मीद थी कि चुनाव होगा, पर नहीं हुआ। मन दुःखी हुआ, पर सिस्टम की बात सोचकर चुप रहा। कुछ दिनों पहले प्रभात खबर में जे.पी.एस.सी. नियुक्ति में धाँधली की खबर छपी, मन खुश हुआ कि किस तरह वे लोग (एम.एल.ए., एम.पी, जे.पी.एस.सी. मेंबर) अपने बेटों/बेटियों को नौकरी दे रहे हैं, मैं पूछता हूँ—

1. क्या उनके बेटे-बेटियों को पहले से प्रश्न मालूम नहीं थे ? 2. क्या उन्हें अलग से प्रश्नों के उत्तर नहीं लिखाए गए होंगे, ताकि मेरिट में स्थान पा सकें ? 3. क्या साक्षात्कार में बिना प्रश्न पूछे (या पहले से ज्ञात प्रश्न से) मेरिट लिस्ट में नहीं रखा गया ?

मुझे पता चला कि मंत्रियों के रिश्तेदारों को पहले से प्रश्न-पत्र दिलाया गया। हालाँकि इस करामात का मेरे पास कोई प्रमाण नहीं है क्योंकि हम सब प्रतियोगी सुबह से शाम तक सिर्फ पढ़ाई करते हैं, वे परिणाम की चिंता करते हैं, न कि भ्रष्टाचार का पता लगाने की। आपसे विनम्र निवेदन है कि आप तह तक जाकर इसका पता लगाएँ और समाज को उचित राह दिखाएँ। महाशय मैं बुंडू निवासी हूँ, अतः आप इसे गोपनीय रखें, नहीं तो राजनीतिज्ञों के गुंडों से मुझे खतरा रहेगा।

महाशय, यदि इसकी तह तक आप नहीं जाएँगे, तो मैं एम.सी.सी. ज्वाइन करूँगा तथा एम.सी.सी. के ढंग से विरोध करूँगा। मैं बहुत ही पीड़ा के साथ कुछ सवाल पूछना चाहता हूँ। मैंने अपनी जिंदगी की आधी उम्र (35 वर्ष) सिर्फ पढ़ाई और तैयारी में लगाई (2000-08 झारखंड में) फिर भी अंतिम में छँट गया। यह बात मैं अपने से ज्यादा

दूसरों के लिए लिख रहा हूँ, तो क्या इस सो कॉल्ड एलीट बेईमानी के खिलाफ मुझे कदम उठाना चाहिए? क्या मुझे जे.पी.एस.सी. बिल्डिंग उड़ाना चाहिए? क्या सचिवालय नियुक्ति के घोटालों के लिए पूर्व एवं वर्तमान दोषियों को मारना चाहिए? क्या जे.पी. एस.सी. सदस्य जिनके बेटे-बेटियों का चुनाव हुआ है, उनके खिलाफ काररवाई करनी चाहिए? क्या एम.सी.सी. ज्वाइन करके व्यवस्था बदलनी चाहिए? (आपका विचार हो सकता है कि हिंसा ठीक नहीं है, परंतु नेपाल में हिंसावादी सत्ता में आए)।

क्या इतिहास ने हिंसावादियों को स्थान नहीं दिया है? (नेक काम और सबकी भलाई हेतु हिंसा करने वालों को दिया है) क्या अन्याय करने वालों को मारने में हिंसा का साथ सही है? क्या राम ने रावण को नहीं मारा? (नेक काम के चलते हम इस भगवान् की पूजा करते हैं)।

(नाम न छापें)

झारखंड एक नक्सल प्रभावित राज्य है। हालात ऐसे हैं कि गाँवों में रहना मुश्किल है। ग्रामीण पुलिस और नक्सली के बीच पिस रहे हैं। एक तरफ पुलिस उन्हें मारती है, कहती है कि नक्सली का सहयोगी है, तो दूसरी ओर नक्सली उसे पीटते हैं, पुलिस का मुखबिर कहते हैं। इन हालातों से हर दिन गाँव के लोगों को गुजरना पड़ता है। ऐसे ही एक पाठक का पत्र प्रभात खबर ने 7.9.2008 को प्रकाशित किया था जो जमीनी हकीकत बयाँ करता है। पत्र को छापने के साथ टिप्पणी भी छापी गई थी कि क्यों इस पत्र को छापा जा रहा है। एक व्यथित व्यक्ति द्वारा लिखा यह पत्र हमें डाक से मिला था। यह पत्र एक मार्मिक दास्तान है उस व्यक्ति की, जो अपनी मेहनत और प्रतिभा से अपने गाँव में सम्मानपूर्वक जीवन जीना चाहता है, परंतु जी नहीं पा रहा। यह पत्र स्वतः सारी स्थिति बयाँ करता है, प्रशासन, पुलिस, समाज बदलने का सपना देखने वाले और हम सब समाज की इस स्थिति पर आत्मविश्लेषण करें, इसी उद्‌देश्य से यह पत्र प्रकाशित किया जा रहा है।

—संपादक

पत्र-(4) सरकार, हम और उग्रवाद

कहाँ जाएँ क्या करें

मेरा घर बीहड़ जंगलों के बीच स्थित है। मैं एक ग्रामीण साधारण इनसान हूँ, आइए पास एवं कंपाउंडरी ट्रेंड, परंतु नौकरी नहीं मिली। अतः कुछ दिनों तक किसान का जीवन, फिर कुछ वर्षों तक कंपाउंडरी कर परिवार का भरण-पोषण करने वाला। पुनः कुछ समय के लिए ठेकेदारी करके जीवन व्यतीत करने वाला और अब अंत में हार कर बेकाम अति दयनीय जीवन जी रहा हूँ। अब मेरी जिंदगी कुछ लोगों के हाथों में है। वे या

तो पक्षियों की तरह गोली से भून देंगे या जानवरों की तरह बेरहमी से तड़पा-तड़पाकर मार डालेंगे। मैं समझता हूँ झारखंड में मेरे ही जैसे अनेक लोगों की जिंदगी है। मेरी संक्षिप्त जीवनी कुछ इस प्रकार है।

एक सड़क दुर्घटना में मेरे माता-पिता का निधन हो गया था। अब हमारा परिवार हम दो हमारे दो की गिनती में है। शहर से दूर ग्रामीण क्षेत्र होने के कारण कृषि से प्राप्त आमदनी से बमुश्किल परिवार का भरण-पोषण हो पाता था। प्रखंड से पता चला कि यहाँ की मिट्टी एवं आबो-हवा पोस्ता की खेती के लिए उत्तम है। पोस्ता, यानी अफीम के पौधे से प्राप्त बीज, यानी हमारे खाने की सब्जी का लजीज मसाला, यानी आमदनी का अच्छा स्रोत। गाँव के लोगों के साथ मैंने भी इसकी खेती शुरू की। सफलता मिल गई, बढ़िया जीवन जीने लगा। भविष्य के लिए भी कुछ बचत होने लगी। गाँव खुशहाली की ओर अग्रसर, पर हमारी खुशहाली सरकार को नहीं भाई। वह काला दिन याद है, जिस दिन पुलिसिया अत्याचार शुरू हुआ। पुलिस ने हमारे खून-पसीने से तैयार लहलहाती फसल रौंद डाली और कहा—साले, हरामजादे! जिस फसल पर सरकार बैन लगाई है, उसकी खेती करते हो। लाठी बरसाते हुए हम लोगों को गाड़ी में बिठाया। तीन साल के बाद जेल से छूटकर आए। परिवार की दयनीय स्थिति देखकर रुलाई आने लगी। बेहतर होता, सरकार हमारी फसल खरीद लेती, न कि हमारे मुँह की रोटी छीनती। पूरे गाँव में पोस्ते की खेती बंद और सारा गाँव भुखमरी के कगार पर। अब मैं गाँव में कंपाउंडरी का काम करने लगा। धीरे-धीरे अच्छी आमदनी होने लगी, लेकिन कुछ ही समय बाद पुनः काला दिन आ गया।

जब भी लीक से भटके लोगों के साथ कोई हादसा होता तो हमारे घर को घेर लेते। आँखों में पट्टी बाँधकर गंतव्य स्थान ले जाते, दवा-दारू, मरहम-पट्टी के बाद पुनः घर पहुँचा देते। उनके चोटिल और घायल लोगों का इलाज होने लगा विरोध तो मैं कर नहीं सकता था। मगर, उनके असमय आने और हरकत से मेरे परिवार और पड़ोस में भय व्याप्त हो गया। ना नुकुर करने पर उन्हें हाथ चलाने में थोड़ी भी देर नहीं लगती थी। कुछ अंतराल बाद पुलिस को इस बात की भनक लग गई। फिर क्या था। मेरे घर को घेर लिया गया, पुलिस द्वारा लाठी-डंडा और विशेषणों की बौछार। ढाई साल तक एम.सी.सी. की सहायता करने के इल्जाम में जेल की हवा खानी पड़ी। मेरी स्थिति साँप-छुछूंदर जैसी हो गई। इलाज करने पर पुलिस की मार और न करने पर लीक से हटे भाइयों का कठोरतम दंड। मजबूरन मुझे इस पेशे को त्यागना पड़ा, परंतु रोटी, कपड़ा और मकान का सवाल पीछा तो छोड़ता नहीं। सोचा, सरकार ने अनेक काम खोल रखा है क्यों न ठेकेदारी की जाए, ठेकेदारी चल निकली। मन कचोटता था सरकारी तंत्र की कमीशनखोरी के कारण काम की गुणवत्ता नहीं दे पाते थे। यहाँ भी खैर नहीं।

वह दिन याद है जब लीक से हटे लोगों के जत्थे द्वारा बुलाहट हुई। मैं मुजरिम सा था, चेतावनी दी गई कि ठेकेदारी का निश्चित परसेंटेज अमुक स्थान में अमुक तिथि तक पहुँच जाना चाहिए, आगे कहने की जरूरत नहीं पड़े। इस बात की भनक पुलिस को नहीं लगनी चाहिए अन्यथा दोनों हाथ काट देंगे, बोलो मंजूर है। मैंने दबी जुबान से कहा था—आपके बीच रहना है ऐतराज काहे का। इस पर भी उन्हें विश्वास नहीं हुआ, डाँटकर कहा, मरियल जैसे क्या बोल रहा है बे? जोर से बोलो मंजूर है। कुछ ही महीनों के बाद लीक से हटे दूसरे ग्रुप की बुलाहट एवं लेवी तय। अब मेरी कमाई का तीन हिस्सा कमीशन में, सरकारी काम की गुणवत्ता क्या होगी, इसे सहज ही समझा जा सकता है। वैसे इससे किसी को मतलब नहीं है, पब्लिक मर चुकी है, सरकार भी मर चुकी है, लेकिन यह क्या? पहले ग्रुप द्वारा पुनः बुलाहट और अल्टीमेटम खबरदार, जो दूसरे ग्रुप को लेवी दी। अगर दी तो सपरिवार ऊपर जाने के लिए तैयार रहना। अब तीसरा विकल्प ठेकेदारी भी त्याग दिया हूँ। अभाव की जिंदगी जी रहा हूँ पर अब भी खैर नहीं। बीच-बीच में संवाद आता है—कमा कर बैठ गए हो, लेवी नहीं आ रहा है, अंजाम के लिए तैयार रहना। लगता है आत्महत्या कर लूँ, पर इस कायरतापूर्ण कुकृत्य करने को मन स्वीकार नहीं करता है। सोचता हूँ, अब एक ही उपाय शेष है—मातृभूमि, घर, जमीन-जायदाद का मोह त्याग कहीं दूर चल दूँ और किसी प्रकार परिवार का भरण-पोषण करूँ। आगे सोचता हूँ इस राज्य में जीने कमाने का हक हम साधारण लोगों को नहीं है, कैसा अपराध किया हूँ कि बार-बार जेल की काल-कोठरी में सड़ना पड़ रहा है। पत्नी और बच्चों ने कौन सा पाप किया है कि उनका जीना मुश्किल हो गया है। यह सहमा-सहमा जीवन भी कोई जीना है। हम भयाक्रांत हैं, सही बात बोलने की हिम्मत नहीं है आँखों के सामने घटते कुकृत्य, जघन्य अपराध, हिंसा, व्यभिचार को देखकर भी विरोध करने की हिम्मत नहीं। नाश हो ऐसी विजनविहीन सरकार का, जिसके राज्य में आम जनता कशमकश की जिंदगी जी रही है। लगता है सभी बकवास है, अन्यथा इन भटके लोगों के हृदय से दया, धर्म, करुणा, सहानुभूति का लोप नहीं होता। ये बेकसूरों की हत्या नहीं करते, करोड़ों की संपत्ति की क्षति नहीं करते।

—एक भुक्तभोगी

प्रभात खबर ने 30 साल में पाठकों के ऐसे अनेक पत्र छापे हैं, जिसे छापने का हर अखबार हिम्मत नहीं करता। ऐसे ही अनेक पत्र कुजात नाम से भेजे गए थे जिसे पाठकों ने काफी पसंद किया था। दरअसल यह पत्रों की पत्रकारिता है, जिसके माध्यम से पाठकों की सही समस्या सामने आती है और इसके निदान का रास्ता भी खुलता है।

□

प्रभात खबर और झारखंडी समाज

प्रभात खबर का प्रकाशन जब आरंभ हुआ था, उसी समय यह तय कर लिया गया था कि अखबार में झारखंड, झारखंड आंदोलन, यहाँ के लोग, यहाँ के मुद्दे, यहाँ की भाषा-संस्कृति से जुड़ी खबरों को प्रमुखता दी जाएगी। ऐसा इसलिए किया गया था, क्योंकि मीडिया में भी झारखंड (तब का दक्षिण बिहार) के मुद्दों की उपेक्षा होती थी। अपवाद को छोड़ दें तो यहाँ की आवाज को बिहार से प्रकाशित अखबारों में जगह नहीं मिलती थी, इसलिए जब प्रभात खबर का प्रकाशन शुरू हुआ तो ऐसी खबरों को प्रमुखता दी गई। जब 1989 में नए प्रबंधन (न्यूट्रल पब्लिशिंग हाऊस लिमिटेड) ने काम सँभाला। उसके बाद भी खबरों के चयन में इस बात का खयाल रखा गया। झारखंड बनने के पहले और बाद में भी प्रभात खबर ने झारखंड आंदोलन के अलावा झारखंड की भाषा-संस्कृति, आदिवासी-मूलवासी की समस्या को केंद्र में रखा।

तोरपा के आसपास कोयल कारो प्रोजेक्ट का बड़े पैमाने पर विरोध चल रहा था। लोग सड़कों पर थे। राज्य के अन्य हिस्सों में जमीन अधिग्रहण को लेकर आंदोलन हो रहे थे। प्रभात खबर ने विस्थापितों के इन सभी मुद्दों को मजबूती से उठाया। नेतरहाट के पास सेना द्वारा एक फील्ड फायरिंग रेंज बनाने की तैयारी चल रही थी। ग्रामीण अपनी जमीन नहीं देना चाह रहे थे। अपनी जमीन बचाने के लिए आदिवासी-मूलवासी पारंपरिक हथियारों के साथ सड़कों पर उतर चुके थे। इस मामले में भी प्रभात खबर विस्थापितों की आवाज बनकर उभरा था। सेना की गाड़ी के आगे आंदोलनकारी खड़े हो गए थे। फायरिंग रेंज के विरोध में आंदोलन से संबंधित प्रभात खबर में छपी एक तसवीर राष्ट्रीय स्तर पर काफी चर्चित हुई थी।

झारखंड राज्य बनाने में प्रभात खबर ने अपनी भूमिका अदा की। फिर राज्य बनने के बाद झारखंड के पुनर्निर्माण का प्रयास किया, एजेंडा तय करता रहा, झारखंड के विकास का मॉडल समाज के सामने लाता रहा। झारखंड का इतिहास संघर्ष का रहा है। यह वह इलाका है, जहाँ तीर-धनुष और पारंपरिक हथियारों के साथ आदिवासियों

ने अंग्रेजों का विरोध किया था। उनके आगे झुके नहीं थे। सिदो कान्हू, चाँद-भैरव, बिरसा मुंडा, नीलांबर-पितांबर की यह धरती वीरों की धरती रही है। प्रभात खबर ने इस क्षेत्र के नायकों को, उनके संघर्ष की कहानी को घर-घर पहुँचाने का काम किया। यहाँ पहले भी अखबार निकलते थे, लेकिन किसी अखबार ने अपने नायकों को वह स्थान नहीं दिया था। इस कमी को दूर किया प्रभात खबर ने। बिरसा मुंडा के जन्म दिन (15 नवंबर), पुण्यतिथि (9 जून), हुल दिवस (30 जून) जैसे महत्त्वपूर्ण अवसरों पर प्रभात खबर ने विशेष पृष्ठों का प्रकाशन आरंभ किया था। यह अपने नायकों को सम्मान देने का एक प्रयास था। प्रभात खबर अपनी टीम को बिरसा मुंडा के पैतृक गाँव भेजकर विशेष रिपोर्ट तैयार कराता रहा। अखबार ने झारखंड के लोगों को बताया कि अंग्रेजों के खिलाफ इन आदिवासी नायकों ने कितनी बड़ी कुर्बानी दी है। ऐसे अंकों के प्रकाशन के लिए प्रभात खबर ने आदिवासी लेखकों की एक टीम खड़ी कर दी। इनमें से कई उन दिनों युवा थे, जिन्होंने आदिवासी समाज, आदिवासी-मूलवासी नायकों पर अनेक खोजपूर्ण रिपोर्ट लिखी, कई को राष्ट्रीय पुरस्कार भी मिले। इनमें दयामणि बारला भी हैं।

पद्मश्री
प्रभात खबर
बिनु बोले झनझमाये/बात बीतल सनसनाये
अंखियां ही छूटल/दुनिया बिरागी
डॉ रामदयाल मुंडा
23 अगस्त 1939 - 30 सितंबर 2011
...और यूं ही चुपके चुपके चल दिये
ऐसे में कौन सेलिब्रिटी आयेगा शहर

रामदयाल मुंडा के निधन के बाद उन्हें श्रद्धांजलि देता प्रभात खबर का अंक

देश के इतिहास में पहला और शायद एकमात्र मौका था जब किसी अखबार ने संताल हूल (30 जून) पर 16 पृष्ठों (अखबार के आकार में) का विशेषांक निकाला था। यह काम किया था प्रभात खबर ने संताल हूल के 150 वर्ष पूरे होने पर। 30 जून, 2005 को यह विशेषांक निकाला गया था। इसमें सिदो-कान्हू पर विशेष काम करने वाले देश-दुनिया के अनेक प्रतिष्ठित लेखकों ने लेख लिखे थे। 'हूल सिन्हावलोकन' शीर्षक से निकाले गए इस अंक में असम विधानसभा के तत्कालीन अध्यक्ष पृथ्वी माझी ने कवर स्टोरी लिखी थी, डॉ. रामदयाल मुंडा का लेख 'हूलगुलान-पुनरावलोकन और

प्रासंगिकता', वासवी का 'केनाराम बेचाराम का बोलबाला है झारखंड में', दयामनी बारला का 'मद्धम पड़ गई है नगाड़े की आवाज', जेवियर डायस का 'झारखंड की संस्कृति और अर्थव्यवस्था', डॉ. अशोक कुमार सेन का 'वैकल्पिक आदिवासी इतिहास की खोज', प्रभाकर तिर्की का लेख '150 वर्षों में कुछ भी नहीं बदला', फादर एलेक्स एक्का का 'आदिवासी आबादी और मानव विकास की स्थिति', डॉ. रोज केरकट्टा का 'हूल को प्रवाहमान बनाए रखना है', अश्विनी कुमार पंकज का 'पंडित रघुनाथ मुर्मू और हूल के अक्षर' भी शामिल है। इस अंक में यूनिवर्सिटी ऑफ ससेक्स (यूनाइटेड किंगडम) के प्राध्यापक डॉ. डेनियल जे राइक्रॉफ्ट ने विशेष लेख 'झारखंड की यादें व इतिहास की पुनर्व्याख्या' लिखा था। रोम (इटली) की पत्रकार डैनिएला बेज्जी का लेख 'धरती के साथ अन्याय बंद करना होगा', यूनिवर्सिटी ऑफ कोपेनहेगन (डेनमार्क) के प्राध्यापक प्रो. पीटर एंडरसन का लेख 'संथाल शिक्षा संस्कृति, भाषा और लिपि' को भी इस विशेषांक में प्रकाशित किया गया था। ये सारे लेख शोध के दृष्टिकोण से काफी महत्त्वपूर्ण रहे हैं।

2007 में प्रभात खबर ने फिर हूल दिवस पर आठ पृष्ठों का विशेषांक निकाला था। प्रभात खबर ने बिरसा मुंडा पर अनेक खोजपूर्ण रिपोर्ट प्रकाशित की। पत्रकार हेराल्ड एस तोपनो और मंजीत सिंह संधू ने बिरसा के गाँव जाकर, आसपास के इलाकों में घूम-घूमकर अनेक लेख लिखे, दुर्लभ तसवीरें लीं। हेराल्ड (अब दिवंगत) लंबे समय तक प्रभात खबर में जंगल गाथा कॉलम लिखते रहे। यह काफी लोकप्रिय कॉलम हुआ करता था। प्रभात खबर ने आदिवासी नायकों के साथ-साथ मूलवासी नायकों के कार्यों को भी लोगों के सामने रखा।

झारखंड आंदोलन में अहम भूमिका अदा करने वाले निर्मल महतो की 1987 में हत्या कर दी गई थी। प्रभात खबर ने निर्मल महतो पर उनके जन्मदिन (25 दिसंबर) और पुण्यतिथि (8 अगस्त) पर विशेष पृष्ठ या खास लेखों का प्रकाशन आरंभ किया था। 1995 में जब मैं जमशेदपुर गया तो हर साल निर्मल महतो पर विशेष पृष्ठ निकालने की परंपरा शुरू की। पंडित रघुनाथ मुर्मू, रघुनाथ महतो, शेख भिखारी, जतरा भगत, तिलका माझी, बुधु भगत, तेलंगा खड़िया, ठाकुर विश्वनाथ शाहदेव, पांडेय गणपत राय, गया मुंडा, टिकैत उमरांव सिंह आदि नायकों के योगदान की कहानियों को प्रभात खबर में प्रमुखता से जगह मिलती रही।

बिरसा मुंडा पर जिन लोगों ने बहुत काम किया, उसमें सुरेंद्र प्रसाद सिन्हा (ट्राइबल रिसर्च इंस्टीट्यूट के पूर्व निदेशक), कुमार सुरेश सिंह (आई.ए.एस. अधिकारी और दक्षिण छोटानागपुर के पूर्व आयुक्त) और डॉ. रामदयाल मुंडा का नाम प्रमुख है। प्रभात खबर ने ऐसे लेखकों से आग्रह कर उनके विचारों को समाज के सामने रखा। कुमार

सुरेश सिंह पर तो प्रभात खबर ने रविवार पत्रिका में 12 जनवरी, 1997 को कवर स्टोरी ही बना दी। 'आदिवासी समाज के प्रवक्ता' शीर्षक से प्रकाशित कवर स्टोरी में कुमार सुरेश सिंह द्वारा आदिवासियों पर किए गए कार्यों का विवरण है।

विशेश्वर प्रसाद केशरी (प्रो. बी.पी. केशरी) झारखंड आंदोलन से लेकर झारखंडी विषयों पर लिखने वालों में बड़ा नाम हैं। उनकी पुस्तक 'मैं झारखंड में हूँ' को प्रभात खबर ने 1990 में किश्तों में छापा था। उनकी एक और पुस्तक 'झारखंड के सदान' को भी प्रभात खबर में किश्तों में 1991 में छापा गया था। 'ओम विश्वविद्यालय नमः' नामक पुस्तक भी प्रभात खबर में छपी थी। तीन-तीन पुस्तकों को दैनिक अखबार में किश्तों में छापना इस बात की पुष्टि करता है कि प्रभात खबर की प्राथमिकताएँ क्या थीं। इसी प्रकार झारखंड मुक्ति मोरचा के पूर्व महासचिव शैलेंद्र महतो की पुस्तक 'झारखंड राज्य और उपनिवेशवाद' को भी प्रभात खबर ने किश्तों में प्रकाशित किया था। राज्य बनने के बाद बलवीर दत्त ने 'कहानी झारखंड आंदोलन की' शीर्षक से कई किश्तों में प्रभात खबर में साप्ताहिक लेख लिखा। इसमें पूरे आंदोलन का विस्तार से विवरण है। इसे बाद में उन्होंने एक किताब का रूप दिया।

झारखंड आंदोलन के दौरान झारखंडी समाज को बहुत बड़ी कीमत चुकानी पड़ी। अलग राज्य की माँग के आंदोलन के दौरान सैकड़ों झारखंडी कार्यकर्ता नेता शहीद हुए, पुलिस फायरिंग की अनेक घटनाएँ घटीं। आंदोलन के दौरान ऐसी घटनाओं को तो प्रमुखता मिली ही, राज्य बनने के बाद प्रभात खबर ने गोलीकांडों पर किश्तों में रिपोर्ट छापी। यह एक दस्तावेज बनता गया। प्रभात खबर ने झारखंडी समाज के युवाओं को यह बताने का प्रयास किया कि झारखंड राज्य बनाने में कितना संघर्ष करना पड़ा, कितनी कुर्बानी देनी पड़ी।

झारखंड में जहाँ-जहाँ पुलिस फायरिंग हुईं, वहाँ आज उनकी यादें जिंदा हैं। एक खास तिथि को उन स्थानों पर कार्यक्रम होता है और लोग शहीदों को याद करते हैं, बड़ी-बड़ी सभाएँ होती हैं। प्रभात खबर कई सालों तक शहीदों के बारे में, गोलीकांड की घटना के बारे में रिपोर्ट/लेख छापकर शहीदों को श्रद्धांजलि देता रहा है। झारखंड के आदिवासी-मूलवासी, यहाँ की भाषा-संस्कृति, यहाँ की माटी से जुड़ी प्रतिभाओं को समृद्ध करने के लिए 'माय माटी' नाम से साप्ताहिक पृष्ठों का प्रकाशन प्रभात खबर करता रहा है, झारखंडी समाज को जागरूक बनाने के काम में प्रभात खबर जुटा हुआ है।

झारखंड में जमीन विस्थापन की समस्या बड़ी गंभीर है। राज्य बनने के बाद जब यहाँ के आदिवासियों और मूलवासियों के हालात में परिवर्तन नहीं हुए तो प्रभात खबर ने इस पर बहस का आयोजन किया, खासकर जमीन के मुद्दों को लेकर। इसका उद्देश्य सच को सामने लाना था, लोगों को हालात से परिचित कराना था। एक समय सी.एन.

झारखंड के आदिवासी नायकों को हमेशा प्रभात खबर ने दिया सम्मान

टी. का मामला जब गहरा गया, इसमें बदलाव करने या नहीं करने को लेकर समाज विभाजित होने के कगार पर था, प्रभात खबर ने सी.एन.टी. से जुड़े मुद्दों को उठाया। झारखंड में छोटानागपुर टेनेंसी एक्ट और संथाल परगना टेनेंसी एक्ट भी लागू है। इस कानून के तहत आदिवासियों की जमीन को गैर-आदिवासी नहीं खरीद सकते हैं। इसलिए जब भी झारखंड में सरकार किसी जमीन का अधिग्रहण करना चाहती है, विरोध होने लगता है। जमीन के अभाव में कई बड़े प्रोजेक्ट लंबित हैं। सी.एन.टी. एक्ट में बदलाव पर राज्य में हंगामा होने लगता है। प्रभात खबर ने समय-समय पर राज्य की इस समस्या को गंभीरता से उठाया, न सिर्फ समाज में बहस कराई बल्कि दस्तावेज भी तैयार किया। पाठकों को बताया कि दुनिया भर में जमीन अधिग्रहण के क्या-क्या कानून हैं, भारत में क्या स्थिति है। 15 नवंबर, 2012 के अंक में प्रभात खबर ने सिर्फ जमीन अधिग्रहण पर छह पृष्ठों का एक विशेषांक निकाला था। इसमें ग्रेट ब्रिटेन, जापान, इंडोनेशिया, ब्राजील, तुर्की, चीन, अमेरिका, आस्ट्रेलिया, चिली, कनाडा आदि देशों के भूमि अधिग्रहण कानूनों का विवरण दिया गया, साथ ही पीवी राजगोपाल, मेधा पाटेकर, अनिंदो बनर्जी और डॉ. बीडी शर्मा के लेखों को भी इसमें जगह दी गई थी। इससे हालात को समझने में मदद मिली।

प्रभात खबर ने झारखंड की संस्कृति को समृद्ध करने का कोई मौका नहीं छोड़ा। सरहुल, करमा, बाहा के अवसर पर न सिर्फ विशेष पृष्ठों का प्रकाशन किया बल्कि कई बार इस पर अलग अंक निकाले गए। इसका लाभ यह मिला कि दूसरे प्रांतों से यहाँ आकर बसे लोगों को झारखंड की संस्कृति-त्योहार की जानकारी मिली। प्रभात खबर ने झारखंड में सिर्फ एक अखबार ही की भूमिका अदा नहीं की बल्कि इससे कहीं आगे जाकर भी काम किया।

झारखंड के पुनर्निर्माण और यहाँ के मुद्दों पर जब सरकार गंभीर नहीं दिखी तो प्रभात खबर ने अपने परिसर में झारखंड के बुद्धिजीवियों—चिंतकों की बैठक बुलाई। डॉ. रामदयाल मुंडा से विचार-विमर्श करने के बाद हरिवंशजी ने खुद यह पहल की। इस बैठक में झारखंड की ज्वलंत समस्याओं पर गंभीर चर्चा हुई थी। अखबार में उन मुद्दों को गंभीरता से उठाने की बात हुई थी। वर्ष 2000 में जब लोकसभा से झारखंड राज्य बनाने का प्रस्ताव पारित हो गया, उसके बाद से लेकर राज्य बनने (15 नवंबर, 2000) तक प्रभात खबर ने विशेष टीम बनाकर हर दिन विशेष पृष्ठ का प्रकाशन किया। इसमें यहाँ के मुद्दे, आदिवासियों की स्थिति, नया राज्य कैसा होगा, आदि विषयों पर विस्तार से जानकारी दी जाती थी। यहाँ के मुद्दों पर 'परख' नाम से बहस कराई जाती थी। इसके पीछे मूल कारण था कि जब नई सरकार बने (झारखंड की पहली सरकार), वह उन मुद्दों पर गौर करे, अपने एजेंडे में उसे शामिल करे ताकि झारखंड का सपना पूरा हो सके।

प्रभात खबर ने झारखंड राज्य की लड़ाई में अहम भूमिका अदा करने वालों को भी सम्मान देने की कोशिश की। जयपाल सिंह पर प्रभात खबर ने 'लो बीर सेंदरा' नाम से एक पुस्तक का प्रकाशन किया। इसमें मरांग गोमके के बारे में कई चीजें ऐसी हैं जो पहली बार सामने आई। एनई होरो हों, शिबू सोरेन हों, विनोद बिहारी महतो हों या फिर ए.के. राय, उन्हें खास जगह दी गई। ए.के. राय तो नियमित तौर पर प्रभात खबर में लिखते भी रहे। जब भी केंद्र ने झारखंड के साथ भेदभाव किया, इसे नजर अंदाज किया, प्रभात खबर अपने राज्य के पक्ष में खड़ा दिखा, चाहे वह राष्ट्रपति शासन के दौरान केंद्रीय टीम का दौरा हो, राष्ट्रपति का दौरा हो या फिर झारखंड को विशेष आर्थिक पैकेज देने का अवसर हो, प्रभात खबर झारखंड के हित में, इसके पक्ष में लोगों की आवाज को उठाता रहा।

झारखंड एक आदिवासी बहुल राज्य है। झारखंड आंदोलन के समय से ही दूरदराज इलाकों में ग्रामीणों पर पुलिस का कहर बरपता रहा है। इन इलाकों में अब ग्रामीण नक्सलियों और पुलिस के बीच पिस रहे हैं। जब भी किसी आम/निर्दोष ग्रामीण को प्रताड़ित किया गया, प्रभात खबर उसकी आवाज बनकर उभरा। प्रभात खबर में ऐसी खबरें-लेख छपने से झारखंड के दूरदराज के इलाकों में रहने वाले लोगों का भी प्रभात खबर से भावनात्मक लगाव मजबूत हुआ। झारखंड के लोगों को लगा कि राज्य बनाने में प्रभात खबर का भी बड़ा योगदान है। उनके मन में यह बात बैठ गई कि प्रभात खबर ही उनकी आवाज है। जब भी उन पर कोई संकट आएगा, प्रभात खबर ढाल बनकर खड़ा रहेगा। ऐसे संबंध बनने का असर यह हुआ कि जब झारखंड में दूसरे बड़े अखबार आए, तब भी प्रभात खबर के सर्कुलेशन पर कोई असर नहीं पड़ा।

इन अखबारों ने ग्राहक बनाने के लिए अनेक स्कीम चलाई, लेकिन उन लोगों पर कोई असर नहीं पड़ा जो प्रभात खबर से गहरे रूप से जुड़े हैं। यह वह बड़ी ताकत है, जिसने प्रभात खबर को मजबूत बनाए रखा है।

प्रभात खबर ने झारखंड की भाषा–संस्कृति, आदिवासियों की पहचान पर संकट आदि विषयों पर पाठकों को पठनीय सामग्री दी, उन्हें प्राथमिकता दी, आदिवासी समाज से जुड़े ऐसे लेखों को प्रकाशित किया, जो उनके लिए बहुत मायने रखता है। उन्हें आगाह किया। झारखंड विषय पर लिखने वाले प्रबुद्ध लोगों से आग्रह कर ऐसे विषयों पर काम किया। इनमें 'इतिहास ने भी आदिवासियों को छला है।' (हेरॉल्ड एस तोपनो), 'जरूरत एक उलगुलान की' (सी.आर. माझी), 'आदिवासियों को मिटाने की साजिश' (दिगंबर हांसदा), 'आदिवासियों के सांस्कृतिक अस्तित्व पर खतरा' (सी. आर. माझी), 'संथाली साहित्य का इतिहास' (दिगंबर हांसदा), 'आदिवासी साहित्य चुनौतियाँ : दशा व दिशा' (महादेव टोप्पो), 'आदिवासी चेतना और सांप्रदायिकता के महासंग्राम का दौर' (वीर भारत तलवार), 'झारखंडी संस्कृति व अस्मिता' 'गहन अंधकार के रोशनदान' (कुमार सुरेश सिंह), 'यही हाल रहा तो झारखंड के आदिवासी लुप्तप्राय हो जाएँगे' (प्रभाकर तिर्की), 'आदिवासी–आदिवासियों के विकास में ही झारखंड का विकास' (प्रकाश लुईस), 'आदिवासी महिला के अधिकार और समाज का दायित्व' (रोज केरकट्टा) प्रमुख हैं।

□

ग्रामीण पत्रकारों की भूमिका

प्रभात खबर की मजबूती का बड़ा आधार ग्रामीण क्षेत्रों में, प्रखंड से लेकर अनुमंडल जिला कार्यालयों में काम करने वाले पत्रकार हैं। इनमें अनेक स्ट्रिंगर्स हैं, जो लंबे समय से प्रभात खबर से जुड़े हैं। मामला चाहे खबर भेजने का हो, सुबह-सुबह उठकर काउंटर पर जाकर अखबार का सर्कुलेशन देखने का हो या फिर अखबार के लिए समय-समय पर विज्ञापन लेने का, ये हमेशा चौकस रहते हैं। जो भी जिम्मेदारी मिल जाए, कभी इन सहयोगियों ने इनकार नहीं किया है। झारखंड, बिहार, बंगाल में इनकी संख्या 1400 से ज्यादा है।

ग्रामीण क्षेत्रों से खबर भेजने वाले अधिकांश स्ट्रिंगर्स को भले ही अंशकालिक प्रतिनिधि कहा जाता है, लेकिन इन्हीं स्ट्रिगंर्स द्वारा भेजी जाने वाली दूरदराज की खबरों से प्रभात खबर की एक अलग पहचान बनी है। सलालुद्दीन ने प्रभात खबर के लिए कुछ साल पहले सरकारी योजना की जमीनी हकीकत पर जो रिपोर्ट तैयार की थी, उसे काफी सराहा गया था। अन्य ग्रामीण पत्रकारों की भी बड़ी भूमिका रही है. इनमें बरही से जावेद इसलाम, गिद्दी से अजय, गालूडीह घाटशिला के मो. परवेज, रामगढ़ से मनोज कुमार सिंह, गढ़वा से विनोद पाठक, लोहरदगा से गोपी, पटमदा से दिलीप पोद्दार, मनोहरपुर से राधेश, चक्रधरपुर से शीन अनवर और प्रताप प्रमाणिक, दुमका से आनंद जायसवाल, आदित्यपुर से प्रियरंजन, गिरिडीह से राकेश सिन्हा, बेरमो से राकेश वर्मा, चतरा से दीनबंधु, सिल्ली से विष्णु गिरि, हटिया से धर्मेंद्र गिरि, बेड़ो से केदार, डाल्टनगंज से अविनाश शेखर, मांडर से तौफिक, ओरमाझी से रोहित लाल, साहेबगंज से सुनील ठाकुर, अनगड़ा से जीतेंद्र,चाकुलिया से राकेश आदि प्रमुख हैं। ये लोग न सिर्फ लंबे समय से जुड़े हैं बल्कि अपनी खास किस्म की सक्रियता ने इनकी अपने-अपने क्षेत्र में खास पहचान बनाई है। इन सभी को जोड़कर रखने में जहाँ रुरल प्रभारी की भूमिका होती है, वहीं ग्रामीण पत्रकारों की समस्याओं को सुलझाने, उन्हें हर संभव मदद करने, इंफ्रास्ट्रक्चर को ठीक रखने, अंतिम निर्णय लेने का दायित्व सोमेन पाल के जिम्मे होता है। बेहद शांत, लेकिन उतने ही अनुशासित सोमेन ग्रामीण टीम को मजबूत करने की बेहद मजबूत कड़ी रहे हैं।

हजारीबाग में प्रभात खबर आपके द्वार कार्यक्रम में उपस्थित तत्कालीन प्रधान संपादक हरिवंशजी

हजारीबाग से सलालुद्दीन 25 साल से ज्यादा समय से प्रभात खबर से जुड़े रहें। हजारीबाग के मासीपीढ़ी के पास जब महिलाओं ने शराब के खिलाफ आंदोलन चलाया तो इस आंदोलन को आगे बढ़ाने में सलालुद्दीन ने बड़ी भूमिका अदा की थी। इसी प्रकार बरही के जावेद इसलाम प्रभात खबर के साथ शुरुआती दौर से हैं और अपनी सादगी व ईमानदारी के लिए जाने जाते हैं!

ऐसे ही एक पुराने सहयोगी हैं गढ़वा के विनोद पाठक, एक संवेदनशील पत्रकार। एक लड़की की शादी तय हो गई थी, शादी होने के पहले लड़की के पिता का निधन हो गया। लगा कि शादी अब नहीं हो पाएगी। विनोद पाठक ने अपने सहयोगियों की सहायता से सारी व्यवस्था की, तय तिथि पर शादी हो गई, जिसमें उन्होंने पितातुल्य भूमिका निभाई। गढ़वा, पलामू में पानी में फ्लोराइड पर उनकी रिपोर्ट काफी चर्चित रही। डुमरिया से प्रतिनिधि थे शिव शंकर साहू। दुष्कर्म पीड़िता एक महिला की पीड़ा पर उनकी रिपोर्ट पढ़कर तत्कालीन राज्यपाल (बाद में राष्ट्रपति बनी) द्रोपदी मुर्मू ने उस महिला के बेटे की पढ़ाई और लालन-पालन का जिम्मा खुद उठा लिया था।

मनोहरपुर से राधेश एक दिलेर पत्रकार हैं, जिन्होंने ट्रेन पर नक्सली हमले के दौरान रात में उस समय तसवीर ली जब हमला जारी था, गोलीबारी जारी थी। घाटशिला के परवेज देश के ऐसे चंद पत्रकारों में शामिल हैं, जिन्होंने माओवादी नेता किशनजी

का साक्षात्कार लिया था। इसके साथ लुप्त हो रही आदिम जनजाति पर उन्होंने अद्भुत काम किया है। ये तो चंद उदाहरण हैं। कुछ ऐसे भी पत्रकार हैं, जिन्होंने प्रभात खबर की ग्रामीण पत्रकारिता में अद्भुत योगदान दिया है। इनमें से कुछ अब प्रभात खबर से भले न जुड़े हों, लेकिन इनकी अपनी एक पहचान रही है, ऐसे लोगों में पश्चिम सिंहभूम के किरीबुरू से शैलेश, चाकुलिया से धरिश आदि हैं।

प्रभात खबर की इस लंबी यात्रा में ऐसे लोगों का नाम भी शामिल है, जो अब दुनिया में नहीं हैं, लेकिन ग्रामीण पत्रकारिता को समृद्ध करने में और प्रभात खबर को पहचान दिलाने में अपना योगदान दिया है। ऐसे लोगों में गुमला से ओम प्रकाश चौरसिया, इटकी से सुबोध कुमार सिन्हा, चाईबासा से प्रमोद कुमार, नोवामुंडी से रवींद्र यादव, धालभूमगढ़ से रंजीत का नाम प्रमुख है। ओम प्रकाश चौरसिया वह पत्रकार थे जिन्होंने परमवीर चक्र विजेता अलबर्ट एक्का की पत्नी के बारे में रिपोर्ट प्रकाशित की थी कि उन्हें मजबूरी में कैसे दूसरे के खेतों में काम करना पड़ रहा था। इस रिपोर्ट के बाद ही उनकी सहायता के लिए अभियान चलाया गया था। ऐसा ही एक नाम है दुमका के आनंद जायसवाल का। वह देवघर संस्करण आरंभ होने के दिन से ही कार्यरत हैं, इन्होंने सिदो कान्हू पर अद्भुत काम किया है। इसके अलावा राजमहल हिल्स पर इनकी रिपोर्ट चर्चित रही।

इन ग्रामीण पत्रकारों की ताकत या इनका महत्त्व सिर्फ रिपोर्टिंग तक सीमित नहीं रहा है। ये सभी अपने–अपने क्षेत्र में प्रभात खबर के ब्रांड अंबेस्डर के तौर पर कार्यरत हैं। सुबह उठते ही अखबार से ही इनका जीवन शुरू होता है। सवेरे अखबार के काउंटर पर जाना, दूसरे अखबारों से खबरों की तुलना करना, अगर कहीं परेशानी है तो उसे दूर करना इनकी दिनचर्या का एक हिस्सा है। इस तरह अखबार का प्रसार बढ़ाने से लेकर अपने–अपने क्षेत्र में बैठक मेमिनार का आयोजन करना, पाठकों से संपर्क बनाए रखना आदि में इनकी महत्त्वपूर्ण भूमिका रही है।

अखबार में विज्ञापन से मिलने वाले राजस्व में इन ग्रामीण पत्रकारों का अहम योगदान होता है। अखबार के स्थापना दिवस, झारखंड स्थापना दिवस, स्वतंत्रता दिवस, गणतंत्र दिवस आदि ऐसे मौके होते हैं जो विज्ञापन के दृष्टिकोण से बड़े महत्त्वपूर्ण होते हैं। ये परिशिष्ट इन्हीं पत्रकारों के भरोसे निकलता भी है और सफल होता है। अब तो ये ग्रामीण पत्रकार तकनीकी तौर पर भी समृद्ध हो गए हैं, ये खुद खबर लिखते हैं, वीडियो बनाते हैं और डिजिटल को भेजते हैं, जिनका उपयोग सोशल मीडिया में किया जाता है। इस तरह ये ग्रामीण पत्रकार हर दृष्टिकोण से अखबार के लिए अतिमहत्त्वपूर्ण हैं और ये अपनी भूमिका बहुत ही अच्छे तरीके से निभाते हैं।

□

पत्रकारों को प्रशिक्षण

प्रभात खबर, संपादकीय में अपने प्रयोग और कार्य संस्कृति के लिए जाना जाता है। यही कारण है कि 40 साल की लंबी यात्रा में प्रभात खबर ने ऐसे पत्रकारों को तैयार किया, जिन्होंने पत्रकारिता में देश का मान बढ़ाया। प्रभात खबर में काम कर चुके पत्रकारों ने देश के बड़े अखबारों और राष्ट्रीय टी.वी. चैनल आदि में महत्त्वपूर्ण पदों पर अपना स्थान बनाया, यह कोई एक दिन में नहीं बना।

दरअसल, प्रभात खबर ने न सिर्फ कंटेंट को बेहतर करने के लिए अनूठे प्रयोग किए बल्कि मानव संसाधन (ह्यूमन रिसोर्स) का बेहतर-से-बेहतर इस्तेमाल करने और उनकी क्षमता बढ़ाने के लिए भी सार्थक प्रयास किए। प्रारंभ में प्रभात खबर के पास संसाधनों का अभाव था। चुनौतियाँ अधिक थीं, अस्तित्व की लड़ाई थी, उसे न सिर्फ बचाने का संकट था, बल्कि परेशानियों को मात देते हुए आगे भी बढ़ना था। यह काम आसान नहीं था। प्रभात खबर अपना एक अलग मॉडल बनाना चाहता था, जिस रास्ते पर चलकर आगे की यात्रा तय की जा सके। इसके लिए हरिवंशजी देश के कई अखबारों के दफ्तरों में गए, खासकर ताकतवर और सफल क्षेत्रीय अखबारों के दफ्तरों में जाकर उनका मॉडल देखा। इनमें ईनाडू से लेकर आनंद बाजार पत्रिका का दफ्तर भी शामिल था। उसके बाद तय किया गया कि प्रभात खबर को आगे ले जाने के लिए यहाँ के पत्रकारों को प्रशिक्षित करना होगा, न सिर्फ प्रकाशन केंद्र में काम करने वाले पत्रकारों को बल्कि ग्रामीण क्षेत्रों के पत्रकारों को भी। उससे पूर्व प्रभात खबर में पत्रकारों के लिए प्रशिक्षण की कोई स्थायी व्यवस्था नहीं थी, पुराने और अनुभवी पत्रकार कनिष्ठ पत्रकारों को काम करते-करते ही सही-गलत का फर्क बताते हुए प्रशिक्षण दे देते थे। आमतौर पर बड़े अखबार बाहर से बड़े पैसे खर्च कर प्रशिक्षण दिलाते हैं। प्रभात खबर के लिए उन दिनों यह संभव नहीं था इसलिए तय किया गया कि यह काम संस्थान (प्रभात खबर) के सीनियर साथी ही करेंगे।

1. ग्रामीण पत्रकारों का प्रशिक्षण

ग्रामीण पत्रकार प्रभात खबर की ताकत रहे हैं, अखबार के स्तंभ हैं, ये जितने प्रशिक्षित होंगे, उतने ही बेहतर तरीके से काम करेंगे, इसलिए प्रभात खबर ने ग्रामीण पत्रकारों को सबसे पहले प्रशिक्षित करने का काम किया। एक वह दौर था जब ग्रामीण पत्रकार कागज पर लिखकर डाक या अखबार पहुँचाने वाली गाड़ी से समाचार भेजते थे, फोटो खींच कर स्टुडियो में उसका प्रिंट बनाकर अखबार के दफ्तर में भेजते थे, आज वही ग्रामीण पत्रकार ईमेल से, व्हाट्सऐप से या ऐप से सीधे अखबार या डिजिटल को समाचार–फोटो या वीडियो भेज रहे हैं, यह सब प्रशिक्षण का नतीजा है। न सिर्फ तकनीक की ट्रेनिंग दी गई बल्कि कंटेंट को बेहतर कैसे करें, कैसे न्यूज लिखे, किन विषयों पर लिखें, कैसे शुद्ध लिखे, गलतियाँ न हों, कैसे संपादन तक वे कर सकें, इसकी भी ट्रेनिंग दी गई। यह लगातार चलने वाली प्रक्रिया है।

ग्रामीण पत्रकारों को प्रशिक्षित करने के लिए उन्हें मुख्यालय नहीं बुलाया गया बल्कि प्रभात खबर की टीम उनके पास गई। जिला स्तर पर ये कार्यक्रम हुए। दो–दो दिनों की कार्यशाला आयोजित की गई। इसमें ग्रामीण पत्रकारों को समाचार लेखन, रिपोर्टिंग के विषय, तकनीक आदि का प्रशिक्षण दिया गया। प्रभात खबर से पहले किसी भी अखबार ने अपने ग्रामीण प्रतिनिधियों को प्रशिक्षित करने के लिए ऐसा कोई कदम नहीं उठाया था। आमतौर पर इन स्ट्रिंगर्स के प्रशिक्षण पर कोई गौर नहीं करता। प्रभात खबर ने महसूस किया था कि अगर अखबार की गुणवत्ता को बेहतर करना है तो स्ट्रिंगर्स तक को प्रशिक्षित करना होगा। प्रभात खबर ऐसा करने वाला पहला क्षेत्रीय अखबार था। इसका एक कारण यह भी था कि यह पूरा क्षेत्र (दक्षिण बिहार का इलाका) पिछड़ा था, उपेक्षित था, पत्रकारिता के दृष्टिकोण से भी उपेक्षित था, प्रशिक्षण का काफी अच्छा असर पड़ा।

मॉडम सेंटर में काम करने वाले पत्रकार (इसमें कई तो अंशकालिक थे) खुद कंप्यूटर पर कंपोज करने लगे, उनकी गुणवत्ता में सुधार हुआ, आज भी प्रभात खबर में कई ऐसे मॉडम सेंटर हैं, जहाँ अलग से कंपोजिटर नहीं हैं। जो प्रतिनिधि हैं, वे ही न्यूज लाते हैं, खुद कंपोज करते हैं और खुद भेजते हैं, किसी पर निर्भर नहीं हैं। अब तो तकनीक में वे और आगे निकल गए हैं, समाचार, फोटो और वीडियो जल्द–से–जल्द मुख्यालय पहुँच जाए, इसे वे बखूबी जानते हैं। इस मॉडल को देश के कुछ अखबार अब अपना रहे हैं। कम खर्च पर मॉडम सेंटर कार्यालय चलाने का यह एक बेहतरीन उदाहरण है।

2013 में यूनिसेफ के साथ मिलकर प्रभात खबर ने राँची, जमशेदपुर, धनबाद और देवघर में कार्यशाला आयोजित की। इसमें संबंधित संस्करणों के अधीन आने वाले जिलों और वहाँ के प्रखंड प्रतिनिधियों को बुलाया गया। यूनिसेफ के विशेषज्ञों के माध्यम से इन पत्रकारों को प्रशिक्षण दिया गया। यूनिसेफ ने पहली बार किसी मीडिया हाऊस के साथ

पत्रकारों को प्रशिक्षण देने की इस तरह की व्यवस्था की थी। इस प्रशिक्षण का असर ग्रामीण संवाददाताओं के लेखन पर पड़ा। उसमें निखार आया। प्रशिक्षण के दौरान ही उन्हें बता दिया गया था, उसके बाद प्रभात खबर ने सीरिज चलाया। प्रशिक्षण के बाद सामाजिक सरोकार से संबंधित जिस तरह की रिपोर्ट प्रभात खबर में छपी, उससे यूनिसेफ की कंट्री हेड इतनी प्रभावित हुई कि वे स्वयं प्रभात खबर दफ्तर में आई और कहा कि ग्रामीण क्षेत्रों में पत्रकार तैयार करने के लिए ऐसा प्रशिक्षण कार्य वे आगे भी चलाना चाहेंगी।

2. प्रशिक्षण के लिए संस्थान भी खुला

प्रशिक्षण देने का यह काम सिर्फ अंचलों व जिला कार्यालयों तक सीमित नहीं रहा, मुख्य कार्यालय में भी यह काम चला। वर्ष 1999 तक प्रभात खबर की चुनौतियाँ अलग थीं। झारखंड में किसी बड़े अखबार का आगमन नहीं हुआ था। राँची एक्सप्रेस, उदितवाणी, आज या फिर आवाज से प्रभात खबर का सामना हो रहा था। उस समय तक प्रभात खबर एक बड़ा और ताकतवर क्षेत्रीय अखबार बन चुका था। दूसरे अखबारों में काम करने वाले पत्रकारों की भी इच्छा होती थी कि वह भी प्रभात खबर में काम करे। प्रभात खबर में काम करने से अन्य क्षेत्रीय अखबारों की तुलना में आगे बढ़ने का बेहतर अवसर भी था। इसका फायदा यह हुआ कि अन्य अखबारों में काम करने वाले अधिकांश अच्छे पत्रकार प्रभात खबर से जुड़ते गए। इससे प्रभात खबर को बेहतर करने में मदद मिली। इस अखबार में काम करने का एक और अघोषित लाभ भी मिलता था। जो लोग प्रभात खबर में काम कर लेते थे, देश के बड़े अखबारों में वे जब भी जाते थे, उन्हें नौकरी मिलने में दिक्कत नहीं होती थी। कई ऐसे अखबार समूह भी थे जो सिर्फ प्रभात खबर में काम करने का अनुभव सुनने के बाद साक्षात्कार तक नहीं लेते थे।

वर्ष 2000 आते-आते स्थिति बदलने लगी थी। दक्षिण बिहार की पत्रकारिता में बड़ा बदलाव होने का वक्त था। दैनिक हिंदुस्तान का प्रकाशन राँची से (फरवरी 2000) होने वाला था। प्रतिद्वंद्वी एक बड़ा राष्ट्रीय अखबार था, वह संसाधनों से भरपूर भी था, इसलिए प्रभात खबर का चिंतित होना स्वाभाविक था। सीनियर सहयोगियों को यह पता था कि जो हालात थे, उसमें दक्षिण बिहार (झारखंड कह सकते हैं) में पत्रकारिता के लिए बाहर से अधिकांश पत्रकारों के आने की संभावना नहीं थी। इसी क्षेत्र के अखबारों में से जोड़-तोड़कर लोगों को नियुक्त किया जाएगा। अधिक वेतन, अधिक सुविधा के लालच में टीम टूट सकती थी, यही हुआ भी। नया अखबार निकलने के कुछ दिनों बाद प्रभात खबर से रातोंरात बड़ी संख्या में लोग उसमें चले गए। इनमें संपादकीय के वरिष्ठतम साथी भी थे। ऐसा ही ग्रामीण पत्रकारों के साथ हुआ। कई साथियों ने प्रभात खबर को अलविदा कह दिया। वह संकट का दौर था, जितने लोग बच गए थे, उनसे अखबार निकालना कठिन

काम था, लेकिन असंभव नहीं था। सहयोगियों ने यही कर दिखाया।

जब अनेक सहयोगियों ने एकाएक इस्तीफा दे दिया तो दो ही रास्ते थे, एक था जो साथी चले गए हैं, उन्हें ज्यादा पैसा देकर फिर से वापस लाया जाए, दूसरा रास्ता था अन्य अखबारों से छोटे-छोटे पदों पर कार्यरत पत्रकारों को बुलाया जाए, कालेजों में पत्रकारिता या स्नातक/पीजी की पढ़ाई कर रहे छात्रों को नियुक्त किया जाए और उन्हें प्रशिक्षित किया जाए। प्रभात खबर ने दूसरा रास्ता चुना। नए-नए लड़कों को नियुक्तियाँ दी गईं। उन्हें रात-दिन आपात स्थिति में प्रशिक्षण देकर अखबार निकालने लायक बनाया गया। उन दिनों के ये ट्रेनी पत्रकार आज राँची-झारखंड में पत्रकारिता में स्थापित हो चुके हैं। इनमें विवेक चंद्रा और सुनील चौधरी जैसे पत्रकार भी हैं जो पत्रकारिता में स्थापित नाम है। प्रभात खबर के स्कूल से प्रशिक्षण पाये या काम किये हुए कई पत्रकार देश के प्रमुख अखबारों-चैनल में महत्त्वपूर्ण पदों पर कार्यरत हैं। इनमें संतोष कुमार (एनडीटीवी), सुप्रतिम बनर्जी (आज तक) आदि प्रमुख हैं। प्रभात खबर ने अखबार में विज्ञापन देकर नए-नए लोगों को पत्रकारिता में मौका देने का जो अभियान आरंभ किया, उसे कभी रोका नहीं, एक लंबी योजना बनाई गई थी।

वर्ष 2000 के आसपास प्रभात खबर ने तय किया था कि इस क्षेत्र में अच्छे पत्रकारों की कमी न रहे। इसी क्रम में राँची में प्रभात खबर मीडिया इंस्टीट्यूट खोला गया। भारती विद्या भवन से मान्यता दिलाई गई ताकि देश भर में इसके प्रमाण-पत्र की मान्यता हो। यह तय किया गया कि हर साल प्रवेश परीक्षा के आधार पर 25-30 लड़के-लड़कियों का चयन किया जाएगा, मामूली फीस लेकर उन्हें प्रशिक्षित किया जाएगा। प्रभात खबर का यह प्रयास रंग लाया। पी.के.एम.आई.एस. से हर साल छात्र निकलने लगे, जिन्हें न सिर्फ प्रभात खबर में बल्कि अन्य अखबारों-इलेक्ट्रॉनिक मीडिया में नौकरी मिली। इस प्रकार प्रभात खबर ने पी.के.एम.आई.एस. के माध्यम से सैकड़ों पत्रकारों को तैयार किया, प्रशिक्षित किया। पी.के.एम.आई.एस. का दायित्व विजय भास्कर, वैद्यनाथ मिश्रा, विष्णु राजगढ़िया, राजेश कुमार सिंह, राकेश कुमार ने सँभाला था। झारखंड में कई बड़े अखबार भी आए, कई विश्वविद्यालय भी खुले जिनमें पत्रकारिता की पढ़ाई होने लगी। इसके बाद प्रभात खबर ने अपनी संस्था पी.के.एम.आई.एस. को बंद कर दिया।

3. प्रकाशन केंद्र पर प्रशिक्षण

प्रभात खबर ने गुणवत्ता को बनाए रखने, उसे मजबूत करने और अपने पत्रकारों को देश-दुनिया में पत्रकारिता में हो रहे बदलाव की जानकारी देने का प्रयास लगातार जारी रखा, चाहे वे डेस्क के पत्रकार हों या फील्ड के, उन्हें लगातार प्रशिक्षण दिया जाता रहा, इसके लिए तत्कालीन कारपोरेट संपादक राजेंद्र तिवारी ने भी केंद्रों में जाकर

प्रशिक्षण दिया। बाद में झारखंड और बिहार के कई शहरों में (जिनमें पटना, मुजफ्फरपुर, भागलपुर, धनबाद, देवघर शामिल है) में मैं (अनुज कुमार सिन्हा) खुद गया और प्रशिक्षण दिया। कोविड के तुरंत बाद भी ऐसा प्रयास हुआ ताकि अपने साथियों में उत्साह और नई ऊर्जा आ सके। कोविड के दौरान लगभग हर परिवार इससे पीड़ित था, दुःखी था, इसलिए जैसे ही कोविड का असर कम हुआ, मानसिक मजबूती, मनोबल बढ़ाने का भी पत्रकारों को प्रशिक्षण दिया गया। इसका सकारात्मक नतीजा निकला। इसके अलावा हर केंद्र पर अनुभवी और वरिष्ठ साथी रोज-रोज के कार्य के दौरान ही प्रशिक्षण देते हैं। इन लोगों में रांची में विजय पाठक, साकेत पुरी, प्रदीप, संजय यादव, जमशेदपुर में जयनंदन, धनबाद में जीवेश के साथ अजय कुमार, नारायण मंडल, पटना में अजय कुमार के साथ-साथ रंजीत प्रसाद सिंह, मिथिलेश, मुजफ्फरपुर में पवन, भागलपुर में राहुल, देवघर में कमल किशोर, संजीत मंडल, नीरज आदि प्रमुख हैं।

4. देशज तरीकों का इस्तेमाल किया

देश के अनुभवी पत्रकारों को दफ्तर में बुलाकर पत्रकारिता पर उनके विचार सुनना, देश-दुनिया में पत्रकारिता के समक्ष आने वाली चुनौतियाँ और उनका सामना करने के उपाय पर चर्चा करना बड़ा कारगर साबित होता था। बड़े व नामी पत्रकारों को दफ्तर बुलाकर उनसे पत्रकारिता पर लेक्चर देने का आग्रह किया जाता था, सवाल-जवाब का कार्यक्रम चलता था। इससे राँची में स्थित सीनियर साथियों को भी देश-दुनिया की पत्रकारिता को समझने में मदद मिली। प्रभात खबर ने अपने कार्यालय में विचार व्यक्त करने के लिए पत्रकारिता से जुड़े दर्जनों प्रमुख लोगों को बुलाया। इनमें प्रख्यात पत्रकार सुरेंद्र प्रताप सिंह, अरुण शौरी और कुलदीप नैयर भी थे। 1992 में सुरेंद्र प्रताप सिंह प्रभात खबर के राँची कार्यालय में आए और उन्होंने प्रभात खबर की संपादकीय टीम के साथ लगभग एक घंटे तक बात की। ऐसे कार्यक्रम करने से सहकर्मियों को न सिर्फ पत्रकारिता की जानकारी मिलती थी, बल्कि उनके मन में जो सवाल उठते थे, उसका जवाब भी मिलता था। इससे पत्रकारों को देश-दुनिया में पत्रकारिता में हो रहे बदलाव की जानकारी भी मिलती थी।

5. प्रशिक्षण का एक तरीका यह भी

प्रभात खबर के पत्रकारों को प्रशिक्षित करने के लिए अलग-अलग तरीके अपनाए जाते रहे हैं। ऐसी बात नहीं है कि सिर्फ कार्यशाला के जरिए ही उन्हें प्रशिक्षित किया जाता है, कई ऐसे अवसर आते हैं, जब पत्रकारों को पता नहीं होता कि उन्हें प्रशिक्षण दिया जा रहा है, जबकि वह वास्तव में प्रशिक्षण का ही हिस्सा होता है। प्रभात खबर में

पटना में प्रभात खबर के पत्रकारों को प्रशिक्षण देने का दृश्य, ऐसा लगभग हर शहरों में होता है

काम करने का तरीका कैसे अलग होगा, रिपोर्टिंग के समय किन बातों का खयाल किया जाना चाहिए, अगर किसी खास अवसर पर अखबार को आगे बढ़ने का मौका मिला तो कैसे इसका उपयोग किया जाए, लगभग हर दिन सीनियर साथी अपने सहयोगियों को बात-बात में बताते रहते हैं, चाहे रोजाना की बैठक हो या शाम में काम करते वक्त हो रही चर्चा, यह अभियान चलता रहता है।

एक घटना है फरवरी 1995 की। जमशेदपुर से प्रभात खबर का प्रकाशन आरंभ नहीं हुआ था, सिर्फ राँची से अखबार छपता था। राँची से छपकर जमशेदपुर भी अखबार भेजा जाता था। मुझे राँची से अखबार निकालने के लिए जमशेदपुर भेजा गया था। दिन भर न्यूज जमा करना, कंपोज करना, अपने साथियों की रिपोर्ट को एडिट कर उसे मॉडम से राँची भेजना मेरा काम था। बस से राँची फोटो भेजते थे, कह सकते हैं कि जूता पालिश से लेकर चंडी पाठ तक की जिम्मेदारी थी। तब तक स्कैनर का प्रयोग शुरू नहीं हुआ था। 18 फरवरी, 1995 को जमशेदपुर में एक बड़ा कार्यक्रम होने वाला था, एक्स.एल.आर. आई. में देश की प्रमुख कंपनियों के शीर्ष अधिकारी आने वाले थे। खबर थी कि तत्कालीन प्रधानमंत्री नरसिंह राव भी इस कार्यक्रम में हिस्सा लेंगे। जमशेदपुर जैसे औद्योगिक शहर में ऐसे कार्यक्रम का खास महत्त्व भी था। इस कार्यक्रम की खबर जमशेदपुर में हिंदी अखबारों को नहीं दी गई थी। उस समय ऐसा प्रचलन था कि हिंदी अखबारों को ऐसे कार्यक्रमों में कोई पूछता भी नहीं था। हाँ, अंग्रेजी अखबारों को खबर जरूर मिलती थी।

प्रसिद्ध पत्रकार कुलदीप नैयर प्रभात खबर के राँची कार्यालय के परिसर में

भले ही इस कार्यक्रम की जानकारी हिंदी अखबारों में कम थी, लेकिन राँची कार्यालय में बैठे हरिवंशजी को खबर थी। उन्होंने 14 फरवरी को मेरे पास एक पत्र भेजा जिसमें सारी योजना बनी हुई थी, कैसे कवरेज करना है, कैसे सप्लीमेंट करना है, कब तक पूरा मैटर राँची भेज देना है, कैसे लोगों से बात करनी है, कैसे तसवीर भेजनी है। 19 फरवरी, 1995 के जमशेदपुर संस्करण (जो राँची से छप कर जमशेदपुर जाता था) का पृष्ठ वन कैसा होगा, इसकी भी योजना बनाकर मेरे पास उन्होंने भेज दी थी। इसी पत्र में इस बात का उल्लेख था कि खबर छपने के बाद यह विशेषांक संबंधित शीर्ष अधिकारियों तक पहुँच जाए, लगभग 100–150 अतिरिक्त अखबार संबंधित लोगों के हाथों में पहुँचाने की जिम्मेदारी भी मुझे और मेरे सहयोगी विनोद शरण को दी गई थी।

अखबार बँटवाने और संबंधित लोगों तक पहुँचवाने के पीछे उद्देश्य था। जमशेदपुर में अखबार प्रारंभ करने के पहले यह एक सुनहरा मौका हाथ आया था। उद्योग जगत के शीर्ष व्यक्तियों तक प्रभात खबर ब्रांड पहुँचाने के लिए यह एक अवसर था। अखबार की पहचान बनाने का अवसर आया था और प्रभात खबर ने इस अवसर को खोया नहीं। उन दिनों की हिंदी पत्रकारिता में ऐसी खबरों (उद्योग की खबर) पर कोई बहुत ध्यान नहीं देता था। प्रभात खबर ने बदलाव के दौर को समझा था, यह पूरा प्रयास उसी का एक उदाहरण है। उस कार्यक्रम में आई.टी.सी. के तत्कालीन चेयरमैन केएल चुग आए थे। बड़ी मुश्किल से उनसे बात करने का मौका मिला था।

यह रिपोर्ट प्रभात खबर में छपी थी। इन लोगों तक अखबार पहुँचाना कठिन कार्य था, अंदर जाकर अखबार बाँटने की अनुमति नहीं थी। कार्यक्रम के बीच में या अंत में जब कोई अधिकारी बाहर निकलते, एक अखबार उनके हाथ में देता था, यानी पहले न्यूज कवरेज करना, राँची भेजना, छपकर अखबार आ जाए तो उसे एजेंट के पास से लाना और फिर कार्यक्रम स्थल पर जाकर खुद बाँटना। मेरे इस काम में विनोद शरण भी सहयोग करते थे। उन दिनों जमशेदपुर में हम दो लोग ही संपादकीय में काम करते थे (तब प्रभात खबर जमशेदपुर से प्रकाशित नहीं होता था, प्रकाशन की तैयारी चल रही थी) आज का दौर अलग है प्रोफेशनल्स इस पेशे में आ गए हैं। मिशन का दौर खत्म होने को है। अब किसी भी अखबार के संपादकीय के साथियों को घर-घर या सभा-बैठक स्थल पर जाकर अखबार बाँटने का काम करना पड़े तो इनमें से अधिकांश इसे पसंद नहीं करेंगे। प्रभात खबर का अलग मॉडल रहा है और इसी मॉडल के तहत यह अखबार आगे बढ़ा है। पूरी योजना बनाना और मेरे पास भेजना प्रधान संपादक द्वारा मुझे प्रशिक्षण देने का एक उदाहरण था।

प्रभात खबर में प्रारंभ से ही पत्रकारों को इस प्रकार प्रशिक्षित किया जाता रहा है ताकि वे समझ सकें कि अखबार अगर कंटेंट के कारण बिकता है तो विज्ञापन के कारण चलता है। दोनों में बेहतर तालमेल होना चाहिए। संपादकीय और विज्ञापन विभाग में गहरे संबंध हैं, सीनियर पत्रकारों (जो संपादक या समाचार संपादक स्तर के हों) को संपादकीय के अलावा विज्ञापन, सर्कुलेशन, प्रोडक्शन और फाइनांस की इतनी जानकारी दे दी जाती थी, ताकि इन विभागों में तालमेल बैठाने में कोई दिक्कत नहीं हो। यह बताया जाता था कि एक-एक पाठक कितना महत्त्वपूर्ण है, एक-एक विज्ञापनदाता का अपना महत्त्व है, इनका खयाल किया जाना चाहिए। आज इन सभी कामों के लिए अलग-अलग विभाग हैं, इसलिए अब काम आसान हो गया है। पहले यह सुविधा नहीं थी। यह कड़ा अनुशासन (आमतौर पर स्व-अनुशासन) ही है कि प्रभात खबर आज यहाँ खड़ा है।

प्रभात खबर के इतिहास में अनेक ऐसी घटनाएँ हैं जब कभी कोई बड़ा विज्ञापन छूटता तो किसी की खैर नहीं होती थी। कहीं अखबार नहीं बँटा या कुछ कॉपी कम हुई तो संपादक और सर्कुलेशन मैनेजर से भी पूछताछ होती थी। ऐसा इसलिए होता था ताकि कमियाँ पकड़ी जाएँ और भविष्य में दुबारा ऐसी गलती न हो। 22 जून, 1995 को लिखा गया एक पत्र इसका उदाहरण है। एच.एम.टी. का कोई विज्ञापन छपा था पर उक्त अखबार एच.एम.टी. के डीलर तक नहीं पहुँच पाया था। डीलर ने मुझ तक बात पहुँचाई थी। यह जानकारी मैंने प्रधान संपादक को दी थी। कोई भी यह समझ सकता था कि एच.एम.टी. के डीलर या अधिकारियों तक अखबार नहीं पहुँचने का क्या दूरगामी प्रभाव हो सकता था, अखबार का क्या इमेज बनेगा? यह पूरा मामला ही संवादहीनता

के कारण हुआ था, कौन सा काम किसे करना है, इसे लेकर संशय था। इस घटना के बाद कई निर्देश जारी किए, इनमें लिखा था कि कौन सा काम कौन करेगा, इसका स्पष्ट उल्लेख करना होगा।

यह सही है कि मीडिया हो, सरकारी संस्था हो या अन्य संस्थान, आज भी स्थिति यह है कि काम का बँटवारा सही ढंग से नहीं होता है। यह मेरा काम नहीं है, यह कहना आम बात है। जब भी ऐसे मामले आए, प्रभात खबर ने जिम्मेदारी तय की। इसका असर यह हुआ कि जो गलती एक बार हो जाती थी, वह गलती दुहराई नहीं जाती थी। तुरंत निर्णय लेने की क्षमता हर किसी में नहीं होती है। मेरी सूचना के बाद राँची में सीनियर लोगों की बैठक हुई, फिर मुझे कहा कि अखबार लेकर खुद उक्त डीलर/अधिकारी तक जाओ और खेद प्रकट करना। मार्केटिंग में अब पी.आर. पर जोर दिया जाता है, पर प्रभात खबर ने आज से 29–30 साल पहले ही उस पर अमल करना शुरू कर दिया था। मेरे पास राँची से जो पत्र आया था, उस पत्र में कई ऐसे वाक्य थे जो किसी भी संस्था को खड़ा करने में सहायक होते हैं, जैसे 'इसी तरह की कार्य–संस्कृति के कारण आज बिहार (उस समय झारखंड नहीं बना था) की यह हालत है; इस पत्र में नसीहत भी थी, चेतावनी भी, लेकिन बेहतरी के लिए।

प्रभात खबर का यह मानना है कि अखबार के संपादक को न सिर्फ संपादकीय बल्कि अन्य विभागों की भी जानकारी होनी चाहिए। इसी विजन के तहत सीनियर साथियों को प्रशिक्षित किया जाता है। उन दिनों मैं जमशेदपुर में न सिर्फ संपादक था बल्कि यूनिट प्रभारी भी था, यानी खबरों से लेकर सर्कुलेशन, विज्ञापन, प्रोड्कशन, स्टोर, एडमिनिस्ट्रेशन, एकाउंट की जिम्मेदारी भी मैं सँभालता था। 12 सितंबर, 1995 को मुझे प्रधान संपादक ने जो पत्र भेजा था, उसमें साफ–साफ लिखा था कि कैमरा, पी.टी.एस. या संपादकीय में जो भी सामान चाहिए, उसका हिसाब रखना, कम–से–कम 10 दिनों का स्टॉक रहना चाहिए।

उन दिनों पेस्टिंग कर पृष्ठ बनता था, फिर कैमरा के माध्यम से फिल्म बनती थी, फिल्म बड़ी महँगी आती थी। इसी फिल्म (निगेटिव) से प्लेट बनता था। उन दिनों क्षेत्रीय अखबारों की आर्थिक स्थिति काफी कमजोर होती थी, इसलिए, प्लेट और निगेटिव घट जाना आम बात थी। अखबारों में माँगने की प्रथा भी चलती थी, यानी एक अखबार का निगेटिव या कागज घट गया तो दूसरे अखबार से माँग कर उसे बाद में वापस कर देते थे। बड़े घरानों के अखबार में आने से अब यह परंपरा खत्म हो गई। पत्र में साफ–साफ निर्देश था कि ऐसी स्थिति न हो कि स्टॉक खत्म होने पर खबर करें। यह प्रशिक्षण देने का हिस्सा भी था। ऐसा नहीं करते तो किसी भी दिन अखबार फँस जाता। प्लेट या निगेटिव राँची से आता था। रात में अगर घट जाए तो दूसरी जगह से माँगने के अलावा कोई विकल्प भी

नहीं बचता था। इसलिए ऐसे सुझाव/निर्देश लिखित में मिलते रहते थे। यह प्लानिंग का हिस्सा भी था। इसमें एक तरह से अखबार चलाने का प्रशिक्षण था कि जिन-जिन चीजों की जरूरत पड़ती है, उसका स्टॉक रहे ताकि अखबार निकालने में कोई दिक्कत नहीं हो।

यह सही है कि अगर पारदर्शिता हो, सभी सहयोगियों को सारी जानकारी मिलती रहे, तो आधी समस्या का निदान हो सकता है। प्रभात खबर ने यह प्रयास किया कि आर्थिक स्थिति की भी जानकारी अपने सहयोगियों को दी जाए। अगर कोई बड़ा संकट आया है या आने वाला है तो उसकी पूर्व जानकारी उन्हें दी जाए, राय ली जाए, उससे उबरने के लिए रणनीति बनाई जाए, हर घटना से सीख ली जाए; यही तो प्रशिक्षण है और प्रभात खबर ने यही किया भी है। 26 जुलाई, 1997 को राँची कार्यालय से एक पत्र आया था, जिसमें उल्लेख था कि बाजार की स्थिति खराब हो गई है (मार्केट डाउन चल रहा है, यानी मंदी है), विज्ञापन कम आ रहे हैं जिससे घाटा बढ़ रहा है, अगर तुरंत इस पर नियंत्रण नहीं किया गया तो अखबार चलाना मुश्किल हो जाएगा (संदर्भ : जमशेदपुर संस्करण)। मैंने अपनी टीम को यह पत्र पढ़कर सुनाया और संकट का सामना करने की योजना बनाई। अगर वह पत्र नहीं आता, या पारदर्शिता न रखते हुए मैं उस पत्र को अपने साथियों को नहीं बताता तो संकट और गहराता। ऐसे पत्रों से हमारी टीम को वास्तविक स्थिति का पता चलता था। उसी पत्र में उल्लेख था कि वह समय नहीं रहा कि घाटे वाली यूनिट चलाई जा सके, इसलिए हर यूनिट को अपने पैरों पर खड़ा होना होगा। यह तभी होगा जब अखबार बेहतर रहे, अच्छा सर्कुलेशन, अच्छा विज्ञापन, वित्तीय अनुशासन तो अनिवार्य है ही, इसके लिए वेस्टेज पर कंट्रोल रखना भी अति आवश्यक है। (अखबार जब छपता है तो शुरू की कुछ कॉपियों की प्रिंटिंग खराब रहती है और वह बेकार जाती हैं, बाद में किलो के भाव से बिकती हैं। यह जितना कम होगा, अखबार के लिए उतना ही बेहतर है)। इस पत्र का ही परिणाम था कि हम सभी अखबार की सेहत को सुधारने में जी जान से जुट गए थे। मशीन मैन भी उतना ही अलर्ट था जितना संपादकीय, विज्ञापन या सर्कुलेशन के सहयोगी। परिणाम भी सामने दिखने लगा था। स्थिति सुधरने लगी थी। ऐसे छोटे-छोटे सुझाव-पत्रों ने भी प्रशिक्षण का काम किया। उन दिनों प्रभात खबर आज जितना बड़ा अखबार नहीं था, इसलिए प्रशिक्षण का तरीका भी अलग था।

अब तो प्रभात खबर टीम के सदस्य, चाहे वे किसी भी विभाग के हों, उचित प्रशिक्षण देने के लिए देश के महत्त्वपूर्ण संस्थानों में भेजे जाते हैं। आई.आई.एम. जैसे प्रमुख प्रबंधन संस्थान से विशेषज्ञ आते हैं, प्रशिक्षण देते हैं क्योंकि प्रभात खबर मानता है कि ऐसे प्रशिक्षणों से कार्यक्षमता बढ़ाने, गुणवत्ता बढ़ाने में, रास्ता निकालने में बहुत मदद मिलती है।

□

पाठकों से सीधा संपर्क

किसी भी अखबार के लिए पाठकों की राय-प्रतिक्रिया का बहुत महत्त्व होता है। अखबारों-पत्रिकाओं में संपादक के नाम पत्र स्तंभ हुआ करता है, ताकि पाठकों की प्रतिक्रिया को उसमें जगह दी जा सके। अखबारों और पत्रिकाओं को सही फीडबैक मिल सके। ऐसा कर ही समाज की नब्ज, पाठकों की पसंद-नापसंद को समझा जा सकता है। प्रभात खबर ने प्रारंभ से ही पाठकों की राय को अहमियत देते हुए, पाठकों की राय का सम्मान करते हुए कंटेंट में समय-समय पर बदलाव किया है, इसके लिए लगभग हर संस्करण में पाठक मंच का आयोजन किया जाता है। 'प्रभात खबर आपके द्वार' कार्यक्रम का आयोजन किया जाता रहा है।

यह सही है कि जो भी अखबार पाठकों की राय को अहमियत नहीं देता, उससे संवाद नहीं करता, पाठकों के सुझावों के आधार पर अखबार में बदलाव नहीं करता, उसका पाठकों से संपर्क कट जाता है। बगैर पाठकों के संपर्क के (रीडर्स कनेक्टिविटी) कोई भी अखबार आगे नहीं बढ़ सकता। जब नया प्रबंधन आया तो सबसे पहले उसने यह जानना चाहा कि आम पाठक प्रभात खबर के बारे में क्या सोचते हैं, वे कैसा अखबार चाहते हैं, प्रभात खबर में क्या कमियाँ हैं। इन कमियों को दूर कर ही प्रभात खबर को आगे बढ़ाया जा सकता था, इसलिए नए प्रबंधन ने एक-एक कदम फूँक-फूँक कर रखा।

इसके लिए पाठकों से सीधा संवाद अनिवार्य था। जोखिम भी था क्योंकि पाठकों की प्रतिक्रिया कैसी होगी, इसका अंदाजा किसी को नहीं था। 28 जुलाई, 1991 को प्रभात खबर की पूरी टीम ने राँची के पाठकों से सीधा संवाद किया। प्रधान संपादक हरिवंशजी खुद बैठक में मौजूद थे। उन्होंने पाठकों से सीधा संवाद किया और अखबार के बारे में खुलकर राय बताने का आग्रह किया। यह कार्यक्रम राँची में जिला परिषद् सभागार में हुआ था। इसमें राँची के प्रमुख लोगों को आमंत्रित किया गया था। पाठकों को बुलाना आसान काम नहीं होता। उन दिनों तो और भी कठिन था। कोई अपना काम छोड़कर क्यों आए ? पूरी टीम इसमें जुट गई थी और निजी संबंधों के कारण अच्छी संख्या में पाठक (लोग कहिए) आ गए।

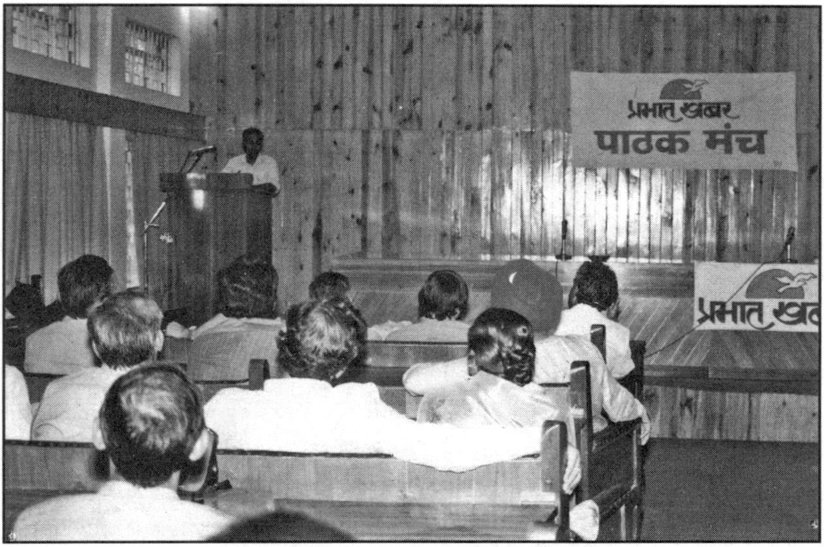

पाठकों से 1991 में संवाद करते प्रभात खबर के वरिष्ठ लोग

पाठकों से पूरा सभागार भर गया था। प्रभात खबर की टीम खुले मन से वहाँ गई थी। बैठक के आरंभ में ही पाठकों को प्रभात खबर की ओर से कह दिया गया—हम यहाँ अपनी बात कहने नहीं, आपकी तीखी टिप्पणी सुनने आए हैं। यह बहुत अनौपचारिक मिलन है, इस कारण खुलकर बातें हों। परंपरागत ढंग से सभा-समारोहों में जो तामझाम होते हैं, उनसे विपरीत जिसे बतियाना कहते हैं, इसलिए अनुरोध-आग्रह-निवेदन सब है कि सिर्फ प्रभात खबर की त्रुटियों की चर्चा हो, किसी दूसरे अखबार की प्रशंसा में, उसके उल्लेखनीय पहलू की चर्चा हो, पर दूसरे अखबार की आलोचना न हो। इस गोष्ठी की प्रासंगिकता तभी होगी जब आप प्रभात खबर को बेहतर बनाने के लिए उसकी कमियों को उजागर करें। हमें कहीं ठेस नहीं लगेगी, क्योंकि आप जिस स्नेह से आए हैं, उसमें ही आपका इस अखबार के प्रति लगाव झलकता है।

प्रभात खबर की सीनियर टीम भी वहाँ मौजूद थी। अखबार का भविष्य बेहतर करने के लिए यह अनिवार्य था। पाठकों से संवाद का कार्यक्रम दिन भर चला। अनेक मुद्दे उठे, पाठक प्रभात खबर की टीम पर अपने दिल की भड़ास निकालते रहे। कुछ ही दिन पहले प्रभात खबर में 'मुर्दों का शहर है राँची', शीर्षक से रविवारीय पत्रिका की कवर स्टोरी छपी थी। मुर्दा शहर कहने पर कुछ पाठकों ने तीखी प्रतिक्रिया व्यक्त की थी।

28 जुलाई की बैठक में उस समय के सिटी एस.पी. राजेश चंद्रा भी मौजूद थे। राँची को मुर्दा शहर लिखने से वे भी नाराज थे और बैठक में उन्होंने प्रभात खबर से

कहा था—राँची शहर को मुर्दा शहर कहना बंद कर दीजिए, प्रभात खबर चुप नहीं रहा। मुर्दा शहर लिखने का कारण भी बताया। प्रभात खबर का पक्ष था—हम इस शहर को मुर्दा मानते हैं, क्योंकि जिस शहर में 10 वर्ष की बच्ची से बलात्कार हो, कहीं भी, कभी भी डकैती-हत्या हो, एक बाप, बेटी को गाड़ी सिखाने के लिए ले जाए, उसके साथ हादसा हो, अदालत से अपराधी रिमांड पर लाया जाए और पुलिस लॉकअप में उसकी हत्या हो, फिर भी शहर में लोगों का धैर्य बना रहे, तो उसे हम मुर्दा मानते हैं। इस जवाब से प्रभात खबर ने साफ कर दिया था कि आने वाले दिनों में भी अगर कानून-व्यवस्था की स्थिति गड़बड़ रही तो प्रभात खबर लोगों को आंदोलन के लिए प्रेरित करने से भी पीछे नहीं रहेगा।

शहर/3

पाठकों की अदालत में 'प्रभात खबर'

जिला प्रशासन की जान

पाठकों के फीड बैक के लिए बुलाई गई बैठक की खबर

बैठक में अनेक मुद्दे उठे, आलोचना हुई। प्रभात खबर की सीनियर टीम चुपचाप सुनती रही। इस बैठक का फायदा मिला बैठक के बाद। इतना तो पता लग ही गया था कि कहाँ पर गड़बड़ी है, फिर उसे दूर करने का प्रयास आरंभ हुआ। यहीं से बदलाव का दौर शुरू हुआ।

यह तो एक उदाहरण था कि प्रभात खबर ने कैसे आरंभ से ही कोई भी निर्णय लेने के पहले पाठकों की राय ली थी। झारखंड बनने के बाद जब प्रभात खबर ने झारखंड में अपने लिए कोई टैगलाइन तय करना शुरू किया तो खुद तय नहीं किया, अखबार में विज्ञापन छापकर पाठकों से राय माँगी। हजारों पाठकों ने अपनी राय दी। एक से बढ़कर एक स्लोगन। उन्हीं में से छाँटकर 'अखबार नहीं आंदोलन' टैगलाइन को प्रभात खबर ने चुना, जो काफी चर्चित हुआ। प्रभात खबर चाहता तो खुद नया टैगलाइन तय कर सकता था, लेकिन उसने ऐसा नहीं किया।

पाठकों से संवाद का कार्यक्रम राँची के बाहर भी होता रहा। न सिर्फ जिला मुख्यालयों बल्कि अनुमंडल और प्रखंड स्तर पर भी कई जगहों पर पाठक संवाद होता

रहा है। 'प्रभात खबर पाठक मंच' और 'प्रभात खबर आपके द्वार' कार्यक्रम के जरिए पाठकों से लगातार प्रभात खबर का संपर्क बना रहा है। प्रभात खबर की टीम मुहल्ले-मुहल्ले जाती है, लोगों से संवाद करती है, उनकी समस्याओं को समझती है, अखबार के बारे में पाठकों की राय और कमियों के बारे में बात करती है। हजारीबाग, लोहरदगा, गुमला, चाईबासा, कोडरमा, खूँटी, दुमका, धनबाद, बोकारो आदि जगहों पर तो प्रायः ऐसे कार्यक्रम होते हैं। पाठकों द्वारा मिले फीडबैक के आधार पर अखबार में परिवर्तन दिखता है। अनेक अवसर आए, जब प्रभात खबर के किसी पाठक ने कोई राय दी, तो उनका टेलीफोन नंबर/पता नोट कर लिया गया। जब उनके किसी सुझाव को अखबार में लागू किया गया तो उस पाठक को फोन कर उक्त बदलाव की जानकारी दी गई, इससे प्रभात खबर और पाठकों के बीच का रिश्ता मजबूत होता गया।

सिर्फ राँची में ही नहीं, छोटे-छोटे शहरों में भी प्रभात खबर की टीम जाती और वहाँ के लोगों से सीधा संवाद करती। हजारीबाग, चतरा, पलामू, गढ़वा, जमशेदपुर, चाईबासा, सरायकेला, साहेबगंज, लातेहार, धनबाद, बोकारो इसके उदाहरण हैं। कई बार इस टीम में संपादक के साथ-साथ आरके दत्ता, विजय बहादुर जैसे सीनियर व्यक्ति भी होते हैं। ऐसी बैठकों का लाभ मिलता है, नई-नई जानकारियाँ मिलती हैं।

ऐसी शिकायतें रहती हैं कि जिस ग्रामीण पत्रकार से कुछ लोगों के संबंध बेहतर नहीं होते हैं, उनकी खबरों के साथ न्याय नहीं होता। इससे लोगों में अखबार के प्रति नाराजगी रहती थी, लेकिन वे बोल नहीं पाते थे। संभव हो कभी कोई खबर गलत छप गई हो और संबंधित लोगों का पक्ष नहीं सुना गया हो। जब प्रभात खबर की सीनियर टीम दूरदराज के इलाकों में जाती है, तो अखबार में खबर छपती कि इस तारीख को इतने बजे से इस स्थान पर प्रभात खबर पाठक मंच का आयोजन किया गया है, इसमें सभी पाठक आमंत्रित हैं। इसका फायदा यह होता कि जिन लोगों की नाराजगी भी होती, वे भी अपनी बात रखने आते, समस्याएँ बताते। इससे न सिर्फ शिकायत दूर होती बल्कि पाठक प्रभात खबर के और करीब आते। पाठक मंच में लोगों से यह भी राय माँगी जाती कि वे कौन-कौन से क्षेत्र या विषय हैं जिन पर रिपोर्ट्स अखबार में नहीं दिखती हैं, किन विषयों पर खबरें आनी चाहिए। इसका फायदा यह होता कि पाठक नए-नए विषय बताते, उन पर काम होता। इससे पाठकों को ऐसा महसूस होता कि उनकी राय भी सुनी जाती है। अखबार में कई ऐसे विषयों पर अभियान चला है, जिसका सुझाव पाठकों ने ही कभी दिया था।

□

अतिथि संपादक की परंपरा

प्रभात खबर ने देश के प्रमुख लोगों को अपने दफ्तर में बुलाकर एक दिन का अतिथि संपादक बनाकर उनकी अगुवाई में अखबार निकालने का काम किया है। कई साल से यह सिलसिला चलता रहा है। जो अतिथि संपादक बनते हैं, वे सिर्फ नाम के अतिथि संपादक नहीं होते हैं, बल्कि ये ठीक वैसे ही अखबार निकालते हैं जैसा अखबार नियमित संपादक निकालते हैं। अंतर होता है कि ये कुछ घंटों के लिए आते हैं, एक दिन के संपादक होते हैं, प्रभात खबर की संपादकीय टीम के साथ बैठकें करते हैं, खबरों पर चर्चा करते हैं, फिर अखबार में छपने वाली खबरों का चयन करते हैं, विशेष संपादकीय लिखते हैं, अपनी राय देते हैं।

इसकी शुरुआत 25 अक्तूबर, 2006 में कोलकाता से हुई जहाँ अध्यात्म गुरु रविशंकर पहली बार प्रभात खबर के अतिथि संपादक बनाए गए। उसके बाद प्रभात खबर के विभिन्न केंद्रों पर देश के प्रसिद्ध लोग अतिथि संपादक के तौर पर आए। पूर्व राष्ट्रपति डॉ. अब्दुल कलाम, क्रिकेट खिलाड़ी महेंद्र सिंह धौनी, अभिनेता अभिषेक बच्चन, जावेद अख्तर, चेतन भगत आदि भी प्रभात खबर के अतिथि संपादक बन चुके हैं।

कुछ ऐसे भी अवसर आए, जब अतिथि संपादक रोजाना के वीडियो कॉन्फ्रेंसिंग में शामिल हुए और दूसरे संस्करणों के संपादकों या वरिष्ठ साथियों से बात की। अधिकांश अतिथि संपादकों ने दफ्तर में संपादकीय टीम से यह जानकारी ली कि उस दिन की कौन-कौन सी खबर उनके पास हैं। उन्होंने देश-दुनिया की खबरों की सूची माँगी, फोटोग्राफ के बारे में पूछा। इतनी जानकारी हासिल करने के बाद अतिथि संपादक ने तय किया कि कौन खबर पृष्ठ एक पर जाएगी, कौन सी तसवीर छपेगी। खबरों का चयन उन्होंने अपने हिसाब से किया। इससे प्रभात खबर की टीम को जानने का मौका मिला कि अपने-अपने क्षेत्र में शीर्ष पर बैठे लोग कैसा अखबार चाहते हैं, उनकी पसंद क्या है। अधिकांश अतिथि संपादकों ने पृष्ठ एक पर अपने विचार भी लिखे। ये विचार बड़े महत्त्वपूर्ण हैं—

नैतिक क्रांति की जरूरत : श्रीश्री रविशंकर

'दुनिया के हर देश में राष्ट्रवाद को अच्छा माना जाता है। हिंदुस्तान में राष्ट्रवाद को खासतौर पर अंग्रेजी पढ़े-लिखे लोग हेय मानते हैं। ऐसा राष्ट्रविरोधी बीज किसी भी देश के लिए हानिकारक होगा। रक्षा जैसे संवेदनशील क्षेत्र में हानि पहुँचाने वाले विदेशी तत्त्वों के घुसने की घटना साधारण नहीं है, यह खतरनाक खबर है, हादसा है, हालाँकि हमारे रक्षामंत्री ने ईमानदारी से इसे स्वीकार किया, यह स्वागत योग्य है। हम राष्ट्रवाद-राष्ट्रभक्ति से दूर नहीं हट रहे हैं। अकसर धर्म विशेष के लोगों को समझा जाता है कि वे राष्ट्रभक्त नहीं हैं, यह धारणा गलत है। यह प्रमाणित है कि किसी भी धर्म का कोई भी व्यक्ति क्यों न हो, यदि उसकी नैतिकता के साथ देशभक्ति नहीं जुड़ी है, तो वह देशद्रोही ही सिद्ध होगा वह समाज हित का काम नहीं कर पाएगा।

श्रीश्री रविशंकर अतिथि संपादक की भूमिका में

विशाल दृष्टिकोण, विश्वप्रेम राष्ट्रवाद के लिए कतई अवरोध नहीं है। जैसे कोई व्यक्ति घर को भी सँभालता है और अपने कार्यालय फैक्टरी या खेत में भी सफल होता है, दोनों में कोई विरोध नहीं है। जिस व्यक्ति के लिए राष्ट्र और धर्म से पैसा अधिक महत्त्वपूर्ण हो जाता है, ऐसे विचार वाला व्यक्ति आतंकवादी से भी अधिक खतरनाक होता है। खासतौर पर देश की सुरक्षा का जो क्षेत्र है, वहाँ पूरी देशभक्ति-निष्ठा होनी चाहिए। इसके अभाव में पूरी जनता में भय व असुरक्षा का भाव फैल जाएगा। इतना ही नहीं, अंतरराष्ट्रीय

मंच पर हम हास्य के पात्र हो जाएँगे। अमेरिका को स्वतंत्रता मिले 200 साल से अधिक हो गए हैं, पर आज भी वहाँ राष्ट्रभक्ति बढ़ती ही जा रही है। लेकिन भारत 60 साल में ही अपने योद्धाओं की कुरबानियों को भुला रहा है, इसका कारण जातिवाद, पार्टी-पॉलिटिक्स, संकीर्ण मनोभाव हैं। इनसे निकलने के लिए नैतिक क्रांति की जरूरत है।'

वर्ल्ड क्रिकेट में महेंद्र सिंह धोनी का बड़ा नाम रहा है। वे एक बेहतरीन खिलाड़ी के साथ-साथ बेहतरीन लीडर भी रहे हैं। प्रभात खबर ने उन्हें भी अतिथि संपादक के तौर पर आमंत्रित किया था। धोनी 4 नवंबर, 2006 को प्रभात खबर राँची के दफ्तर में आए थे और अतिथि संपादक के नाते दूसरे दिन के अखबार का संपादन किया था। उन्होंने अपने संपादकीय में लिखा—

समाज का आईना है अखबार : धोनी

'समाचार-पत्र समाज का आईना होता है। आम व्यक्ति के दिन की शुरुआत समाचार-पत्रों से ही होती है। इसी के माध्यम से आम लोगों को सभी स्थलों के समाचारों की जानकारी होती है। मीडिया के माध्यम से ही लोगों को हर तरह के समाचार पढ़ने को मिलते हैं। यहाँ मैं यह भी कहना चाहूँगा कि जो समाचार जैसा है, उसे वैसा ही पेश किया जाए। अगर रिपोर्टिंग टू द प्वाइंट हो तो इससे बेहतर कुछ और नहीं हो सकता। समाचार-पत्रों के माध्यम से ही रोजगार, अवसर, फिल्म, देश-विदेश आदि के समाचार आम लोगों तक पहुँचते हैं। मुझे लगता है कि प्रिंट मीडिया आम लोगों को सभी तरह की सहायता प्रदान करता है।

धोनी ने भी संभाला था प्रभात खबर के अतिथि संपादक का पद

मैं खेल से जुड़ा हुआ हूँ तो खेल की बात मैं जरूर करूँगा। अगर मीडिया नहीं होता तो शायद मैं आज इस जगह पर नहीं होता क्योंकि सारे देश को पता चलना चाहिए कि कौन सा खिलाड़ी किस लेवल पर कैसा कर रहा है। इसमें मीडिया की ही भूमिका होती है चाहे वे रणजी ट्रॉफी या दलीप ट्रॉफी का ही मैच क्यों न हो। अगर आप स्कूल लीग का मैच खेल रहे होते हैं, तो लोकल स्तर के समाचार–पत्रों, टीवी चैनलों को आपके प्रदर्शन के बारे में जरूर बताना चाहिए। चयनकर्ता हर जगह मौजूद नहीं होते हैं, खिलाड़ियों के प्रदर्शन को सामने लाने का काम मीडिया ही करता है, जिनके संवाददाता हर जगह मौजूद रहते हैं। इसके अलावा सभी स्तरों पर किस चीज की आवश्यकता है, यह बताना भी मीडिया का दायित्व बनता है।

अतिथि संपादक की कलम से

दुनिया बदल सकती है मीडिया

तनुश्री दत्ता

शेष पेज 19 पर

तनुश्री दत्ता

अभिनय नां, संपादन (फिल्म, मनोरंजन, युवा दुनिया, महिला) की कला

प्रभात खबर के जमशेदपुर कार्यालय में 28 दिसंबर को अतिथि संपादक के रूप में कार्य करती सिने अभिनेत्री तनुश्री दत्ता.

तस्वीर उमा शंकर दुबे की.

वरिष्ठ संपादक की कलम से

तनुश्री दत्ता ही क्यों?

अनुज कुमार सिन्हा

शेष पेज 19 पर

फिल्म अभिनेत्री तनुश्री दत्ता भी बनी थी अतिथि संपादक

हमारे पास सभी विधाओं के टैलेंट हैं, इसे सामने लाना मीडिया का काम है। सरकार क्या–क्या कर रही है, उसे भी बताने का काम मीडिया ही करता है। अभी झारखंड को राष्ट्रीय खेल की मेजबानी मिली है, इसकी सफल मेजबानी करना राज्य की प्रतिष्ठा का सवाल है। इन खेलों के लिए आधारभूत संरचनाओं का निर्माण कहाँ तक पहुँचा है, मुझे उसके बारे में नहीं पता, लेकिन मुझे लगता है कि अगर नेशनल गेम्स को हम समय सीमा पर आयोजित नहीं कर सके तो राज्य की प्रतिष्ठा को इससे गहरा आघात लगेगा। एक खिलाड़ी होने के नाते मुझे पूरा भरोसा है कि हम सभी झारखंडवासी इन खेलों का सफल आयोजन करने में सफल हो सकेंगे।'

अभिषेक बच्चन न सिर्फ अमिताभ बच्चन के पुत्र के तौर पर जाने जाते हैं बल्कि एक अभिनेता के तौर पर भी वे प्रसिद्ध रहे हैं। अभिषेक 17 अप्रैल, 2011 को पटना में थे। प्रभात खबर पटना टीम ने उनसे संपर्क किया और उन्हें प्रभात खबर का अतिथि संपादक बनने का अनुरोध किया। अभिषेक प्रभात खबर दफ्तर आए और बड़े ही

लगन से अतिथि संपादक का दायित्व निभाया। उनके द्वारा लिखा गया संपादकीय यहाँ प्रकाशित कर रहे हैं—

बेहतर भविष्य के शिल्पी हैं युवा—अभिषेक बच्चन

आज के युवाओं से बुजुर्ग या अधेड़ उम्र के बहुतेरे लोग खासे नाराज रहते हैं जो बस खाने-पीने और मौज-मस्ती में डूबे हैं, उन्हें अपने समाज और देश की चिंता नहीं है, वे सौरव गांगुली या धोनी को नहीं देख पाते, जिन्होंने भारतीय क्रिकेट की परिभाषा बदल दी है। वे मुजफ्फरपुर के सुधीर के उस जुनून को भी नहीं देख पाते जो मैच देखने साईकिल से बांग्लादेश पहुँच जाता है। सिर्फ क्रिकेट ही क्यों, आज का युवा शिक्षा, उद्यमिता, कृषि, व्यवसाय सभी क्षेत्रों में नए कीर्तिमान स्थापित कर रहा है। यही युवा राष्ट्रीय चुनौतियों का भी शानदार ढंग से मुकाबला कर रहा है।

पिछले दिनों भ्रष्टाचार तेजी से फैला। इसने संसद सहित देश की सभी प्रमुख संस्थाओं की प्रतिष्ठा खतरे में डाल दी, इसके बाद जो हुआ, उसे पूरी दुनिया ने देखा। अन्ना हजारे ने भ्रष्टाचार के खिलाफ भूख हड़ताल शुरू की तो पूरे देश के युवा उनके पीछे चल दिए। केंद्र सरकार ने समय रहते अन्ना की माँग मंजूर कर ली। जो काम 40 वर्षों से रूका था, वह आँधी की तरह उठी युवा शक्ति के कारण सिर्फ चार दिनों में ही हो गया। अब लोकपाल बिल दो महीने बाद ही संसद में पेश होगा। यह बात भी तय है कि सिर्फ लोकपाल बिल आने से ही भ्रष्टाचार खत्म नहीं हो जाएगा, बल्कि इसके लिए नागरिक समाज को सक्रियता दिखानी होगी। यहाँ भी निराश होने जैसी बात नहीं है। सिटीजन जर्नलिस्ट अवार्ड वितरण के दौरान मैं मंच पर था। मैंने देखा कि किस तरह लोग सूचना के अधिकार कानून का इस्तेमाल कर रहे थे। गाँवों व छोटे शहरों के लोग असाधारण साहस का परिचय देते हुए सिस्टम को चुनौती दे रहे थे। एक लड़की ने आर.टी.आई. के तहत पूछा था कि उसके स्कूल के बगल में कूड़ा घर क्यों बना दिया गया है? भ्रष्टाचार ही नहीं, देश के हर सवाल पर उनकी नजर है। सवालों को हल करने के लिए उनके पास अपनी दृष्टि है। वह बेहतर समाज, खुशहाल राष्ट्र व विश्व बंधुत्व के लिए समर्पित है।'

अतिथि संपादक के तौर पर देश के पूर्व राष्ट्रपति और प्रसिद्ध वैज्ञानिक डॉ. अब्दुल कलाम का प्रभात खबर के कार्यालय में आना, काम सँभालना, निर्णय लेना एक ऐतिहासिक घटना है। 15 जून, 2012 को डॉ. कलाम प्रभात खबर के पटना कार्यालय में आए थे। जब डॉ. कलाम से प्रभात खबर का अतिथि संपादक बनने का आग्रह (पटना के तत्कालीन संपादक स्वयं प्रकाश द्वारा) किया गया था तो उन्होंने प्रभात खबर की पुरानी प्रतियाँ माँगी थीं; उन अखबारों का उन्होंने गहराई से अध्ययन किया था।

डॉ. कलाम न सिर्फ प्रभात खबर के पटना दफ्तर में आए बल्कि उन्होंने अपना

पूरा समय दिया। उन्होंने उस दिन न केवल प्रभात खबर का संपादन किया बल्कि पटना के साथियों के साथ प्रभात खबर दफ्तर में बैठक की। वीडियो कॉन्फ्रेंसिंग के जरिए डॉ. कलाम ने राँची, जमशेदपुर, धनबाद, देवघर, कोलकाता, भागलपुर और मुजफ्फरपुर के संपादकों और संपादकीय टीमों से बात की, समाचारों के बारे में पूछा, अपनी टिप्पणी भी की कि किस खबर को लेना है, किसमें कौन सा इनपुट जोड़ना है। न्यूज डायरी में जब उन्होंने कुछ अच्छी खबरों को देखा, पसंद किया तो उसकी प्रशंसा भी की और उन्हें बेहतर तरीके से लेने का सुझाव भी दिया।

न्यूज रूम में डॉ. कलाम ने खबरों के चयन के दौरान अनेक बातें कहीं। ये सारी बातें पत्रकारिता को समृद्ध करने वाली थी, युवाओं को उत्प्रेरित करने वाली थीं। डॉ. कलाम महिला सशक्तीकरण, ई–गवर्नेंस, तकनीकी कुशलता और सक्सेस स्टोरी को खोज रहे थे। उन्होंने कहा था—एक अखबार समाज खासकर युवा वर्ग को ऊर्जान्वित कर सकता है, भविष्य की दिशा तय कर सकता है। उन्होंने सुझाव दिया था कि महिलाओं और ग्रामीण क्षेत्रों में चल रहे प्राथमिक स्वास्थ्य केंद्रों की दशा को समाचार-पत्रों में जगह दी जानी चाहिए। वहाँ डॉक्टर जाते नहीं, महिला डॉक्टर तो होती ही नहीं। इन चीजों को पत्रकारों द्वारा सामने लाना चाहिए, गाँव की खबरों को प्रमुखता देनी चाहिए। डॉ. कलाम ने कहा कि पंचायतों में महिलाएँ चुनकर आई हैं, उनका साक्षात्कार होना चाहिए, इस बात को उजागर करना चाहिए कि कैसे ये महिलाएँ घरों से निकलकर सामाजिक और प्रशासनिक कार्य में भागीदारी निभा रही हैं। पीने के पानी से संबंधित एक रिपोर्ट पर उन्होंने सुझाव दिया कि पीने के पानी की शुद्धता और उसे रि–साईकिल कर उपयोग में लाने की तकनीक पर ध्यान केंद्रित करना चाहिए। साईकिल योजना का लाभ उठाकर लड़कियाँ किस प्रकार शिक्षा के क्षेत्र में आगे बढ़ रही हैं, डॉ. कलाम ने पृष्ठ एक का भी खाका बताया था।

उनका सुझाव था कि हर दिन पृष्ठ एक पर एक सक्सेस स्टोरी होनी चाहिए, गुड न्यूज होना चाहिए। कृषि, उद्योग, मीडिया, खेल या जिस किसी भी क्षेत्र में किसी ने उपलब्धि हासिल की हो, उसे प्रमुखता से जगह मिलनी चाहिए। उन्होंने सभी को साफ शब्दों में कहा था—अखबार ऐसा हो कि सुबह में कोई पढ़े तो वह निराश नहीं, बल्कि आनंदित महसूस करे। ये सारे सुझाव मीडिया जगत के लिए 'आई ओपनर' की तरह थे। प्रभात खबर के दूसरे दिन के अंक में उन्होंने जो कुछ लिखा, वह न सिर्फ पाठकों-पत्रकारों के लिए महत्त्वपूर्ण है बल्कि पत्रकारिता के क्षेत्र में आने वाले हर व्यक्ति/पत्रकार के लिए अमृत है। पृष्ठ एक पर प्रभात खबर के बारे में की गई उनकी टिप्पणी छपी, वह इस प्रकार है—

यह किसी पार्टी का नहीं, लोगों का अखबार है : डॉ. कलाम

'नमस्कार, यहाँ आने के पहले मैंने प्रभात खबर के मई के अंतिम सप्ताह के अंक देखे थे। मैंने जानना चाहा कि यह किस राजनीतिक दल का समर्थक अखबार है। मैंने पहला पृष्ठ देखा, दूसरा पृष्ठ देखा, तीसरा पेज…, सभी पृष्ठ देख डाले, लेकिन कुछ समझ नहीं आया कि यह किस दल का समर्थक अखबार है। बाद में मैं इस निष्कर्ष पर पहुँचा कि यह किसी पार्टी का नहीं, बल्कि लोगों का अखबार है। उसमें मैंने कुछ कार्टून देखे, प्रदेश और देश के बारे में कुछ अच्छे विषयों पर चर्चा भी देखी। काफी शोध करने के बाद विषयों पर चर्चा की गई है। एक खबर जो तंबाकू के बारे में लिखी गई है, बहुत ही महत्त्वपूर्ण है। मैं चाहता हूँ कि इस तरह के सामाजिक विषयों पर चर्चा होती रहे। आप सभी को मेरी बधाई और शुभकामनाएँ! आप सब पर ईश्वर की कृपा सदैव बनी रहे।'

प्रभात खबर के अतिथि संपादक के तौर पर पूर्व राष्ट्रपति डॉ. अब्दुल कलाम

उन्होंने पृष्ठ एक पर विशेष संपादकीय भी लिखा, जो इस प्रकार है—

देखें, क्या होता है रचनात्मक नेतृत्व

'दोस्तों, मानव उद्यमिता की उपलब्धि की किसी भी प्रणाली में तब उत्कृष्टता व श्रेष्ठता उभरकर सामने आती है, जब इस दृष्टि को कड़ी प्रतियोगिता व रचनात्मक नेतृत्व का समर्थन हासिल हो। मैंने तीन सपने देखें, जिन्होंने दृष्टि, मिशन व बोध के रूप में आकार लिया। ये सपने इसरो के स्पेस प्रोग्राम, डी.आर.डी.ओ. की अग्नि व पूरा राष्ट्रीय मिशन बनकर सामने आए। निश्चित रूप से इन तीनों कार्यक्रमों की सफलता के दौरान कई चुनौतियाँ व मुश्किलें आईं। मैंने इन तीनों क्षेत्रों में काम किया है।

मैं आपको बताना चाहता हूँ कि इन तीनों कार्यक्रमों के दौरान नेतृत्व का मतलब मैंने क्या समझा। नेतृत्व के पास दूरदृष्टि (विजन) अवश्य हो, विजन को जमीन पर उतारने का जुनून हो, नेतृत्व को नई राह बनाने, उस पर चलने के लिए तैयार रहना चाहिए। उसके पास विफलता व सफलता दोनों का सामना करने का साहस होना चाहिए, उसके पास निर्णय

लेने की क्षमता होनी चाहिए, उसे हर काररवाई में पारदर्शी होना चाहिए, उसे ईमानदारी के साथ काम करना चाहिए व इसी तरह सफलता पानी चाहिए। सभी मिशनों में सफलता के लिए नेतृत्व को रचनात्मक होना चाहिए। रचनात्मक नेतृत्व का अर्थ है दृष्टि को इस तरह अमल में लाएँ जिससे उनकी भूमिका परंपरागत कमांडर से बदलकर कोच के रूप में स्थापित हो, वह मैनेजर के बदले मेंटर, निदेशक की जगह डेलिगेटर व दूसरों से आदर की माँग करने वाले की जगह खुद आदर पाने के योग्य हो। खुशहाल व विकसित बिहार के लिए इस बात पर जोर होना चाहिए कि उसके पास कई रचनात्मक नेता हों। मैं आपके रचनात्मक नेतृत्व से आश्वस्त हूँ—गवर्नेंस, उद्योग, बौद्धिक-जन व युवा सब मिलकर बिहार को देश के शक्तिशाली आर्थिक इंजन में बदल देंगे, जहाँ सबके लिए समान अवसर होंगे, सबके लिए सद्भाव होगा, ईश्वर आप पर स्नेह बरसाएँ।'

तथागत ऐसी प्रतिभा के धनी हैं जिनकी बुद्धि का दुनिया लोहा मानती है। उम्र कम थी इसलिए मैट्रिक या बी.एस-सी. की परीक्षा देने की अनुमति नहीं मिल रही थी। सरकार ने नियम बदले। इतना ही नहीं, सबसे कम उम्र में वे आई.आई.टी. के प्राध्यापक बने। वे युवाओं के 'आइकान' रहे हैं। प्रभात खबर ने 16 जुलाई, 2010 को उन्हें अतिथि संपादक बनाया। उन्होंने खुशी-खुशी इसे स्वीकार किया और युवाओं को प्रेरित करने के लिए उसी दिन एक गंभीर संपादकीय भी लिखा।

एक आदर्श समाज की कल्पना : तथागत

'प्रभात खबर को मुझे अतिथि संपादक का सम्मान देने के लिए हार्दिक धन्यवाद। आइए, आम खबरों से कुछ अलग बातें करते हैं। कभी सोचा है, मानव समाज अन्य जीव-जंतुओं के मुकाबले इतना उन्नत क्यों है? कारण है मनुष्य की अद्भुत कल्पना-शक्ति। हमारी कल्पना की कोई सीमा नहीं और यही कारण है कि आदि काल से लेकर अब तक हम नित नए-नए आविष्कार करके उन कल्पनाओं को मूर्त रूप देते आ रहे हैं। अगर आवश्यकता आविष्कार की जननी है, तो बेशक कल्पना आविष्कार का जनक है। अमूमन लोग आविष्कारों का तात्पर्य सिर्फ विज्ञान से समझते हैं, किंतु ऐसा नहीं है। आविष्कार सामाजिक स्तर पर भी होते हैं, अगर गौर से देखिए, तो हर धर्म और विचारधारा की स्थापना मानव समाज के किसी महत्त्वपूर्ण पहलू के आविष्कार के साथ हुई है। इस अरमान के साथ कि वह पहलू एक आदर्श समाज की स्थापना में हमारी मदद करेगा, परंतु हमारे आदर्श समाज की कल्पना साकार नहीं हुई। अब भी अधर्म का डंका बार-बार, जोर-शोर से बजता है, क्यों? कारण वही है, मनुष्य की अद्भुत कल्पना-शक्ति, जिसने हमें झूठ बोलने की आजादी और शक्ति दे दी। हकीकत कुछ और है पर हमारा मस्तिष्क हकीकत को जानते हुए भी निजी स्वार्थ के लिए कल्पना-शक्ति का भरपूर इस्तेमाल करके ऐसा झूठ बोलता है कि हकीकत ही बदल जाती है। अपराधी ने अपराध किया, इस गुमान

के साथ कि वह झूठ बोलकर बच सकता है, इस बहाने के साथ कि सब झूठे हैं और उसने तो बस बहती गंगा में हाथ धोया है। न जाने इसी बहती गंगा में कितना अनर्थ हो गया, कितना अधर्म हो गया, पर हम कुछ न कर सके, यह गंगा रुकती क्यों नहीं? मेरी बात आपको समझ में आ गई होगी। हम अभी तक सत्य का आविष्कार नहीं कर सके, कैसे करें? ठीक उसी के लिए हमें मानव मस्तिष्क के विचित्र रहस्यों को समझना होगा, मानव समाज के झूठ बोलने की बीमारी का इलाज खोजना ही होगा। कैंसर रूपी मस्तिष्क कोशिकाएँ, जो हमें झूठ बोलने पर मजबूर करती हैं, उन्हें जड़ से काट फेंकना होगा, कैसे होगा? यह काम आप हम वैज्ञानिकों पर छोड़ दें, तो बेहतर…।

मानव मस्तिष्क एक जटिल तंत्र है, जिसे समझने के लिए शक्तिशाली कंप्यूटरों की जरूरत है। हम प्रयासरत हैं और आने वाले दशकों में जरूर सफल होंगे। तनिक सोचिए, क्या हमने कभी सोचा था कि हम पक्षियों की तरह हवा में उड़ सकेंगे पर आज विमानयात्रा साधारण बात है। किसी भी आविष्कार के पूर्व वह कठिन प्रतीत होता है, पर आविष्कार होते ही वह साधारण बात लगती है, ठीक उसी तरह हम अपने मकसद में कामयाब होंगे और कर सकेंगे सत्य का आविष्कार। कल्पना की सीमा तो है ही नहीं। लिखने को बहुत कुछ है, कहने को बहुत कुछ है, पर फिलहाल आप सब पाठकों को एक आदर्श समाज की शुभकामनाएँ।'

बिहार : सोने की चिड़िया : जावेद अख्तर

'हम लोग अकसर कहते हैं कि हिंदुस्तान सोने की चिड़िया थी। इसके अपने अर्थ हैं, आखिर भारत के वह कौन से हिस्से थे, जिसे सोने की चिड़िया कहा जाता था? आंध्रप्रदेश, कर्नाटक, तमिलनाडू तो काफी दूर थे। उन इलाकों से तो भारत के बाकी लोग वाकिफ भी नहीं थे। सोने की चिड़िया यही थी, यही हिंदी भाषी प्रदेश (मगध-अवध प्रदेश) यहीं सबकुछ हुआ। सभी देवी-देवताओं का संबंध यहीं से रहा है। ईस्ट इंडिया कंपनी का केंद्र भी यही इलाका रहा। आज भले ही इसे आप बिहार, यूपी के रूप में, राजनीतिक रूप से अलग कर देखें, उस वक्त तो सभी एक ही थे। अंग्रेजों ने यहाँ धीरे-धीरे अपना जाल बिछाया, यही इलाका था, जहाँ सबसे ज्यादा अंग्रेजों का प्रतिरोध हुआ, वह चाहें कुंवर सिंह हों, या अवध के नवाब या फिर झाँसी की रानी, सबसे ज्यादा यही इलाका लड़ा है, बड़े पैमाने पर यहीं लड़ाई हुई।

ठगी एक तरह से भूमिगत आंदोलन था, इसमें कौन लोग थे? अंग्रेजों ने खुद ही लिखा है कि इसमें व्यवसायी थे, बड़े घरों के लोग थे, मुसलमान भी थे, जो काली की पूजा करते थे। दरअसल अंग्रेजों ने जिस अर्थव्यवस्था को बरबाद किया, उससे पीड़ित ये लोग थे। अंग्रेजों ने हिंदी प्रदेशों की अर्थव्यवस्था को बरबाद करने में कोई कसर नहीं छोड़ी थी।

यहाँ चाँदी बहुयायत में थी। अंग्रेजों ने जब इस अर्थव्यवस्था को तोड़ने की कोशिश की, तो ठगी का मूवमेंट चला—कोलकाता से दिल्ली तक, अंग्रेजों ने सबसे ज्यादा इस इलाके को बरबाद किया, क्योंकि उन्हें यहीं से खतरा महसूस हो रहा था। उन्होंने बिहार के दो वक्त की रोटी की खेती को नील की खेती में बदल दिया। आप देखेंगे कि देश के दूसरे हिस्सों की तरह बिहार में अंग्रेजों के बनाए संस्थान या प्रतीक नहीं मिलेंगे। दो सौ वर्षों तक इस जगह को बरबाद किया गया, देश से मुहब्बत और अंग्रेजों के खिलाफ लड़ाई की कीमत उन्हें चुकानी पड़ी। जिन्होंने अंग्रेजों का साथ दिया, उन्हें इनाम मिला। दुर्भाग्य यह रहा कि आजादी के बाद भी इस सच्चाई को नहीं समझा गया, बिहार की ओर अलग से ध्यान नहीं दिया गया, यही तो सोने की चिड़िया थी।

आज यदि बिहार अपनी स्थापना के सौ साल मना रहा है तो पिछले दो सौ सालों को याद करने की भी जरूरत है जब बिहार ने अपनी लड़ाई की कीमत अदा की। इन लम्हों को आगे बढ़ाने की जरूरत है। अब इस इमारत को फिर से खड़ा करने का प्रयास किया जा रहा है। यह जिम्मेदारी सिर्फ बिहार की नहीं, बल्कि पूरे देश की है, क्योंकि बिहार ने आजादी की लड़ाई सिर्फ अपने लिए नहीं बल्कि पूरे देश के लिए लड़ी थी। बिहार के बारे में धारणा बदली है। जिनका बिहार से सीधा जुड़ाव नहीं है, उनके मन में भी बिहार के प्रति आदर का भाव पैदा हुआ है।'

युवा ही खत्म कर सकते हैं भ्रष्टाचार : चेतन भगत

'सबसे पहले तो अतिथि संपादक बनाने के लिए प्रभात खबर परिवार का शुक्रगुजार हूँ। प्रभात खबर जिस तरीके से भ्रष्टाचार के खिलाफ आवाज उठाता रहा है, वह बेहद प्रशंसनीय है। कारण, आज पूरे देश के सामने सबसे बड़ी चुनौती भ्रष्टाचार की है। कह सकते हैं कि भ्रष्टाचार की समस्या ने इस देश में सारी हदें पार कर ली हैं। हमारे विकास में यह सबसे बड़ी बाधा है। 2-जी स्पेक्ट्रम घोटाला के रूप में देश में भ्रष्टाचार का एक और मामला सामने है और यह एक तरह से देश के लोगों के विश्वास के साथ धोखा है। कारण, देश की जनता ने विश्वास के साथ सरकार बनाई और सरकार में बैठे लोगों ने घोटाला किया। देश की जनता खासतौर पर युवाओं को यह समझना होगा कि सरकार हम चलाते हैं, हम अपनी मेहनत की कमाई का हिस्सा सरकारी खजाने में टैक्स के रूप में देते हैं। सरकार का काम गरीबों का भला करना होता है। अब यदि सरकार में बैठे लोग 2-जी स्पेक्ट्रम के जरिए जनता की कमाई को अपनी जेब में भरते हैं तो फिर क्या बचता है? यदि ये पैसे भ्रष्टाचार के कारण चंद लोगों की मुट्ठी में नहीं जाते तो इससे किसानों को खेती के लिए सिंचाई, बीज-खाद की व्यवस्था होती, किसान की आय बढ़ती, किसानों के बच्चों को बेहतर शिक्षा दी जाती।

यह ध्यान रखना होगा कि घोटाला हुआ-तो-हुआ, हमारा क्या हुआ? इस तरह सोचने से काम नहीं चलने वाला। भ्रष्टाचार समेत जो भी गड़बड़ियाँ हैं, उसके लिए पूरे तरीके से राजनीति जिम्मेदार है। आज विभिन्न राजनीतिक दलों के नेताओं ने जनता के जितने पैसे लूट रखे हैं, उतने पैसों में देश की जनता की तकदीर और तसवीर दोनों बदल सकती है। यदि राजनीतिक इच्छाशक्ति मजबूत और ईमानदार हो तो कुछ भी असंभव नहीं। इसका सबसे बड़ा और ताजा प्रमाण है बिहार। आज बिहार में हालात बदले हैं तो इसका श्रेय मजबूत और ईमानदार राजनीतिक इच्छाशक्ति को जाता है। बिहार ने देश को नया रास्ता दिया है। केंद्र सरकार के मुखिया को चाहिए कि भ्रष्टाचार के मामलों की निष्पक्ष जाँच कराए। जिन लोगों की गिरफ्तारी हुई है, उन्हें सजा मिले। मेरा मानना है कि जो हालात हैं, उसमें जनता को भी इसके खिलाफ आवाज उठाने की जरूरत है। भ्रष्टाचार के खिलाफ मुहिम में देश के युवा अहम भूमिका निभा सकते हैं। युवाओं को समझना होगा कि देश में हो रहे घोटालों का सीधा असर उनकी जिंदगी पर पड़ रहा है, साथ ही आने वाले वक्त में उन्हें इसका और खामियाजा भुगतना पड़ेगा।'

प्रभात खबर ने एक ओर जहाँ देश के प्रमुख लोगों को अतिथि संपादक बनाया, वहीं दूसरी ओर कई प्रमुख लोगों को गेस्ट स्पीकर के रूप में प्रभात खबर कार्यालय बुलाकर उनके विचारों को सुना। जब भी देश के प्रमुख व्यक्ति, खिलाड़ी राँची, पटना, जमशेदपुर व अन्य संस्करणों में आए, यह प्रयास हुआ कि उन्हें दफ्तर में बुलाकर अपने साथियों को उनके विचारों से अवगत कराया जाए। इसका उद्देश्य जहाँ उन प्रमुख लोगों का सम्मान करना था, वहीं प्रभात खबर के कर्मियों की जानकारी-ज्ञान-अनुभव को बढ़ाना भी था। इसी क्रम में देश के प्रमुख पत्रकार कुलदीप नैयर, सुरेंद्र प्रताप सिंह, अरुण शौरी, ललित सुरजन, राजदीप सरदेसाई, मधुकर उपाध्याय, एनके सिंह, अमिताभ कुमार, अतुल महेश्वरी, सुधीर अग्रवाल को आमंत्रित किया था। इनके अलावा अंतरराष्ट्रीय धाविका पीटी उषा (5.9.14), कुश्ती में ओलिंपिक मेडल विजेता सुशील कुमार, एवरेस्ट फतह करने वाली प्रेम लता अग्रवाल और अरुणिमा सिन्हा, बिगन सोय, अध्यात्म गुरु धर्मबंधु, सुनील कुमार, गायक मनोज तिवारी, अनुपम खेर, भोजपुरी फिल्मों के नायक-निदेशक निरहुआ, नायिका पाखी हेगड़े (14.2.14) भी प्रभात खबर में आए और अपने अनुभव बाँटे। ऐसे प्रयासों से प्रभात खबर के कर्मियों को देश-दुनिया को समझने में काफी मदद मिली। पर्यावरण विद, देश में पानी पर अद्भुत काम करने वाले और मैग्सेसे पुरस्कार विजेता राजेंद्र सिंह 21 अप्रैल, 2006 को प्रभात खबर कार्यालय आए थे और सहयोगियों को संबोधित किया था। बाद में पुनः उनका आगमन हुआ। यह एक निरंतर चलने वाला अभियान है, जिसने प्रभात खबर को नई पहचान दी।

□

भारत किधर व्याख्यानमाला

जब नए प्रबंधन ने राँची से प्रभात खबर निकालना शुरू किया (1989), तब झारखंड आंदोलन का दौर था। जो अखबार इस क्षेत्र से निकलते थे, वे खबरों तक ही सीमित थे। प्रभात खबर ने प्रयास किया कि देश के महत्त्वपूर्ण लोगों को राँची और झारखंड (बाद में बिहार भी) आमंत्रित कर उनके विचारों को सुना जाए, लोगों को सुनाया जाए, हर विचारधारा के लोगों को आमंत्रित किया जाए। इसी क्रम में प्रभात खबर द्वारा भारत किधर व्याख्यानमाला' की शुरुआत की गई थी।

उन दिनों अखबारों का प्रचार करने के लिए आज जैसा प्रयास नहीं होता था। इतने साधन भी नहीं थे, इसलिए प्रभात खबर ने तय किया था कि छोटे-छोटे प्रयासों से अखबार को चर्चित किया जाए। प्रभात खबर ने महसूस किया कि इस क्षेत्र के आम लोगों को बौद्धिक खुराक की जरूरत थी। लोग अच्छे वक्ताओं से देश-दुनिया के बारे में सुनना चाहते थे, लेकिन कोई मंच नहीं मिल रहा था। प्रभात खबर ने लोगों को वह मंच प्रदान किया। इसी क्रम में प्रभात खबर ने 6 फरवरी, 1992 को प्रसिद्ध पत्रकार सुरेंद्र प्रताप सिंह को बुलाया था। शहर के एक सभागार में उन्हें सुनने के लिए लोगों की भीड़ उमड़ पड़ी थी। यह पहला कार्यक्रम था। उस समय इसका नाम 'भारत किधर व्याख्यानमाला' नहीं था, लेकिन सुरेंद्र प्रताप सिंह के कार्यक्रम की सफलता के बाद यह तय किया गया कि इस प्रकार के कार्यक्रम लगातार कराए जाएँ, न सिर्फ राँची में बल्कि अन्य प्रमुख शहरों में भी। उसी समय इसका नामकरण किया गया—'भारत किधर व्याख्यानमाला'

उसके बाद से जितने भी कार्यक्रम हुए, वे भारत किधर व्याख्यानमाला लेक्चर सीरिज के हिस्से थे। इसमें इस बात का खयाल रखा गया कि वक्ता ऐसे हों जिनकी राष्ट्रीय पहचान हो। हर विचारधारा के वक्ताओं को आमंत्रित किया जाता रहा। जिन्होंने भारत किधर व्याख्यानमाला में अपने विचार रखें, उनमें भारत के तत्कालीन उपराष्ट्रपति भैरों सिंह शेखावत (18 नवंबर, 2003, विषय : सुशासन), भारत के पूर्व प्रधानमंत्री चंद्रशेखर, पूर्व राज्यपाल प्रभात कुमार, पूर्व राज्यपाल वेद मारवाह, कामरेड विनोद मिश्र

(4 जुलाई, 1993), राष्ट्रीय मानवाधिकार आयोग के अध्यक्ष जस्टिस रंगनाथ मिश्र (18 सितंबर, 1993 विषय लोकतांत्रिक व्यवस्था में मानवाधिकार की सीमाएँ), रुसी मोदी, वाम नेता सीताराम येचुरी, किशन पटनायक, अरुण शौरी, कृष्णनाथ, योगेंद्र यादव, अरुणा राय, यूएन विश्वास, दत्तोपंत ठेंगड़ी, जस्टिस पीबी सावंत शामिल थे।

भारत किधर व्याख्यानमाला में पत्रकारिता से जुड़े कई दिग्गजों को भी बुलाया गया था। अन्य प्रबुद्ध लोग भी थे। इनमें सुरेंद्र प्रताप सिंह (6 फरवरी, 1992 विषय हिंदी पत्रकारिता के समक्ष चुनौतियाँ), जावेद अख्तर (22 अगस्त, 1993), प्रभाष जोशी और अजीत भट्टाचार्य (26 अप्रैल, 1997 विषय-पत्रकारिता की चुनौतियाँ : साख का संकट), गोविंदाचार्य (3 सितंबर, 2002, विषय-वैश्वीकरण के नतीजे), नामवर सिंह (24 मई, 2003, विषय-संस्कृति का संकट), डॉ. सत्येंद्र श्रीवास्तव (15 सितंबर, 2003, विषय-प्रवासी भारतीय), राजदीप सरदेसाई (10 सितंबर, 2004, विषय-पत्रकारिता की चुनौतियाँ), पत्रकार कुलदीप नैयर (9 दिसंबर, 2007) दिग्विजिय सिंह (पूर्व मुख्यमंत्री मध्य प्रदेश), दिग्विजय सिंह (पूर्व केंद्रीय मंत्री) शामिल हैं। उस समय दिए गए अतिथियों के विचार उस समय के हालात को बताते हैं, इसलिए पाठकों को यह जानना आवश्यक है कि भारत किधर व्याख्यानमाला में किसके क्या विचार थे। यहाँ कुछ विचारों को हम प्रकाशित कर रहे हैं।

6 फरवरी, 1992 को प्रसिद्ध पत्रकार सुरेंद्र प्रताप सिंह प्रभात खबर द्वारा आयोजित कार्यक्रम में बोलने आए थे। जिला परिषद् सभागार में उन्होंने हिंदी पत्रकारिता के समक्ष मौजूदा चुनौतियाँ विषय पर जो विचार व्यक्त किए थे, वे इस प्रकार हैं—

पत्रकारिता के सामने साख की चुनौती : सुरेंद्र प्रताप सिंह

आज हिंदी पत्रकारिता के सामने सबसे बड़ी चुनौती अखबार और अखबारनवीशों की साख की है। पिछले एक दशक में हिंदी पत्र-पत्रिकाओं के प्रसार में 147 फीसदी का इजाफा हुआ है। इसके उलट अंग्रेजी पत्र-पत्रिकाओं के पाठक और क्रेताओं की संख्या में विकास दर शून्य के बराबर है। कुछ इलाकों में तो यह विकास ऋणात्मक भी रहा है। 1977 के बाद पहली बार हिंदी पत्रकारिता में उफान सा आया था। उस वक्त दिल्ली से प्रकाशित नवभारत टाइम्स और हिंदुस्तान ही हिंदी में एक लाख से ज्यादा बिकने वाले अखबार थे, लेकिन एक साल के अंदर अमर उजाला और नई दुनिया एक लाख से अधिक बिकने लगे थे। अब उत्तरप्रदेश और मध्य प्रदेश के इन अखबारों की प्रसार संख्या तो तीन से पाँच लाख तक पहुँच गई है। यह दुर्भाग्य है कि बिहार में एक लाख से अधिक बिकने वाला आर्यावर्त बंद हो गया, प्रदीप भी बंद हो गया। उसके बाद बिहार में कई अखबार आए, जिनका स्वरूप न तो राष्ट्रीय है और न क्षेत्रीय, परंतु वे राष्ट्रीय होने

का दावा कर रहे हैं। ऐसे में अगर चुनौती है तो वह विरोधाभाष की चुनौती लगती है कि क्या हिंदी पत्रकारिता के विकास को सिर्फ आँकड़ों के विकास के रूप में देखा जा सकता है? क्या सचमुच हमारा विकास हुआ है? हिंदी पत्रकारिता में आज सबसे बड़ी चुनौती पत्र-पत्रिकाओं और अखबार की साख की है।

प्रभात खबर के कार्यक्रम में प्रसिद्ध पत्रकार एस.पी. सिंह

पिछले दो सालों से साख का सवाल ज्यादा विकराल रूप से हमारे सामने भी आ खड़ा हुआ है। मंडल आयोग और मंदिर-मसजिद के मुद्दों पर तो साख को और धक्का लगा है। आज हिंदी पत्रकारिता जहाँ पहुँची है, वहाँ से यह ऐसा सवाल छोड़ रही है, जिसका सही समाधान नहीं किया गया तो यह पतन के गर्त में चली जाएगी। अभी तो लोग पत्रकारों से पुलिस वालों की तरह डरने लगे हैं। पता नहीं क्यों यह स्थिति बनी है कि लोग पत्रकारों, पत्रकारिता और छपे हुए शब्दों से डरने लगे हैं। इन्हें अप्रभावी माना जाने लगा है, जबकि कुछ वर्षों पूर्व लोग अखबार में छपे शब्दों को ब्रह्म वाक्य मानते थे और पत्रकारों को सम्मान की नजर से देखते थे। आज यह आत्ममंथन करने की जरूरत है कि कहीं इसके लिए पत्रकार स्वयं तो जिम्मेदार नहीं हैं?

एक ओर अखबारों की प्रसार संख्या बढ़ती जा रही है, मालिकों की आय भी बढ़ रही है, परंतु दूसरी ओर पत्रकारों की सुविधाएँ कम होती जा रही हैं। मालिक अखबार के अन्य संसाधनों पर तो खूब खर्च करते हैं, लेकिन विचार और समाचार पर सबसे कम खर्च करते हैं। हम बैठे-बैठे क्षेत्रीय पत्रकारों से ही सही, वस्तुपरक रपटों की अपेक्षा

तो करते ही हैं; यह भी चाहते हैं कि वे हमारे लिए आय के साधन भी जुटाएँ, परंतु उन्हें कुछ देना नहीं चाहते। पत्र-पत्रिकाओं का काम सही सूचना देना, शिक्षित (जन शिक्षण) करना और मनोरंजन करना है, परंतु आज तो पत्र-पत्रिकाएँ सिर्फ मनोरंजन ही करती हैं, जिनके कारण चुनौतियाँ सामने आई हैं और पत्रकारिता की साख पर भी सवाल उठा है। इन सब चुनौतियों से तभी मुकाबला किया जा सकता है जब हम इन पर गंभीरता से सोंचे और इनसे जूझना शुरू करें। पत्रकारों को हमेशा यह ध्यान रखना चाहिए कि अधिकांश पाठक उनसे दो सीढ़ी नीचे खड़े हैं, उन्हें एक सीढ़ी ऊपर लाने और स्वयं एक सीढ़ी ऊपर चढ़ाने की जिम्मेदारी भी पत्रकारों की है।

4 जुलाई, 1993 को राँची के जवाहरनगर प्रेक्षागृह में भारत किधर व्याख्यानमाला में प्रभात खबर ने सी.पी.आई. (एम.एल.) के महासचिव विनोद मिश्र को आमंत्रित किया था। पढ़िए उनके विचार—

भारत में तीसरे विद्रोह की जरूरत : विनोद मिश्र

'भारत रूपी जहाज आज बीच समुंद्र में भटक गया है। कोई दिशा देने वाला नहीं है। राष्ट्रवाद की परिभाषा अंधराष्ट्रवाद और बहुसंख्यकवाद में तब्दील हो गई है। नतीजा भारत हिंदू-राष्ट्र, मुसलिम-राष्ट्र और इस तरह के कई विवादों में फँस गया है। आजादी के संघर्ष के वक्त ही हिंदू और मुसलिम राष्ट्र के झगड़े ने भारत को हिंदुस्तान और पाकिस्तान दो राष्ट्रों में बाँट दिया। आजादी के बाद प्रजातांत्रिक व्यवस्था एवं पंचायती राज से भारत ने नई यात्रा शुरू की परंतु 1960 के दशक में भारत अंधराष्ट्रवाद में भटक गया। उसी समय भारतीय राज्य निरंकुशता की ओर बढ़ने लगे। आतंकवाद और राजसत्ता के बीच संघर्ष प्रारंभ हुआ। अर्द्धसैनिक बलों की नई-नई टुकड़ियाँ गठित की जाने लगीं। सेना का भी इस्तेमाल लोकतांत्रिक आंदोलन के दमन के लिए किया जाने लगा। राष्ट्रवाद, बहुसंख्यकवाद में बदलता रहा जिसने भाजपा को उदय की जगह दी। हिंदू-राष्ट्र ही भारतीय-राष्ट्र लगने लगा। उससे भाजपा आज सत्ता के सीधे द्वार पर खड़ी है। आजादी के वक्त भारत के विभाजन को कम्युनिस्ट पार्टी ने भी समर्थन दिया था, सावरकर तो पक्के समर्थक थे ही, गोलवलकर को सिर्फ यही ऐतराज रहा कि सारे मुसलमानों को पाकिस्तान क्यों नहीं भेज दिया गया?

आज धड़ल्ले से यही कहा जाता है कि भाजपा का मुकाबला राष्ट्रीय स्तर पर सिर्फ कांग्रेस ही कर सकती है। एक हद तक यह बात सही भी है परंतु गौरतलब यह है कि कांग्रेस किस परिस्थिति में मुकाबला कर सकती है। सूरजकुंड के सम्मेलन में नरसिंह राव ने कहा था कि भाजपा के पास मंदिर के सिवा है ही क्या? भाजपा की अर्थनीति, उद्योगनीति वगैरह को तो कांग्रेस ने ले ही लिया, बचा मंदिर तो उसे लेने के लिए कांग्रेस

अग्रसर है। कांग्रेस शासन में भारत ने दुनिया में अपनी प्रतिष्ठा खोई। हर बार भारत ग्लोब्लाइजेशन के नाम पर विश्व बैंक, गैर आई.एम.एफ. जैसे संगठनों के पास कर्ज के लिए खड़ा रहता है। चूँकि राष्ट्र ने दिशा एवं राष्ट्रवाद की परिभाषा खोई है, इसलिए भारत भटक रहा है।

भारत किधर व्याख्यानमाला में बोलते जावेद अख्तर

आर्थिक स्वतंत्रता पर ही राजनीतिक स्वतंत्रता निर्भर करती है, परंतु भारत की आर्थिक नीति तो विश्व बैंक और आइ.एम.एफ. तय करता है। नतीजन आर्थिक संप्रभुता को गिरवी रखकर अंधराष्ट्रवाद हजारों साल पुराने मंदिर की तलाश में भटक रहा है। एक जमाना था जब पंचवर्षीय योजनाओं पर बहस होती थी, कारखाने भारत के आधुनिक मंदिर के नाम से सुशोभित होते थे। आज बोफोर्स, पनडुब्बी, कुओं–ऑयल, रामास्वामी के भ्रष्टाचार पर चर्चा होती है। चर्चा होती है कि प्रधानमंत्री नरसिंह राव ने हर्षद मेहता से घूस ली या नहीं ली। मतलब यह है कि भ्रष्टाचार को संस्थागत रूप दे दिया गया है।

भारत में अभी दो देश हैं, एक भारत जिसमें गरीब–मेहनतकश लोग रहते हैं, जो शरीर और आत्मा से भारतीय हैं, दूसरा इंडिया है, जिसमें रहने वाले रंग से तो भारतीय हैं परंतु उनकी आत्मा विदेशी है। उन्हीं के लिए नई आर्थिक नीति है, लेकिन यह आर्थिक नीति देश के पूँजीपतियों के एक बड़े हिस्से को विदेशी और बहुदेशीय कंपनियों का एजेंट बना देगी। 1960 के दशक में भारत ने जब अपनी दिशा बदली थी तो पश्चिम बंगाल में नक्सलवाद के नाम से एक विद्रोह हुआ था। 1974 में जेपी आंदोलन के नाम

से हुआ जेपी आंदोलन आज सत्ता के गलियारे में जाकर बिखर गया है। उस आंदोलन के अगुआ दस्ते के लालू प्रसाद जनता की लड़ाई को हक अधिकार की लड़ाई के रूप में नहीं देखते हैं। आज भारत को तीसरे विद्रोह की जरूरत है। यह विद्रोह समाजवादी, साम्यवादी, जेपीवादी ताकतों के एक मंच पर जमा होने से होगा। यही देश का भविष्य है। यही देश को दिशा देगा, यही भारत रूपी जहाज को समुंद्र की भटकन से दिशा देकर किनारे ले आएगा।'

7 सितंबर, 1993 को प्रसिद्ध पत्रकार अरुण शौरी प्रभात खबर के आमंत्रण पर राँची आए थे। उन्होंने मयूरी प्रेक्षागृह में 'भारत को बचाने के रास्ते' विषय पर अपने विचार व्यक्त किए थे।

उन्मुक्त प्रतियोगिता से ही देश की प्रगति : अरुण शौरी

व्याख्यानमाला में बोलते अरुण शौरी

'उन्मुक्त प्रतियोगिता ही अब देश को प्रगति की राह पर ले जा सकती है। इसके लिए हमें अपने दृष्टिकोण में परिवर्तन करने की जरूरत है। उन्मुक्त प्रतियोगिता कुछ के लिए समृद्धि होगी तो कुछ के लिए मौत, परंतु इसके अलावा कोई विकल्प भी नहीं है। सिर्फ अंधविरोध जताने से ही सुपर 301 या डंकल प्रस्ताव खारिज नहीं हो जाएँगे, हमें उन्हें प्रतियोगिता के दौरान क्षमता, उत्पादकता से ही पछाड़ना होगा। आजादी के बाद विकास के जो स्वरूप और सिद्धांत विकसित हुए, वे ही आज देश की प्रगति के मार्ग में

बाधक सिद्ध हो रहे हैं। उनके अनुसार मौजूदा स्वरूप और सिद्धांत ने अकार्यकुशलता तथा गैर-उत्पादकता को ही बढ़ावा दिया है। नतीजतन साधन व तकनीक उपलब्ध होने के बावजूद जनता आत्मविश्वास खो चुकी है। यही कारण है कि बहुराष्ट्रीय कंपनियों और विश्व बैंक को हम हौवा के रूप में चित्रित करते हैं और स्वयं उनसे भयभीत भी होते हैं। उनकी राय में मौजूदा स्थिति से उबरने के लिए वर्तमान व्यवस्था को त्यागना होगा, श्रम कानूनों में परिवर्तन करना होगा एवं नियोजकों को यह अधिकार देना होगा कि वे जब चाहें, कामगार को नियुक्त करें या निकाल दें, लेकिन ऐसे संस्थानों को किसी भी प्रकार की राहत या मदद नहीं मिलनी चाहिए।

पूर्व प्रधानमंत्री चंद्रशेखर

नरसिंहराव और मनमोहन सिंह सड़ी-गली अर्थव्यवस्था को त्याग कर नई व्यवस्था लागू करने का प्रयास कर रहे हैं। आज के युग में हम पूरे विश्व से कट कर रह नहीं सकते और अगर ऐसा करते हैं तो वह आत्मघाती ही होगा। विदेशी पूँजीनिवेश और नई आर्थिक नीति का विरोध आधारहीन है। जापान, सिंगापुर, दक्षिण कोरिया और ताईवान को देखिए। जापान ने तो तकनीक के मामले में अमेरिका जैसी महाशक्ति को नकार दिया है। इसी तरह कई देश उन्मुक्त प्रतियोगिता में अमेरिका से बीस सिद्ध हो रहे हैं।

प्रभात खबर के कार्यक्रम में बोलते तत्कालीन उपराष्ट्रपति भैरो सिंह शेखावत

मौजूदा व्यवस्था में यह खामी है कि हर कोई सबकुछ पा लेना चाहता है, लेकिन वास्तविकता यह है कि ऐसा हो ही नहीं सकता। अधिकांश लोगों को उनकी अधिकांश जरूरतें इस व्यवस्था से मुहैया नहीं कराई जा सकती। सिर्फ बहस और विरोध में हम अपना कीमती समय जाया कर रहे हैं क्योंकि इससे दुनिया में हो रहे परिवर्तन को रोका तो नहीं जा सकता; उलटे हम तकनीक अपनाने में दशकों पिछड़ जाते हैं। सिर्फ अंधविरोध और व्यवस्था की गड़बड़ी से देश के विकास की गाड़ी रुक गई है। जब कोई देश मदद नहीं देता तो कहते हैं कि कोई कुछ देता ही नहीं; दे देता है तो कहते हैं कि हमको हड़प जाना चाहता है। इससे पता चलता है कि समाज की सृजनशीलता गलत राह पर काफी दूर जा चुकी है। अब बीमार उद्योग को ढोने के बजाय बंद कर देना बेहतर है?

□

कैलेंडर में स्थानीय नायक

प्रभात खबर ने अखबार को आगे बढ़ाने के लिए कंटेंट में तो प्रयोग किया ही, हर वर्ष निकाले जाने वाले कैलेंडर, टेबल कैलेंडर और नववर्ष के कार्ड में भी अनोखा प्रयोग किया। कैलेंडर एक अवसर होता है अपने पाठकों से संपर्क करने का। यह जुड़ाव कैलेंडर के माध्यम से साल भर बना रहता है; इसलिए तय किया गया कि समाज के असली नायकों को, स्थानीय नायकों को, स्थानीय संस्कृति को प्रमुखता दी जाए, इससे लोगों का जुड़ाव अखबार से बढ़ेगा, हुआ भी यही।

इस तरह का प्रयास 2003 से हुआ। प्रारंभ में कैलेंडर में झारखंड की आदिवासी संस्कृति को झलकाया गया। 2003 में बच्चों को केंद्र में रखा गया और उनके गुणों, उनके हालात, उनके भविष्य को तसवीर के माध्यम से बताया गया। नेतृत्व, जिम्मेदारी, विश्वास, साहस, पौरूष, उम्मीद, जिज्ञासा, शांति, भरोसा, सहारा और मासूम शीर्षक से तसवीरों के सहयोग से संदेश दिया गया। ये सामान्य कैलेंडर नहीं थे। 2004 का कैलेंडर बिल्कुल अलग था; 2003 तक छपी महत्त्वपूर्ण खबरों को आधार बनाकर यह कैलेंडर निकाला गया। एक तरफ खबर थी, दूसरी ओर स्केच के जरिए खबर की जानकारी दी गई थी। इसमें एक सांढ़ को यह कहते हुए दिखाया गया कि उसे पता नहीं कि उसका चारा एक हजार करोड़ का है, यह चारा घोटाले को याद करते हुए बनाया गया था।

चारा घोटाला लगभग एक हजार करोड़ का था, जिसका परदाफाश प्रभात खबर ने ही किया था। इस कैलेंडर के माध्यम से यह बताने का प्रयास किया गया था कि कैसे प्रभात खबर भ्रष्टाचार के खिलाफ लड़ाई लड़ रहा था। जनता कैसे परेशान थी और नेता ऐश कर रहे थे। कैलेंडर में नेता को टब में स्नान करते हुए दिखाया गया जबकि सूखा पड़ने के कारण लोग मर रहे थे। उन दिनों पलामू में सूखा पड़ा था और कई लोगों की भूख से मौत हो गई थी। नेताओं पर कोई असर नहीं पड़ा था। नेताओं पर व्यंग्य करते हुए यह कैलेंडर बनाया गया था।

प्रभात खबर के कैलेंडर में झारखंडी नायक सिमन उरांव।
बाद में उन्हें पद्मश्री पुरस्कार से सम्मानित किया गया

मानसिक आरोग्यशाला की स्थिति को बताया गया। कुछ वर्ष पहले मानसिक आरोग्यशाला में 40 से अधिक रोगियों की मौत हो गई थी। उसी पर आधारित कैलेंडर तैयार किया गया था। आर.एम.सी.एच. के चिकित्सकों को हड़ताल पर दिखाया गया। नकली दवा के कारण लोग परेशान थे। इस कैलेंडर में खबरों के साथ-साथ नकली दवा को दिखाया गया था। कुछ साल पूर्व बिहार में नकली दवा का कारोबार बड़े पैमाने पर चल रहा था, नकली दवा पकड़ी जा रही थी, उसी पर टिप्पणी थी। इस कैलेंडर में प्रश्न-पत्र भी लीक हो रहे थे। कुछ वर्ष पूर्व सिविल सेवा परीक्षा का प्रश्न-पत्र राँची से लीक हुआ था, स्केच के माध्यम से दिखाया गया कि यहाँ परीक्षा से दो दिन पहले प्रश्न-पत्र मिलते हैं। यानी स्थानीय समस्याओं पानी, बिजली, नकली दवा, हड़ताल, भ्रष्टाचार, कानून-व्यवस्था के मामले को स्केच के जरिए आम आदमी को बताया था। यह इनोवेशन था, जिसका काफी प्रभाव पड़ा था।

2005 के कैलेंडर में स्थानीय कर्मयोगियों को स्थान मिला था। इस कैलेंडर में वैसे लोगों को स्थान दिया गया था जो अपने-अपने क्षेत्र में झारखंड में अच्छा काम कर रहे थे, आदर्श हैं, जिन्होंने उपलब्धियाँ हासिल की थीं। इनमें सिमोन उरांव (जिन्होंने जंगल बचाने का अभियान चला रखा था), शिव नारायण साहू (जिन्होंने डेरी के माध्यम से

कई लोगों का जीवन बदला है), सिस्टर जेमा मेंडिस (गाँवों में वर्षों से स्वास्थ्य पर काम कर रही हैं), राय विष्णु कुमार सिन्हा (विकलांगों के लिए कार्यरत), ब्रदर जैकब (असहाय बच्चों की देख रेख करने वाले), सिस्टर मंजू तिर्की (दबी महिलाओं की लड़ाई लड़ने वाली), भगत किसान (असमानता के खिलाफ लड़ने वाले), फादर वी वैन बोर्टेल (गरीब बच्चों को अपनाने वाले), डॉ. रोज केरकेट्टा (शिक्षा के क्षेत्र में काम करने वाली), फादर पी पॉल वैन नफेल (छात्रों को प्रेरणा देने वाले), छत्रपति शाही मुंडा (गरीब किसानों के लिए मसीहा) और सिस्टर रोजिली को शामिल किया गया था। प्रभात खबर ने इस कैलेंडर के माध्यम से यह संदेश दिया कि वह कैसे अपने नायकों को सम्मान देता है। इस कैलेंडर में जिस सिमोन उरांव को दिखाया गया था, बाद में भारत सरकार ने उन्हें पद्मश्री से सम्मानित किया।

2006 में प्रभात खबर ने झारखंड की जनजाति और आदिम जनजाति विषय पर कैलेंडर तैयार किया था। ये राज्य के विभिन्न हिस्सों में रहते हैं, हर जगह जाकर वहाँ के लोगों की तसवीर ली गई थी। आदिम जनजाति और जगह का नाम भी कैलेंडर में दिया गया था, ताकि उसकी स्थानीय पहचान हो सके। इसमें बालूमाथ के पहाड़िया, डाल्टनगंज के कोरबा, गारू के बिरजिया, गारू के ही खरवार, महुआडांड के बिरहोर, जमशेदपुर के संथाल, पश्चिम सिंहभूम के हो, सोनुआ के बिरसाइत, दुमका के माल पहाड़िया, राँची के उरांव और राँची के ही ताना भगत परिवार की दिनचर्या को दिखाया गया था। यह कैलेंडर झारखंड की संस्कृति को दर्शा रहा था। झारखंड आदिवासी बहुल राज्य है और इन आदिवासियों का प्रभात खबर से गहरा रिश्ता रहा है। ऐसे प्रयासों से यह रिश्ता और प्रगाढ़ हुआ।

प्रभात खबर ने 2008 में झारखंड में रहने वाले या झारखंड से जुड़ी उन प्रतिभाओं को कैलेंडर में छापा जिन्होंने देश में अपनी जगह बनाई है या जो अद्भुत काम कर रहे हैं। इनमें तीरंदाज झानू हांसदा, अंतरराष्ट्रीय महिला मुक्केबाज अरुणा मिश्रा, गणितज्ञ अभिनव (जमशेदपुर निवासी, जो आई.आई.टी. की परीक्षा में देश भर के टॉपर थे), गार्गी अग्रवाल (जिन्होंने आई.आई.एम. पास करने के बाद लाखों-करोड़ों की नौकरी नहीं की बल्कि बच्चों को पढ़ाना आरंभ किया), विनीत कुमार (साइबर क्राइम के खिलाफ काम करने वाले विशेषज्ञ), महेंद्र सिंह धोनी (क्रिकेटर), तनुश्री दत्ता (अभिनेत्री), इम्तियाज अली (निर्देशक), इरफान आलम, अरशद अजमल, डॉ. आनंद कुमार (आई.आई.टी. के लिए बच्चों को तैयार करते हैं), अभयानंद झा शामिल थे। पहले कुछ साल तक टेबल कैलेंडर झारखंड, आदिवासी जीवन शैली के आसपास हुआ करता था, बाद के वर्षों में इसमें थोड़ा बदलाव किया गया, लेकिन प्रयास यह हुआ कि कैलेंडर किसी खास विषय को लेकर हो और इसमें संदेश हो। बाद में भी यह प्रयास जारी रहा।

प्रभात खबर के 40वें वर्ष में प्रवेश के अवसर पर 2024 का जो कैलेंडर प्रकाशित किया गया, उसमें भी झारखंड, बिहार और बंगाल की संस्कृति दिखी। यह थी इन तीनों राज्यों में खास अवसरों की खाद्य सामग्री पर। इसमें चूड़ा-दही (बिहार), तिलकुट (बिहार), धुसका (झारखंड), मड़ुआ लड्डू (झारखंड), मखाना की खीर (बिहार), रुगड़ा (झारखंड), पीठा (बिहार), बर्रा (झारखंड), चावल का छिलका (झारखंड), लिट्टी-चोखा (बिहार) जैसी प्रिय स्थानीय खाने की चीजें प्रमुख थी। इस कैलेंडर के माध्यम से प्रभात खबर ने अपने राज्य के मशहूर खाद्य पदार्थों की ब्रांडिंग करने का प्रयास किया।

यह बिल्कुल एडिटोरियल इनोवेशन है कि कैसे छोटे-छोटे प्रयासों से भी लोगों को जोड़ा जा सकता है। पत्रकारिता में इस प्रकार के उदाहरण बहुत कम मिलते हैं। ऐसे प्रयासों से प्रभात खबर को आगे बढ़ने में मदद मिली।

□

अखबार नहीं आंदोलन

प्रभात खबर, झारखंड का टैगलाइन है—'अखबार नहीं, आंदोलन', बड़ा ही सशक्त, प्रभावशाली टैगलाइन, जो प्रभात खबर अखबार के तेवर से बिल्कुल मिलता है। अब तो झारखंड में इस टैगलाइन, यानी 'अखबार नहीं, आंदोलन' की खास पहचान है। प्रभात खबर को ही लोग आंदोलन के तौर पर देखते हैं। यह बात सही है कि जब अलग झारखंड राज्य के लिए आंदोलन चल रहा था तो प्रभात खबर ने इसमें महत्त्वपूर्ण भूमिका निभाई थी, इसलिए आज भी लोग मानते हैं कि उसी कारण से इसे अखबार नहीं, आंदोलन कहा जाता है।

अखबार नहीं, आंदोलन टैगलाइन की कहानी अलग ही है। सच यह है कि यह टैगलाइन झारखंड राज्य बनने के लगभग दो साल बाद प्रभात खबर ने अपनाया। इस टैगलाइन को एक जनवरी, 2003 से नियमित तौर पर अपनाया गया, जो झारखंड के सभी संस्करणों में हर दिन आज भी छपता है। यह निर्णय एक दिन में नहीं लिया गया। वर्ष 2002 के उत्तरार्द्ध में यह सलाह दी गई कि प्रभात खबर का अपना टैगलाइन नहीं है, होना चाहिए। तब सिर्फ छपता था—झारखंड का सर्वाधिक प्रसार वाला अखबार, उसी के बाद टैगलाइन देने का निर्णय हुआ।

क्या हो प्रभात खबर की टैगलाइन,

आवाहन

बिजली-पानी की समस्या से उत्पन्न संकट से जनता को आगाह करने के क्रम में कर्तव्यनिर्वाह के दौरान छायाकार बापी के साथ पुलिस ने जो ज्यादती की; उसके विरोध में हम आपसे (सभी नागरिकों, राजनीतिक दलों के सजग कार्यकर्ताओं, जनप्रतिनिधियों, बुद्धिजीवियों, वकीलों, व्यवसायियों, महिलाओं-अध्यापकों, सरकारी कर्मचारियों, युवकों और डॉक्टरों आदि) निवेदन करते हैं कि आप सुबह 9 बजे अल्बर्ट एक्का चौक पर एकत्र हों. वहां से हम एक संयमित जुलूस के रूप में कमिश्नर कार्यालय तक जायेंगे. जहां एक सभा के बाद जुलूस समाप्त हो जायेगा.

निवेदक
प्रभात खबर

पानी-बिजली के लिए प्रभात खबर ने लोगों से सड़कों पर उतरने का आह्वान किया था

कैसे हो चयन, इस पर बहस हुई। अंततः तय हुआ कि पाठकों से राय ली जाए। जो राय आएगी, उसी में से चयन किया जाएगा। प्रभात खबर में इसके लिए विज्ञापन छापा गया कि पाठक कोई टैगलाइन सुझाएँ। इतने प्रजातांत्रिक तरीके से शायद ही किसी अखबार ने अपनी टैगलाइन का चयन किया होगा। विज्ञापन छपने के बाद ढेर सारे स्लोगन पाठकों ने सुझाए। उनमें से एक 'अखबार नहीं, आंदोलन' अधिकांश लोगों को पसंद आया। यह इसलिए क्योंकि प्रभात खबर में काम करने का तरीका, जनहित के लिए किसी से भी टकराने की आदत, भ्रष्टाचार के खिलाफ लड़ने का जुनून आदि सभी गुण यह स्लोगन दर्शा रहा था।

प्रभात खबर

22 मई 1992, शुक्रवार

विरोध दर्ज कराने के लिए प्रभात खबर ने 22 मई, 1992 को अखबार का संपादकीय खाली छोड़ दिया था

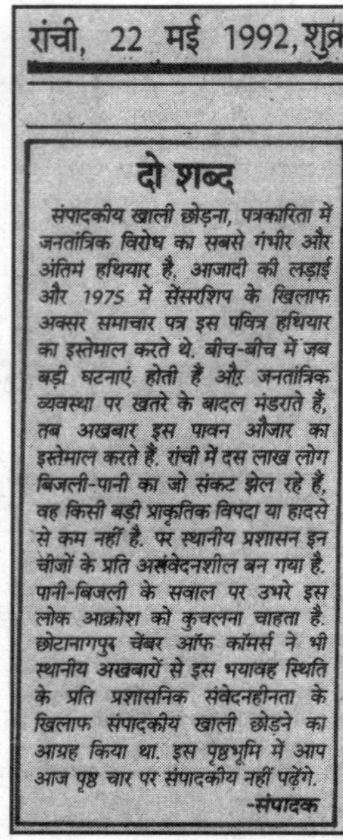

रांची, 22 मई 1992, शुक्र

दो शब्द

संपादकीय खाली छोड़ना, पत्रकारिता में जनतांत्रिक विरोध का सबसे गंभीर और अंतिम हथियार है, आजादी की लड़ाई और 1975 में सेंसरशिप के खिलाफ अक्सर समाचार पत्र इस पवित्र हथियार का इस्तेमाल करते थे. बीच-बीच में जब बड़ी घटनाएं होती हैं और जनतांत्रिक व्यवस्था पर खतरे के बादल मंडराते हैं, तब अखबार इस पावन औजार का इस्तेमाल करते हैं. रांची में दस लाख लोग बिजली-पानी का जो संकट झेल रहे हैं, वह किसी बड़ी प्राकृतिक विपदा या हादसे से कम नहीं है. पर स्थानीय प्रशासन इन चीजों के प्रति असंवेदनशील बन गया है. पानी-बिजली के सवाल पर उभरे इस लोक आक्रोश को कुचलना चाहता है. छोटानागपुर चेंबर ऑफ कॉमर्स ने भी स्थानीय अखबारों से इस भयावह स्थिति के प्रति प्रशासनिक संवेदनहीनता के खिलाफ संपादकीय खाली छोड़ने का आग्रह किया था. इस पृष्ठभूमि में आप आज पृष्ठ चार पर संपादकीय नहीं पढ़ेंगे.

-संपादक

प्रभात खबर ने आंदोलन के लिए अखबार में नोटिस छाप कर प्रेरित किया

इस टैगलाइन को लागू करने के पहले कई बातों पर विचार किया गया। कैसे प्रभात खबर ने जुनून की पत्रकारिता की, कैसे जनहित के मुद्दों पर कड़ा स्टैंड लिया, कैसे आम लोगों के लिए प्रशासन-सरकार से पंगा ले लिया, कैसे पानी-बिजली के लिए लोगों को सड़कों पर उतरने का आवाहन तक कर दिया, कैसे शराबबंदी के लिए प्रभात खबर के संपादक हजारीबाग में निकाले गये जुलूस और अभियान में शामिल हो गए, कैसे सूखा-बाढ़ पीड़ितों की सहायता के लिए प्रभात खबर ने अभियान चलाया, कैसे अलबर्ट एक्का की पत्नी की सहायता के लिए आम जनता से पैसे जुटाए, कैसे नदियों-पहाड़ों को बचाने के लिए अभियान चला दिया। चुनाव में सुधार, बचपन बचाने, मतदाताओं को जागरूक करने से लेकर समानांतर पीपुल्स एसेंबली तक चलाने का काम प्रभात खबर ने किया। ऐसे कामों की एक लंबी सूची है।

चाहे चुनाव का समय हो, भ्रष्टाचार के खिलाफ लड़ाई लड़ने का हो, सूचना के अधिकार के लिए लोगों को जागरूक करने का हो, अपने राज्य के विकास का

एजेंड़ा तय करने का या सामाजिक बुराइयों को दूर करने का हो, प्रभात खबर ने पर्चा और बुलेटिन प्रकाशित कर उसे झारखंड-बिहार में घर-घर बँटवाया। इतने सारे काम वही अखबार कर सकता है, जो कंटेंट के अलावा समाज, राज्य या देश को बेहतर बनाने का भी जिम्मा लेता है। ऐसा ही अखबार है प्रभात खबर। इतने सारे कार्य आंदोलन के ही अंग थे, इसलिए प्रभात खबर को सिर्फ अखबार कहने से बेहतर था 'अखबार नहीं, आंदोलन' कहना। इन्हीं सब तर्क—ऐतिहासिक घटनाओं के कारण प्रभात खबर का टैगलाइन अखबार नहीं, आंदोलन तय करने का फैसला हुआ था।

आपकी असुविधा

अराजक व्यवस्था से जीवन तबाह हो जाता है। आज कमोबेश बिहार में भी यही स्थिति है। टेलीफोन है, पर काम नहीं कर रहा। बिजली है, पर लाइन नहीं। अस्पताल हैं, मरीज हैं, पर दवा -सुविधाओं के अभाव में मरीज दम तोड़ रहे हैं। पुलिस है, पर वह आपकी शिकायत नहीं सुनती। आपके मोहल्ले में सड़क है, पर खड्ड से बेहतर नहीं। बार-बार शिकायत के बावजूद सड़क नहीं सुधर पाती। स्कूल है, पर अध्यापक नहीं। ब्लॉक हैं, बैंक हैं, पर लोगों को वहां सुविधाएं नहीं मिलतीं। आप अपनी-अपनी खास समस्या ३०० शब्दों में लिखकर हमें भेजें। मसलन अगर टेलिफोन काम नहीं करता है, तो टेलिफोन नंबर। कितने दिनों से काम नहीं कर रहा है, इसका विवरण। आपने टेलिफोन बिल जमा करने के बावजूद अगर आपकी टेलिफोन की लाइन काट दी गयी है तो उसका ब्योरा। इसी तरह अन्य समस्याओं के बारे में भी आप स्पष्ट रूप से निम्न पते पर अपनी शिकायतें भेंजे।

प्रभारी "असुविधा" कॉलम
प्रभात खबर।
१५-पी, कोकर इंडस्ट्रीयल एरिया, रांची

जनता को आवाज उठाने के लिए प्रेरित करता प्रभात खबर का एक संदेश

प्रभात खबर की ताकत : अखबार नहीं, आंदोलन

जब टैगलाइन तय हो गया था तो इसे एक जनवरी, 2003 से लागू करने का फैसला किया गया। और उसी दिन से यह लागू हुआ। नए साल के पहले दिन के अखबार में कई बदलाव किए गए। उस दिन के अखबार में इस बदलाव के बारे में पाठकों को बताया गया। अखबार के कंटेंट के साथ-साथ लेआउट में उस दिन से बदलाव किया गया। उस दिन अखबार नहीं आंदोलन का जो टैगलाइन झारखंड के सभी संस्करणों में आरंभ किया गया, उसने प्रभात खबर को एक नई पहचान दी, नई ताकत दी···।

□

भ्रष्टाचार के खिलाफ लड़ाई

प्रभात खबर देश भर में अपनी अलग पहचान रखता है। भले ही देश के सिर्फ तीन राज्यों (झारखंड, बिहार और बंगाल) से ही प्रभात खबर का प्रकाशन होता है, राजधानी दिल्ली से अभी तक इसका कोई संस्करण नहीं है, इसके बावजूद इस अखबार की राष्ट्रीय पहचान है। देश इसे जनहित और सामाजिक मुद्दे उठाने वाले, भ्रष्टाचार के खिलाफ लड़ने वाले और एक विश्वसनीय अखबार के रूप में जानता है। एक ऐसा साहसी अखबार, जिसने कई बड़े घोटालों का परदाफाश किया। ताकतवर राजनीतिज्ञों के ऐसे घोटालों में शामिल होने के कारण अखबार पर भारी दबाव पड़ा, इसके बावजूद अखबार झुका नहीं, अपना अभियान जारी रखा। जनता की आवाज बनकर सत्ता की नाराजगी भी झेली। प्रभात खबर की यह छवि रातोंरात नहीं बनी है, बल्कि इसकी 40 सालों की मेहनत है। इस छवि को बनाने वाले कई पत्रकार और अन्य विभाग के साथी अब प्रभात खबर में भले ही नहीं हैं, लेकिन उनके योगदान को आज भी याद किया जाता है। प्रभात खबर ने भ्रष्टचार के खिलाफ जो भी अभियान चलाया, चाहे वह स्थानीय स्तर पर भ्रष्टाचार का मामला हो या फिर राष्ट्रीय स्तर का, उसका व्यापक असर भी दिखा, पाठकों की सराहना मिली, देश के बड़े–बड़े अखबारों ने प्रभात खबर की पहल की सराहना की, खासकर चारा घोटाला का परदाफाश करने पर।

पशुपालन विभाग भ्रष्टाचार का अड्डा

कागजी सांढ़ और बकरों की खरीद जारी

– अभय कुमार

प्रभात खबर ने 1985 में ही पशुपालन विभाग में घपले का संकेत दे दिया था

चारा घोटाले में दो–दो पूर्व मुख्यमंत्रियों (लालू प्रसाद और जगन्नाथ मिश्र) समेत अनेक अधिकारियों (इसमें आई.ए.एस.

अधिकारी भी थे) और कुछ पूर्व विधायकों को जेल जाना पड़ा। प्रभात खबर की इस मुहिम में अनेक बुद्धिजीवियों एवं कलाकारों ने साथ दिया। जिन दिनों पशुपालन घोटाले पर प्रभात खबर लिख रहा था, उन दिनों प्रसिद्ध कार्टूनिस्ट दिनेश और सामाजिक कार्यकर्ता हुसैन कच्छी ने पेंटिंग और दीवार लेखन से लोगों को जागरूक करने का प्रयास किया था। दिनेशजी ने तो स्कूल में जाकर पेंटिंग के जरिए बच्चों को आगाह किया था। यह छोटा प्रयास नहीं था। आज भी भ्रष्टाचार के खिलाफ प्रभात खबर मुखर है। इससे पहले मार्टिन टेटे प्रकरण में देश भर की मीडिया में प्रभात खबर चर्चित रहा था।

पशुपालन घोटाला

वर्ष 1989 के पहले भी भ्रष्टाचार के खिलाफ प्रभात खबर में रिपोर्ट छपती रही थी, लेकिन इससे अखबार की कोई खास पहचान नहीं बन पाई थी। वर्ष 1989 के बाद प्रभात खबर ने जोरदार तरीके से लोगों की समस्याओं को उठाया था। पानी-बिजली, विस्थापन का मुद्दा गरमाया था, लेकिन भ्रष्टाचार के खिलाफ लड़ने वाले अखबार के रूप में प्रभात खबर की पहचान तब बनी जब पशुपालन घोटाले का परदाफाश किया गया। प्रभात खबर संभवतः देश का पहला अखबार था, जिसने देश को बताया था कि पशुपालन विभाग में बड़े पैमाने पर घोटाला हो रहा था। ऐसे दस्तावेज मौजूद हैं जिनसे यह बात प्रमाणित होती है कि 1985 और 1988 में भी प्रभात खबर ने पशुपालन विभाग में हो रहे घोटाले की रिपोर्ट प्रकाशित की थी और सरकार को आगाह किया था, लेकिन कोई काररवाई नहीं हुई थी।

कैसे होता है पशुपालन विभाग में घपला

पशुपालन घोटाला से संबंधित प्रकाशित रिपोर्ट

1992 में प्रभात खबर ने चारा घोटाले को मुद्दा बना दिया था, एक सूची प्रकाशित कर दी थी जिसमें चारा घोटाले में लिप्त अधिकारियों के नाम थे। तब काफी हंगामा हुआ था। जिस चारा घोटाले को पूरे देश ने 1996 में जाना, उस घोटाले का परदाफाश उससे कई साल पहले प्रभात खबर कर चुका था। प्रभात खबर ने चारा घोटाले पर 1992 से 1995 तक 70 से अधिक रिपोर्ट छापी थी। इनमें से अधिकांश खोजी रिपोर्ट थीं। प्रभात खबर में अगस्त 1985 में पशुपालन घोटाले से संबंधित जो रिपोर्ट छपी थी, वह थी— पशुपालन विभाग भ्रष्टाचार का अड्डा : कागजी सांढ़ और बकरों की खरीद जारी। इसने कम-से-कम इतनी जानकारी दे दी थी कि इस विभाग में गड़बड़ी हो रही थी। पौने तीन

रांची से तीन माह में 70 करोड़ की निकासी

●मेहरा के पुत्र सहित तीन लोग 35 लाख नगद के साथ गिरफ्तार ●आयकर की टी
भी निकली ●दुमका, लोहरदगा, जमशेदपुर में भी कार्यालय सील

चाईबासा में चार वर्षों में 168 करोड़ की निकासी

1996 में कार्रवाई के बाद अखबार में छपी रिपोर्ट

साल बाद, यानी 9.5.1991 को प्रभात खबर ने फिर रिपोर्ट छापी कि 900 सांड हजम कर गया पशुपालन विभाग। 1992 के आरंभ में प्रभात खबर ने कई रिपोर्टें छापीं कि कैसे होता है पशुपालन विभाग में घोटाला। इन खबरों को छपने का बहुत ज्यादा असर सरकार पर नहीं पड़ा।

30 जून, 1992 से तीन जुलाई, 1992 तक प्रभात खबर में पशुपालन घोटाले से संबंधित अधिकारियों की सूची छपी। निगरानी विभाग की सूची वाली फाइल प्रभात खबर के पत्रकार किसलयजी के हाथ लग गई थी। पहली बार एक प्रमाणिक दस्तावेज हाथ लगा था। इस सूची में पहली बार पशुपालन विभाग के सीनियर अधिकारियों का नाम आया था। इसमें कई आई.ए.एस. अफसरों को भी जाँच के घेरे में लिया गया था। बड़े-बड़े नाम थे। प्रभात खबर में पशुपालन घोटाले से संबंधित रिपोर्ट के लिए एक टीम बनाई गई थी। जो पत्रकार इस पर रिपोर्ट लिख रहे थे, उनमें किसलय, रजत गुप्ता, हरिनारायण सिंह, प्रकाश सहाय के नाम प्रमुख थे। रिपोर्ट को रोकने के लिए प्रभात खबर के पत्रकारों को धमकी तक दी गई। एक बार तो पशुपालन विभाग के एक अधिकारी का पुत्र धमकी देने प्रभात खबर के दफ्तर तक पहुँच गया था। फिर भी रिपोर्ट छपती रहीं। 2.2.93 को रिपोर्ट छपी कि राँची में विमान रोककर छापेमारी की गई, करोड़ों रुपए जब्त। यह खबर पाठकों तक नहीं पहुँचे, इसके लिए घोटालों से जुड़े लोगों ने योजना बनाई और अखबार बाँटने के पहले ही सुबह-सुबह हॉकरों से थोक भाव से अखबार खरीद लिया था। हालाँकि जैसे ही इसकी सूचना प्रभात खबर प्रबंधन को मिली, उसने उसी दिन फिर से मशीन चालू कर आपात स्थिति में अखबार को दुबारा छापा, ताकि पाठकों तक अखबार पहुँच सके।

प्रभात खबर लगातार रिपोर्ट छापता रहा कि कैसे स्कूटर पर सांड ढोया गया, कैसे एक ट्रक पर एक बार में चार सौ, पाँच सौ क्विंटल अनाज ढोया गया, किस ट्रेजरी से कितने पैसे फर्जी तरीके से निकाले गए। रिपोर्ट छपने का यह असर पड़ा था कि जगह-

जगह पशुपालन घोटाले के खिलाफ लोग सड़कों पर उतर आए। राँची में घोटालेबाजों पर कारवाई के लिए धरना-प्रदर्शन होने लगे। यह भी सत्य है कि कुछ धरना-प्रदर्शन दलाल किस्म के नेताओं की कमाई का माध्यम बन गया। कुछ लोग ऐसे भी थे जो दिन में धरना-प्रदर्शन करते थे और रात में वसूली करने पशुपालन घोटाले के आरोपियों के घर पहुँच जाते थे। कुछ समय लगा, लेकिन ईमानदार अफसरों ने पशुपालन विभाग के अधिकारियों, आई.ए.एस. अफसरों, लालू प्रसाद, डॉ. जगन्नाथ मिश्र के खिलाफ मामला दर्ज कराया। कारवाई करने वाले ऐसे ईमानदार आई.ए.एस. अधिकारियों में बी.एस. दुबे और अमित खरे प्रमुख थे। अमित खरे तब पश्चिम सिंहभूम के उपायुक्त थे।

प्रभात खबर के अभियान का असर था कि तेजी से कारवाई हुई और लालू प्रसाद को सत्ता छोड़नी पड़ी। कई राजनीतिज्ञों समेत पशुपालन अधिकारियों, ठेकेदारों को गिरफ्तार किया गया। लालू प्रसाद और डॉ. मिश्र को भी जेल भी जाना पड़ा। लंबे समय तक उन्हें जेल में रहना पड़ा। 2013 में राँची में अदालत से इन्हें सजा भी सुनाई गई। पशुपालन घोटाले की सुनवाई काफी लंबी चली। इस दौरान पशुपालन घोटाले में आरोपित कई अधिकारियों की जेल में ही मौत हो गई। 6 जनवरी, 2018 को लालू प्रसाद को चारा घोटाला में साढ़े तीन साल के सश्रम कारावास की सजा सुनाई गई। प्रभात खबर ने चारा घोटाला के परदाफाश करने के समय से जो अभियान चलाया था, उसे सजा सुनाए जाने तक जारी रखा। देश की मीडिया ने इस मामले में प्रभात खबर की भूमिका की सराहना की।

नकली दवा प्रकरण

जिन दिनों पशुपालन घोटाले का मामला गरम था, उन दिनों नकली दवा प्रकरण भी चल रहा था। नकली दवा बनाई जा रही थी। प्रभात खबर ने खुलासा किया था कि कैसे इस क्षेत्र में नकली दवा बनाने का कारोबार चलता है। छापामारी की गई और नकली दवा बनाने की फैक्ट्री पकड़ी गई थी। इसका सरगना नंदलाल नामक व्यक्ति था। नकली दवा को अधिकारियों से साँठ-गाँठ कर सरकारी अस्पतालों में बाँटा जाता था। मरीज इस उम्मीद में उक्त दवा खा रहे थे कि वे स्वस्थ होंगे, लेकिन सच्चाई यह थी कि दवा ही नकली थी। प्रभात खबर द्वारा परदाफाश करने के बाद 10 सितंबर, 1992 को राँची सदर अस्पताल में छापा मारकर नकली दवा पकड़ी गई थी। अन्य छोटे-छोटे शहरों में भी नकली दवा बाँटी जा रही थी। प्रभात खबर ने इसे मुद्दा बनाया। अंततः कारवाई हुई और पूरा गिरोह पकड़ा गया।

प्रभात खबर अन्य सरकारी विभागों में भी हो रही गड़बड़ी व लूट की खोजपूर्ण रिपोर्ट छापता रहा। इन विभागों में कैसे जनता का पैसा बरबाद किया जा रहा था, बिना

कमीशन दिए काम नहीं होता था, यह जानकारी दी जाती रही। इसी क्रम में 13.2.2001 को रिपोर्ट छापी गई कि 500 करोड़ के खाद्यान्न रास्ते से गायब हो गए। जब बाबूलाल मरांडी मुख्यमंत्री थे, उसी दौरान उन्हीं के गाँव में बना डैम बह गया। प्रभात खबर ने 6.7.02 को न सिर्फ रिपोर्ट छापी, बल्कि इसे आगे भी जोरदार तरीके से उठाया कि कैसे कमीशन के चक्कर में इंजीनियरों ने डैम को बरबाद कर दिया। झारखंड के भ्रष्ट अफसर कैसे गड़बड़ी कर पकड़े जाते हैं, इसका नमूना तब मिला जब प्रभात खबर ने 13.6.03 को रिपोर्ट छापी कि कैसे एक ऑटो रिक्शा पर एक साथ 62 क्विंटल सामान की ढुलाई हुई जबकि एक ट्रक पर बड़ी मुश्किल से इतनी ढुलाई हो सकती है, एक ऑटो में तो यह संभव ही नहीं है।

रांची में नकली दवाएं बनानेवाली तीन फैक्टरियों का भंडाफोड़

लाखों रुपये मूल्य की नकली दवाएं जब्त, छह गिरफ्तार

नकली दवा के संबंध में प्रकाशित रिपोर्ट

झारखंड में जब टेंडर में गड़बड़ी होने लगी तो प्रभात खबर ने इसे मुद्दा बनाना शुरू किया। 14.7.03 को रिपोर्ट छापी कि कैसे 331 करोड़ के टेंडर में 16.25 करोड़ के कमीशन की तैयारी की गई थी। 25.11.06 को छापा गया कि कैसे पाँच करोड़ का पोषाहार घोटाला हुआ।

भ्रष्ट मंत्रियों के खिलाफ अभियान

2008 में प्रभात खबर ने भ्रष्टाचार के खिलाफ बड़ा अभियान छेड़ा। यह वह दौर था जब झारखंड में बड़े पैमाने पर सरकारी पैसे की लूट हो रही थी। इसमें कई मंत्रियों के नाम आ रहे थे, दलाल सक्रिय थे। प्रभात खबर ने दस्तावेजों के आधार पर भ्रष्ट मंत्रियों के खिलाफ अभियान छेड़ दिया। जून 2008 का समय था, 26 जून को प्रभात खबर ने रिपोर्ट छापी कि पहचान छिपा कर मंत्री खरीद रहे हैं प्रॉपर्टी, कई दिनों तक रिपोर्ट छपती रही।

मंत्री ने खोला मेगा खटाल (27.6.08), 4.5 करोड़ की संपत्ति की डील (28.6.08), आमदनी 15.39 लाख, खर्च 30.18 करोड़ (29.6.08), एनोस की पत्नी के पास 54.44 करोड़ की जमीन (4.7.08)। मंत्रियों के खिलाफ रोज एक रिपोर्ट छप रही थी। 24 अगस्त, 2008 को भ्रष्टाचार पर चार पृष्ठ की विशेष सामग्री प्रकाशित

की गई। इन खबरों के बाद निगरानी जाँच का आदेश हो गया। अगले वर्ष फरवरी में काररवाई भी शुरू हो गई। 14 फरवरी, 2009 को एनोस एक्का और हरिनारायण राय के ठिकानों पर निगरानी के छापे पड़े। 25 जुलाई, 2009 को निगरानी ने मधु कोड़ा, बंधु तिर्की, भानु प्रताप और कमलेश सिंह के ठिकानों पर छापामारी की। प्रभात खबर लगातार लिखता रहा। 7 नवंबर, 2009 को प्रभात खबर में रिपोर्ट छपी कि कैसे भानु की बहन व भांजों ने 22 एकड़ की जमीन खरीदी थी।

अक्तूबर में प्रभात खबर में एक रिपोर्ट छपी कि एक और मंत्री चंद्रप्रकाश चौधरी के निजी सचिव के पास 13 करोड़ की फिक्सड डिपोजिट हैं। इस बीच मधु कोड़ा के साथ विनोद सिन्हा का नाम भी जुड़ चुका था, लेकिन लोगों को उसके बारे में बहुत पता नहीं था। प्रभात खबर ने 20 अगस्त, 2007 को लीड स्टोरी छापी कि कौन है विनोद सिन्हा। इस खबर के छपने के बाद विधानसभा नहीं चली, हंगामा हुआ। प्रभात खबर ने राँची, जमशेदपुर, धनबाद और देवघर में तीन दिनों की समानांतर विधानसभा चलाई। इस बीच जनमुद्दे उठते रहे। विनोद सिन्हा के कारनामे पर रोज रिपोर्ट छपती रही। कौन हैं विनोद सिन्हा पर छह किश्तों में रिपोर्ट छपी। इन रिपोर्ट्स के छपने से झारखंड में राजनीतिक

एनोस की पत्नी के पास 54.44 करोड़ की जमीन

पैसे झारखंड में ही लगा रहा हूं

पहचान छिपा कर मंत्री खरीद रहे प्रोपर्टी

पिता को पति बना दिया हरिनारायण की पत्नी ने

बंपासटाउन में भी 85 लाख का भवन

मंत्री हूं, तो क्या जंगल झाड़ में रहूं : हरिनारायण

देवघर में करोड़ों की प्रोपर्टी ली पत्नी के नाम

मंत्री ने खोला मेगा खटाल

तत्कालीन मंत्री एनोस एक्का और हरिनारायण राय के खिलाफ प्रकाशित रिपोर्ट

गतिविधियाँ बढ़ गई थीं। इसी क्रम में संजय चौधरी का नाम भी आ गया था। प्रभात खबर ने इसी दौरान 20.9.2008 को यह रिपोर्ट छाप दी—कोड़ाजी, आपके रेफरेंस से ही संजय चौधरी का पासपोर्ट बना था। फिर एक-एक कर दस्तावेज भी छपने लगे। एक रिपोर्ट छपी संजय चौधरी ही दुबई की टेक्नो प्रोजेक्ट नामक कंपनी के मालिक थे। 21 सितंबर को रिपोर्ट छपी कोड़ा ने संजय चौधरी के साथ थाईलैंड की यात्रा की थी। 23 सितंबर को पृष्ठ एक पर 'स्तब्ध करने वाले दस्तावेज' शीर्षक से रिपोर्ट और दस्तावेज छापे। अब सुनील सिन्हा नामक एक और व्यक्ति का नाम आ चुका था। प्रभात खबर में रिपोर्ट छपी—24 करोड़ की जमीन खरीदी सुनील सिन्हा ने। 10 अक्तूबर, 2009 को मधु कोड़ा, बंधु तिर्की, विनोद सिन्हा के खिलाफ प्राथमिकी दर्ज कर ली गई।

सच की ताकत
प्रभात खबर
कौन है विनोद सिन्हा
गुरुजी बरी

भ्रष्टाचार के खिलाफ प्रभात खबर में प्रकाशित रिपोर्ट पर बना पेज

इन पूरे प्रकरणों में मधु कोड़ा, विनोद सिन्हा और उनके सहयोगियों के 167 ठिकानों पर छापामारी की गई। प्रभात खबर की रिपोर्ट से यह बात साफ हो चुकी थी कि बड़े पैमाने पर सत्ता का दुरूपयोग कर पैसा कमाया गया था। 1 नवंबर, 2009 को रिपोर्ट छपी—1000 करोड़। इसके बाद कोड़ा एंड कंपनी के ठिकानों पर छापे पड़े। दस दिन बाद, यानी 11 नवंबर, 2009 को प्रभात खबर ने यह रिपोर्ट छापी कि 400 करोड़ विदेश गए सिर्फ पुनमिया के जरिए। अब तक सरकारी तंत्र सक्रिय हो चुका था। सबूत मिलते जा रहे थे। 17 सितंबर, 2010 को विनोद सिन्हा को गिरफ्तार कर लिया गया। प्रभात खबर में जो भी रिपोर्ट छप रही थी, वह पूरे दस्तावेज के साथ। पूरे राज्य ही नहीं, देश भर में इसकी गूँज सुनाई दी थी। ऐसी खबरों का ही असर था कि पूर्व मुख्यमंत्री मधु कोड़ा और अन्य पूर्व मंत्रियों को जेल जाना पड़ा। ऐसी खबरों से पूरे देश में यही संदेश गया कि प्रभात खबर भ्रष्टाचार के खिलाफ लड़ने वाला और किसी के दबाव में नहीं आने वाला अखबार है। ये खबरें जब छप रही थीं, तब प्रधान संपादक हरिवंश थे, जो दबाव में आने वाले नहीं थे।

जे.पी.एस.सी. घोटाला

झारखंड लोक सेवा आयोग (जे.पी.एस.सी.) द्वारा की गई नियुक्तियों में भारी गड़बड़ी हुई थी। इसका परदाफाश प्रभात खबर ने किया था। इस घोटाले के सामने आने की कहानी भी रोचक है। राँची के पास ही है बुंडू। वहाँ के एक छात्र ने परीक्षा दी थी। उसकी नियुक्ति नहीं हो सकी। उसने एक पत्र प्रभात खबर को भेजा क्यों न बनूँ मैं नक्सली? प्रभात खबर ने अखबार में प्रमुखता से उस पत्र को प्रकाशित किया। इस पर आगे की खोजपूर्ण रिपोर्ट को प्रकाशित किया। प्रभात खबर के वरिष्ठ पत्रकार संजीव सिंह ने सबसे पहले यह रिपोर्ट छापी कि कैसे जे.पी.एस.सी. में नियुक्तियों में बड़े पैमाने पर गड़बड़ी हुई थी। खबर छपते ही मामला गरमा गया। धाँधली के खिलाफ छात्र-परीक्षार्थी सभी सड़कों पर उतर कर धरना-प्रदर्शन करने लगे। इसके बाद निगरानी को जाँच का जिम्मा सौंप दिया गया। जब मामले की जाँच होने लगी तो एक-से-एक खुलासा होने लगा। झारखंड के प्रमुख राजनेताओं के करीबी, रिश्तेदार इस परीक्षा में पास घोषित किए गए थे। निगरानी ने 137 अफसरों की नियुक्तियों को गलत पाया। जाँच के बाद अफसरों को निलंबित किया जाने लगा। इस मामले की सी.बी.आई. जाँच हुई। जे.पी.एस.सी. के अध्यक्ष डॉ. दिलीप प्रसाद समेत कुछ सदस्यों को जेल जाना पड़ा।

विधानसभा नियुक्तियों में गड़बड़ी

झारखंड विधानसभा में भी नियुक्तियों में गड़बड़ी हुई थी। प्रभात खबर ने सबसे पहले 2007 में ही यह मुद्दा उठाया था। सत्य प्रकाश चौधरी की 14 किश्तों में रिपोर्ट छपी थी कि कैसे विधानसभा में नियमों को ताक पर रखकर नियुक्तियाँ की गई थीं। 8 फरवरी, 2009 से इस मुद्दे को फिर से किश्तों में उठाया गया। वरिष्ठ पत्रकार अनिल झा ने प्रभात खबर में तीन किश्तों में अपनी रिपोर्ट छापी थी। इस मामले की जाँच के लिए आयोग का गठन किया गया था। प्रभात खबर ने बाद में भी इस मुद्दे को उठाया था। इसके अलावा भी अनेक मुद्दे ऐसे रहें जिन्हें प्रभात खबर ने प्रमुखता से उठाया। एक मामला था राजनीतिज्ञों द्वारा हेलीकॉप्टर के दुरूपयोग का। प्रभात खबर में 29 जनवरी, 2009 को रिपोर्ट छपी—मुख्यमंत्री ने भरी थी छह गुप्त उड़ानें। 22 जनवरी की रिपोर्ट थी कि सरकारी हेलिकॉप्टर से 45 बार उड़े।

दवा घोटाला

2009 में झारखंड में एक बार फिर दवा घोटाला हुआ। प्रभात खबर ने 24 अगस्त, 2009 को शकील अख्तर की रिपोर्ट छापी कि दवा खरीद में सौ करोड़ की

हेराफेरी गई थी। 1 सितंबर को आई.ए.एस. अफसर और तत्कालीन स्वास्थ्य सचिव प्रदीप कुमार के ठिकानों पर छापामारी की गई। इसी प्रकार प्रभात खबर में अलकतरा घोटाला, नमक घोटाला की खबर छपी। 30 अप्रैल, 2008 को रिपोर्ट छपी कि 10 करोड़ के नमक के घोटाले के लिए कैसे एक ही दिन में एग्रीमेंट किया गया और उसी दिन वर्क आर्डर भी निकाल दिया गया। भ्रष्टाचार के दर्जनों ऐसे मामले थे जिस पर प्रभात खबर ने किश्तों में रिपोर्ट छापी, सबूत समेत। प्रभात खबर में रिपोर्ट छपने के बाद कभी निगरानी जाँच हुई, कभी सी.बी.आई. जाँच तो कभी अदालत ने स्वत: संज्ञान लिया।

प्रभात खबर

लौह अयस्क खदान और कोयला खदान

आवंटन प्रक्रिया में छुपे हैं कई राज

झारखंड बंद आज

बिनोद सिन्हा मामले पर नहीं चली विधानसभा

आधारहीन बातों का जवाब नहीं देना चाहते : मुख्यमंत्री

न कार्यवाही बाधित हुई, न हुई नोकझोंक, हुई आम जन की बात

लक्खी शर्मा सहित पांच अपराधी जेल से फरार

विशेष अंक

प्रभात खबर ने अपने विशेष अंकों में भी भ्रष्टाचार का मुद्दा उठाया। 15 नवंबर, 2006 के अंक में प्रभात खबर ने तो इसे लीड खबर छापते हुए लिखा—भ्रष्टाचार बना सबसे बड़ा उद्योग। अखबार में हर विभाग में व्याप्त भ्रष्टाचार की कहानी तो छपी ही, साथ ही यह भी छापा गया कि कौन अधिकारी, कर्मचारी कितना कमीशन लेता है।

डॉक्टर्स कथा

झारखंड में डॉक्टर्स और पैथोलॉजी लैब के बीच साँठ–गाँठ की खबर को प्रभात खबर ने उजागर किया था। शकील अख्तर ने 6.5.2009 को रिपोर्ट छापी—अब डॉक्टर हुए कमीशनखोर। दरअसल डॉक्टर के पास जब मरीज जाते हैं तो किसी खास लैब में ही जाँच कराने को कहते हैं। इसके पीछे का सारा खेल प्रभात खबर ने छापा कि किस डॉक्टर को किस लैब से कमीशन में कितना पैसा मिला, सबूत भी छापे गए, डॉक्टर्स का नाम छापने से हंगामा खड़ा हो गया। 7 और 8 मई, 2009 को भी यह रिपोर्ट छपी। बाद में 28 अक्तूबर, 2012 को विजय पाठक की रिपोर्ट छपी कि कैसे डॉक्टर कंपनियों से पैसे लेकर दवा लिखते हैं। 'डॉक्टर–डॉक्टर' कथा नाम से किश्तों में रिपोर्ट छापी गई।

इसमें उल्लेख था कि कैसे डॉक्टर्स गड़बड़ी करते हैं, अंदर की खबर भी छपी कैसे कैंसर और हृदय रोगों से ग्रसित मरीजों को भी डॉक्टर्स नहीं छोड़ते, कैसे लैब में कमाई होती है। इन रिपोट्र्स की काफी चर्चा हुई। आम जनता से जुड़ा यह मुद्दा था। प्रभात खबर ने मजबूती से इन मुद्दों को उठाया।

निर्मल बाबा प्रकरण

विजय पाठक की ही निर्मल बाबा पर कई किश्तों में रिपोर्ट छपी कि कैसे कभी झारखंड के मेदिनीनगर में रहने वाला एक सामान्य व्यक्ति श्रद्धा और विश्वास के नाम पर करोड़ों कमा रहा था। अखबार ने निर्मल बाबा का सच सामने लाया। इसके बाद कई माह तक निर्मल बाबा टेलीविजन पर नजर नहीं आए। यह भी छापा गया कि उनके अकाउंट्स में कितने पैसे हैं, कहाँ-कहाँ निवेश कर रखा है, कब कितना पैसा आया, कितना पैसा निकाला, उनकी संपत्ति कितनी है। प्रभात खबर की इस रिपोर्ट पर राष्ट्रव्यापी बहस हुई, देश के टेलीविजन चैनलों ने इस पर बहस कराते हुए प्रसारण किया, मुद्दा बनाया।

कौन हैं निर्मल बाबा

सरेआम जालसाजी कर रहा है?

हां, निर्मल बाबा मेरे साले हैं : नामधारी

कई मुद्दों पर मतभिन्नता है उनके साथ

निर्मल बाबा पर प्रभात खबर द्वारा छापी गई रिपोर्ट

झारखंड में बड़े पैमाने पर कोयले की चोरी होती है, जिसमें पुलिस, नेता, माफिया की मिलीभगत रहती है। इसमें बड़ा गिरोह काम करता है। प्रभात खबर ने लगातार इस पर रिपोर्ट प्रकाशित की। अंततः सरकार ने इसकी जाँच कराने की घोषणा की। प्रभात खबर ने अपर जिला जजों की नियुक्ति में गड़बड़ी की खबर 4 जुलाई, 2010 को छापी थी। यह आसान काम नहीं था। आम अखबार ऐसी रिपोर्ट छापने से बचता है, लेकिन प्रभात खबर ने इसे प्रकाशित किया। हाइकोर्ट के आदेश पर इसकी जाँच कराई गई। 8 मार्च, 2011 के अंक में रिपोर्ट छापी गई—फास्ट ट्रैक के 22 अपर जिला जज बरखास्त। हाइकोर्ट के आदेश पर यह बरखास्तगी हुई थी।

प्रभात खबर की रिपोर्ट के बाद ही इस मामले का खुलासा हुआ था। किताब घोटाला, मध्याह्न भोजन में गड़बड़ी, पुल-पुलिया निर्माण में गड़बड़ी, कृषि उपकरण खरीद में गड़बड़ी, एस.एस. फंड में घोटाला जैसी एक्सक्लूसिव खबरों को प्रभात खबर

लगातार छापता रहा। रिपोर्ट का असर भी पड़ा, जाँच भी होती रही, टेंडर रद्द भी होते रहे, अभियंता, अफसर निलंबित हुए, कुछ बरखास्त हुए, कुछ जेल गए। झारखंड में हुए नेशनल गेम्स में हुई खरीद में हुए घोटाले पर प्रभात खबर लगातार लिखता रहा। इसकी निगरानी जाँच हुई। पंडरा बाजार समिति में भ्रष्टाचार की जानकारी मिली तो इस पर 'भ्रष्टाचार कथा' नाम से 13 फरवरी, 2013 से कई किश्तों में रिपोर्ट छापी गई। यह उजागर किया गया कि किसके इशारे पर यह गिरोह चलता है। जब किसानों के साथ धोखा कर उन्हें दिए जाने वाले सिंचाई उपकरण के पैसों को झारखंड के अधिकारियों, आपूर्तिकर्ताओं और बिचौलियो ने आपस में बाँट लिया तो प्रभात खबर ने 'राष्ट्रीय सूक्ष्म सिंचाई मिशन में गड़बड़ी, किसानों के साथ धोखा' शीर्षक से 3 फरवरी, 2014 से 35 किश्तों में वरिष्ठ पत्रकार मनोज लाल की रिपोर्ट छापी। इस रिपोर्ट में इतनी गहराई थी, इतने प्रमाण थे कि तुरंत इस मामले की जाँच का आदेश हो गया।

झारखंड में अनेक अवसर आए, जब तत्कालीन सरकार में अफसरों के तबादले के नाम पर धंधेबाजी हुई। राज्य में कई ऐसे जिले हैं, कई ऐसे पद हैं, कई ऐसे विभाग हैं, जहाँ काम करने के लिए, पोस्टिंग के लिए बड़े पैमाने पर पैरवी चलती है। इसके लिए गिरोह बना हुआ है। ऐसे-ऐसे उदाहरण हैं कि रात में तबादला हुआ, दूसरे दिन जब बात हो गई तो तबादला रूक गया। दरअसल एक समय था जब ट्रांसफर एक उद्योग की तरह चल रहा था। जब भी राजनेता-अफसर मिल कर तबादले में गड़बड़ी करते, प्रभात खबर सप्रमाण उसे सामने लाता रहा कि कैसे दो-दो माह में तबादले कर दिए गए। फिर जब राज्य के बालू पर माफिया और राजनीतिज्ञों ने कब्जा करना चाहा तो प्रभात खबर ने इसे मुद्दा बनाया। विधानसभा से लेकर सड़क पर भी विरोध हुआ। झारखंड में जब-जब भ्रष्टाचार की सूचना मिली, प्रभात खबर इसके खिलाफ अभियान चला कर अपना दायित्व निभाता रहा। इसका खामियाजा भी अखबार को भुगतना पड़ा, कभी विज्ञापन रुका तो कभी दूसरी तरह से अखबार को परेशान करने का प्रयास किया गया। इन्हीं सब कारणों से प्रभात खबर अखबार की छवि भ्रष्टाचार के खिलाफ लड़ने वाले अखबार के रूप में बनी।

प्रभात खबर ने राज्य के कई जिलों में चल रही सरकारी योजनाओं में हो रही गड़बड़ी पर अपना अध्ययन कराया। प्रभात खबर के संवाददाताओं ने खुद इसका अध्ययन किया और इस पर रिपोर्ट छापी। 15 नवंबर, 2004 के अंक में 'भ्रष्टाचार में कैद भविष्य' नाम से 16 पृष्ठों का विशेषांक निकाला। इस अंक में इस बात का उल्लेख था कि विकास योजनाओं में किस अधिकारी या कर्मचारी को कितना प्रतिशत कमीशन मिलता है, बिचौलिए कितना कमाते हैं और नक्सलियों को कितनी लेवी मिलती है। प्रभात खबर ने इसी अंक में विस्तार से लिखा कि किस विभाग में फाइल मूवमेंट कैसे होता है, कितने लोगों के पास से फाइल को गुजरना पड़ता है और बगैर पैसे दिए काम नहीं

होता है। इसके बाद 15 नवंबर, 2007 में 16 पृष्ठों का भ्रष्टाचार पर अंक निकाला गया।

प्रभात खबर ने झारखंड पर 2007 में भ्रष्टाचार बेलगाम, बेतहाशा, बेशर्म शीर्षक से एक रिपोर्ट प्रकाशित की थी। इसमें डेड एसेट्स का विवरण भी छापा गया था। प्रभात खबर ने साहस की पत्रकारिता करते हुए विभिन्न विकास योजनाओं में कौन व्यक्ति कितना कमीशन लेता है, वह छापा। प्रभात खबर ने न सिर्फ झारखंड में व्याप्त भ्रष्टाचार के मामले को उठाया बल्कि जब भी राष्ट्रीय स्तर पर भ्रष्टाचार का मामला सामने आया, उसे भी उतनी ही गंभीरता से उठाया। यहाँ तक कि जब अन्ना का आंदोलन चला तो प्रभात खबर उनके साथ खड़ा रहा। इसका उदाहरण है 17 अगस्त, 2011 का अखबार। अनशन पर बैठने के पहले अन्ना को गिरफ्तार कर लिया गया था। प्रभात खबर ने उस दिन अन्ना पर 'अन्नाग्रह' नाम से जैकेट बनाया। प्रभात खबर के सभी संस्करणों में इसे प्रमुखता से लिया गया। उसी दिन अन्ना के आंदोलन पर चार पृष्ठ की विशेष सामग्री प्रकाशित की। जब अन्ना का आंदोलन अगस्त 2011 में चल रहा था, तब प्रभात खबर ने 'आओ सारे, देश सँवारे' नारे के साथ लोगों को इस आंदोलन का साथ देने की अपील की। हर दिन इसी नारे के साथ प्रभात खबर विशेष सामग्री प्रकाशित करता रहा। इसमें भ्रष्टाचार के विरोध में देश के श्रेष्ठ लोगों के लेख, विचार छपते रहे।

प्रभात खबर ने भ्रष्टाचार के खिलाफ लोगों को जागरूक करने का अभियान चलाया। भ्रष्टाचार के खिलाफ अनेक आकर्षक विज्ञापन बनाकर उन्हें लगातार प्रभात खबर में प्रकाशित किया गया। इस प्रकार भ्रष्टाचार के खिलाफ प्रभात खबर ने लोगों में जनचेतना जगाने का काम किया। 12 फरवरी, 2012 को 'भ्रष्टाचार से जंग को तैयार-बिहार' शीर्षक से और 21 नवंबर, 2010 को 'उजले भारत में काला पैसा' शीर्षक से पूरा पृष्ठ प्रकाशित किया गया। जब न्यायपालिका में भ्रष्टाचार की बात आई तो प्रभात खबर ने 23 दिसंबर, 2010 को 'अदालतों में भ्रष्टाचार की आहट' शीर्षक से पूरे एक पृष्ठ की रिपोर्ट प्रकाशित की। 13 मार्च, 2011 को प्रभात खबर ने 'हसन अली की काली दुनिया' नाम से एक पृष्ठ छापा जिसमें बताया गया कि कैसे कबाड़ का धंधा करने वाला हसन अली अरबों-अरब का मालिक बन बैठा। इससे पहले से ही प्रभात खबर ने काले धन को मुद्दा बना लिया था। 21 मार्च, 2009 को प्रभात खबर, पटना ने लीड स्टोरी छापी थी—2500 अरब का कालाधन! इसके बाद 29 मार्च को रिपोर्ट छपी-स्विस बैंक में हसन के 40 हजार करोड़। इसके एक दिन बाद भाजपा नेता ने इसे राष्ट्रीय मुद्दा बनाते हुए कहा कि काला धन वापस लाओ।

राज्यसभा चुनाव

झारखंड का चुनावी इतिहास बताता है कि राज्य सभा चुनाव के दौरान कुछ ऐसे अवसर भी आए, जब पैसे लेकर विधायकों ने मतदान किया, यानी पैसे के बल पर कुछ

प्रत्याशियों ने वोट खरीद लिया। पार्टी देखती रह गई और उनके विधायक अपनी मरजी से वोट करते रहे। राज्यसभा चुनाव में ऐसे-ऐसे प्रत्याशी उतारे गए जिनका झारखंड से चुनाव के पहले दूर-दूर का रिश्ता नहीं रहा था। अधिकांश प्रत्याशी झारखंड को इसलिए चुनते थे ताकि यहाँ से राज्य सभा के लिए वोट जुगाड़ करना आसान होता रहा है। छोटा राज्य है, छोटे-छोटे दल, निर्दलीय विधायकों की संख्या अच्छी खासी रही है। बड़े दलों पर दिल्ली से निगरानी होती है, लेकिन छोटे-छोटे दलों का अपना निर्णय होता है। प्रभात खबर ने अभियान चलाया कि झारखंड से सही व्यक्ति राज्य सभा में जाए। यहाँ सही का अर्थ है बगैर वोट खरीदे। दल जिसे टिकट दें, उसके विधायक उसके पक्ष में ही मतदान करें।

हर चुनाव के पहले प्रभात खबर रिपोर्ट्स के जरिए विधायकों को आगाह करता रहा, उन्हें उनका दायित्व भी बताया। 2008 में जब राज्य सभा चुनाव हो रहा था, उस समय प्रभात खबर ने खुलकर अभियान चलाया। बाहरी प्रत्याशियों के खिलाफ प्रभात खबर खड़ा था। अभियान चलाया कि क्या झारखंड में ऐसा एक भी व्यक्ति नहीं है जो राज्यसभा में जा सकता हो। यह अभियान असरदार रहा, लेकिन तमाम प्रयासों के बावजूद विधायकों ने अपने-अपने हिसाब से मतदान किया। इस अभियान का इतना असर पड़ चुका था कि लोग अपने-अपने विधायकों से सवाल करने लगे थे। जब बाहरी प्रत्याशी के खिलाफ राँची में जुलूस-प्रदर्शन हो रहा था, तो प्रभात खबर ने लगातार बाहरी प्रत्याशी के खिलाफ अभियान चलाया, अखबार में रिपोर्ट और जागरूकता अभियान के जरिए। उसके बावजूद दूसरे राज्य से आए प्रत्याशी चुनाव जीत गए। यहाँ नाथवाणी की बात हो रही है। चुनाव जीतने के बाद नाथवाणी ने झारखंड में अनेक बेहतरीन काम किए, जिसे आज भी देखा जा सकता है। भले ही प्रभात खबर ने बाहरी प्रत्याशी के नाम पर नाथवाणी के खिलाफ अभियान चलाया था, लेकिन जिस तरीके से बाद में उन्होंने झारखंड में विकास का काम किया, उसने साबित कर दिया कि उन्होंने झारखंड के ही दूसरे राज्यसभा सांसदों के काम की तुलना में ज्यादा काम किया।

जब 2012 का चुनाव होने लगा तो प्रभात खबर ने 'बिकिए मत' नाम से भ्रष्टाचार के खिलाफ अभियान चलाया। यह किसी व्यक्ति के खिलाफ नहीं था बल्कि विधायकों को आगाह करने के लिए था कि बगैर बिके सही व्यक्ति को राज्यसभा भेजें। खरीद-बिक्री के खिलाफ यह अभियान था। इसके तहत विधायकों और जनता को भी जागरूक किया जा रहा था। जनता को इसलिए ताकि अगर कोई सूचना उन्हें मिले तो वे तुरंत बताएँ। सरकारी संस्थाएँ भी सक्रिय हो गई थीं। इनकम टैक्स विभाग ने विशेष दल का गठन किया था। चुनाव आयोग की मानिटरिंग कड़ी हो गई थी। इसी का असर था कि चुनाव के दिन जमशेदपुर से राँची आ रहे एक वाहन से 2.15 करोड़

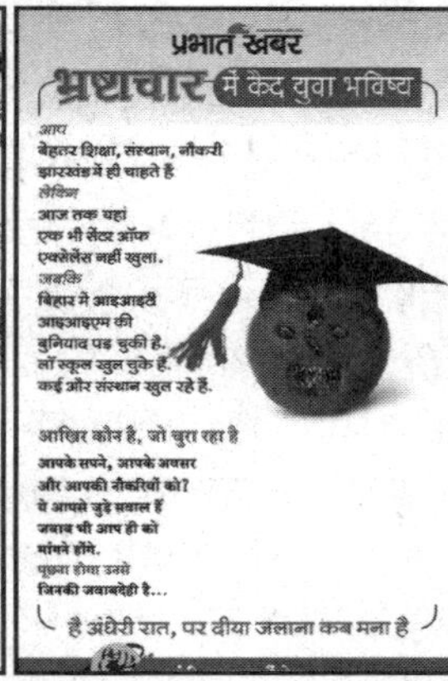

प्रभात खबर द्वारा भ्रष्टाचार के खिलाफ वितरित परचा

नकद पैसा पकड़ा गया। इनकम टैक्स के अधिकारियों ने यह काररवाई की थी। बाद में इसी मामले में राज्यसभा के एक प्रत्याशी को जेल जाना पड़ा। एक विधायक को लंबे समय तक जेल में रहना पड़ा। 30 मार्च को राज्यसभा की सीट के लिए मतदान हुआ। उसमें भी कुछ विधायकों ने क्रास वोटिंग की, कुछ ने पैसा लेकर वोट दिया। अभियान का यह असर रहा कि चुनाव आयोग ने राज्य सभा का चुनाव रद्द कर दिया। राज्य सभा के चुनाव के इतिहास में पहले ऐसा कभी नहीं हुआ था कि चुनाव होने के बाद उसी दिन चुनाव को रद्द कर दिया गया हो। बाद में इस मामले की जाँच सी.बी.आई. को सौंप दी गई। 18 मई, 2012 को हार्स ट्रेडिंग के मामले में कई विधायकों के घरों पर सी.बी.आई. का छापा पड़ा। 4 अप्रैल, 2013 को फिर से नौ विधायकों के 20 ठिकानों पर छापामारी की गई। कुछ विधायकों के खिलाफ वारंट जारी हुआ। प्रभात खबर के अभियान का असर यह हुआ कि रद्द होने के बाद जब फिर से चुनाव हुआ तो हालात बदले हुए थे। जिस दल ने जो वादा किया था, जिसे उम्मीदवारी और समर्थन दिया था, उसे ही चुना भी गया। इस प्रकार कई साल भले ही लग गए, लेकिन चुनाव में भ्रष्टाचार के खिलाफ प्रभात खबर ने जो अभियान चलाया था, उसका अच्छा परिणाम दिखा। 22 विधायक संदेह के घेरे में आए।

मार्टिन टेटे प्रकरण

ऐसे तो भागलपुर दंगे की रिपोर्टिंग के समय से ही प्रभात खबर चर्चा में आ गया था, लेकिन राष्ट्रीय स्तर पर प्रभात खबर पहली बार तब चर्चा में आया जब इसने मार्टिन टेटे प्रकरण को उठाया। फादर मार्टिन टेटे जी.ई.एल. चर्च के प्रमुख धर्माध्यक्ष थे। 13 जून, 1990 को कोलकाता प्रवास के दौरान उनकी मौत हो गई थी। प्रभात खबर को सूचना मिली थी कि फादर टेटे की मौत स्वाभाविक मौत नहीं थी बल्कि उनकी हत्या की गई थी। उन दिनों प्रभात खबर का अंग्रेजी संस्करण भी छपता था। प्रभात खबर अंग्रेजी ने पहली बार यह सवाल उठाया कि क्या फादर टेटे की मौत स्वाभाविक थी? कई दिनों तक यह खबर अंग्रेजी प्रभात खबर में छपती रही धीरे-धीरे यह मामला गरमाने लगा। बाद में फादर टेटे प्रकरण को प्रभात खबर हिंदी ने जब मुद्दा बनाया तो यह चर्चा में आ गया। प्रशासन चौकस हो गया। मार्टिन टेटे की पत्नी एच. टेटे और जी.ई.एल. चर्च के कुछ वरिष्ठ सदस्यों ने फादर की मौत के मामले की जाँच कराने का आग्रह किया। मौत के 27 दिनों बाद मार्टिन टेटे के शव को कब्र से निकाला गया और दोबारा पोस्टमार्टम कराया गया। प्रभात खबर (हिंदी) ने इस खबर को पृष्ठ एक पर 'मृत्यु का कारण अनिश्चित, जाँच जारी' हेडिंग से 12 जुलाई, 1990 के अंक में छापा था।

प्रभात खबर की रिपोर्ट को गलत साबित करने के लिए बड़ा अभियान चला। इसमें देश के कई प्रमुख अखबार थे, लेकिन देश के अनेक अखबार, पत्रिकाएँ प्रभात खबर की रिपोर्ट को सच करार दे रही थीं। फादर टेटे प्रकरण में कई प्रभावशाली लोगों के नाम थे। बाद में इसमें गिरफ्तारी भी हुई। यह एक खोजपूर्ण रिपोर्ट थी और इसके लिए प्रभात खबर ने अपनी एक विशेष टीम का गठन किया था। इस टीम के सदस्य कोलकाता समेत उन जगहों पर भी गए थे, जहाँ-जहाँ से फादर टेटे की मौत के बारे में जानकारी मिल सकती थी, सबूत जुटाए और इसे प्रभात खबर में लगातार प्रकाशित किया। प्रभात खबर में छपी रिपोर्ट को आधार बनाकर बिहार विधानसभा में भी मामला उठाया गया। वहाँ हंगामा हुआ, 19 जुलाई, 1990 को विधानसभा में संसदीय कार्यमंत्री रघुनाथ झा ने घोषणा की कि टेटे मामले की सी.आई.डी. जाँच होगी। 22 जुलाई को हत्या का मामला दर्ज किया गया। उसी के बाद बड़े नेताओं की गिरफ्तारी हुई। राज्य में इतना हंगामा हुआ कि तत्कालीन मुख्यमंत्री लालू प्रसाद को सी.बी.आई. जाँच की घोषणा करनी पड़ी थी। टेटे प्रकरण के बाद देश भर में प्रभात खबर की खोजपूर्ण रिपोर्ट की चर्चा हुई। अनेक राष्ट्रीय अखबारों ने प्रभात खबर का अपनी रिपोर्ट में जिक्र किया। टेटे प्रकरण वह पहला बड़ा मुद्दा था, जिसके कारण प्रभात खबर की देश भर में चर्चा हुई थी। इस घटना के बाद प्रभात खबर एक मजबूत अखबार के तौर पर उभरा था।

□

सामाजिक जिम्मेदारी और अभियान

पलामू में सूखे के बाद राहत अभियान

प्रभात खबर पत्रकारिता के साथ–साथ सामाजिक दायित्व को भी निभाता रहा है। 1992 में पलामू में भयंकर सूखा (अकाल) पड़ा था। जमीन फट चुकी थी, स्थिति काफी गंभीर हो गई थी, भूख से कई लोगों की मौत हो चुकी थी, रोजगार के लिए लोग पलामू छोड़कर दूसरे राज्यों में जा रहे थे, पानी और चारे के अभाव में जानवर भी मर रहे थे, सरकारी राहत पहुँचने में विलंब हो रहा था। ऐसी स्थिति में प्रभात खबर ने सूखा पीड़ितों की सहायता के लिए और सरकार को जमीनी हकीकत बताने के लिए अभियान चलाया। अखबार में पलामू के गाँवों और वहाँ व्याप्त भुखमरी पर किश्तों में रिपोर्ट छापी।

सूखा पीड़ितों की सहायता के लिए राँची में प्रभात खबर ने छोटानागपुर राहत कमेटी नाम से एक कमेटी बनाई। इस कमेटी में राँची के डॉ. सिद्धार्थ मुखर्जी, कर्नल बक्शी, हरिवंश, त्रिदीव घोष जैसे प्रमुख लोग थे। लोगों से अपील की कि वे सूखा पीड़ितों की सहायता करें। प्रभात खबर की पूरी टीम और शहर की प्रमुख संस्थाओं से जुड़े लोगों ने राँची में घूम–

अपील

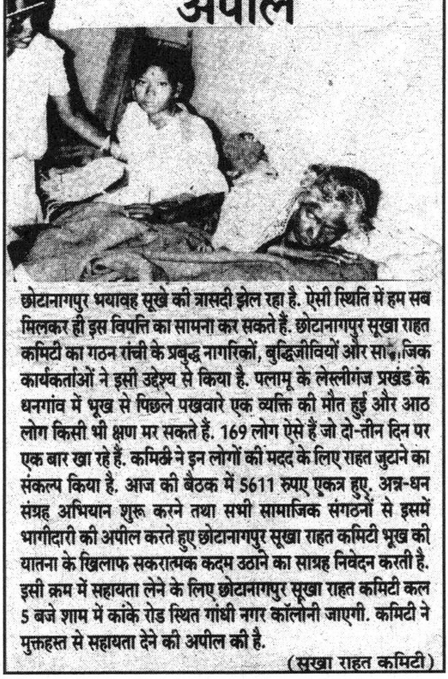

छोटानागपुर भयावह सूखे की त्रासदी झेल रहा है. ऐसी स्थिति में हम सब मिलकर ही इस विपत्ति का सामना कर सकते हैं. छोटानागपुर सूखा राहत कमिटी का गठन रांची के प्रबुद्ध नागरिकों, बुद्धिजीवियों और सा[illegible]जिक कार्यकर्ताओं ने इसी उद्देश्य से किया है. पलामू के लेस्लीगंज प्रखंड के धनगांव में भूख से पिछले पखवारे एक व्यक्ति की मौत हुई और आठ लोग किसी भी क्षण मर सकते हैं. 169 लोग ऐसे हैं जो दो-तीन दिन पर एक बार खा रहे हैं. कमिटी ने इन लोगों की मदद के लिए राहत जुटाने का संकल्प किया है. आज की बैठक में 5611 रुपए एकत्र हुए. अन्न-धन संग्रह अभियान शुरू करने तथा सभी सामाजिक संगठनों से इसमें भागीदारी की अपील करते हुए छोटानागपुर सूखा राहत कमिटी भूख की यातना के खिलाफ सकरात्मक कदम उठाने का साग्रह निवेदन करती है. इसी क्रम में सहायता लेने के लिए छोटानागपुर सूखा राहत कमिटी कल 5 बजे शाम में कांके रोड स्थित गांधी नगर कॉलोनी जाएगी. कमिटी ने मुक्तहस्त से सहायता देने की अपील की है.

(सूखा राहत कमिटी)

पलामू सूखा अभियान के लिए की गई अपील

घूमकर राहत सामग्री एकत्र की। इस अभियान का गहरा असर पड़ा। सहायता के लिए लोग आगे आए। राँची की अनेक स्वयंसेवी संस्थाओं ने पैसा और राहत सामग्री जमा करने में योगदान दिया। प्रभात खबर में एक-एक पैसे का हिसाब छापा गया। लोगों ने पैसा दिया, अनाज दिया, कपड़ा दिया, इन चीजों को पलामू भेजकर जरूरतमंद लोगों के बीच बँटवाया गया। 18 दिसंबर, 1992 को छोटानागपुर राहत कमेटी के बैनर तले दो ट्रक (नंबर बी.एच.एच.-3551 और बी.इ.एफ. 3855) राहत सामग्री पलामू गढ़वा भेजी गई थी। कर्नल बक्शी और कृष्णानंद मिश्र के नेतृत्व में यह टीम राहत सामग्री लेकर गई थी। 18 नवंबर, 1992 के प्रभात खबर में इस अभियान में आगे आने के लिए लोगों का आभार व्यक्त किया गया। लोगों को प्रभात खबर पर भरोसा था। एक-एक पैसे का हिसाब अखबार में छापने से यह भरोसा और बढ़ा। पूरे राज्य में यह संदेश गया कि जब लोग संकट में होते हैं तो प्रभात खबर उनके साथ खड़ा होता है।

बाद के दिनों में भी जब भी देश के किसी भी हिस्से में आपदा आई, प्रभात खबर उनकी सहायता के लिए आगे आया, चाहे वह बिहार की बाढ़ हो या महाराष्ट्र-गुजरात का भूकंप हो। अभियान चलाकर सामग्री एकत्र की और उसे जरूरतमंद लोगों तक पहुँचाया। 30 सितंबर, 1993 को गुजरात के लातूर में भयंकर भूकंप आया था। इसमें 22 हजार से ज्यादा लोगों की मौत हुई थी। इस राष्ट्रीय आपदा में प्रभात खबर गुजरात के लोगों के साथ खड़ा रहा। राँची में छोटानागपुर राहत कमेटी के माध्यम से अखबार में सहायता की अपील की गई। बड़ी संख्या में लोग सामने आए। 50 रुपए से अधिक की राशि देने वालों का नाम प्रकाशित किया गया। जो भी राशि जमा हुई, उसे महाराष्ट्र के मुख्यमंत्री राहत कोष में जमा कराया गया।

शहीद अलबर्ट एक्का अभियान

परमवीर चक्र विजेता शहीद अलबर्ट एक्का देश के गौरव हैं। 1971 के भारत-पाकिस्तान युद्ध में उन्होंने अद्‌भुत वीरता दिखाई थी। पाकिस्तानी सेना को तहस-नहस करने के दौरान वे शहीद हो गए थे। उसके बाद उन्हें सर्वोच्च सैन्य सम्मान परमवीर चक्र से सम्मानित किया गया था। वे झारखंड (तब बिहार का हिस्सा था) के गुमला जिले के रहने वाले थे। प्रभात खबर समय-समय पर ऐसी रिपोर्ट छापता रहा है, जिसकी राष्ट्रीय स्तर पर चर्चा होती है। ऐसी ही एक रिपोर्ट अलबर्ट एक्का के बारे में 1999 में छपी थी। बाद में प्रभात खबर ने अलबर्ट एक्का के शहादत स्थल की माटी लाने के लिए भी अभियान चलाया था। अपने नायकों को सम्मान देने का यह प्रयास था। तभी इस अखबार-को-अखबार नहीं, आंदोलन कहा जाता है।

1999 में प्रभात खबर में एक रिपोर्ट छपी कि परमवीर चक्र विजेता अलबर्ट एक्का

की पत्नी बलमदीन एक्का अभाव में जी रही है, दूसरों के खेतों में धान रोप रही है, तसवीर भी छपी थी। इस खबर के छपने के बाद पूरे झारखंड में एक बेचैनी दिखी। अपने शहीद के परिजन अगर आर्थिक संकट में हो तो समाज के लोग सबसे पहले आगे आते हैं। इस बार अगुवाई प्रभात खबर ने की। तय हुआ कि अलबर्ट एक्का की पत्नी की सहायता के लिए राशि जुटाई जाएगी ताकि उन्हें दूसरे के खेतों में काम नहीं करना पड़े। पूर्वी सिंहभूम के तत्कालीन उपायुक्त थे संजय कुमार, जो बाद में भारत सरकार में बहुत ही महत्त्वपूर्ण पद पर रहे। खबर पढ़ने के बाद उन्होंने मुझे फोन किया और अभियान चलाने की बात की। इसके लिए जमशेदपुर में एक कमेटी बनाई गई। पूरे शहर को इस अभियान से जोड़ा गया। उपायुक्त संजय कुमार ने खुद पहल की, समय दिया, उनके दफ्तर में कई बैठकें हुई जिसमें सरकारी अधिकारियों समेत समाज के हर तबके के लोगों को भी बुलाया गया। शहर में कार्यक्रम होने लगे। इन कार्यक्रमों के बाद राशि जमा करने की घोषणा की जाने लगी। जमशेदपुर में 24 अक्तूबर, 1999 को 'हम आपके साथ हैं मिसेज अलबर्ट एक्का' नाम से एक विशाल कार्यक्रम का आयोजन किया गया। इस आयोजन में सेना के जवानों को भी आमंत्रित किया गया। तीन-चार सौ सेना के जवान-अधिकारी आए थे।

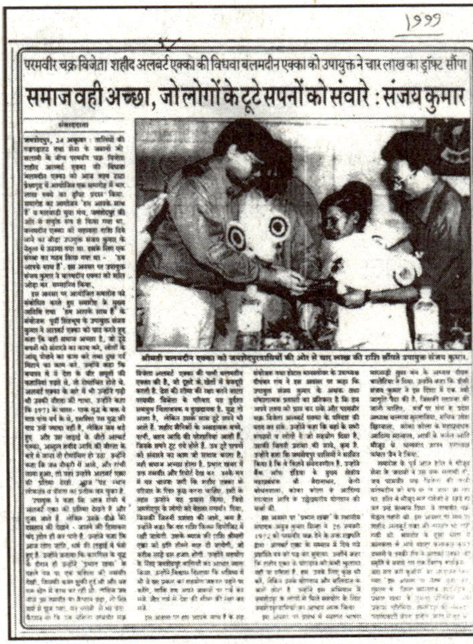
1999

परमवीर चक्र विजेता शहीद अलबर्ट एक्का की विधवा बलमदीन एक्का को उपायुक्त ने चार लाख का ड्रॉफ्ट सौंपा

समाज वही अच्छा, जो लोगों के टूटे सपनों को संवारे : संजय कुमार

अल्बर्ट एक्का की पत्नी को जमशेदपुर में दी गई सहायता राशि

गुमला के चैनपुर से अलबर्ट एक्का की पत्नी को जमशेदपुर लाया गया था। यह जिम्मेदारी प्रभात खबर के तत्कालीन प्रतिनिधि ओम प्रकाश चौरसिया (अब दिवंगत) ने निभाई थी। कार्यक्रम से एक दिन पहले मिसेज एक्का अपने बेटे के साथ जमशेदपुर आईं। साथ में परमवीर चक्र मेडल लेकर आई थी। खुद बलमदीन एक्का ने वह परमवीर चक्र मुझे भी दिखाया था। मेरे आग्रह पर उन्होंने कुछ देर के लिए मेरे हाथ में परमवीर चक्र थमाया था। गर्व का पल था, रोंगटे खड़े हो गए थे। जिस परमवीर चक्र को देखने का अवसर बड़े-बड़े सैन्य अधिकारियों को नहीं हो पाता है, उसे हाथ में कुछ देर तक

लेने का मुझे सौभाग्य प्राप्त हुआ था। जमशेदपुर में एक बहुत बड़े कार्यक्रम में 1500 लोगों और देशभक्ति पूर्ण गीतों के बीच अलबर्ट एक्का की पत्नी को सवा चार लाख रुपए का बैंक ड्राफ्ट सौंपा गया था। सेना के वरिष्ठ अधिकारियों की मौजूदगी में यह कार्यक्रम संपन्न हुआ। प्रभात खबर का यह अभियान बहुत ही सफल रहा। जिस दिन हरिवंशजी ने राज्यसभा के उपसभापति पद की शपथ ली थी (9 अगस्त, 2018), उस दिन प्रधानमंत्री नरेंद्र मोदी ने सदन में दिए गए अपने भाषण में अलबर्ट एक्का की पत्नी को सहायता दिए जाने की घटना की चर्चा भी की थी।

2015 की बात है, अचानक एक खबर आई कि जिसमें शहीद अलबर्ट एक्का की पत्नी ने मुख्यमंत्री को पत्र भेजकर कहा था—मैं मरने के पहले उस माटी को माथे पर लगाना चाहती हूँ, जहाँ मेरे पति शहीद हुए थे। प्रभात खबर ने तय किया कि उस स्थान का पता लगाया जाएगा जहाँ युद्ध के दौरान अलबर्ट एक्का शहीद हुए थे। काम आसान नहीं था। कोलकाता के प्रभात खबर के मेरे सहयोगी अजय ने त्रिपुरा में सैन्य अधिकारियों से संपर्क कर उस स्थान का पता लगा लिया। इसमें सेना के अधिकारियों ने काफी सहयोग किया। प्रभात खबर का अभियान सफल रहा और शहादत स्थल से सेना ने मिट्टी राँची भिजवाई उस मिट्टी को सम्मान के साथ राँची से अलबर्ट एक्का के गाँव जारी (चैनपुर, गुमला) ले जाया गया। खुद मुख्यमंत्री रघुवर दास 3 दिसंबर, 2015 को अलबर्ट एक्का के गाँव जारी गए और वह पवित्र मिट्टी बलमदीन एक्का को सौंपी गई।

महान् गणितज्ञ वशिष्ट बाबू के इलाज का अभियान

वशिष्ट नारायण सिंह दुनिया के प्रसिद्ध गणितज्ञ थे। वे बसंतपुर (भोजपुर, बिहार) निवासी थे। कैलिफोर्निया यूनिवर्सिटी के गणितज्ञ प्रोफेसर जेएल केली ने उन्हें आर्यभट्ट की परंपरा का गणितज्ञ कहा था। इस महान् व्यक्ति की प्रतिभा को देखते हुए पटना विश्वविद्यालय ने अपना नियम बदल दिया था। डॉ. एन.एस. नागेंद्रनाथ (जिन्होंने सीवी रमण के साथ काम किया था) ने उन्हें एक साल में बी.एस.सी. और एक साल में एम.एस.सी. की परीक्षा में बैठने की अनुमति दी थी। बाद में डॉ. वशिष्ट नारायण सिंह अमेरिका गए और कोलंबिया के इंस्टीट्यूट ऑफ मैथेमैटिक्स में पढ़ाने का काम किया। नासा की नौकरी को ठुकराकर भारत लौटे। फिर भारत में टाटा इंस्टीट्यूट ऑफ फंडामेंटल रिसर्च, कानपुर आई.आई.टी और इंडियन स्टैटिकल इंस्टीट्यूट, कोलकाता में काम किया!

भारत में काम करते हुए और पारिवारिक स्थिति के कारण उन्हें सदमा लगा और वे मानसिक तौर पर अस्वस्थ हो गए। पत्नी से तलाक हो गया था। बाद में वे कहीं गुम हो गए। वर्षों बाद उनके भाई ने अथक प्रयासों के बाद उन्हें खोज निकाला। आर्थिक परेशानी थी कि कैसे इलाज हो। प्रभात खबर को जैसे ही जानकारी मिली, इस प्रतिभा और देश के

गौरव को बचाने के लिए अभियान चला दिया। 17 फरवरी, 1993 को 'आप नहीं पहचानेंगे' शीर्षक से डॉ. वशिष्ट नारायण की तसवीर के साथ विशेष टिप्पणी छपी, जिसमें सहायता राशि भेजने की अपील की गई थी। खबर छपने का असर पड़ा। वशिष्ट बाबू ने नेतरहाट विद्यालय से ही पढ़ाई की थी। जैसे ही पूर्ववर्ती छात्रों के संगठन नेतरहाट ओल्ड ब्वायज एसोसिएशन (नोबा) को यह जानकारी मिली कि वशिष्ट बाबू आर्थिक संकट में हैं, नोबा के सदस्य सक्रिय हो गए। उन्होंने पटना के एक बैंक में अकाउंट खोलकर सहायता राशि जमा करने का आग्रह किया। प्रभात खबर ने पहल की, फिर तो पूरा देश उनकी सहायता के लिए आगे आ गया। उस समय मुख्यमंत्री थे लालू प्रसाद, उन्होंने भी सक्रिय भूमिका निभाई। लालू प्रसाद ने बिहार सरकार की ओर से सरकारी सहायता की घोषणा की। 27 फरवरी, 1993 को वशिष्ट बाबू से मिलने के लिए तत्कालीन मुख्यमंत्री लालू प्रसाद खुद उनके गाँव गए। इसके बाद वशिष्ट बाबू को बेंगलूर में बेहतर इलाज के लिए भरती कराया गया।

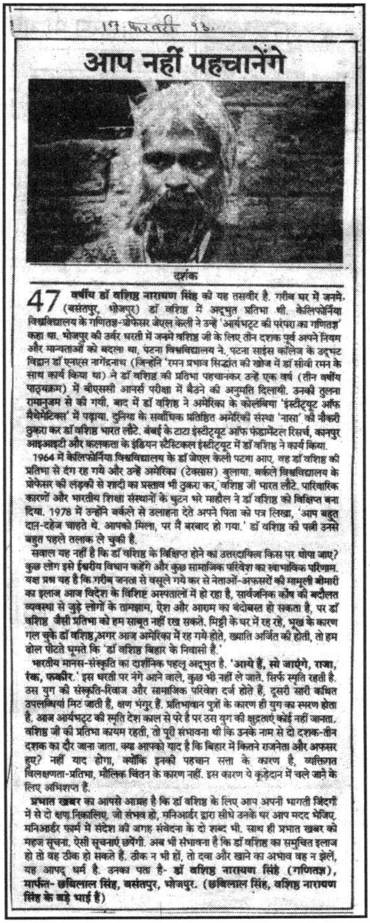

आप नहीं पहचानेंगे

दर्शक

47 वर्षीय डॉ वशिष्ठ नारायण सिंह की यह तसवीर है. गरीब घर में जन्मे, (बसंतपुर, भोजपुर) डॉ वशिष्ठ में अद्भुत प्रतिभा थी. केलिफोर्निया विश्वविद्यालय के गणितज्ञ-प्रोफेसर जेएल केली ने उन्हें 'आर्यभट्ट की परंपरा का गणितज्ञ' कहा था. भोजपुर की उर्वर धरती में जन्मे वशिष्ठ जी के लिए तीन दशक पूर्व अपने नियम और मान्यताओं को बदला था, पटना विश्वविद्यालय ने. पटना साइंस कॉलेज के उद्भट विद्वान डॉ एनएस नागेंद्रनाथ (जिन्होंने 'रमन प्रभाव सिद्धांत की खोज में डॉ सीवी रमन के साथ कार्य किया था) ने डॉ वशिष्ठ की प्रतिभा पहचानकर उन्हें एक वर्ष (तीन वर्षीय पाठ्यक्रम) में बीएससी आनर्स परीक्षा में बैठने की अनुमति दिलायी. उनकी तुलना रामानुजम से की गयी. बाद में डॉ वशिष्ठ ने अमेरिका के कोलंबिया 'इंस्टीट्यूट ऑफ मैथेमेटिक्स' में पढ़ाया. दुनिया के सर्वाधिक प्रतिष्ठित अमेरिकी संस्था 'नासा' की नौकरी ठुकरा कर डॉ वशिष्ठ भारत लौटे. बंबई के टाटा इंस्टीट्यूट ऑफ फंडामेंटल रिसर्च, कानपुर आइआइटी और कलकत्ता के इंडियन स्टैटिस्टिकल इंस्टीट्यूट में डॉ वशिष्ठ ने कार्य किया.

1964 में केलिफोर्निया विश्वविद्यालय के डॉ जेएल केली पटना आए. वह डॉ वशिष्ठ की प्रतिभा से दंग रह गये और उन्हें अमेरिका (टेक्सास) बुलाया. बर्कले विश्वविद्यालय के प्रोफेसर की लड़की से शादी का प्रस्ताव भी ठुकरा कर, वशिष्ठ जी भारत लौटे. पारिवारिक कारणों और भारतीय शिक्षा संस्थानों के घुटन भरे माहौल ने डॉ वशिष्ठ को विक्षिप्त बना दिया. 1978 में उन्होंने बर्कले से उलाहना देते अपने पिता को पत्र लिखा, 'आप बहुत दान-दहेज चाहते थे. आपको मिला, पर मैं बरबाद हो गया.' डॉ वशिष्ठ की पत्नी उनसे बहुत पहले तलाक ले चुकी है.

सवाल यह नहीं है कि डॉ वशिष्ठ के विक्षिप्त होने का उत्तरदायित्व किस पर थोपा जाए? कुछ लोग इसे ईश्वरीय विधान कहेंगे और कुछ सामाजिक परिवेश का स्वाभाविक परिणाम. यक्ष प्रश्न यह है कि गरीब जनता से वसूले गये कर से नेताओं-अफसरों की मामूली बीमारी का इलाज आज विदेश के विशिष्ट अस्पतालों में हो रहा है, सार्वजनिक कोष की बदौलत व्यवस्था से जुड़े लोगों के तामझाम, ऐश और आराम का बंदोबस्त हो सकता है, पर डॉ वशिष्ठ जैसी प्रतिभा को हम साबूत नहीं रख सकते. मिट्टी के घर में रह रहे, भूख के कारण गल चुके डॉ वशिष्ठ, अगर आज अमेरिका में रह गये होते, ख्याति अर्जित की होती, तो हम ढोल पीटते घूमते कि 'डॉ वशिष्ठ बिहार के निवासी हैं.'

भारतीय मानस-संस्कृति का दार्शनिक पहलू अद्भुत है. **'आये हैं, सो जाएंगे, राजा, रंक, फकीर.'** इस धरती पर नंगे आने वाले, कुछ भी नहीं ले जाते. सिर्फ स्मृति रहती है. उस युग की संस्कृति-रिवाज और सामाजिक परिवेश दर्ज होते हैं, दूसरी सारी कथित उपलब्धियां मिट जाती हैं, क्षण भंगुर हैं. प्रतिभावान पुत्रों के कारण ही युग का स्मरण होता है. आज आर्यभट्ट की स्मृति देश काल से परे है पर उस युग की क्षुद्रताएं कोई नहीं जानता. वशिष्ठ जी की प्रतिभा कायम रहती, तो पूरी संभावना थी कि उनके नाम से दो दशक-तीन दशक का दौर जाना जाता. क्या आपको याद है कि बिहार में कितने राजनेता और अफसर हुए? नहीं याद होगा, क्योंकि इनकी पहचान सत्ता के कारण है, व्यक्तिगत विलक्षणता-प्रतिभा, मौलिक चिंतन के कारण नहीं. इस कारण ये कूड़ेदान में चले जाने के लिए अभिशप्त हैं.

प्रभात खबर का आपसे आग्रह है कि डॉ वशिष्ठ के लिए आप अपनी भागती जिंदगी में से दो क्षण निकालिए. जो संभव हो, मनिआर्डर द्वारा सीधे उनके घर आप मदद भेजिए. मनिआर्डर फार्म में संदेश की जगह संवेदना के दो शब्द भी. साथ ही प्रभात खबर को महज सूचना. ऐसी सूचनाएं छपेंगी. अब भी संभावना है कि डॉ वशिष्ठ का समुचित इलाज हो तो वह ठीक हो सकते हैं. ठीक न भी हों, तो दवा और खाने का अभाव वह न झेलें, यह आपद् धर्म है. उनका पता है- **डॉ वशिष्ठ नारायण सिंह (गणितज्ञ), मार्फत- छविलाल सिंह, बसंतपुर, भोजपुर. (छविलाल सिंह, वशिष्ठ नारायण सिंह के बड़े भाई हैं)**

प्रसिद्ध गणितज्ञ वशिष्ट बाबू के लिए प्रभात खबर का अभियान

वशिष्ट बाबू के इलाज के लिए सरकार के आगे आने के पहले ही बिहार-झारखंड के लोग आगे आ चुके थे और काफी राशि जमा हो चुकी थी। 27 फरवरी के अंक में प्रभात खबर ने आभार व्यक्त करने के साथ अभियान समाप्त किया। इस प्रकार प्रभात खबर का प्रयास रंग लाया और वशिष्ट बाबू का इलाज हो सका। उनके हालात में सुधार आया। 2013 में प्रभात खबर ने फिर वशिष्ट बाबू को याद किया, उनके हालात को सामने लाया। इसका नतीजा यह निकला कि कुछ विश्वविद्यालयों ने उन्हें विजिटिंग प्रोफेसर बनाने का वादा किया। इससे वे बहुत ज्यादा खुश रहने लगे थे। प्रभात खबर ने वशिष्ट बाबू के इलाज के लिए पहल कर अखबार नहीं आंदोलन की असली भूमिका अदा की थी।

ऑपरेशन अंधविश्वास

झारखंड में हर साल डायन करार देकर अनेक महिलाओं की हत्या कर दी जाती है। अंधविश्वास के कारण अब यह बहुत बड़ी समस्या बन चुकी है। जब झारखंड बिहार का हिस्सा था, उन दिनों भी ऐसी घटनाएँ घटती रहती थी। प्रभात खबर ने अंधविश्वास के प्रति लोगों को जागरूक करने के लिए 1998 में ही एक अभियान चलाया था। सरायकेला के कोलाबीरा में 24 दिसंबर, 1998 को प्रभात खबर और फ्री लीगल एड कमेटी (फ्लैक) ने मिलकर इस अभियान की शुरुआत की थी। इसमें पूरे राज्य से उन महिलाओं को भी बुलाया गया था और उनका अनुभव सुना गया था जिन्हें डायन करार देकर उनके साथ अमानवीय व्यवहार किया गया था। इसके तहत गाँव-गाँव में एक टीम जाती थी और नुक्कड़ नाटक के जरिए यह बताया जाता था कि कैसे अंधविश्वास के कारण महिलाओं को न सिर्फ डायन करार दिया जाता है बल्कि उनकी हत्या भी कर दी जाती है। इस पूरे अभियान में फ्री लीगल एड कमेटी की टीम शामिल थी। प्रेमचंद जी ने तो इस अभियान की बुनियाद ही रखी थी। ऐसे अभियान का ही परिणाम था कि बाद में इस पर कानून बना जिसे झारखंड बनने पर यहाँ भी लागू किया गया। इसमें डायन करार देकर किसी महिला को प्रताड़ित करने पर कड़ी सजा का प्रावधान है। यह प्रभात खबर के अखबार नहीं आंदोलन के स्लोगन को सही साबित करता है।

समानांतर विधानसभा, यानी पीपुल्स असेंबली

प्रभात खबर का एक प्रभावशाली तेवर तब दिखा जब अखबार नहीं आंदोलन के अपने स्लोगन को सही साबित करते हुए झारखंड के तीन शहरों में झारखंड विधानसभा की कार्यवाही के समानांतर प्रभात खबर ने पीपुल्स असेंबली का आयोजन कर दिया। दरअसल यह सत्ता को एक अखबार की सीधी चुनौती थी। विधानसभा नाम से संभवतः प्रभात खबर देश का पहला अखबार है, जिसने विधानसभा सत्र के दौरान तीन-तीन दिनों की पीपुल्स असेंबली बुलाई। यह आयोजन 20, 21 और 22 अगस्त, 2007 को राँची, जमशेदपुर, धनबाद और देवघर में हुआ था। उन दिनों विधानसभा का सत्र चल रहा था, लेकिन जनता की समस्याओं पर चर्चा न के बराबर थी। विधायक इन मुद्दों पर मौन थे, सार्थक बहस नहीं हो रही थी, हो हंगामा में समय बरबाद हो रहा था। भ्रष्टाचार के एक-से-एक मामले सामने आ रहे थे, लेकिन इस पर चर्चा नहीं हो रही थी।

इसका असली कारण था प्रभात खबर में छपी एक रिपोर्ट। 'कौन है विनोद सिन्हा' नाम से प्रभात खबर के 20 अगस्त, 2007 के अंक में प्रथम पृष्ठ की लीड स्टोरी छपी थी। मधु कोड़ा प्रकरण में विनोद सिन्हा का नाम आया था। इस रिपोर्ट के छपने के बाद हंगामा हो रहा था। प्रभात खबर ने तय किया कि भले ही विधानसभा में जनता

के मुद्दे नहीं उठे, सदन नहीं चले पर प्रभात खबर विधानसभा की तर्ज पर पीपुल्स असेंबली बुलाकर सवाल उठाएगी। चूँकि झारखंड विधानसभा में 81 विधायक होते हैं, इसलिए चार शहरों में 81-81 आम आदमियों को विधायक की जगह बुलाया गया। ये समाज के सभी जाति-धर्म, तबकों और विभिन्न राजनीतिक दल, विभिन्न विचारधाराओं से जुड़े लोग थे। जहाँ यह कार्यक्रम हुआ, उसे एक तरह से विधानसभा मान लिया गया। बुलाए गए 81 लोगों को विधायक मानकर कार्यक्रम का आयोजन किया गया। इनमें से एक अध्यक्ष चुने गए। उन्होंने कार्यक्रम का संचालन ठीक उसी तरह किया जैसे विधानसभा में अध्यक्ष करते हैं। इसमें कोई पक्ष-या-विपक्ष नहीं था, सिर्फ अध्यक्ष थे और बाकी सदस्य जनता का प्रतिनिधित्व कर रहे थे। इस पूरे कार्यक्रम को पीपुल्स असेंबली का नाम दिया गया।

प्रभात विशेष 16

प्रभात खबर की पीपुल्स एसेंबली में जनमुद्दों की बरसात

शून्य काल में उठे कई सवाल

पीपुल्स एसेंबली में विकास-भ्रष्टाचार-उग्रवाद पर डिबेट आयोजित

तीन दिवसीय पीपुल्स एसेंबली का आज समापन

प्रभात खबर द्वारा आयोजित पीपुल्स असेंबली

अद्भुत आयोजन था। वहाँ मौजूद लोगों ने अपने-अपने क्षेत्र की समस्याओं, मुद्दों को उठाया। इस कार्यक्रम का संदेश विधायकों को देना था कि कैसे वे जनता के प्रति अपनी जिम्मेदारी से भाग रहे थे। उन्हें यह बताना था कि जिन सवालों को ये लोग उठा रहे हैं, उन सवालों को विधानसभा में उठाने की जिम्मेदारी विधायकों की थी जिन्होंने इसका निर्वहन नहीं किया।

राँची, जमशेदपुर, धनबाद, देवघर में तीन दिनों तक पीपुल्स असेंबली चली। इस दौरान 1200 से ज्यादा लोगों ने इस असेंबली में भाग लिया। इस असेंबली में अनेक ऐसे मुद्दे उठे जिन्हें बाद में विधायकों ने विधानसभा में उठाया। प्रभात खबर ने जनता के प्रति अपने दायित्व को निभाने के लिए ऐसी अनोखी पहल की थी जिसे समाज के सभी तबकों ने सराहा। यह प्रभात खबर के काम करने का एक तरीका था।

घूस को घूँसा

राइट टू इनफॉर्मेशन (आर.टी.आई.) लागू हो चुका था। प्रभात खबर ने लगातार रिपोर्ट छापी कि झारखंड में बिना घूस दिए काम नहीं होता। विभागों में जो घूस की दर थी, उसे भी छापा गया। इसके बाद प्रभात खबर ने प्रयास किया कि जनता को जागरूक बनाया जाए। उसे आर.टी.आई. (सूचना का अधिकार) के बारे में अधिक-से-अधिक जानकारी दी जाए। 1 जुलाई, 2006 से 15 जुलाई, 2006 तक पूरे देश के 50 शहरों में घूस के खिलाफ शिविर लगाए गए थे। देश के 15 राज्यों में यह कार्यक्रम चल रहा था। प्रभात खबर को झारखंड-बिहार के छह केंद्रों पर इस शिविर को लगाने की जिम्मेदारी दी गई थी। इसी क्रम में राँची, जमशेदपुर, धनबाद, देवघर, दुमका और पटना में शिविर लगाया गया था। राँची में अर्जुन मुंडा ने और पटना में उपमुख्यमंत्री सुशील मोदी ने कार्यक्रम का उद्घाटन किया था। हर दिन आर.टी.आई. के जानकारों को बुलाया जाता, लोगों को बताया जाता कि आर.टी.आई. क्या है, इसका उपयोग कैसे करना है। साथ ही यह भी संदेश दिया जाता कि किसी काम को करने के लिए घूस नहीं देनी है। अगर किसी का काम फँसा है तो उसके लिए आवेदन भी माँगे गए थे। कार्यक्रम को नाम दिया गया था—'घूस को घूँसा', यानी जो घूस माँगे, उसे घूँसा मारिए।

ऐसा नहीं है कि प्रभात खबर ने किसी को हिंसा के लिए या कानून हाथ में लेने के लिए उकसाया था। यह एक सांकेतिक संदेश था कि किसी हाल में घूस मत दीजिए। आर.टी.आई. का प्रयोग कीजिए, सूचना माँगिए और ऊपर के अधिकारियों से शिकायत कीजिए। वहाँ भी शिकायत नहीं सुनने पर उसके ऊपर के अधिकारियों तक जाइए, हार कर छोड़िए मत। प्रभात खबर ने लोगों को जागरूक करने के लिए, उन्हें अपना अधिकार बताने के लिए यह अभियान चलाया था। राँची में तो 15 दिनों तक लगातार बड़ी-बड़ी बैठकें हुईं जिनमें सत्ता और विपक्ष के नेताओं को भी बुलाया गया। सामाजिक दायित्व के तहत प्रभात खबर ने इस प्रकार के कार्यक्रम का आयोजन किया था, इसका असर भी दिखता था। जब अभियान चला, उसके कुछ माह बाद तक भ्रष्ट सरकारी दफ्तरों में भी घूस पर कुछ अंकुश लगा था। रिश्वत लेने वालों में कुछ दिनों के लिए डर फैला था।

बचपन बचाओ अभियान

झारखंड भी उन राज्यों में शामिल हैं, जहाँ बड़ी संख्या में लोग आत्महत्या करते हैं, खासतौर पर छात्रों के परीक्षा परिणाम निकलने के बाद ऐसी अनेक घटनाएँ सामने आती हैं। परीक्षा में फेल हुए, तो निराश होकर आत्महत्या कर ली, नौकरी नहीं मिली तो आत्महत्या कर ली, मोबाइल देखने और गेम खेलने से माता-पिता ने मना किया तो आत्महत्या कर ली, ऐसी घटनाएँ बढ़ती जा रही हैं। बच्चे तनाव में जी रहे

हैं, खेलने का समय नहीं मिलता, मन भी करता है तो मैदान नहीं है कि खेलें कंप्यूटर-टेलीविजन और मोबाइल से बाहर नहीं निकलते, माता-पिता समय नहीं दे पाते और बच्चों से इंजीनियर—आई.ए.एस. बनने की उम्मीद करते हैं।

प्रभात खबर ने बच्चों-छात्रों की इन समस्याओं को महसूस किया। उसके बाद लगभग डेढ़ माह तक प्रभात खबर ने अखबार में 'बचपन बचाओ' अभियान नाम से रिपोर्ट छापी गई। झारखंड के कई शहरों के स्कूलों में प्रभात खबर की टीम गई (अप्रैल-मई 2012), साथ में मनोचिकित्सक को भी ले गई। स्कूल में 500-600 बच्चों को जमा किया जाता था, उनके मनोबल को बढ़ाया जाता था, उनकी बातों को सुना जाता था, उनकी समस्याओं को सुना जाता था, उनके सवालों का जवाब एक्सपर्ट दिया करते थे। सच यह है कि बच्चों की समस्याओं को भी सुनने के लिए कोई तैयार नहीं है। स्कूल में शिक्षक नहीं सुनते, घर में माता-पिता, तो बच्चे करें तो क्या करें? ऐसे में बच्चे डिप्रेशन के शिकार हो रहे हैं। प्रभात खबर ने इसी समस्या का निदान करने की पहल की। जब भी प्रभात खबर की टीम स्कूलों में गई, सैकड़ों बच्चों ने सवाल पूछे, निदान पूछा, बच्चों की जो समस्याएँ उभर कर आई, उन पर लगातार रिपोर्ट्स छापीं। प्रभात खबर को ऐसे अभियान से जमीनी हकीकत का भी पता चला।

प्रभात खबर सिटी 09
■ डीएवी बरियातू से प्रभात खबर का बचाओ बचपन अभियान शुरू, बच्चों ने कहा
पहले से बहुत तनाव, अब और नहीं झेल सकता
बचाओ बचपन

बचपन बचाओ अभियान के तहत स्कूल में कार्यक्रम

गोष्ठी कर संस्थान-हॉल बनवाए

प्रभात खबर झारखंड-बिहार के विकास के लिए आरंभ से प्रयासरत रहा। जब भी अवसर मिला, झारखंड-बिहार या दिल्ली में गोष्ठियाँ की और प्रयास किया कि इससे इन दोनों राज्यों के विकास में मदद मिले। कुछ संस्करणों ने अपने स्थापना दिवस पर भी कार्यक्रम कर सरकार की मदद से विकास के कार्य को बढ़ावा दिया। 8 सितंबर, 2001 को सरायकेला मुख्यालय में प्रभात खबर ने अपने स्थापना दिवस पर गोष्ठी की जिसमें तत्कालीन श्रम मंत्री रघुवर दास और कल्याण मंत्री अर्जुन मुंडा ने पालिटेक्निक खोलने की घोषणा की। यह आयोजन ही इसलिए किया गया था ताकि मंत्री इन क्षेत्रों के विकास के लिए प्रभात खबर के मंच से कुछ नया कार्य करवाने की घोषणा करें। इन मंत्रियों ने

न सिर्फ घोषणा की बल्कि इसे पूरा भी किया। छह माह के अंदर काम आरंभ हो गया। एक साल के अंदर वहाँ पॉलिटेक्निक तैयार हो गया, नामांकन भी हो गया, सैकड़ों बच्चों का जीवन इससे बना।

इससे पहले 8 सितंबर, 1999 को भी अपने स्थापना दिवस पर 'जमशेदपुर का भविष्य' पर गोष्ठी की गई। पंचायत चुनाव के दौरान लोगों को जागरूक करने के लिए प्रभात खबर ने कार्यशाला (जमशेदपुर) का आयोजन किया जिसमें पूरे कोल्हान से आए लोगों ने भाग लिया था। यह आयोजन 23 मार्च, 2002 को जमशेदपुर में हुआ था। जमशेदपुर के ग्रेजुएट कॉलेज में प्रभात खबर ने स्थापना दिवस पर कार्यक्रम किया। इसमें यह माँग उठी कि कॉलेज का अपना बड़ा हॉल होना चाहिए। समारोह में ही घोषणा की गई कि सरकार इसमें सहयोग करेगी और अंततः इसमें सहयोग किया, कॉलेज का शानदार हॉल बना।

प्रभात खबर ने प्रयास किया कि छोटे-छोटे प्रयासों से विकास के काम हों, खासतौर पर शिक्षा के क्षेत्र में। छोटे-छोटे प्रयासों से यह अखबार अपनी जड़ मजबूत करता रहा है। जमशेदपुर से अखबार निकले एक साल भी नहीं हुआ था कि चाईबासा में प्रभात खबर ने 4 अगस्त, 1996 को स्कूली बच्चों के लिए एक बड़ा कार्यक्रम कराया। उनके लिए निबंध प्रतियोगिता आयोजित की गई, एक पृष्ठ बच्चों पर छापा गया। इससे बच्चों को जोड़ने में मदद मिली। यह वह दौर था जब बड़े अखबार ग्रामीण बच्चों के लिए ऐसे कार्य नहीं करते थे। फिर जमशेदपुर में कोचिंग संस्थानों के साथ जुड़कर प्रतियोगी परीक्षाओं की तैयारी प्रभात खबर ने कराई। इससे परीक्षाओं में शामिल होने वालों को काफी सहायता मिली।

कॉलेजों-दफ्तरों में सफाई अभियान

प्रभात खबर सामाजिक चेतना जगाने का काम करता रहा है। सिर्फ अखबार में खबर छापकर ही प्रभात खबर अपनी जिम्मेदारी पूरी नहीं कर लेता बल्कि कई बार मैदान में खुद उतर कर रास्ता भी दिखाता है। जमशेदपुर की घटना है। एक कार्यक्रम के दौरान पता चला कि कई कॉलेजों में, सरकारी दफ्तरों में गंदगी भरी पड़ी है, सफाई नहीं हो रही है, कॉलेज में पंखे के ब्लेड नीचे की ओर मुड़े थे, छात्र-छात्राओं द्वारा जीतकर लाए गए शील्ड चमकने की बजाय काले हो गए थे, कई जगहों पर पान थूककर गंदा कर दिया गया था। प्रभात खबर ने लोगों से आहवान किया कि वे ऐसे संस्थानों की सफाई में हाथ बँटाए। खुद प्रभात खबर की टीम जमशेदपुर के को-ऑपरेटिव कॉलेज में गई, शहर से भी लोग आ गए, कॉलेज के प्राचार्य खुद वहाँ मौजूद थे, लड़के भी पहुँचे, उसके बाद कॉलेज की सफाई की गई। चूने से पान के दागों को हटाया गया, नीबू से शील्ड को

चमकाया गया, बाल्टी से पानी लाकर पूरे कॉलेज को साफ किया गया। यही काम कुछ अन्य कॉलेजों और सरकारी दफ्तरों में किया गया।

जमशेदपुर के डी.सी. कार्यालय में पान थूकने के कारण गंदगी थी। कई सरकारी कर्मचारियों के बैठने की जगह के ठीक बगल में गुटका, पान की पीक आदि गंदगी थी। प्रभात खबर के सहयोगी और शहर के समाजसेवियों ने वहाँ जाकर सफाई की और रास्ता दिखाया। इसका असर यह पड़ा कि लंबे समय तक लड़कों या फिर सरकारी कर्मचारियों ने अपने कार्यस्थल को गंदा नहीं किया। छठ के मौके पर घाटों की सफाई में तो प्रभात खबर के सदस्य हाथ बँटाते ही हैं। ऐसे काम करने से प्रभात खबर के सदस्यों को आनंद मिलता है। राँची में राँची झील की सफाई का प्रभात खबर ने अभियान चलाया था, इसमें शहर से सैकड़ों लोगों ने सहयोग दिया था।

पॉलिथीन/हरमू नदी/पानी बचाने का अभियान

पॉलिथीन बहुत ही खतरनाक है, इसमें खाद्य पदार्थ लाना घातक है। यह नालियाँ जाम करता है, धरती में पानी जाने से रोकता है, गाय और अन्य जानवरों के पेट में जाने से उनकी जान को भी खतरा होता है, इसलिए प्रभात खबर ने पॉलिथीन पर प्रतिबंध लगाने और हरमू नदी को कब्जे से मुक्त करने का अभियान चलाया। यह अभियान राँची में चला। पानी बचाने के लिए लोगों में जागरूकता फैलाने का अभियान चलाया गया। पॉलिथीन का प्रयोग कितना घातक है, इसके बारे में लोगों को बताया गया। कैसे नालियाँ जाम हो रही हैं, कैसे खेतों को पॉलिथीन खराब कर रहा है, कैसे इस पॉलिथीन में सामान लाने से घातक बीमारियाँ होने का डर रहता है, अखबार और छोटी-छोटी गोष्ठियाँ कर लोगों को जानकारी दी गई। इसका बहुत ही अच्छा असर पड़ा। झारखंड सरकार ने पॉलिथीन पर प्रतिबंध लगा दिया

प्रभात खबर
उठी आवाज, पॉलिथीन बैन करे सरकार
नक्सलियों ने सीएम तक शर्तें पहुंचायी
मुझे मेरा पति सुरक्षित चाहिए : जूली
प्लीज! छोड़ दें मेरे पति को
शर्तें मानें, छोड़ देंगे बीडीओ को
पाक में रची गयी थी साजिश!
विकसित बिहार के लिए
अमेरिका में ओवरटाइम
Usha Martin School
Education that nurtures doctors, engineers and scientists of tomorrow

पॉलिथीन के खिलाफ प्रभात खबर का अभियान

भले ही चुपके-चुपके इसका प्रयोग होता रहा है, लेकिन प्रभात खबर के अभियान से थोड़ी राहत मिली है।

जब पानी का संकट गहराया तो प्रभात खबर ने बूँद-बूँद पानी बचाने का आहवान किया, अभियान चलाया। राँची शहर में रैली की गई जिसमें हजारों लोगों ने भाग लिया, अनेक संस्थाओं को इस अभियान से जोड़ा गया। इसी प्रकार झारखंड की जीवन रेखा हरमू नदी को बचाने के लिए प्रभात खबर ने अभियान चलाया, लोगों को यह बताया कि कैसे लोगों ने प्रकृति के साथ छेड़छाड़ की है। नदियों पर कब्जा कर घर बना दिए हैं, नदियों और पहाड़ों को बचाने के लिए अभियान चलाया। यह सब प्रभात खबर के आंदोलन का हिस्सा रहा है।

हमें शऊर नहीं

प्रभात खबर ने अपने सामाजिक दायित्व के तहत आम जनता को जागरूक करने का प्रयास कई बार किया। लोग सड़क पर वाहन लगाकर दुकान में घुस जाते हैं और रोड जाम हो जाता है, बिना हेल्मेट के दोपहिए वाहन चलाते हैं, दुर्घटना होती है, जान चली जाती है, दोपहिए वाहन पर तीन-तीन लोग बैठकर चलते हैं, ट्रॉफिक सिग्नल को नहीं मानते, रेड लाइट जलने के बावजूद गाड़ी बढ़ा देते हैं, दफ्तर हो या स्कूल-कॉलेज, जहाँ-तहाँ थूक देते हैं, घरों का कचरा डस्टबीन में न फेंक कर सड़कों पर फेंक देते हैं। प्रभात खबर ने इसके लिए 'हमें शऊर नहीं है' नामक अभियान चलाया।

18/7/13
प्रभात खबर सिटी
कहीं जान न ले ले यह लापरवाही
ट्रिपल राइडिंग
क्या करें
क्या न करें
क्या कहते हैं वाहन चालक

सड़क दुर्घटना रोकने के लिए प्रभात खबर का अभियान

सिस्टम को नहीं मानने वाले, ट्रैफिक सिग्नल तोड़कर भागने वाले, सड़क पर गाड़ी लगाकर गायब होने वाले वाहनों का नंबर तक छापा ताकि लोग सुधरें। जहाँ-जहाँ लोग कूड़ा फेंकते थे, कूड़ा फेंकते वक्त तसवीर छापी ताकि डर से ही सही, लोगों में सुधार आए। इसका असर पड़ा। लोगों ने हेल्मेट पहनना शुरू किया। इससे दुर्घटना में होने वाली मौतों की संख्या घटी, यही तो प्रभात खबर का उद्देश्य था। लोगों को हेल्मेट पहनाने के लिए प्रभात खबर ने कई बार अभियान चलाया। इसमें

बहुत हद तक सफलता मिली। इससे पहले जुलाई 2013 में प्रभात खबर ने जागरूकता फैलाने के लिए 'हम सुधरें, तो शहर सुधरेगा' अभियान चलाया था। इसमें लोगों को शहर को साफ-सुथरा रखने, यातायात नियमों का पालन करने, सही रास्तों पर वाहन चलाने के बारे में जानकारी दी थी।

भ्रष्टाचार के खिलाफ बैठक

जब देश भर में भ्रष्टाचार पर अंकुश लगाने, उसे खत्म करने का प्रयास हो रहा था, प्रभात खबर ने भी इसमें योगदान दिया, एक कदम आगे जाकर पहल की। 13 अगस्त, 2011 को प्रभात खबर कार्यालय राँची में आई.आई.टी, आई.आई.एम, आई.एस.एम और प्रबंधन, इंजीनियरिंग व मेडिकल के छात्रों की बैठक बुलाई। देश के हालात से ये छात्र बेचैन थे और देश को बचाने के लिए आगे आने को तैयार थे। इनमें से कई ने तो अपने प्रोफेशन को छोड़कर राजनीति में आने, भ्रष्टाचार के खिलाफ लड़ने का भी वादा किया। प्रभात खबर ने युवाओं को एक मंच पर लाने की पहल की, इनमें से कुछ छात्रों ने बाद में इस अभियान को आगे बढ़ाने में अपने-अपने तरीके से योगदान दिया!

विधानसभा की सीटें बढ़ाने का अभियान

2000 में झारखंड राज्य बना, लेकिन 2014 तक यहाँ स्थायी सरकार नहीं थी। छोटे-छोटे दलों और निर्दलीयों के भरोसे झारखंड सरकार चलती थी। गठबंधन की मजबूरी का फायदा कुछ विधायक उठाते थे, हालाँकि 2014 में स्थायी सरकार बनी। छोटे-छोटे दल और चार-छह निर्दलीय विधायकों ने जब ब्लैकमेलिंग की राजनीति आरंभ की तो प्रभात खबर ने महसूस किया कि इस राज्य का भला तभी हो सकता है, जब राज्य में स्थायी सरकार बने। छोटा राज्य और सिर्फ 81 विधानसभा सीट होने के कारण परेशानी ज्यादा हो रही है। जितनी झारखंड की आबादी है, उसके अनुसार यहाँ और सीटें होनी

■ विधानसभा सीट बढ़ाने का प्रस्ताव लंबित नहीं : कानून मंत्रालय

झारखंड ने पांच बार भेजा प्रस्ताव, कहां है फाइल ?

बढ़े सीटें

क्यों नहीं बढ़ सकती विधानसभा की सीट

2002, 2004, 2005, 2007 व 2009 में बहुमत से प्रस्ताव पारित कर विधानसभा की सीटें बढ़ाने की सिफारिश कर चुकी है झारखंड विधानसभा.

विधानसभा की सीट बढ़ाने का अभियान

चाहिए। देश में कई ऐसे राज्य हैं जो झारखंड से छोटे है, जहाँ की आबादी झारखंड से कम है, लेकिन विधानसभा सीटें ज्यादा हैं। इसलिए प्रभात खबर ने झारखंड विधानसभा की सीटें बढ़ाने के लिए अप्रैल, 2013 में अभियान चलाया, इस पर बहस कराई जिसमें सभी राजनीतिक दल और समाज के हर तबके के लोगों को जोड़ा। इसे जनसमर्थन मिला। कई दलों ने प्रभात खबर के अभियान का समर्थन करते हुए इसे मुद्दा बनाया, विधानसभा ने भी प्रस्ताव पारित किया कि राज्य में सीटें बढ़ाई जाएँ।

विशेष राज्य का दर्जा देने के लिए अभियान

झारखंड और बिहार को विशेष राज्य का दर्जा देने के लिए दोनों राज्यों में प्रभात खबर ने विशेष अभियान चलाया। झारखंड में इसे मुद्दा बनाते हुए गोष्ठियों और बहस का आयोजन किया गया, सभी राजनीतिक दलों को जोड़ा गया, यह संदेश देने का प्रयास किया गया कि प्रचुर खनिज संपदा रहने के बावजूद झारखंड में गरीबी है, यह अविकसित है, राज्य पर कर्ज है। जब तक इस राज्य को विशेष केंद्रीय सहायता नहीं मिलती है, झारखंड आगे नहीं बढ़ सकता। इसके लिए प्रभात खबर में लंबा अभियान चला। प्रभात खबर कार्यालय में 25 फरवरी, 2014 को विशेष बहस का आयोजन किया गया, इसमें सभी दलों के वरिष्ठ नेताओं, राज्य के प्रमुख लोगों ने भाग लिया। कई, राजनीतिक दलों ने इसे मुद्दा बनाया और दिल्ली तक जाकर भी रैली की। बिहार में तो इस मामले पर प्रभात खबर ने हस्ताक्षर अभियान चलाया।

प्रभात खबर राजपाट

विशेष पैकेज के लिए संसद में उठेगी आवाज

मिले विशेष पैकेज

झारखंड को विशेष पैकेज के लिए अभियान

अमृता का पैर बचाया

जब भी समाज में कोई ऐसा मामला आया जहाँ पैसे की कमी के कारण किसी का इलाज नहीं हो पा रहा या समाज का कोई व्यक्ति अभाव में जी रहा है, संकट में है, प्रभात खबर ने आगे आकर जनता के सहयोग से उस समस्या के निदान का प्रयास किया। ऐसी ही एक लड़की थी अमृता जो विशुनपुर (गुमला) की रहने वाली थी। अक्तूबर, 2013 में दुर्घटना में उसका पैर क्षतिग्रस्त हो गया था। उसके पैर काटने की नौबत आ गई

थी। प्रभात खबर ने लोगों से सहायता की अपील की, पर्याप्त पैसे आए। रिम्स के डॉ. एल.बी. माझी, डॉ. शांति भूषण, डॉ. एकरामुल हक की टीम ने उसका ऑपरेशन किया (निःशुल्क)। अमृता का पैर कटने से बच गया। ऐसे अभियान चला कर प्रभात खबर समाज में बेहतर काम करने वालों को प्रोत्साहित करता रहा है।

शराब विरोधी अभियान

झारखंड में शराब के कारण भारी तबाही होती है, परिवार बरबाद हो जाते हैं, महिलाओं पर सबसे ज्यादा असर पड़ता है। शराब पर प्रतिबंध की माँग होती रही है, लेकिन झारखंड में इस पर प्रतिबंध नहीं लगा। राजनीतिक दलों व कुछ नेताओं ने जरूर शराब के खिलाफ आवाज उठाई थी। खुद शिबू सोरेन ने पहला चुनाव जीतने के बाद ही 1980 में संसद में शराब के कारण हो रही बरबादी की बात कही थी। निर्मल महतो तो उत्पाद विभाग के कर्मचारियों को साथ लेकर अवैध शराब की भट्ठियों पर छापामारी कराते थे। बाद के दिनों में महिलाओं ने भी शराब के खिलाफ आवाज उठाई और प्रभात खबर ने इस आंदोलन को आगे बढ़ाया। 2005 की बात है। होली के दिन शराब के नशे में हजारीबाग में कुछ लोगों ने काफी हंगामा किया था। इसके बाद मुकुंदगंज में 28 मार्च को महिलाओं की बैठक हुई। बैठक में महिलाओं ने कहा कि शराब के कारण कैसे उनके परिवार तबाह हो रहे हैं, शराबी पति, पिता और बेटे घर को बरबाद कर रहे हैं, कैसे 25–30 रुपए प्रतिदिन उनके घर के पुरुष शराब पर खर्च कर देते हैं, मारपीट करते हैं, हंगामा करते हैं। इससे परिवार आर्थिक तौर पर परेशान होता है। बच्चों और महिलाओं पर इसका प्रतिकूल असर पड़ता है। महिलाओं ने शराब के विरोध में अभियान चलाया। प्रभात खबर ने इस अभियान का समर्थन किया और इस संदेश को दूर–दूर तक पहुँचाया। यह आंदोलन सौ से ज्यादा गाँवों तक पहुँच गया। महिलाओं ने अवैध शराब बनाने वाली भट्ठियों को तोड़ डाला। इस धंधे में लगे लोगों की पिटाई कर दी। हर घर से महिलाएँ निकलती थीं और शराबियों को ठीक करती थी। प्रशासन ने भी उनका साथ दिया। प्रभात खबर की टीम भी गाँव–गाँव घूमती थी और लोगों को जागरूक करती थी। राँची से भी प्रभात खबर की टीम हजारीबाग गई थी। इस आंदोलन का अच्छा असर दिखा और अवैध शराब दुकानें बंद हो गईं। कई लोगों ने शराब छोड़ दी, अनेक घरों में खुशी लौट आई।

कोल्हान प्रमंडल और विश्वविद्यालय

प्रभात खबर लोगों के हितों में काम करने के लिए जाना जाता है। अगर झारखंड अलग राज्य के समर्थन में प्रभात खबर खड़ा रहा तो छोटे–छोटे जिले, विश्वविद्यालय

प्रभात खबर पर्यावरण बचाओ मुहिम
झारखंड के पांच जिलों में 38 पहाड़ गायब
पत्थर माफिया हावी अन्य 80 पहाड़ों पर भी संकट, अवैध खनन ने उजाड़ा

प्रभात खबर पर्यावरण बचाओ मुहिम
14 साल में बेच दिया 93 हजार करोड़ का पत्थर
सालाना कारोबार 20 हजार करोड़ का, राजस्व सिर्फ 81 करोड़, बाकी पैसा कहां गया?

पहाड़ों को नष्ट करने के खिलाफ प्रभात खबर का खास अभियान

बनाने के पक्ष में भी प्रभात खबर अभियान चलाता रहा। इसका मसकद था कि छात्रों को, लोगों को अपने काम के लिए दूर तक नहीं जाना पड़े। नोवामुंडी, चाईबासा, सरायकेला आदि के छात्रों को विश्वविद्यालय का कोई काम कराने के लिए राँची आना पड़ता था, क्योंकि इन जगहों के कालेज राँची विश्वविद्यालय के अधीन थे। प्रभात खबर ने प्रयास किया कि चाईबासा में विश्वविद्यालय बने। राज्य बनने के दो माह के भीतर ही प्रभात खबर ने कोल्हान को प्रमंडल बनाने के लिए अभियान छेड़ दिया। तब कोल्हान दक्षिणी छोटानागपुर (राँची) के अंतर्गत आता था। इस अभियान को सहयोग मिला और अंततः कोल्हान को प्रमंडल बनाया गया। फिर प्रभात खबर ने कोल्हान में विश्वविद्यालय खोलने के लिए अभियान चलाया। यह आंदोलन जमशेदपुर या फिर चाईबासा में विश्वविद्यालय खोलने के लिए चलाया गया था। बाद में चाईबासा में कोल्हान विश्वविद्यालय खोला गया। सरायकेला को जिला बनाने के लिए प्रभात खबर ने लगातार अखबार के माध्यम से प्रयास किए। बाद में वह जिला बन गया। इस प्रकार लोगों को लगा कि प्रभात खबर उनकी लड़ाई लड़ता है, उनकी बात को मजबूती के साथ रखता है। ये सब प्रभात खबर के अखबार नहीं आंदोलन के स्लोगन के उदाहरण हैं।

दिल्ली में विकास के मुद्दे पर बैठक

झारखंड राज्य बनने के पहले से ही प्रभात खबर इस क्षेत्र के विकास के लिए चिंतित रहा है। एक ओर प्रभात खबर अलग झारखंड राज्य के समर्थन में वैचारिक लड़ाई लड़ रहा था, दूसरी ओर राज्य पिछड़ा नहीं रहे, इसके लिए विकास के प्रति भी सचेत रहा। इसका एक उदाहरण था विकास के मुद्दे पर बैठक का आयोजन करना। प्रभात खबर द्वारा 17 मई, 1990 को नई दिल्ली में एक होटल में बिहार (अविभाजित)

से संबंधित आधे घंटे की एक फिल्म दिखाई गई। इसमें राज्य के औद्योगिक विकास में हुए ह्रास, विकास के नाम पर ठगी, बदहाली, सामाजिक विषमता और बिहार के साथ केंद्र के भेदभाव को दिखाया गया था। इस समारोह में लगभग 30 सांसद और अनेक बुद्धिजीवी, जवाहरलाल नेहरू विश्वविद्यालय के प्राध्यापक मौजूद थे। इसमें चंद्रशेखर और शत्रुघ्न सिन्हा भी मौजूद थे। झारखंड का एक स्थानीय अखबार, यानी प्रभात खबर अपने राज्य के विकास और केंद्र सरकार तक आवाज पहुँचाने के लिए कितना गंभीर प्रयास किया था, यह बैठक उसका उदाहरण है। बाद में भी ऐसे प्रयास होते रहे। प्रभात खबर ने दिसंबर 2012 में दिल्ली के होटल इरोज हिल्टन में लीडरशिप समिट कराया; इसमें रवि शंकर प्रसाद, सुबोधकांत सहाय, झारखंड के तत्कालीन मुख्य सचिव एसके चौधरी, एड गुरु प्रह्लाद कक्कड़ उपस्थित थे। देश की कई प्रमुख कंपनियों के शीर्ष अधिकारियों ने भी इस सम्मेलन में भाग लिया।

बिहार के पिछड़ेपन पर गोष्ठी

ऐसी बात नहीं है कि राज्य बनने के बाद से प्रभात खबर इस क्षेत्र के विकास के लिए आवाज उठा रहा है। जब राज्य नहीं बना था, बिहार के अधीन था, उस समय भी प्रभात खबर ने पूरे राज्य (बिहार भी) के पिछड़ेपन को लेकर राँची में बड़ी गोष्ठी की थी। तब अखबार ऐसे काम नहीं करता था। 1989 के लोकसभा चुनाव के बाद कांग्रेस सत्ता से बाहर हो गई थी। वीपी सिंह प्रधानमंत्री बने। राँची के तत्कालीन सांसद सुबोध कांत सहाय गृह राज्यमंत्री बने। 29 दिसंबर, 1990 को राँची कॉलेज के सभागार में प्रभात खबर ने बिहार का पिछड़ापन विषय पर गंभीर गोष्ठी रखी थी। शत्रुघ्न सिन्हा और सुबोध कांत सहाय इस गोष्ठी में शामिल हुए थे और बिहार के विकास का खाका बताया था। इसी गोष्ठी में सुबोध कांत सहाय ने घोषणा की थी कि छोटानागपुर के विकास के लिए 10 अरब की योजना के कार्यान्वयन की प्रक्रिया शुरू हो चुकी थी (प्रभात खबर 30.12.1990 का अंक)। इस गोष्ठी में डॉ. रामदयाल मुंडा, डॉ. अमर कुमार सिंह और डॉ. एच.आर. मिश्रा जैसे प्रबुद्ध लोगों ने भी राज्य के विकास के लिए अपने विचार रखे थे। प्रभात खबर के ऐसे प्रयासों का झारखंड क्षेत्र को विकसित करने में बड़ा योगदान रहा।

दबंगों से जमीन को मुक्त कराया

आमतौर पर अखबारों का मूल काम सिर्फ खबरों को छापना होता है, लेकिन प्रभात खबर इससे आगे जाकर भी काम करता रहा है। झारखंड में जमीन की समस्या गंभीर है। यहाँ सी.एन.टी और एस.पी.टी एक्ट लागू है। ये दोनों जमीन से जुड़े कड़े कानून हैं, लेकिन इसका उल्लंघन कर आदिवासियों की जमीन पर दूसरे लोग कब्जा कर रहे हैं।

गरीब आदिवासी बेबस नजर आते हैं। जमीन उनकी, कब्जा किसी और का, पैसे के बल पर सारा खेल हो रहा था, हालाँकि यह काम अभी भी जारी है। सरकार आती है, जाती है, लेकिन आदिवासियों की जमीन भी उनके हाथ से निकलती जा रही है। यह काम ताकतवर लोग और अधिकारियों की मिलीभगत से हो रहा है। राँची के अनगड़ा का एक उदाहरण है। प्रभात खबर ने उदाहरण के साथ खबरें छापी कि किन-किन आदिवासियों की जमीन पर किसने कब्जा किया है। ऐसे मामले सामने आए थे जब किसी आदिवासी की जमीन पर 30 साल से दूसरे लोगों ने, दबंगों ने कब्जा कर रखा था। रिपोर्ट छापने के बाद अनगड़ा सी.ओ. ने काररवाई की और आदिवासियों को उनकी जमीन पर कब्जा दिलाया। आज हालात अलग हैं। सी.एन.टी से जुड़ी जमीनों पर कब्जा कर उनकी खरीद-बिक्री एक बड़ा धंधा बन चुका है और इसे ठीक करने के लिए बड़े अभियान की जरूरत है।

गाँवों को प्रभात खबर ने गोद लिया

प्रभात खबर ने अपने सामाजिक दायित्व के तहत बिहार और झारखंड के आठ गाँवों को गोद लिया। हर संस्करण ने तय किया कि वह अपने अधीन आने वाले एक बेहद पिछड़े गाँव को गोद लेगा और उस गाँव में बुनियादी सुविधाएँ उपलब्ध कराते हुए उसे विकसित करने का काम करेगा। इस काम में जनप्रतिनिधियों, प्रशासन और सरकार की भी सहायता लेगा। राँची संस्करण ने सिल्ली के पास सीताडीह नामक एक गाँव को गोद लिया। एक साल में गाँव में बड़ा बदलाव आया। मुख्यमंत्री रघुवर दास खुद 24 मार्च, 2018 को प्रभात खबर के कार्यक्रम में सीताडीह गाँव में गए और वहाँ के लोगों से सीधा संवाद किया। उनके साथ सुदेश महतो भी थे। वहाँ के विकास का रास्ता तैयार किया गया। प्रभात खबर के इस प्रयास से कहीं चापाकल (हैंड पम्प) लगा, कहीं स्कूल भवन बने, कहीं लाइब्रेरी बनी, कहीं ट्रेनिंग सेंटर खुला तो कहीं कुछ अन्य तरीके के काम हुए। कई गाँवों में मलेरिया से लोग परेशान थे, वहाँ के ग्रामीणों को मच्छरदानी उपलब्ध कराई गईं। ऐसे कामों के लिए ही प्रभात खबर जाना जाता है।

जिन गाँवों को प्रभात खबर ने झारखंड व बिहार में गोद लिया था, वे थे—सीताडीह (राँची), गोबरघुसी (जमशेदपुर), झिकटी (देवघर), त्रियोनाला (धनबाद), बजरूहाँ (पटना), गोलाहू (भागलपुर), मिठनसराय (मुजफ्फरपुर) और सिमरिया (गया)।

ब्राउन शुगर के खिलाफ अभियान

झारखंड के कई शहरों में युवा नशे के आदी हो गए हैं। राँची, जमशेदपुर जैसे बड़े शहरों में तो ब्राउन शुगर बेचने का बड़ा धंधा चल रहा है। अब तो यह अरबों का कारोबार हो गया है। खूँटी, चतरा जैसे जिलों में अफीम की खेती हो रही है। यह गिरोह

इतना मजबूत है कि कोई इसमें हाथ नहीं डालना चाहता। युवाओं की जिंदगी बरबाद हो रही है। स्कूल और कालेज के छात्र इसकी चपेट में आ चुके हैं। प्रभात खबर ने साहस और जिम्मेदारी का परिचय देते हुए अपने सामाजिक अभियान के तहत इसे मुद्दा बनाया, जमीनी हकीकत बताई, कौन-कौन लोग इसमें शामिल हैं, कहाँ-कहाँ होता है नशे के कारोबार, अखबार के माध्यम से समाज को बताया। हाइकोर्ट ने प्रभात खबर की रिपोर्ट पर संज्ञान लिया। सरकार से काररवाई करने को कहा। परिणाम यह निकला कि सरकार ने भी काररवाई की और नशे के इस धंधे पर कुछ अंकुश लगा।

रक्तदान का अभियान

रक्त के अभाव में किसी की जान नहीं जाए, प्रभात खबर ने इसके लिए पहल की। राँची, जमशेदपुर समेत कई संस्करणों ने रक्तदान के लिए कैंप लगाए और सैकड़ों यूनिट रक्तदान किया गया। प्रभात खबर के सहयोगियों के अलावा समाज के अन्य लोगों से भी रक्तदान की अपील की। ऐसा एक बार नहीं, दर्जनों बार हुआ। इस तरह प्रभात खबर रक्तदान के अभियान को आगे बढ़ाता रहा। जीवेश ने भागलपुर और धनबाद में बुजुर्ग लोगों के सम्मान का अभियान चलाया जिसे जीवनश्री सम्मान के नाम से जाना जाता है।

डॉ. सुभाष की प्रतिमा लगी

मैं हजारीबाग पर कुछ काम कर रहा था। इसी क्रम में सिर्फ इतनी जानकारी मिली कि टेस्ट ट्यूब बेबी के जनक डॉ. सुभाष मुखोपाध्याय का जन्म हजारीबाग में ही हुआ था। उनके साथ इतना अन्याय हुआ कि उन्होंने बाद में आत्महत्या कर ली। निधन के कई साल बाद इस बात का श्रेय उन्हें मिला कि भारत में पहले टेस्ट ट्यूब बेबी का जन्म उनके द्वारा किए गए शोध कार्य का परिणाम था। जब मुझे जानकारी मिली कि डॉ. सुभाष हजारीबाग (झारखंड) से हैं तो मैंने प्रभात खबर में इस पर बड़ी स्टोरी बनायी और उसे प्रमुखता से छापा। फिर पूरे झारखंड में अभियान चलाया कि डॉ. सुभाष के नाम से झारखंड में कुछ बनना चाहिए।

उन दिनों हजारीबाग के उपायुक्त थे, रवि शंकर शुक्ल। उनसे मिला। श्री शुक्ल को मैंने बताया कि हजारीबाग में बनने वाले मेडिकल कॉलेज का नाम डॉ. सुभाष के नाम पर रखने के लिए प्रयास कर रहा हूँ। उन्होंने हजारीबाग सदर अस्पताल परिसर में डॉ. सुभाष की मूर्ति लगाने का प्रस्ताव रखा, मैं सहमत हो गया। उसी समय उन्होंने मेरे सामने ही मूर्ति बनाने का आदेश दिया। प्रभात खबर ने हजारीबाग में डॉ. सुभाष के लिए अभियान चलाया था। उपायुक्त खुद सक्रिय थे और उन्होंने सारी व्यवस्था खुद की। 9 दिसंबर, 2018 को हजारीबाग सदर अस्पताल परिसर में डॉ. सुभाष मुखोपाध्याय की

प्रभात खबर के प्रयास से हजारीबाग में सुभाष मुखोपाध्याय की लगाई गई प्रतिमा

प्रतिमा का अनावरण हुआ। डॉ. सुभाष के मित्र, पहले टेस्ट ट्यूब बेबी के पिता भी इस मौके पर आए थे। सभी ने प्रभात खबर और उपायुक्त की पहल की सराहना की। मैंने अपने पत्रकारिता जीवन में ऐसे जुनूनी उपायुक्त बहुत कम देखे हैं। उन्होंने प्रतिमा लगाने का जो वादा किया, उसे तीन माह में ही पूरा कर दिया। प्रभात खबर अपने राज्य के असली नायकों की याद को जिंदा रखने के लिए ऐसा प्रयास करता रहा है। डॉ. सुभाष की प्रतिमा लगाना इसी की एक कड़ी है!

□

साहस, जोखिम और जज्बे की पत्रकारिता

प्रभात खबर की पहचान साहस, जोखिम और जज्बे वाली पत्रकारिता की रही है। पूरी टीम इसी संस्कृति में ढली है। 40 सालों में अनेक ऐसे अवसर आए, जब प्रभात खबर के संवाददाताओं ने साहस और जज्बा दिखाते हुए रोचक और दमदार रिपोर्ट प्रकाशित की, जान की परवाह नहीं की। इस दौरान अनेक बार धमकियाँ मिलीं। कुछ में प्रभात खबर के पत्रकार घायल भी हुए, लेकिन उन्होंने अपने काम को पूरा किया। यह पूरी यात्रा रोमांच से भरी पड़ी है। जब भी खबर मिली कि बड़ी घटना घटी है, हमारे पत्रकारों (चाहे वे शहर के हों या दूरदराज के स्ट्रिंगर्स) ने यह नहीं देखा कि रात है या दिन, जोखिम है या नहीं, साधन है या नहीं, निकल पड़े कवरेज करने। न सोने की चिंता, न खाने की, लक्ष्य सिर्फ बेहतरीन कवरेज का। ऐसा तभी होता है जब टीम में जुनून हो। यहाँ पर कुछ ऐसी ही रिपोर्ट दी जा रही है जिनसे यह पता चलता है कि प्रभात खबर के साथियों ने प्रमुख घटनाओं को कैसे कवर किया, चाहे रिपोर्टिंग के साथी हो या डेस्क के, उन्होंने जब भी मौका आया, अपना सर्वश्रेष्ठ प्रदर्शन किया। इसके पीछे मकसद यह है कि नयी पीढ़ी के पत्रकार उत्साहित हों, उनमें जुनून पैदा हो।

नक्सली हमला

19 नवंबर, 2009 की रात 9:22 बजे की घटना है। नक्सलियों ने विस्फोट कर टाटा-विलासपुर ट्रेन को निशाना बनाया था। पश्चिम सिंहभूम जिले में मनोहरपुर के पास पोसैता एक जगह है। उसी के करीब सारंडा के घने जंगल में यह घटना घटी थी। उन दिनों यह इलाका माओवादियों का गढ़ था। 20 नवंबर को नक्सलियों ने बंदी का आहवान किया था। 19 नवंबर की रात 12 बजे से बंदी लागू होती, लेकिन ढाई घंटे पहले ही यह विस्फोट हुआ। विस्फोट के बाद ट्रेन की कई बोगियाँ उलट गईं। इस घटना में कई लोगों की मौत भी हुई थी, घायलों की संख्या भी अधिक थी। मनोहरपुर में प्रभात खबर के प्रतिनिधि राधेश थे। उन्हें हमले की सूचना मिली। उन इलाकों में दिन में भी अकेले जाने का साहस नहीं

प्रभात खबर

अखबार नहीं आंदोलन

बंद में नक्सलियों ने कहर बरपाया

टाटा-बिलासपुर ट्रेन को विस्फोट कर उड़ा दिया

नक्सलियों ने हावड़ा-मुंबई मेनलाइन पर टाटा-बिलासपुर पैसेंजर ट्रेन को विस्फोट कर उड़ा दिया है. इसकी तीन बोगियां पूरे तौर पर क्षतिग्रस्त हो गयी हैं. आठ पटरी से उतर गयी हैं. कम से कम सात यात्रियों के मरने और 65 के घायल होने की खबर है. यह घटना मनोहरपुर से 10 किलोमीटर दूर पोसैता के पास घटी है. नक्सलियों ने घने जंगलों में इस वारदात को अंजाम दिया है. उन्होंने 20 नवंबर को एक दिन के बंद का आह्वान किया है. आम तौर पर नक्सलियों का बंद रात 12 बजे शुरु होता है लेकिन बंद शुरु होने के ढाई घंटा पहले ही विस्फोट कर ट्रेन को उड़ा दिया गया. रात नौ बजकर 22 मिनट पर यह घटना घटी लेकिन राहत ट्रेन को पहुंचने में लगभग दो घंटे लग गये. तब तक घायल यात्री वहीं पड़े हुए थे. उसी घने जंगल में देर रात में प्रभात खबर संवाददाता जिस समय पहुंचा, वहां शव पड़े हुए थे. भयभीत यात्री छिपे हुए थे. घायल कराह रहे थे. बाद में राहत ट्रेन पहुंची. पिछले कई दिनों से लगातार इस क्षेत्र में नक्सली भवनों का उड़ा रहे थे. लेकिन ट्रेन को उड़ाने की यह पहली घटना है. इससे पूर्व नक्सलियों ने खड़गपुर-टाटा के बीच दो बार ट्रेन को अपहृत किया था.

सात मरे 65 घायल

घटना मनोहरपुर के पास की घने जंगलों में फंसे रहे यात्री

ट्रेन पर नक्सली हमला और गोलीबारी के बीच प्रभात खबर के प्रतिनिधि द्वारा ली गई तसवीर

होता, रात में वहाँ जाने की बात तो कोई सोच भी नहीं सकता। सवा दस बजे रात को राधेश अपने एक सहयोगी के साथ मोटरसाईकिल का हॉर्न बजाते हुए घटनास्थल पर पहुँच गए। आमतौर पर नक्सली ट्रेन या वाहन पर हमला करने के बाद वहीं छिपे होते हैं और फायरिंग की आशंका बनी रहती है। जब राधेश वहाँ पहुँचे, उस समय तक पुलिस वहाँ नहीं पहुँची थी। घायल यात्री तड़प रहे थे, यात्री ही आपस में एक-दूसरे को सहयोग कर रहे थे। लाशें वहीं बिखरी पड़ी थीं। यात्री डर भी रहे थे कि ट्रेन पर कहीं माओवादी फायरिंग न कर दें। तमाम आशंकाओं के बीच राधेश हिम्मत कर घटनास्थल पर गए। घायलों से बात की, जल्दी-जल्दी तसवीरें ली क्योंकि हमले की आशंका थी। फिर उसी रात में मनोहरपुर लौट गए। वहाँ से उन्होंने प्रभात खबर कार्यालय को रोंगटे खड़ा करने वाली तसवीरें भेज दी। इन तसवीरों को पृष्ठ एक पर प्रकाशित किया गया जो एक्सक्लूसिव थीं। सारंडा के जंगल में जोखिम लेकर देर रात को नक्सली हमले की तसवीरों व हालात की जानकारी के लिए जाना सचमुच बहादुरी की पत्रकारिता थी। जज्बा न हो तो ऐसी पत्रकारिता नहीं हो सकती। उनके कार्य में प्रभात खबर के पुराने साथी शैलेश का भी सहयोग रहा था।

रैलीगढ़ा कांड

26 जुलाई, 1991 की घटना थी। देर रात को खबर मिली कि रैलीगढ़ा में आई.पी.एफ. और एम.सी.सी. के बीच संघर्ष हुआ है, जिसमें कई लोग मारे गए हैं। यह खबर देर रात प्रभात खबर के राँची कार्यालय में आई थी, तब तक डाक संस्करण निकल चुका था। तय हुआ कि घटनास्थल पर जाना चाहिए। एक-एक कर कई लोग तैयार हो गए। हरि भाई, रजत गुप्ता, वाइएन झा, बापी और मैं (अनुज) एक कार से (ड्राइवर अनुपजी थे जो कार के मालिक भी थे) रामगढ़ होते हुए जाना चाहा। जब बूटी मोड़ से आगे पहुँचे, तो देखा कि पुल पर एक गाड़ी पलटी थी। पुल जाम था, कार जाने का रास्ता नहीं था। लगा कि जा नहीं पाएँगे। फिर सबने तय किया कि क्यों न राँची लौट जाएँ और फिर पतरातू घाटी होते हुए गिद्दी जाएँ?

उन दिनों रात में पतरातू घाटी से कोई गुजरना नहीं चाहता था। लूटपाट सामान्य बात थी। हम लोग उसी रास्ते से भुरकुंडा होते हुए गिद्दी पहुँचे। रात में रास्ता बताने वाला कोई था। खैर किसी तरह हम लोग वहाँ पहुँचे, तब अजय वहाँ के प्रतिनिधि थे और घटनास्थल पर थे। टीम ने रिपोर्टिंग की और बापी ने फोटो लिया। राँची लौट कर अखबार भी जल्द-से-जल्द छोड़ना था। इसलिए जल्दी थी। हम सब राँची लौटे, सुबह के चार बजने वाले थे। हरि भाई की टाइपिंग स्पीड अच्छी थी। कंपोजिटर को हटाकर वे खुद तेजी से कंपोज करने लगे। युद्धस्तर पर सारा काम हुआ। एक-डेढ़ घंटे के भीतर पूरी रिपोर्ट और तसवीरों के साथ अखबार पाठकों के समक्ष थी। तब चर्चा थी तो सिर्फ प्रभात खबर की।

पलामू ट्रेन दुर्घटना

जून 1990 की घटना है। रात को खबर आई कि बरवाडीह के पास ट्रेन (चोपन-गोमो पैसेंजर ट्रेन) दुर्घटनाग्रस्त हो गई। 200 से ज्यादा लोग मारे गए हैं। खबर बड़ी थी। मृतकों के बारे में आधिकारिक पुष्टि नहीं हुई थी, समय भी कम था, अखबार में रिपोर्ट छाप दी गई, तब तक ग्यारह-साढ़े-ग्यारह बज चुके थे। हरि भाई तब समाचार संपादक थे। उनसे बात हुई कि बरवाडीह चलना चाहिए। उन दिनों प्रभात खबर के अधिकांश सहयोगी 11 बजे दिन में ही ड्यूटी आ जाते थे और देर रात घर लौटते थे। उस दिन हम लोग घर नहीं गए। तय किया कि जो गाड़ी अखबार लेकर डाल्टनगंज जाती है, उसी पर बैठ जाएँ। उसी गाड़ी से हम और हरि भाई डाल्टनगंज पहुँच गए। तब तक सुबह के पाँच-साढ़े-पाँच बच चुके थे। तब डाल्टनगंज में गोकुल बसंत प्रभात खबर के ब्यूरो हेड हुआ करते थे। उन्हें एक जीप की व्यवस्था करने को कहा गया था। हम सभी सीधे बरवाडीह की ओर चल दिए। रास्ते में ही चाय पी ली।

बरवाडीह में घटनास्थल का दृश्य भयावह था। यह दृश्य और घटना आज भी रोएँ खड़ी कर देती है। मारे गए लोगों के शव वहाँ पड़े थे। एक शव ढका हुआ था। पूछने पर वहाँ बताया गया कि वह एक महिला और उसकी बच्ची के शव हैं। तसवीर लेनी थी। वहाँ एक स्वीपर खड़ा था। उसे चादर हटाने को मैंने कहा, उसने सौ रुपए की माँग की। इतना पैसा देना उचित नहीं लगा हरि भाई को, मैंने कहा कि मैं चादर खींचता हूँ। इसके बाद मैंने चादर तो खींच दी, माँ और छोटी बच्ची के हृदय विरादक दृश्य था। लगा कि बच्ची माँ के बगल में सो रही है। हिम्मत नहीं थी कि चादर से फिर ढकूँ। स्वीपर अड़ गया कि पैसा नहीं दिया है, इसलिए चादर तो पहले जैसा रखना होगा। कोई रास्ता नहीं था। मैंने फिर हिम्मत की, चादर से शव को ढका। फिर हम दोनों वहाँ से डाल्टनगंज लौटे और बस से राँची आ गए। सोने का कोई अवसर नहीं था, बस स्टैंड से उसी ड्रेस में फिर दफ्तर काम करने जाना था, क्योंकि दूसरे दिन के अखबार में इस तसवीर और खबर को छापना था। ऐसी टीम थी प्रभात खबर की¨।

पशुपालन घोटाला

चारा घोटाला देश का प्रमुख घोटाला था। इस घोटाले में बिहार के पूर्व मुख्यमंत्री लालू प्रसाद और जगन्नाथ मिश्र अभियुक्त बनाए गए थे। इन्हें 2013 में अदालत से सजा भी सुनाई गई थी। देश के सामने यह मामला 1996 में आया था, लेकिन प्रभात खबर ने ही सबसे पहले इस मुद्‍दे को उठाया था। वैसे तो 1985 से ही प्रभात खबर में इस संबंध में गड़बड़ी की रिपोर्ट छपती रही थी, लेकिन 1992 में इसे प्रभात खबर ने मुद्दा बनाया था। यह एक जोखिम भरा काम था। किसलयजी ने पशुपालन विभाग में भ्रष्टाचार की रिपोर्ट छापी थी। जून 1992 का महीना था। निगरानी हर साल भ्रष्ट अफसरों की सूची बनाता था, इसकी खबर किसलयजी को थी। निगरानी एस.पी. पटना में बैठते थे, राँची में डी.एस.पी. रैंक के अफसर बैठते थे। निगरानी एस.पी. आने वाले थे, सूची पर उन्हें ही साइन करना था। किसलयजी को यह खबर लग गई थी। एस.पी. आए हस्ताक्षर भी कर दिए। उन्हें रात में राँची में रुककर दूसरे दिन पटना लौटना था। सारा खेल रात भर में करना था, काम कठिन था।

रात में किसी तरह वह सूची (इसे और स्पष्ट करना उचित नहीं है) किसलयजी के हाथ लग गई। यह वह सूची थी जिसमें पशुपालन विभाग के भ्रष्ट अफसरों के नाम थे। पहली रिपोर्ट नाम के साथ 30 जून, 1992 के अंक में छपी। इसमें आई.ए.एस. अफसर, डॉक्टर–इंजीनियरों आदि के नाम थे। पहली रिपोर्ट में ही हंगामा हो गया। धमकियाँ आने लगी, लेकिन टीम नहीं डिगी। 3 जुलाई को अंतिम किश्त छपी। पहली किश्त छपने के बाद किसलयजी को पुलिस के बड़े–बड़े अधिकारियों ने धमकी दी कि अगली किश्त

नहीं छपनी चाहिए, लेकिन रिपोर्ट छपती रही। सुरक्षा की कोई व्यवस्था नहीं थी। पड़ोसियों के जिम्मे उनका परिवार रहता था। तमाम चेतावनियों-धमकियों के बावजूद किसलय की रिपोर्ट से 155 भ्रष्ट अफसरों की सूची सार्वजनिक हो चुकी थी। प्रभात खबर का यह बड़ा खुलासा था। चार साल बाद 1996 में अमित खरे ने चाईबासा में एफ.आई.आर. कराई, लेकिन प्रभात खबर ने तो 950 करोड़ के इस चारा घोटाला का परदाफाश 1992 में ही कर दिया था। यह मामला लंबा चला। सी.बी.आई. ने जाँच की और लालू प्रसाद, श्याम बिहारी सिन्हा समेत अनेक नेताओं और अफसरों को सजा सुनाई।

राजीव गांधी की हत्या

21 मई, 1991 की घटना है तब सिर्फ राँची से प्रभात खबर का प्रकाशन होता था। उन दिनों पत्रकारों की यूनियन ताकतवर हुआ करती थी, किसी मुद्दे को लेकर सभी पत्रकार वर्क टू रूल (एक प्रकार का आंदोलन-जिसमें, आंदोलन तो करना है पर काम भी करना है, लेकिन वह नियमानुसार होगा) आंदोलन पर थे। एक निर्धारित समय के भीतर अखबार बनाकर छपने के लिए भेज देना था। पेस्टिंग का काम लगभग पूरा हो रहा था। पेस्टर के बगल में खड़ा होकर मैं खुद पेस्टिंग करवा रहा था। उन दिनों अखबार निकालने का तरीका अलग था। डमी देकर सामने खड़ा होकर बताया जाता था कि कौन सा न्यूज कहाँ पर पेस्ट होगा। अगर निर्धारित जगह से न्यूज बढ़ रहा होता था, तो उसे कैंची से काटा जाता था। यह काम डेस्क का व्यक्ति ही करता था, वह भी पेस्टिंग के समय। उन दिनों कंप्यूटर पर पृष्ठ बनाने का काम नहीं होता था।

आंदोलन के बावजूद इतनी सतर्कता बरती जाती थी कि अखबार कमजोर न हो। कोई समाचार छूटे नहीं। इसलिए अगर मैं पेस्टिंग करवा रहा था तो मेरे अन्य सहयोगी टेलीप्रिंटर से आ रहे न्यूज पर नजर रखे हुए थे। उन दिनों आज की भांति कंप्यूटर पर न्यूज नहीं आता था; पी.टी.आई., यू.एन.आई., भाषा और वार्त्ता (ये सब न्यूज एजेंसियाँ हैं) की खबरें टेलीप्रिंटर से आती थीं। टेलीविजन तो आ गया था पर उसका न्यूज सेक्शन आज जितना सक्रिय नहीं था। देश में जब कोई बड़ी खबर होती थी (जिसे आज ब्रेक्रिंग न्यूज के रूप में टी.वी. पर चलाया जाता है) तो उन दिनों टेलीप्रिंटर पर फ्लैश आता था, सिर्फ एक लाइन की खबर। जैसे ही मेरे सहयोगी कवींद्र ने टेलीप्रिंटर पर फलैश देखा—राजीव गांधी की हत्या, हाथ में उस न्यूज (टेलीप्रिंटर से निकलने वाला कागज का टुकड़ा, जैसे फैक्स में निकलता है) को लेकर पेस्टिंग रूम की ओर यह चिल्लाते हुए दौड़े—अखबार रोकिए, राजीव गांधी मारे गए। मैंने आवाज सुनी, मुझे इस खबर पर भरोसा नहीं हुआ। कह दिया कि पेज बन गया है, अब नहीं टूटेगा। तब तक कवींद्र मेरे करीब आ गए थे, जोर देकर कहा कि सच बोल रहा हूँ, यह देखिए। उसके

बाद तो न्यूज रूम का पूरा दृश्य ही बदल गया। तुरंत पेस्टिंग पेज रोका गया। अखबार जल्दी छोड़ना था, समय था नहीं, मैटर भी बहुत ज्यादा नहीं था, किसी प्रकार 18 या 20 प्वाइंट में छोटी खबर को फैलाकर और राजीव गांधी की बड़ी तसवीर लगाकर डाक संस्करण निकाला गया। फिर पूरी टीम अखबार निकालने में लग गई, नए सिरे से पूरा अखबार निकालना था। पहले जो अखबार तैयार हुआ था, उसकी प्रासंगिकता खत्म हो चुकी थी। अब राजीव गांधी के बारे में अधिक-से-अधिक खबर देनी थी। उसी में पूरी टीम लग गई। तब तक उस समय के कार्यकारी संपादक संजीव क्षितिज भी घर से आ गए। हरिवंशजी उन दिनों तत्कालीन प्रधानमंत्री चंद्रशेखर के प्रेस सलाहकार थे और दिल्ली में थे।

सारे संपादकीय सहयोगी नए सिरे से अखबार तैयार करने में लग गए। वर्क टू रूल आंदोलन उसी दिन, उसी समय से खत्म हो गया। किसी को ध्यान नहीं रहा कि वे आंदोलन पर हैं। यह होता है। अखबार में काम करने वाले लोगों का जज्बा!

सेनारी नरसंहार

वर्ष 2000 के पहले बिहार में जातीय संघर्ष बहुत ज्यादा हुआ करता था। अखबार इसे बेहतर कवरेज देने का प्रयास करते थे। 1997-98 की घटना है, सेनारी में देर रात नरसंहार हुआ था। 40 लोग मारे गए थे। यह खबर तब आई जब राँची और जमशेदपुर में अखबार छप रहा था। आधा से ज्यादा अखबार छप चुका था। संपादकीय के लोग घर जा चुके थे। पटना से हम लोगों के एक सहयोगी का टेलीफोन आया कि एक बड़ी खबर है। उस समय तक सिर्फ इतना ही बताया गया। जल्दी में घर में पहनी हुई ड्रेस में ही दफ्तर पहुँच गया। दफ्तर घर से आधा किलोमीटर की दूरी पर था। अखबार छप रहा था, जाने में अगर देर हो जाती तो पूरा अखबार ही छप जाता। फिर जाने से क्या फायदा होता? कार्यालय पहुँचकर मशीन को रोकने को कहा, फिर पटना से बात हुई। जो 10-15 लाइन की खबर मिल पाई, उसे नोट किया। फिर उसे किसी तरह बड़ा किया क्योंकि उसे लीड खबर बनाना था। अखबार के दफ्तर में रेफरेंस तैयार रहता है, उसका उपयोग किया और किसी तरह तीन-चार कॉलम की खबर बनाई गई। समय का भी ध्यान रखना था, जो समय था, उसमें और कुछ किया भी नहीं जा सकता था। जल्दबाजी में प्लेट को बदला गया और नरसंहार वाली उस खबर को बाकी कॉपियों में छापा गया। यह खबर उस दिन सिर्फ प्रभात खबर में छपी थी। ऐसा इसलिए संभव हो सका था क्योंकि प्रभात खबर की टीम को देर रात ही घटना की जानकारी मिली और उसी तेजी व तालमेल के साथ अखबार में समय पर प्रकाशित भी हो गया। यह काफी चर्चित खबर थी।

ओड़िशा तूफान

नवंबर 1999 में ओड़िशा में समुद्री तूफान आया था। तूफान के साथ-साथ भारी वर्षा भी हुई थी। तूफान की रफ्तार इतनी तेज थी कि पेड़ और बिजली के टावर तक उखड़ गए थे। पूरे इलाके में पानी भर गया था, पुल टूट गए थे, अधिकांश इलाका कट गया था। उन दिनों मैं जमशेदपुर में स्थानीय संपादक था। बड़ी घटना थी, इसलिए घटनास्थल पर जाकर रिपोर्ट मँगवाने की योजना बनाई गई। सोचा कि सिर्फ रिपोर्टर को क्यों खतरनाक इलाके में भेजूँ। मुझे खुद भी घटनास्थल (ओड़िशा) जाना चाहिए। किराए पर एक मारूति वैन ली, साथ में अपने सहयोगी सुप्रतिम बनर्जी और फोटोग्राफर उमाशंकर दुबे को लिया। हम लोग बालासोर को पार करते हुए भद्रक की ओर जा रहे थे। सिर्फ नेशनल हाइवे (एन.एच.) दिख रहा था, दोनों ओर पानी भर चुका था। सोरो में बताया गया कि हाइवे से 15 कि.मी. की दूरी पर अनंतपुर पंचायत है, वहाँ स्थिति बहुत ही खराब है, वह क्षेत्र कट गया है। सेना भी उस समय तक नहीं पहुँची थी।

हम लोग हर हाल में उन गाँवों में जाना चाहते थे जहाँ स्थिति सबसे ज्यादा खराब थी, जाने का रास्ता पता ही नहीं चल पा रहा था, चारो ओर पानी-ही-पानी था। हाइवे पर ही एक स्वयंसेवक मिल गया, वह रास्ता दिखाने के लिए तैयार हो गया। उसी के सुझाव पर हम सभी ने हाथ में लाठी ले ली। स्वयंसेवक ने बताया था कि जब चारो ओर पानी भरा हो तो लाठी बहुत काम आएगी। गजब अनुभव था। लाठी से पता चल रहा था कि कहाँ सड़क है, कहाँ गड्ढा है। हम सभी अनंतपुर पंचायत पहुँचे। रास्ते में पानी में तैरते हुए साँप दिखाई पड़ते थे। एक पेड़ (जो तूफान में बच गया था) पर महिला की टँगी लाश दिख रही थी, पानी से बचने के लिए वह पेड़ पर चढ़ी होगी। पानी बढ़ता गया, वह मर कर वहीं टँगी रही। आगे परसुरामपुर गाँव था, गाँव के लोग एक टीले पर शरण लिए हुए थे। वहीं एक महिला ने बच्चे को जन्म दिया था। आसपास खेतों में जानवरों की लाशें पड़ी थी, लोग भूखे थे, घर टूट चुके थे, चारो ओर पानी भरा था, लेकिन पीने का पानी नहीं था। कुछ समय पहले तक वहाँ सड़क पर तीन-चार फीट पानी बह रहा था। हम लोग जो पानी-ब्रेड अपने लिए लेकर गए थे, उसे लोगों में बाँट दिया। हम लोग वहाँ से फिर हाइवे लौट आए।

भद्रक के पास पुल बह चुका था, इसलिए जगतसिंहपुर और पारादीप नहीं जा सके। पुल के दोनों ओर दो-दो किलोमीटर तक वाहन फँसे हुए थे। पुल के पास (हाइवे पर) सेना पहुँच चुकी थी और नाव से बचाव काम में लगी थी। हम लोगों ने अपना काम किया। लगातार 22 घंटे तक अपने अभियान पर रहने के बाद हम लोग दूसरे दिन तड़के जमशेदपुर पहुँच गए। हमारी टीम में से किसी ने यह शिकायत नहीं

की कि उन्हें कई-कई घंटे तक खाना-पानी नहीं मिला, सिर्फ बिस्कुट खाकर रहना पड़ा था, यह रिपोर्ट काफी चर्चित हुई थी, क्योंकि तूफान के बाद सबसे पहले प्रभात खबर की टीम पहुँची थी और दूरदराज के इलाके तक जाकर वहाँ की रिपोर्टिंग की थी। मेरे साथ वहाँ जाने वाले सुप्रतिम बनर्जी बाद में नेशनल टी.वी. चैनल आजतक में चले गए, जहाँ उन्होंने काफी नाम कमाया।

साक्षात्कार का जोखिम

वर्ष 1992 या 1993 की घटना है, साल ठीक से याद नहीं है। जाड़े का दिन था, प्रधान संपादक हरिवंशजी के पास दिल्ली से टेलीविजन की टीम आई थी। उन दिनों झारखंड आंदोलन आक्रामक हो चुका था। आजसू ने बंदी और आर्थिक नाकेबंदी का आंदोलन कर रखा था। उस समय आजसू के केंद्रीय अध्यक्ष थे डॉ. देवशरण भगत उर्फ छोटू दा। झारखंड में तब हिंसा भी हो रही थी, राँची में पुलिस और केंद्रीय सुरक्षा बल के जवान देवशरण भगत को गिरफ्तार करने के लिए प्रयास कर रहे थे, प्रशासन द्वारा उन्हें देखते ही गोली मारने का भी आदेश दिया गया था। टी.वी. की टीम झारखंड आंदोलन को कवर करने के लिए आई थी। इसी क्रम में टीम आजसू अध्यक्ष का साक्षात्कार करना चाहती थी। हरिवंशजी को इस बात की जानकारी थी कि झारखंड के आंदोलनकारियों से मेरे निजी संपर्क हैं, इसलिए उन्होंने मुझे बुलाया और कहा—इन लोगों को देवशरण भगत से मुलाकात करने की व्यवस्था कराओ।

आजसू अध्यक्ष से उस समय साक्षात्कार कराना असंभव जैसा काम था। जिस व्यक्ति को पुलिस मारने के लिए खोज रही थी, उसे कहाँ खोजा जाए, वह साक्षात्कार के लिए तैयार होगा या नहीं। संपादक का आदेश था, मानना ही था, अभियान में लग गया। उन दिनों आजसू की टीम में कई ऐसे लोग थे जिनसे मेरे घनिष्ठ संबंध थे। उनके प्रयास से यह पता लग गया कि देवशरण भगत से कहाँ मुलाकात हो सकती थी। मेरे पास उन दिनों एक बजाज स्कूटर था। राँची शहर से बीस किलोमीटर दूर उनके अड्डे का पता चला था। स्कूटर से उस जगह पहुँच गया, किसी प्रकार उन्हें तैयार किया गया। अब समस्या थी कि कहाँ साक्षात्कार कराया जाए। तय हुआ कि सबसे सुरक्षित जगह वही है, जहाँ भारी संख्या में पुलिस बल है। वह स्थान फिरायालाल चौक ही था। घर तो याद नहीं है, पर इतना याद है कि चौक से थड़पखना वाली गली में किसी घर में हम लोग जमा हुए, टीम को वहाँ बुलाकर रखा गया था, साक्षात्कार हो गया और पुलिस को खबर तक नहीं लगी।

साक्षात्कार के बाद अब समस्या थी देवशरण भगत को सुरक्षित अपने अड्डे पर पहुँचाने की। यह जिम्मेदारी मेरी ही थी, मैं ही उन्हें लेकर आया था। पुलिस हर

वाहन को चेक कर रही थी, स्कूटर मैं चला रहा था, देवशरण भगत पीछे बैठे थे, मफलर लपेटे हुए थे। मुझे यह पता था कि अगर पुलिस (अर्द्धसैनिक बल) मुझे देवशरण भगत के साथ पकड़ लेती तो दोनों का क्या हाल करती। हिम्मत और बुद्धि से काम लिया। ठीक फिरायालाल चौक हमने स्कूटर को रोक दिया और देवशरण भगत को कहा कि स्कूटर बंद हो गया है, उतरिए। फिर स्टार्ट करने का प्रयास करते हैं। दरअसल स्कूटर खराब नहीं हुआ था, मजाक के तौर पर हमने बंद कर दिया था। फिरायालाल में सीढ़ी के ठीक ऊपर बड़ी संख्या में पुलिस के जवान तैनात थे, कुछ नीचे मार्च-पास्ट करते रहते थे।

इसी बीच पुलिस सामने आ गई और आगे बढ़ भी गई। पुलिस का वह जवान (जो बाहर का था) देवशरण भगत को पहचानता नहीं था। इस बीच देवशरण भगत ने सिगरेट निकाला और तनाव के कारण सिगरेट पीने लगे। इत्तिफाक देखिए कि हमारा फोटोग्राफर बापी भी वहाँ पहुँच गया और हम दोनों को देख लिया। उसने जोखिम लेकर फोटो खींच ली। रात की घटना थी, रात में फोटो खींचना खतरनाक कदम था क्योंकि फ्लैश चमकने से पुलिस को शक हो सकता था। बापी मानने वाला नहीं था, फ्लैश चमकते ही पुलिस को कुछ शक हुआ और हमलोग की ओर तेजी से आने लगी। इसके पहले कि पुलिस हम तक पहुँच पाती, हम लोग तेजी से निकल गए। मैं उन्हें उनके अड्डे पर छोड़ आया। दूसरे दिन के अखबार में देवशरण की सिगरेट पीते वह तसवीर छपी जिसमें लिखा था—जिस देवशरण भगत को पुलिस की तलाश है, वह रात में फिरायालाल चौक पर सिगरेट पी रहे थे। यह तसवीर काफी चर्चित हुई थी।

बंकर में विस्फोट, पत्रकार घायल

6 मई, 2001 को चतरा जिले के कुंदा थाना के कारीमरार जंगल की घटना है। पुलिस ने एक बंकर का पता लगाया था। बंकर को ध्वस्त करना था। पुलिस के बड़े अधिकारी भी वहाँ 6 मई को पहुँच गए थे। प्रभात खबर के प्रतिनिधि थे सुरजीत। उन्होंने हजारीबाग से लिखा कि वे 5 मई को ही चतरा आ गए थे, 6 मई को सवेरे-सवेरे प्रतापपुर होते हुए कुंदा गए। वहाँ से कारीमरार जंगल स्थित नक्सलियों के बंकर के पास पहुँच गए। डी.आई.जी. थे अशोक कुमार सिन्हा। सुरजीत डी.आई.जी. से बात कर रहे थे। इसी बीच बंकर की जाँच हवलदार दिवाकर मिंज कर रहे थे। उनके साथ चौकीदार भी थे। जैसे ही बंकर में उन्होंने मेटल डिटेक्टर लगाया, विस्फोट हो गया, चौकीदार वहीं पर मारा गया, डी.आई.जी. अशोक सिन्हा, एस.पी. आरके मल्लिक और इंस्पेक्टर गंभीर रूप से घायल हो गए। सुरजीत वहाँ एक गड्ढे में कूद गए ताकि

अगर नक्सली फायरिंग भी करें तो नहीं लगे। चारो ओर धुँआ छा गया था। विस्फोट के बाद पत्थर उड़े थे, एक पत्थर सुरजीत के सिर पर लगा, सिर फट गया। घायल पुलिसकर्मी चिल्ला रहे थे। सी.आर.पी.एफ. मोरचा ले चुका था, थोड़ी देर बाद सभी वहाँ से निकले। पुलिस की जिप्सी से सुरजीत चतरा पहुँचे। वहाँ उनके सहयोगी नौशाद उनका इंतजार कर रहे थे, डॉक्टर के पास गए, सिर में पाँच टांका लगा, फिर सभी नौशाद के घर गए जहाँ कंप्यूटर था। वहीं से सुरजीत ने प्रभात खबर के लिए रिपोर्ट भेजी। सुरजीत की शर्ट पर खून था। नौशाद के घर के लोगों ने उसकी शर्ट को साफ किया। दूसरे दिन सुरजीत हजारीबाग लौटे और काम पर लग गए।

□

चुनाव में प्रभात खबर की भूमिका

चुनाव चाहे लोकसभा का हो, विधानसभा का हो या फिर नगर निगम/नगरपालिका का, मतदाताओं को जागरूक करने का काम हो, या मतदान के लिए लोगों को प्रेरित करने का हो, प्रभात खबर महत्त्वपूर्ण भूमिका अदा करता रहा है। किसी प्रत्याशी के पक्ष या विपक्ष में नहीं, बल्कि मुद्दे को लेकर, बेहतर प्रत्याशी के चयन के लिए प्रभात खबर अखबारों के माध्यम से या फिर अभियान चलाकर अपनी भूमिका निभाता रहा है। 1995 के विधानसभा चुनाव में आपका प्रत्याशी कैसा हो, विषय पर अखबार ने पाठकों को बताने का काम आरंभ किया था, लेकिन जमीन पर उतर कर बड़ा अभियान चलाने का प्रयास 1999 के चुनाव में तब हुआ जब जमशेदपुर संस्करण ने ग्रामीण इलाकों में भी बड़े पैमाने पर मतदाता जागरूकता अभियान चलाया था।

उन दिनों देश भर में शायद ही कोई मीडिया हाऊस होगा, जो चुनाव में मतदाताओं को जागरूक करने के लिए अभियान चलाता हो। जो थे भी (टेलीविजन या प्रिंट मीडिया), वे अपने अखबारों या टी.वी. चैनलों पर चुनाव से संबंधित संदेश प्रसारित/प्रकाशित किया करते थे। प्रभात खबर ने तय किया कि उसकी टीम दूरदराज के गाँवों में, पंचायतों में, प्रखंडों में जाएगी, बैठकों का आयोजन करेगी, लोगों से बेहतर प्रत्याशी के चयन के लिए बात करेगी, नुक्कड़ सभा करेगी, वहाँ के ज्वलंत सवालों पर चर्चा करेगी?

1999 में लोकसभा चुनाव हो रहा था। उसी समय यह अभियान आरंभ किया गया था प्रभात खबर के जमशेदपुर संस्करण से। तब इतने साधन नहीं थे कि अखबार बड़ा रथ निकालकर अभियान चलाए, इसलिए अखबार ढोने वाली एक पुरानी जीप में दोनों ओर मतदाता जागरूकता अभियान का बोर्ड लगाकर प्रभात खबर की टीम निकली थी। बोर्ड भी बनाया गया था उस प्लेट से, जिससे अखबार छपता था। पाठकों को जानकारी देने के लिए अखबार में छाप दिया जाता था कि यह प्रचार वाहन किस दिन, किस समय, कहाँ पर जाएगा। उस इलाके के प्रभात खबर के स्थानीय प्रतिनिधि पर जिम्मेदारी होती थी कि उस इलाके के मतदाताओं को वहाँ जमा करे। 1999 के उस रथ (प्रचार

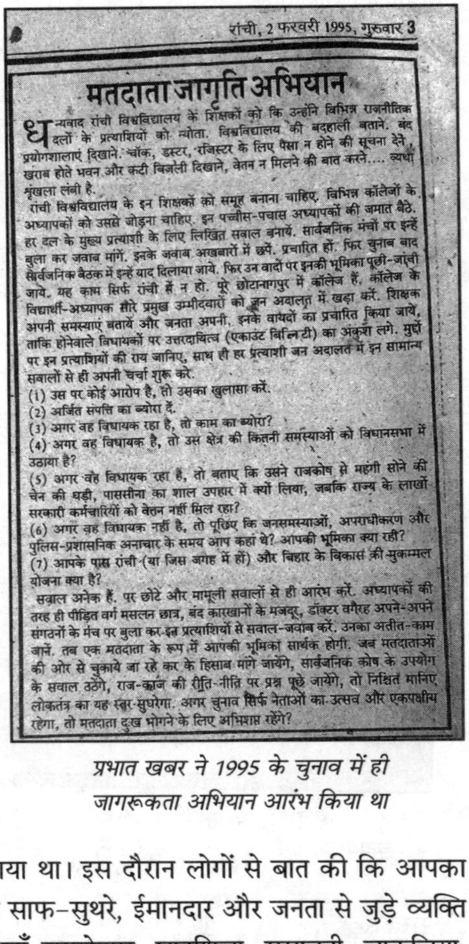

रांची, 2 फरवरी 1995, गुरुवार 3

मतदाता जागृति अभियान

धन्यवाद रांची विश्वविद्यालय के शिक्षकों को कि उन्होंने विभिन्न राजनीतिक दलों के प्रत्याशियों को न्योता. विश्वविद्यालय की बदहाली बताने. बंद प्रयोगशालाएं दिखाने. चॉक, डस्टर, रजिस्टर के लिए पैसा न होने की सूचना देने, खराब होते भवन और कटी बिजली दिखाने, वेतन न मिलने की बात करने.... व्यथा शृंखला लंबी है.

रांची विश्वविद्यालय के इन शिक्षकों को समूह बनाना चाहिए. विभिन्न कॉलेजों के अध्यापकों को उससे जोड़ना चाहिए. इन पच्चीस-पचास अध्यापकों की जमात बैठे. हर दल के मुख्य प्रत्याशी के लिए लिखित सवाल बनायें. सार्वजनिक मंचों पर इन्हें बुला कर जवाब मांगें. इनके जवाब अखबारों में छपें. प्रचारित हों. फिर चुनाव बाद सार्वजनिक बैठक में इन्हें याद दिलाया जाये. फिर उन वादों पर इनकी भूमिका पूछी-जांची जाये. यह काम सिर्फ रांची में न हो. पूरे छोटानागपुर में कॉलेज हैं. कॉलेज के विद्यार्थी-अध्यापक सारे प्रमुख उम्मीदवारों को जन अदालत में खड़ा करें. शिक्षक अपनी समस्याएं बतायें और जनता अपनी. इनके वायदों का प्रचारित किया जाये, ताकि होनेवाले विधायकों पर उत्तरदायित्व (एकाउंट बिलिटी) का अंकुश लगे. मुद्दों पर इन प्रत्याशियों की राय जानिए, साथ ही हर प्रत्याशी जन अदालत में इन सामान्य सवालों से ही अपनी चर्चा शुरू करे.

(1) उस पर कोई आरोप है, तो उसका खुलासा करें.
(2) अर्जित संपत्ति का ब्योरा दें.
(3) अगर वह विधायक रहा है, तो काम का ब्योरा?
(4) अगर वह विधायक है, तो उस क्षेत्र की कितनी समस्याओं को विधानसभा में उठाया है?
(5) अगर वह विधायक रहा है, तो बताए कि उसने राजकोष से महंगी सोने की चेन की घड़ी, पाससीना का शाल उपहार में क्यों लिया, जबकि राज्य के लाखों सरकारी कर्मचारियों को वेतन नहीं मिल रहा?
(6) अगर वह विधायक नहीं है, तो पूछिए कि जनसमस्याओं, अपराधीकरण और पुलिस-प्रशासनिक अनाचार के समय आप कहां थे? आपकी भूमिका क्या रही?
(7) आपके पास रांची (या जिस जगह में हों) और बिहार के विकास की मुकम्मल योजना क्या है?

सवाल अनेक हैं. पर छोटे और मामूली सवालों से ही आरंभ करें. अध्यापकों की तरह ही पीड़ित वर्ग मसलन छात्र, बंद कारखानों के मजदूर, डॉक्टर वगैरह अपने-अपने संगठनों के मंच पर बुला कर इन प्रत्याशियों से सवाल-जवाब करें. उनका अतीत-काम जानें. तब एक मतदाता के रूप में आपकी भूमिका सार्थक होगी. जब मतदाताओं की ओर से चुकाये जा रहे कर के हिसाब मांगे जायेंगे, सार्वजनिक कोष के उपयोग के सवाल उठेंगे, राज-काज की रीति-नीति पर प्रश्न पूछे जायेंगे, तो निश्चित मानिए लोकतंत्र का यह स्तर सुधरेगा. अगर चुनाव सिर्फ नेताओं का उत्सव और एकपक्षीय रहेगा, तो मतदाता दुःख भोगने के लिए अभिशप्त रहेंगे?

प्रभात खबर ने 1995 के चुनाव में ही जागरूकता अभियान आरंभ किया था

वाहन) को लेकर मैं खुद निकला था। मेरे साथ प्रसार विभाग के हेड सौभिक विश्वास (बाबूदा) भी थे। जमशेदपुर से हाता, राजनगर होते हुए चाईबासा गया था। इन दोनों जगहों पर नुक्कड़ सभा की गई थी। सिंहभूम लोकसभा क्षेत्र के अंतर्गत आने वाले चाईबासा, झींकपानी, हाटगम्हरिया, जगन्नाथपुर, नोवामुंडी क्षेत्रों में यह रथ गया था। हर जगह के स्थानीय प्रतिनिधियों ने काफी मेहनत की थी, लोगों को निर्धारित समय पर जमा किया था। उन ग्रामीण इलाकों में लोग जल्दी जमा भी नहीं होते, वहाँ भी पहली बार ऐसा कार्यक्रम हो रहा था। मतदाताओं को डर भी रहता था कि ऐसे कार्यक्रमों में जाने से कहीं बाहुबली प्रत्याशी नाराज न हो जाएँ।

प्रयास रंग लाया था, लोग आए थे बगैर डर के। प्रभात खबर ने लोगों के बीच जाकर सुदूर गाँवों में मतदाता जागरूकता अभियान चलाया था। इस दौरान लोगों से बात की कि आपका प्रत्याशी कैसा होना चाहिए, कैसे आप साफ-सुथरे, ईमानदार और जनता से जुड़े व्यक्ति को अपना सांसद चुने। ऐसी ही सभाएँ जमशेदपुर, घाटशिला, मुसाबनी, चाकुलिया, डुमरिया, गुड़ाबाँधा, बहरागोड़ा, धालभूमगढ़ में भी हुई थी। ये सभी ग्रामीण इलाके थे। मतदाताओं के पास पहली बार कोई टीम पहुँची थी। इन कार्यक्रमों में लोगों ने अपनी राय खुलकर रखी थी, चुनावी मुद्दे भी उठाए थे।

यहाँ इस बात का उल्लेख करना आवश्यक है कि प्रभात खबर का मतदाता जागरूकता अभियान रथ जिन क्षेत्रों में गया, जहाँ सभाएँ की, उनमें से अधिकांश क्षेत्र नक्सलबहुल था। इनमें से कई इलाके तो ऐसे होते थे जहाँ नक्सलियों ने चुनाव का बहिष्कार किया था, इसलिए प्रत्याशी भी चुनाव के दौरान नहीं जाते थे। जब प्रभात खबर का अभियान वहाँ पहुँचा तो आम लोगों ने अपनी समस्याएँ बताई। कई जगहों पर तो

जमशेदपुर में 1999 के चुनाव में प्रभात रथ कोल्हान के जंगलों में

तत्कालीन सांसदों के खिलाफ गुस्सा दिखाई दे रहा था। इस प्रकार प्रभात खबर जनता से सीधे जुड़ने का अभियान चलाता रहा। बाद के चुनाव में भी यही काम हुआ।

जो अभियान पहले जमशेदपुर और सिंहभूम में चलाया गया था, 2009 आते-आते पूरे झारखंड में ऐसा ही अभियान चला। उन दिनों प्रधान संपादक हरिवंशजी थे। वे खुद पटमदा, टुंडी जैसे नक्सल प्रभावित क्षेत्रों में गए। हजारों लोगों को संबोधित किया, कॉलेजों में सभाएँ की गई, मतदाताओं को बताया कि कैसे गलत जनप्रतिनिधि चुने जा रहे हैं और राज्य में कैसे भ्रष्टाचार बढ़ रहा है।

साकची, जमशेदपुर में 1999 में चुनाव परिणाम बताने के लिए बनाया गया स्टेज

2014 के चुनाव में प्रभात खबर ने बहुत बड़ी भूमिका अदा की थी। राज्य बने 14 साल हो गए थे, लेकिन कभी भी स्थायी सरकार नहीं बनी थी। इसका खामिजाया राज्य भुगत रहा था, इसलिए प्रभात खबर ने 2014 में बहुत बड़े पैमाने पर पूरे झारखंड में मतदाता जागरूकता अभियान चलाया ताकि जिसकी भी सरकार बने, स्थायी बने, राज्य का भला हो। इसके लिए राज्य के अधिकांश कॉलेजों में, संस्थाओं में जाकर मतदाताओं को वोट देने और सही प्रत्याशी चुनने का अभियान चलाया गया। इसका असर भी दिखा, वोट प्रतिशत में बढ़ोतरी हुई। इसके लिए प्रभात खबर ने एक बड़ा रथ तैयार किया था, जिसमें राज्य के 14 साल के हालात को दर्शाया गया था। इस रथ को झारखंड के सभी विधानसभा क्षेत्रों में घुमाया गया और लोगों को जागरूक किया गया। ऐसा नहीं है कि प्रभात खबर का कार्यक्रम सिर्फ शहरी इलाकों में हुआ। गाँवों और पंचायतों में भी प्रभात खबर का वाहन पहुँचा, वहाँ सभाएँ भी की गई। इस अभियान का नाम था 'आओ हालात बदले'। यह रथ झारखंड में 47 दिनों तक घुमा, 81 विधानसभा क्षेत्रों में गया, 536 कार्यक्रम हुए, कुल 7449 किलोमीटर की इस

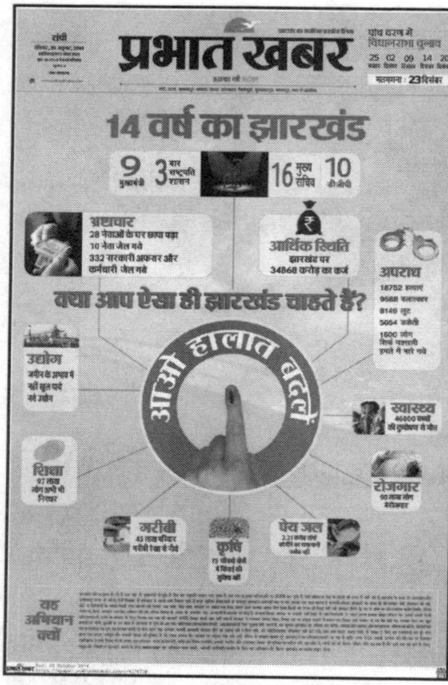

2014 में आओ हालात बदले अभियान आरंभ किया गया

पूरे झारखंड में प्रभात खबर ने मतदाताओं को जागरूक करने के लिए दौड़ का आयोजन किया

रथ ने यात्रा की और राज्य के 1.3 करोड़ लोगों तक अपना संदेश पहुंचाया। इतना बड़ा अभियान था यह।

इस अभियान को सशक्त करने के लिए प्रभात खबर ने हर जिला में एक साथ दौड़ का आयोजन किया। प्रभात खबर के आमंत्रण पर भारत के पूर्व मुख्य चुनाव आयुक्त एसवाइ कुरैशी राँची आए थे और इस अभियान का विधिवत उद्घाटन किया था। शायद पूरे देश में किसी मीडिया हाऊस द्वारा चुनाव जागरूकता के लिए पहली बार गाँव-गाँव जाकर इस प्रकार का अभियान चलाया गया था। चुनाव परिणाम जब सामने आया तब पता चला कि इस अभियान का कितना गहरा असर पड़ा था। झारखंड में पहली

प्रभात खबर का आओ हालात बदले रथ, जिसे पूरे झारखंड में घुमाया गया था

बार स्थायी सरकार बनी थी, अनेक दिग्गज चुनाव हार गए थे। इससे स्पष्ट हो गया था कि हालात के लिए झारखंड के मतदाता उन दिग्गजों को ही दोषी मान रहे थे। 2019 और 2025 के चुनाव में भी प्रभात खबर ने अभियान चलाए, लेकिन यह अभियान मतदान का प्रतिशत बढ़ाने, चुनाव में भाग लेने से जुड़े थे।

प्रभात खबर ने चुनाव को साफ-सुथरा बनाने का भी प्रयास किया। जब यह बात सामने आई कि कुछ अखबार प्रत्याशी को सहयोग करने के लिए पैसे लेकर खबरें छाप रहे हैं तो इसके खिलाफ भी अभियान चलाना पड़ा। पेड न्यूज के खिलाफ आवाज उठाई। यह भी तय किया कि प्रभात खबर में हर प्रत्याशी की खबर छपेगी, चाहे वह निर्दलीय या कमजोर प्रत्याशी क्यों न हो। मीडिया में होता यह है कि कमजोर प्रत्याशी, विज्ञापन नहीं देने वाले प्रत्याशी की खबर नहीं के बराबर छपती है। प्रभात खबर ने अखबार में यह विज्ञापन तक प्रकाशित किया कि अगर कहीं से भी किसी भी प्रत्याशी को लगे कि उसके साथ न्याय नहीं किया जा रहा है, निष्पक्षता नहीं बरती जा रही है या कोई शिकायत है तो सीधे स्थानीय संपादक, वरिष्ठ संपादक, कारपोरेट संपादक के पास सप्रमाण शिकायत करें। चुनाव के दौरान खबरों की निष्पक्षता की जाँच के लिए संस्करणों में निष्पक्ष कमेटी बना दी गई।

यह भी तय किया कि प्रभात खबर में जो भी विज्ञापन होंगे, वे साफ-साफ दिखें कि विज्ञापन हैं। मीडिया में यह होने लगा है कि विज्ञापनों को इस तरह छापा जा रहा है ताकि मतदाता उसे खबर समझें। प्रभात खबर ने विज्ञापन के रूप में बनी चुनाव खबर में साफ-साफ लिखना शुरू किया कि यह विज्ञापन है ताकि किसी को कोई दुविधा न रहे। प्रभात खबर के ऐसे प्रयासों को काफी सराहा गया व उसके ऐसे प्रयासों का दूसरे अखबारों पर भी असर पड़ा और पेड न्यूज पर अंकुश लगा।

□

हमारी आचार संहिता

पत्रकारिता और पत्रकारों पर सवाल पहले भी उठे हैं, आज भी उठ रहे हैं और आगे भी उठेंगे। पैसे लेकर खबर लिखने, खबरों में पक्षपात करने, शिकायत करने पर उस पर ध्यान नहीं देने और विज्ञापन के दबाव में खबरों को गढ़ने जैसे गंभीर आरोप भी लगते रहे हैं। पेड न्यूज का मामला तो और भी संगीन है, चुनाव के दौरान तो इसकी काफी चर्चा होती है। इनको लेकर पहले भी कई बड़े अखबारों को प्रेस काउंसिल ने नोटिस जारी किए हैं, उनकी आलोचना भी की है। प्रभात खबर वह अखबार है, जिसने सबसे पहले पेड न्यूज के खिलाफ अभियान चलाया, चुनाव के पहले अपनी आचार संहिता जारी की, इसे अखबार में छापकर सार्वजनिक किया, पाठकों के लिए अखबार में छापकर घोषणा कर दी कि अगर प्रभात खबर के पत्रकारों के खिलाफ कोई शिकायत आपको है तो सप्रमाण उसे बताएँ, हम काररवाई करेंगे। तीस साल पहले तो कोई सोच भी नहीं सकता कि कोई अखबार इस संबंध में सार्वजनिक सूचना भी छाप सकता है।

प्रभात खबर ऐसे ही विश्वसनीय अखबार नहीं बना। इसके लिए गंभीर प्रयास किए गए। 1992 में ही प्रभात खबर ने अखबार में 'विश्वसनीयता की कसौटी' शीर्षक से सार्वजनिक सूचना छापी थी। इसमें पाठकों और लेखकों से निवेदन किया गया था। इस सूचना के माध्यम से प्रभात खबर ने पाठकों से आहवान किया था कि अगर उन्हें लगता है कि रिपोर्ट में कहीं कोई गड़बड़ी है, कोई पत्रकार गड़बड़ी कर रहा है तो इसकी सूचना तुरंत अखबार को दें, काररवाई होगी। यहाँ 1992 में छपी उस सूचना को प्रकाशित किया जा रहा है।

विश्वसनीयता की कसौटी

पाठकों-लेखकों से, वह पत्रकारिता, जो समाज को संकट से उबारने में युग- धर्म की भूमिका का निर्वाह कर सके, तभी विकसित हो सकती है, जब समाज के नैतिक कर्णधार इस विधा की आचार संहिता विकसित होने दें। जब पाठकों, लेखकों, नेताओं, समाज

सुधारकों, राजनीतिक कार्यकर्ताओं, जागरूक नौकरशाहों का समान सहयोग मिले, तभी पत्रकार एक सर्वस्वीकृत, आचार संहिता विकसित कर सकते हैं। आमतौर पर बिहार (तब बिहार का बँटवारा नहीं हुआ था) में यह स्थिति है कि भ्रष्टाचार के जिस उदगम स्त्रोत पर पत्रकार हाथ डालें, तत्काल भ्रष्टाचार के अनगिनत स्त्रोत हाथ लगते हैं, भ्रष्टाचार में लिप्त लोग दो दलीलें देते हैं—

(1) यह पूर्वग्रह से प्रेरित है।

या

(2) आपका पत्रकार अमुक के इशारे पर ऐसा कर रहा है। ऐसे लोगों के पास न तीसरा जवाब होता है और न अपने भ्रष्टाचार को गलत साबित करने का एक भी तर्क। प्रभात खबर ने पाठकों-पत्रकारों-लेखकों के बीच विश्वसनीय संवाद कायम करने के लिए निम्न मापदंड स्थापित किए हैं, पर इनकी सफलता पाठकों के सक्रिय सहयोग पर ही निर्भर है।

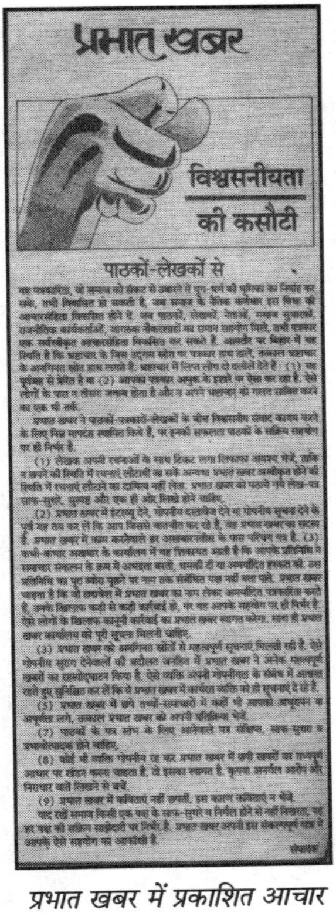
प्रभात खबर

विश्वसनीयता की कसौटी

पाठकों-लेखकों से

प्रभात खबर में प्रकाशित आचार संहिता की पहली झलक

(1) लेखक अपनी रचनाओं के साथ टिकट लगा लिफाफा अवश्य भेजें ताकि न छपने की स्थिति में रचनाएँ लौटाई जा सकें, अन्यथा प्रभात खबर अस्वीकृत होने की स्थिति में रचनाएँ लौटाने का दायित्व नहीं लेता। प्रभात खबर को भेजे गए लेख-पत्र, साफ-सुथरे, सुस्पष्ट और एक ही ओर लिखे होने चाहिए।

(2) प्रभात खबर में साक्षात्कार देने, गोपनीय दस्तावेज देने या गोपनीय सूचना देने के पूर्व यह तय कर लें कि आप जिससे बातचीत कर रहे हैं, वह प्रभात खबर का सदस्य है, प्रभात खबर में काम करने वाले हर अखबार नवीस के पास परिचय पत्र है।

(3) कभी-कभार अखबार के कार्यालय में यह शिकायत आती है कि आपके प्रतिनिधि ने समाचार संकलन के क्रम में अभद्रता बरती, धमकी दी या अमर्यादित हरकत की। उस प्रतिनिधि का पूरा ब्योरा पूछने पर नाम तक संबंधित पक्ष नहीं बता पातें। प्रभात खबर चाहता है कि जो छद्मवेश में प्रभात

खबर का नाम लेकर अमर्यादित पत्रकारिता करते हैं, उनके खिलाफ कड़ी-से-कड़ी काररवाई हो पर यह आपके सहयोग पर ही निर्भर है। ऐसे लोगों के खिलाफ कानूनी काररवाई का प्रभात खबर स्वागत करेगा, साथ ही प्रभात खबर कार्यालय को पूरी सूचना मिलनी चाहिए।

(4) प्रभात खबर को अनगिनत स्त्रोतों से महत्त्वपूर्ण सूचनाएँ मिलती रही हैं। ऐसे गोपनीय सुराग देने वालों की बदौलत जनहित में प्रभात खबर ने अनेक महत्त्वपूर्ण खबरों का रहस्योदघाटन किया है। ऐसे व्यक्ति अपनी गोपनीयता के संबंध में आश्वस्त रहते हुए सुनिश्चित कर लें कि वे प्रभात खबर में कार्यरत व्यक्ति को ही सूचनाएँ दे रहे हैं।

(5) प्रभात खबर में छपे तथ्यों-समाचारों में कहीं भी आपको अधूरापन या अपूर्णता लगे, तत्काल प्रभात खबर को अपनी प्रतिक्रिया भेजें।

(6) पाठकों के पत्र, स्तंभ के लिए आने वाले पत्र संक्षिप्त, साफ-सुथरे व प्रभावोत्पादक होने चाहिए।

(7) कोई भी व्यक्ति गोपनीय रहकर प्रभात खबर में छपी खबरों का तथ्यपूर्ण आधार पर खंडन करना चाहता है, तो उसका स्वागत है। कृपया अनर्गल आरोप और निराधार बातें लिखने से बचें।

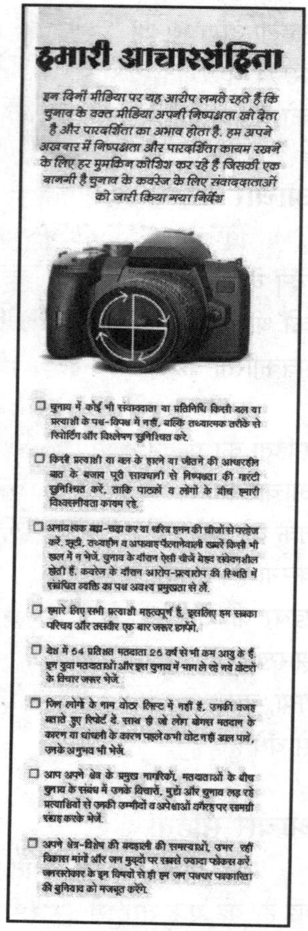

हमारी आचारसंहिता

इन दिनों मीडिया पर यह आरोप लगते रहते हैं कि चुनाव के वक्त मीडिया अपनी निष्पक्षता खो देता है और पारदर्शिता का अभाव होता है. हम अपने अखबार में निष्पक्षता और पारदर्शिता कायम रखने के लिए हर मुमकिन कोशिश कर रहे हैं जिसकी एक बानगी है चुनाव के कवरेज के लिए संवाददाताओं को जारी किया गया निर्देश

- चुनाव में कोई भी संवाददाता या प्रतिनिधि किसी दल या प्रत्याशी के पक्ष-विपक्ष में नहीं, बल्कि तथ्यात्मक तरीके से रिपोर्टिंग और विश्लेषण सुनिश्चित करे.
- किसी प्रत्याशी या दल के हारने या जीतने की आधारहीन बात के बजाय पूरी सावधानी से निष्पक्षता की गारंटी सुनिश्चित करें, ताकि पाठकों व लोगों के बीच हमारी विश्वसनीयता कायम रहे.
- अनावश्यक बढ़ा-चढ़ा कर या चरित्र हनन की चीजों से परहेज करें. झूठी, तथ्यहीन व अफवाह फैलानेवाली खबरें किसी भी हाल में न भेजें. चुनाव के दौरान ऐसी चीजें बेहद संवेदनशील होती हैं. कवरेज के दौरान आरोप-प्रत्यारोप की स्थिति में संबंधित व्यक्ति का पक्ष अवश्य प्रमुखता से लें.
- हमारे लिए सभी प्रत्याशी महत्वपूर्ण हैं, इसलिए हम सबका परिचय और तसवीर एक बार जरूर छापेंगे.
- देश में 54 प्रतिशत मतदाता 25 वर्ष से भी कम आयु के हैं. इन युवा मतदाताओं और इस चुनाव में भाग ले रहे नये वोटरों के विचार जरूर भेजें.
- जिन लोगों के नाम वोटर लिस्ट में नहीं हैं, उनकी वजह बताते हुए रिपोर्ट दें. साथ ही जो लोग बोगस मतदान के कारण या धांधली के कारण पहले कभी वोट नहीं डाल पाये, उनके अनुभव भी भेजें.
- आप अपने क्षेत्र के प्रमुख नागरिकों, मतदाताओं के बीच चुनाव के संबंध में उनके विचारों, मुद्दों और चुनाव लड़ रहे प्रत्याशियों से उनकी उम्मीदों व अपेक्षाओं वगैरह पर सामग्री संग्रह करके भेजें.
- अपने क्षेत्र-विशेष की बदहाली की समस्याओं, उभर रही विकास मांगों और जन मुद्दों पर सबसे ज्यादा फोकस करें. सरोकार के इन विषयों से ही हम जन पक्षधर पत्रकारिता की बुनियाद को मजबूत करेंगे.

चुनाव कवरेज के लिए प्रभात खबर के संवाददाताओं के लिए आचार संहिता

(8) प्रभात खबर में कविताएँ नहीं छपतीं, इस कारण कविताएँ न भेजें। याद रखें समाज किसी एक पक्ष के साफ-सुथरे व निर्मल होने से नहीं निखरता, यह हर पक्ष की सक्रिय साझेदारी पर निर्भर है। प्रभात खबर अपनी इस संकल्पपूर्ण यात्रा में आपके ऐसे सहयोग का आकाँक्षी है—संपादक

अखबार की विश्वसनीयता बनाए रखने और लेखकों-पाठकों से पारदर्शिता बनाए

रखने के लिए प्रभात खबर द्वारा उठाए गए अनेक कदमों में यह एक है। इतनी हिम्मत तो शायद ही कोई अखबार कर सके, 1992 में ऐसा करने वाला प्रभात खबर संभवतः पहला अखबार था। सिर्फ एक सूचना ही नहीं छापी बल्कि इसे अमल में भी लाया गया। 1994 में प्रभात खबर ने अखबार में अपने राँची के पत्रकारों के नाम छापे और पाठकों को बताया कि ये पत्रकार प्रभात खबर में समाचार संकलन के लिए अधिकृत हैं।

आचार संहिता सार्वजनिक की

14 अगस्त, 2009 को जब प्रभात खबर अपनी 25वीं वर्षगाँठ मना रहा था, उस दिन के अखबार में प्रभात खबर ने लिखित तौर पर अपनी आचार संहिता की घोषणा की थी। उस दिन पूरे पृष्ठ पर आचार संहिता के अलावा भारतीय प्रेस परिषद् द्वारा जारी पत्रकारिता के आचरण के मानक को प्रकाशित किया था।

इसके छापने का अर्थ यह था कि प्रभात खबर के पत्रकार कैसे अपनी आचार संहिता का पालन करते हैं, यह बाध्यता है, स्व-अनुशासन का यह एक उदाहरण है। इस आचार संहिता में निष्पक्ष रिपोर्टिंग से लेकर पत्रकारों के निजी आचरण व पेशेवर आचरण तक की चर्चा की गई है, यह बताया गया है कि प्रभात खबर के पत्रकारों को कैसे व्यवहार करना है। इसका कड़ाई से पालन भी किया गया। अनेक ऐसे उदाहरण हैं, जहाँ प्रभात खबर की आचार संहिता का उल्लंघन करने वालों के खिलाफ कड़ी काररवाई की गई। झारखंड में एक-दो ऐसे मामले सामने आए जहाँ जाँच के बाद पत्रकार को दोषी पाया गया, उनके खिलाफ काररवाई की गई। पढ़िए कैसे प्रभात खबर के पत्रकार आचार संहिता से बँधे हुए हैं।

आचार संहिता

यह आचार संहिता प्रभात खबर के सभी संपादकीय सहयोगियों के लिए तैयार की गई है, यह एक तरह से हमारे पेशेवर व निजी (सामान्य) आचरण की निर्देशिका है। यह सिर्फ हमारी मान्यताओं और आदर्शों का पुलिंदा भर नहीं है, बल्कि इन मूल्यों को हमें अपने व्यवहार-आचरण में अमल में लाना है। इसका उल्लंघन अनुशासनिक काररवाई के लिए बाध्य कर सकता है। इस आचार संहिता के केंद्र में जो बातें हैं, उनमें प्रभात खबर की गुणवत्ता व इसकी सेवाओं के कारण अलग पहचान सबसे महत्त्वपूर्ण हैं। हम व्यावसायिक ईमानदारी और प्रकाशन की स्वतंत्रता के मूल्य को समझें, समाचार और सूचना के जिस कारोबार से हम जुड़े हैं, उसके प्रति पाठकों का विश्वास कायम रखें, हम उन्हें सच बता सकें, यह हमारे पेशेवर मूल्य होंगे।

अगर हम पाठकों को जिस किसी भी वजह से सच नहीं बताते हैं, तो साफ समझिए

कि हम प्रभात खबर के भविष्य के साथ खिलवाड़ कर रहे हैं। सच बताने के लिए हमें ध्यान रखना होगा।

···हमारी खबरों के तथ्य विशुद्ध (एक्योरेट) हों और साफ ढंग से दर्शाए गए हों।

···हमारे विश्लेषणों में सर्वोत्तम स्वतंत्र निर्णय झलके, न कि इन पर हमारे सूत्रों (सोर्स), सूचना देने वाले लोगों या विज्ञापनदाताओं की पसंद व प्राथमिकताओं की छाप हो।

···हमारे विचार सिर्फ संपादकीय दर्शन (एडिटोरियल फिलासफी) पर आधारित हों।

···हमारे किसी भी पत्रकारीय काम में कोई अदृश्य एजेंडा नहीं होना चाहिए।

यह ध्यान रहे कि हमारा काम ऐसा हो, जिसका प्रभाव दूसरे के काम, उसके जीवन और भविष्य पर सकारात्मक पड़ना चाहिए, यह हमारा विशेष दायित्व है। इस मान्यता के पीछे स्पष्ट सोच यह है कि कंपनी के विकास व उसके हितों की रक्षा के लिए हममें से हर एक की जिम्मेदारी सुनिश्चित हो। प्रभात खबर का हर कर्मचारी एक विश्वसनीय पद पर है, प्रभात खबर में किसी भी पद का दायित्व सँभालने का सीधा अर्थ है कि हम इसकी नीतियों और कानूनी, नैतिक, पेशागत कार्य व्यापार की व्यक्तिगत जवाबदेही स्वीकार कर रहे हैं, इनमें वैध, नैतिक कार्य करने के साथ ही अपने साथियों-सहयोगियों के प्रति उचित व्यवहार भी शामिल है।

यह सभी को स्पष्ट हो जाना चाहिए कि कोई भी व्यावसायिक निर्णय सामूहिक निर्णय माना जाएगा, यह किसी एक कर्मचारी या विभाग का ही कार्यक्षेत्र नहीं माना जाएगा। सीधे शब्दों में कहें तो हमारी यह जिम्मेदारी होगी कि कोई भी फैसला अपने व्यावसायिक हितों को ध्यान में रखकर लें, किसी भी व्यावसायिक सवाल का वस्तुपरक और वास्तविक जवाब हमारे पास हो और इसका दीर्घकालिक सर्वोत्तम परिणाम निकले।

संपादक संस्थान में आधिकारिक स्थिति में होते हैं, इसलिए उन्हें अपने सहयोगियों या संस्थान के दूसरे कर्मचारियों के लिए आदर्श पेश करने वाली भूमिका में होना चाहिए। संपादक के नेतृत्व की जिम्मेदारी की अहम बात यह होनी चाहिए कि साथियों-सहयोगियों, दूसरे कर्मचारियों और पाठकों से पेश आते समय उच्च आदर्श प्रस्तुत करें। संपादक अस्पष्ट या बिना किसी स्वीकृत आदेश के कोई काम न करें, जिससे प्रभात खबर की प्रतिष्ठा या व्यवसाय को नुकसान पहुँचता हो। अपने कार्यक्षेत्र में कोई भी फैसला सोच-समझ कर ही करें। संपादक यही आदत अपने सहयोगियों में भी डालें, ताकि संस्थान के सिद्धांतों के अनुरूप बेहतर नीतिपरक निर्णय लेने में वे भी सक्षम हों।

संपादकों को अपने सहयोगियों के बीच यह संदेश स्पष्ट तौर पर पहुँचाना चाहिए कि कंपनी उनसे किस तरह के नैतिक आचरण की अपेक्षा करती है। इन दिशानिर्देशों

को समझने के लिए सहयोगियों को निजी तौर पर मदद का दायित्व भी संपादकों का है। नेतृत्व में यह भी शामिल है कि वे काम का माहौल बनाएँ, जिससे कर्मचारी उत्साहित हों, अपने काम के प्रति चिंता करें, कोई प्रतिकूल स्थिति पैदा होने पर वे सलाह या मदद लेने से न हिचकें। हालाँकि इसके अलावा भी बहुत सारे क्षेत्र होंगे, जिनका उल्लेख यहाँ नहीं हो पाया है, पर वे हमारी नैतिक आचार संहिता के दायरे में आते हैं। इन्हें सिर्फ इतने से समझ लेना चाहिए कि वैसा कोई भी आचरण, जो संस्थान, अखबार या इससे संबद्ध व्यक्ति या विभाग के विरुद्ध अनैतिक रूप से होगा, वह इस पत्रकारिता संबंधी आचार संहिता का उल्लंघन माना जाएगा।

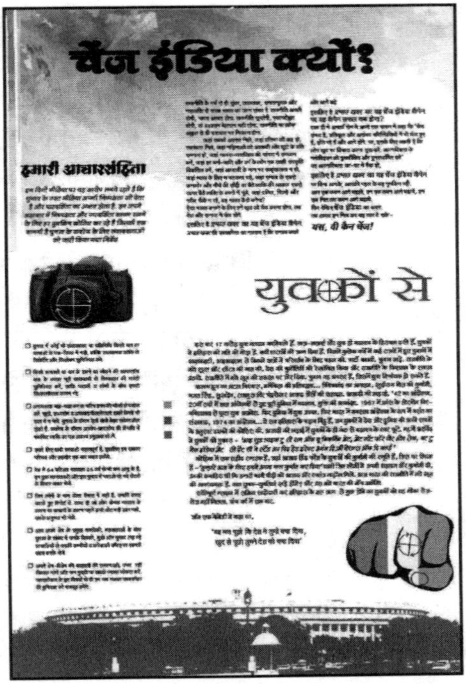

2009 के चुनाव में प्रभात खबर द्वारा चलाया गया चेंज इंडिया मुहिम का परचा

निजी आचरण

प्रभात खबर के पत्रकार भिन्न व्यक्तित्व के दिखें, इसके लिए सामान्य (व्यक्तिगत) आचार संहिता का पालन आवश्यक है। इसका पालन सभी को सुनिश्चित करना होगा। आचार संहिता में निम्न चीजें होंगी—

1. प्रभात खबर का संवाददाता स्टेशनरी आइटम (पेन, डायरी, राइटिंग पैड वगैरह) को छोड़कर कोई गिफ्ट नहीं लेगा।
2. वह किसी प्रायोजित कार्यक्रम (प्रेस कॉन्फ्रेंस, सेमिनार) में खाने की भगदड़ में शाहतल नहीं होगा, कोई आग्रह करे, रोके तो विनम्रता से आयोजकों को कह कर, अपना काम बताकर प्रेस कॉन्फ्रेंस या कार्यक्रम के बाद लौट आएगा।
3. किसी भी सार्वजनिक स्थान में/ पार्टी में/ संवाददाता सम्मेलन/ सेमिनार में शराब–नशा वर्जित है।
4. संवाददाता सम्मेलन में एक ही रिपोर्टर जाएगा, आयोजक के आग्रह या प्रेस

कॉन्फ्रेंस की प्रकृति के हिसाब से एक फोटोग्राफर भी जा सकता है।

5. प्रभात खबर का संवाददाता, पत्रकार, स्ट्रिंगर किसी से भी विनम्रता और शालीनता से पेश आएगा। उसके व्यवहार और आचरण में कहीं कोई अहंकार या बड़बोलापन नहीं होगा।
6. प्रभात खबर से जुड़ा कोई भी व्यक्ति ठेका दिलाने, ट्रांसफर कराने, सरकारी काम को प्रभावित करने, अखबार से जुड़े होने के कारण दूसरे को तंग करने में किसी कीमत पर संलग्न नहीं होना चाहिए।
7. निजी (संस्थान नहीं) लाभ के लिए अखबार के नाम का इस्तेमाल कोई भी पत्रकार नहीं करेगा।
8. प्रभात खबर का कोई भी व्यक्ति किसी संगठन से जुड़ कर चंदा उगाहने, फेवर लेने जैसे कामों में शरीक नहीं होना चाहिए।
9. ड्यूटी के दौरान कार्यस्थल पर या कार्यालय परिसर में कोई भी व्यक्ति शराब, खैनी, बीड़ी-सिगरेट, गुटखा या पान जैसी चीजों का सेवन नहीं करेगा।
10. किसी का फोन दफ्तर में आए तो शालीनता से बात करें।

पेशेवर आचरण

1. एक पत्रकार के रूप में विश्लेषण या खबर में हम जो निर्णय देते हैं, वह हितों के टकराव से मुक्त हो। कोशिश यह हो कि इस पर कोई विवाद खड़ा ही न हो, मसलन आप किसी कंपनी, संस्थान, प्रतिष्ठान या व्यक्ति के बारे में न कोई खबर लिखें और न संपादित करें, जिसका संबंध आप से या आपके किसी परिजन से हो। मसलन किसी कॉलेज के बारे में कोई खबर बनती हो और उसमें आपके परिवार का कोई सदस्य काम करता हो तो यह खबर न खुद लिखें और न स्वयं संपादित करें। बेहतर यह हो कि उस खबर पर दूसरे लोग काम करें, जिनका संबंध उक्त कॉलेज से न हो।
2. स्रोत आपके लिए महत्त्वपूर्ण है, पर किसी खबर के तथ्यों के सत्यापन के लिए आप अपनी तैयार अप्रकाशित कहानी कतई उस स्रोत को न दें, आप प्रासंगिक सवाल बनाकर उसका जवाब ईमेल या अन्य साधनों के जरिए हासिल कर लें। अगर सत्यापित करने वाला स्रोत अपनी पहचान उजागर करना नहीं चाहता है तो उसे कोट न करें, पर इस बारे में प्रधान संपादक, कार्यकारी संपादक से अवश्य पूछ लें। स्रोत की पहचान जानने का अधिकार संपादक को होगा। आप कहानी आइडिया, प्लानिंग, कार्यालय

के कागजात, बातचीत या निर्णय के बारे में बाहर के किसी भी व्यक्ति को न बताएँ। यह आचार संहिता का उल्लंघन माना जाएगा।

3. दफ्तर की साफ-सफाई, फाइलिंग, कंप्यूटर की सफाई, रखरखाव हर एक की जवाबदेही है, इसका पालन न करना पेशेवर आचार संहिता का उल्लंघन माना जाएगा।

इसी दिन प्रभात खबर ने भारतीय प्रेस परिषद् द्वारा पत्रकारों के लिए जारी आचार संहिता को भी पाठकों-पत्रकारों के लिए प्रकाशित किया ताकि एक-एक पाठक को इसकी जानकारी रहे, पढ़िए इस आचार संहिता को भारतीय प्रेस परिषद् द्वारा जारी—

पत्रकारिता के आचरण के मानक

1. यथार्थता और निष्पक्षता

सप्रेस, गलत, निराधार, अशिष्ट, भ्रामक या विकृत सामग्री का प्रकाशन नहीं करेगा, मूल मुद्दे या विषय के सभी पक्षों को प्रस्तुत किया जाए, बेजा अफवाहों तथा अटकलों को तथ्यों के रूप में प्रस्तुत न किया जाए।

2. प्रकाशनपूर्व सत्यापन

जनहित तथा लाभ की कोई रिपोर्ट अथवा लेख प्राप्त होने पर, जिसमें किसी नागरिक के विरुद्ध आक्षेप अथवा टीका हो, संपादक को चाहिए कि यथेष्ट ध्यान तथा सावधानी के साथ उसकी तथ्यात्मक, यथ्यात्मक, यथार्थता की जाँच अन्य प्रामाणिक स्त्रोतों के अतिरिक्त, संबंधित व्यक्ति तथा संगठन से भी कर लें और उसका विवरण, टीका अथवा प्रतिक्रिया प्राप्त करके, जहाँ आवश्यक हो, उचित संशोधनों के साथ रिपोर्ट में उसे भी प्रकाशित कर दें। प्रतिक्रिया के अभाव में इस आशय की बात टिप्पणी रिपोर्ट के साथ दे दी जाए। परीक्षाओं के रद्द किए जाने या प्रत्याशियों द्वारा चुनाव से अपना नाम वापस लिए जाने आदि से संबंधित समाचार यथेष्ट सत्यापन और जाँच के बिना प्रकाशित न किए जाएँ। जो प्रलेख किसी समाचार रिपोर्ट का आधार हो, उसे कम-से-कम छह माह तक सुरक्षित रखा जाए।

3. मानहानिकारक लेखों के प्रति सावधानी

समाचार-पत्र को ऐसी कोई बात प्रकाशित नहीं करनी चाहिए जो किसी व्यक्ति या संगठन के प्रति स्पष्ट रूप से मानहानिकारक अथवा अपमानजनक हो, जब तक कि उचित सावधानी तथा जाँच के बाद उनके पास यह मानने के लिए पर्याप्त आधार न

हो कि वह सच्ची है और उसका प्रकाशन जनता के हित में होगा। किसी निजी नागरिक के विरुद्ध अपमानजनक, भद्दी तथा मानहानिकारक सामग्री छापने के लिए, यदि कोई जनहित निहित न हो तो, सच्चाई को आधार नहीं बनाया जा सकता। सर्वजन हित में विरले मामलों को छोड़कर किसी मृत व्यक्ति के विरुद्ध कोई ऐसी निजी टिप्पणी प्रकाशित न की जाए, जिसे अपमानजनक समझा या माना जा सके क्योंकि मृत व्यक्ति के लिए उस टिप्पणी का खंडन करना या उससे इनकार करना संभव नहीं होगा।

प्रेस का यह कर्त्तव्य, विवेक तथा अधिकार है कि संदिग्ध पूर्व वृत्त वाले और शंकास्पद चरित्र वाले नागरिकों की ओर पाठकों का ध्यान खींचकर जनहित की सेवा करे किंतु उत्तरदायी पत्रकारों के रूप में उन्हें उन व्यक्तियों के लिए धोखेबाज या हत्यारे आदि शब्दों का प्रयोग करते समय यथेष्ट संयम तथा सावधानी बरतनी चाहिए। मूलभूत सिद्धांत यह है कि किसी व्यक्ति के दोष को आरोपित तथ्यों के प्रमाण द्वारा सिद्ध किया जाए न कि अभियुक्त के दुश्चरित्र के प्रमाण द्वारा उदघाटित करने के अपने जोश में प्रेस को नैतिक सावधानी तथा निष्पक्ष टीका की सीमाओं का उल्लंघन नहीं करना चाहिए।

प्रेस किसी व्यक्ति के नए कृत्य के संदर्भ में कटु टिप्पणी करने के लिए उस नागरिक के पहले के आपत्तिजनक व्यवहार को आधार नहीं बनाएगा, यदि जनता के लिए वह संदर्भ अपेक्षित हो तो प्रेस को संबंधित अधिकारियों से प्रकाशन पूर्व पूछताछ कर लेनी चाहिए कि उन आपत्तिजनक कृत्यों के बारे में क्या अनुवर्ती काररवाई की गई। यदि आक्षेपित प्रकाशन स्पष्ट रूप से शिकायतकर्ता की प्रतिष्ठा को क्षति पहुँचाने वाले हो तो यह सिद्ध करने का भार प्रतिवादी पर होगा कि वे सच्चे हैं या वह टिप्पणी सदाशयता के साथ तथा जनता की भलाई के लिए की गई है।

समाचार-पत्र किसी व्यक्ति या निकाय को बदनाम करने के लिए इस आधार पर अपने बचाव अथवा छूट के लिए विशेषाधिकार या लाइसेंस का दावा नहीं कर सकते कि वह मद व्यंग्य के रूप में गपशप, पैरोडी आदि विशेष स्तंभों के अंतर्गत प्रकाशित की गई है।

किसी एक समाचार-पत्र द्वारा कोई मानहानिकारक समाचार प्रकाशित कर दिए जाने से अन्य समाचार-पत्रों को उसी के आधार पर समाचार सूचना प्रकाशित करने का लाइसेंस नहीं मिल जाता। ऐसी असंबद्ध, अनावश्यक और असंगत बातों को शामिल न किया जाए, जिनसे किसी व्यक्ति या संगठन के बदनाम होने की सभावना हो।

4. भूल सुधार

यदि किसी तथ्यात्मक भूल या गलती का पता चले अथवा उसकी पुष्टि हो जाए तो समाचार-पत्र को तत्परतापूर्वक उसका सुधार यथोचित प्रमुखता के साथ प्रकाशित

करना चाहिए और यदि गंभीर चूक हुई हो तो क्षमा याचना या खेद की अभिव्यक्ति भी करनी चाहिए।

5. सांप्रदायिक विवादों/संघर्षों के समाचार

2 विशेष
प्रभात खबर
हमारी मान्यताएं
पाठकों से
आचारसंहिता
भारतीय प्रेस परिषद
द्वारा जारी
पत्रकारिता के आचरण के मानक

प्रभात खबर और प्रेस परिषद की आचार संहिता का उल्लेख करता खास पेज

सांप्रदायिक या धार्मिक विवादों/संघर्षों से संबंधित समाचारों, विचारों अथवा टीकाओं का प्रकाशन तथ्यों के यथोचित सत्यापन के बाद किया जाएगा और उचित सावधानी तथा संयम के साथ उन्हें इस प्रकार प्रस्तुत किया जाएगा कि सांप्रदायिक सामंजस्य, मैत्री तथा शांति के अनुकूल वातावरण बनाने में सहायता मिले। सनसनीखेज, भड़काने वाले तथा भयप्रद शीर्षक न दिए जाएँ। सांप्रदायिक हिंसा तथा बर्बरता की घटनाओं को इस प्रकार प्रस्तुत किया जाएगा कि राज्य के कानून तथा व्यवस्था तंत्र में लोगों का भरोसा कम न हो, सांप्रदायिक दंगों में पीड़ितों के समुदायवार आँकड़े नहीं दिए जाएँगे और न ही घटना के बारे में इस प्रकार लिखा जाएगा, जिससे भावनाओं के भड़कने, तनाव के बढ़ने या संबंधित सांप्रदायिक/धार्मिक समूहों के बीच मनोमालिन्य बढ़ने की संभावना हो अथवा जिससे परेशानी बढ़ सकती हो।

पत्रकारों तथा स्तंभकारों का अपने देश के प्रति एक अति विशिष्ट उत्तरदायित्व है कि सांप्रदायिक शांति और सद्भाव को प्रोत्साहित करें। उनके लेख केवल उनके अपने विचारों की अभिव्यक्ति नहीं होते, बल्कि सामान्य समाज के चिंतन तथा भावनाओं को निरूपित करने में भी बहुत मदद करते हैं। अत: यह अत्यंत महत्त्वपूर्ण है कि वे अपनी लेखनी का प्रयोग सतर्कता और संयम के साथ करें।

ऐसी परिस्थितियों में (गुजरात हत्याकांड/संकट) मीडिया की भूमिका संधिकर्ता की होनी चाहिए, न कि उकसाने वाले की, परेशानी कम करने वाले की होनी चाहिए न कि

परेशानी बढ़ाने वाले की। मीडिया को गुजरात में वर्तमान संकट में लोगों के बीच शांति और सौहार्द्र को बढ़ावा देने की अपनी महत्त्वपूर्ण भूमिका अदा करनी चाहिए। इसमें प्रत्यक्ष अथवा अप्रत्यक्ष रूप से बाधा डालने का कोई भी प्रयास समाज विरोधी कार्य होगा। मीडिया पर कहीं अधिक नैतिक जिम्मेदारी है कि वे स्वतंत्रता के पहले के दिनों में उनके द्वारा जो महान् भूमिका निभाई गई, उसे याद करते हुए सभी स्तरों पर राष्ट्रीय एकता व सांप्रदायिक सद्भावना का निर्माण करे।

चिरकालिक कल के इतिहास के रूप में मीडिया का यह कर्त्तव्य है कि वह सरल, बिना काँट-छाँट किए, तथ्यों को भविष्य के लिए रिकार्ड करें, घटनाओं का विश्लेषण और उन पर राय देना बिल्कुल अलग है। दोनों को बिल्कुल अलग-अलग रखा जाना चाहिए। संकट के समय, समुचित सावधानी एवं संयम बरतते हुए सीधे-साधे तरीके से रखे गए तथ्यों पर लोकतंत्र में आवश्यक रूप से आपत्ति नहीं की जा सकती। मत लेखों के लेखक पर भारी जिम्मेदारी होती है, लेखक को यह सुनिश्चित करना होता है कि न केवल उनका विश्लेषण किसी निजी पूर्वाग्रह अथवा धारणा से मुक्त हो बल्कि वे सत्यापित, सही और स्थापित तथ्यों पर आधारित हों और उनका इरादा जातियों, संप्रदायों और प्रजातियों के बीच असामंजस्य अथवा शत्रुता भड़काना न हो।

6. शीर्षक सनसनीखेज/उत्तेजक न हों और उनके नीचे मुद्रित सामग्री के लिए युक्तिसंगत हो। सामान्यतः और विशेष रूप से सांप्रदायिक विवादों अथवा संघर्षो के मामले में—

(क) उत्तेजक तथा सनसनीखेज शीर्षक न दिए जाएँ।

(ख) शीर्षक उनके नीचे मुद्रित सामग्री को प्रतिबिंबित करे और उसके लिए युक्तिसंगत हो।

(ग) यदि शीर्षक में किसी के द्वारा अपने वक्तव्य में लगाए गए आरोप शामिल हों तो आरोप लगाने वाले व्यक्ति या स्रोत का उल्लेख किया जाए या कम से कम उद्धरण चिह्न लगा दिए जाएँ।

7. जाति, धर्म या समुदाय संदर्भ

सामान्यतः किसी व्यक्ति की या वर्ग-विशेष की जाति-पहचान न की जाए, खासतौर पर यदि उस संदर्भ में उससे उस जाति के प्रति अनादरपूर्ण भाव का बोध हो या अनादरपूर्ण आचरण अथवा व्यवहार का आरोपण होता हो। समाचार-पत्रों को सलाह दी जाती है कि वे 'अनुसूचित जाति' अथवा 'हरिजन' शब्द का प्रयोग न करें क्योंकि इस पर कुछ व्यक्तियों ने आपत्ति की है। यदि किसी अभियुक्त या पीड़ित की जाति या समुदाय

का अपराध अथवा दोष के साथ कोई संबंध न हो और किसी अभियुक्त की पहचान में या किसी काररवाई में उसकी कोई भूमिका न हो तो उस अभियुक्त या पीड़ित का वर्णन उसकी जाति या समुदाय से नहीं किया जाएगा। समाचार-पत्र ऐसा कोई कथा साहित्य प्रकाशित न करे, जिसमें उन धार्मिक चरित्रों को विकृत करके प्रतिकूल भावना के साथ चित्रित किया गया हो और समाज के किसी बड़े हिस्से की धार्मिक भावनाओं को ठेस पहुँचाई गई हो, जो उन चरित्रों को सदगुणों से संपन्न तथा महान् मानते हैं और उनका बहुत आदर करते हैं।

पैगंबरों, ऋषियों अथवा देवताओं के नाम का प्रयोग व्यापारिक उद्देश्य से करना पत्रकारिता की आचार नीति अथवा सुरुचि के विपरीत है। यह सुनिश्चित करना समाचार-पत्र का कर्त्तव्य है कि लेख के सुर, भावना तथा भाषा का स्वरूप आपत्तिजनक, उत्तेजक, देश की एकता एवं अखंडता तथा संविधान की भावना के विरुद्ध राजद्रोहात्मक और भड़काने वाला न हो या सांप्रदायिक विद्वेष पैदा न करे। उसमें देश के विभाजन को प्रोत्साहित करने का प्रयास न किया गया हो।

पत्रकारों का एक काम यह भी है कि जनता को समाज के कमजोर वर्गों की नियति से अवगत कराए। वे समाज की ओर से उसके कमजोर वर्गो के रक्षक हैं।

8. सर्वोपरि राष्ट्रीय हित

समाचार-पत्र आत्मनियंत्रण के रूप में, कोई भी ऐसा समाचार, टीका या जानकारी प्रस्तुत करने में यथेष्ट संयम तथा सावधानी बरतेंगे, जिनसे राज्य तथा समाज के सर्वोपरि हितों या व्यक्तियों के अधिकारों को जोखिम, खतरा या क्षति होने की संभावना हो, जिनके बारे में भारतीय संविधान के अनुच्छेद 19 खंड 2 के अंतर्गत वक्तृता तथा अभिव्यक्ति की स्वतंत्रता के अधिकार पर कानून द्वारा न्यायोचित पाबंदिया लगा दी गई हैं। गलत/अशुद्ध नक्शे का प्रकाशन बहुत गंभीर अपराध है, चाहे उसका कारण कुछ भी हो, क्योंकि इससे देश की प्रादेशिक अखंडता पर प्रतिकूल प्रभाव पड़ता है, अतः उसे खेदपूर्वक तत्काल तथा प्रमुख रूप से वापस लिया जाए।

चुनावी आचार संहिता

प्रभात खबर ने चुनाव के दौरान निष्पक्षता को बनाए रखने के लिए कई प्रयास किए हैं, चुनाव में कोई भी पत्रकार किसी दल का पक्ष न ले, हर प्रत्याशी के साथ न्याय हो, सभी की खबरें छपे, पेड न्यूज से दूर-दूर का संबंध नहीं रहे, इसके लिए अखबार में इस विषय पर जैकेट प्रकाशित कर जानकारी दी गई।

लोकसभा चुनाव हो या निकाय चुनाव, प्रभात खबर ने चुनाव के पहले अपनी

विज्ञापन नीति अखबार के पहले पृष्ठ पर छापी। यह भी बताया कि चुनाव में कवरेज में संवाददाताओं को किन-किन बातों का खयाल करना है। ऐसा इसलिए किया गया ताकि खबरों की निष्पक्षता बरकरार रहे, विज्ञापन और खबर में साफ-साफ अंतर दिखे, पारदर्शिता बनी रहे। 5 मार्च, 2014 को चुनाव आयोग ने लोकसभा चुनाव की घोषणा की। दूसरे दिन, यानी 6 मार्च, 2014 के अखबार में प्रभात खबर ने पहला पृष्ठ जैकेट बनाया जिसमें अपना स्लोगन 'वोट करें, देश गढ़ें' के तहत लोगों से मतदान में भाग लेने की अपील की। साथ ही प्रभात खबर ने जनता के बीच जाकर मतदान करने के लिए अपना अभियान 'वोट करें, देश गढ़ें' की शुरुआत की। प्रभात खबर ने यह भी सार्वजनिक सूचना छापी कि अगर किसी भी प्रत्याशी को लगता है कि उसकी खबरें नहीं छप रही हैं, कम छप रही हैं या गलत छप रही हैं तो वे बिजनेस हेड, स्थानीय संपादक, वरिष्ठ संपादक या कारपोरेट संपादक के पास सप्रमाण शिकायत कर सकते हैं।

चुनावों में हमारी आचार संहिता

इन दिनों मीडिया पर यह आरोप लगते रहते हैं कि चुनाव के वक्त मीडिया अपनी निष्पक्षता खो देता है और पारदर्शिता का अभाव होता है। हम अपने अखबार में निष्पक्षता और पारदर्शिता कायम रखने के लिए हर मुमकिन कोशिश कर रहे हैं, जिसकी एक बानगी है चुनाव के कवरेज के लिए संवाददाताओं को जारी किए गए निर्देश—

1. चुनाव में कोई भी संवाददाता या प्रतिनिधि किसी दल या प्रत्याशी के पक्ष-विपक्ष में नहीं, बल्कि तथ्यात्मक तरीके से रिपोर्टिंग और विश्लेषण सुनिश्चित करे।
2. किसी प्रत्याशी या दल के हारने या जीतने की आधारहीन बात के बजाय पूरी सावधानी से निष्पक्षता की गारंटी सुनिश्चित करें, ताकि पाठकों के बीच हमारी विश्वसनीयता कायम रहे।
3. अनावश्यक बढ़ा-चढ़ाकर या चरित्र हनन की चीजों से परहेज करें, झूठी, तथ्यहीन व अफवाह फैलाने वाली खबरें किसी भी हाल में न भेजें। चुनाव के दौरान ऐसी चीजें बेहद संवेदनशील होती हैं। कवरेज के दौरान आरोप-प्रत्यारोप की स्थिति में संबंधित व्यक्ति का पक्ष अवश्य प्रमुखता से लें।
4. हमारे लिए सभी प्रत्याशी महत्त्वपूर्ण हैं, इसलिए हम सबका परिचय और तसवीर एक बार जरूर छापेंगे।
5. देश में 54 प्रतिशत मतदाता 25 वर्ष से कम आयु के हैं, इन युवा मतदाताओं और इस चुनाव में भाग ले रहे नए वोटरों के विचार जरूर भेजें।
6. जिन लोगों के नाम वोटर लिस्ट में नहीं हैं, उनकी वजह बताते हुए रिपोर्ट

दें, साथ ही जो लोग बोगस मतदान के कारण या धाँधली के कारण पहले कभी वोट नहीं डाल पाए, उनके अनुभव भी भेजें।

7. आप अपने क्षेत्र के प्रमुख नागरिकों, मतदाताओं के बीच चुनाव के संबंध में उनके विचारों, मुद्दों और चुनाव लड़ रहे प्रत्याशियों से उनकी उम्मीदों व अपेक्षाओं वगैरह पर सामग्री संग्रह करके भेजें।
8. अपने क्षेत्र विशेष की बदहाली की समस्याओं, उभर रही विकास माँगों और जनमुद्दों पर सबसे ज्यादा फोकस करें। जनसरोकार के इन विषयों से ही हम जन पक्षधर पत्रकारिता की बुनियाद को मजबूत करेंगे।

प्रभात खबर ने पृष्ठ एक पर (6 मार्च, 2014) चुनाव कवरेज के स्पष्ट निर्देश को भी प्रकाशित किया जो वह अपने सहयोगियों को भी बताता रहा है, वह इस प्रकार है—

1. हम व्यक्तिगत आरोप-प्रत्यारोप या निराधार आरोपों की प्रेस विज्ञप्ति पहले भी नहीं छापते थे, आगे भी नहीं छापेंगे। हर जेनुइन प्रेस विज्ञप्ति के साथ चुनाव के पहले जैसा हम ट्रिटमेंट करते रहे हैं, आगे भी करते रहेंगे। प्रेस विज्ञप्ति के लिए कहीं कोई शुल्क की बात करता है तो वह अपराध है।
2. प्रमुख प्रत्याशियों का साक्षात्कार छापना लोकतंत्र में मीडिया का फर्ज है ताकि उनके विचारों को जनता जाने, उनके अनुरूप वोट दे, यह संपादकीय काम है, यह विज्ञापन नहीं है और न ही इसके लिए कोई शुल्क लगता है।
3. चुनाव में किसी को जिताना-हराना अखबारों का धर्म नहीं है, न ही विश्लेषणकर्ता का चुनाव में चल रही प्रवृतियों की ओर संकेत करना, उनका विश्लेषण करना। यह पत्रकार का पवित्र फर्ज है, वह अपने विवेक के अनुसार काम करता है। विश्लेषण विज्ञापन नहीं है कि इस पर कोई मोलभाव हो, किस मुद्दे पर विश्लेषण जरूरी है, यह भी तय करना अखबारों का अधिकार है।
4. पत्रकार चुनावी दौरे में महत्त्वपूर्ण प्रत्याशियों के साथ जाते हैं, वे आब्जर्बर की तरह चीजों को देखते हैं, अपनी रिपोर्ट लिखते हैं, वह भी विज्ञापन नहीं है, और न ही विज्ञापन की दृष्टि से इसका मोलभाव होता है।
5. प्रभात खबर चुनाव प्रचार की तसवीरें पूर्ववत छापता रहेगा, क्योंकि यह न्यूज का हिस्सा है और खबरें बिका नहीं करतीं।
6. चुनाव कवरेज के दौरान हम क्षेत्र की समस्याएँ, प्रमुख मुद्दे और आमजन की आकाँक्षा को भी प्रमुखता से उठाएँगे। हमारी कोशिश होगी कि चुनाव में आम जनता की भागीदारी हो ताकि राजनीति की तसवीर बदले। इसी दिन प्रभात खबर ने आचार संहिता के साथ विज्ञापन नीति भी छापी थी।

हमारी विज्ञापन नीति

पिछले लोकसभा चुनाव में सारी दुनिया ने देखा कि पत्रकारिता की आड़ में भाँति-भाँति के धतकर्म हुए। विज्ञापन को खबरों की शक्ल में प्रस्तुत किया गया। फ्रंट पृष्ठ अखबार का चेहरा होता है, इस चेहरे को बिगाड़ने में अखबारों ने कोई कसर नहीं छोड़ी। फ्रंट पृष्ठ की लीड स्टोरी और बाटम स्टोरी में भी विज्ञापन को खबरों की तरह पेश किया गया।

26 मार्च, 2009 को प्रभात खबर ने अपनी विज्ञापन नीति के बारे में लिखा था, जिन चीजों के साथ स्पांसर्ड, विज्ञापन, पीके मीडिया मार्केटिंग इनीशिएटिव लिखा होगा, वे विज्ञापन होंगे। हम खबर की शक्ल में विज्ञापन नहीं छापेंगे, इसके प्रकाशित होने के बाद ही लोकसभा चुनाव के बारे में विज्ञापन छपे। प्रभात खबर में पीके मीडिया इनीशिएटिव में जिन लोगों के विज्ञापन आए, वे विज्ञापन जहाँ छपे, वहाँ 24 प्वाइंट या 18 प्वाइंट में (बड़े-बड़े हरफों में) लिखा था कि यह पीके मार्केटिंग मीडिया इनीशिएटिव के तहत है, ताकि पाठक विज्ञापन और कंटेंट के फर्क को समझ सकें।

हमारे इस कदम से पाठक संतुष्ट नहीं हुए, उन्होंने इसकी आलोचना की। हमने पाठकों की आलोचना को सिर आँखों पर लिया, उसके आग्रह पर इस बार के चुनाव में हमने अपनी विज्ञापन नीति के तहत यह तय किया है कि हम विज्ञापन के अंतर्गत आने वाली सभी सामग्री के बारे में स्पष्ट रुप से विज्ञापन लिखेंगे। मार्केटिंग मीडिया इनीशियेटिव जैसा कोई शब्द प्रयोग नहीं करेंगे, हमारी ताकत हमारे पाठक हैं, उनके विश्वास की हिफाजत करना हमारा कर्त्तव्य है। इस पूरी सूचना को प्रभात खबर ने 6 मार्च, 2014 के पहले पृष्ठ पर छापा। इतना ही नहीं, यह भी लिखा कि अगर किसी पाठक को कोई शिकायत है तो वह प्रभात खबर में अमुक व्यक्तियों के पास शिकायत कर सकता है। उनके नाम, पद और पता तक अखबार में छापे गए। (15.3.2009 को प्रकाशित)।

चूक को भी स्वीकारा

40 साल की लंबी यात्रा में प्रभात खबर ने साहस और जोखिम का सामना करते हुए एक से बढ़कर एक रिपोर्ट छापी। विश्वसनीयता (क्रेडिबिलिटी) प्रभात खबर की पूँजी रही है, इसी को ध्यान में रखकर पत्रकारिता की गई। दस्तावेज प्रमाण समेत रिपोर्ट छपती रही। पूरी टीम चौकस रहती है, इसके बावजूद कुछ ऐसे अवसर आए जब प्रभात खबर में छपी रिपोर्ट गलत निकली, हालाँकि ऐसी रिपोर्ट्स की संख्या कम ही है, लेकिन जब भी प्रभात खबर को पता चला कि रिपोर्ट छापने में चूक हुई है तो हमने नैतिक साहस का परिचय दिया। गलत रिपोर्ट को सही ठहराने की जिद की जगह सीधे-सीधे प्रभात खबर में छापकर गलती को स्वीकार किया।

एक रिपोर्ट 2014 के लोकसभा चुनाव के दौरान छपी थी। गिरिडीह लोकसभा

चुनाव क्षेत्र से प्रत्याशी थे, जगन्नाथ महतो। कुछ दिनों पहले आरोप लगा था कि उनके घर में एक युवक की पिटाई हुई है, उस युवक को बाद में अस्पताल में भरती कराया गया था। कुछ दिनों बाद हमारे संवाददाता के पास एक वीडियो भेजा गया जिसमें एक युवक को पीटते हुए दिखाया गया था। संवाददाता को बताया गया कि यह तसवीर जगन्नाथ महतो के घर में हो रही युवक की पिटाई की है, शर्ट और पैंट का रंग भी मिल रहा था। हमारे संवाददाता ने अपने स्त्रोत पर भरोसा किया, इसकी सत्यता की भी जाँच करने का प्रयास किया। वह तसवीर अखबार में छपी ? तसवीर गलत निकली। वह पुराना वीडियो था। चुनाव का वक्त था। प्रभात खबर ने महसूस किया कि भारी चूक हुई है। दूसरे दिन के अखबार में पहले पृष्ठ पर टॉप बॉक्स में हमने माना कि हमसे तसवीर पहचानने में चूक हुई थी। व्यक्तिगत फोन कर भी प्रत्याशी से क्षमा याचना की क्योंकि प्रभात खबर की आचार संहिता भी यही कहती है। प्रत्याशी जगन्नाथ महतो ने इस खबर का खंडन करने को नहीं कहा था, प्रभात खबर ने नैतिक जिम्मेदारी लेते हुए गलती स्वीकार की थी। प्रत्याशी ने तो यहाँ तक कह दिया था कि रोज अखबार निकालते हैं, गलती हो सकती है, चूक हो सकती है, इसके लिए आप बहुत चिंता न करें, ऐसा प्यार और भरोसा प्रभात खबर को मिलता रहा है।

आज की पत्रकारिता में अधिकांश अखबार गलती को स्वीकार करना नहीं चाहते हैं। प्रभात खबर चाहता तो पृष्ठ एक पर नहीं बल्कि अंदर के पृष्ठों पर कहीं चार-पाँच लाइन का खंडन छाप दिया होता, लेकिन ऐसा कर हम अपनी ही नजरों से गिरते, एक प्रत्याशी के साथ न्याय नहीं कर पाते, इसलिए उसी स्थान पर खंडन छापा जहाँ खबर छपी थी। यह साहस की पत्रकारिता है, नैतिकता की पत्रकारिता है।

अक्तूबर 2007 में चिलखारी में नक्सलियों ने हमला कर 18 लोगों की हत्या कर दी थी। इस हमले में पूर्व मुख्यमंत्री बाबूलाल मरांडी के पुत्र अनुप मरांडी को भी नक्सलियों ने मार दिया था। जिन नक्सलियों को अभियुक्त बनाया गया था, उनमें एक था जीतन मरांडी। प्रभात खबर के 29 अक्तूबर के अंक में दूसरे जीतन मरांडी की तसवीर छप गई। ये एक रैली में भाग लेने राँची आए थे। पुलिस ने छपी तसवीर के आधार पर दूसरे जीतन मरांडी को गिरफ्तार कर लिया, इस जीतन मरांडी का चिलखारी कांड में शामिल जीतन मरांडी से कोई लेना-देना नहीं था। प्रभात खबर ने चूक को स्वीकार किया कि तसवीर छापने में उससे चूक हुई, इस चूक के कारण लंबे समय तक जीतन मरांडी को जेल में रहना पड़ा था। इन बातों का यहाँ जिक्र इसलिए किया जा रहा है, ताकि समाज/पत्रकार यह समझ सकें कि एक चूक की क्या कीमत चुकाई जाती है। इसलिए पत्रकार अपने कामों-दायित्वों के प्रति अधिक-से-अधिक सचेत रहें।

□

‘पेड न्यूज’ के खिलाफ अभियान

चुनाव चाहे लोकसभा का हो या विधानसभा का, मीडिया पर पक्षपात या पैसे लेकर रिपोर्ट बनाने का आरोप लग ही जाता है। 2009 के चुनाव के वक्त कुछ ऐसी घटनाएँ घटीं, जिससे इस बात को बल मिला कि खबरें छापने या दिखाने में गड़बड़ी की जा रही थी, मतदाताओं को प्रभावित करने के लिए पैसे लेकर कंटेंट तैयार किए जा रहे थे, उन्हें छापा जा रहा था या दिखाया जा रहा था, इसे पेड न्यूज कहा गया, यानी वैसी खबरें जिसके लिए पैसे का भुगतान किया गया हो।

यह आरोप ऐसे ही नहीं लगा था, कुछ मीडिया हाऊस ने चुनाव में खबरों को बेचने का धंधा बना लिया था। खबरें उन्हीं प्रत्याशियों की छप रही थी, जो विज्ञापन दे रहे थे। कई अखबारों ने तो रेट तक तय कर दिए थे, साक्षात्कार और चुनाव की तसवीरें छापने के लिए भी सौदा किया जा रहा था। एक जिम्मेदार मीडिया हाऊस होने के नाते प्रभात खबर ने इस पेड न्यूज के धंधे के खिलाफ अभियान चलाने का निर्णय किया। यह काम आसान नहीं था।

उन दिनों प्रधान संपादक हरिवंशजी थे। उन्होंने इसके लिए देश के प्रमुख पत्रकारों से संपर्क किया और उन्हें अपनी चिंता से अवगत कराया। वैसे तो प्रभात खबर ने 15 मार्च, 2009 से ही चेंज इंडिया अभियान चला रखा था। 18 मार्च को पेड न्यूज के खिलाफ पृष्ठ एक पर ‘वर्णसंकर पत्रकारिता’ शीर्षक से बॉटम छापा। 27 मार्च को ‘खबरों का धंधा’ शीर्षक से प्रभात खबर में लंबा लेख लिखा, इसे प्रभात खबर के हर संस्करण में प्रकाशित किया गया। इसी बीच भड़ास मीडिया पर एक रिपोर्ट आई थी—मीडिया के लिए रेवेन्यू सीजन। यह पेड न्यूज को लेकर ही था। प्रभात खबर ने उसे साभार कर छापा। प्रभात खबर अपनी ताकत के अनुसार पेड न्यूज के खिलाफ लड़ ही रहा था, लेकिन लड़ाई लंबी थी, इसलिए प्रभात खबर के तमाम प्रयासों का उल्लेख करते हुए प्रख्यात पत्रकार प्रभाष जोशी को पत्र लिखा गया। इसमें उन्होंने पेड न्यूज पर चिंता जताई और उनसे आग्रह किया कि इस लड़ाई में वे भी आगे आएँ। तब तक ‘खबरों का

धंधा' लेख का दूसरा भाग भी 11 मई, 2009 को प्रकाशित हो चुका था।

पाठक भी देख रहे थे कि कुछ अखबार पक्षपात कर रहे थे और ऐसी खबरें छाप रहे थे, जिन्हें विज्ञापन माना जा सकता था। उसी दौरान जमशेदपुर संस्करण में चाईबासा के एक आदिवासी पाठक का पत्र छापा गया था। इस पत्र में उसने उल्लेख किया था कि कैसे सभी अखबार पाठकों के साथ, प्रत्याशियों के साथ अन्याय कर रहे थे। पत्र तीखा था, जिसमें अन्य अखबारों के साथ-साथ प्रभात खबर की भी आलोचना की गई थी, हालाँकि पाठक ने यह भी लिखा था कि प्रभात खबर फिर भी दूसरे अखबारों की तुलना में ईमानदारी बरत रहा था।

धीरे-धीरे पूरे देश में पेड न्यूज के खिलाफ माहौल बन रहा था। देश के छह पत्रकारों प्रभाष जोशी, कुलदीप नैयर, जार्ज वर्गीज, अजीत भट्टाचार्य, हरिवंश और अच्युतानंद मिश्र ने प्रेस काउंसिल ऑफ इंडिया के तत्कालीन चेयरमैन जस्टिस जी.एन. राय को 8 जून, 2009 को पत्र लिखकर पेड न्यूज के खिलाफ शिकायत की। पेड न्यूज के खिलाफ प्रेस काउंसिल के पास यह पत्रकारों की ओर से पहली शिकायत थी। प्रेस काउंसिल ने इस पत्र को गंभीरता से लिया और पेड न्यूज के खिलाफ टिप्पणी की, आचार संहिता बनाई। इस प्रकार पेड न्यूज के खिलाफ लड़ाई में प्रभात खबर ने महत्त्वपूर्ण भूमिका निभाई।

प्रभात खबर ने उसके बाद खुद की आचार संहिता के तहत काम किया और उस आचार संहिता को सार्वजनिक किया। अखबार ने साफ-साफ घोषणा की कि प्रभात खबर में अगर कोई विज्ञापन खबर के तौर पर छपेगा तो उसमें स्पष्ट लिखा होगा कि यह विज्ञापन है, खबरों और विज्ञापन में अंतर को बताया जाएगा। प्रभात खबर ने इसे लागू किया। पेड न्यूज के खिलाफ प्रभात खबर का अभियान सफल रहा।

□

प्रभात खबर के साथ अनुभव

40 साल की यात्रा के दौरान प्रभात खबर ने जिम्मेदारी की पत्रकारिता की और अनेक लोगों का जीवन बदलने में महत्त्वपूर्ण भूमिका निभाई, सैकड़ों ऐसी रिपोर्ट प्रभात खबर में छपीं, जिन्होंने किसी-न-किसी का जीवन बदल दिया, लोगों को न्याय दिलाया, उनके साथ खड़ा रहा, समाज में चेतना जगाई, सकारात्मक पत्रकारिता की। प्रभात खबर के डुमरिया प्रतिनिधि शिव शंकर साहु की एक रिपोर्ट प्रभात खबर में छपी कि दुष्कर्म की पीड़िता एक दिव्यांग महिला लोगों से अपील करती है कि वह अपने बेटे को पाल नहीं सकती, इसलिए कोई उसके बेटे को गोद ले ले। खबर छपते ही तहलका मचता है, झारखंड की उस समय की राज्यपाल द्रोपदी मुर्मू (जो बाद में देश की राष्ट्रपति बनी) उसी दिन घोषणा करती है कि उस बच्चे के लालन-पालन का जिम्मा वह खुद लेंगी। उन्होंने न सिर्फ घोषणा की बल्कि उस बच्चे को राजभवन बुलाया, गोद में लिया, बेहतर स्कूल में नाम लिखाया और आगे की जिम्मेदारी भी ली। दिन भर में उस गाँव की तसवीर बदल गई, वहाँ चापाकल (हैंड पम्प) लगा दिया गया। उस महिला को जिंदगी जीने के लिए सारी सुविधा सरकार प्रशासन ने उपलब्ध करा दी। प्रभात खबर की एक रिपोर्ट ने उस बच्चे और उसके परिवार का जीवन ही बदल दिया। प्रभात खबर ऐसी पत्रकारिता करता है। ऐसे ढेर सारे उदाहरण हैं।

प्रभात खबर के पत्रकारों ने कई अवसरों पर एक पत्रकार की जिम्मेवारी से आगे जाकर अपनी भूमिका अदा की। गढ़वा में जब बेटी की शादी तय करने के बाद एक पिता पैसा जमा नहीं कर पाए तो उन्होंने आत्महत्या कर ली। ऐसे नाजुक मौके पर प्रभात खबर ने न सिर्फ रिपोर्ट छापी, समाज के लोगों को एकजुट किया, राशि की व्यवस्था कराई बल्कि लड़के के परिवारवालों से बात कर उन्हें आदर्श शादी के लिए तैयार किया।

कुछ प्रतिभाशाली छात्रों का आई.आई.टी. की प्रवेश परीक्षा पास करने के बाद पैसे के अभाव में नामांकन नहीं हो रहा था। राशि के लिए लोगों को, संस्थानों को खोजा। अंततः उन बच्चों का नामांकन हुआ। पैसे के अभाव में किसी का इलाज नहीं हो रहा था,

तो प्रभात खबर की अपील पर लोग सामने आए, पैसे की व्यवस्था हो गई और इलाज संभव हो पाया। हम यहाँ प्रभात खबर में छपी कुछ ऐसी रिपोर्ट का जिक्र कर रहे हैं जिससे समाज को प्रेरणा मिलती है—

अखबार ने मेरा घर-संसार बसा दिया : रेशम

10 जून, 2014 को मेरे पिता ने आत्महत्या कर ली थी, सिर्फ इसलिए क्योंकि वे मेरी शादी के लिए दहेज का पूरा पैसा नहीं जुटा पाए थे। 15 जून को मेरी शादी थी। शादी के ठीक पाँच दिन पहले मेरे परिवार पर पहाड़ टूट पड़ा था। मैं सोच भी नहीं सकती थी कि अब मेरी शादी भी होगी। ऐसे संकट के वक्त में प्रभात खबर मेरे साथ खड़ा हुआ। शादी उसी दिन हुई जो तिथि पिताजी ने तय की थी, आज मैं अपनी ससुराल में पति के साथ हूँ।

मैं रेशम गढ़वा जिले में धुरकी के शिवरी गाँव की रहने वाली हूँ। मेरे पिता गिरिजा राम चंद्रवंशी ने मेरे लिए एक अच्छा लड़का खोजा था। उत्तरप्रदेश के कोन थाना के केवाल गाँव के विशुनदेव चंद्रवंशी के पुत्र शशिकांत से मेरी शादी तय हुई थी। शादी की तारीख 15 जून ही तय की गई थी, 12 जून को तिलक था और 15 को बारात आनी थी। लड़के वालों ने 41 हजार रुपए और एक मोटरसाईकिल की माँग की थी। पिताजी ने घर की बकरियों और मुर्गियों को बेचकर पैसा जमा किया, पाँच हजार छेका में खत्म हो गए। काफी प्रयास के बावजूद पिताजी सिर्फ 26 हजार रुपए जमा कर पाए। पिताजी काफी चिंतित थे, उन्हें और 15 हजार रुपए नगद भी देना था। मोटरसाईकिल के लिए भी पैसा नहीं था। पिताजी कर्ज के लिए कई लोगों के पास गए, पैसा नहीं मिला। तनाव में थे, उन्हें लगा कि अब वे बेटी की शादी नहीं कर पाएँगे। तिलक के लिए सिर्फ दो दिन बच गए थे, लाचार पिता इस स्थिति को बरदाश्त नहीं कर पाए और 10 जून को फाँसी लगाकर आत्महत्या कर ली।

हम लोगों के सारे सपने टूट चुके थे। ऐसे मौके पर प्रभात खबर सामने आया। प्रभात खबर के विनोद पाठक (गढ़वा के पत्रकार) खुद आए। पूरी घटना को लेकर न सिर्फ खबर छापी बल्कि उन्होंने एक टीम भी बनाई। इसमें प्रमुख लोगों को रखा गया था। खबर छपते ही सहायता करने के लिए लोग आने लगे। प्रभात खबर द्वारा बनाई गई टीम की ओर से विनोदजी ने मेरे भावी ससुर से टेलीफोन पर बात की और निर्धारित समय पर शादी करने का आग्रह किया। खबर सुनकर मेरे ससुर भी दुखी हो गए और आग्रह को मानते हुए तय किया कि आदर्श विवाह होगा, वह भी 15 जून को ही।

पंचायत के मुखिया, समाजसेवी सब पैसा जमा करने में लग गए। प्रभात खबर ने आदर्श विवाह समारोह आयोजन समिति बनाई, आदर्श विवाह हुआ। ससुरालवालों

ने उदाहरण पेश किया। शादी का सारा खर्च इस समिति ने उठाया। प्रभात खबर और समाजसेवियों–ग्रामीणों ने वह सारी जिम्मेदारी निभाई जो एक पिता निभाता है। मेरी शादी उसी दिन हो गई, जिस दिन मेरे दिवंगत पिता चाहते थे। मेरी शादी के लिए पिता का श्राद्धकर्म रोक दिया गया था, शादी के बाद पिता का श्राद्धकर्म हुआ। मैं तो पिता को खो चुकी थी, लेकिन प्रभात खबर की पहल ने मेरे पिता का सपना पूरा किया। पिता को खोने के बाद मैं रोती हुई ससुराल पहुँची। मुझे जहाँ प्रभात खबर की पहल का गर्व है, वहीं पिता को खोने का गम भी।

नहीं तो मैं टॉपर होकर भी सड़क पर होता : सुबोध चंद्र महतो

अखबार की भूमिका क्या होती है, इसका पता मुझे तब चला जब प्रभात खबर मेरे साथ खड़ा हुआ और मेरा जीवन बदल गया। सच तो यही है कि अगर प्रभात खबर मेरी मदद के लिए सामने नहीं आता तो शायद मैं आज शिक्षक नहीं बल्कि सड़क पर होता। मैं था अपने विषय का टॉपर, लेकिन मुझे फेल कर दिया गया था। पूरी कहानी सुनाता हूँ। मैं तमाड़ के सलगाडीह के सुंदरडीह का रहने वाला हूँ। बचपन से प्रभात खबर पढ़ता था। मेरे गाँव में अखबार नहीं आता था, इसके लिए मुझे रोज चार किलोमीटर जाना पड़ता था। इस अखबार में कई ऐसी रिपोर्ट छपती थी जिससे लगता था कि प्रभात खबर उन लोगों की लड़ाई लड़ता है, जिसका कोई सहारा नहीं होता है। मुझे लगा कि मेरी मदद भी प्रभात खबर ही कर सकता है।

पढ़ाई पूरी करने के बाद मैं वर्ष 2012 में हुई प्लस टू उच्च विद्यालय शिक्षक नियुक्ति परीक्षा में शामिल हुआ था। मैंने परीक्षा में बेहतर लिखा था। मुझे भरोसा था कि मेरा नाम सफल उम्मीदवारों की सूची में होगा, जब परिणाम निकला तो मेरा नाम नहीं था, मुझे भरोसा नहीं हुआ। मैंने सूचना के अधिकार (आर.टी.आई.) का सहारा लिया और अपनी कॉपी देखने के लिए आवेदन दिया। जब उत्तर पुस्तिका देखी तो पता चला कि मेरी कॉपी तो जाँची ही नहीं गई थी। मुझे हैरानी हुई। मैंने फिर शिकायत की। जैक ने मेरी कॉपी जाँच कराई। मैं जीव विज्ञान का टॉपर निकला। जैक ने जुलाई 2013 में मेरी नियुक्ति के लिए माध्यमिक शिक्षा निदेशालय से अनुशंसा की। कुछ नहीं हुआ, सिर्फ आश्वासन मिलता रहा।

मैं चाहता तो कोर्ट भी जा सकता था, लेकिन उसमें काफी समय लगता। साधनों का भी अभाव था। मुझे विश्वास था कि अगर प्रभात खबर जाता हूँ तभी मुझे न्याय मिलेगा। मैंने 17 अगस्त को पत्रकार सुनील झा से बात की, उनसे मिला, सबूत दिखाया। उन्होंने कहा कि प्रभात खबर उनकी लड़ाई लड़ेगा। 19 दिसंबर, 2013 के अंक में पृष्ठ एक पर रिपोर्ट छापी। रिपोर्ट उस दिन छपी, जिस दिन असेंबली चल रही

थी। प्रभात खबर में रिपोर्ट छपते ही प्रदीप यादव और बंधु तिर्की ने विधानसभा में इस पर सवाल कर दिया। पूरा मामला गरमा गया। शिक्षा मंत्री ने सदन में आश्वासन दिया। शिक्षा विभाग सक्रिय हो गया। मेरी नियुक्ति का प्रस्ताव बना। मामला फिर लटक गया परंतु प्रभात खबर इसे मुद्दा बना चुका था। मार्च में फिर छापा। अंततः 22 जुलाई, 2014 को शिक्षा विभाग की ओर से मुझे नियुक्ति पत्र मिल गया। अब मैं शिक्षक हूँ। मेरा जीवन बदल गया है। अगर प्रभात खबर नहीं होता तो शायद आज भी मैं नियुक्ति के लिए सड़क पर मारा-मारा फिरता।

तो मेरा आई.आई.टी. में दाखिला नहीं होता : रमेश ठाकुर

साइंस (गणित) के हर छात्र का सपना होता है आई.आई.टी. की परीक्षा पास करना। मेरा भी सपना था वह पूरा भी हो गया। 21 जून, 2013 को परिणाम निकला था और मैंने आई.आई.टी. एडवांस की परीक्षा पास कर ली थी। 1075 वाँ रैंक आया था, लेकिन आगे चुनौतियाँ थीं। मैं उदास हो गया था, गरीब परिवार से हूँ, कहाँ से आएगा बी.टेक. की पढ़ाई का खर्च, उसके पहले तो काउंसिलिंग के लिए जाने के खर्च का सवाल था। ऐसे मौके पर प्रभात खबर का साथ मिला, समाज आगे आया और मैंने आई.आई.टी. खड़गपुर से बी.टेक. किया।

मैं बहरागोड़ा (पूर्वी सिंहभूम) के राजलाबँध का निवासी हूँ, वैसे मेरा पैतृक निवास जमुई के भुल्लो गाँव में है। हम लोग नाई हैं, पिता राजेंद्र ठाकुर राजलाबँध में घर-घर घूमकर बाल-दाढ़ी बनाने का काम करते हैं। परिवार को पालना मुश्किल होता है तो आई.आई.टी. में पढ़ाने का खर्च कहाँ से आता? जब मैंने आई.आई.टी. (जे.ई.ई.-एडवांस) की परीक्षा पास की तो पिता को बताया। पिता को पता भी नहीं था कि आई.आई.टी. क्या होता है। उन्होंने सोचा कि होगी कोई छोटी-मोटी परीक्षा। पिता कहाँ से लाते पैसा? मैं खुद छुट्टी के दिन पिता के काम में (बाल-दाढ़ी बनाने में) हाथ बँटाता था, ताकि दो पैसा घर में आ जाए। सरस्वती शिशु मंदिर, बहरागोड़ा उच्च विद्यालय और जवाहर नवोदय विद्यालय से पढ़ाई की थी। आई.आई.टी. के लिए कोचिंग करना चाह रहा था, पड़ोसियों ने सहायता की, कोचिंग वाले ने मदद की और मैं सफल हो गया।

परिणाम के बाद लगा कि मैं आई.आई.टी. में दाखिला नहीं ले पाऊँगा। 21 को परिणाम निकला और 25 जून को मैं प्रभात खबर, जमशेदपुर के दफ्तर में आनंद मिश्रा से मिला, अपनी पीड़ा बताई। दूसरे दिन (26 जून) प्रभात खबर में रिपोर्ट छपी कि एक होनहार छात्र पैसे के अभाव में आई.आई.टी. में दाखिला नहीं ले पा रहा। खबर छपते ही समाज सक्रिय हो गया, मदद के लिए हाथ बढ़ने लगे, रिपोर्ट भी छपती रही।

तब सांसद अजय कुमार थे, उन्होंने लैपटाप दिया। आई.आई.टी. की पढ़ाई के लिए यह अनिवार्य है। कई शिक्षकों–बुद्धिजीवियों, समाजसेवियों ने पैसे की व्यवस्था की। बैंक लोन देने को तैयार हो गया। इस प्रकार चार–पाँच दिनों में मेरी समस्या का हल निकल चुका था। अब मेरे पास नामांकन के लिए पैसे हो चुके थे, मैंने आई.आई.टी., खड़गपुर में नामांकन कराया। जिस प्रकार प्रभात खबर के प्रयास से समाज मेरे लिए आगे आया, मैं भी जरूरतमंद लोगों के लिए जीवन भर उपलब्ध रहूँगा!

□

छोटी-बड़ी घटनाओं का गवाह

प्रभात खबर 1984 से अब तक, यानी 40 साल में देश-दुनिया, झारखंड-बिहार में घटी घटनाओं का गवाह रहा है। इन 40 सालों में दुनिया में बड़े उतार-चढ़ाव हुए हैं। हमने अनेक युद्धों को देखा, विश्व के कई देशों ने अपने अनेक लोकप्रिय नेताओं को खोया, किसी की हत्या हुई तो किसी की मौत, दुनिया ने कोरोना जैसी महामारी को झेला, जिसमें दुनिया भर में करोड़ों लोग मारे गए, कई देशों को बनते-टूटते भी देखा। अगर भूमिगत परमाणु परीक्षण को देखा तो चाँद से लेकर मंगल तक जाने का अभियान भी इस दुनिया ने देखा। प्रभात खबर इन सारी घटनाओं का गवाह रहा है और उसने बेहतर तरीके से इन घटनाओं को समय-समय पर कवर किया है। यहाँ कुछ प्रमुख घटनाओं की चर्चा करेंगे।

प्रभात खबर

अंगरक्षक द्वारा प्रधानमंत्री श्रीमती गांधी की नृशंष हत्या

एक हत्यारा मारा गया: बारह दिनों का राष्ट्रीय शोक

अलविदा!

राजीव नये प्रधानमंत्री

1984 में इंदिरा गांधी की हत्या

प्रभात खबर

भोपाल में जहरीली गैस से ५०० व्यक्ति मरे

बिहार के १२ निर्वाचन क्षेत्रों के दिग्गजों के भाग्य का निर्णय

बिहारकांग्रेस(इ)उम्मीदवारोंके चयन में डॉ. मिश्र को प्रमुखता दी गयी

क्या श्रीमती गांधी के शव का अंत्यपरीक्षण हुआ था?

भोपाल में गैस रिसाव में हजारों की मौत

प्रभात खबर

हरियाणा रोडवेज की तीन बसों के ७४ निरीह यात्रियों की सामूहिक हत्या

अमानवीय कृत्य की व्यापक निंदा

किसानों के लिए ८ करोड़ स्वीकृत

बिहार में नं. 1 कौन?

पंजाब में बस से उतारकर यात्रियों की हत्या

दुनिया के कई देश आतंकी और आपराधिक घटनाओं का शिकार बने। 1986 में स्वीडन के तत्कालीन प्रधानमंत्री ओलोफ पाल्मे की हत्या कर दी गई। उन दिनों भारत का पड़ोसी देश श्रीलंका भी तबाह हो रहा था। वहाँ लिट्टे प्रमुख प्रभाकरण की अगुवाई में तमिलों के लिए अलग देश की माँग को लेकर हिंसा हो रही थी। इसी कड़ी में 1993 में श्रीलंका के राष्ट्रपति प्रेमदासा बम विस्फोट में मारे गए थे। अनेक देशों के प्रमुख नेता भी हिंसा के शिकार हुए थे, इस्त्राइल के प्रधानमंत्री इत्जक रेबिन की नवंबर 1995 में हत्या उस समय की बड़ी घटना थी। भारत के पड़ोसी देशों में भी ऐसी घटनाएँ घट रही थीं। जून 2001 में नेपाल के राजा वीरेंद्र और परिवार के कई और सदस्यों की गोलीबारी में हत्या कर दी गई थी। पाकिस्तान भी शांत नहीं था। वहाँ की पूर्व प्रधानमंत्री बेनजीर भुट्टो की रावलपिंडी में दिसंबर, 2007 में हत्या कर दी गई थी। ये सब बड़ी राजनीतिक घटनाएँ थीं।

प्रभात खबर

श्रमशक्ति को गरिमा देने व बेरोजगारी मिटाने के व्यापक अभियान का आह्वान

स्वर्णमंदिर में कानून व्यवस्था बिगड़ी तो सीधा हस्तक्षेप होगा – बरनाला

मूल्य वृद्धि के खिलाफ दिल्ली में भाजपा का प्रदर्शन, ३००० कार्यकर्ता गिरफ्तार

श्रीलंका में ३० और तमिलों की हत्या

विशाल रैली में 'लड़कर लेंगे झारखंड' का उद्घोष

पोप का रांची आगमन

इराक-ईरान में तनाव तो था ही, लेकिन तब दुनिया के सामने एक बड़ा संकट आ गया था जब इराक ने अगस्त 1990 में कुवैत पर हमला कर दिया था। इस खाड़ी युद्ध का पूरी दुनिया पर असर पड़ा था। इसी के आसपास बड़े बदलाव हुए थे। 1991 में सोवियत संघ की टूट बड़ी घटना थी। दुनिया के नक्शे पर कई देशों का जन्म उस दौरान हुआ था। शीतयुद्ध खत्म हुआ था। कुछ समय पहले, यानी अक्तूबर 1990 में एक और

प्रभात खबर

पूर्व थल सेनाध्यक्ष जनरल वैद्य की गोली मारकर हत्या

आतंकवादियों द्वारा पूर्व थलसेनाध्यक्ष जनरल वैद्य की हत्या

बड़ी घटना घटी थी, जब पूर्वी और पश्चिमी जर्मनी दोनों का एकीकरण हो गया था। दूसरे विश्वयुद्ध के समय ही जर्मनी को दो भागों में बाँट दिया गया था।

इस शताब्दी के आरंभ में आतंकी घटनाएँ बढ़ीं और अल कायदा दुनिया के लिए बड़ी तबाही बनकर सामने आया था। अलकायदा ने अमेरिका को भी निशाना बनाया था जब उसने 11 सितंबर, 2001 को वर्ल्ड ट्रेड सेंटर पर हमला कर उसे ध्वस्त कर दिया था। अलकायदा प्रमुख ओसामा बिन लादेन को अमेरिकी सेना ने पाकिस्तान में मई 2011 में मार गिराया था। अशांति और हिंसा के इस दौर में कुछ अच्छी खबर भी आती थी, इनमें से एक खबर थी अश्वेत नेता नेल्सन मंडेला को रिहा करना। 11 फरवरी, 1990 को दक्षिण अफ्रीका के तत्कालीन राष्ट्रपति डी क्लार्क ने 27 साल तक जेल में बंद रहे नेल्सन मंडेला को रिहा किया था, प्रभात खबर ने इस मौके पर खास अंक भी निकाला था।

प्रभात खबर

जबरदस्त बम विस्फोट में बेअंत सिंह मारे गये

रामराव का इस्तीफा, नायडू को आमंत्रण

पंजाब के मुख्यमंत्री बेअंत सिंह की हत्या

इन 40 सालों में भारत में बड़ी-बड़ी घटनाएँ घटीं। 1984 के आसपास देश के कई हिस्सों में अशांति थी, पंजाब अलग सुलग रहा था, असम और मिजोरम अलग। प्रभात खबर अगस्त 1984 में आरंभ हुआ था, लेकिन उसके कुछ माह पहले ही जून में स्वर्ण मंदिर में आपरेशन ब्लू स्टार हुआ था, इसके विरोध में सिख रेजिमेंट, रामगढ़ में विद्रोह हुआ था और रामगढ़ में एक बड़े सैन्य अधिकारी की हत्या कर दी गई थी। उस समय तक प्रभात खबर का प्रकाशन आरंभ नहीं हुआ था, इस घटना के दो माह बाद ही राँची से प्रभात खबर निकला था।

प्रभात खबर

विमान दुर्घटना में पाकिस्तान के राष्ट्रपति जिया की मौत

लोकसभा में राष्ट्रीय सु (संशोधन) विधेयक ध्वनिमत से पारित

जू. डाक्टरों की हड़ताल समाप्त

पाकिस्तान के राष्ट्रपति जिया उल हक की विमान दुर्घटना में मौत

प्रभात खबर

उत्तरी अटलांटिक में विश्व की तीसरी सबसे बड़ी विमान दुर्घटना

३२६ यात्रियों सहित भारतीय विमान महासागर में लीन

१६ शव मिले, विस्फोट की आशंका, न्यायिक जांच होगी

उचित माहौल होने पर सरकार से बातचीत

सहकारिता बैंक को कर्ज लेने की गारंटी

'मुर्दा शहर' न सही लेकिन गंदी बस्तियों का पर्याय बन गया है कलकत्ता

प्रभात खबर के प्रकाशन के ढाई माह बाद ही 31 अक्तूबर, 1984 को तत्कालीन प्रधानमंत्री श्रीमती इंदिरा गांधी की गोली मारकर हत्या कर दी गई थी। यह सबसे बड़ी राजनीतिक हत्या थी, इसके बाद देश के कई हिस्सों में सिख विरोधी दंगे हुए थे, इसका व्यापक असर झारखंड (तब बिहार का हिस्सा था) के बोकारो, राँची, डाल्टनगंज समेत कई जिलों पर पड़ा था, हिंसा हुई थी। इस पूरी घटना को प्रभात खबर ने तब विस्तार से कवर किया था। पंजाब में आतंकवाद चरम पर था, शायद ही कोई दिन ऐसा होता था जब वहाँ कोई आतंकी घटना नहीं घटती थी।

प्रभात खबर

भागलपुर पर दंगाइयों का फिर कब्जा

फतेहपुर से रवींद्र भारती की पाती

बिहार के चुनावी युद्ध में कांग्रेस पिछड़ गयी है

भागलपुर में सांप्रदायिक दंगा

इंदिरा गांधी की हत्या के बाद राजीव गांधी को प्रधानमंत्री बनाया गया था। उन्होंने पंजाब में शांति नियुक्ति के लिए समझौता किया था। इस समझौता में संत लोंगोवाल ने बड़ी भूमिका अदा की थी। आतंकवादियों ने संत लोगोंवाल की भी हत्या कर दी थी। आतंकवादियों ने पंजाब के मुख्यमंत्री बेअंत

प्रभात खबर

आडवाणी की गिरफ़्तारी से सरकार संकट में

स्थिति सामान्य होने पर ही रिहाई संभव: लालू प्रसाद

गांधीऔर हटिया के विधायक गिरफ़्तार

नाटकीय अंदाज में हुई लालकृष्ण आडवाणी की गिरफ़्तारी

सूचना

आडवाणी गिरफ्तार

सिंह की अगस्त 1995 में हत्या कर दी थी। आपरेशन ब्लू स्टार के दौरान सैन्य प्रमुख रहे जनरल ए.एस. वैद्य की आतंकवादियों ने 1986 में हत्या कर दी थी। देश के कई अशांत हिस्सों को शांत करने के लिए राजीव गांधी की सरकार ने समझौता भी किया था, इनमें पंजाब समझौता, असम समझौता और मिजोरम समझौता प्रमुख थे। इनसे इन राज्यों में शांति स्थापित करने में मदद मिली थी। दूसरी बड़ी राजनीतिक घटना थी राजीव गांधी की 1991 में चुनाव प्रचार के दौरान हत्या। श्रीलंका में शांति स्थापित करने के लिए राजीव गांधी ने श्रीलंका सरकार के साथ जो समझौता किया था, उसकी कीमत उन्हें चुकानी पड़ी। इस हत्या ने देश की राजनीति को झकझोर कर रख दिया था।

प्रभात खबर

शक्तिशाली बम विस्फोटों से थर्रा उठी बंबई

अन्तरराष्ट्रीय षड्यंत्र की आशंका,उच्च स्तरीय जांच का आदेश

जमशेदपुर में जल संकट का कोई हल नहीं निकल सका

वसंत साठे अलग झारखंड राज्य के गठन के पक्ष में

मुंबई में बम विस्फोट

1984 में श्रीमती इंदिरा गांधी की हत्या के बाद जब लोकसभा चुनाव हुआ तो भारी बहुमत से राजीव गांधी की अगुवाई में कांग्रेस की सरकार बनी थी। उनके साथ सहानुभूति थी और कांग्रेस को प्रचंड बहुमत मिला था, लेकिन 1989 आते-आते राजनीतिक अस्थिरता दिखने लगी। बोफोर्स का मुद्दा उठा, वीपी सिंह ने कांग्रेस से इस्तीफा दिया और विपक्ष के साथ हो गए थे। 1989 के चुनाव के बाद विश्वनाथ प्रताप सिंह देश के प्रधानमंत्री बने, तब तक अयोध्या का मुद्दा गरमा गया था। वीपी सिंह सरकार ने मंडल आयोग की अनुशंसा को लागू कर दिया जिसके बाद बड़े पैमाने पर देश में आरक्षण के विरोध में आंदोलन हुआ। देश में मंडल और कमंडल का दौर चला,

प्रभात खबर

राष्ट्रीय मोरचा की सरकार गिरी

एक अध्याय समाप्त हुआ : चंद्रशेखर

याद आयेगा संसद का एकदिवसीय विशेष सत्र

राष्ट्रीय मोरचा की सरकार गिरी

देश ने बिहार में रथयात्रा के दौरान आडवाणी की गिरफ्तारी को भी देखा। इसका असर यह हुआ कि वीपी सिंह की सरकार चली गई। चंद्रशेखर देश के प्रधानमंत्री बने, चार माह ही सरकार चल सकी। राजीव गांधी की हत्या के बाद चुनाव में फिर कांग्रेस को बढ़त मिली और नरसिंह राव को प्रधानमंत्री बनाया गया। किसी तरह उन्होंने अल्पमत की सरकार को चलाया।

प्रभात खबर

मद्रास के निकट भीषण बम विस्फोट

राजीव गांधी मारे गये

पटना, पूर्णिया और पूरी की तीन सीटों के चुनाव रद्द

मेरठ व कानपुर में हिंसा

देश ने महान देश भक्त खो दिया

राजीव गांधी की हत्या

फिर चला राजनीतिक अस्थिरता का दौर। प्रधानमंत्री बनते, इस्तीफा देते, सरकार बनती, गिरती। देवगौड़ा प्रधानमंत्री बने, आइके गुजराल प्रधानमंत्री बने, अटल बिहारी वाजपेयी प्रधानमंत्री बने, स्थिरता तब आई जब 1999 में वाजपेयी तीसरी बार प्रधानमंत्री बने। इसके बाद देश ने रास्ता पकड़ लिया। दस साल मनमोहन सिंह प्रधानमंत्री रहे और उसके बाद 2014 से सत्ता नरेंद्र मोदी के हाथ में आने तक अनेक उतार-चढ़ावों का दौर गुजरा।

इन 40 साल में देश में कुछ और बड़ी घटनाएँ घटीं। इनमें पोखरण में भारत द्वारा 1996 में किया गया परमाणु विस्फोट प्रमुख है, भारत ने पाकिस्तान के खिलाफ करगिल में जंग लड़ी और जीत हासिल की। चंद्रयान-3 को चाँद की सतह पर उतारने में भारत को सफलता मिली। झारखंड, उत्तराखंड, छत्तीसगढ़ और तेलंगाना जैसे नए राज्य भी इसी दौरान बने। इसी दौरान कई अन्य बड़ी घटनाएँ भी घटीं। अयोध्या का मुद्दा गरमाया रहा, 1992 में ढांचे को ध्वस्त कर दिया गया। सुप्रीम कोर्ट का फैसला आया और अयोध्या में राममंदिर बना, जिसका उद्घाटन 2024 में हुआ, देश में अन्य आतंकी घटनाएँ भी घटीं। पहले 1992 में मुंबई में बम विस्फोट हुआ, संसद पर आतंकियों का हमला हुआ, मुंबई में भी आतंकियों ने हमला किया। भारत ने इस दौरान अनेक बड़े फैसले किए जिसमें से एक

प्रभात खबर

आजाद हुए नेल्सन मंडेला

पाकिस्तानियों ने फिर भारतीय सीमा में घुसने की कोशिश की

दोषियों के खिलाफ प्राथमिकी दर्ज होगी!

मणिपुर में आज चुनाव

जद के तीन दर्जन अपराधी प्रत्याशी

नेल्सन मंडेला की रिहाई

प्रभात खबर

इराक के कब्जे से कुवैत मुक्त

इराक के कब्जे से कुवैत मुक्त

प्रभात खबर

75 लोगों की गोली मार कर हत्या

बिहार में जातीय संघर्ष,
75 की हत्या

प्रभात खबर

एक वोट से हारी वाजपेयी सरकार

एक वोट से गिरी
वाजपेयी की सरकार

है सीमा पार, यानी पाकिस्तान की सीमा में घुसकर आतंकियों के ठिकानों पर हमला किया (सर्जिकल स्ट्राइक)। 2014 में नरेंद्र मोदी की अगुवाई में भारत में एन.डी.ए. की सरकार बनी और कुछ बड़े निर्णय लिए गए। इनमें कश्मीर से धारा 370 का समाप्त होना प्रमुख है, तीन तलाक खत्म हुआ, खेल में भी भारत बड़ी ताकत के रूप में उभरा, भारत इसी अवधि में, यानी 2011 में दूसरी बार वनडे क्रिकेट का वर्ल्ड चैंपियन बना, धोनी थे हीरो! फिर 2024 में टी-20 का चैंपियन बना भारत। राँची में शानदार क्रिकेट स्टेडियम का निर्माण झारखंड ही नहीं, देश के लिए गर्व करने वाली बात है।

झारखंड-बिहार तो प्रभात खबर का गढ़ रहा है। 40 वर्षों में प्रभात खबर ने

प्रभात खबर

अयोध्या में तीनों गुंबद ध्वस्त

यूपी में राष्ट्रपति शासन लागू

अयोध्या में कारसेवकों ने
विवादित ढाँचा ढाहा

प्रभात खबर

दिल्ली आ रहे भारतीय विमान का अपहरण, चार की हत्या

भारतीय विमान का अपहरण

प्रभात खबर

झारखंड बना, मरांडी मुख्यमंत्री

झारखंड राज्य का गठन,
मरांडी पहले सी.एम. बने थे

प्रभात खबर

संसद पर आतंकवादियों का हमला

संसद पर आतंकवादियों का हमला

प्रभात खबर

मदर टेरेसा अचानक रांची पहुंचीं

केंद्र ने झारखंड विधेयक लौटाया

मदर टेरेसा का रांची आगमन

प्रभात खबर

मुंबई में आतंकी हमले

102 मरे

एनोस, हरिनारायण पर एफआइआर

आयकर दे मंत्रियों की संपत्ति का ब्योरा

मुंबई में आतंकियों का हमला

बिहार-झारखंड की छोटी-बड़ी सभी घटनाओं को जगह दी है। इनमें से कुछ को याद करना अनिवार्य है। 1990 में लालू प्रसाद बिहार के मुख्यमंत्री बने, चारा घोटाला में वे जेल गए तो राबड़ी देवी मुख्यमंत्री बनी, इसके बाद बिहार में सत्ता नीतीश कुमार के हाथ में आई। एक बड़ा बदलाव दिखा। बिहार में जातीय संघर्ष का खत्म होना। बिहार ने 90 के दशक में अनेक बड़े नरसंहारों को देखा-झेला। एक और बड़ी घटना रही बिहार का बँटवारा और झारखंड का गटन।

अब झारखंड की चर्चा हो। प्रभात खबर तो झारखंड आंदोलन का गवाह रहा है। आंदोलन के दौरान झारखंड बंद, धरना-प्रदर्शन से लेकर आर्थिक नाकेबंदी, केंद्र

प्रभात खबर

सोनिया गांधी ने प्रधानमंत्री पद ठुकराया

सोनिया गांधी ने प्रधानमंत्री का पद ठुकराया

प्रभात खबर

जय हिंद

...और इधर लहर गया झारखंड

ओबामा ने हुमायूं से पायी प्रेरणा

अमेरिकी राष्ट्रपति ओबामा का भारत आगमन

प्रभात खबर

15 साल के लालू राज का अंत

DERAILED

15 साल के लालू सरकार का अंत

से वार्त्ता तक का दौर प्रभात खबर ने देखा है। 15 नवंबर, 2000 को झारखंड बनते देखा है। झारखंड में बड़ी-से-बड़ी नक्सली घटनाएँ घटी हैं, अनेक विधायक-सांसद बड़े अधिकारियों की हत्या भी इस दौरान हुई। सांसद सुनील महतो की हत्या, विधायक गुरुदास चटर्जी, विधायक महेंद्र सिंह, विधायक रमेश सिंह मुंडा की हत्या झारखंड में हुई।

झारखंड ने डोमेसाइल के दौरान हिंसा का दौर देखा। बाबूलाल मरांडी, अर्जुन मुंडा, शिबू सोरेन, मधु कोड़ा, रघुवर दास, हेमंत सोरेन और चंपाई सोरेन को मुख्यमंत्री बनने का भी गवाह रहा है, भ्रष्टाचार के आरोप में झारखंड के अनेक राजनेताओं और अधिकारियों को जेल जाते देखा है, कोरोना का दौर भी देखा है। अनेक नकारात्मक घटनाओं के बावजूद झारखंड में अनेक लोगों ने बेहतर काम किया, वे झारखंड में जल, जंगल, जमीन की रक्षा के लिए जुटे रहे, वनों की रक्षा करते हुए राष्ट्रीय सम्मान हासिल किया।

प्रभात खबर ने देखा है, महसूस किया है कि कैसे बिहार का हिस्सा रहने के दौरान झारखंड क्षेत्र की उपेक्षा की जाती थी, विकास के लिए बजट नहीं होता था, स्कूलों का अपना भवन नहीं होता था, सड़कें बुरे हाल में थीं, पुल-पुलिया ध्वस्त हो चुके थे, अस्पतालों का बुरा हाल था। प्रभात खबर ने इस अन्याय के खिलाफ लड़ाई भी लड़ी। आज इसी झारखंड में फोर लेन सामान्य बात है, अपना विधानसभा भवन, शानदार हाइकोर्ट भवन आदि हैं, कई नए विश्वविद्यालय बने, एम्स बना। अगर कमियों को प्रभात खबर उजागर करता रहा है, आलोचना करता रहा है तो बेहतर काम

प्रभात खबर

क्रिकेट के हम

सिकंदर

भारत ने दूसरी बार वर्ल्ड कप जीता

प्रभात खबर

मोदी सुनामी

मोदी को 2014 के चुनाव में प्रचंड बहुमत, प्रधानमंत्री बने

प्रभात खबर

पुलवामा का बदला

भारतीय वायु सेना का एयर स्ट्राइक

पाकिस्तान में घुस कर मारे 350 आतंकी

भारत का मंगल वार

भारतीय सेना ने पाकिस्तान में घुसकर आतंकियों के खिलाफ बड़ी काररवाई की

प्रभात खबर
कोरोना से जंग शुरू
झारखंड में लॉकडाउन

कोरोना के कारण झारखंड में लॉकडाउन

प्रभात खबर
हटा 370
इतिहास बना, भूगोल बदला

मोदी सरकार ने कश्मीर से धारा–370 खत्म किया

प्रभात खबर
नया संकल्प नया आरंभ

नए संसद् भवन का उद्घाटन

को हमेशा प्रभात खबर ने सराहा भी है। 40 साल में निकाले गए अंकों पर एक नजर देखने से यह पता चल जाएगा कि प्रभात खबर ने कैसे ईमानदारी से, तेवर के साथ एक निष्पक्ष पत्रकारिता की है, समाज को समृद्ध करने और देश को मजबूत करने, समाज को जोड़ने की पत्रकारिता की है।

प्रभात खबर
ारत ने किये तीन परमाणु विस्फोट

वाजपेयी सरकार ने 1996 में किया था परमाणु विस्फोट

प्रभात खबर
रोम-रोम में रमे राम

अयोध्या में जनवरी 2024 में राममंदिर में भगवान् राम की मूर्ति की प्राण प्रतिष्ठा

□

रोजगार, घर, पंचायतनामा का प्रयोग

एक समय था जब पत्रिकाओं की माँग बहुत ज्यादा होती थी। यही कारण था कि मीडिया ग्रुप दैनिक अखबारों के अलावा पत्रिकाएँ भी निकालते थे। टाइम्स आफ इंडिया ग्रुप इसमें सबसे आगे था जो धर्मयुग, दिनमान समेत अनेक पत्रिकाएँ निकालता था। इनमें फिल्मी पत्रिकाएँ भी होती थीं। यही प्रयास प्रभात खबर ने भी किया था। कुछ पत्रिकाएँ सफल रही और कुछ असफल। जिन दिनों प्रभात खबर ने पत्रिका निकालने का प्रयास किया था, उस समय झारखंड बहुत ही पिछड़ा इलाका था, आम पत्रिकाओं के लिए झारखंड में बड़ा बाजार नहीं था, लेकिन प्रतियोगी परीक्षाओं से जुड़ी पत्रिकाओं की माँग थी।

रोजगार प्रभात खबर का विमोचन करते लालू प्रसाद

1992 के पहले प्रभात खबर के पास पत्रिका के नाम पर सिर्फ रविवारीय पत्रिका थी। देश के अन्य बड़े अखबार विभिन्न पत्रिकाएँ निकाल रहे थे। प्रभात खबर ने महसूस कर लिया था कि आने वाले दिनों में वही अखबार टिक पाएगा जिसके पास अधिक-से-अधिक संस्करण हों, जिसके पास भिन्न-भिन्न पाठक वर्ग को आकर्षित करने के लिए भिन्न-भिन्न पत्रिकाएँ हों। प्रभात खबर की यही खासियत भी रही है समय को पहचानने में आगे रहना। इसी क्रम में प्रभात खबर ने छात्रों के लिए रोजगार प्रभात खबर निकालने का निर्णय लिया था, बिहार में उस समय कोई ऐसी पत्रिका नहीं थी (प्रतियोगिता किरण का प्रकाशन पटना से होता था), जो छात्र-छात्राओं को प्रतियोगी परीक्षाओं की तैयारी करा सके। बिहार (झारखंड भी) के छात्रों को इसके लिए भी प्रतियोगिता दर्पण पर निर्भर रहना पड़ता था। कीमत के दृष्टिकोण से भी प्रतियोगिता दर्पण पत्रिका महँगी थी, इसलिए प्रभात खबर ने रोजगार प्रभात खबर (पाक्षिक) का प्रकाशन आरंभ किया। तब लालू प्रसाद बिहार के मुख्यमंत्री थे, झारखंड-बिहार का ही हिस्सा था, लालू प्रसाद प्रभात खबर के राँची कार्यालय में आए थे, बड़ा कार्यक्रम हुआ था। इसी परिसर में 30 अगस्त, 1992 को रोजगार प्रभात खबर का लोकार्पण किया गया था। उनके साथ तत्कालीन जल संसाधन मंत्री जगदानंद सिंह और सांसद राजकिशोर महतो भी थे। कीमत भी चार रुपए रखी गई थी, ताकि आम छात्रों को कोई परेशानी न हो।

रोजगार
प्रभात खबर
अंक -एक, दिनांक : 31 जुलाई 1992/पाक्षिक
'रोजगार' प्रभात खबर : जरूरत और सपना
होटल प्रबं

रोजगार प्रभात खबर का पहला अंक

रोजगार प्रभात खबर में इस बात का खयाल रखा जाता था कि अधिक-से-अधिक ऐसी सामग्री दी जाए जिससे छात्रों को प्रतियोगी परीक्षा पास करने में मदद मिले, चाहे वे बैंक/क्लर्क ग्रेड की तैयारी कर रहे हों या बी.पी.एस.सी., यू.पी.एस.सी. की परीक्षा की। सभी प्रकार की सामग्री इसमें उपलब्ध रहती थी। सामान्य ज्ञान पर खास जोर दिया जाता था। साथ ही देश/राज्य में कहाँ-कहाँ नौकरी उपलब्ध है, कौन सी परीक्षा कब होगी, इसकी जानकारी दी जाती थीं। पटना और इसके आसपास रोजगार प्रभात खबर की माँग इतनी हो गई थी कि प्रभात खबर अपनी पुरानी मशीन से इस माँग को पूरा करने में असमर्थ हो गया था।

1996-97 में बिहार सरकार बड़े पैमाने पर शिक्षकों की नियुक्ति कर रही थी। लाखों छात्र इसमें शामिल हो रहे थे। प्रभात खबर ने महसूस कर लिया था कि शिक्षक नियुक्तियों पर छात्रों को सामग्री चाहिए, इसलिए रोजगार प्रभात खबर ने शिक्षक नियुक्ति विशेषांक निकाला। एक नहीं, अनेक विशेषांक निकले। माँग ज्यादा थी, लेकिन मशीन की क्षमता कम थी, चाह कर भी माँग को प्रभात खबर पूरा नहीं कर पा रहा था। एक दिन ऐसा हुआ कि रोजगार प्रभात खबर छपने के बाद पटना में जैसे ही एजेंट के पास आया, उसे खरीदने के लिए लोगों की भीड़ उमड़ पड़ी। लूटपाट की स्थिति उत्पन्न हो गई थी। अंततः भीड़ को काबू में लाने के लिए पुलिस का सहारा लेना पड़ा, पुलिस को लाठी चार्ज करना पड़ा। किसी पत्रिका को खरीदने के लिए इस प्रकार की भीड़ शायद ही कभी उमड़ी हो, 70-80 के दशक में मैट्रिक की परीक्षा के समय शर्मा गेस पेपर खरीदने के लिए कभी ऐसी ही छात्रों की भीड़ उमड़ती थी।

वैसे तो रोजगार प्रभात खबर टेब्लायड आकार में निकलता था, लेकिन कई बार पत्रिका के आकार में विशेषांकों को भी निकाला गया। पाठकों ने इन्हें काफी पसंद किया था, इसे सहेज कर रखना या साथ लेकर चलना आसान था। दरअसल झारखंड और बिहार में जिस तरीके की बेरोजगारी रही है, ऐसी पत्रिकाओं की माँग हमेशा से रही है। रोजगार प्रभात खबर के कंटेंट का इस्तेमाल कई बार जमशेदपुर के प्रभात खबर में किया जाता था, जिसकी खूब माँग होती थी। रोजगार से सामग्री लेकर दैनिक प्रभात खबर में एक-एक पृष्ठ प्रकाशित कर दिया जाता था, इससे उन छात्रों को लाभ मिल जाता था जो किसी कारण से रोजगार खरीद नहीं पाते थे।

रोजगार प्रभात खबर का सर्कुलेशन इतना ज्यादा हो गया था कि यह लाभ में चल रहा था। जब प्रभात खबर का 1996 में पटना से प्रकाशन आरंभ हुआ था तब पटना संस्करण घाटे में चल रहा था। इसी रोजगार प्रभात खबर से होने वाली आय ने पटना संस्करण को सहयोग किया। राज्य बनने के बाद भी कई सालों तक रोजगार प्रभात खबर छपता रहा, लेकिन झारखंड में अन्य बड़े अखबारों के आने के बाद प्रभात खबर प्रबंधन का पूरा ध्यान उन बड़े अखबारों का सामना करने में लग गया। समय के साथ-साथ रोजगार प्रभात खबर को बदला नहीं जा सका। जो इसकी कोर टीम थी, उनमें से कई सरकारी नौकरी में अच्छे पदों पर चले गए। इनमें से एक थे राजेश सिंह, जिनका चयन व्याख्याता पद के लिए हो गया था। उन्होंने रोजगार को आगे बढ़ाने में महत्त्वपूर्ण भूमिका निभायी थी। इसका असर रोजगार प्रभात खबर की गुणवत्ता पर पड़ने लगा।

बाद के दिनों में रोजगार प्रभात खबर प्राथमिकता में नहीं रहा, किसी तरह इसके अंक निकलते रहे, लेकिन गुणवत्ता गिरने लगी थी। इसका असर सर्कुलेशन पर पड़ने लगा। धीरे-धीरे इसका सर्कुलेशन भी घटने लगा। अंततः 16 अप्रैल, 2008 के अंक

के बाद प्रबंधन ने इसका प्रकाशन स्थगित करने का निर्णय लिया। आज जितने भी बड़े अखबार आए हैं, सभी का ध्यान छात्रों पर है, उसके लिए हर अखबार अलग-अलग सप्लीमेंट निकालता है, ये सब अब हो रहा है। प्रभात खबर ने छात्रों की आवश्यकता को पहचानते हुए बहुत पहले ही रोजगार प्रभात खबर का प्रकाशन आरंभ किया था। आज रोजगार प्रभात खबर का प्रकाशन जारी रहता तो अब तक देश भर में उसकी पहचान वैसी ही बन गई होती जैसी पहचान आज प्रतियोगिता दर्पण जैसी पत्रिका की बनी है। इससे प्रभात खबर ग्रुप की ताकत और बढ़ गई होती।

घर प्रभात

आज अखबारों को विज्ञापन देने के पहले उसका प्रोडक्ट प्रोफाइल देखा जाता है। कोचिंग या शिक्षा से जुड़े विज्ञापन देने के पहले यह देखा जाता है कि छात्रों के बीच उस अखबार की कितनी पैठ है। इसी प्रकार महिलाओं से संबंधित उत्पाद (प्रोडक्ट) के विज्ञापन जारी होने के पहले यह पता लगाया जाता है कि महिलाएँ किस अखबार को ज्यादा पढ़ती हैं। सारा कुछ डाटा के विश्लेषण के बाद होता है। हाल के दिनों में इस पर ज्यादा जोर दिया जा रहा है। इसी की पूर्ति करने के लिए महिलाओं के लिए अलग से अखबार के साथ सप्लीमेंट निकाला जाता है। ऐसा लगभग सभी अखबारों (चाहे वे हिंदी के हों या अंग्रेजी के या अन्य भाषाओं के) के साथ होता है। महिलाओं के लिए हिंदी की कई पत्रिकाएँ निकलती हैं और उनका सर्कुलेशन भी अच्छा खासा है।

घर का डमी अंक

रोजगार प्रभात खबर के प्रकाशन से प्रभात खबर ने छात्रों/बेरोजगारों के वर्ग में अपनी पैठ बना ली थी। उसके बाद तय हुआ कि महिलाओं के लिए कोई घरेलू पत्रिका भी निकाली जाए। 3 नवंबर, 1993 को तत्कालीन महाप्रबंधक पीके सेन ने आर.एन. आई. के पास रजिस्ट्रेशन के लिए आवेदन किया था। उसके बाद घर प्रभात (रजिस्ट्रेशन नंबर-52517/94) का प्रकाशन आरंभ हो गया। दो-तीन अंक अखबार के साथ मुफ्त में दिए गए। बाद में इसे एक अलग पत्रिका के रूप में बाजार में उतारा गया। यह मासिक पत्रिका थी। उन दिनों बिहार जैसे पिछड़े इलाकों से महिलाओं की पत्रिकाएँ निकालने की

बात शायद ही कोई सोच सकता था। प्रभात खबर ने महसूस किया था कि आने वाले दिनों में ऐसी पत्रिकाओं की माँग बढ़ेगी, इसलिए घर प्रभात का प्रकाशन आरंभ किया गया। इसका विमोचन 28 जनवरी, 1994 को फिल्म अभिनेत्री मीनाक्षी शेषाद्रि ने मुंबई के होटल एंबेसडर में किया था। आयोजन भव्य था, जिसमें नादिरा बब्बर भी मौजूद थीं। देश के कई बड़े पत्रकार भी इस विमोचन समारोह में थे। प्रभात खबर की ओर से प्रधान संपादक हरिवंश, महाप्रबंधक पीके सेन वहाँ थे। घर प्रभात एक संपूर्ण पारिवारिक पत्रिका थी जिसमें कविता–कहानी से लेकर फिल्म, फैशन, सौंदर्य, स्वास्थ्य, व्यंजन, साज–सज्जा और कॅरियर के बारे में जानकारी दी जाती थी। कुछ साल तक चलने के बाद घर प्रभात का प्रकाशन स्थगित कर दिया गया।

जिन दिनों इन पत्रिकाओं का प्रकाशन प्रभात खबर कर रहा था, आर्थिक संकट के कारण राष्ट्रीय या प्रांत स्तर पर इसका प्रचार–प्रसार नहीं हो पाता था। पत्रिकाओं के लिए स्तरीय सामग्री का अभाव भी दिखता था, जिसका असर गुणवत्ता पर पड़ रहा था। स्तरीय लेखों के लिए देश के प्रसिद्ध लेखक बड़ी राशि की माँग करते थे जिसे उन दिनों प्रभात खबर पूरा नहीं कर सकता था, इसलिए बड़े लेखक एक–एक कर दूर होते चले गए। इसका असर इसके सर्कुलेशन पर पड़ा और घर प्रभात का प्रकाशन स्थगित करना पड़ा। यह वह दौर था जब देश में मनोरमा, सहेली, गृहशोभा जैसी महिलाओं की पत्रिका बहुत ही लोकप्रिय थी।

प्रभात खबर पत्रिका

बिहार में राजनीतिक खबरों की माँग हमेशा से रही है, इसलिए प्रभात खबर ने महसूस किया था कि बिहार से अगर कोई राजनीतिक–सामाजिक पत्रिका निकाली जाए तो चलेगी। परिणामतः रोजगार प्रभात खबर और घर प्रभात के बाद अगला प्रकाशन था—प्रभात खबर पत्रिका का। उन दिनों बिहार से हिंदी में इस तरह की कोई पत्रिका नहीं थी। प्रबंधन ने तय किया कि हिंदी में प्रभात खबर की एक स्तरीय पत्रिका निकाली जाए, इसके बाद 1994 में इसका प्रकाशन आरंभ किया गया था। यह एक पाक्षिक पत्रिका थी। डमी अंक के

पत्रिका का अंक

संपादकीय में इसके निकालने का उद्‌देश्य स्पष्ट किया गया था। उनके इस संपादकीय को पढ़ने से बहुत कुछ साफ हो जाता है।

पत्रिका क्यों? दुनिया, औद्योगिक युग के बाद की तकनीकी क्रांति के दौर में है। घर, परिवार, समाज, देश के साथ-साथ व्यक्ति के जीवन में अभूतपूर्व परिवर्तन हो रहे हैं, इतनी तेजी से और गुपचुप कि लोग हैरत में हैं। राजसत्ता स्वतः क्षीण हो रही है, पुराने वैचारिक औजार अप्रासंगिक हो चुके हैं, दुनिया की सीमाएँ सिमट गई हैं, अंतरराष्ट्रीयकरण (ग्लोबलाइजेशन) और उदारीकरण के गहरे प्रभाव समाज-जीवन में देखे जा सकते हैं, विज्ञान और तकनीक में अद्‌भुत, पर स्तब्ध करने वाले शोध हो रहे हैं, दूरदर्शन-टीवी ने दुनिया को एक मंच तो प्रदान किया है, पर इसके अन्य प्रभाव चौंकाने वाले हैं। इस दौर में हिंदी में इस परिवर्तन की प्रतिबिंब बनने वाली कोई पत्रिका नहीं है। इस परिवर्तन, पश्चिमी लहर या आधुनिकता के गहरे सामाजिक-आर्थिक-राजनीतिक परिणाम की गंभीरता से छान-बीन हो रही है, परंपरागत भारतीय जीवन की लय टूट गई है, स्वस्थ भारतीय मूल्य भी इस पश्चिमी आबोहवा में डूब उतरा रहे हैं, जनसंख्या विस्फोट, शहरीकरण, पर्यावरण संकट, विषमता, भ्रष्टाचार, हिंसक रूझान, अधैर्य, क्षणजीवी संस्कृति, स्वकेंद्रित समाज, भोग में डूबने-उतराने की उत्कट अभिलाषा ने समाज-देश-घर को धकेल कर कहाँ से कहाँ पहुँचा दिया है। मौजूदा विकास का रास्ता क्या विनाश के कगार पर पहुँच गया है? मनुष्य विकास के लिए है या विकास मनुष्य के लिए? समृद्धि से उबी पश्चिमी दुनिया अध्यात्म की शरण में क्यों जाना चाहती है? भारत आज तक इतना पिछड़ा क्यों बना रहा? एसियान के देशों या चीन से भारत क्यों प्रेरणा नहीं ले सका? अंतरराष्ट्रीय मंच पर भविष्य के अभिनेता देश कौन हैं? सोवियत रूस में साम्यवाद के बिखरने के बाद क्या नए ध्रुवीकरण हो रहे हैं? इन चीजों की पर्याप्त जानकारी आज हिंदी पाठकों को नहीं है।

धर्मयुग, दिनमान, रविवार, साप्ताहिक हिंदुस्तान आदि जैसी पत्रिकाओं ने हिंदी पाठकों को समृद्ध बनाया पर आज की क्या स्थिति है? सबसे अधिक बोलने वालों की भाषा होते हुए भी हिंदी में कोई गंभीर पत्रिका नहीं बची। बाजार पत्रिकाओं के विपरीत है पर विपरीत परिस्थितियों में ही चुनौती स्वीकारने से सृजन होता है। बिहार से निकल कर पत्रिका (प्रभात खबर) पूरे देश में अपने युग की चुनौतियों और सवालों का प्रतिबिंब बनना चाहती है, इसकी सफलता आपकी साझेदारी पर ही निर्भर है। गाँव, कस्बे और शहरों के रचनात्मक युवकों को एक मंच पर लाकर सृजन के अभियान को नई गति देने की प्रेरणा से प्रेरित है, पत्रिका का प्रकाशन। आप लिखें, अपनी बात व भावना हजारों तक पहुँचाएँ, आपके आसपास की जो घटना मीडिया की निगाह में न आए, उसे लिख भेजें। आपसे पूर्ण सहयोग की अपेक्षा में—संपादक। लोगों को हालात बताने वाले, आगे

बढ़ने की प्रेरणा देने वाले संपादकीय के साथ प्रभात खबर पत्रिका का प्रकाशन आरंभ हुआ। इसमें राष्ट्रीय स्तर के कई लेख छपते थे। लेकिन फिर वही संकट, बाजार किसी भी पत्रिका का साथ नहीं दे रहा था, अंततः तमाम प्रयासों के बावजूद यह बहुत दिनों तक प्रकाशित नहीं हो सकी। यशोनाथ झा ने इसके कई अंकों का संपादन किया था।

कारोबार खबर

हिंदी अखबारों में बिजनेस की खबर नहीं के बराबर रहती थी, ऐसा माना जाता था कि जिन्हें बिजनेस की खबर पढ़नी है, वे अंग्रेजी के अखबार इकानामिक्स टाइम्स या बिजनेस स्टैंडर्ड आदि पढ़ेंगे, लेकिन प्रभात खबर बिजनेस की खबर को लेकर एक प्रयोग करना चाहता था। प्रभात खबर हिंदी का पहला क्षेत्रीय अखबार था, जिसने हिंदी में बिजनेस की खबरों के लिए एक अलग अखबार निकाला। 1993 में सबसे पहले राँची से टेबलायड आकार में कारोबार खबर (साप्ताहिक) निकलना शुरू हुआ। बाद में तय किया गया कि इसे बड़े आकार में साप्ताहिक किया जाए। कोलकाता बिजनेस का केंद्र रहा है इसलिए कारोबार खबर के लिए कोलकाता को ही मुख्यालय बनाया गया।

कारोबार खबर
सेबी में बड़े पैमाने पर फेरबदल होगा
बैंट को पटाने के लिए पहल
पति को बचाने में जुटीं नीना पिल्लै

कारोबार खबर का डमी अंक

प्रधान संपादक हरिवंशजी के निर्देश पर ओमप्रकाश अश्क ने इसकी रूपरेखा तैयार की थी। अश्कजी को बिजनेस की खबर की समझ ज्यादा थी, इसलिए उन्हें यह जिम्मेदारी सौंपी गई थी। पिंक पेपर पर छपने वाले कारोबार खबर का डमी अंक तो अप्रैल 1995 से ही निकलना शुरू हो गया था। 12 पृष्ठों के इस साप्ताहिक को पहले राँची में छापकर कोलकाता और अन्य जगहों पर भेजा जाता था। सितंबर 1995 में जब प्रभात खबर का प्रकाशन जमशेदपुर से शुरू हो गया तो कारोबार खबर की प्रिंटिंग जमशेदपुर में होने लगी। कोलकाता से एक सहयोगी निगेटिव लेकर जमशेदपुर आते, अखबार छपता और फिर ट्रेन में बुक करा कर उसे कोलकाता ले जाते। कठिन काम था। अखबार को चलाने के लिए विज्ञापन चाहिएँ थे, कारोबार खबर को शेयर बाजार, निवेश और बिजनेस की स्तरीय खबर रहने के बावजूद नहीं चलाया जा सका, क्योंकि इसमें

विज्ञापनों का अभाव था। उन दिनों कंपनियाँ अंग्रेजी में छपने वाले बिजनेस साप्ताहिक या अंग्रेजी दैनिक को ही विज्ञापन देती थीं। साधन के अभाव में कुछ साल चलने के बाद कारोबार खबर को बंद करना पड़ा।

पंचायतनामा

प्रभात खबर ने ग्रामीण क्षेत्र के लोगों-पाठकों के लिए एक और प्रयोग किया। सिर्फ ग्रामीण क्षेत्र पर आधारित अखबार पंचायतनामा निकाला। दैनिक अखबारों में शहर की खबरें ज्यादा होने के कारण ग्रामीण इलाकों की खबरों के लिए जगह नहीं होती थी, अगर मिलती भी थी तो राजनीतिक और अपराध की खबरें ज्यादा होती थीं। किसानों की खबरें या खेती-बाड़ी की खबरों-लेखों को ज्यादा जगह चाहिए थी। यह तभी पूरा हो पाता जब ग्रामीण इलाकों के लिए कृषि-पशुपालन आदि पर आधारित अलग अखबार हो, इसलिए पंचायतनामा के जरूरत पड़ी।

पंचायतनामा को बहुत उम्मीद के साथ निकाला गया था, संजय मिश्र इसके संपादक बनाए गए थे, इसका विमोचन केंद्रीय मंत्री जयराम रमेश ने 2012 में किया था, उस समय इसकी कीमत 10 रुपए रखी गई थी, लेकिन विमोचन वाले दिन ही अतिथियों ने इसकी कीमत कम करने का सुझाव दिया था। बाद में इस सुझाव को मान भी लिया गया था। पहले यह सिर्फ झारखंड के लिए था, पाक्षिक था, लेकिन कम समय में ही इसने अपनी जगह बना ली। बाद में पाठकों की माँग पर इसे साप्ताहिक किया गया। झारखंड के बाद बिहार में भी इसका प्रकाशन आरंभ किया गया। पंचायतनामा में पंचायत-गाँवों की खबरों को प्रमुखता दी जाती थी, पंचायत की समस्या, किसानों को सरकारी योजनाओं की जानकारी, कैसे किसान उन्नत खेती करें, इसकी जानकारी दी जाती थी। इसके अलावा ग्रामीणों को मुरगी पालन, बकरी पालन, सुअर पालन के अलावा ऐसे स्वरोजगार की जानकारी दी जाती थी जिसके बल पर गाँव में रहने वाले लोगों की आय बढ़ सके। जो किसान बेहतर कर रहे हैं, जो पंचायत प्रतिनिधि बेहतर काम कर रहे हैं, उन्हें खास स्थान दिया जाता था, इसके अलावा शिक्षा, स्वास्थ्य, सिंचाई, पेयजल, स्वच्छता और ग्रामीण विकास से संबंधित रोचक जानकारी पंचायतनामा के

माध्यम से दी जाती थी। ढाई साल चलने के बाद सितंबर 2014 से इसका प्रकाशन स्थगित कर दिया गया।

इसे बाद में फिर शुरू किया गया, पंचायतनामा की गुणवत्ता से झारखंड सरकार इतनी प्रभावित हुई थी कि उसने इसके कई अंक बड़ी संख्या में खरीदकर जेएसएलपीएस के माध्यम से ग्रामीण इलाकों में बँटवाए ताकि ग्रामीण इलाकों में हो रहे बदलाव को लोग समझ सकें। संजय मिश्र के बाद पंचायतनामा निकालने की अतिरिक्त जिम्मेवारी मुझे भी मिली थी। कोरोना काल में देश के अखबारों और पत्रिकाओं पर बुरा असर पड़ा था, पंचायतनामा भी इससे बच नहीं सका, उसी दौरान पंचायतनामा का प्रकाशन दुबारा स्थगित किया गया।

प्रभात खबर पॉलिटिक्स

प्रभात खबर

पॉलिटिक्स

4,46,391 औसत आबादी पर चीन में एक पीपुल्स कांग्रेस मेंबर

5,42,545 की आबादी पर बांग्लादेश में एक पार्लियामेंट मेंबर

3,79,223 की आबादी पर पाकिस्तान में एक पार्लियामेंट मेंबर

5,75,019 की आबादी पर अमेरिकी कांग्रेस का एक मेंबर

भारत में लोकसभा सदस्य प्रतिनिधि होता है औसतन 21,30,566 लोगों का

भीड़ का लोकतंत्र

09

10

11

झारखंड और बिहार के पाठक राजनीतिक खबरें बहुत चाव से पढ़ते हैं। बिहार में तो खासतौर पर प्रभात खबर ने महसूस किया कि अखबार में राजनीति की खबरें तो छपती हैं, लेकिन वे गंभीर नहीं होती, जगह के अभाव में राजनीति के असली मुद्‌दे दब जाते हैं, इसलिए सिर्फ राजनीतिक जानकारी (लेख, विश्लेषण, खबर) के लिए एक अलग अखबार होना चाहिए। इसी उद्‌देश्य के तहत 16 मार्च, 2014 से प्रभात खबर पॉलिटिक्स का प्रकाशन आरंभ हुआ। एक अंक प्रभात खबर के साथ मुफ्त में वितरीत किया गया, लेकिन इसके बाद इसे अलग कीमत के साथ (कीमत दो रुपए) बाजार में भेजा गया। इसमें राजनीति की गंभीर खबरें रहती थीं, राजनीतिक मुद्‌दों पर चर्चा रहती थी, छह-सात माह तक चलने के बाद इसका प्रकाशन स्थगित कर दिया गया।

□

पत्रकारिता पर विशेष अंकों का संग्रह

प्रभात खबर ने अपने पाठकों के लिए जिन विषयों पर संग्रहणीय विशेषांक–लेखों का प्रकाशन किया है, उनमें एक बड़ा विषय है पत्रकारिता। इसे समृद्ध करने, पत्रकारिता से जुड़े लोगों को गहरी जानकारी देने के लिए समय–समय पर विशेष अंक/लेखों का प्रकाशन प्रभात खबर करता रहा है। प्रभात खबर ने अपनी वर्षगाँठ, सिल्वर जुबिली वर्ष, पत्रकारिता दिवस या खास अवसरों पर पत्रकारिता से जुड़े विषयों पर गोष्ठी कराई, खास अंक निकाले। ये सभी अंक या लेख पत्रकारिता में शोध करने वाले छात्रों या पत्रकारिता से जुड़े प्रोफेशनल्स के लिए बहुत ही महत्त्वपूर्ण और संग्रहणीय हैं। इस पुस्तक में उन खास अंकों में पत्रकारिता से जुड़े लेखों के शीर्षक भी देने का प्रयास किया जा रहा है ताकि शोधार्थियों को परेशानी न हो।

प्रभात खबर
पत्रिका
7 जून 1992, रविवार
प्रेस और हम
अखबारों का काम सत्य साधना है

रविवारीय पत्रिका में पत्रकारिता पर कवर स्टोरी

यह सही है कि आरंभ के दिनों में भले ही प्रभात खबर अपने अस्तित्व की लड़ाई लड़ रहा था, इसके बावजूद अपने स्थापना दिवस पर पत्रकारिता पर लेखों का प्रकाशन करता रहा। 1985 का अंक (जब प्रभात खबर ने पहली वर्षगाँठ मनाई थी) इसका उदाहरण है। 1994 में प्रभात खबर ने अपने दस साल पूरे किए थे इस अवसर पर कई खंडों में दशक अंक निकाला गया था। 17 अगस्त, 1994 का मुद्दा खंड का पहला ही लेख पत्रकारिता पर आधारित था। इसकी कवर स्टोरी थी—पत्रकारिता का चरित्र। इसके पहले ही 27 मई, 1990 की रविवारीय पत्रिका पत्रकारिता पर ही

प्रभात खबर
पत्रिका
संदर्भ : 30 मई 1826
हिंदी के प्रथम पत्र उदंत मार्त्तंड का प्रकाशन

रविवारीय पत्रिका का खास अंक

केंद्रित थी। 30 मई (पत्रकारिता दिवस) के अवसर पर यह अंक निकाला गया था, इसमें प्रख्यात लेखक डॉ. कृष्ण बिहारी मिश्र के लेख हिंदी के प्रथम पत्र उदंत मार्त्तंड का प्रकाशन, हिंदी पत्रकारिता : नींव की बातें हैं जबकि श्यामा प्रसाद प्रदीप का लेख ब्रह्म का साधना है पत्रकारिता, को भी जगह मिली थी। इस अंक में पुराने एवं ऐतिहासिक अखबारों के पहले पन्नों को प्रकाशित किया गया है।

जब कोई ऐसे मुद्दे सामने आए जिनसे पत्रकार सीधा जुड़ा हो तो प्रभात खबर ने पत्रकारों या पत्रकारिता पर लोगों को जानकारी दी। ऐसा ही एक था 7 जून, 1992 का अंक। प्रभात खबर ने रविवार की पत्रिका में प्रेस और हम : अखबारों का काम सत्य साधना है प्रकाशित किया। उन दिनों पत्रकारों और पुलिस के बीच के संबंध काफी खराब हो गए थे। उसी दौरान डी.एन. गौतम ने वह लेख लिखा था, वे बिहार के वरिष्ठ आई.पी.एस. अधिकारी थे। इसी अंक में आई.ए.एस. अधिकारी डॉ. देवेंद्र कुमार तिवारी ने भी एक लेख लिखा था—प्रेस और पुलिस : व्यावसायिकता से वैयक्तिकता की ओर। इसी अंक में हरिवंशजी का लेख छपा था—प्रेस बनाम पुलिस बनाम पब्लिक।

प्रभात खबर द्वारा पत्रकारिता पर निकाला गया अंक

देशज जनतंत्र की हिफाजत के 14 वर्ष

यह एक खास अंक था। प्रभात खबर के नए प्रबंधन के 14 साल पूरा होने पर प्रभात खबर ने 2003 में विशेषांक प्रकाशित किया था। यह एक संग्रहणीय अंक था। 24

पृष्ठ के टेब्लायड आकार में छपे इस अंक का पहला लेख प्रधान संपादक हरिवंशजी का था। प्रभात खबर की विकास यात्रा पर के.के. गोयनका और आरके दत्ता के विचार थे। प्रभात खबर ने प्रयास किया कि खास अंकों में देश के महत्त्वपूर्ण पत्रकारों या बुद्धिजीवियों के लेख जरूर हों। इस अंक में योगेंद्र यादव, अजीत भट्टाचार्य, ललित सुरजन, शैबाल गुप्ता, शशि भूषण, प्रभात कुमार, जयां द्रेज, डॉ. कुमार सुरेश सिंह, फैसल अनुराग, डॉ. रामदयाल मुंडा, महेंद्र सिंह, अविनाश, वासवी, दयामनी बारला, त्रिदिव घोष, प्रभाष जोशी, मेघनाथ, बी.पी. केसरी, रमेश शरण, अनुज कुमार सिन्हा, किसलय के लेख थे। इस अंक में झारखंड से जुड़े उन लोगों को शामिल किया गया था जो झारखंड की नब्ज को पहचानते थे, जिनके विचार झारखंड के लिए बहुत ही महत्त्वपूर्ण थे।

प्रभात खबर के 20 वर्ष

प्रभात खबर ने 2004 में अपने 20 साल पूरे किए थे। 20 साल किसी अखबार के लिए कम नहीं होता। 20 साल पूरे होने के अवसर पर कार्यक्रमों का भी आयोजन किया गया था। इसी मौके पर 8 अगस्त, 2004 को पत्रकारिता पर 16 पृष्ठों का विशेषांक मीडिया प्रतिबद्धता बनाम प्रोफेशन निकाला गया था। इसमें पत्रकारिता पर अनेक बेहतरीन लेख थे। इस अंक में जिन लेखों को प्रकाशित किया गया था, वे थे पहली जरूरत है पत्रकारिता की विश्वसनीयता : प्रभाष जोशी, हिंदी पत्रकारिता की नौतियाँ : आलोक मेहता, ज्यादा जरूरी है आत्मसमीक्षा : प्रो. आनंद कुमार, भूमंडलीकरण से निपटना सबसे बड़ी चुनौती है : पंकज बिष्ट, राष्ट्रीय अखबार का मिथक टूट चुका है : विष्णु खरे, मीडिया को जन के करीब पहुँचाना होगा : रामशरण जोशी, मीडिया का संबंध सत्ता से शत्रुता का हो : अजित कुमार झा, मीडिया को नागरिकोन्मुख बनना होगा : अभय कुमार दुबे, स्वधर्म तलाशना होगा पत्रकारिता को : रामबहादुर राय, समाज पतनशील है तो पत्रकारिता कैसे बचेगी कुलदीप नैयर, चुनौती प्रसार की नहीं,

प्रभात खबर के 20 साल पूरा होने पर निकाला गया विशेष अंक

अस्तित्व रक्षा की है : प्रयाग शुक्ल, देखना होगा कि मीडिया किसके पक्ष में खड़ा है : रामकृष्ण पांडेय, बाजारवादी मीडिया से कोई उम्मीद बेमानी : अनिल चमड़िया, क्षेत्रीय अखबार ही उम्मीद की किरण : उदय प्रकाश, व्यवसायिकता का हावी होना खतरनाक : सुभाष धूलिया, इक्कीसवीं सदी की पत्रकारिता थोड़ी हकीकत ज्यादा फसाना : अरुण कुमार त्रिपाठी, वे आदर्श नहीं रहे : अच्युतानंद मिश्र, पत्रकारिता में राजनीति की दखल घातक : पुण्य प्रसून वाजपेयी। बीच-बीच में भी प्रभात खबर पत्रकारिता पर खास सामग्री देता रहा है।

2011 में प्रभात खबर ने अपनी 27वीं वर्षगाँठ मनाई थी। 14 अगस्त, 2011 को पत्रकारिता पर प्रभात विमर्श नाम से विशेषांक निकाला था। इसमें पत्रकारिता पर कई संग्रहणीय लेख थे। ये लेख हैं : रद्दी न होने की जद्दोजहद : निधीश त्यागी, मीडिया के लिए घातक है कारपोरेट कल्चर : कुलदीप नैयर, शोषण मुक्ति के चिंतन से अछूती नहीं है पत्रकारिता : एके राय, पाठकों से धोखाधड़ी बंद हो : श्रवण गर्ग, 121 साल पुरानी है राँची की पत्रकारिता : वनखंडी मिश्र, मीडिया : ताकत बढ़ी, प्रतिष्ठा घटी : बलवीर दत्त, गिरवी हो गई है पत्रकारिता : पी साईंनाथ, मुनाफे के दौर में गायब हो रही हैं खबरें : राजदीप सरदेसाई, कुछ भी परोसना ठीक नहीं : बीजी वर्गीज, मीडिया घरानों की एकाधिकार की प्रवृति पर अंकुश की जरूरत : जवाहरलाल कौल, मिशन नहीं, कमीशन की पत्रकारिता : परजाय गुहा ठाकुरता, मुद्दों पर आधारित पत्रकारिता के 27 साल : अनुज सिन्हा, बाजार से संचालित मीडिया : विजय भास्कर।

13 जुलाई, 2014 को मौलाना अबुल कलाम आजाद के पौत्र फिरोज बख्त अहमद का एक पृष्ठ का लेख प्रकाशित किया गया था, शीर्षक था—पत्रकारिता का संग-ए-मील था अल-हिलाल। यह वह अखबार था, जिसे मौलाना अबुल कलाम ने निकाला था। उस अखबार के प्रकाशन के सौ वर्ष पूरे होने के अवसर पर प्रभात खबर ने यह विशेष लेख लिखवाया था। इसी प्रकार महात्मा गांधी द्वारा दक्षिण अफ्रीका में निकाले गए अखबार इंडियन ओपिनियन के सौ वर्ष पूरा होने पर प्रभात खबर ने विशेष पृष्ठ का प्रकाशन किया था। धर्मवीर भारती और प्रभाष जोशी भारतीय पत्रकारिता के मागदर्शक रहे हैं, देश इनके बारे में जानना चाहता है, इसलिए प्रभात खबर ने ऐसे प्रमुख पत्रकारों पर खास लेख प्रकाशित किए। 15 जुलाई, 1997 को यशस्वी संपादक प्रभाष जोशी शीर्षक से एक पृष्ठ का लेख छपा। 6 मई, 2001 को प्रभात खबर में एक ऐसा लेख छपा जिससे पता चलता है कि प्रभाष जोशी में किस उच्च कोटि की ईमानदारी थी, शीर्षक था—जब अपने बेटे पर संवाददाता को तरजीह दी प्रभाष जोशी ने।

5 दिसंबर, 1997 को डॉ. धर्मवीर भारती पर एक पृष्ठ की सामग्री प्रकाशित की गई। इसमें डॉ. भारती से, डॉ. प्रभात की बातचीत, खुद डॉ. धर्मवीर भारती का लेख

'सम्मान पका हुआ फल है' और डॉ. कृष्ण बिहारी मिश्र का लेख 'प्रातिभ पुरूष भारती' शामिल है। 14 सितंबर, 1997 को गणेश मंत्री का लेख 'डॉ. भारती : सख्त भी, स्नेहशील भी' प्रकाशित हुआ, पत्रकारिता की स्थिति, संकट, चुनौतियाँ आदि विषयों पर समय-समय पर अनेक लेख प्रकाशित हुए। इनमें हरिवंशजी की 'पत्रकारिता के पाखंड' (26 जनवरी, 1991), डॉ. कृष्ण बिहारी मिश्र का 'हिंदी पत्रकारिता : भाषा का प्रश्न', मंगल माधव पराड़कर का 'पतन की राह पर पत्रकारिता' (1 मई, 1992), विष्णु नागर का 'हिंदी पत्रकारिता का संकटपूर्ण दौर' (12 मार्च, 1991), महादेव टोप्पो का 'हिंदी पत्रकारिता का अंतर्विरोध' (19 जुलाई), जगदीश प्रसाद चतुर्वेदी का 'संपादक बनाम संवाददाता : अधिकार का प्रश्न' (9 जुलाई, 1990), 'पाठकों की नजर में पत्रकार' (3 जुलाई, 1992 की रविवारीय पत्रिका में घनश्याम का लेख) त्रिपुरारी शरण श्रीवास्तव का 'पत्रकारिता के बदलते आयाम' (25 फरवरी, 1991), मनीष का 'सामाजिक बुराइयों में पत्रकारिता भी अछूती नहीं है', (29 मई, 1993), शिव दर्शन सिंह का 'जब पत्रकार की लेखनी के आगे राजदंड झुक गया' (2 मार्च, 2000), रतन वर्मा का 'मीडिया बनाम पत्रकारिता का अंतर्स्वरूप' (18 अप्रैल, 1992), हरिवंश का 'सांप्रदायिकता और पत्रकारिता' (31 मार्च, 1993), डॉ. कृष्ण बिहारी मिश्र का 'आदर्श का प्रतिमान एक व्यक्तित्व' (1 मई, 1990), नारायण दत्त का 'हिंदी पाठकों के गले में अंग्रेजी का तौक' (29 जनवरी, 1990) प्रमुख है।

11 नवंबर, 1990 के अंक में प्रसिद्ध पत्रकार अरुण शौरी का साक्षात्कार प्रकाशित किया गया था। इस साक्षात्कार में उन्होंने कहा था हमने अखबार में एक स्पष्ट विभाजन कर दिया है। ललित सुरजन बड़े पत्रकार थे, उन्होंने 5 मार्च, 2000 को प्रभात खबर को दिए गए साक्षात्कार में कहा था—साहित्यकार को पत्रकारिता कतई नहीं करनी चाहिए। ऐसे लेख पत्रकारिता के छात्रों, पत्रकारों के अलावा समाज के सचेत नागरिकों के लिए भी आवश्यक है, इसलिए यहाँ इनका उल्लेख किया गया है।

मुंबई में कराया परिसंवाद

पत्रकारिता पर प्रभात खबर और बंबई हिंदी पत्रकार संघ द्वारा 24 जनवरी, 1994 को मुंबई के सिंघम कॉलेज में आज की हिंदी पत्रकारिता पर परिसंवाद कराया गया था। इस परिसंवाद में देश के कई प्रबुद्ध पत्रकारों ने भाग लिया था। इनमें नवभारत टाइम्स के तत्कालीन संपादक विश्वनाथ सचदेव, राहुल देव, नारायण दत्त, अनुराग त्रिपाठी, अनुराग चतुर्वेदी और हरिवंश ने अपने विचार रखे थे। इस कार्यक्रम में धर्मयुग के पूर्व संपादक धर्मवीर भारती भी मौजूद थे। परिसंवाद में कई ऐसी बातें सामने आई थीं, जो आज भी प्रासंगिक हैं। उन दिनों वरिष्ठ संपादकों ने भविष्य की पत्रकारिता के प्रति जो चिंता जताई

थी, वह आज सच साबित हो रही है। नारायण दत्त ने कहा था कि पत्रकारिता पर राजनीति हावी हो गई है, पत्रकार उद्‌देश्यहीन राजनीति को बढ़ावा दे रहे हैं, हिंदी पत्रकारिता टेलीविजन का अनुसरण कर रही है।

नवभारत टाइम्स के संपादक विश्वनाथ सचदेव ने कहा था कि हिंदी पत्रकारिता में पूरी सूचना नहीं दी जा रही है, पत्रकार खबर के पीछे जाने की इच्छा नहीं रखते हैं, पाठकों की भूख को मिटा नहीं पा रहे हैं। उन्होंने कहा था कि हमने खबर को बेचने का उद्‌देश्य बना लिया है। गणेश मंत्री ने कहा था कि हिंदी पत्रकारिता में सबसे बड़ा संकट विज्ञापन का है। हिंदी पत्रकारिता दोयम दर्जे की इसलिए हो गई है क्योंकि हम लोग अंग्रेजी को प्राथमिकता दे रहे हैं। उन्होंने सवाल उठाया था कि हिंदी पत्रकारों को अगर कम पैसा मिलेगा तो वह कहाँ तक मिशन बना रहेगा, मालिकों की नई पीढ़ी हिंदी पत्रकारिता को कुंठित कर रही है।

पत्रकार राहुल देव ने कहा था कि पत्रकारिता की दशा हिंदी समाज से अलग नहीं है। तीसरी दुनिया में जिस तरीके के दूरगामी परिवर्तन हर स्तर पर हो रहे हैं, उससे हम कितने अवगत हैं? इसका आभास हिंदी पत्रकारों को कम है। हिंदी पत्रकारिता में अंग्रेजी से अनुवाद की सार्थकता पर उन्होंने कहा कि हिंदी में मौलिक चिंतन नहीं दिखता, हिंदी में मौलिक समाजशास्त्रीय अध्ययन शोध कम हो रहे हैं।

अनुराग त्रिपाठी ने सवाल उठाया कि क्या हिंदी पत्रकार सिर्फ अनुवादक हो गए हैं? पत्रकार हरिवंश ने हिंदी पत्रकारों की भूमिका पर कहा कि हम लोग अपनी त्रुटियों को स्वीकार नहीं करते, पत्रकारों को प्रशिक्षण देने का काम खत्म हो गया है। आज दुनिया जिस तेजी से बदल रही है, उसका अंदाजा हमें नहीं है। खाद्यान्न संकट और जनसंख्या को हम नजर अंदाज कर रहे हैं। अनुराग चतुर्वेदी ने कहा कि हमने सांप्रदायिकता के मुद्‌दे पर सजगता नहीं दिखाई।

दीपावली के खास अंक में भी पत्रकारिता पर लेख

प्रभात खबर ने अपने नियमित अंक में पत्रकारिता पर लेखों को लगातार प्रकाशित किया ही। इसके दीपावली अंक (पत्रिका) में भी इस पर सामग्री छपती रही। दीपावली अंक 1995 में नारायण दत्त की 'हिंदी पत्रकारिता : फैलते-सिकुड़ते क्षितिज', 'समाचार माध्यम : शक्ति और सीमा' के साथ-साथ जनसत्ता के प्रधान संपादक प्रभाष जोशी से बातचीत छपी है। इसी प्रकार 1997 के दीपावली अंक में मीडिया से जुड़े प्रमुख लेख इस प्रकार हैं। 'मीडिया : पथभ्रष्ट होते हुए सर्वशक्तिमान और सर्वज्ञ', यह लेख विजय भास्कर ने लिखा था, इसमें ऐतिहासिक तथ्यों का उल्लेख करते हुए पत्रकारिता में भ्रष्टाचार का मामला उठाया गया है। यह लेख आज भी सामयिक है। 2003 के

दीपावली अंक में हिंदी पत्रकारिता पर संकट विषय पर परिचर्चा के तहत अनेक लेख हैं। इन लेखों से हिंदी पत्रकारिता की स्थिति, उसके समक्ष चुनौतियाँ, उसके भविष्य की जानकारी मिलती है। इन लेखों में पत्रकार की भूमिका जागरूक लोकनायक की होती है (कृष्ण बिहारी मिश्र), विश्वसनीयता और प्रयोजन का संकट (प्रभाष जोशी), मैं हिंदी अखबार क्यों पढ़ूँ (राजेंद्र यादव), खबर अब प्रोडक्ट बन गई है (मृणाल पांडेय), समर्पित पत्रकार बचे रहेंगे (ओम थानवी), विश्वास की कमी सबसे बड़ा संकट है (अभय छजलानी), बाजारोन्मुख हो गई है पत्रकारिता (आनंद स्वरूप वर्मा), जनता को करिश्मा कपूर की शादी की तसवीर नहीं चाहिए (ललित सुरजन), हिंदी पत्रकारिता का द्वंद्व (रामशरण जोशी), मैनेज और प्लांट होने लगी है पत्रकारिता (हरिवंश) प्रमुख हैं। प्रभात खबर में पत्रकारिता पर प्रकाशित अधिकांश लेख गंभीर थे, जो हालात और दायित्व को बताते थे।

2014 में जब प्रभात खबर ने अपनी 30वीं वर्षगाँठ मनाई थी, उस दौरान भी पत्रकारिता के नए दौर की जानकारी दी गई थी। इसी अवसर पर 14 अगस्त, 2014 को प्रकाशित समाज में नई ऊर्जा फूँकता सोशल मीडिया (पीयूष पांडेय), रेडियो : अपनी-अपनी रिश्तेदारियाँ (विनीत कुमार), धारदार, साखदार, यानी अखबार (प्रमोद जोशी) और टी.वी. न्यूज चैनल : जनसरोकार पर सार्थक वापसी, पर मंथर गति (एनके सिंह) शीर्षक से प्रकाशित खास लेखों को पसंद किया गया था। इसके बाद भी पत्रकारिता पर अनेक लेख प्रकाशित किये गये. पत्रकारिता से जुड़े इन सभी लेखों का अंक-तिथि व विषय के साथ इसलिए उल्लेख किया जा रहा है ताकि पत्रकारिता पर शोध करनेवाले लोगों को मदद मिले।

□

नक्सलवाद पर विशेषांक

जिन तीन राज्यों (झारखंड, बिहार और बंगाल) से प्रभात खबर प्रकाशित होता है, उसके कई बड़े हिस्से नक्सलवाद, जातीय हिंसा, उग्रवाद से प्रभावित रहे हैं। आज भले ही हालात बदल गए हों, नक्सलवाद कमजोर हो गया हो, लेकिन एक दौर था जब इन तीनों राज्यों में नक्सलवाद का बड़ा प्रभाव था, बड़ी-बड़ी घटनाएँ घटती थीं और अखबार का पहला पृष्ठ नक्सली घटनाओं से भरा पड़ा होता था। आज भी झारखंड, बिहार के कुछ हिस्सों में कभी-कभी नक्सली घटनाएँ घटती रहती हैं। 40 साल की यात्रा में प्रभात खबर नक्सलवाद की घटनाओं का गवाह रहा है। प्रभात खबर आंदोलन का अखबार रहा है, जनहित का अखबार रहा है, इसलिए अनेक विषयों पर समय-समय पर प्रभात खबर में गंभीर लेख प्रकाशित हुए हैं। नक्सलवाद पर भी अनेक लेख प्रकाशित हुए, नक्सलवाद से जुड़े सभी पक्षों को शामिल करते हुए इस गंभीर विषय पर बहस भी कराई। इसी अवधि में अनेक चर्चित साक्षात्कार भी प्रकाशित हुए, नक्सल विचारधारा से जुड़े अनेक बुद्धिजीवियों, एक्टिविस्ट के विचारों को भी जगह दी गई, कई बार विवाद भी हुआ। प्रभात खबर ने दोनों पक्षों को मौका दिया। जब कभी किसी निर्दोष ग्रामीण को पुलिस ने मारा-पीटा, गिरफ्तार किया, प्रताड़ित किया तो प्रभात खबर सच छापने से पीछे नहीं रहा। इसी तरह नक्सलियों की हिंसात्मक कारवाई के खिलाफ भी लिखने और उनकी आलोचना करने से नहीं चूका।

सिर्फ बिहार, झारखंड और बंगाल ही नहीं, पड़ोसी राज्य छत्तीसगढ़ में भी जब कभी बड़ी नक्सली घटनाएँ घटीं, प्रभात खबर ने प्रमुखता से मुद्दे को उठाया। छत्तीसगढ़ में 6 अप्रैल, 2010 को नक्सलियों के हमले में 86 जवान शहीद हो गए थे, उसके पहले झारखंड में ऐसी अनेक घटनाएँ घट चुकी थी, इससे पता चलता है कि नक्सलवाद उन दिनों कितना बड़ा मुद्दा था। झारखंड में तो नक्सली हमले में दो-दो पुलिस अधीक्षक (एस.पी.) शहीद हो गए थे, अनेक डी.एस.पी., बी.डी.ओ. और पुलिसकर्मी भी शहीद हुए। प्रभात खबर ने ऐसे गंभीर मुद्दों को हमेशा बहस के केंद्र में रखा। नक्सलवाद पर बहस करा विशेषांक का

प्रकाशन किया, इसके समाधान के लिए सभी धाराओं के लोगों को शामिल किया, प्रशासन से लेकर शीर्ष माओवादी नेता, समाज के चिंतकों को जोड़ा, सिर्फ इसलिए कि सार्थक बहसों से नक्सलवाद को सुलझाने में सरकार–समाज को मदद मिले।

ऐसी बात नहीं है कि प्रभात खबर सिर्फ नक्सली घटनाओं की रिपोर्टिंग कर उसे छोड़ देता था। यह देश के प्रमुख और जानकार लोगों से आग्रह कर नक्सलवाद पर लेख टिप्पणी लिखवाता था। यह कितना महत्त्वपूर्ण विषय था, इस बात का अंदाजा इसी बात से लगाया जा सकता है कि 15 नवंबर, 2007 को नक्सलवाद पर प्रभात खबर ने आठ पृष्ठ का विशेषांक निकाला था। इसमें देश के शीर्ष पत्रकारों के लेख तो थे ही, कई राज्यों के पूर्व पुलिस महानिर्देशकों के साथ–साथ कुछ ऐसे लेखकों के लेख भी थे जिन्हें नक्सल समर्थक माना जाता रहा है।

पत्रकार बीजी वर्गीज का लेख 'बातचीत से नक्सलवाद पर काबू संभव है', में नक्सलवाद के मूल कारण और इसके निदान पर जोर दिया गया है। उत्तरप्रदेश के पूर्व डी.जी.पी. प्रकाश सिंह ने अपने लेख 'पहले पर्याप्त पुलिस बल तब आधुनिकीकरण' में इस बात का उल्लेख किया है कि पूरे देश में ऐसी व्यवस्था हो जिसमें जायज माँगों पर विचार किया जाए। इस लेख में अमीरी–गरीबी की खाई को नक्सलवाद के कारणों में प्रमुख माना गया है। प्रभात खबर ने पंजाब के पूर्व डी.जी.पी., के.पी.एस. गिल से भी इस विषय में लेख लिखवाया था। 'पुलिस बल को प्रशिक्षित कर ऑपरेशन चलाने की जरूरत' शीर्षक वाले लेख में के.पी.एस. गिल ने लिखा है कि नक्सलवाद पर काबू पाने के लिए राजनेताओं को इच्छाशक्ति दिखानी होगी। अभय कुमार दुबे के लेख 'विकास से हल होगी नक्सलवाद की समस्या' में समाधान का रास्ता दिखाया गया है। आई.डी.एस.ए. से जुड़े हुए पीवी रमन्ना ने अपने लेख 'नक्सलवाद से लड़ने के लिए दृढ़ राजनीतिक इच्छाशक्ति का अभाव' में राजनेताओं की खिंचाई की है, उनके लेख में उल्लेख है कि चीन–नेपाल के माओवादियों से भारत के माओवादियों को कोई सहयोग नहीं मिलता है।

अजय साहनी का लेख 'नक्सलवाद से लड़ने के लिए सरकार कटिबद्ध नहीं' छपा था, इसमें उनकी राय थी कि सरकार की योजना रणनीति विफल रही है, इसी कारण माओवादी मजबूत हुए हैं। इस विशेषांक में पी गोविंदन कुट्टी का लेख 'माओवादियों के लिए स्पेस व संभावना तो सरकारें ही छोड़ती हैं', चर्चित है। वे माओवादियों का मुख पत्र माने जाने वाली पत्रिका 'पीपुल्स मार्च' के संपादक रहे हैं। कवि और नक्सलवाद के समर्थक वरवरा राव से प्रभात खबर के प्रतिनिधि निराला ने बातचीत की थी जिसमें उन्होंने अपना पक्ष रखते हुए कहा था कि यदि नक्सली विचारधारा से भटके होते तो इतना विस्तार कैसे होता।

नक्सलवाद पर प्रभात खबर का एक और संग्रहणीय अंक 16 नवंबर, 2010 का था। 'बहस में नक्सलवाद' शीर्षक से पुनः आठ पृष्ठों का नक्सलवाद पर विशेषांक निकाला। इस अंक में जनरल शंकर राय चौधरी जैसे देश की प्रमुख हस्ती का लेख था। 'नाकाम सरकार से मिली नक्सलियों को जगह' (लेखक : पीवी रमन्ना), 'अंधविश्वास से देश का भला न होगा' और 'करारों की होड़ में आम आदमी कहाँ' (लेखक : प्रो. अमित भादुड़ी), 'बाजार की गिरफ्त में जकड़ती सरकारें' (लेखक : गौतम नवलखा), 'शुबहा होता है सरकारी आँकड़ों पर' (लेखक : आनंद स्वरूप शर्मा), 'शोषण की हिमायती हैं सरकारें' (लेखक : दीपंकर भट्टाचार्य), 'जल, जंगल और जमीन की कॉरपोरेट लूट' (लेखक : आदित्य निगम), 'कानून तो है पर अमल नहीं' (लेखक : स्वामी अग्निवेश), 'राह तो तलाशनी होगी' (लेखक : प्रकाश सिंह), 'कानून का दुरूपयोग रोकना होगा' (लेखक : पीवी रमन्ना), 'बदलनी होगी संघर्ष की रणनीति' (लेखक : प्रकाश सिंह), 'माओवादी राजनीति के अंतरविरोध' (लेखक : कविता कृष्णन), 'माओवादी संघर्ष और जमीनी सच' (लेखक : योगेंद्र यादव व सुहास पालिशकर)। इन दोनों अंकों में नक्सलवाद से जुड़े लेखों को देश की प्रमुख हस्तियों ने लिखा था।

इसी कड़ी में प्रभात खबर के 2009 के दीपावली विशेषांक पर गौर करना होगा। यह पूरा अंक ही नक्सलवाद पर केंद्रित था। वरिष्ठ साहित्यकार रविभूषण इसके अतिथि संपादक थे। इस अंक के पहले हिस्से में नक्सलवाद पर लिखने वाले देश के प्रख्यात लेखकों के लेख हैं। प्रकाश चंद्रायन का लेख 'बदलती शब्दावलियों के बीच', अभय कुमार दुबे का 'एक आंदोलन, एक विरासत, दो धाराएँ', अजय सिंह का 'क्रांतिकारी वाम गंभीर संकट में है', प्रीति सिन्हा का 'नक्सलवाड़ी आंदोलन द्वार चिह्नित प्रश्न आज भी बरकरार है', शशि भूषण का 'अँधेरे क्षेत्रों के प्रभु या क्रांति पथ के ध्रुवतारे?', अनिल चमड़िया का 'नक्सलवाद की समस्या और आंदोलन के रूप में देखने का नजरिया', लाल बहादुर वर्मा का 'पूँजीवाद लालच की व्यवस्था है', प्रसन्न कुमार चौधरी का 'माओवाद का वैचारिक राजनीतिक परिप्रेक्ष्य', आनंद स्वरूप वर्मा का 'राजसत्ता, माओवाद और पत्रकारिता', डी.एन. गौतम का 'विघटनकारी राजनीति और विघटनकारी तत्त्व', आदित्य निगम का 'दो दशकों की कारपोरेट लूट और माओवाद का उदय', कनक तिवारी का 'छत्तीसगढ़ में नक्सलवाद', रंजीत वर्मा का 'कानूनों और अदालतों का भेदभावपूर्ण व्यवहार', प्रणय कृष्ण का लेख 'नक्सलवाड़ी विद्रोह का सांस्कृतिक पक्ष., हितेंद्र पटेल का 'नक्सलवाद' (संकलन) आदि उल्लेखनीय हैं।

इस अंक की खासियत है, इस अंक में दो भागों में परिचर्चा प्रकाशित की गई है। वैसे तो परिचर्चा-1 में अरुंधति राय, अरविंद केजरीवाल, गौतम नवलखा, प्रकाश

सिंह, पीवी रमन्ना, एबी वर्द्धन, दीपंकर भट्टाचार्य, दलीप एस स्वामी, गोपाल नायडू जैसे प्रमुख लोगों ने भाग लिया, लेकिन 'आकर्षण का केंद्र है' परिचर्चा में कोटेश्वर राव उर्फ किशनजी के विचार। किशनजी से मुलाकात कर उनके विचार लेना आसान काम नहीं था। काफी प्रयास के बाद प्रभात खबर के पत्रकार मो परवेज ने किशनजी का साक्षात्कार लिया था। किशनजी समेत अन्य सभी लोगों से इस परिचर्चा में सात सवाल पूछे गए थे, वे हैं—

1. नक्सलवाद की क्रांतिकारी राजनैतिक विचारधारा के जन्म और विकास के क्या कारण हैं? 2. नक्सलवाद, उग्रवाद और आतंकवाद एक है या इनमें कोई अंतर है? 3. भारतीय मध्यवर्ग इस राजनीतिक विचारधारा के साथ कितना जुड़ा हुआ है? क्या उसकी सक्रिय हिस्सेदारी के बिना नक्सलवाद सफल होगा? 4. आज देश के निर्धनतम और खनिज बहुल इलाकों में ही नक्सलवाद क्यों मौजूद है? 5. क्या सचमुच राज्य (स्टेट) 30 फीसदी और नक्सलवादी 70 फीसदी भारतीयों के लिए चिंतित और कार्यरत हैं? 6. हिंसा और प्रतिहिंसा के बिना क्या सामान्य जन का सामाजिक-आर्थिक विकास असंभव है? 7. नक्सलवाद और माओवाद का सामाजिक-आर्थिक राजनीतिक समाधान उचित है या सैनिक/अर्द्धसैनिक समाधान? परिचर्चा में सभी वक्ताओं ने स्पष्ट तौर पर अपनी बात रखी थी।

यहाँ कुछ चिंतकों के विचारों को शीर्षक देकर उद्धृत किया जा रहा है। अरुंधति राय का विचार था—नक्सलवाद की आड़ में कुकर्मों पर परदा डालता भारतीय राष्ट्रवाद। अन्य शीर्षक थे—हिंसा और प्रतिहिंसा से नक्सलवाद का समाधान हो ही नहीं सकता (अरविंद केजरीवाल), सैनिक अभियान से नहीं मिटेगा नक्सलवाद (गौतम नवलखा), विषमता दूर करने के अलावा सशस्त्र काररवाई ही रास्ता (प्रकाश सिंह), भारतीय मध्यवर्ग पेशेवर मानसिकता का है। (डॉ. पीवी रमन्ना), सैनिक व अर्द्धसैनिक मार्ग दमन के हथियार हैं (एबी वर्द्धन), सवालों का हल चाहिए, जमाने का रद्दो बदल चाहिए (दीपंकर भट्टाचार्य), गरीबी, भुखमरी इस समस्या की मूल जड़ है (दलीप एस स्वामी), नक्सलवाद एक वैचारिक राजनीतिक आंदोलन है (गोपाल नायडू)। विचारकों ने गहराई और स्पष्टता से अपनी बात रखी थी।

प्रभात खबर इस विषय पर कितना गंभीर है, इसका उदाहरण है इसी अंक में नक्सलवाद पर परिचर्चा दो, इसमें महाश्वेता देवी, वरावरा राव, रामशरण जोशी, विष्णु खरे, मैनेजर पांडेय, मेधा पाटेकर, नवारुण भट्टाचार्य, एमजे अकबर, प्रशांत भूषण, हर्ष मांदेर, पंकज विष्ट, वंदना शिवा, सुभाष गाताडे और शिवमंगल सिद्धांतकर ने भाग लिया था। प्रश्नावली यह थी—1. क्या माओ-त्से-तुंग की विचारधारा आज प्रासंगिक है? माओवादी इस विचारधारा के साथ हैं या उनमें भटकाव है? 2. नक्सलवादी आंदोलन ने

आरंभ में कला–साहित्य–संस्कृति, सबको प्रभावित किया था, आज यह प्रभाव कम क्यों है ? 3. क्या भूमंडलीकरण के दौर में नक्सलवादी आंदोलन अधिक फैला है ? 4. आज देश में किसी भी बड़े मुद्दे और प्रश्न पर लोकतांत्रिक बहसों का अभाव क्यों है ? 5. राजनीतिक दलों की जनविमुखता और अविश्वसनीयता से माओवादियों के फैलाव का कितना संबंध है ? 6. क्या लोकतांत्रिक देश में जनता के विरुद्ध सैनिक या अर्द्धसैनिक काररवाई लोकतांत्रिक और न्यायसंगत है ? 7. क्या नक्सलवाद का सामाजिक–आर्थिक विषमताओं या विधि व्यवस्था से संबंध है ? 8. आज का भारतीय मध्यवर्ग क्या इस राजनीतिक विचारधारा के साथ है ?

सभी चिंतकों के विचार 2009 के दीपावली अंक में विस्तार से प्रकाशित किए गए थे। यहाँ एक–दो पंक्तियों में उनके विचारों को उद्धृत किया जा रहा है। देवी का विचार था कि शुरुआती दौर में नक्सली आंदोलन की भावना शुद्ध थी जबकि वरावरा राव ने साफ–साफ कहा कि आज के दौर में पहले की अपेक्षा माओ की विचारधारा की प्रासंगिकता ज्यादा है, उन्होंने कहा कि ऑल इंडिया स्तर पर चार प्रमुख पार्टियाँ कांग्रेस, बीजेपी, सी.पी.एम., सी.पी.आई. है, ये सभी साम्राज्यवाद का पोषण करने और फैलाने में लगी हैं। रामशरण जोशी का कहना था कि लोकतंत्र का द्रौपदीकरण बंद किया जाए, यदि नक्सलवादी आंदोलन का निराकरण और माओवाद को खत्म करना है तो पहले जनाब, अमानुषों की जमात का सफाया तथा द्रौपदीकरण का अंत करना होगा। विष्णु खरे का विचार था कि भारत जैसे वैविध्यपूर्ण देश में साम्यवादी विचारधारा और रणनीति को परिस्थितियों के अनुसार लचीला और परिवर्तनीय होना होगा।

मैनेजर पांडेय का मानना था कि इस देश के राजनैतिक दल अगर जनता की समस्याओं में सचमुच दिलचस्पी रखते तो इस देश के दो लाख किसानों की आत्महत्या के बाद क्या कोई बड़ा किसान आंदोलन नहीं होता ? यही नहीं, लाखों आदिवासियों के विस्थापन और तबाही के बाद आदिवासियों की समस्याओं को पूरे देश और दुनिया के सामने लाने के लिए कोई बड़ी बहस या कोई बड़ा आंदोलन नहीं होता ? मेधा पाटेकर ने कहा कि हिंसा का मार्ग किसी भी लोकतांत्रिक देश के हित में नहीं है। नवारुण भट्टाचार्य का विचार था कि माओ–त्से–तुंग की विचारधारा अब भी प्रासंगिक है। एमजे अकबर ने लिखा कि उन्हें नहीं लगता कि माओवादी किसी तरह से माओ से जुड़े हुए हैं, उनका दर्द पेट का दर्द है, भूख का दर्द है।

प्रसिद्ध अधिवक्ता प्रशांत भूषण का विचार था कि व्यवस्था ने हथियार उठाने के लिए माओवादियों को मजबूर किया है। हर्ष मांदेर ने कहा कि सामाजिक समरसता नियुक्त किए बगैर बात नहीं बन सकती जबकि पंकज विष्ट का विचार था कि भूमंडलीकरण ने कमजोर को और कमजोर किया है। वंदना शिवा का मानना था कि इस बड़े मुद्दे पर

लोकतांत्रिक बहस का अभाव है जबकि सुभाष गाताडे का विचार था कि यह कानून-व्यवस्था का मसला नहीं है। शिवमंगल सिद्धांतकर ने कहा कि जनता के विरुद्ध सैनिक अथवा अर्द्धसैनिक काररवाई न्यायसंगत नहीं है।

प्रभात खबर ने एक तरीके से नक्सलवाद की समस्या की जड़, इसके समाधान का एक रास्ता दिखाने का इस अंक के जरिए प्रयास किया। एक अखबार की जिम्मेदारी भी यही होती है। प्रभात खबर ने अपना दायित्व निभाया। वैसे तो प्रभात खबर ने अपने दायित्व का निर्वहन आगे बढ़कर किया। देश जानता है कि प्रभात खबर की टीम ने एक अपहृत बी.डी.ओ. को छुड़ा कर अपनी जिम्मेवारी निभाई थी। वैसे तो नक्सल घटनाओं के कवरेज में प्रभात खबर अन्य अखबारों से आगे रहा है, आज से नहीं, कई सालों से तब से, जब बिहार का बँटवारा भी नहीं हुआ था, ऐसी खबरों के बड़े पाठक भी रहे हैं। राँची और जमशेदपुर के बाद प्रभात खबर का प्रकाशन पटना से हो रहा था। दक्षिण बिहार में प्रभात खबर फायदे में इसलिए रहता था क्योंकि उन दिनों झारखंड में प्रभात खबर का मुकाबला किसी बड़े अखबार से नहीं था। जो भी अखबार इस क्षेत्र में थे, उसका पटना या बिहार नेटवर्क मजबूत नहीं था। उन दिनों बिहार में बड़े पैमाने पर हिंसा होती थी। नक्सली घटनाएँ बिहार में फैल रही थीं। तब दक्षिण बिहार में नक्सल या जातीय नरसंहार की बड़ी घटनाएँ कम होती थी शेष बिहार (खासतौर पर जहानाबाद, गया, आरा, पटना) में जातीय संघर्ष भी खूब होता था। लोग अपराध की खबरों को खूब चाव से पढ़ते भी थे।

1990–2000 के बीच बिहार में अनेक बड़े नरसंहार हुए। तब हिंदुस्तान पटना से छपकर आता था, दैनिक जागरण या दैनिक भास्कर तो था नहीं, इसलिए प्रभात खबर को बिहार की ताजा खबरें, देर रात की खबरें विस्तार से मिल जाती थी। नरसंहार हो, जातीय संघर्ष हो या नक्सली घटनाओं की खबरें, प्रभात खबर में ऐसी रिपोर्ट्स विस्तार से छपती थी। कई एक्सक्लूसिव साक्षात्कार भी छपे। बिहार में घटी घटनाओं का इस क्षेत्र में असर इसलिए भी अधिक पड़ता था, क्योंकि चतरा, पलामू इलाकों में नक्सल गतिविधियाँ सक्रिय हो गई थीं। पलामू में जातीय संघर्ष की घटनाएँ घटती थीं। प्रभात खबर के तब दो पुराने साथी अजय कुमार और रजनीश उपाध्याय ऐसी घटनाओं की जमीनी रिपोर्टिंग के लिए चर्चित थे।

बी.डी.ओ. को प्रभात खबर ने रिहा कराया

प्रभात खबर जनहित की पत्रकारिता में विश्वास करता है, मानवीय आधार पर पत्रकारिता करता है, जब मामला स्टेट या देश का हो तो वह स्टेट/देश के साथ खड़ा होता है। ऐसा ही एक मामला था बी.डी.ओ. के अपहरण का। नक्सलियों ने झारखंड

के पूर्वी सिंहभूम जिला के धालभूमगढ़ के प्रखंड विकास पदाधिकारी (बी.डी.ओ.) प्रशांत कुमार लायक का 13 फरवरी, 2010 को उस समय अपहरण कर लिया था, जब वे अपने कार्यालय में बैठे थे। माओवादियों की संख्या सात के आसपास थी और वे बाइक से आए थे। बी.डी.ओ. को लेकर वे चले गए थे। इस घटना के बाद पूरे राज्य में हंगामा हो गया। उस समय शिबू सोरेन झारखंड के मुख्यमंत्री थे। घटना के तुरंत बाद आइजी घटनास्थल पर पहुँच गए थे, सारे अधिकारी चिंतित इसलिए थे क्योंकि वर्ष 2000 में गिद्धौर के बी.डी.ओ. नंद किशोर प्रसाद सिंह का नक्सलियों ने अपहरण किया था जिनकी बाद में हत्या कर दी थी, हालाँकि उसके बाद भी नक्सलियों ने कई अधिकारियों को बँधक बनाया था।

प्रभात खबर
अखबार नहीं आंदोलन
ऑपरेशन रिहाई

माओवादियों के संकेत और सरकार की सहमति पर प्रभात खबर की टीम जंगल में घुसी

बीडीओ को प्रभात खबर टीम को सौंपा

विश्वास का फल

कोड़ा कांड की जांच से जुड़े आइटी अफसर हटाये गये

झारखंड है या घोटालाखंड

SALE | LEASE

प्रभात खबर ने बी.डी.ओ. को नक्सलियों के कब्जे से रिहा कराया था

अपहृत बी.डी.ओ. प्रशांत लायक को प्रभात खबर की टीम को सौंपने के ठीक पहले नक्सलियों का ग्रुप

बी.डी.ओ. के अपहरण से अधिकारी चिंतित थे। सरकार भी परेशान थी। अतीत की घटनाओं का अंजाम अच्छा नहीं था। बी.डी.ओ. प्रशांत लायक के अपहरण के लगभग तीन-चार माह पहले 30 सितंबर, 2009 को नक्सलियों ने विशेष शाखा के इंस्पेक्टर फ्रांसीस इंदवार का अपहरण किया था, कुछ माँगें रखीं थी, न मानने पर नक्सलियों ने उनकी हत्या कर दी थी और उनका शव राँची-बुंडू हाइवे पर फेंक दिया था। इंदवार की पत्नी ने अपने पति को छोड़ देने की अपील भी नक्सलियों से की थी, लेकिन नक्सलियों पर कोई असर नहीं हुआ था। इंदवार की हत्या के बाद जब बी.डी.ओ. प्रशांत लायक का नक्सलियों ने अपहरण किया तो सरकार परेशान हो उठी। वह कोई मौका नहीं देना चाहती थी, इसलिए फूँक-फूँककर कदम उठा रही थी।

अपहरण के बाद नक्सलियों ने बी.डी.ओ. के घर फोन कर उनकी पत्नी को जानकारी दी थी कि उनके पति (प्रशांत लायक) सुरक्षित हैं। नक्सलियों ने घाटशिला जेल में बंद कुछ ग्रामीणों को रिहा करने की शर्त रखी थी। कुछ अन्य माँगें भी थीं। सरकार ने अधिकांश माँगों को मान लिया था, लेकिन नक्सली उन्हें छोड़ नहीं रहे थे, अपहरण के बाद प्रशांत लायक को गुड़ाबाँधा के जंगल में रखा गया था, बार-बार जगह भी बदली जा रही थी। सरकार ने उस पूरे क्षेत्र में भारी संख्या में सुरक्षाबलों को तैनात किया था, इसमें अर्द्धसैनिक बल भी थे। राज्य के आला अफसर खुद कमान सँभाले हुए थे, लेकिन वे बी.डी.ओ. को रिहा नहीं करा पा रहे थे। सरकार पर भारी दबाव बन गया था। इस तरह छह दिन बीत गए। एक-एक दिन काटना मुश्किल हो रहा था। हर अखबार में खबर छप रही थी उनमें प्रभात खबर भी था।

19 फरवरी, 2010 का दिन था। हमारे एक ग्रामीण प्रतिनिधि ने मुझे फोन से खबर दी कि माओवादी बी.डी.ओ. को छोड़ने के लिए तैयार हैं, लेकिन उनकी एक शर्त है कि प्रभात खबर का कोई वरिष्ठ पत्रकार अगर चार बजे तक जंगल में पहुँच जाए तो वे बी.डी.ओ. को उन्हें सौंप सकते हैं। मैं उन दिनों जमशेदपुर में स्थानीय संपादक के पद पर था। वहाँ सबसे वरिष्ठ मैं ही था। मैंने बिना सोचे-समझे हाँ कर दी और कहा कि मैं खुद जाना चाहता हूँ। मैं अपने किसी और साथी की जान जोखिम में नहीं डालना चाहता था, इसलिए मैं खुद जाने को तैयार हो गया, लेकिन इसके लिए पहले प्रधान संपादक (तब हरिवंशजी प्रधान संपादक थे) को बताना अनिवार्य था। मैंने हरिवंश जी से फोन पर बात करने की कोशिश की, लेकिन उनसे मोबाइल पर बात नहीं हो सकी। वे पटना से राँची आ रहे थे, शायद फ्लाइट में थे। यह खबर फैल गई और राजनीतिक दलों के कई मित्रों ने मुझसे आग्रह किया कि आप जाएँ और बी.डी.ओ. को ले आएँ। उन्हें लग रहा था कि कहीं मैं जाने से इनकार न कर दूँ, जबकि अपने मित्रों के फोन आने के पहले ही मैंने तय कर लिया था कि मैं खुद जाऊँगा।

मुझे जल्दी जाना था। समय भी बहुत ही कम बचा था। पत्नी और बच्चों (जो काफी छोटे थे) से मिलकर चुपचाप घर से निकल गया। जोखिम वाला काम था। वहाँ क्या होगा, कोई नहीं जानता था। पत्नी को भी नहीं बताया कि कहाँ जा रहा हूँ, संभव था बताने पर वह मना करती। मैं मानता कि नहीं, यह अलग बात है। जमशेदपुर से मैंने अपने एक साथी फोटोग्राफर को लिया, रास्ते में एक अन्य पत्रकार मित्र भी गाड़ी पर चढ़ गए, वह किसी चैनल में थे। बोलेरो गाड़ी में मैं घाटशिला डुमरिया की ओर रवाना हो गया। घाटशिला में धरिश और परवेज को गाड़ी पर बैठा लिया। डुमरिया से शिव शंकर साहू (स्थानीय प्रतिनिधि) को लिया। इस बीच हरिवंश जी से मोबाइल पर बात हो गई। उन्होंने सुझाव दिया कि सरकार से बात कर लेना, अगर सरकार कहती है, अनुमति देती है, तभी जाना। मेरे पास समय नहीं था, मेरी गाड़ी तेज गति से जंगल की ओर जा रही थी। वहाँ से हर समय मोबाइल का नेटवर्क भी नहीं था, मेरे लिए उस समय सरकार से अनुमति लेना संभव नहीं था। मैंने राँची के अपने सहयोगी विजय पाठक को सरकार से बात करने के लिए कहा। विजय ने राज्य के वरिष्ठ अधिकारियों से बात की। इसमें मुख्यमंत्री के प्रधान सचिव सुखदेव सिंह भी थे। सरकार से मुझे जाने की अनुमति मिल गई।

अनुमति मिलने के बाद हम सभी उत्साहित थे। एक नेक और बड़ा काम करने जा रहे थे। सरकार ने उस क्षेत्र में तैनात पुलिसकर्मियों-अधिकारियों को भी यह सूचना दे दी कि प्रभात खबर की टीम जा रही है, उसे जाने दिया जाए। सरकार से अनुमति लेने का निर्णय सही निर्णय था। बगैर सरकार को बताए जाने से हमारी टीम नए संकट में भी फँस सकती थी। हम लोग जा रहे थे और रास्ते में भारी संख्या में मौजूद पुलिसकर्मी वहाँ थे तो सही, लेकिन हमारी गाड़ी को रोक नहीं रहे थे। मैं समझ गया था कि गुड़ाबाँधा के आसपास तैनात रक्षा बलों को सरकार से निर्देश मिल चुका है कि हम लोगों को रोकना नहीं है। इस बीच कई बार नक्सलियों की ओर से हमारे सहयोगी के फोन पर संदेश मिलता रहा कि कहाँ जाना है, एक जगह पहुँचने पर आगे जाने का संदेश मिलता था।

आधे घंटे के बाद हम लोग गाड़ी से एक सुनसान जगह पर पहुँच गए। नक्सलियों ने उसी जगह इंतजार करने का संकेत दिया। वहाँ कोई नहीं दिख रहा था। पास में 10-11 साल का एक लड़का बकरी चरा रहा था। जब मैंने उसे कुछ पूछने के लिए अपने पास बुलाया तो उसने कहा—चलो, साथ गाड़ी में बैठो और हम सभी को गहन जंगल में ले गया। एक खास जगह पर जाकर हम लोगों को खड़ाकर दिया गया। वहीं पर हम सब इंतजार कर रहे थे। इसी बीच वह लड़का वहाँ से यह कहते हुए चला गया कि यहाँ पर रहना है, सभी लोग यहीं पर आएँगे।

हम सभी वहीं इंतजार कर रहे थे, सूर्यास्त हो रहा था। उसी समय जंगल में आहट हुई और कुछ दूरी पर तीन-चार लोग दिखे। आगे-आगे बी.डी.ओ. प्रशांत लायक थे।

प्रभात खबर

नक्सलवाद...?

बातचीत से नक्सलवाद पर काबू संभव

नक्सलवाद पर प्रभात खबर का खास अंक

उनके ठीक पीछे ड्रेस में एक पुरूष नक्सली और दो लड़कियाँ थीं। सभी के चेहरे हल्के ढके थे, सभी के हाथ में घातक हथियार थे, पुरुष नक्सली 20–22 साल का युवा था। बी.डी.ओ. उसके साथ ही थे। उसने कहा—हमने सरकार को वादा किया है कि बी.डी.ओ. को छोड़ देंगे, इसलिए आपको सौंप रहे हैं। आप इसे सरकार या घर तक पहुँचाए। हमने अपना दायित्व निभाया, अब सरकार अपना दायित्व निभाए। मैंने कुछ और सवाल पूछना चाहा तो उसने साफ-साफ कह दिया कि इतना ही बोलने का आदेश है। सिर्फ युवा नक्सली ही बोल रहा था। दोनों लड़कियों (उम्र 12–14 साल होगी) ने एक भी शब्द नहीं कहा। हमने उससे कहा कि अखबार के लिए आप सभी की तसवीर भी चाहिए। वह तैयार हो गया। हमारे फोटोग्राफर ने उन सभी की तसवीर ली। चेहरा ढका हुआ था। मैंने कुछ पूछना चाहा तो उसने साफ कह दिया कि इन्हें (प्रशांत लायक) लेकर आप लोग जाइए। इनसे जो भी बात करनी है, रास्ता में करिएगा। तब तक रात हो चुकी थी, इसके बाद तीनों जंगल में घुस गए।

अब बी.डी.ओ. प्रशांत लायक हम लोगों के साथ थे। घबराए हुए थे। गाड़ी कुछ दूर थी, हम लोग पैदल चलकर गाड़ी के पास पहुँचे। अँधेरा हो चुका था। हम लोगों की गाड़ी पहाड़ी से नीचे उतर रही थी। हम विजयी मुद्रा में थे, खुश थे। यह खुशी बहुत देर तक नहीं रही, हमारी गाड़ी का ड्राइवर था राजेश। बड़ा हर दिलेर था। अचानक उसने ब्रेक लगाई। हम लोग चौंक गए। गाड़ी की लाइट में देखा सैकड़ों हथियार बंद सड़क पर खड़े हैं। दिमाग में यही बात आई कि नक्सलियों का हमला है। इसी बीच आवाज आई, बी.डी.ओ. कहाँ हैं? पूछने पर उन्होंने कहा कि मैं एस.पी. नवीन सिंह हूँ, तब तक मैं भी एस.पी. को पहचान चुका था, वे भी मुझे पहचानते थे। बी.डी.ओ. को हम लोग उनके घर या राज्य के वरिष्ठ अधिकारियों को सौंपना चाहते थे, लेकिन एस.पी. और वहाँ अर्द्ध सैनिक बल के जवानों ने जबरन बी.डी.ओ. को अपने कब्जे में ले लिया। हम लोगों ने विरोध भी किया, लेकिन इसका कोई असर नहीं पड़ा। वहाँ कोई विकल्प नहीं था। हम लोग मजबूर थे।

जब पुलिस बी.डी.ओ. को छीन रही थी, हम लोगों ने मोबाइल से सरकार से बात करनी चाही। पुलिस ने मोबाइल के उपयोग की अनुमति नहीं दी, हम लोग अघोषित तौर पर वहाँ गिरफ्तार हो चुके थे। जैसा व्यवहार पुलिस अधिकारियों ने उस दिन किया था, अगर उसका आभास होता तो हम सरकार के कहने पर भी बी.डी.ओ. को रिहा करवाने नहीं जाते। हम लोग सरकार से अनुमति लेकर गए थे, मानवता के नाते गए थे ताकि किसी की जान बचा सके। बी.डी.ओ. से कोई निजी संबंध नहीं था, न ही बी.डी.ओ. को जानते थे। दिमाग में यही बात आई थी कि अगर हम लोगों के जाने से किसी निर्दोष अधिकारी की जान बच जाए तो जाने में हर्ज क्या है। उस समय यह सोच भी नहीं पाए थे कि अगर इस घटना में पुलिस या नक्सली किसी की गोली से हम लोग मारे गए तो हम लोगों के परिवार का क्या होगा। लेकिन बी.डी.ओ. को छीनने के बाद पुलिस का जो तेवर देखा, उससे लगा कि हमने अच्छा किया कि सरकार से अनुमति लेकर गए थे।

नक्सलवाद पर विशेष अंक

उस जंगल में हम लोग पुलिस अफसरों से आग्रह करते रहे कि बी.डी.ओ. को हम लोग गृह सचिव या डी.जी.पी. को या उनके परिवार को सौंपेंगे, लेकिन किसी ने बात नहीं सुनी। कोई रास्ता नहीं सूझा। कोई चारा नहीं देखकर हम लोगों ने बी.डी.ओ. को एस.पी. को सौंप दिया। इस घटना की तसवीर लेने के बाद हम लोग बगैर बी.डी.ओ. के घाटशिला लौट गए। जिस समय पुलिस ने हम लोगों से बी.डी.ओ. को छीना था, उस समय पुलिस अफसर चिल्ला-चिल्ला कर कह रहे थे—हम लोग आप लोगों को हीरो नहीं बनने देंगे, उसी समय मुझे लगा कि सरकार की अनुमति के बिना यदि हम वहाँ गए होते तो हमारा क्या हाल हुआ होता? इस बात की आशंका थी कि वहाँ बी.डी.ओ. को छीनने के बाद हम सभी को गोली मार दी जाती। संभव था कि हम सभी को ही साजिशकर्ता या अपहर्ता करार दे दिया जाता। लेकिन ऐसा नहीं हुआ क्योंकि राज्य सरकार के वरिष्ठ अधिकारियों, शीर्ष राजनेताओं के आग्रह पर ही प्रभात खबर की टीम वहाँ गई थी। पूरे राज्य-देश की नजर इस घटना पर थी।

लौटने के वक्त रास्ते में पूर्वी सिंहभूम के उपायुक्त समेत अनेक अधिकारियों, कई

राजनीतिज्ञों के फोन आए। सभी ने आभार व्यक्त किया। हम लोग पुलिस के रवैए से दुखी और नाराज थे। जिनका भी फोन आता, नाराजगी बता देते थे, क्योंकि हमारे और हमारी टीम के साथ विश्वासघात किया गया था। प्रभात खबर की टीम जान जोखिम में डालकर जंगलों में गई थी सिर्फ इसलिए कि एक निर्दोष व्यक्ति (अफसर) की जान नहीं जाए। यह काम हमारा नहीं था, यह काम शासन का था, पुलिसकर्मियों का था। जिम्मेदार नागरिक होने के नाते हम सभी पत्रकारों ने जोखिम लिया था। हम सभी एक अधिकारी का जीवन बचाने में सफल रहे. हम लोगों को इस सवाल का भी जवाब देना पड़ा कि नक्सलियों ने प्रभात खबर को ही क्यों चुना? जवाब था—प्रभात खबर ने जनहित की जो पत्रकारिता की, गरीबों की जो आवाज उठाई, उससे समाज के सभी वर्गों का उसे विश्वास हासिल हुआ। इसी विश्वास के कारण नक्सलियों ने बी.डी.ओ. को प्रभात खबर को सौंपा। यह एक उदाहरण है, जिसने साबित कर दिया कि प्रभात खबर कैसी पत्रकारिता करता है, सिर्फ कहता नहीं, करता भी है। प्रभात खबर के इस जोखिम भरे अभियान को नेशनल मीडिया ने सराहा। द टेलीग्राफ ने 20 फरवरी, 2010 के अंक में इसे लीड खबर बनाया, जिसमें इस बात का उल्लेख किया कि माओवादियों ने प्रभात खबर के पत्रकारों को बी.डी.ओ. को सौंप दिया। प्रसिद्ध पत्रकार और बी.बी.सी. के भारत में लंबे समय तक प्रमुख रहे मार्क तुली ने अपनी प्रसिद्ध पुस्तक 'नन स्टॉप इंडिया' में बी.डी.ओ. की रिहाई की पूरी घटना का न सिर्फ विस्तार से विवरण दिया है, बल्कि कई जगहों पर प्रभात खबर का उल्लेख भी किया है। यह पुस्तक अंतरराष्ट्रीय स्तर पर काफी चर्चित हुई।

□

कुछ खास पेज, जिनसे पहचान बनी

पाठकों को किस समय, किस प्रकार की सामग्री चाहिए, इसे प्रभात खबर बेहतर तरीके से समझता रहा है। उन खबरों को प्रमुखता दी है, जो पाठकों की जरूरत रही हैं। इस अखबार ने कंटेंट के बल पर ही अपनी पहचान बनाई है, इसमें काफी प्रयोग भी किए गए। समय के साथ-साथ जिस तरीके से प्रभात खबर ने तकनीक में परिवर्तन किया, ठीक उसी तरह कंटेंट में भी बदलाव करता रहा। जिन दिनों झारखंड आंदोलन चरम पर था, उन दिनों प्रभात खबर के पन्ने झारखंड आंदोलन से जुड़ी खबरों, लेखों-विचारों से भरे होते थे। राज्य बनने के बाद जब राजनीतिक उथल-पुथल हुआ, तो इन पर विशेष पृष्ठ दिए जाते थे। इतना ही नहीं, राष्ट्रीय एवं अंतरराष्ट्रीय विषयों, अध्यात्म, अर्थव्यवस्था आदि विषयों पर भी खास पृष्ठ प्रकाशित हुए।

यह सच है कि प्रभात खबर की पहचान न सिर्फ खबरों के कारण रही है, बल्कि विचारोत्तेजक लेखों, समसामयिक लेखों, टिप्पणियों के कारण भी रही है। यही प्रभात खबर को अन्य अखबारों से अलग करता रहा है। प्रभात खबर ने अनेक ऐसी सामग्रियाँ उस समय प्रकाशित की, जो उस समय की माँग थी। अन्य बड़े अखबारों की तुलना में प्रभात खबर इसमें अव्वल रहा। 1989 में जिन दिनों प्रभात खबर में नया प्रबंधन आया था, उसी दौरान भागलपुर में सांप्रदायिक दंगा हुआ था। पाठक भागलपुर दंगे की सच्ची खबर पढ़ना चाहते थे। प्रभात खबर चाहता तो सामान्य रिपोर्ट प्रकाशित कर काम चला सकता था, लेकिन ऐसा किया नहीं। प्रभात खबर ने 1989 में हुए भागलपुर दंगे के समय तेवर वाली रिपोर्टिंग की थी। यह देश का चर्चित मामला था। इसके लिए राँची से दंगाग्रस्त इलाकों की विशेष कवरेज के लिए अपने संवाददाता श्रीनिवास को भागलपुर भेजा था। श्रीनिवास जेपी आंदोलन से जुड़े थे, गंभीर पत्रकार थे, भागलपुर के ही रहने वाले थे और वहाँ की भौगोलिक स्थिति से पूरे तौर पर परिचित थे। वे भावना में बहने वाले भी नहीं थे, इसलिए निष्पक्ष रिपोर्टिंग के लिए उन्हें ही भेजा गया था। उन्होंने बहुत ही दिलेरी के साथ रिपोर्टिंग की थी, पहली बार सच सामने आया था। फिर सांप्रदायिकता

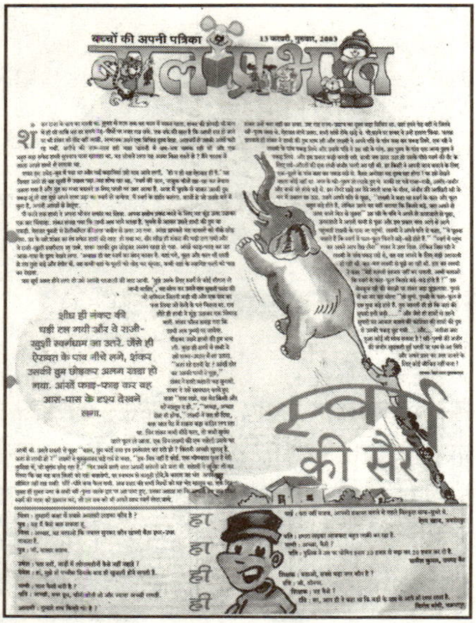

के खिलाफ अखबारों में लगातार लेख लिखा गया, बहस कराई गई।

भागलपुर दंगे के कुछ दिनों बाद ही मंडल आयोग की सिफारिश लागू होने के बाद पूरे देश में आरक्षण विरोधी आंदोलन शुरू हो गया था, प्रभात खबर ने आरक्षण के पक्ष और विपक्ष में हर दिन अखबार में बहस कराई, समाज के हर वर्ग के लोगों ने इसमें भाग लिया। इससे प्रभात खबर की छवि एक निष्पक्ष अखबार के रूप में बनी। वर्ष 2003 आते-आते अखबार ने महसूस किया कि बच्चों के लिए भी कुछ सामग्री होनी चाहिए, वे भविष्य के पाठक हैं, न सिर्फ पाठक हैं बल्कि वही तो देश के भविष्य हैं, इसलिए इन्हें अभी से गढ़ने का प्रयास करना चाहिए, इनके मनोबल को बढ़ाना चाहिए, इनके अंदर क्रिएटिविटी पैदा करनी चाहिए, इनकी प्रतिभा को निखारना चाहिए, इनके ज्ञान को बढ़ाना चाहिए, इनके अंदर चरित्र निर्माण के गुण डालने चाहिए,। इन्हीं सब उद्देश्यों को लेकर बच्चों पर विशेष पृष्ठ देने की परंपरा शुरू हुई। इसी योजना के तहत अखबार में 'स्कूल से' नामक एक पृष्ठ दिया जाता था, जिसमें बच्चों की कविताएँ, छोटी कहानी, स्केच, कार्टून, प्रेरक कहानियाँ व अन्य रोचक सामग्री होती थी, लेकिन बच्चों को इससे ज्यादा सामग्री चाहिए थी। उन्हें जोड़कर रखना था। इसी के तहत प्रभात खबर ने बच्चों के लिए बाल प्रभात साप्ताहिक परिशिष्ट निकाला। पहले हर गुरुवार को टेब्लायड आकार में यह निकाला जाता था। इसका पहला अंक 13 फरवरी, 2003 को निकाला गया था, इसकी अच्छी माँग हुई थी। इसमें बच्चों की भागीदारी अच्छी संख्या में हो रही थी। पहले यह अखबार के साथ मुफ्त में बँटता था। जैसे-जैसे कागज के दाम बढ़ने लगे, बाल प्रभात पत्रिका पर असर पड़ने लगा। कागज बचाने के लिए बाद में अखबार के अंदर इसे एक पृष्ठ पर छापा जाने लगा। कुछ साल चलने के बाद फिर माँग बढ़ी, तय हुआ कि यह अलग पत्रिका होगी जिसकी कीमत भी अलग होगी। इस प्रकार बाल प्रभात अलग पत्रिका (कीमत के साथ) फिर से निकलने लगी।

रंग

प्रभात खबर

हैलो झारखंड

कहानी हुसैनाबाद की

पवनपुत्र हनुमान जी की जन्मस्थली अंजनीधाम

185 साल पुराना समाधि स्थल

श्री हरिहर धाम

झारखंड में जिन दिनों दैनिक अखबार ब्लैक एंड व्हाइट छपते थे, उन दिनों प्रभात खबर ने प्रयास किया कि दूसरे बड़े शहरों से छपवाकर रंगीन विशेषांक बाँटे जाए। इसी क्रम में प्रभात खबर द्वारा रंगीन साप्ताहिक परिशिष्ट का प्रकाशन किया गया। यह फिल्मों पर आधारित होता था। ऐसी बात नहीं है कि आरंभ में ही इसका प्रकाशन फिल्मों से संबंधित सामग्री के लिए ही किया गया था। 1990 में प्रभात खबर में कलर प्रिंटिंग की मशीन नहीं थी, इसलिए दैनिक अखबार में कलर फोटो या कलर विज्ञापन नहीं लिया जा सकता था, लेकिन उन दिनों प्रभात खबर को कलर विज्ञापन मिलने शुरू हो गए थे। ऐसी स्थिति में कलर विज्ञापन को सप्लीमेंट में ही लिया जाता था। रंगीन प्रकाशन इसलिए किया गया था ताकि इसमें कलर विज्ञापन लिया जा सके। प्रारंभ में यह ग्लोसी पेपर पर छपता था। कई बार तो रंगीन कवर स्टोरी राजनीतिक खबर पर आधारित होती थी। 7 जुलाई, 1990 को बँटने वाले रंग में झारखंड आंदोलन को कवर स्टोरी बनाया गया था, जिसका शीर्षक था—छोटानागपुर, शोषण है, पर राजनीतिक नेतृत्व का अभाव है! ऐसा इसलिए किया जाता था क्योंकि कलर में छापने के लिए लेख और विज्ञापन को बाहर भेजना पड़ता था। आज जैसी सुविधा नहीं थी। एक व्यक्ति इसे लेकर कोलकाता जाता था जहाँ रंग की छपाई बाहर के प्रेस में होती थी, फिर इसे राँची लाया जाता था, दैनिक अखबार के साथ इसे बाँटा जाता था। अब तो झारखंड-बिहार के छोटे-छोटे शहरों में भी कलर प्रिंटिंग की व्यवस्था हो गई है।

घर अखबार पढ़ने वालों में महिलाओं की संख्या अच्छी खासी थी, लेकिन उनके लिए अलग से सामग्री नहीं होती थी। प्रभात खबर ने महिला पाठकों को जोड़ने के लिए अखबार के अंदर घर नाम से रविवार को विशेष पृष्ठ देना आरंभ किया था। महिलाओं के लिए साप्ताहिक परिशिष्ट गृहस्वामिनी भी प्रकाशित किया जाता था, बाद में इसका नाम सुरभि कर दिया गया। लंबे समय तक यह इसी नाम से निकाला गया, फिर तो हर दिन महिलाओं के लिए एक पृष्ठ दिया गया जिसका नाम आधी आबादी रखा गया। इसमें सिर्फ

Sawan Masti @ 12 months

सावन का महीना 12 महीने शोर

जी हां, बिल्कुल हम कोई मजाक नहीं कर रहे और न ही हमें कोई गलतफहमी हुई है, और न ही हम आपको किसी भ्रम में डालना चाहते हैं. आपका कन्फ्यूज्ड होना लाजमी है कि हम सावन के महीने में सालोंभर मनाये जाने वाले त्योहार, मौज-मस्ती, हल्ला-गुल्ला, शरारतों व सिक्रेट्स की बात क्यों कर रहे हैं भला. तो जरा एक बार आप सोच कर देखिये सावन कौन है, क्या है. क्या सावन का महीना मौज-मस्ती, उत्साह, उमंग व ऊर्जा से भरा नहीं होता? जवाब है हां. साल के हर महीने, कुछ न कुछ एंटरटेनिंग विकल्प ... में रहते हैं. इनके अनुसार सावन का महीना आता तो वर्ष में एक ... है. पर 12 महीने ये इसके शोर में डूबे रहते हैं. अब बताइये, बन गया न हमारा हर पल, 365 दिन और 12 महीने एंटरटेनिंग सावन

गृह स्वामिनी

जरा याद करो कुर्बानी

हमें भी याद कर लो

महिलाओं से जुड़ी देश–दुनिया की खबरें होती थीं, उन्हें प्रेरित करने की कहानियाँ होती थीं। प्रभात खबर ने महिला दिवस पर कई बार पूरा अखबार महिला संपादकों (अतिथि संपादक) के नाम कर दिया। समाज की प्रमुख महिलाएँ आती थीं और खबरों का चयन करती थी। कुछ वर्ष पहले महिलाओं के लिए कहानी प्रतियोगिता का भी आयोजन प्रभात खबर ने किया था, जिसमें मैत्रेई पुष्पा को आमंत्रित किया गया था। प्रभात खबर लंबे समय से तपस्विनी नाम से महिलाओं पर आधारित पेज भी प्रकाशित करता रहा है।

बड़े बुजुर्ग

सप्ताह में एक दिन, यानी हर शनिवार को बुजुर्गों के लिए 'बड़े–बुजुर्ग' नाम से पृष्ठ दिया गया, इसमें बुजुर्गों की सामग्री होती थी, जैसे उनकी समस्याएँ, पेंशन, रिटायरमेंट के बाद का जीवन। इसमें इस बात का ध्यान रखा जाता था कि बुजुर्ग अकेलापन महसूस न करें, ऐसा न लगे कि वे बेकार हो गए हैं।

कृषि प्रभात

प्रभात खबर ने दैनिक अखबार में सप्ताह में एक पृष्ठ किसानों के लिए देने का भी प्रयास किया था। इसका नाम कृषि प्रभात रखा गया था। 2006 में यह सोमवार को छपा करता था, इसमें खेती–बाड़ी की जानकारी दी जाती थी। सफल किसानों की

कहानियों के अलावा, खेती के तरीके और वैज्ञानिकों की राय भी दी जाती थी। फिर एक पृष्ठ बागवानी पर भी निकाला गया। बागवानी की जानकारी आम आदमी को देने के लिए यह प्रयोग किया गया था, बाद में इसे बंदकर दिया गया। कुछ सालों बाद किसानों के लिए कृषि पर खास पृष्ठ फिर आरंभ किया गया।

युवाओं के लिए स्कोप, न्यू स्विंग, नॉलेज, यूथ प्लस : युवाओं के लिए प्रभात खबर ने रविवार को स्कोप निकाला जिसमें कहाँ-कहाँ संभावना है, इसका विवरण होता था। न्यू स्विंग नाम से यूथ के लिए पृष्ठ दिया जाता था। बाद में हर सप्ताह यूथ प्लस पत्रिका के रूप में निकलता रहा। युवाओं के लिए ही गुरुवार को बड़े आकार में अवसर निकलता था, बाद में इसे मंगलवार को प्रकाशित किया जाने लगा। यह टेब्लायड आकार में भी बहुत दिनों तक छपा, इसे फिर से अखबार के आकार में निकाला गया। अब तो यह एक ब्रांड बन चुका है और छात्र अवसर की प्रतीक्षा करते हैं। युवाओं और परीक्षा की तैयारी कर रहे लोगों की सहायता के लिए नॉलेज पृष्ठ का प्रकाशन आरंभ किया गया। समसामयिक विषय पर प्रकाशित होने वाले इस पृष्ठ की काफी माँग रही है।

बड़ी संख्या में लोगों की ज्योतिष में रूचि है, इसलिए ऐसे लोगों के लिए मंगलवार को प्रभात नक्षत्र भी निकाला गया था। इसी बीच 2006 में सेहत-साइंस, धनदौलत पृष्ठ भी निकाला गया। हर रविवार को यह पृष्ठ आता था। स्वास्थ्य संबंधी जानकारी देने के लिए सेहत पृष्ठ अलग से भी बनता था। इसकी इतनी माँग हुई कि अलग से पत्रिका के रूप में भी हेल्दी लाइफ का प्रकाशन कर दिया गया, यह बहुत ही लोकप्रिय पत्रिका थी, अलग कीमत होने के बावजूद इसकी माँग काफी थी। लेकिन कोरोना के समय देश के अखबारों के समक्ष जो संकट पैदा हुआ, उसका असर इस पर भी पड़ा। इसे बंद करना पड़ा, बाद में इसे एक पृष्ठ में प्रकाशित किया गया।

प्रोपर्टी प्लस : राज्य बनने के बाद झारखंड में बड़े पैमाने पर अपार्टमेंट बने, जमीन के दाम बढ़े, इसकी जानकारी देने के लिए प्रोपर्टी प्लस नाम से पृष्ठ भी निकाला गया। उन दिनों झारखंड के शहरों में अपार्टमेंट की संस्कृति विकसित हो रही थी। जमीन की कमी

और बढ़ते दाम के कारण लोगों की रुचि फ्लैट में होने लगी थी। ऐसे मौके पर पाठकों की जरूरत को ध्यान में रखते हुए प्रोपर्टी प्लस का प्रकाशन आरंभ किया गया था।

माइनॉरिटी वॉइस

झारखंड और बिहार में अल्पसंख्यक समुदाय की बड़ी आबादी है। पाठकों पर गौर किया जाए तो झारखंड में अल्पसंख्यक समुदाय का झुकाव प्रभात खबर की ओर रहा है, चाहे वे मुसलिम हों, ईसाई हों या सिख या जैन समुदाय। प्रभात खबर ऐसे पाठकों के लिए हर शुक्रवार को माइनॉरिटी वॉइस नाम से खास पृष्ठ निकालता रहा। इसमें अल्पसंख्यक समाज के मुद्दे, प्रमुख लोगों से बातचीत को स्थान मिलता रहा, यह बहुत ही चर्चित रहा था।

सूचना तकनीक

छात्रों-युवाओं को नई तकनीक की जानकारी देने के लिए प्रभात खबर ने बहुत पहले प्रयास शुरू किए थे, हर सप्ताह सूचना-तकनीक पर एक पृष्ठ की सामग्री पाठकों को दी जाती थी। तब हिंदी अखबारों में सूचना-तकनीक जैसे नए विषयों पर जानकारी देने के लिए कोई खास पृष्ठ नहीं होता था। प्रभात खबर ने इसे आरंभ किया था। किसलय इस खास पृष्ठ को तैयार करते थे। इस पृष्ठ का नाम भी था—'सूचना तकनीक'!

माय माटी
झारखंड सरकार के सामने बड़ी चुनौती
आंदोलनकारियों की सही पहचान हो
विकास गाबेक कइसन कोंदे !
झारखंड के लेखक, उनका जीवन और दृष्टि
रंग लायी सरकारी कोशिश
मटर से खुशहाल हुआ गांव

माय माटी

झारखंड के आदिवासी-मूलवासियों के लिए, यहाँ की कला, भाषा-संस्कृति के लिए सप्ताह में एक दिन माय माटी नाम से विशेष पृष्ठ का प्रकाशन किया जाता है। लंबे समय से यह पृष्ठ प्रकाशित हो रहा है जो प्रभात खबर को अन्य अखबारों से अलग करता है। अपने कोर पाठकों को देखते हुए प्रभात खबर ने इसे आरंभ किया है, इसमें झारखंड के लेखकों को स्थान मिलता है। प्रयास यह होता है कि हर झारखंडी भाषा के लेखकों द्वारा दी गई सामग्री को इसमें जगह मिले। इस पृष्ठ से झारखंड के आदिवासी-मूलवासियों का

भावनात्मक लगाव रहा है। झारखंड में ऐसा कोई भी अखबार नहीं है, जो हर सप्ताह अपनी माटी के लोगों के लिए एक पृष्ठ अलग से उन्हें समर्पित करता हो।

हेलो झारखंड

प्रभात खबर ने 2003 में हर गुरुवार को हेलो झारखंड नाम से एक पृष्ठ भी निकाला था। इसमें पूरे झारखंड के धार्मिक स्थलों, प्रमुख जगहों का विवरण और इतिहास का जिक्र हुआ करता था। अपनी संस्कृति को समझने और उसे पाठकों तक पहुँचाने के लिए ये पृष्ठ निकाले गए थे। हेलो राँची नाम से भी पृष्ठ निकाला गया था।

अक्षर

साहित्यिक गतिविधियों को बढ़ावा देने के लिए प्रभात खबर शनिवार को अक्षर नाम से एक पृष्ठ निकाला करता था। अक्षर के 26 जून, 2010 के नागार्जुन अंक और 12 जून, 2008 के कनुप्रिया अंक को बहुत ही सराहा गया था। कुछ साल पहले एक नया प्रयोग किया गया था, बिहार में साहित्य पर एक खास पृष्ठ का नियमित प्रकाशन होता रहा है। कंटेंट के दृष्टिकोण से यह साहित्य पृष्ठ बहुत ही समृद्ध है, जिसकी खास पहचान है।

समय

समय नाम से किसी खास विषय पर चार पृष्ठ की सामग्री देते हुए खास अंक निकाला जाता था। किसी विषय पर गहरी जानकारी इसमें होती थी, इसकी लंबी तैयारी की जाती थी। एक तरीके से यह उस विषय का एक दस्तावेज तैयार हो जाता था। कुछ अंक निकालने के बाद इसे बंद कर दिया गया था।

लाइफ का प्रकाशन

समय के साथ–साथ अखबार बदलता रहा, धीरे–धीरे एक ऐसा वर्ग तैयार हो चुका था, जिसे अखबारों में छपी रिपोर्टों में बहुत रुचि नहीं थी, उसका जीवन अलग था, उसे अलग तरीके की सामग्री चाहिए थी। इसमें युवा वर्ग और महिलाओं की संख्या अधिक थी, इसलिए तय किया गया कि झारखंड या बिहार के वे शहर, जो ज्यादा आधुनिक हो रहे हैं, वहाँ के पाठकों की सोच के अनुसार कंटेंट में बदलाव किया जाए। इसी क्रम में पटना, राँची और जमशेदपुर में यूथ और महिलाओं पर फोकस करते हुए पटना लाइफ, राँची लाइफ और जमशेदपुर लाइफ का प्रकाशन आरंभ किया गया। पटना में यह सबसे पहले आरंभ हुआ, राँची में इसे 19 मई, 2014 को शुरू किया गया था। इसके बाद जमशेदपुर में शुरू हुआ, इसमें युवाओं, टीन एजर्स व महिलाओं के लाइफ स्टाइल से संबंधित खबरें

प्रभात खबर
सुरभि
कला के बाजार में महिलाओं की चुनौती
लम्बे बालों के लिए चाहिए
संरक्षण + पोषण + रोकथाम
केश किंग
3 गुणा असरकारी
आयुर्वेदिक तेल, कैप्सूल एवं शेम्पू

रहती हैं। पटना में आनंद नाम से आध्यात्म पर साप्ताहिक परिशिष्ट निकलता था। इससे पूर्व झारखंड में कालचक्र नाम से एक साप्ताहिक पृष्ठ निकाला जाता था।

राजनीति

प्रभात खबर ने राजनीति नाम से एक अलग साप्ताहिक परिशिष्ट का प्रकाशन आरंभ किया था। बिहार में राजनीतिक खबरों की माँग ज्यादा रही है, इसलिए इसे आरंभ किया गया था। इसमें राजनीति की ऐसी विशेष खबरें रहती थी जिन्हें दैनिक अखबार में जगह नहीं मिल पाती थी। प्रभात खबर के तब के कारपोरेट संपादक राजेंद्र तिवारी इस खास अंक को तैयार करवाते थे। बहुत अच्छा अंक निकलने के बावजूद यह ज्यादा दिनों तक प्रकाशित नहीं हो सका।

हर रविवार को प्रकाशित होने वाली रविवारीय पत्रिका के स्थान पर फैमिली नाम से नई पत्रिका का प्रकाशन भी किया गया था। यह अखबार के साथ बाँटी जाती थी। प्रभात खबर ने दिसंबर 2013 और 2014 की जनवरी में एक और प्रयोग किया, इसके लिए चार रविवार को चुना गया, चुने गए दिन में किसी खास विषय पर दैनिक अखबार में छह-छह पृष्ठ की विस्तृत सामग्री दी गई।

वर्ष 2014 में लोकसभा का चुनाव होने वाला था। तय हुआ कि दिसंबर 2023 के अंतिम सप्ताह में ही राजनीति पर एक साथ गंभीर सामग्री दी जाए। इसी क्रम में 22 दिसंबर के अंक में प्रभात खबर में कुछ नियमित पृष्ठों को बंदकर राजनीति पर छह पृष्ठ की विशेष सामग्री दी गई। अधिकांश लेख लोकसभा चुनाव में संभावना को लेकर थे, इसके बाद 5 जनवरी, 2014 के अंक में समाज पर छह पृष्ठ दिए गए, इसमें युवा शक्ति का उदघोष, शिक्षा, युवा नजरिया, स्त्री सुरक्षा, परिवार और साहित्य पर विशेष सामग्री थी। 12 जनवरी को विवेकानंद की जयंती पर सिर्फ विवेकानंद पर छह पृष्ठ की विशेष सामग्री दी गई। ऐसा करने वाला प्रभात खबर देश का पहला हिंदी अखबार था।

दैनिक अखबार में छह पृष्ठों की गंभीर सामग्री देने की हिम्मत हर अखबार नहीं कर सकता। इन चारो अंकों की विशेष पहचान रही। प्रभात खबर ने कुछ खास अवसरों

प्रभात खबर

रविवार

नकली दवाओं का फैलता बाजार

खेतों में उग रही हैं तसवीरें

पर ऐतिहासिक कवरेज किया। अमिताभ बच्चन के 70 वर्ष पूरे होने पर, दिलीप कुमार के 90 वर्ष पूरे होने पर ऐतिहासिक अंक निकाले गए। इसी प्रकार आतंकवादी लादेन के मारे जाने के बाद 3 मई, 2011 को प्रभात खबर ने न सिर्फ जैकेट बनाया, बल्कि अंदर चार पृष्ठों का विशेष खंड भी प्रकाशित किया। इसके अलावा कई खास मौके ऐसे आए जब प्रभात खबर ने विशेषांक निकाले। कंटेंट के दृष्टिकोण से ये सभी बहुत ही समृद्ध अंक थे। पत्रकारिता के छात्रों के अध्ययन के दृष्टिकोण से ये सभी अंक खास महत्त्व रखते हैं।

जब चारों ओर निराशा फैली हुई है, प्रभात खबर ने प्रयास किया कि लोगों के, युवाओं के आत्मविश्वास को बढ़ाया जाए, इसके लिए लंबे समय से हर दिन सक्सेस सीढ़ी नाम से कॉलम चलाया गया। पाठकों को अच्छी खबर देने के लिए प्रभात खबर ने गुड न्यूज कॉलम चलाया था, जिसमें समाज में हो रहे बेहतर कामों का उल्लेख किया जाता था। यह वह दौर था जब अखबारों में निगेटिव खबरों की भरमार होती थी, हत्या, बलात्कार, अपराध की खबरों से अखबार भरा होता था। पाठक भी सुबह-सुबह ऐसी खबरें देखकर निराश हो जाते थे। इसी बीच भारत के उपराष्ट्रपति भैरो सिंह शेखावत का प्रभात खबर के कार्यक्रम में राँची आगमन हुआ। उन्होंने पाठकों के लिए गुड न्यूज देने का सुझाव दिया, उनके सुझाव पर यह कॉलम शुरू किया गया। भले ही यह नियमित न हो, लेकिन आज भी ऐसी खबरों को प्रमुखता दी जाती है। जब परिणाम का प्रकाशन होता है, उस दिन के अखबार में ऐसी अनेक कहानी छपती हैं, जहाँ विपरीत माहौल में, संघर्ष करते हुए, आर्थिक संकट से जूझते हुए बच्चों ने बहुत अच्छी सफलताएँ हासिल की हों। ऐसी खबरें समाज को प्रेरणा देती है जिनसे मनोबल बढ़ाता है।

मनोबल बढ़ाया

छात्रों के मनोबल को बढ़ाने के लिए प्रभात खबर कई बार गंभीर प्रयास कर चुका है। इसी क्रम में फरवरी 2006 में दुनिया के उन शीर्ष लोगों पर लगातार रिपोर्ट छापी गई

जो प्रारंभ में असफल हो गए थे या जिनके पास साधनों का अभाव था या जो बहुत ज्यादा पढ़े लिखे नहीं थे या जिन्होंने बहुत संघर्ष किया और पूरी दुनिया में उनकी पहचान बनी। इनमें फोर्ड, न्यूटन, ब्रूसली, कोलंबस, कार्ल मार्क्स, वाशिंगटन, चार्ल्स डिकेंस, फैराडे, अब्राहम लिंकन, घनश्याम दास बिड़ला, अल्बर्ट आइंस्टीन, होंडा, करसन भाई पटेल प्रमुख थे। इसके पीछे उद्देश्य था कि लोगों का मनोबल बढ़े। वे यह समझ सकें कि कोई भी काम छोटा या बड़ा नहीं होता, कोई भी काम असंभव नहीं होता, मेहनत करें, विजन हो, संघर्ष करने और हिम्मत न हारने की क्षमता हो तो दुनिया का कोई भी काम असंभव नहीं है।

विशेष बातचीत/विशेष पेज

देश-दुनिया में कई ऐसे लेखक, वैज्ञानिक, अर्थशास्त्री, खिलाड़ी, पत्रकार, समाजसेवी, राजनीतिज्ञ, शिक्षक, अध्यात्म गुरु रहे हैं, जिन्होंने अपने कार्यों से अपनी खास जगह बनाई है, जिन्होंने समाज को दिशा दी है। प्रभात खबर ने समय-समय पर ऐसे लोगों पर विशेष कवरेज दिया, वह भी पूरा-का-पूरा एक पृष्ठ। ऐसे लेखों, साक्षात्कार से प्रभात खबर की अलग पहचान बनती गई। प्रभात खबर के पाठकों में बड़ी संख्या ऐसे पाठकों की है जो विस्तार से ऐसे लेखों, साक्षात्कार आदि को पढ़ना चाहते हैं।

प्रभात खबर

रंग

एंटरटेनमेंट का तूफानी एहसास

जल-जंगल-जमीन से जुड़ी है गांव छोड़ब नाहीं

न्यूयॉर्क बिग हिट

इंडियाज न्यूजपेपर रिवोल्यूशन के लेखक और इंस्टीट्यूट ऑफ साउथ एशियन स्टडीज, नेशनल यूनिवर्सिटी, सिंगापुर के अध्यापक रॉबिन जेफ्री फरवरी 2012 में भारत आए थे। उन्होंने भारतीय समाज और भारतीय राजनीति पर काफी काम किया है। प्रभात खबर के संवाददाता अंजनी कुमार सिंह और संतोष कुमार सिंह ने 26 फरवरी, 2012 के अंक में जेफ्री के साथ एक पृष्ठ का साक्षात्कार छापा जिसमें उन्होंने कहा था कि जनभावनाओं के ज्यादा करीब है भाषाई अखबार। सच्चिदानंद सिन्हा देश के वरिष्ठ समाजवादी चिंतक हैं, प्रभात खबर के विशेष संवाददाता शैलेंद्र कुमार ने उनसे लंबी बातचीत की जिसे 2 जून, 2012 के अंक में प्रकाशित किया

गया। श्री सिन्हा ने अपने साक्षात्कार में साफ-साफ कहा था कि कुछ दशकों में बिखर जाएगा यह सिस्टम। प्रो. कृष्णनाथ अर्थशास्त्री और राजनीतिक चिंतक रहे हैं। 11 मई, 2006 के अंक में प्रभात खबर की ओर से रामविलास की हुई बातचीत को प्रकाशित किया गया था। अपने साक्षात्कार में प्रो. कृष्णनाथ ने कहा था—चित्त ही बंधन का कारण, चित्त ही मुक्ति का कारण है, प्रसिद्ध अर्थशास्त्री लार्ड मेघनाथ और प्रसिद्ध लेखक अमिताभ कुमार से प्रभात खबर ने विशेष बातचीत की थी, जिसे प्रभात खबर के सभी संस्करणों में छापा गया था। अमिताभ कुमार, जयंत सिन्हा को भी प्रभात खबर ने बोलने के लिए आमंत्रित किया था। हिंदी अखबारों में ऐसे गंभीर विषयों पर लेख अब कम ही मिलते हैं। प्रभात खबर अभी तक अपनी इस विशिष्टता को बनाए रखे हुए है।

अध्यात्म पर खास

दुनिया के अधिकांश लोग तनाव में जी रहे हैं, उनकी खुशी कम होती जा रही है। समाज में नकारात्मक चीजें बढ़ रही हैं। इसका गहरा असर पड़ रहा है, ऐसे में प्रभात खबर ने महसूस किया कि उसे अपनी भूमिका अदा करनी चाहिए। यह सही है कि बगैर अध्यात्म के समाज बदल नहीं सकता है, समाज से निगेटिविटी खत्म नहीं हो सकती है। युवा भटक रहे हैं, उनकी ऊर्जा कहीं और लग रही है, इसलिए प्रभात खबर ने लगातार अध्यात्म पर सामग्री दी। इससे हटकर समाज को दिशा देने वाले संतों, कथा वाचकों और अध्यात्म गुरुओं को प्रभात खबर ने आमंत्रित किया। प्रभात खबर के साथियों के साथ-साथ इसका लाभ समाज के लोगों को मिले, इसके लिए कार्यक्रम भी कराया।

24 दिसंबर, 2013 को राँची के जिमखाना क्लब में अमेरिकी संत स्वामी राधानाथ स्वामी को बोलने के लिए आमंत्रित किया गया था। भारी भीड़ उमड़ पड़ी थी। स्वामी राधानाथ युवा अवस्था में ही कई देशों से गुजरते हुए, परेशानियाँ झेलते हुए भारत आए थे, हिमालय की गुफा में उन्होंने साधना की थी। उन्होंने अपने जीवन का अनुभव और भगवान् कृष्ण की महिमा का जिक्र किया था। स्वामी राधानाथ को प्रभात खबर द्वारा सम्मानित किया गया। राधानाथ की किताब 'ऑटोबायोग्राफी ऑफ एन अमेरिकन स्वामी' काफी चर्चित रही है। पहली बार उन्होंने किसी अखबार के आमंत्रण पर अपना व्याख्यान दिया था। राँची के अलावा पटना में भी यह कार्यक्रम हुआ था। स्वामीजी के आगमन के पहले प्रभात खबर में उनके बारे में लगातार कई लेख छपे। इनमें हरिवंशजी का 'रिचर्ड से राधानाथ स्वामी बनने की यात्रा अलौकिक पर सच!' शामिल है। इसे 23 फरवरी, 2013 को प्रभात खबर में प्रकाशित किया गया था। इसी प्रकार प्रभात खबर ने चिंतक व अध्यात्म के ज्ञाता उदय राघवजी के विचार को साक्षात्कार के रूप में 18 जनवरी, 2014 को प्रकाशित किया था, जिसमें उन्होंने कहा था कि समृद्धि लाएँ पर उसे

सँभालना भी सिखाएँ। प्रभात खबर ने 2014 में जब 30 वर्ष पूरे किए थे, तब उस साल 14 अगस्त को राँची क्लब, राँची में जो मुख्य समारोह हुआ, उसमें प्रसिद्ध कथा वाचक रमेश भाई ओझा को आमंत्रित किया गया था। इतनी भीड़ उमड़ी थी कि कई लोगों को लौट जाना पड़ा। रमेश भाई ने अध्यात्म और पत्रकारिता पर अपना व्याख्यान दिया था।

स्वामी धर्मबंधु को भी प्रभात खबर ने आमंत्रित किया था। वे प्रभात खबर के दफ्तर में आए थे और सहयोगियों को संबोधित किया था। अध्यात्म पर अधिक-से-अधिक सामग्री देने का प्रयास 2012 और 2014 के बीच किया गया। इसी क्रम में 24 जनवरी, 2014 के अंक में स्वामी निरंजनानंद सरस्वती से एक पृष्ठ की बातचीत छपी थी। इसके ठीक पहले 23 अक्तूबर, 2013 से मुंगेर में बिहार योग विद्यालय के स्वर्ण जयंती समारोह के अवसर पर चौथा विश्व योग सम्मेलन शुरू हुआ था। इस अवसर पर भी प्रभात खबर ने योग और अध्यात्म पर गंभीर सामग्री प्रकाशित की थी। 6 दिसंबर, 2013 के अंक में प्रभात खबर ने स्वामी धर्मबंधु का एक बड़ा लेख छपा था, जिसमें उन्होंने कहा था कि ज्ञान से ही लौटेगा गौरव। स्वामी धर्मबंधु सामाजिक कार्यों के प्रति समर्पित हैं और उन्होंने खैरनार के साथ भ्रष्टाचार विरोधी अभियान में भाग लिया था।

इस प्रकार के सैकड़ों पृष्ठ ऐसे हैं जो प्रभात खबर को अन्य अखबारों से अलग करते हैं।

□

दस्तावेजों में प्रभात खबर

40 सालों में प्रभात खबर ने पत्रकारिता के क्षेत्र में जो काम किया है, वह सही अर्थों में दस्तावेज है। झारखंड बनने के पहले और बाद में भी प्रभात खबर ने खास अंकों के माध्यम से झारखंड, झारखंड आंदोलन, झारखंड की भाषा-संस्कृति, झारखंड के गौरव, झारखंड के प्राकृतिक संसाधन, झारखंड के हालात, झारखंड की राजनीति, झारखंड का भविष्य आदि विषयों पर बहुत ही संग्रहणीय कार्य किया है। चाहे वह 15 नवंबर को निकाले गए खास अंक हों या हर साल दीपावली के अवसर पर निकाली गई पत्रिका या रविवार को निकाले गए साप्ताहिक अंक, सभी संग्रहणीय हैं। ये सारे अंक और विशेष प्रकाशन झारखंड को समझने और झारखंड पर शोध करने वालों के लिए बहुत ही सहायक हैं। दरअसल प्रभात खबर 1984 से अभी तक देश-दुनिया में घटी घटनाओं का गवाह है, चाहे वह इंदिरा गांधी, राजीव गांधी की हत्या की घटना हो, अलग झारखंड राज्य के निर्माण का मामला हो, संसद पर हमले की घटना हो या अयोध्या पर अदालत के फैसले से लेकर राममंदिर के निर्माण की घटना हो, प्रभात खबर ने इन सभी को बेहतर तरीके से प्रकाशित किया। इसके अलावा साहित्य पर एक से बढ़कर एक अंक रविवार को निकाले गए। इनमें से कुछ अंकों का कवर पृष्ठ हम प्रकाशित कर उन्हें याद करने का प्रयास करेंगे।

निराला पर खास अंक

देश भर में प्रभात खबर का कोई अंक अगर सबसे ज्यादा चर्चित हुआ तो वह था

रविवार
खबर
राहुल सांकृत्यायन के जन्म-शताब्दी वर्ष के अवसर पर देश भर में अनेक कार्यक्रम मनाये गये. हिंदी इलाके जब विपरीत सामाजिक-सांस्कृतिक और राजनीतिक परिस्थितियों से गुजर रहे थे, तब हिंदी भाषा को बहुविध ढंग से संपन्न करने वाले राहुल जी अवतरित हुए. पर आज उस महापंडित की याद से हम क्या सबक सीख पाते हैं? कितना विविधतापूर्ण था उनका जीवन? महज 73 वर्षों में उन्होंने कितना काम किया? पढ़िए इन सबका लेखा-जोखा.
महापंडित की याद

राहुल सांकृत्यायन विशेषांक

हरसाल 15 नवंबर को निकलनेवाला खास अंक। लंबे समय तक हर साल निकलता रहा। इसका आरंभ हुआ था वर्ष 2000 में। इसी वर्ष झारखंड राज्य बना था। 15 नवंबर भगवान् बिरसा मुंडा का जन्मदिन है, इसलिए इसी दिन झारखंड राज्य भी अस्तित्व में आया।

प्रभात खबर ने झारखंड आंदोलन को खुलकर बौद्धिक समर्थन दिया था। अलग झारखंड राज्य बनाने में प्रभात खबर का अच्छा खासा योगदान रहा। झारखंड में लोग इसे झारखंडी अखबार, माटी का अखबार भी कहते हैं, इसलिए यह आवश्यक था कि 15 नवंबर, 2000 का अंक ऐतिहासिक अंक हो। इसके लिए टीम बनाई गई थी। अगस्त में ही लोकसभा से झारखंड विधेयक पारित हो गया था, इसलिए अखबार की तैयारी के लिए दो–ढाई महीने का समय मिल गया था।

झारखंड के पुनर्निर्माण में प्रभात खबर बड़ी भूमिका अदा करना चाहता था। इसके लिए प्रभात खबर ने दस्तावेज तैयार करने का निर्णय लिया। इस टीम में फैसल अनुराग, रंजन श्रीवास्तव जैसे वरिष्ठ पत्रकार थे। बाद में विनय भूषण ने इसमें बड़ी जिम्मेवारी निभायी। एक बार यह काम शुरू हुआ तो परंपरा बन गई। प्रभात खबर स्थापना दिवस पर जो विशेषांक निकला, उसमें गंभीर विषयों पर, राज्य के हालात, विकास, आर्थिक स्थिति के साथ–साथ भविष्य की संभावनाओं पर चर्चा हुई, इसमें देश के जाने–माने अर्थशास्त्री, आई.ए.एस., आई.पी.एस. अफसर, चिंतक, देश के महत्त्वपूर्ण विश्वविद्यालयों के प्रोफेसर, संबंधित विषयों के विशेषज्ञों के लेख चर्चा के विषय हुआ करते थे। धीरे–धीरे राज्य स्थापना दिवस का उत्साह भी कम होता गया, जो उत्साह 2000 या 2005 तक था, वैसा उत्साह अब राज्य में नहीं दिखता। इसका असर प्रभात खबर द्वारा निकाले जाने वाले खास अंकों पर भी पड़ता नजर आया।

राज्य बनने के बाद प्रभात खबर राज्य के जिलों के विकास कार्यक्रमों का खुद ऑडिट भी करता और कराता रहा। कुछ खास सरकारी योजनाओं पर गहरा अध्ययन भी कराया ताकि राज्य के सामने जमीनी हकीकत रखी जा सके। राज्य का विकास कैसे हो सकता है, इसका मॉडल भी प्रकाशित किया। इन अंकों में आँकड़े भी होते

NOT FOR SALE

प्रभात खबर

रविवार

बेनीपुरी का महत्व

बेनीपुरी परिशिष्ट

थे। इन आँकड़ों की देश भर में माँग होती थी। जब झारखंड के लिए राज्य या योजना आयोग-योजना बनाता था, उसमें ये आँकड़े सहायक होते थे। बिहार में भी कई अवसरों पर ऐसे ही संग्रहणीय अंक निकाले गए। अब भी झारखंड-बिहार में खास अवसरों पर ऐसे गंभीर अंक निकलते हैं, लेकिन इसमें कमी आई है। जितना काम प्रभात खबर कर चुका है, वह अपने आप में एक दस्तावेज है। अभी भी उन पुराने अंकों की माँग होती है।

आज स्थिति यह है कि झारखंड पर जब कोई जानकारी चाहिए तो इसके लिए प्रभात खबर के दस्तावेजों की खोज होती है। देश में कई लोग प्रभात खबर पर रिसर्च कर रहे हैं कि प्रभात खबर के आगे बढ़ने का मॉडल क्या है। कारण क्या हैं देश-दुनिया की कई किताबों में प्रभात खबर की चर्चा होती रही है, खासतौर पर 15 नवंबर को निकलने वाले या निकाले गए अंकों की। 15 नवंबर, 2000 को प्रभात खबर ने 76 पृष्ठों का अखबार निकाला था। यह कई खंडों में निकला था। बाद में इसे किताब के तौर पर भी प्रकाशित किया गया था। खास अंक निकालने की परंपरा में 2001 में 56 पृष्ठों का, 2002 में 60 पृष्ठों का, 2003 में 88 पृष्ठों का, 2004 में 68 पृष्ठों का, 2005 में 58 पृष्ठों का और 2006 में 78 पृष्ठों का खास अंक निकला। 2007 में सारे रिकार्ड को तोड़ता हुआ 15 नवंबर का अंक 100 पृष्ठों का निकला। ये सारे अंक सामग्री के दृष्टिकोण

NOT FOR SALE

प्रभात खबर

पत्रिका

अज्ञेय स्मृति

अज्ञेय पर रविवार का अंक

से काफी समृद्ध हैं, जिनका उपयोग शोध कार्यों के लिए भी किया जाता है। दस्तावेज बनाने का ऐसा काम किसी और अखबार ने झारखंड में अभी तक नहीं किया।

इतने पृष्ठों का विशेषांक निकालने के पीछे प्रभात खबर का एक मकसद रहा है, राज्य के लिए दस्तावेज तैयार करना, राज्य की जमीनी हकीकत की जानकारी देना, झारखंड के संसाधन, यहाँ के खनिज पदार्थ और भविष्य के लिए विशेषज्ञों द्वारा विजन रिपोर्ट तैयार करवाना आदि। जिस तरह से मीडिया जगत पर आर्थिक संकट गहराया, उसका असर 15 नवंबर के विशेष अंकों पर भी दिखने लगा। हर साल बड़े घाटे उठाकर इतने पृष्ठों का अंक निकालना अब संभव नहीं रहा, इसकी झलक 2008 से मिलने लगी थी। सरकारी विज्ञापन भी कम होते गए। उस वर्ष 15 नवंबर का अंक 52 पृष्ठों का, 2009 में 38 पृष्ठों का, 2010 में 50 पृष्ठों का, 2011 में 42 पृष्ठों का, 2012 में 28 पृष्ठों का और वर्ष 2013 में सिर्फ 30 पृष्ठों का निकाला गया। बाद के वर्षों में भी यही परंपरा रही। जाहिर है कि पृष्ठ कम होने से झारखंड पर उतनी सामग्री नहीं दी जा सकी जितनी 2007 तक दी गई थी, लेकिन प्रयास किया गया कि पाठकों को जमीनी हकीकत की जानकारी हर हाल में मिले।

फादर कामिल बुल्के पर खास अंक

स्थापना दिवस पर निकाले गए अंकों की अपनी खासियत रही है। इसमें छपी सामग्रियों की प्रासंगिकता हमेशा बनी रहेगी। इस लिहाज से विशेष अंकों की कुछ खासियत (खास लेख) का विवरण भी यहाँ दिया जा रहा है, ताकि इस पर काम करने वाले, शोध करने वालों को मदद मिले!

15 नवंबर, 2000 के अंक का एक खंड है—झारखंड : दिशुम की मुक्ति कथा असली झारखंड है क्या? अगर यह जानना है तो इसके लिए यह अंक पर्याप्त है। इस अंक को निकालने के लिए प्रभात खबर में एक शोध टीम बनाई गई थी। इस अंक के लेख हैं—नाचता गाता दिशुम ही है सच्चा झारखंड, मांदर-नगाड़ा बजाते पुरखों ने रचा झारखंड, आजादी व पहचान के लिए संघर्षरत लोगों की दुनिया, हूल! हूल! हूल! हर दशक गवाह, बिरसा उलगुलान : अबुअ राज का अपराजेय समर, और साकार हुआ

अलग झारखंड राज्य का सपना, इतिहास में विस्मृत उलगुलान की औरतों की महान् गाथा (वासवी), झारखंड पुनर्निर्माण : चुनौतियाँ व संभावनाएँ (डॉ. रामदयाल मुंडा), नहीं टूटेगी आदिवासी-गैर-आदिवासी एकता की डोर, झारखंडेर कथा (डॉ. अमर कुमार सिंह), झारखंड : मुसलिम समुदाय की भागीदारी और उसका भविष्य, झारखंड : सदान समाज, संस्कृति और भविष्य, झारखंड : दलित आदिम जनजातियों का दुःख दर्द, झारखंड भाषाओं के संजीदा सवाल, अस्तित्व तो जरूरी है पर अस्मिता का क्या होगा? आदि। आदिवासी गीतों में उलगुलान झारखंड को समझने के लिए पर्याप्त हैं।

इसी विशेषांक में झारखंड की संपदा का विवरण दिया गया है। झारखंड की आबादी से लेकर यहाँ खनिज, शिक्षा, स्वास्थ्य सुविधा की क्या स्थिति है, इसका विवरण है। इतना ही नहीं, झारखंड को कैसे विकसित राज्य बनाया जा सकता है, इस पर रूसी मोदी, डॉ. जेजे ईरानी के लेख हैं। झारखंड के विकास का देशज मॉडल क्या हो सकता है, इसके बारे में 'देशज सृजन के सपने' में विस्तार से दिया गया है। इसके लेख हैं—विकास की देशज अवधारणा से ही बनेगा सच्चा झारखंड, झारखंड : विकास की संभावनाएँ व रणनीति, झारखंड में कृषि विकास की रणनीति व संभावनाएँ, ठोस रणनीति के बिना जल संरक्षण असंभव, जन भागीदारी से ही बचेंगे वन संसाधन, झारखंड का पर्यावरण : स्थिति और संभावनाएँ, झारखंड में पर्यटन : संभावनाएँ अनंत हैं, झारखंड में शिक्षा नीति के देशज पहलू, नए झारखंड की बुनियाद आई.टी. से ही निर्मित होगी, झारखंडी संस्कृति व अस्मिता गहन अंधकार के रोशनदान, असमानता से मुकाबला : अनुसूचित जनजाति और आरक्षण व्यवस्था, झारखंड नवनिर्माण : आदिवासी नजरिया, झारखंड नवनिर्माण : विकल्प, विकास और सुनहरा अवसर, नारी समस्या के प्रति संजीदगी का अभाव, आदिवासी चित्रकला जीवन-दर्शन का अंग...आदि।

इकबाल पर खास परिशिष्ट

ये सब वैसे लेख हैं जो किसी भी राज्य की बुनियाद बनाने में मददगार साबित होते हैं। प्रभात खबर ने लगभग सभी विषयों पर उनके विशेषज्ञों से विजन रिपोर्ट तैयार

कराई ताकि राज्य जब इन विषयों पर नीति बनाए तो उसमें ये सहायक हों। ये वे लोग हैं जो झारखंड को बेहतर समझते हैं और जिनके पास विजन-जानकारी भी है। ये लोग झारखंड के विकास के लिए रोडमैप तैयार करने वाले विशेषज्ञ हैं। बाद में इसका उपयोग नीतियाँ बनाने में हुआ भी। आबादी की दृष्टि से झारखंड एक छोटा राज्य है। राज्य बनने के बाद प्रभात खबर ने इस पर बहस चला दी कि सुशासन और विकास में छोटे राज्य कितने सार्थक हैं। इसके लिए 15 नवंबर, 2002 को इसी विषय पर 16 पृष्ठों का विशेषांक निकाला। इस अंक में 'श्री रामालू के बाद के भारतीय प्रदेश' (शशिभूषण), 'समझ साफ तो फिर क्यों चाहिए छोटे राज्य' (सत्येंद्र रंजन), 'अर्थव्यवस्था में दोहरापन मिटे' (डॉ. शैबाल गुप्ता), 'पतनशील राष्ट्र के बीच छोटे राज्य' (अनिल चौधरी), 'लूट के लिए बनाए गए नए राज्य' (आनंद स्वरूप वर्मा), 'आज के झारखंड को देख जयपाल सिंह भी रोते' (शिव विश्वनाथन) और 'संकीर्णमना झारखंड सरकार' (वीएस दुबे) प्रमुख लेख थे। इसके अलावा छोटे राज्यों पर परिचर्चा और बहस में प्रबुद्ध लोगों के विचार भी प्रकाशित किए गए थे। इनमें प्रो. आशीष नंदी, एजे फिलिप, योगेंद्र यादव, कपिल सिब्बल, एबी बर्द्धन, सुरेंद्र मोहन, कुमार सुरेश सिंह, जार्ज मैथ्यू, धीरू भाई सेठ, अरुण जेटली जैसे प्रबुद्ध लोगों के विचार थे।

मिर्जा गालिब पर दुर्लभ दस्तावेज

प्रभात खबर अपनी जिम्मेदारी के तहत झारखंड के पुनर्निर्माण का प्रयास कर रहा था, सीमाएँ भी थीं, राजनेता सुनने को तैयार नहीं थे। 2003 आते-आते प्रभात खबर ने ऐसा महसूस कर लिया था कि झारखंड में गवर्नेंस का संकट है, इसलिए प्रभात खबर ने इसी विषय पर खास अंक निकाला। विशेषांक में राज्य को बताया गया कि झारखंड में कैसे फाइल फँस जाती है, इसके लिए फाइल यात्रा का प्रोसेस क्या है, इसे ग्राफिक्स के बल पर छापा गया। गुड गवर्नेंस को बताने के लिए पार्थ जे शाह का लेख 'कैसा हो गुड गवर्नेंस', डॉ. के राजेंद्र नायर का 'झारखंड प्रशासन और राजनेताओं को नया तरीका सीखना चाहिए', योगेंद्र यादव का 'रोजगारोन्मुख विकास और विकेंद्रित सत्ता' और शैबाल गुप्ता का लेख 'अर्थव्यवस्था को दिशा देने की जरूरत' छापा गया।

राजनेताओं को जाग्रत् करने के लिए और सत्ता को राह दिखाने के लिए बेहतर प्रशासन विफल क्यों? इस खंड में किशन पटनायक, चतुरानन मिश्र, अरुण कुमार, कुलदीप माथुर, अनिल चौधरी, चंद्रभान प्रसाद, प्रो. प्रताप भानु मेहता, शशि भूषण, इम्तियाज अहमद, सुभाष शर्मा, जियालाल आर्य, आइसी कुमार, जी कृष्णन, राम उपदेश सिंह, वीएस दुबे के लेख प्रकाशित किए गए। इनमें कई तो देश के प्रसिद्ध विश्वविद्यालयों में प्रोफेसर हैं, तो कई सीनियर आई.ए.एस. अफसर। राज्य के हालात पर प्रभात खबर ने एक खंड छापा। इसके लिए झारखंड की आर्थिक संरचना एवं विकास, झारखंड की अर्थ व्यवस्था, अर्थ व्यवस्था में झारखंडी महिलाओं की भागीदारी, राष्ट्रीय खनिज नीति और झारखंड, झारखंड राज्य के वृहत उद्योग, झारखंड में गरीबी, खाद्य सुरक्षा संकट, बेहतर स्वास्थ्य और शिक्षा पर विशेष अध्ययन कराया गया था।

प्रभात खबर
पत्रिका
9 अगस्त 1992, रविवार
50 वर्षों बाद 1942

50 वर्षों बाद 1942 की वह आंच हमें भले ही आज महसूस न करे, पर उस दिन सदियों से दबे-सोये राष्ट्र का जो स्वाभिमान-तेज-शौर्य जगा, उसमें एक नये राज-समाज-संस्कृति-सभ्यता के सृजन की ताकत थी. 9 अगस्त 1942 एक जन-घटना थी और 15 अगस्त 1947 राज-घटना. 9 अगस्त राष्ट्रीय संकल्प-स्वाभिमान का दिन था. युगों-युगों बाद पस्त, निराश और अंधेरे में अपना अस्तित्व तलाशती कौम स्वाभिमान से जीने और स्वतंत्र रहने की इच्छाशक्ति लिये पैदा हुई थी. मगर उसमें अल्पकालीन तीव्रता थी. दुनिया के इतिहास में 9 अगस्त के समान दो तिथियां और हैं, 14 जुलाई और 4 जुलाई. 14 जुलाई को फ्रांस में पेरिस की जनता ने लाखों की संख्या में उमड़ कर बैस्टिल जेल तोड़ा और राजतंत्र में गिरफ्तार कैदियों को रिहा किया. 4 जुलाई को अमेरिकी जनता ने अंगरेजी साम्राज्यवाद के खिलाफ लड़ाई शुरू की थी. ये तिथियां जनता की हैं. आज देश में जलसे होते हैं, 15 अगस्त और 26 जनवरी के अवसर पर. इन सरकारी समारोहों में धीरे-धीरे जनभागीदारी खत्म हो गयी है, क्योंकि सरकारें जनता की आकांक्षा, इच्छा और सपने की प्रतिबिंब नहीं रह गयी हैं.
50 वर्ष पूरे हो रहे हैं, सन् 42 की घटना के. जो राजनेता हिंदुस्तान के पतन-शर्म और दलाल संस्कृति की उपज हैं, आज वे '42 का मर्म जाने बगैर '42 की चर्चा कर रहे हैं. उस आंदोलन की अगुआई करनेवालों में से भारत मां के एक कद्दावर बेटा अच्युत पटवर्द्धन (उम्र 87 वर्ष) गत पांच अगस्त को मरे. देश की मौजूदा स्थिति देख कर वह अत्यंत पीड़ित-परेशान थे, पर देश उन्हें भूल गया था. अतीत की उस महान घटना से हम ऊर्जा-प्रेरणा और दृष्टि ग्रहण कर सकें, 'प्रभात खबर' के इस विशेषांक का यही मकसद है.

भारत छोड़ो आंदोलन पर खास अंक

बाद के वर्षों में कुछ ऐसी घटनाएँ घटने लगीं जिससे लगा कि झारखंड भ्रष्टाचार के दलदल में फँस गया है। प्रभात खबर ने राज्य को आगाह करने का प्रयास किया। प्रभात खबर ने 15 नवंबर, 2004 का अंक 'भ्रष्टाचार में कैद भविष्य' शीर्षक से पूरा विशेषांक ही निकाल दिया। इसमें हजारीबाग जिले की केस स्टडी छापी गई कि कैसे कमीशनखोरी ने योजनाओं का बँटाधार कर दिया। इसमें जिक्र किया गया कि कमीशन के अभाव में इंदिरा आवास अधूरे हैं, विधायक मद में 25 फीसदी कमीशन लिया जाता है, अन्य योजनाओं की जमीनी हकीकत बताई गई, तबादलों में पैसे लिए जाते थे, इस पर विशेष रिपोर्ट प्रकाशित की गई। राज्य के पूर्व मुख्य सचिव वीएस दुबे को लिखना पड़ा था— व्यवसाय बन गई है सरकारी ट्रांसफर–पोस्टिंग। इसमें सुधार कैसे हो, इस पर एनसी सक्सेना ने एक लंबा लेख भ्रष्ट सत्ता और प्रशासनिक सुधार लिखा। पूर्व राज्यपाल वेद मारवाह ने शासन में पारदर्शिता और उत्तरदायित्व लेख से दिशा दिखाने का प्रयास किया!

प्रभात खबर ने डेड ऐसेट्स और भ्रष्टाचार पर पूरे राज्य से विशेष अध्ययन कराया। 2005 में यह रिपोर्ट छापी कि कैसे राज्य में कमीशन का राज है। यह काम आसान नहीं था किसी भी अखबार के लिए। सरकार से सीधा पंगा लेना आसान नहीं होता।

संपूर्ण क्रांति का अंक

प्रभात खबर ने जोखिम लिया, राज्यहित के लिए बगैर परिणाम की चिंता किए हर जिले के डेड ऐसेट्स का विवरण प्रकाशित कर दिया। केस स्टडी के तौर पर लातेहार और हजारीबाग में विकास योजनाओं की वास्तविक स्थिति प्रकाशित की संथाल परगना में पी.डी.एस. सिस्टम पर अध्ययन कराया और प्रकाशित किया।

इसी अंक में प्रभात खबर ने यह भी छापा कि कौन अधिकारी विकास योजना में कितना कमीशन लेता है। आमतौर पर यह काम अखबार नहीं करता है, लेकिन प्रभात खबर ने जिम्मेदारी की पत्रकारिता के तहत, सत्ता की आँख खोलने के लिए ऐसा अध्ययन कराया। कई अवसरों पर अखबार को इसकी कीमत भी चुकानी पड़ी। सरकार नाराज हो गई। प्रभात खबर का सरकारी विज्ञापन बंद कर दिया गया ताकि प्रभात खबर झुक जाए और जनहित की पत्रकारिता बंद कर दे, लेकिन प्रभात खबर झुका नहीं, अखबार अपना दायित्व निभाता रहा। इसी अंक में प्रभात खबर ने साहस का परिचय देते हुए इस बात का भी उल्लेख कर दिया कि कौन से अधिकारी विकास योजना में कितने प्रतिशत कमीशन लेते हैं, यहाँ तक कि विधायक फंड में कमीशन की क्या दर है, उसे भी प्रकाशित किया गया। अब (यानी 2023-24 में) जब मंत्रियों-अफसरों के दफ्तरों में, उनके सहायकों के ठिकानों पर इडी का छापा पड़ रहा है, तो जो कागज पकड़े जा रहे हैं, उसमें कमीशन की दर तक लिखी मिल रही है। ये दस्तावेज आज इडी बरामद कर

गांधी, लोहिया और जयप्रकाश पर केंद्रित खास अंक

रहा है, लेकिन प्रभात खबर ने 20 साल पहले ही यह दर प्रकाशित कर यह बता दिया था कि कितनी, कहाँ और कैसे गड़बड़ी हो रही है। पुराने अंक इसके सबूत हैं।

प्रभात खबर ने पूरे झारखंड में फैले अपने संवाददाताओं से जो अध्ययन कराया, उसके आधार पर जिलों की विकास रैंकिंग प्रकाशित की। पाँच वर्षों में कौन जिला कहाँ पहुँचा, राज्य में कौन जिला शीर्ष पर है और कौन जिला विकास में सबसे नीचे है, इसे बताया, ऐसे नहीं, अध्ययन के बाद, आँकड़ों के बल पर। इसी अंक में झारखंड विकास की अवधारणा में झारखंड के प्रमुख लोगों ने अपने लेख से यह बताने का प्रयास किया कि झारखंड का विकास झारखंड के मॉडल पर ही संभव है। महाश्वेता देवी, स्टेन स्वामी, वासवी, दयामणि बारला, विनोद सिंह, मेघनाथ, रश्मि कात्यायन, पी.एन.एस. सुरीन, रोज केरकेट्टा, महादेव टोप्पो, रामदयाल मुंडा, बिरसी कुजूर, संजय बसु मल्लिक, बी.पी. केसरी और निर्मला पुतुल के लेखों से झारखंड के पुनर्निर्माण का रास्ता खुलता है।

जब झारखंड पाँच साल का हो गया, विकास में पिछड़ता ही रहा तो प्रभात खबर ने अपने विशेषांक के जरिए यह बताने का प्रयास किया कि पूरे देश में किस योजना में कौन सा राज्य अव्वल है और क्यों अव्वल है, वहाँ की कार्य संस्कृति कैसी है, कैसे काम हो रहा है। इसके पीछे मकसद था कि झारखंड के राजनेताओं और अधिकारियों की आँख खुले कि देश में कैसे बेहतर काम हो रहे हैं। ऐसे कामों को देखकर यहाँ के लोग उससे प्रेरणा लें। इसी क्रम में हरियाणा का 'सरकार आपके द्वार' कार्यक्रम, हैदराबाद का 'मेट्रो केयर', असम की 'समृद्ध किसान योजना', कर्नाटक की 'भूमि योजना', मध्य प्रदेश का 'राजीव गांधी जलछाजन प्रबंधन मिशन', हिमाचल प्रदेश का 'प्राथमिक शिक्षा अभियान', त्रिपुरा का 'रबर उत्पादन', तमिलनाडू का 'वीमेन इन एग्रीकल्चर प्रोजेक्ट', केरल की 'कुटुंबश्री योजना', लुधियाना का 'म्युनिशिपल कारपोरेशन', आंध्रप्रदेश की 'जियो मेट्रिक्स योजना', राजस्थान की 'लोक जुंबिस परियोजना', उत्तरप्रदेश की 'स्वजल परियोजना', सूरत नगर निगम, आंध्रप्रदेश का 'रैयत बाजार', राजस्थान की 'बंदू नहर परियोजना' और 'शिक्षाकर्मी परियोजना', महाराष्ट्र की 'आमची शाला योजना' और महाराष्ट्र का 'ई-रजिस्ट्रेशन', केरल की 'ई-साक्षरता, अक्षय योजना' को विस्तार से बताया गया।

प्रभात खबर ने अपने विशेषांक के जरिए देश की तमाम अच्छी और सफल योजनाओं की जानकारी देने की कोशिश की थी। बाद में कई योजनाओं पर राज्य सरकार ने काम भी किया। बाद के वर्षों में प्रभात खबर ने अनेक नए विषयों पर अंक निकाले। 2006 में सुशासन की चुनौतियों पर पूर्व राज्यपाल प्रभात कुमार के लेख व राष्ट्रीय सलाहकार परिषद् के पूर्व सदस्य एन.सी. सक्सेना का लेख विकास बेहतर सेवा में निहित है', चर्चित रहे। इस साल तक प्रभात खबर ने देश के कई राज्यों के काम करने

आजादी के संघर्ष और स्वतंत्रता सेनानियों पर विशेष अंक

के तरीके पर काम किया और विशेषज्ञों के माध्यम से बताया कि कैसे कर्नाटक में भ्रष्टाचार और तबादलों पर रोक लगी है, कैसे जनभागीदारी से सेहत निखरी है, कैसे कर्नाटक राज्य परिवहन निगम घाटे से मुनाफे का सफर तय कर चुका है। यूँ तो प्रभात खबर ने वर्ष 2004 में ही झारखंड 2020 रिपोर्ट तैयार कराई थी। इसमें हरिवंश के लेख के साथ-साथ इंडिकस की रिपोर्ट का जिक्र था, झारखंड की वास्तविक स्थिति क्या है और 2020 में झारखंड क्या बन सकता है, इसका भी आकलन है।

समय बीत रहा था, 2010 आ चुका था, यानी राज्य बने 10 साल हो चुके थे, झारखंड के साथ ही उत्तराखंड और छत्तीसगढ़ राज्य बना था, दोनों राज्य झारखंड से विकास के पैमाने पर आगे निकल चुके थे। प्रभात खबर ने यह प्रयास किया कि झारखंड की सरकार, जनता अधिकारियों को यह बताया जाए कि कैसे साथ बने राज्य आगे निकल गए और हम (झारखंड) पिछड़ते चले गए। इसके लिए प्रभात खबर ने उन दोनों राज्यों में टीम भेजी, अध्ययन कराए गए। फिर लगातार परिशिष्ट निकाले। इसी क्रम में 15 नवंबर, 2010 को 'तीन राज्य, तीन कहानियाँ', 22 नवंबर, 2010 को 'तीन राजधानी, तीन कहानी' शीर्षक से परिशिष्ट निकाले गए। बाद के वर्षों में भी प्रभात खबर ने अध्ययन के आधार पर और देश के जाने-माने विशेषज्ञों, अर्थशास्त्रियों के माध्यम से झारखंड की ताकत, पिछड़ने के कारण, बेहतर राज्य बनने के तरीके बताने का प्रयास किया। ये सारे अंक एक दस्तावेज हैं। ऐसे ही प्रयास बिहार में हुए हैं, किसी भी राज्य को बेहतर राज्य बनाने में ऐसे अंकों का खास योगदान होता है।

ऐसा नहीं है कि सिर्फ झारखंड में ही यह प्रयास होता रहा, बिहार में भी कई अवसरों पर प्रभात खबर ने ऐतिहासिक अंक निकाले। 12 जुलाई, 2004 को प्रभात खबर ने बिहार में 88 पृष्ठों का विशेषांक निकाला। इसके पहले खंड में 'फिर-फिर बिहार में किसान हों गोलबंद' (चतुरानन मिश्र), 'राजनीतिक नेतृत्व की विफलता बिहार' (रंजन यादव), '74 जैसे आंदोलन की जरूरत' (जार्ज फर्नांडीस), 'बिहार को समग्रता से देखना होगा'

लोहिया पर खास अंक

(दिग्विजय सिंह), 'बिहार की जनता स्वयं अपना रास्ता खोजेगी' (संकर्षण ठाकुर), 'बिहार का विकास एक राष्ट्रीय चुनौती' (मुरली मनोहर प्रसाद सिंह), 'बिहार का अ-नगरीकरण केंद्र के सौतेले व्यवहार का नतीजा' (मोहन गुरुस्वामी), 'सौतेलेपन के कारण बिहार पिछड़ा' (रघुवंश प्रसाद सिंह), 'बिहार के संकट को समग्रता में देखें' (रविशंकर प्रसाद), 'मकड़जाल से मुक्ति के लिए सामूहिक प्रयास जरूरी' (ज्योतिष जोशी), 'उच्च शिक्षा की भयावह स्थिति' (हरीश्वर दयाल), 'प्राथमिक शिक्षा की संभावनाएँ व समस्याएँ' : 'एक अनुभवजनित विमर्श' (व्यासजी), 'विनाशकारी बाढ़' (देवेंद्र प्रसाद यादव), 'बिहार की आधी आबादी निरक्षर' (अनुप के करण, पुष्पेंद्र सिंह), 'बिहार के पिछड़ेपन की जड़ें' (आनंद प्रधान), 'विकास का वैकल्पिक रास्ता' (ईश्वरी प्रसाद) आदि लेख जहाँ एक ओर बिहार के हालात बताते हैं, वहीं राह दिखाने का भी काम करते हैं!

इसी दिन के परिशिष्ट में खंड पाँच में समृद्ध साहित्य सामग्री है जो बिहार से जुड़ी हैं। रोशनाई नामक इस परिशिष्ट का कवर पृष्ठ ही जानकी बल्लभ शास्त्री पर है। शिवपूजन सहाय का गाँव उनवांस, आज भी एक सवाल हैं—नागार्जुन, अपने ही घर में उपेक्षित राष्ट्रकवि, भिखारी ठाकुर का 'ऋणी है भोजपुरी समाज', जिंदादिली का दूसरा नाम है सुहैल अजीमाबादी, बदल गया है रेणु का गाँव, जीवित किंवदंती हैं शास्त्री, जगदीश विकल्प : मनुष्यता के पक्ष में एक दमदार आवाज, सतीनाथ ने किया पूर्णिया का नाम अमर, जिस गाँव में राजकमल का बचपन बीता, हिमांशु श्रीवास्तव का गाँव हराजी लेख ज्ञान का भंडार है। इन्हीं विशेषताओं के कारण प्रभात खबर के विशेष अंकों की माँग देश भर में होती रही है।

भले ही बाद के दिनों में 15 नवंबर के खास अंकों में पृष्ठों और सामग्री घट गई (हालात के कारण), लेकिन कुछ संस्करणों ने दूसरी तिथियों को बेहतरीन अंक निकाले। खासकर देवघर और धनबाद ने, इन दोनों संस्करणों से स्थापना दिवस पर सौ-सौ पृष्ठ से ज्यादा का अखबार निकाला गया। कंटेंट के दृष्टिकोण से भी ये अंक काफी मजबूत

थे। देवघर ने तो आदिवासियों, संस्कृति और ऐतिहासिक स्थलों आदि विषयों पर काफी समृद्ध अंक निकाला। यह अंक हर साल निकलते हैं और संग्रहणीय होते हैं।

प्रभात खबर दीपावली अंक

प्रभात खबर ने छात्रों और बेरोजगारों के लिए 1992 में रोजगार प्रभात निकालना प्रारंभ किया था। उसी वर्ष तय हुआ कि जिस प्रकार जनसत्ता, लोकमत समाचार दीपावली अंक निकालता है, प्रभात खबर भी हर साल दीपावली अंक निकालेगा। समय कम था, फिर भी टीम ने तैयारी की और पहली बार प्रभात खबर का दीपावली अंक 1992 में पाठकों के हाथ में था। उसके बाद से एक-दो वर्षों को छोड़कर लगातार दीपावली अंक निकलता रहा है!

प्रभात खबर का वार्षिक दीपावली अंक

ऐसा नहीं है कि दीपावली के नाम पर लेखों में सिर्फ खानापूर्ति होती है। कंटेंट के दृष्टिकोण से दीपावली अंक बहुत ही समृद्ध अंक होता है, जिसकी देश भर से माँग आती है। गुणवत्ता और विषय के कारण यह पूरे देश के बौद्धिक वर्ग में चर्चा का विषय बना रहता है।

दीपावली अंक 1993—दीपावली का यह दूसरा अंक था। अनेक परेशानियाँ थीं, उनके बावजूद प्रभात खबर ने इस अंक में हर प्रमुख क्षेत्र को जोड़ने का प्रयास किया था। इस अंक में एक ओर फिल्मों से संबंधित जानकारी दी गई थी तो दूसरी ओर 'भारत किधर' व्याख्यानमाला के तहत दिए गए भाषण को उद्धृत किया गया था। यही इस अंक की विशेषता है। इसमें 'संकट से उबरने के लिए आत्म अनुशासन चाहिए' (रुसी मोदी), 'बंद गली में पहुँच गया है विश्व का भविष्य' (किशन पटनायक), 'भारत को तीसरे विस्फोट की जरूरत है' (विनोद मिश्र), 'पाकिस्तान से सबक लें' (जावेद अख्तर), 'हिंदू राष्ट्र का छलावा' (सीताराम येचुरी), 'राष्ट्रीय जीवन में नए मूल्य गढ़ने होंगे' (अरुण शौरी) आदि रचनाओं के माध्यम से लेखकों के विचार शामिल हैं।

दीपावली अंक 1994—इस अंक में अपने-अपने क्षेत्र में देश भर में बेहतर काम करने वाले लोगों पर सामग्री प्रकाशित की गई थी। इनमें जीआर खैरनार, वीरेंद्र हेगड़े,

लक्ष्मण राव, मणिभाई देसाई, एस विद्याकर, भास्कर सावे प्रमुख हैं। इसके अलावा इस अंक में जे कृष्णमूर्ति और अध्यात्म पर अनेक लेख हैं। प्रमुख लेखों में 'ब्रह्मर्षि योगीराज श्री देवराहा बाबा', 'कथा सुने स्वामी चिन्मयानंद की' शामिल हैं।

दीपावली अंक 1995—इस अंक में हिंदी पत्रकारिता पर कुछ लेख हैं। नारायण दत्त की 'हिंदी पत्रकारिता : फैलते-सिकुड़ते क्षितिज', समाचार माध्यम : 'शक्ति और सीमा' के साथ-साथ जनसत्ता के प्रधान संपादक प्रभाष जोशी से बातचीत छपी है, इसमें उन्होंने कहा था कि इक्कीसवीं सदी में गांधी का पुनर्जन्म होगा।

दीपावली अंक 1996—दीपावली के इस खास अंक में नैतिकता-अनैतिकता पर कुछ सामग्री है। इसमें नानाजी देशमुख का लेख 'राम के देश में अनैतिकता बढ़ना लज्जा की बात है', रामविलास शर्मा का लेख 'द्रौपदी', नामवर सिंह का 'मुक्ति की सीमा कहाँ है?' प्रमुख हैं।

दीपावली अंक 1997—इस दीपावली अंक में 'मीडिया : पथभ्रष्ट होते हुए सर्वशक्तिमान और सर्वज्ञ' शीर्षक से विजय भास्कर का लेख छपा था। इस लेख में फणीश्वरनाथ रेणु की बहुचर्चित पुस्तक 'परती परिकथा' का वह अंश भी छपा था, जिसमें ब्लैकमेल करने वाले पत्रकारों का एक प्रसंग है। रेणुजी के जमाने में जब यह स्थिति थी तो आज जिस तरीके से समाज में गिरावट आई है, उससे पत्रकारिता में आई गिरावट को समझा जा सकता है। इसी अंक में महादेवी वर्मा, सुमित्रानंदन पंत, चित्रकार मैनेट, माइकल एंजिलो पर लेख छपे हैं।

दीपावली अंक 2001—कुछ अंतराल के बाद दीपावली अंक निकला था। इस अंक में हिंदी प्रदेश की स्थिति पर अनेक उपयोगी लेख हैं। नामवर सिंह का 'नेताओं ने हिंदी पट्टी से धोखा किया', अशोक वाजपेयी का 'लेखक भाषा के भीतर क्रांति करेगा, समाज के भीतर नहीं', तारानंद वियोगी का 'हिंदी प्रदेश में संस्कृति पर सत्ता हावी है', सच्चिदानंद का 'संस्कृति की वर्तमान चुनौती, हिंदी प्रदेश उर्फ ज्योतिर्मातमसोगमय', कुमार सुरेश सिंह का 'हिंदी इलाके में समता चाहिए तो विकास भी', रामशरण जोशी का 'राजनीति जीवन का मर्म नहीं बन सकी', अरुण प्रकाश का 'हिंदी पट्टी को बंगाल से सीखना पड़ेगा', असगर वजाहत का 'बिहार से होगी नवजागरण की शुरुआत', इब्बार रब्बी का 'हम फिर होंगे मल्टीनेशनल के गुलाम', आनंद स्वरूप वर्मा का 'सांस्कृतिक दरिद्रता से भरी है हिंदी पट्टी', पंकज बिष्ट का 'भाषा का सवाल सामाजिक चेतना, समानता और साम्राज्य विरोध का है', राजेंद्र यादव का 'हिंदी प्रदेश की ट्रेजडी उर्फ मगध में विचारों की कमी है', कुमार मुकुल का 'हिंदी समाज और आलोचना की संस्कृति', शंभु कुमार सुमन का 'मतिभ्रम में जी रहे हैं हिंदी प्रदेश के बुद्धिजीवी', अमिल्कर कबराल का 'राष्ट्रीय मुक्ति और संस्कृति', एडवर्ड सईद का 'बुद्धिजीवी की भूमिका'

आदि लेख काफी उपयोगी है। इसी अंक में जावेद अख्तर, आनंद पटवर्द्धन, गोविंद निहलानी और कमलेश्वर से बातचीत भी छपी है जो अंक को समृद्ध करती है।

दीपावली अंक 2002—यह अंक हिंदी भाषा, हिंदी संस्कृति, हिंदी क्षेत्र के ईर्द–गिर्द है। इसमें किशन पटनायक का लेख 'हिंदीभाषी बुद्धिजीवी का देस', विश्वनाथ त्रिपाठी का 'हिंदी क्षेत्र का निर्णायक दौर', खगेंद्र ठाकुर का 'आज का सामाजिक माहौल और विकल्प', शंभुनाथ का 'हिंदी संस्कृति की पुनर्रचना' और प्रफुल्ल कोलख्यान का 'अभी समर शेष है' लेख प्रकाशित किए गए हैं। इसके अलावा हिंदी के विद्वान लेखकों–लेखिकाओं के लेख भी हैं, इनमें महाश्वेता देवी का 'यह समय और हिंदी', नामवर सिंह का 'फासिज्म का संकट आज राष्ट्रीय संकट है', कमलेश्वर का 'हमें धर्म को नहीं, संस्थागत धर्म को नकारना होगा', राजेंद्र यादव का 'अतीत का गौरव गान' तथा 'उच्चवर्णी सांस्कृतिक श्रेष्ठतावाद' प्रमुख हैं।

दीपावली अंक 2003—इस अंक में गंभीर विषयों पर लेखों के अलावा हिंदी पत्रकारिता पर संकट विषय पर परिचर्चा के तहत अनेक लेख हैं। इन लेखों से हिंदी पत्रकारिता की स्थिति, उसके समक्ष चुनौतियाँ, उसके भविष्य की जानकारी मिलती है। न सिर्फ पत्रकारिता के क्षेत्र से जुड़े लोगों के लिए बल्कि समाज के अन्य तबकों के लिए भी ये लेख महत्त्वपूर्ण हैं। इन लेखों में कृष्ण बिहारी मिश्र का 'पत्रकार की भूमिका जागरूक लोकनायक की होती है', प्रभाष जोशी का 'विश्वसनीयता और प्रयोजन का संकट', राजेंद्र यादव का 'मैं हिंदी अखबार क्यों पढ़ूँ', मृणाल पांडेय का 'खबर अब प्रोडक्ट बन गई है', ओम थानवी का 'समर्पित पत्रकार बचे रहेंगे', अभय छजलानी का 'विश्वास की कमी सबसे बड़ा संकट है', आनंद स्वरूप वर्मा का 'बाजारोन्मुख हो गई है पत्रकारिता', ललित सुरजन का 'जनता को करिश्मा कपूर की शादी की तसवीर नहीं चाहिए', रामशरण जोशी का 'हिंदी पत्रकारिता का द्वंद्व', हरिवंश का लेख 'मैनेज और प्लांट होने लगी है पत्रकारिता' प्रमुख हैं।

दीपावली अंक 2004—इस अंक में स्वतंत्र भारत में आर्थिक लूट विषय के तहत परिचर्चा आयोजित की गई। देश के प्रसिद्ध अर्थशास्त्रियों और विद्वानों ने अपने लेखों के जरिए इसमें भाग लिया। अरुण कुमार का 'सरकार बदलने से लूट कम नहीं होगी', अमिय कुमार बागची का 'हम अपनी शक्ति को नहीं जानते', सीपी चंद्रशेखर का 'वर्तमान आर्थिक नीतियाँ लूट के लिए जिम्मेदार हैं', प्रो. मनोरंजन मोहंती का 'आर्थिक शोषण को रोकने के लिए आंदोलन जारी है', जयति घोष का 'आर्थिक लूट की बड़ी वजह पूँजीवादी व्यवस्था है', दीपंकर भट्टाचार्य का 'दूसरी आजादी की लड़ाई की जरूरत', प्रो. आनंद कुमार का 'लोकशक्ति जगाने का एकमात्र उपाय राजनीति', असगर अली इंजीनियर का 'प्रजातांत्रिक समाज शोषणमुक्त समाज होना चाहिए' और संदीप

पांडेय का लेख 'जनांदोलन की जरूरत' देश की आर्थिक स्थिति, समस्या और निदान की जानकारी देता है।

दीपावली अंक 2005—दीपावली के इस अंक के स्मृति खंड में अपने समाज के नायकों को याद किया गया है। एक ओर जहाँ अंग्रेजों के खिलाफ लड़ाई लड़ने वाले आदिवासी नायकों की स्मृति ताजा की गई है, दूसरी ओर उन महान् साहित्यकारों को याद किया गया है, जिन्होंने हिंदी साहित्य को बहुत कुछ दिया और दुनिया से विदा हो गए। इस खंड में वीर भारत तलवार ने 'संथाल हूल : डेढ़ सौवीं जयंती की विडंबना' (नायक सिदो-कान्हू) और अश्विनी कुमार पंकज ने 'तेलंगा खड़िया' (200वीं जयंती) पर विशेष लेख लिखे हैं। इसी खंड में जैनेंद्र कुमार, आचार्य, नंद दुलारे वाजपेयी, विद्या निवास मिश्र, नेमिचंद जैन पर भी दुर्लभ जानकारी दी गई है।

प्रभात खबर द्वारा निकाला गया झारखंड डेवलपमेंट रिपोर्ट

दीपावली अंक 2006—इस अंक में स्मृति खंड में हजारीप्रसाद द्विवेदी, महादेवी वर्मा, भगत सिंह, राजा राव, जार्ज बर्नाड शा, बिस्मिल्लाह खाँ, कुमार सुरेश सिंह, मनोहर श्याम जोशी, अय्यपा पणिक्कर और कांशी राम को याद किया गया है।

दीपावली अंक 2007—इस दीपावली अंक में सुधीर विद्यार्थी का 'दुर्गा भाभी पर लेख कोई तो इसे सुने' दुर्लभ लेखों में से एक है। इसमें कई रोचक जानकारियाँ हैं। मैनेजर पांडेय ने प्रतिभाशाली मार्क्सवादी इतिहासकार डी.डी. कोसंबी को याद किया है। मीडिया पर कई लेख हैं, इनमें रामशरण जोशी का 'मीडिया की बला से', जगदीश चतुर्वेदी का 'भारतीय विज्ञापन उद्योग और भूमंडलीकरण' शामिल है।

दीपावली अंक 2008—इस अंक में हिंद स्वराज पर विशेष सामग्री दी गई है। गिरिराज किशोर का 'भारत की समस्या क्या है', इंद्रनाथ चौधुरी का 'हिंद स्वराज और आधुनिकता का प्रश्न', अमित कुमार शर्मा का 'महात्मा गांधी का सभ्यतामूलक विमर्श' भारतीय अर्थव्यवस्था की कहानी कहता है।

दीपावली अंक 2009—दीपावली का 2009 का अंक बहुत चर्चित रहा था। इसका

प्रभात खबर द्वारा जारी सिटीजन रिपोर्ट

एक खंड नक्सल आंदोलन पर था। प्रसिद्ध साहित्यकार रविभूषण द्वारा संपादित (अतिथि संपादक) इस अंक में प्रकाश चंद्रायन का लेख 'बदलती शब्दावलियों के बीच', अभय कुमार दुबे का 'एक आंदोलन, एक विरासत, दो धाराएँ', अजय सिंह का 'क्रांतिकारी वाम गंभीर संकट में है', प्रीति सिन्हा का 'नक्सलवाड़ी आंदोलन द्वार चिह्नित प्रश्न आज भी बरकरार है', शशि भूषण का 'अँधेरे क्षेत्रों के प्रभु या क्रांति-पथ के ध्रुवतारे?', अनिल चमड़िया का 'नक्सलवाद को समस्या और आंदोलन के रूप में देखने का नजरिया', लाल बहादुर वर्मा का 'पूँजीवाद लालच की व्यवस्था है', प्रसन्न कुमार चौधरी का 'माओवाद का वैचारिक-राजनीतिक परिप्रेक्ष्य', आनंद स्वरूप वर्मा का 'राजसत्ता, माओवाद और पत्रकारिता', डीएन गौतम का 'विघटनकारी राजनीति और विघटनकारी तत्त्व', आदित्य निगम का 'दो दशकों की कारपोरेट लूट और माओवाद का उदय', कनक तिवारी का 'छत्तीसगढ़ में नक्सलवाद', रंजीत वर्मा का 'कानूनों और अदालतों का भेदभाव पूर्ण व्यवहार', प्रणय कृष्ण का 'नक्सलवाड़ी विद्रोह का सांस्कृतिक पक्ष', हितेंद्र पटेल का 'नक्सलवाद' (संकलन) प्रकाशित किया गया है। नक्सलवाद से संबंधित ये लेख एक दस्तावेज हैं।

इतना ही नहीं, इस अंक में नक्सलवाद पर परिचर्चा भी छपी है। इसमें जिनके लेख हैं, वे हैं—अरूंधति राय का 'नक्सलवाद की आड़ में कुकर्मों पर परदा डालता भारतीय राष्ट्रवाद', अरविंद केजरीवाल का 'हिंसा और प्रतिहिंसा से नक्सलवाद का समाधान हो ही नहीं सकता', गौतम नवलखा का 'सैनिक अभियान से नहीं मिटेगा नक्सलवाद', डॉ. पीवी रमन्ना का 'भारतीय मध्यवर्ग पेशेवर मानसिकता का है', एबी वर्द्धन का सैनिक वे अर्द्धसैनिक मार्ग दमन के हथियार हैं, दीपंकर भट्टाचार्य का 'सवालों का हल चाहिए, जमानों का रद्दोबदल चाहिए', दलीप एस स्वामी का 'गरीबी, भुखमरी इस समस्या की मूल जड़ है', गोपाल नायडू का 'नक्सलवाद एक वैचारिक राजनीतिक आंदोलन है', कोटेश्वर राव (किशनजी) का 'हम विपक्ष की भूमिका निभा रहे हैं', महाश्वेता देवी का 'शुरुआती दौर में नक्सली आंदोलन की भावना शुद्ध थी', वरावरा

राव का 'नक्सलवाद समस्या नहीं, समाधान है', रामशरण जोशी का 'लोकतंत्र का द्रोपदीकरण बंद किया जाए', विष्णु खरे का 'खालिस भारतीय नक्सलवाद विकसित होकर सामने आए', मैनेजर पांडेय का 'माओवादियों के व्यवहार और प्रभाव का क्षेत्र बहुत सीमित है', मेधा पाटेकर का 'हिंसा का मार्ग किसी भी लोकतांत्रिक देश के हित में नहीं है', नवारूण भट्टाचार्य का 'माओ-त्से-तुंग की विचारधारा अब भी प्रासंगिक है', एमजे अकबर का 'उनका दर्द पेट का दर्द है, भूख का दर्द है', प्रशांत भूषण का 'व्यवस्था ने हथियार उठाने के लिए मजबूर किया है', हर्ष मांदेर का 'सामाजिक समरसता नियुक्त हो, तभी बात बनेगी', पंकज बिष्ट का 'भूमंडलीकरण ने कमजोर को और कमजोर किया है', वंदना शिवा का 'इस बड़े मुद्दे पर लोकतांत्रिक बहस का अभाव है', सुभाष गाताडे का 'यह कानून-व्यवस्था का मसला नहीं है', शिवमंगल सिद्धांतकर का लेख 'जनता के विरूद्ध सैनिक अथवा अर्द्ध सैनिक काररवाई न्यायसंगत नहीं है', परिचर्चा में शामिल ये लेख (विचार) नक्सलवाद या इसके समाधान पर काम करने वाले, योजना बनाने वाले, शोध छात्रों के लिए एक दस्तावेज है।

प्रभात खबर द्वारा इंदिरा गांधी पर निकाली गई खास पत्रिका

दीपावली अंक 2010—इस अंक में रवींद्रनाथ टैगोर और अज्ञेय की कविताओं और उनसे संबंधित लेखों को प्रकाशित किया गया है। प्रयाग शुक्ल का लेख 'कवि रवींद्रनाथ ठाकुर और उनके गीत', डॉ. रणजीत साहा का 'रवींद्रनाथ की कविता में अरूप की रूपलीला', रंजना अरगड़े का 'कविता का जादू', सोमा बंद्योपाध्याय का 'रवींद्रनाथेर काव्य जगत' इस अंक को समृद्ध बनाता है। अज्ञेय की कुछ कविताओं के अलावा कुमार विमल के लेख 'असाध्य के साधक प्रियवंद अज्ञेय', परमानंद श्रीवास्तव का 'अज्ञेय की काव्य-दृष्टि', दिनेश्वर प्रसाद का 'परिवर्तन और निरंतरता का कवि', ए अरविंदाक्षन का 'सतत अन्वेषण का कवि', रेवती रमण का 'अज्ञेय का लेख कविता वृति' को भी इस अंक में समाहित किया गया है।

दीपावली अंक 2011—इस अंक की पहचान रामविलास शर्मा से संबंधित विशेष

लेखों के कारण है। उस साल रामविलास शर्मा की जन्म शती मनाई जा रही थी। इस अंक में रामविलास शर्मा के भाई रामशरण शर्मा ने अपनी स्मृति लिखी है, रामविलास शर्मा की अनेक दुर्लभ तसवीरों के कारण इस अंक की महत्ता और बढ़ गई है। इसी अंक में विश्वनाथ त्रिपाठी का लेख 'रामविलास शर्मा का साहित्य विपुल और विविध है', शंभुनाथ का 'रामविलास शर्मा और राष्ट्रीय पुनर्जागरण', रवि श्रीवास्तव का 'हिंदी जाति की अवधारणा', विजय गुप्त का 'डॉ. रामविलास शर्मा : अपराजेय निर्भीक स्वर' लेख चर्चित है।

दीपावली अंक 2012—प्रभात खबर का 2012 का दीपावली अंक बाजार पर केंद्रित था। हाल के दिनों में हर चीज को बाजारवाद की नजर से देखा जाने लगा है, प्रभात खबर ने इसके हर पहलू को देखने का प्रयास किया। देश के प्रसिद्ध अर्थशास्त्री, समाज विज्ञानी, लेखकों और अन्य प्रमुख लोगों के लेखों से भरपूर इस अंक की माँग बहुत ज्यादा हुई थी। इस अंक में सच्चिदानंद सिन्हा का लेख 'बाजार : बाहर और हमारे भीतर', राजेश्वर सक्सेना का 'बाजार दर्शन : नैतिक मूल्यों के उत्पादन-वितरण का सवाल', लाल बहादुर वर्मा का 'अब बाजार के लिए आदमी', मुरली मनोहर प्रसाद सिंह का 'चमचमाते बाजार की सलियत', अरुण कुमार का 'सत्ता, बाजार और कालाधन', गुरुचरण दास का 'बाजार का भी एक नैतिक धर्म है', कमल नयन काबरा का 'आधुनिक विकास और हाशिए पर आदमी', जगदीश्वर चतुर्वेदी का 'मीडिया के नए परिप्रेक्ष्य की तलाश में', प्रभु जोशी का 'ताबूत की तैयारी को सिंहासन की तैयारी समझना', प्रोंजाय गुहा ठाकुरता का 'बाजार के आगोश में मीडिया', यादवेंद्र का 'कौन करे गरीबों के लिए अनुसंधान', डॉ. विनय कुमार का 'ग्लोबल मुट्ठी में मन', अशोक भौमिक का 'आज का कला बाजार', प्रह्लाद कक्कड़ का 'बाजार, विज्ञापन और मीडिया', प्रणव कृष्ण का 'बाजार और साहित्य', नरेंद्र पाल सिंह का 'खिलाड़ी, आज खिलाड़ी से ज्यादा शो मैन हैं', आनंद कुमार का 'बाजारवाद और राजनीतिक दल' लेख है, जिसमें भरपूर जानकारी है।

इंदिरा गांधी पर एक खास अंक

इस अंक में बाजारवाद विषय पर ही परिचर्चा भी है। इसमें बाजार ने बड़े स्तर पर भ्रष्टाचार का रास्ता खोला है (अमित

भादुड़ी), शिक्षा और स्वास्थ्य बाजार पर निर्भर नहीं हो सकता (लार्ड मेघनाथ देसाई), वास्तविक बाजार सत्ता का अखाड़ा है (बारबरा हैरिस ह्वाइट), बाजार ने एक तरह का पागलपन पैदा कर दिया है (आशीष नंदी), बाजार एक व्यवस्था, विचारधारा और आर्थिक प्रक्रिया है (मैनेजर पांडेय), बाजार अपनी व्यवस्था स्वयं बनाता है (गिरिराज किशोर), धार्मिक संस्थाएँ बाजार में पुनरूत्थानी चेहरे के साथ उपस्थित हैं (आलोक धन्वा), मीडिया और बाजार एक दूसरे के पूरक हैं (गौतम नवलखा), बाजार तंत्र में हर स्तर पर सुधार की जरूरत है (मोहन गुरुस्वामी), बाजारवाद में मानव-संबंधों एवं मूल्यों का कोई मोल नहीं है (वंदना शिवा), बाजारवाद की गिरफ्त में है लोकतंत्र (नवल किशोर चौधरी) जैसे लेख हैं एक तरह से दीपावली का यह अंक बाजारवाद पर एक दस्तावेज है।

दीपावली अंक 2013—वर्ष 2014 में लोकसभा का चुनाव होना था, इसलिए 2013 का दीपावली अंक पूरे तौर पर चुनाव पर केंद्रित था। इस अंक का पहला ही लेख महान् अफ्रीकी उपन्यासकार चीनुआ अचेबे का 'वोटर' है। केदारनाथ अग्रवाल की कविताएँ 'हम तौ उनका वोट न देबे' और चुनाव मोरचे की अंत्याक्षरी, नागार्जुन की कविता 'उम्मीदवार, स्वदेशी, दलबदलू बुजुर्ग और हम भी साझीदार थे', चुनाव पर ही हैं। चुनाव अंक में रघुवीर सहाय की 'कोई एक और मतदाता', 'अधिकार हमारा है' और नचिकेता के पाँच चुनावी गीत भी हैं। जो प्रमुख लेख इस अंक में हैं, वे हैं—हरिशंकर परसाई के 'चुनाव के नज्जारे', सर्वेश्वर दयाल सक्सेना का 'सूखाग्रस्त क्षेत्र में एक चुनाव भाषण', अभिषेक श्रीवास्तव का 'राज्यसत्ता के चेहरे या वित्तीय पूँजी के मोहरे ?' असद जैदी का 'फाँसीवाद के खिलाफ वाम और अवामी एकता की जरूरत', गोपाल कृष्ण का 'कारपोरेट खर्चों पर चुनाव लड़ने के भयंकर निहितार्थ', रामशरण जोशी का 'लोकतंत्र बनाम वोट तंत्र', आदित्य निगम का 'जनतंत्र का सवाल, नरेंद्र मोदी और 2014 का चुनाव!'

इसके अलावा इस अंक में जो लेख हैं, वे हैं—प्रमोद जोशी का 'गंठबंधन का गड़बड़ झाला', कनक तिवारी का 'चुनाव सुधार का न्यायालयीन चिंताएँ', गोपाल प्रधान का 'संसदीय चुनावों में वाम दलों की बदलती भूमिका', रमेश दीक्षित का 'स्वाधीनता आंदोलन के सभी मूल्य दावँ पर लगे हैं', प्रफुल्ल कोलख्यान का 'असंतोष और आलोचना के बीच आम चुनाव', कमलेश जैन का 'जनप्रतिनिधि आम आदमी के विश्वास के रखवाले हैं', प्रकाश चंद्रायन का आगामी चुनाव सैन्य पूँजीवाद के अनुकूल होगा।' चुनावी परिचर्चा में जिन प्रमुख राष्ट्रीय नेताओं/लोगों के विचार हैं, वे हैं—कांग्रेस के लिए एक चुनौती हैं नरेंद्र मोदी (जयराम रमेश), भरोसेमंद नेताओं पर ही विश्वास करेंगे लोग (धर्मेंद्र प्रधान), जनहित वाली सरकार का गठन है प्राथमिकता (गुरुदास दास गुप्ता),

नीतियों की बजाय नेता पर केंद्रित चुनाव (दीपंकर भट्टाचार्य), कांग्रेस और भाजपा का विकास मॉडल एक जैसा (वासुदेव आचार्या), किसान मजदूर ही तय करेंगे राजनीतिक दिशा (गोविंदाचार्य), चुनाव से ही जनता की समस्या का हल नहीं होगा (देवी प्रसाद त्रिपाठी), पूँजी और अपराध का गंठजोड़ लोकतंत्र के लिए हानिकारक है (तथागत शतपथी), आगामी चुनाव की दिशा गाँव से ही तय होगी (नीरज शेखर), वंचित तबकों के उत्थान में हमारा विश्वास है (केसी त्यागी), धर्म निरपेक्षता की रक्षा हमारा प्रमुख नारा है (अब्दुल बारी सिद्दिकी), पहले नेता घोषित करना संविधान के विपरीत है (बाबूलाल मरांडी), इस बार जनता ही सर्वोपरि होगी (हेमंत सोरेन)। इसके अलावा भी चुनाव पर अनेक लेख इस अंक में हैं। चुनाव के पहले किसी भी पत्रिका या समाचार-पत्र ने चुनाव पर एक साथ इतनी सामग्री नहीं दी जितनी सामग्री इस दीपावली अंक में है।

इसके बाद भी हर साल दीपावली अंक का प्रकाशन होता। रहा बाद के वर्षों में यह अंक किसी एक विषय पर न निकलकर अनेक विषयों पर निकला। 2018 में महात्मा गांधी की 150वीं जयंती को आधार बनाते हुए दीपावली अंक निकला, इसमें गांधी पर लिखने वाले देश के महत्त्वपूर्ण व्यक्तियों ने अपना योगदान दिया। अगले वर्ष, यानी 2019 में गांधी को कविताओं के माध्यम से याद किया गया। जिन कवियों की कविताओं को इस अंक में शामिल किया गया था, उनमें मैथिली शरण गुप्त (जयबोल), सुमित्रा नंदन पंत (श्रद्धा के फूल), हरिवंश राय बच्चन (यदि मौत बदी थी बापू की गोली खाकर), नागार्जुन (शपथ, तर्पण) और प्रदीप (साबरमती का संत) प्रमुख थे। गांधी पर निकाले गए ये दोनों अंक संग्रहणीय अंक थे।

रविवार के विशेषांक

दिनमान, धर्मयुग जैसी हिंदी पत्रिकाएँ अब बंद हो चुकी हैं, लेकिन उन्हें आज भी याद किया जाता है। इन पत्रिकाओं के पुराने अंक अगर दिख जाएँ तो वे आज भी उतने ही पठनीय होंगे जितने पहले थे। कहने का अर्थ है कि हर अंक में ऐसी सामग्री, जिसकी हर समय माँग हो, यही काम किया था प्रभात खबर ने। हर रविवार को प्रकाशित होने वाले अपने रविवारीय

बिरसा मुंडा पर खास अंक

अंक में 1991-92 से रविवारीय पत्रिका पर खास ध्यान दिया गया था। ये वे अंक होते थे जिनका पाठक इंतजार करते थे। रविवार के दिन अखबार का सर्कुलेशन भी आम दिनों से ढाई-तीन हजार ज्यादा होता था, सिर्फ पत्रिका के कारण उस दिन का अखबार बढ़ जाता था। यह उन दिनों की बात है जब सिर्फ राँची संस्करण हुआ करता था। अनेक अंक ऐसे हैं जो काफी चर्चित हुए, जिन्हें आज भी लोग खोजते हैं। इनकी खासियत यह होती थी कि ये अंक अपने आप में दस्तावेज होते थे। उन दिनों घनश्याम श्रीवास्तव इसके प्रभारी होते थे, उसके पहले विनय बिहारी सिंह देखा करते थे।

पुराने प्रबंधन में भी प्रभात खबर की रविवार पत्रिका छोटे आकार में (जिसे ए फोर साइज कहते हैं) निकलती थी। उसे प्रकाश चंद्रायन देखा करते थे, बाद में वे लोकमत में फीचर संपादक बने थे, बहुत ही जानकार व्यक्ति। जब प्रभात खबर का प्रबंधन बदला, हरिवंशजी संपादक बने तो उन्होंने भी पत्रिका पर ज्यादा जोर दिया, वे खुद भी धर्मयुग और रविवार (आनंद बाजार समूह) में काम कर चुके थे। दोनों साप्ताहिक पत्रिका थी, उन्हें इसका अनुभव भी था। रविवार पत्रिका की एक साल की योजना बनाई जाती थी ताकि जिन विषयों पर लोग लिखें या काम करें, उन्हें पर्याप्त समय मिले। गुणवत्ता के लिए यह सब किया गया था। आपात स्थिति में या कोई बड़ी घटना घट जाए तो ही उसमें बदलाव किया जाता था। इसी दौरान रविवार को साहित्य, फिल्म, स्वतंत्रता आंदोलन और इसके नायकों के अलावा विज्ञान, अध्यात्म पर खास अंक निकले। प्रारंभ में लोगों को जगाने के लिए कई प्रयास हुए। इसी क्रम में एक रविवार की कवर स्टोरी थी—मुर्दों का शहर है राँची। काफी प्रतिक्रिया हुई, लेकिन इसके बाद समाज में चेतना भी जागी।

देश के बड़े साहित्यकारों और कवियों पर अनेक अंक निकाले गए। निराला पर महाकवि की याद शीर्षक से 8 फरवरी, 1992 का अंक निकाला गया। इसके बाद राहुल सांकृत्यायन पर महापंडित की याद, (5.12.1995), बेनीपुरी का महत्त्व (23.1.2000), शतायू हों डॉ. रामविलास शर्मा (11.10.1992), हिंदी का हिमालय डॉ. रामविलास शर्मा (10.10.1999), अज्ञेय स्मृति (10.3.1991), हिंदी को उचित सम्मान नहीं मिला (फादर कामिल बुल्के का लेख, 30.8.1992), यायावर राहुल की याद (30.3.1997), रामधारी सिंह दिनकर पर राष्ट्रकवि को शत-शत नमन (23.9.2007) और धर्मवीर भारती स्मृति पर विशेषांक 13.12.1998 को प्रकाशित किया गया। इन अंकों में लिखने वाले देश के जाने-माने लोग होते थे, कुछ अंकों के लेख और लेखकों की जानकारी यहाँ दी जा रही है।

5 दिसंबर, 1993 का अंक राहुल सांकृत्यायन पर था। महापंडित की याद शीर्षक से प्रकाशित कवर स्टोरी थी। इस अंक में जो लेख प्रकाशित किए गए थे, वे थे—राहुलजी की अनकही कहानी (डॉ. कमला सांकृत्यायन), महापंडित राहुल सांकृत्यायन

(शंकर दयाल सिंह), राहुल सांकृत्यायन : कतिपय अनछुए प्रसंग (डॉ. प्रभु नारायण विद्यार्थी), सृजन और संघर्ष में बीता राहुल का जेल जीवन (डॉ. प्रभु नारायण विद्यार्थी), महापंडित राहुल सांकृत्यायन का बुद्धि वैभव (गुणाकर मुले)।

निराला का अंक भी काफी चर्चित हुआ था। महाकवि की याद शीर्षक से प्रभात खबर का 8 फरवरी, 1992 का पूरा अंक ही महाकवि निराला पर केंद्रित था। इसमें प्रकाशित लेख थे—

क्रिकेट पर प्रभात खबर की विशेष पत्रिका

यह कवि है अपनी जनता का (रविभूषण), भाई : (महादेवी वर्मा), निराला और नई रचनाशीलता (डॉ. नंद किशोर नवल),

प्रभात खबर ने पत्रिका के कई अंक रेणु पर निकाले। ऐसा ही एक अंक 4 मार्च, 1990 का अंक था। इसमें प्रकाशित लेख थे—पटना के रेणु, औराही हिंगना के रेणु (रेणु की पत्नी लतिका रेणु से मणिकांत ठाकुर ने लंबी बातचीत की थी), एक रेणु यह भी (सूर्यनारायण चौधरी), रेणु के शब्द (रतन वर्मा)। 10 अप्रैल, 1994 का अंक भी रेणु पर ही था, इसकी कवर स्टोरी भारत यायावर ने लिखी थी।

कुछ अन्य विषयों पर भी प्रभात खबर पत्रिका ने बड़ा काम किया था। 1992 और 1993 का समय वह समय था जब छोटानागपुर का एक बड़ा हिस्सा सूखे की चपेट में था। इस अवसर पर छोटानागपुर : इतिहास में अकाल (11.4.1993), दुर्भिक्ष के मंडराते बादल (8.11.92) को कवर स्टोरी बनाया गया।

राम मनोहर लोहिया और जयप्रकाश नारायण पर तो प्रभात खबर ने अनेक अंक निकाले। इन सभी अंकों में दुर्लभ लेख और तसवीरें होती थीं और इन लेखों को लिखने वाले राममनोहर लोहिया या जेपी को करीब से जानने वाले लोग होते थे। डॉ. राममनोहर लोहिया : समता की आवाज शीर्षक से 25.3.1990 को निकाला गया अंक चर्चिच था। इसी प्रकार जयप्रकाश नारायण पर अनेक अंक निकाले गए थे, ये थे—संपूर्ण क्रांति (6.6.1993), परिवर्तनकामी जयप्रकाश (6.10.2002), गांधी, लोहिया, जयप्रकाश

(7.10.1990), स्वप्नों का द्रष्टा जयप्रकाश (7.10.2001) और अच्युत पटवर्द्धन : स्वतंत्रता के साधक (4.9.2005)!

भारत छोड़ो आंदोलन के 50 साल पूरे होने पर प्रभात खबर ने 9.8.1992 को ऐतिहासिक अंक निकाला था। इसके अलावा आजादी के परवाने (26.4.1992) में झारखंड क्षेत्र के स्वतंत्रता सेनानियों पर विस्तृत सामग्री दी गई थी।

फिल्म और शायरी पर भी कई दुर्लभ अंक निकाले गए। इकबाल : मेरे अब्बाजान (14.2.1993), मिर्जा गालिब (26.6.1994), मीना कुमारी (24.4.1994), 70 वर्ष का सदाबहार हीरो (27.9.1992), नरगिस (26.6.1994) अंक बहुत ही लोकप्रिय हुए थे। हाल के वर्षों में हिंदी पत्रकारिता में कहीं भी मिर्जा गालिब और इकबाल पर इतनी समृद्ध सामग्री नहीं आई। दुनिया ने हाल में मजबूत चीन (आर्थिक और सैन्य शक्ति में) को देखा, लेकिन प्रभात खबर ने आज से 21 साल पहले ही चीन की ताकत को पहचान लिया था। चमत्कार चीन का (12.12.1993) शीर्षक से रविवार की कवर स्टोरी बनाई गई थी, ऐसे सैकड़ों अंक प्रभात खबर ने निकाले जिसने समाज को नई दिशा दी।

□

पुस्तकों और लेखों में प्रभात खबर

प्रभात खबर न सिर्फ अखबार और अपनी पत्रकारिता के कारण चर्चित रहा, बल्कि 40 साल की यात्रा में इस संस्थान से अनेक पत्रिकाएँ-दस्तावेजों का प्रकाशन किया गया जिसने इसे और चर्चित किया। प्रभात खबर समूह ने खुद कुछ किताबों-बुकलेट का प्रकाशन किया, कुछ किताबें प्रभात खबर या प्रभात खबर से जुड़े साथियों के संबंध में प्रकाशित की गई। इसके अलावा प्रभात खबर की चर्चा देश-दुनिया की कुछ पत्रिकाओं में भी हुई। विदेश की किताबों में भी प्रभात खबर से जुड़े लेख या प्रभात खबर की भूमिका पर चर्चा हुई है, इनमें झारखंड डेवलपमेंट रिपोर्ट (जे.डी.आर.) और बिहार डेवलपमेंट रिपोर्ट (बी.डी.आर.) सर्वाधिक चर्चा में रहा।

जिन किताबों का प्रकाशन प्रभात खबर ने स्वतः (प्रकाशक के तौर पर) किया, उनमें लो बीर सेंदरा प्रमुख है। यह मरांग गोमके जयपाल सिंह (झारखंड आंदोलन के जनक) की आत्मकथा है। इस किताब के लेखक रश्मि कात्यायन हैं। इस पुस्तक में जयपाल सिंह के बारे में कई ऐसी रोचक जानकारियाँ हैं जो पहली बार प्रकाश में आई हैं। अलग झारखंड राज्य बनने के कुछ साल बाद इसका प्रकाशन प्रभात खबर पब्लिकेशंस, राँची द्वारा 2004 में किया गया था।

प्रभात खबर द्वारा प्रकाशित जयपाल सिंह मुंडा की जीवनी लो वीर सेंदरा

प्रभात खबर द्वारा सूचनाधिकार नामक पुस्तक का प्रकाशन किया गया। इसके लेखक अरविंद केजरीवाल और विष्णु राजगढ़िया हैं। राँची विश्वविद्यालय के पूर्व कुलपति और झारखंडी मामलों के विशेषज्ञ अमर कुमार सिंह प्रभात खबर में नियमित तौर पर लिखते रहते थे। प्रभात खबर में छपे उनके लेखों पर आधारित पुस्तक जोहार झारखंड काफी चर्चित रही। प्रभात खबर के प्रधान संपादक पद पर रहते हुए हरिवंशजी ने कई किताबें लिखी थीं, झारखंड : समय और सवाल और, झारखंड : सपने और यथार्थ नाम से प्रकाशित इन पुस्तकों को दिल्ली की संस्था प्रभात प्रकाशन ने प्रकाशित किया था। 15 नवंबर, 2000 को प्रभात खबर ने अलग झारखंड राज्य बनने के मौके पर ऐतिहासिक अंक निकाला था। इसे झारखंड : दिसुम मुक्तिगाथा और सृजन के सपने नाम से किताब के रूप में प्रकाशित किया गया।

सूचनाधिकार पर प्रभात खबर की पुस्तक

प्रभात खबर में प्रकाशित लेखों पर आधारित कई पुस्तकों का संपादन हरिवंशजी और फैसल अनुराग ने संयुक्त रूप से किया है। इनमें बिहारनामा, बिहार : अस्मिता के आयाम, बिहार : रास्ते की तलाश, झारखंड : सुशासन अब भी संभावना है, संथाल हूल : आदिवासी प्रतिरोध संस्कृति, झारखंड : अस्मिता के आयाम, जनसरोकार की पत्रकारिता प्रमुख हैं। प्रभात खबर के 30 साल पूरा होने पर प्रभात प्रकाशन, नई दिल्ली ने मेरी (अनुज कुमार सिन्हा) किताब प्रभात खबर : प्रयोग की कहानी का प्रकाशन 2014 में किया था, उसके बाद सफरनामा : एक एखबार का 25 वर्षों का, नाम से निराला ने प्रभात खबर पर एक किताब का संपादन किया था।

इसके अलावा मेरी (अनुज कुमार सिन्हा की) कुछ और पुस्तकों का प्रकाशन प्रभात प्रकाशन ने किया है, इनमें एक है—झारखंड आंदोलन का दस्तावेज : शोषण, संघर्ष और शहादत। इसमें झारखंड आंदोलन के दौरान हुए गोलीकांड, शहीदों और प्रमुख घटनाओं का सचित्र विवरण है। इसका प्रकाशन 2012 में किया गया था। प्रभात खबर में

झारखंड आंदोलन के दौरान हुए गोलीकांड या कुछ घटनाओं पर मेरी जो रिपोर्ट प्रकाशित हुई थी, उन्हें इस पुस्तक में शामिल किया गया था। एक पुस्तक 'बरगद बाबा का दर्द' 2014 में प्रकाशित हुई, यह पुस्तक पर्यावरण पर आधारित है, प्रभात खबर में छपी मेरी रिपोर्ट के आधार का विस्तार कर इसे पुस्तक का आकार दिया गया। प्रभात खबर में छपी रिपोर्ट के आधार पर मैंने 'झारखंड के आदिवासी : पहचान का संकट', 'झारखंड के ब्यूरोक्रैट्स', 'असली झारखंड' नामक पुस्तकों का संपादन किया! फिर दिशोम गुरू शिबू सोरेन नामक पुस्तक भी लिखी। आर के नीरद ने भी कई किताबें लिखीं.

झारखंड दिसुम मुक्तिगाथा और सृजन के सपने

ऐसी भी कुछ पुस्तकें हैं जिनमें प्रभात खबर का या तो उल्लेख है या जिनमें हरिवंशजी के लेख हैं। दुनिया के प्रसिद्ध पत्रकार-लेखक मार्क टुली ने अपनी पुस्तक नॉन स्टॉप इंडिया में लगभग एक पूरा चैप्टर ही प्रभात खबर पर लिखा है, इसमें प्रभात खबर में काम कर चुके या काम करने वाले कई साथियों के नामों का उल्लेख है। जीवेश रंजन सिंह उनमें से एक हैं। बी.डी.ओ. को रिहा कराने में मेरी (अनुज कुमार सिन्हा) भूमिका का विस्तार से वर्णन है। इसके अलावा विवेक देवरॉय और लवीश भंडारी की पुस्तक 'करप्शन इन इंडिया : द डी.एन.ए. एंड द आर.एन.ए. में प्रभात खबर की विस्तार से चर्चा है। दुनिया के मशहूर लेख राबिन जैफरी ने प्रतिमा सिंह के साथ मिलकर 'मोर देन माविज्म' नामक किताब लिखी है। इसमें हरिवंशजी का एक लंबा लेख है। दिल्ली से प्रकाशित पत्रिका सिविल सोसायटी ने दो-दो बार प्रभात खबर पर कवर स्टोरी तैयार की, उसे छापा। इसमें प्रभात खबर की सफलता की कहानी प्रकाशित की गई है।

कुछ साल पूर्व प्रभात खबर के प्रधान संपादक आशुतोष चतुर्वेदी की किताब प्रतिबिंब का प्रकाशन दिल्ली से हुआ, जिसमें प्रभात खबर में प्रकाशित उनके लेखों को

संकलन है। उनकी कुछ और पुस्तकें भी छप चुकी हैं। 2024 में देश में कुछ किताबों का प्रकाशन हुआ जिनमें प्रभात खबर से संबंधित लेख हैं या प्रभात खबर की पत्रकारिता का उल्लेख है। प्रलेक प्रकाशन ने 'हरिवंश, पत्रकारिता का लोकधर्म' नाम से कृपाशंकर चौबे की किताब प्रकाशित की है, इसमें आशुतोष चतुर्वेदी, अनुज कुमार सिन्हा, राजेंद्र तिवारी, के.के. गोयनका, रवि प्रकाश, दयामणि बारला, आर के नीरद आदि के लेख हैं, जो या तो प्रभात खबर से अभी जुड़े हैं या पहले कभी जुड़े थे। इन सभी लेखों में प्रभात खबर का उल्लेख है।

हाल ही में अभिजीत चट्टोराज, श्रीनाथ श्रीधरन और सलोनी सिन्हा ने मैनेजमेंट के दृष्टिकोण से प्रभात खबर और हरिवंशजी की सफलता पर एक पुस्तक लिखी है, जो काफी चर्चित है। इस पुस्तक का नाम है न्यूज प्रिंट टू हार्ट प्रिंट। प्रकार सेंट्रल यूनिवर्सिटी के प्रोफेसर देवव्रत सिंह और कीर्ति सिंह ने 'झारखंड में मीडिया : अतीत, वर्तमान एवं भविष्य' नाम से एक पुस्तक लिखी है, जिसमें प्रभात खबर की सफल यात्रा का जिक्र है। ये सभी वे पुस्तकें हैं जो यह बताती हैं कि प्रभात खबर ने हिंदी पत्रकारिता में अपनी खास जगह कैसे बनाई।

झारखंड डेवलपमेंट रिपोर्ट

प्रभात खबर ने झारखंड राज्य बनाने में बड़ी भूमिका अदा की थी। जब झारखंड बन गया तो प्रभात खबर की भूमिका भी बदल गई। वह भूमिका थी, राज्य के नवनिर्माण की। कैसे झारखंड को बेहतर राज्य बनाया जाए, कैसे यहाँ बेहतर गवर्नेंस हो, कैसे यह राज्य खुशहाल हो, कैसे यहाँ रोजगार के अवसर बढ़े, लेकिन इन सबसे पहले यह जानना आवश्यक था कि झारखंड कहाँ खड़ा है। उत्तराखंड और छत्तीसगढ़ साथ बने थे, वहाँ क्या स्थिति है? वे दोनों राज्य कहाँ पहुँच गए? इन आँकड़ों की जानकारी तभी मिल सकती थी, जब इस पर गहराई से अध्ययन हो। पहली बार प्रभात खबर ने देश की जानी-मानी रिसर्च एजेंसी इंडिकस एनालिटिक्स से राज्य की सामाजिक और आर्थिक स्थिति का ऑडिट कराया।

इस एजेंसी से प्रसिद्ध अर्थशास्त्री लवीस भंडारी जुड़े थे। इसे झारखंड डेवलपमेंट रिपोर्ट (जेडीआर) के नाम से किताब के रूप में प्रकाशित किया गया। पहली बार इसे 2006 में छापा गया, इस ऑडिट रिपोर्ट को प्रकाशित करने का उद्देश्य यह था कि राज्य और देश के लोग झारखंड की जमीनी हकीकत को जाने और बहस (डिबेट) करें। इसके आधार पर राज्य के विकास की योजना बने। इससे पता चलता है कि किस सेक्टर में झारखंड के लोगों की क्या स्थिति है। यह रिपोर्ट अंग्रेजी में इसलिए प्रकाशित की गई थी, ताकि देश के नीति निर्माताओं (पालिसी मेकर्स) को समझने में

कोई परेशानी नहीं हो। जे.डी.आर. 2006 में पूर्व राज्यपाल प्रभात कुमार, पूर्व राज्यपाल वेद मारवाह के लेख थे। ये दोनों झारखंड के राज्यपाल थे और झारखंड को करीब से देखने का इन्हें मौका मिला था। इन लेखों में इन दोनों पूर्व राज्यपालों ने अपने अनुभव के आधार पर झारखंड के विकास पर प्रकाश डाला है। अर्थशास्त्री लवीश भंडारी ने झारखंड में गवर्नेंस पर एक लेख लिखा। डॉ. शैबाल गुप्ता, शशि भूषण का भी जानकारी पूर्ण लेख इसमें है। जे.डी.आर. में झारखंड में प्रति व्यक्ति आय, ग्रोथ रेट, कानून एवं व्यवस्था की स्थिति, हत्या एवं दुष्कर्म की घटनाएँ, महिलाओं और बच्चों के साथ हो रहे अपराध, अनुसूचित जाति व जनजाति के सदस्यों के साथ हो रही घटनाओं का आँकड़ा दिया गया है। इसके अलावा स्वास्थ्य, शिक्षा क्षेत्र में हुए खर्च, अनुसूचित जाति, जनजाति के कल्याण पर हुए खर्च का न सिर्फ ब्योरा है बल्कि झारखंड की बिहार, छत्तीसगढ़, उत्तराखंड, पश्चिम बंगाल और ओड़िशा से तुलना भी की गई है। झारखंड में सड़कों, वाहनों की स्थिति, रेलवे लाइन, बिजली की स्थिति का अन्य राज्यों से तुलनात्मक अध्ययन है। जे.डी. आर. का प्रकाशन 2008, 2009, 2010, 2011 और 2012 में भी किया गया। उसके बाद इसका प्रकाशन नहीं हो सका। इस रिपोर्ट की काफी माँग थी। झारखंड में प्रभात खबर एकमात्र अखबार है, जिसने अपने राज्य के लिए इस प्रकार का सालाना अध्ययन कराया था, वह भी कई सालों तक। इस तर्ज पर बाद में बिहार में बिहार डेवलपमेंट रिपोर्ट का प्रकाशन आरंभ हुआ। झारखंड में प्रभात खबर ने सेंटर फॉर सिविल सोसायटी के सहयोग से सुशासन पर हैंडबुक का प्रकाशन किया। प्रभात खबर अन्य प्रयोग भी करता रहा।

प्रधानमंत्री को पुस्तक सौंपते प्रभात खबर के प्रधान संपादक आशुतोष चतुर्वेदी

प्रभात खबर के कुछ खास अंक

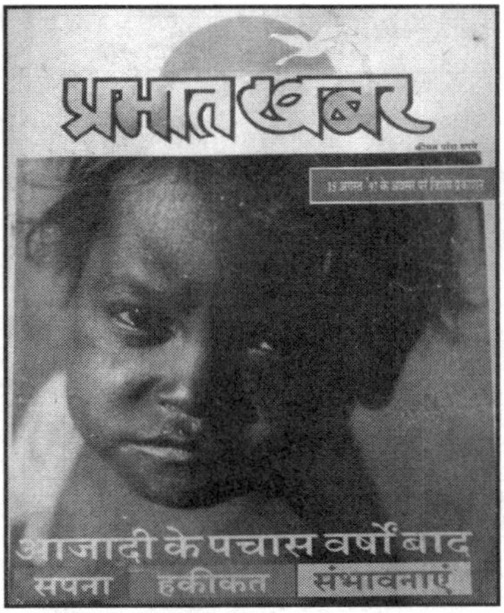

आजादी के 50 साल पूरा होने पर 1997 में निकाली गई विशेष पत्रिका

समय-समय पर प्रभात खबर ने खेल पर भी विशेषांकों का प्रकाशन किया है। ये अंक आँकड़ों और विशेष दुर्लभ जानकारी से भरे होते हैं। वर्ल्ड कप क्रिकेट पर प्रभात खबर का विशेषांक काफी चर्चित रहा था। 1997 में आजादी के पचास वर्ष पूरे होने पर प्रभात खबर ने आजादी के पचास वर्षों बाद सपना, हकीकत और संभावनाएँ नाम से विशेष प्रकाशन किया था, (पत्रिका के आकार में) जिसके अतिथि संपादक रविभूषण थे। सिर्फ पाँच रुपए की कीमत वाले इस अंक में हँस के संपादक राजेंद्र यादव, विष्णु प्रभाकर, त्रिलोचन शास्त्री, रमेश चंद्र शाह, ज्ञानरंजन, रामकृपाल पांडेय, कृष्ण कुमार के पत्र छपे थे। यह अद्‍भुत अंक था, जिसमें देश के जाने-माने लेखकों ने अपने लेख लिखे थे। जिनके लेख थे, उनमें रामविलास शर्मा, निर्मल वर्मा, पीसी जोशी, कुमार सुरेश सिंह, शिव प्रसाद सिंह, विश्वंभर नाथ उपाध्याय, शिव कुमार मिश्र, सिद्धेश्वर प्रसाद, प्रधान हरिशंकर प्रसाद, खगेंद्र ठाकुर, विनोद मिश्र, रवि राय, एके राय, विष्णु चंद्र शर्मा, नंद चतुर्वेदी, मधुकर सिंह, चमनलाल, रवींद्रनाथ गौड़ शामिल हैं।

जनवरी 2000 में 16 पृष्ठों का सहस्त्राब्दी अंक प्रकाशित किया गया था। इसके प्रमुख लेख थे, नई दुनिया के द्वार पर (विजय भास्कर), आखिर क्या है भारत का अतीत, वर्तमान और भविष्य (सर विदाधर एस. नइपाल), बिहार में स्वतः स्फूर्त विकास होगा (डी.डी. गुरु), भावी गौरवपूर्ण क्रांति की भूमि बनेगा बिहार (अरविंद पांडेय), प्रतिस्पर्धा का दबाव बिहार को बेहतर बनाएगा (डॉ. शैवाल गुप्ता), तमाम अभावों के बीच खुश रहने वालों का प्रदेश (दीनानाथ झा), परिवर्तन आज की सबसे बड़ी जरूरत (प्रधान हरिशंकर प्रसाद), विकास का गांधी मॉडल अपनाना हितकर (के.के. श्रीवास्तव, पूर्व मुख्य सचिव : बिहार)। ऐसे और भी अंक प्रकाशित हुए। बिहार में भी खास अवसरों पर साहित्य, बिहार के ऐतिहासिक स्थलों आदि पर अनेक अंक प्रकाशित किए गए।

□

मीडिया में प्रभात खबर

प्रभात खबर राँची जैसे छोटे शहर (तब राँची शहर आज जितना बड़ा नहीं था, न ही राजधानी था) से निकलता था। प्रभात खबर के पहले सिर्फ राँची एक्सप्रेस और दैनिक आज ही हिंदी दैनिक के तौर पर राँची से निकलते थे। यहाँ से निकलने वाले अखबारों की राष्ट्रीय अखबारों में चर्चा होती ही नहीं थी। 1989 में जब से प्रभात खबर नए हाथ में आया, कुछ-न-कुछ ऐसा होने लगा जिसकी चर्चा देश के कुछ अखबारों में होने लगी। इनमें से एक विषय था मार्टिन टेटे की मौत का मामला। प्रभात खबर ने मार्टिन

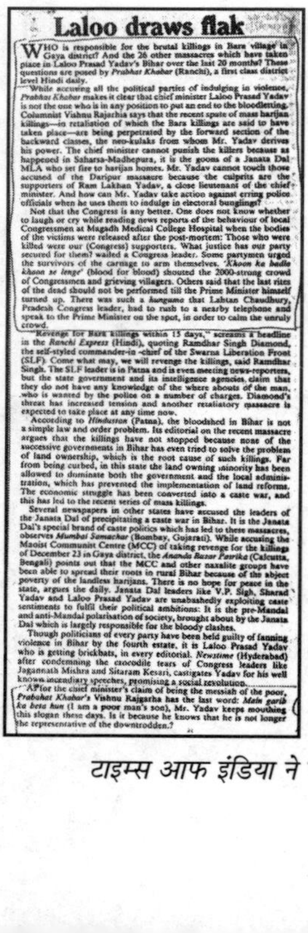

Laloo draws flak

WHO is responsible for the brutal killings in Bara village in Gaya district? And the 26 other massacres which have taken place in Laloo Prasad Yadav's Bihar over the last 20 months? These questions are posed by *Prabhat Khabar* (Ranchi), a first class district level Hindi daily.

While accusing all the political parties of indulging in violence, *Prabhat Khabar* makes it clear that chief minister Laloo Prasad Yadav is not the one who is in any position to put an end to the bloodletting. Columnist Vishnu Rajgarhia says that the recent spate of mass harijan killings—in retaliation of which the Bara killings are said to have taken place—are being perpetrated by the forward section of the backward classes, the neo-kulaks from whom Mr. Yadav derives his power. The chief minister cannot punish the killers because as happened in Saharsa-Madhepura, it is the goons of a Janata Dal MLA who set fire to harijan homes. Mr. Yadav cannot touch those accused of the Daripur massacre because the culprits are the supporters of Ram Lakhan Yadav, a close lieutenant of the chief minister. And how can Mr. Yadav take action against erring police officials when he uses them to indulge in electoral bunglings?

Not that the Congress is any better. One does not know whether to laugh or cry while reading news reports of the behaviour of local Congressmen at Magadh Medical College Hospital when the bodies of the victims were released after the post-mortem: Those who were killed were our (Congress) supporters. What justice has our party secured for them? wailed a Congress leader. Some partymen urged the survivors of the carnage to arm themselves. *'Khoon ka badla khoon se lenge'* (blood for blood) shouted the 2000-strong crowd of Congressmen and grieving villagers. Others said that the last rites of the dead should not be performed till the Prime Minister himself turned up. There was such a *hungama* that Lahtan Chaudhury, Pradesh Congress leader, had to rush to a nearby telephone and speak to the Prime Minister on the spot, in order to calm the unruly crowd.

"Revenge for Bara killings within 15 days," screams a headline in the *Ranchi Express* (Hindi), quoting Ramdhar Singh Diamond, the self-styled commander-in -chief of the Swarna Liberation Front (SLF). Come what may, we will revenge the killings, said Ramdhar Singh. The SLF leader is in Patna and is even meeting news-reporters, but the state government and its intelligence agencies claim that they do not have any knowledge of the where abouts of the man, who is wanted by the police on a number of charges. Diamond's threat has increased tension and another retaliatory massacre is expected to take place at any time now.

According to *Hindustan* (Patna), the bloodshed in Bihar is not a simple law and order problem. Its editorial on the recent massacre argues that the killings have not stopped because none of the successive governments in Bihar has even tried to solve the problem of land ownership, which is the root cause of such killings. Far from being curbed, in this state the land owning minority has been allowed to dominate both the government and the local administration, which has prevented the implementation of land reforms. The economic struggle has been converted into a caste war, and this has led to the recent series of mass killings.

Several newspapers in other states have accused the leaders of the Janata Dal of precipitating a caste war in Bihar. It is the Janata Dal's special brand of caste politics which has led to these massacres, observes *Mumbai Samachar* (Bombay, Gujarati). While accusing the Maoist Communist Centre (MCC) of taking revenge for the killings of December 23 in Gaya district, the *Ananda Bazar Patrika* (Calcutta, Bengali) points out that the MCC and other naxalite groups have been able to spread their roots in rural Bihar because of the abject poverty of the landless harijans. There is no hope for peace in the state, argues the daily. Janata Dal leaders like V.P. Sigh, Sharad Yadav and Laloo Prasad Yadav are unabashedly exploiting caste sentiments to fulfil their political ambitions: It is the pre-Mandal and anti-Mandal polarisation of society, brought about by the Janata Dal which is largely responsible for the bloody clashes.

Though politicians of every party have been held guilty of fanning violence in Bihar by the fourth estate, it is Laloo Prasad Yadav who is getting brickbats, in every editorial. *Newstime* (Hyderabad) after condemning the crocodile tears of Congress leaders like Jagannath Mishra and Sitaram Kesari, castigates Yadav for his well known incendiary speeches, promising a social revolution.

As for the chief minister's claim of being the messiah of the poor, *Prabahat Khabar's* Vishnu Rajgarha has the last word: *Main garib ka beta hun* (I am a poor man's son), Mr. Yadav keeps mouthing this slogan these days. Is it because he knows that he is not longer the representative of the downtrodden.?

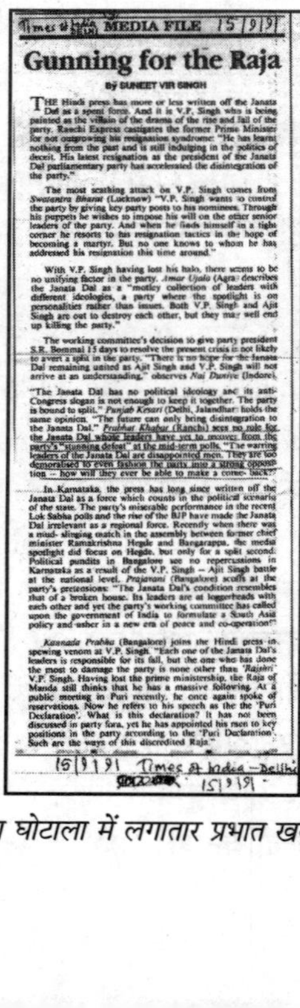

MEDIA FILE 15/9/91

Gunning for the Raja

By SUNEET VIR SINGH

THE Hindi press has more or less written off the Janata Dal as a spent force. And it is V.P. Singh who is being painted as the villain of the drama of the rise and fall of the party. Ranchi Express castigates the former Prime Minister for not outgrowing his resignation syndrome: "He has learnt nothing from the past and is still indulging in the politics of deceit. His latest resignation as the president of the Janata Dal parliamentary party has accelerated the disintegration of the party."

The most scathing attack on V.P. Singh comes from *Swatantra Bharat* (Lucknow) "V.P. Singh wants to control the party by giving key party posts to his nominees. Through his puppets he wishes to impose his will on the other senior leaders of the party. And when he finds himself in a tight corner he resorts to his resignation tactics in the hope of becoming a martyr. But no one knows to whom he has addressed his resignation this time around."

With V.P. Singh having lost his halo, there seems to be no unifying factor in the party. *Amar Ujala* (Agra) describes the Janata Dal as a "motley collection of leaders with different ideologies, a party where the spotlight is on personalities rather than issues. Both V.P. Singh and Ajit Singh are out to destroy each other, but they may well end up killing the party."

The working committee's decision to give party president S.R. Bommai 15 days to resolve the present crisis is not likely to avert a split in the party. "There is no hope for the Janata Dal remaining united as Ajit Singh and V.P. Singh will not arrive at an understanding," observes *Nai Duniya* (Indore).

"The Janata Dal has no political ideology and its anti-Congress slogan is not enough to keep it together. The party is bound to split." *Punjab Kesari* (Delhi, Jalandhar) holds the same opinion. "The future can only bring disintegration to the Janata Dal." *Prabhat Khabar* (Ranchi) sees no role for the Janata Dal whose leaders have yet to recover from the party's "stunning defeat" at the mid-term polls. "The warring leaders of the Janata Dal are disappointed men. They are too demoralised to even fashion the party into a strong opposition -- how will they ever be able to make a come-back?"

In Karnataka, the press has long since written off the Janata Dal as a force which counts in the political scenario of the state. The party's miserable performance in the recent Lok Sabha polls and the rise of the BJP have made the Janata Dal irrelevant as a regional force. Recently when there was a mud- slinging match in the assembly between former chief minister Ramakrishna Hegde and Bangarappa, the media spotlight did focus on Hegde, but only for a split second. Political pundits in Bangalore see no repercussions in Karnataka as a result of the V.P. Singh -- Ajit Singh battle at the national level. *Prajavani* (Bangalore) scoffs at the party's pretensions: "The Janata Dal's condition resembles that of a broken house. Its leaders are at loggerheads with each other and yet the party's working committee has called upon the government of India to formulate a South Asia policy and usher in a new era of peace and co-operation!"

Kannada Prabha (Bangalore) joins the Hindi press in spewing venom at V.P. Singh. "Each one of the Janata Dal's leaders is responsible for its fall, but the one who has done the most to damage the party is none other than *'Rajshri'* V.P. Singh. Having lost the prime ministership, the Raja of Manda still thinks that he has a massive following. At a public meeting in Puri recently, he once again spoke of reservations. Now he refers to his speech as the the 'Puri Declaration'. What is this declaration? It has not been discussed in party fora, yet he has appointed his men to key positions in the party according to the 'Puri Declaration'. Such are the ways of this discredited Raja."

15/9/91 Times of India - Delhi

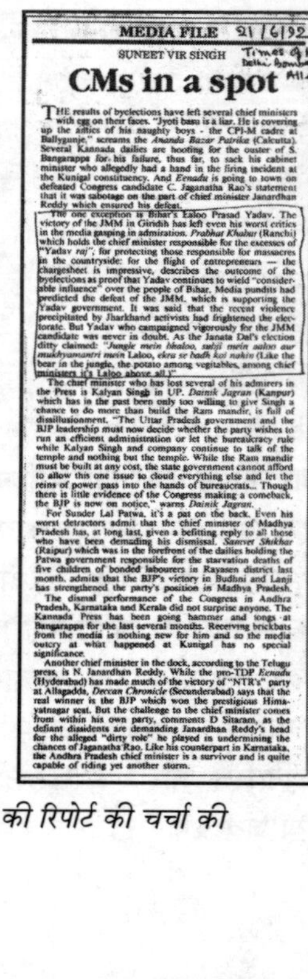

MEDIA FILE 21/6/92

SUNEET VIR SINGH

CMs in a spot

THE results of byelections have left several chief ministers with egg on their faces. "Jyoti basu is a liar. He is covering up the antics of his naughty boys - the CPI-M cadre at Ballygunje," screams the *Ananda Bazar Patrika* (Calcutta). Several Kannada dailies are hooting for the ouster of S. Bangarappa for his failure, thus far, to sack his cabinet minister who allegedly had a hand in the firing incident at the Kunigal constituency. And *Eenadu* is going to town on defeated Congress candidate C. Jaganatha Rao's statement that it was sabotage on the part of chief minister Janardhan Reddy which ensured his defeat.

The one exception is Bihar's Laloo Prasad Yadav. The victory of the JMM in Giridih has left even his worst critics in the media gasping in admiration. *Prabhat Khabar* (Ranchi) which holds the chief minister responsible for the excesses of "Yadav *raj*"; for protecting those responsible for massacres in the countryside; for the flight of entrepreneurs — the chargesheet is impressive, describes the outcome of the byelections as proof that Yadav continues to wield "considerable influence" over the people of Bihar. Media pundits had predicted the defeat of the JMM, which is supporting the Yadav government. It was said that the recent violence precipitated by Jharkhand activists had frightened the electorate. But Yadav who campaigned vigorously for the JMM candidate was never in doubt. As the Janata Dal's election ditty claimed: *"Jungle mein bhaloo, subji mein aaloo aur mukhyamantri mein* Laloo, *ekra se badh koi nahin* (Like the bear in the jungle, the potato among vegitables, among chief ministers it's Laloo above all.)"

The chief minister who has lost several of his admirers in the Press is Kalyan Singh in UP. *Dainik Jagran* (Kanpur) which has in the past been only too willing to give Singh a chance to do more than build the Ram mandir, is full of disillusionment. "The Uttar Pradesh government and the BJP leadership must now decide whether the party wishes to run an efficient administration or let the bureaucracy rule while Kalyan Singh and company continue to talk of the temple and nothing but the temple. While the Ram mandir must be built at any cost, the state government cannot afford to allow this one issue to cloud everything else and let the reins of power pass into the hands of bureaucrats... Though there is little evidence of the Congress making a comeback, the BJP is now on notice," warns *Dainik Jagran.*

For Sunder Lal Patwa, it's a pat on the back. Even his worst detractors admit that the chief minister of Madhya Pradesh has, at long last, given a befitting reply to all those who have been demading his dismissal. *Sanvet Shikhar* (Raipur) which was in the forefront of the dailies holding the Patwa government responsible for the starvation deaths of five children of bonded labourers in Rayasen district last month, admits that the BJP's victory in Budhni and Lanji has strengthened the party's position in Madhya Pradesh.

The dismal performance of the Congress in Andhra Pradesh, Karnataka and Kerala did not surprise anyone. The Kannada Press has been going hammer and tongs at Bangarappa for the last several months. Receiving brickbats from the media is nothing new for him and so the media outcry at what happened at Kunigal has no special significance.

Another chief minister in the dock, according to the Telugu press, is N. Janardhan Reddy. While the pro-TDP *Eenadu* (Hyderabad) has made much of the victory of "NTR's" party at Allagadda, *Deccan Chronicle* (Secunderabad) says that the real winner is the BJP which won the prestigious Himayatnagar seat. But the challenge to the chief minister comes from within his own party, comments D Sitaram, as the defiant dissidents are demanding Janardhan Reddy's head for the alleged "dirty role" he played in undermining the chances of Jaganatha Rao. Like his counterpart in Karnataka, the Andhra Pradesh chief minister is a survivor and is quite capable of riding yet another storm.

टाइम्स आफ इंडिया ने चारा घोटाला में लगातार प्रभात खबर की रिपोर्ट की चर्चा की

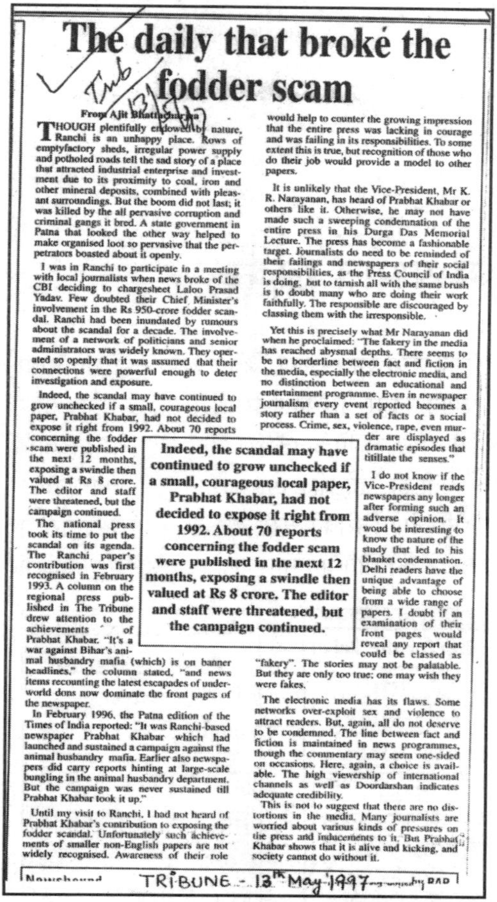

The daily that broke the fodder scam

From Ajit Bhattacharjea

THOUGH plentifully endowed by nature, Ranchi is an unhappy place. Rows of emptyfactory sheds, irregular power supply and potholed roads tell the sad story of a place that attracted industrial enterprise and investment due to its proximity to coal, iron and other mineral deposits, combined with pleasant surroundings. But the boom did not last; it was killed by the all pervasive corruption and criminal gangs it bred. A state government in Patna that looked the other way helped to make organised loot so pervasive that the perpetrators boasted about it openly.

I was in Ranchi to participate in a meeting with local journalists when news broke of the CBI deciding to chargesheet Laloo Prasad Yadav. Few doubted their Chief Minister's involvement in the Rs 950-crore fodder scandal. Ranchi had been inundated by rumours about the scandal for a decade. The involvement of a network of politicians and senior administrators was widely known. They operated so openly that it was assumed that their connections were powerful enough to deter investigation and exposure.

Indeed, the scandal may have continued to grow unchecked if a small, courageous local paper, Prabhat Khabar, had not decided to expose it right from 1992. About 70 reports concerning the fodder scam were published in the next 12 months, exposing a swindle then valued at Rs 8 crore. The editor and staff were threatened, but the campaign continued.

Indeed, the scandal may have continued to grow unchecked if a small, courageous local paper, Prabhat Khabar, had not decided to expose it right from 1992. About 70 reports concerning the fodder scam were published in the next 12 months, exposing a swindle then valued at Rs 8 crore. The editor and staff were threatened, but the campaign continued.

The national press took its time to put the scandal on its agenda. The Ranchi paper's contribution was first recognised in February 1993. A column on the regional press published in The Tribune drew attention to the achievements of Prabhat Khabar. "It's a war against Bihar's animal husbandry mafia (which) is on banner headlines," the column stated, "and news items recounting the latest escapades of underworld dons now dominate the front pages of the newspaper.

In February 1996, the Patna edition of the Times of India reported: "It was Ranchi-based newspaper Prabhat Khabar which had launched and sustained a campaign against the animal husbandry mafia. Earlier also newspapers did carry reports hinting at large-scale bungling in the animal husbandry department. But the campaign was never sustained till Prabhat Khabar took it up."

Until my visit to Ranchi, I had not heard of Prabhat Khabar's contribution to exposing the fodder scandal. Unfortunately such achievements of smaller non-English papers are not widely recognised. Awareness of their role would help to counter the growing impression that the entire press was lacking in courage and was failing in its responsibilities. To some extent this is true, but recognition of those who do their job would provide a model to other papers.

It is unlikely that the Vice-President, Mr K. R. Narayanan, has heard of Prabhat Khabar or others like it. Otherwise, he may not have made such a sweeping condemnation of the entire press in his Durga Das Memorial Lecture. The press has become a fashionable target. Journalists do need to be reminded of their failings and newspapers of their social responsibilities, as the Press Council of India is doing, but to tarnish all with the same brush is to doubt many who are doing their work faithfully. The responsible are discouraged by classing them with the irresponsible.

Yet this is precisely what Mr Narayanan did when he proclaimed: "The fakery in the media has reached abysmal depths. There seems to be no borderline between fact and fiction in the media, especially the electronic media, and no distinction between an educational and entertainment programme. Even in newspaper journalism every event reported becomes a story rather than a set of facts or a social process. Crime, sex, violence, rape, even murder are displayed as dramatic episodes that titillate the senses."

I do not know if the Vice-President reads newspapers any longer after forming such an adverse opinion. It woud be interesting to know the nature of the study that led to his blanket condemnation. Delhi readers have the unique advantage of being able to choose from a wide range of papers. I doubt if an examination of their front pages would reveal any report that could be classed as "fakery". The stories may not be palatable. But they are only too true; one may wish they were fakes.

The electronic media has its flaws. Some networks over-exploit sex and violence to attract readers. But, again, all do not deserve to be condemned. The line between fact and fiction is maintained in news programmes, though the commentary may seem one-sided on occasions. Here, again, a choice is available. The high viewership of international channels as well as Doordarshan indicates adequate credibility.

This is not to suggest that there are no distortions in the media. Many journalists are worried about various kinds of pressures on the press and inducements to it. But Prabhat Khabar shows that it is alive and kicking, and society cannot do without it.

TRIBUNE - 13th May 1997

ट्रिब्यून ने प्रभात खबर का उल्लेख किया

टेटे की मौत को अस्वाभाविक बताते हुए रिपोर्ट प्रकाशित की थी। इसके बाद यह राष्ट्रीय मुद्दा बन गया था, देश भर के अखबारों और पत्रिकाओं में प्रभात खबर पहली बार चर्चित हुआ था।

इसके बाद तो प्रभात खबर ने जनहित में अनेक मुद्दे उठाए जिनकी चर्चा होने लगी। इनमें पशुपालन घोटाला प्रमुख रहा, राँची में पानी-बिजली के सवाल पर प्रभात खबर ने जनआंदोलन खड़ा कर दिया तो राष्ट्रीय अखबारों ने प्रभात खबर की चर्चा की। 2 अक्तूबर, 1992 के अंक में द इकॉनामिक्स टाइम्स ने लिखा कि पानी-बिजली के सवाल पर लोगों को विरोध प्रदर्शन करने के लिए प्रभात खबर ने अहम भूमिका अदा की। 21 जून, 1992 के अंक में टाइम्स ऑफ इंडिया ने चारा घोटाले को सामने लाने में प्रभात खबर की भूमिका की सराहना की। कई बार टाइम्स ऑफ इंडिया ने अपनी रिपोर्ट में प्रभात खबर का उल्लेख किया।

7 जुलाई, 1992 के अंक में राज्यसभा चुनाव को लेकर, 4 अक्तूबर, 1992 के अंक में झारखंड आंदोलन, 10 फरवरी, 1996 के अंक में जनहित की पत्रकारिता, 20 नवंबर, 1997 के अंक में चारा घोटाले को लेकर प्रभात खबर का उल्लेख किया गया। 14 फरवरी, 1993 के टाइम्स ऑफ इंडिया ने लिखा कि बिहार में जब पाँच महिलाओं को निर्वस्त्र और एक महिला के साथ दुष्कर्म किया गया तो प्रशासन तब हरकत में आया जब प्रभात खबर ने इसे मुद्दा बनाया। 2002 में आरक्षण को लेकर प्रभात खबर

की चर्चा हुई। द इकॉनामिक एंड पालिटिकल वीकली ने प्रभात खबर का उल्लेख करते हुए लिखा कि प्रभात खबर ने रैगिंग का विरोध करते हुए इसे मुद्दा बनाया, तब बाध्य होकर विश्वविद्यालय प्रशासन को काररवाई करनी पड़ी।

द ट्रिब्यून ने 20 फरवरी, 1997 के अंक में पशुपालन घोटाले को मुद्दा बनाने के लिए प्रभात खबर का जिक्र किया। अंग्रेजी पत्रिका फ्रंटलाइन ने पलामू में भूख से हुई मौतों के मामले को उठाने के कारण 16 अगस्त, 2002 के अंक में प्रभात खबर का उल्लेख किया। इसी प्रकार द हिंदू ने 22 सितंबर, 2003 के अंक में प्रभात खबर के विशेष अंकों का उल्लेख किया। बिजनेस इंडिया (अंग्रेजी पाक्षिक पत्रिका) ने अपने 19 अगस्त, 2002 के अंक में पूरे एक पृष्ठ में प्रभात खबर की सफलता की कहानी पर लेख प्रकाशित किया था। तत्कालीन प्रधान संपादक हरिवंशजी से बातचीत छपी थी, इस लेख में यह उल्लेख किया गया था कि कैसे झारखंड जैसे पिछड़े राज्य से सिविल सोसायटी ने प्रभात खबर पर कवर स्टोरी प्रकाशित की थी।

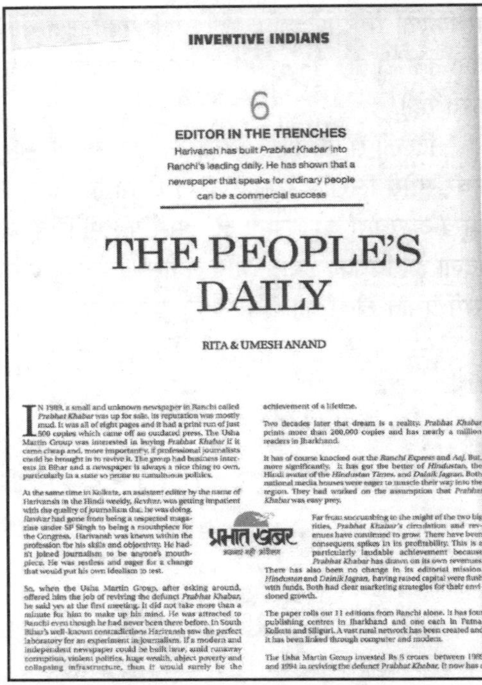

INVENTIVE INDIANS

6

EDITOR IN THE TRENCHES

Harivansh has built *Prabhat Khabar* into Ranchi's leading daily. He has shown that a newspaper that speaks for ordinary people can be a commercial success

THE PEOPLE'S DAILY

RITA & UMESH ANAND

IN 1989, a small and unknown newspaper in Ranchi called *Prabhat Khabar* was up for sale. Its reputation was mostly mud. It was all of eight pages and it had a print run of just 500 copies which came off an outdated press. The Usha Martin Group was interested in buying *Prabhat Khabar* if it came cheap and, more importantly, if professional journalists could be brought in to revive it. The group had business interests in Bihar and a newspaper is always a nice thing to own, particularly in a state so prone to tumultuous politics.

At the same time in Kolkata, an assistant editor by the name of Harivansh in the Hindi weekly, *Ravivar*, was getting impatient with the quality of journalism that he was doing. *Ravivar* had gone from being a respected magazine under SP Singh to being a mouthpiece for the Congress. Harivansh was known within the profession for his skills and objectivity. He hadn't joined journalism to be anyone's mouthpiece. He was restless and eager for a change that would put his own idealism to test.

So, when the Usha Martin Group, after asking around, offered him the job of reviving the defunct *Prabhat Khabar*, he said yes at the first meeting. It did not take more than a minute for him to make up his mind. He was attracted to Ranchi even though he had never been there before. In South Bihar's well-known contradictions Harivansh saw the perfect laboratory for an experiment in journalism. If a modern and independent newspaper could be built here, amid runaway corruption, violent politics, huge wealth, abject poverty and collapsing infrastructure, then it would surely be the achievement of a lifetime.

Two decades later that dream is a reality. *Prabhat Khabar* prints more than 200,000 copies and has nearly a million readers in Jharkhand.

It has of course knocked out the *Ranchi Express* and *Aaj*. But, more significantly, it has got the better of *Hindustan*, the Hindi avatar of the *Hindustan Times*, and *Dainik Jagran*. Both national media houses were eager to muscle their way into the region. They had worked on the assumption that *Prabhat Khabar* was easy prey.

Far from succumbing to the might of the two big rities, *Prabhat Khabar's* circulation and revenues have continued to grow. There have been consequent spikes in its profitability. This is a particularly laudable achievement because *Prabhat Khabar* has drawn on its own revenues. There has also been no change in its editorial mission. *Hindustan* and *Dainik Jagran*, having raised capital were flush with funds. Both had clear marketing strategies for their envisioned growth.

The paper rolls out 11 editions from Ranchi alone. It has four publishing centres in Jharkhand and one each in Patna, Kolkata and Siliguri. A vast rural network has been created and it has been linked through computer and modem.

The Usha Martin Group invested Rs 5 crores between 1989 and 1994 in reviving the defunct *Prabhat Khabar*. It now has a

सिविल सोसायटी ने प्रभात खबर पर एक अंक की कवर स्टोरी ही बना दी

मार्क तुली ने एक किताब लिखी नाम है, 'नन स्टॉप इंडिया'। इसमें प्रभात खबर की विस्तार से चर्चा है, नक्सलवाद पर प्रभात खबर द्वारा किए गए कार्यों का मार्क तुली ने अपनी किताब में उल्लेख किया है, खासकर बी.डी.ओ. का नक्सलियों द्वारा अपहरण करने और प्रभात खबर द्वारा उसे नक्सलियों के कब्जे से मुक्त कराने की घटना का विस्तार से विवरण है। बी.बी.सी. के पूर्व पत्रकार मार्क तुली ने प्रभात खबर के कई पत्रकारों से बातचीत करने के बाद नक्सलवाद पर यह पुस्तक लिखी है। सिर्फ प्रिंट मीडिया में ही प्रभात खबर चर्चा में नहीं रहा बल्कि कई बार टेलीविजन चैनलों ने प्रभात खबर का उल्लेख किया। प्रभात खबर के स्थानीय संपादक विजय पाठक ने निर्मल बाबा

पर किश्तों में रिपोर्ट छापी थी। उनके एकाउंट्स का खुलासा किया था, इसके बाद कई दिनों तक टी.वी. चैनल निर्मल बाबा पर कहानी चलाते रहे और प्रभात खबर का उल्लेख करते रहे!

दिल्ली से प्रकाशित अंग्रेजी पत्रिका सिविल सोसायटी ने दो-दो बार प्रभात खबर पर कवर स्टोरी लिखी। उसने उल्लेख किया कि कैसे प्रभात खबर जैसे अखबार ने देश के प्रमुख अखबारों को चुनौती दी, इसमें यह भी जिक्र था कि कैसे प्रभात खबर ने अपने को बदला है। विवेक डेब्राय और लवीश भंडारी ने करप्शन शीर्षक से एक पुस्तक लिखी, इसमें प्रभात खबर का उल्लेख किया गया है।

□

प्रभात खबर और सम्मान

स्थानीय और क्षेत्रीय अखबार होने के बावजूद प्रभात खबर को देश का प्रतिष्ठित और गंभीर अखबार माना जाता है। सत्ता के शीर्ष पर बैठे राजनीतिज्ञ और अधिकारी तक इसका महत्त्व और ताकत को समझते हैं, इसका सम्मान करते हैं। 40 साल की यात्रा के दौरान विधानसभा से लेकर संसद तक में प्रभात खबर की चर्चा होती रही है। प्रभात खबर अखबार और यहाँ काम कर चुके या काम कर रहे साथियों को अनेकों सम्मान भी मिले हैं। यह प्रभात खबर के लिए भी गर्व की बात है, जब देश के शीर्ष पदों पर बैठे लोग प्रभात खबर के कार्यों की प्रशंसा करे, प्रभात खबर की चर्चा करें। प्रभात खबर में कार्य कर चुके साथी अगर देश के दूसरे मीडिया संस्थानों में शीर्ष पदों पर कार्यरत हों, तो यह प्रभात खबर के लिए भी सम्मान की बात है।

देश के प्रसिद्ध लोगों ने समय-समय पर प्रभात खबर को अपनी शुभकामनाएँ दी हैं। देश के कई प्रमुख राजनीतिज्ञ, खिलाड़ी, गायक, बड़े पत्रकार, फिल्म उद्योग से जुड़े लोग प्रभात खबर के दफ्तर या फिर कार्यक्रम में शामिल हो चुके हैं या प्रभात खबर के सहयोगियों के कार्यों की सराहना कर चुके हैं। इनमें पूर्व राष्ट्रपति, उपराष्ट्रपति से लेकर प्रधानमंत्री व पूर्व प्रधानमंत्री तक शामिल हैं। इससे स्पष्ट है कि प्रभात खबर को सभी ने उसके काम के कारण महत्त्व दिया है।

पहले चर्चा करते हैं प्रधानमंत्री नरेंद्र मोदी की। प्रभात खबर की कई यादें उनके जेहन में है। 2018 में हरिवंशजी ने पहली बार राज्यसभा के उपसभापति पद की शपथ ली थी, उसी दिन सदन में धन्यवाद ज्ञापन के दौरान प्रधानमंत्री नरेंद्र मोदी ने कई बार प्रभात खबर का जिक्र किया। प्रधानमंत्री ने 9 अगस्त, 2018 को संसद में दिए भाषण में नक्सलियों द्वारा अपहृत किए गए बी.डी.ओ. को रिहा कराने में प्रभात खबर की भूमिका की चर्चा की थी। अपने भाषण में उन्होंने परमवीर चक्र विजेता शहीद अलबर्ट एक्का की पत्नी बलमदीन एक्का की सहायता के लिए प्रभात खबर द्वारा चलाए गए अभियान की भी सराहना की थी।

अंतरराष्ट्रीय योग दिवस सम्मान

अंतरराष्ट्रीय योग दिवस पर प्रभात खबर ने बेहतरीन कार्य किया था और बिहार-झारखंड व बंगाल के पाठकों को योग के प्रति जागरूक किया था। तब प्रधानमंत्री नरेंद्र मोदी राँची आए थे और राँची में ही योग दिवस पर योग किया था। प्रभात खबर ने योग दिवस के कई दिनों पहले से योग को लोकप्रिय बनाने के लिए अखबार में अभियान चलाया था। ऐसा सिर्फ राँची में नहीं किया गया था बल्कि सभी संस्करणों ने यह काम किया था। प्रभात खबर के इस योगदान को देखते हुए सूचना एवं प्रसारण मंत्रालय ने प्रभात खबर को योग दिवस मीडिया सम्मान से सम्मानित किया था। इस सम्मान को तत्कालीन सूचना एवं प्रसारण मंत्री प्रकाश जावड़ेकर और केंद्रीय आयुष मंत्री श्रीपद येसो नायक ने प्रभात खबर के प्रधान संपादक आशुतोष चतुर्वेदी को नई दिल्ली में 7 जनवरी, 2020 को प्रदान किया था।

प्रभात खबर को मिले सम्मान

पूर्व प्रधानमंत्री चंद्रशेखर तो प्रभात खबर के कार्यक्रम में खुद शामिल हुए थे। वे प्रभात खबर के राँची और जमशेदपुर कार्यालय भी गए थे और प्रभात खबर की निष्पक्ष और निडर पत्रकारिता की तारीफ की थी। प्रभात खबर के कई सहयोगियों को समय-समय पर लाडली पुरस्कार समेत कई और प्रतिष्ठित पुरस्कार मिल चुके हैं। प्रभात खबर में आदिवासी और झारखंड विषय पर लगातार लिखने वाली दयामणि बारला और वासवी को अनेक राष्ट्रीय पुरस्कारों से सम्मानित किया गया था।

प्रभात खबर के लिए गर्व की बात यह है कि यहाँ कार्य कर चुके अनेक सहयोगी देश में महत्त्वपूर्ण पदों पर काम कर रहे हैं या काम कर चुके हैं। लंबे समय तक प्रभात खबर के प्रधान संपादक रहे हरिवंशजी राज्यसभा के उपसभापति बने, भले ही हरिवंशजी ने धर्मयुग, रविवार जैसी बड़ी पत्रिकाओं में काम किया, लेकिन देश ने उन्हें प्रभात खबर

में किए गए कार्यों–पत्रकारिता के कारण ही जाना। राज्यसभा का उपसभापति बड़ा महत्त्वपूर्ण और प्रतिष्ठित पद होता है और इस पद पर प्रभात खबर परिवार का कोई सदस्य पहुँच जाए, तो यह निश्चित ही गर्व की बात है।

ऐसे साथियों की संख्या भी कम नहीं है जो कभी प्रभात खबर में थे और बाद में देश में किसी–न–किसी अखबार में प्रधान संपादक या संपादक का पद सँभाला। इनमें एसएन विनोद, सुनील श्रीवास्तव, विजय भास्कर, सुप्रिय प्रसाद, दिनेश जुगरान, संजीव क्षितिज, सतीश श्रीवास्तव, मणिमाला, दिनेश जुआल, कल्याण कुमार सिन्हा, अभय श्रीवास्तव, ओम प्रकाश अश्क, हरिनारायण सिंह, दीपक अंबष्ठ, रजत गुप्ता, लोकनाथ तिवारी, स्वयंप्रकाश, किशोर कुमार, संजय सिंह, अविनाश ठाकुर, रवि प्रकाश, सौरभ सुमन, संतोष कुमार प्रमुख हैं। एक अन्य सहयोगी अविनाश फिल्मी दुनिया में चले गए और डायरेक्टर बने। कई बड़ी फिल्मों का उन्होंने निर्देशन किया!

सुप्रिय प्रसाद आजतक, इंडिया टुडे के न्यूज डायरेक्टर हैं, उन्हें हिंदी अकादमी पत्रकारिता पुरस्कार भी मिल चुका है। उन्होंने अपनी पत्रकारिता प्रभात खबर के दुमका प्रतिनिधि के तौर पर शुरू की थी। इसी प्रकार संतोष कुमार एन.डी. टी.वी. के सीनियर मैनेजिंग एडिटर बने। उन्होंने पत्रकारिता की शुरुआत प्रभात खबर जमशेदपुर से की थी। सुप्रिय प्रसाद और संतोष कुमार की इतनी बड़ी उपलब्धि प्रभात खबर के लिए भी सम्मान की बात है।

□

प्रभात खबर और दिग्गज

राँची से 1984 में जब प्रभात खबर का प्रकाशन आरंभ हुआ था, तब किसी को भरोसा नहीं था कि एक क्षेत्रीय अखबार होने के बावजूद एक दिन इसकी राष्ट्रीय पहचान बन जाएगी और देश इसे एक सम्मानित अखबार के तौर पर याद करेगा। जनहित की पत्रकारिता, भ्रष्टाचार के खिलाफ लड़ने वाले निडर अखबार के तौर पर प्रभात खबर की ऐसी पहचान बनी कि देश के विभिन्न क्षेत्रों के शीर्ष लोगों ने इसकी पत्रकारिता की तारीफ की। अगर किसी राष्ट्रीय और बड़े अखबारों की चर्चा बड़े पैमाने पर होती है तो यह सामान्य बात है, लेकिन राँची जैसे शहर से निकलने वाले बिल्कुल क्षेत्रीय अखबार को देश के लोग जानते हैं, इसकी पत्रकारिता को सराहते हैं, इसके तेवर की प्रशंसा करते हैं, तो यह बड़े सम्मान की बात है।

प्रभात खबर आम आदमी की पत्रकारिता करता रहा है। निष्पक्षता और विश्वसनीयता इसकी खास पूँजी रही है, इसी के बल पर इसने बड़े-बड़े अखबारों का सामना किया और मजबूती से टिका रहा। पाठकों के बीच साख के कारण ही प्रभात खबर मजबूत होता गया। हमेशा यही प्रयास रहा कि अखबार निष्पक्ष रहे, कभी इस पर अंगुली नहीं उठे। जब कभी गलती हुई, प्रभात खबर गलती को स्वीकार कर उसे ठीक करने में कभी नहीं हिचका। यह नैतिक साहस प्रभात खबर ने हमेशा दिखाया।

जब प्रभात खबर इतनी लंबी यात्रा पूरी कर चुका है तो हमने यह जानने का प्रयास किया कि बाहर की दुनिया प्रभात खबर को किस नजर से देखती है, इसलिए उन तथ्यों को जमा करने का प्रयास किया जो प्रभात खबर के बारे में समय-समय पर प्रमुख लोगों ने व्यक्त किए हैं। 2009 में प्रभात खबर ने अपनी रजत जयंती बड़े पैमाने पर मनाई थी, तब देश के अनेक दिग्गजों ने शुभकामनाएँ देकर प्रभात खबर टीम का मनोबल बढ़ाया था। इससे पहले 2003 में प्रभात खबर ने देशज जनतंत्र की हिफाजत के 14 वर्ष नाम से विशेषांक निकाला था। इस अंक में भी अनेक प्रबुद्ध लोगों ने अपने विचार रखे थे, इनमें पूर्व राष्ट्रपति डॉ. अब्दुल कलाम समेत अनेक लोगों की प्रभात खबर के प्रति राय भी शामिल है। प्रभात खबर ने जब 40वीं वर्षगाँठ मनाई तो प्रधानमंत्री नरेंद्र मोदी ने संदेश भेजा और राष्ट्रपति द्रौपदी मुर्मू ने प्रभात खबर के लिए खास लेख लिखा।

झारखंड का सर्वाधिक प्रसारित दैनिक

अखबार नहीं आंदोलन

प्रभात खबर

40 साल से प्रभात खबर राष्ट्र की हर उपलब्धि और गौरव के पलों का साक्षी और सुख-दुख का साथी रहा है. प्रत्येक खबर आप तक सबसे पहले और पूरी विश्वसनीयता के साथ पहुंचाने की यह यात्रा अनवरत जारी है...

प्रभात खबर के 40 वर्ष पर राष्ट्रपति का विशेष आलेख

पत्रकारिता की ताकत और जवाबदेही

द्रौपदी मुर्मू राष्ट्रपति

राष्ट्रपति द्रौपदी मुर्मू द्वारा प्रभात खबर की 40वीं वर्षगाँठ पर लिखा गया लेख

सत्यमेव जयते

प्रधान मंत्री
Prime Minister

संदेश

'प्रभात खबर' की स्थापना के 40 वर्ष पूर्ण होने की बधाई। जन सरोकार से जुड़ी पत्रकारिता को आगे बढ़ाने में प्रभात समूह की यात्रा सराहनीय रही है।

भारत में पत्रकारिता का इतिहास साहस व संघर्ष की गाथाओं और राष्ट्र निर्माण के प्रयासों से समृद्ध है। देश व समाज से जुड़े विषयों के प्रति लोगों को जागरूक करने और जन-भागीदारी से जुड़े अभियानों को मजबूती देने में मीडिया की बड़ी भूमिका रही है। प्रगति के पथ पर तीव्र गति से आगे बढ़ रहे राष्ट्र की विकास यात्रा का मीडिया साक्षी और भागीदार दोनों है।

डिजिटल क्रांति के इस दौर में पाठकों की आवश्यकता के अनुरूप विभिन्न जानकारियों को उन तक शीघ्रता से पहुंचाना व समाज की उन्नति में रचनात्मक योगदान देना मीडिया का विशेष दायित्व है। पत्रकारिता की गौरवशाली परंपरा को आगे बढ़ाते हुए इस दिशा में 'प्रभात खबर' द्वारा किये जा रहे कार्य उल्लेखनीय हैं।

अमृत काल में हम एक भव्य व विकसित भारत के निर्माण की ओर अग्रसर हैं। इस कर्तव्य काल में देशवासियों की एकता व एकजुटता को मजबूत करने में मीडिया का योगदान महत्वपूर्ण सिद्ध होगा।

मुझे विश्वास है कि 'प्रभात खबर' अपनी चार दशकों की गौरवपूर्ण यात्रा से प्रेरणा लेकर जन सामान्य के मुद्दों को प्रमुखता से उठाते हुए देश की उन्नति में सतत् योगदान देता रहेगा।

'प्रभात खबर' के प्रकाशन से जुड़े सभी लोगों और पाठकों को हार्दिक शुभकामनाएं।

(नरेन्द्र मोदी)

नई दिल्ली
श्रावण 17, शक संवत् 1946
08 अगस्त, 2024

प्रधानमंत्री नरेंद्र मोदी द्वारा प्रभात खबर की 40वीं वर्षगाँठ पर भेजा गया संदेश

सत्यमेव जयते

राष्ट्रपति
भारत गणतंत्र
PRESIDENT
REPUBLIC OF INDIA

संदेश

मुझे यह जानकर प्रसन्नता हुई कि झारखण्ड का हिन्दी दैनिक 'प्रभात खबर' 14 अगस्त, 2009 को अपनी 25वीं वर्षगांठ मना रहा है।

लोकतंत्र में समाचारपत्रों का अपना विशेष स्थान है। देश-विदेश की आर्थिक, सामाजिक, सांस्कृतिक, राजनैतिक, वैज्ञानिक आदि क्षेत्रों की गतिविधियों की जानकारी लोगों तक पहुंचाना समाचारपत्रों का एक महत्त्वपूर्ण कार्य है। इस कार्य में जिम्मेदारी के साथ निष्पक्षता और तटस्थता बनाए रखना जरूरी है। साथ ही समाचारपत्रों को समसामयिक घटनाओं और समस्याओं के प्रति लोगों को जागरूक बनाने तथा उनके समाधान ढूंढ़ने के प्रयास भी करने चाहिए।

मैं उम्मीद करती हूँ कि 'प्रभात खबर' के सभी कार्मिक अपने साहस, समर्पण और प्रतिबद्धता से समाज और राष्ट्र निर्माण में अपनी रचनात्मक भूमिका निभाएंगे। इसके लिए मैं उन्हें अपनी शुभकामनाएं देती हूँ।

प्रतिभा पाटिल

(प्रतिभा देवीसिंह पाटील)

नई दिल्ली
27 जुलाई, 2009

प्रभात खबर के सिल्वर जुबिली उत्सव पर
तत्कालीन राष्ट्रपति श्रीमती प्रतिभा पाटील द्वारा भेजी गई शुभकामनाएँ

सत्यमेव जयते

प्रधान मंत्री

Prime Minister

MESSAGE

I am glad to know that Prabhat Khabar, Hindi daily of Jharkhand, is celebrating its silver jubilee on 14 August, 2009.

Media has a vital role in deepening democratic sentiments. I do believe that Hindi and other regional language newspapers have a particularly relevant obligation to report, explain and whenever necessary criticize Government policies and decisions. Prabhat Khabar is a role model of independence, credibility and authenticity. Since its inception Prabhat Khabar has carved out for itself a unique niche in Hindi journalism.

I have great pleasure in greeting all those associated with Prabhat Khabar and in wishing the newspaper many more years of independent journalism.

Manmohan Singh

(Manmohan Singh)

New Delhi
29 July, 2009

प्रभात खबर के सिल्वर जुबिली उत्सव पर
तत्कालीन प्रधानमंत्री डॉ. मनमोहन सिंह द्वारा भेजा गया संदेश

अटल बिहारी वाजपेयी
पूर्व प्रधान मंत्री

संदेश

प्रभात खबर के 25 वर्ष पूरा करने पर हार्दिक अभिनन्दन।

किसी भी समाचार पत्र के 25 वर्ष पूरे होना निःसन्देह महत्वपूर्ण है मगर उससे ज्यादा महत्वपूर्ण है उसके द्वारा निभाई गई भूमिका। अपने सामाजिक सरोकारों और पाठकों के प्रति अपने दायित्व को निभाने में समाचार पत्र कितना सफल होता है - इस कसौटी पर समाचार पत्रों को अपने आपको कसना चाहिए।

मुझे विश्वास है कि **प्रभात ख़बर** भी इस कसौटी पर खरा उतरने के लिए कोई कसर बाकी नहीं छोड़ेगा। आपके सफल और उज्ज्वल भविष्य की कामनाएं।

(अटल बिहारी वाजपेयी)

नई दिल्ली
28 जुलाई, 2009

6A, Krishna Menon Marg, New Delhi 110011 India
Tel.: +91 11 23015308, 23793877 Fax: +91 11 23794612

प्रभात खबर के 25 साल पूरा होने पर अटल बिहारी वाजपेयी ने दी थीं शुभकामनाएँ

लाल कृष्ण आडवाणी
नेता, प्रतिपक्ष
लोक सभा

सत्यमेव जयते

44, संसद भवन
नई दिल्ली-110 001
दूरभाष: 23016705, 23034285
फैक्स: 23017470

दिनाँक 23 जुलाई 2009

संदेश

मुझे यह जानकर अत्यन्त प्रसन्नता हुई कि झारखंड का सर्वाधिक प्रसारित हिंदी दैनिक प्रभात खबर अपनी स्थापना की 25 वीं वर्षगांठ मना रहा है।

पत्रकारिता जगत में 25 वर्ष का सेवाकाल एक उल्लेखनीय स्थान रखता है। 25 वीं वर्षगांठ के शुभवसर पर मेरी हार्दिक शुभकामनायें एवं बधाई स्वीकार करे।

(लाल कृष्ण आडवाणी)

निवास : 30, पृथ्वीराज रोड, नई दिल्ली-110 011 दूरभाष : 23794124, 23794125, फैक्स : 23017015

श्री लालकृष्ण आडवाणी द्वारा 2009 में प्रभात खबर को भेजा गया संदेश

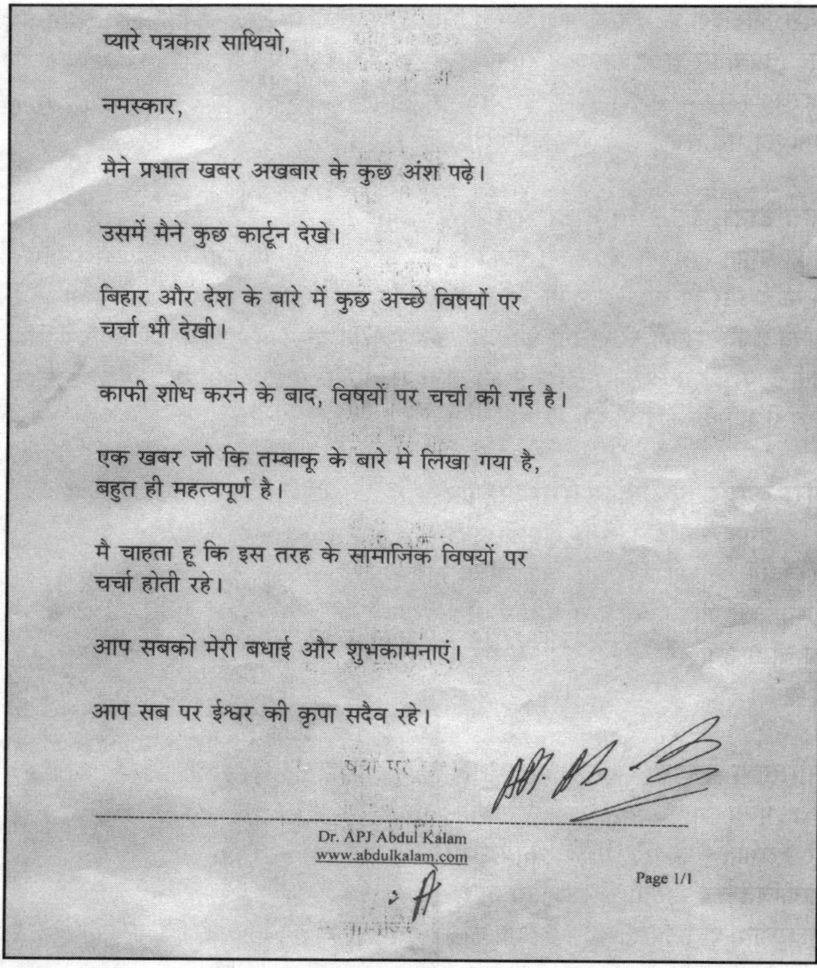

प्यारे पत्रकार साथियो,

नमस्कार,

मैने प्रभात खबर अखबार के कुछ अंश पढ़े।

उसमें मैने कुछ कार्टून देखे।

बिहार और देश के बारे में कुछ अच्छे विषयों पर चर्चा भी देखी।

काफी शोध करने के बाद, विषयों पर चर्चा की गई है।

एक खबर जो कि तम्बाकू के बारे मे लिखा गया है, बहुत ही महत्वपूर्ण है।

मै चाहता हू कि इस तरह के सामाजिक विषयों पर चर्चा होती रहे।

आप सबको मेरी बधाई और शुभकामनाएं।

आप सब पर ईश्वर की कृपा सदैव रहे।

Dr. APJ Abdul Kalam
www.abdulkalam.com

Page 1/1

पूर्व राष्ट्रपति डॉ. अब्दुल कलाम द्वारा प्रभात खबर को लिखा गया संदेश

डॉ. अब्दुल कलाम, पूर्व राष्ट्रपति, भारत

यहाँ आने के पहले मैंने प्रभात खबर के मई के अंतिम सप्ताह के अंक देखे थे। मैंने जानना चाहा कि यह किस राजनीतिक दल का समर्थक अखबार है। मैंने पहला पृष्ठ देखा, दूसरा पृष्ठ देखा, तीसरा पृष्ठ···, सभी पृष्ठ देख डाले, लेकिन कुछ समझ में नहीं आया कि यह किस दल का समर्थक अखबार है। बाद में मैं इस निष्कर्ष पर पहुँचा कि यह किसी पार्टी का नहीं, बल्कि लोगों का अखबार है। उसमें मैंने कुछ कार्टून देखे,

प्रदेश और देश के बारे में कुछ अच्छे विषयों पर चर्चा भी देखी, काफी शोध करने के बाद विषयों पर चर्चा की गई है। एक खबर, जो तंबाकू के बारे में लिखी गई है, बहुत ही महत्त्वपूर्ण है। मैं चाहता हूँ कि इस तरह के सामाजिक विषयों पर चर्चा होती रहे, आप सभी को मेरी बधाई और शुभकामनाएँ!

रतन टाटा, चेयरमैन टाटा संस

प्रभात खबर ने अपने को पूर्वी क्षेत्र का अग्रणी हिंदी अखबार के रूप में स्थापित किया है और झारखंड के लोगों की आवाज को मजबूती से उठाता रहा है। हम सभी लोग जानते हैं कि लोगों को सूचना देने और उन्हें शिक्षित करने में मीडिया की क्या भूमिका होती है। मुझे पूरा विश्वास है कि प्रभात खबर राज्य और देश के भविष्य को बेहतर बनाने में बड़ी भूमिका अदा करता रहेगा।

मीरा कुमार, पूर्व लोकसभा अध्यक्ष

प्रभात खबर ने सभी दृष्टियों से पिछड़े, आदिवासी बहुल झारखंड प्रदेश और पार्श्ववर्ती इलाकों के लोगों की जीवंत समस्याओं, उनके सुख-दुःख और वहाँ की सांस्कृतिक गतिविधियों तथा सरकारी गैर-सरकारी, जन-विरोधी कार्यों को उजागर करने का बीड़ा उठाया है, ताकि वहाँ के सामाजिक जीवन परिवेश में अनुकूल परिवर्तन संभव हो सके।

अमिताभ बच्चन, फिल्म अभिनेता

पूज्य बाबूजी की जन्म शताब्दी पर प्रभात खबर एक कार्यक्रम आयोजित कर रहा है, जिसमें प्रिय और आदरणीय पुष्पा भारतीजी, बाबूजी की कविताओं का पाठ करेंगी। इस अवसर पर मैं प्रभात खबर को अपने और परिवार की ओर से शुभकामनाएँ देता हूँ और आभार प्रकट करता हूँ। पुष्पाजी के संबंध बाबूजी और हमारे परिवार के साथ बड़े निकट और घनिष्ठ रहे हैं। मैं ऐसा मानता हूँ कि उनके स्वर में जब बाबूजी की कविताएँ पढ़ी जाएँगी

अमिताभ बच्चन द्वारा भेजी गई शुभकामनाएँ

तो बाबूजी की आत्मा को बहुत शांति मिलेगी। कार्यक्रम की सफलता के लिए मैं शुभकामनाएँ भेजता हूँ।

अरुणा राय-निखिल डे

आज की पत्रकारिता की दुनिया में प्रभात खबर मूल्य आधारित पत्रकारिता को स्थापित करता है। प्रभात खबर के हर जर्नलिस्ट को एक्टिविस्ट बनाने का प्रयास किया और हर एक्टिविस्ट को पत्रकार के गुण सिखाए। हम लोगों ने कुछ साल बाद जब प्रभात खबर की विस्तृत कहानी सुनी और उसमें काम करते हुए साथियों को नजदीक से देखा तो हमें वह सुनी हुई बात ठीक से समझ में आने लगी। प्रभात खबर इसलिए एक ऐतिहासिक कहानी है क्योंकि उसमें एक आंदोलन की आत्मा है। प्रभात खबर इस युग में खड़ा है, जब सारे अखबारों के मैनेजमेंट बाजारी व्यवस्था की तरफ झुक गए हैं। इस बाजारी आँधी में प्रभात खबर ने अपने आपको एक आंदोलन के रूप में स्थापित किया है, झारखंड की कर्मभूमि में गरीब आदिवासी को केंद्र बिंदु बनाया है। इस अखबार ने महीनों तक सूचना के अधिकार की पैरवी की। अब केवल झारखंड का नहीं रहा प्रभात खबर, बल्कि इसने इस देश के सभी आंदोलनों की उम्मीद और अपेक्षाओं को जगाया है कि उनके राज्यों में भी ऐसी पत्रकारिता हो। यह तुरंत नहीं संभव हो, तो हमारा कर्त्तव्य बनता है कि इस सोच को हर कोने तक फैलाएँ।

मेधा पाटेकर

प्रभात खबर जैसे स्वतंत्र व्यक्तित्व के और सामाजिक कटिबद्धता के अखबार द्वारा अपने कार्यकाल के इतने साल सफलतापूर्वक पूरे करना आज की परिस्थिति में एक सामान्य घटना नहीं है, विशेष इसलिए है क्योंकि पूँजी और बाजार के दबाव-प्रभावों के बीच तटस्थता और प्रगतिशील जनवादी भूमिका कायम रखना एक चुनौती है। विशेष यह भी कि राजनीतिक पोलखोल से, कई मुद्दों पर हित संबंधियों के कारनामे उजागर करने के बावजूद अपना अस्तित्व और कर्त्तव्य बनाए रखना राजनीतिक अपराधीकरण के चलते सरल काम नहीं है।

सच्चिदानंद सिन्हा, (समाज शास्त्री)

प्रभात खबर की विशेषता यह रही कि मुख्यधारा के दबाव के भीतर ही झारखंड जैसे दूरदराज और उपेक्षित जगह से प्रारंभ हो यह राष्ट्रीय अखबारों को पीछे छोड़ते हुए झारखंड का सर्वाधिक पढ़ा जाने वाला अखबार बन गया। इसकी बड़ी पूँजी है इसकी स्थानीयता। जब लगभग देश के सभी बड़े अखबार दिल्ली केंद्रित थे, यह झारखंड और

बिहार की समस्याओं को प्राथमिकता देता रहा है। बिहार और झारखंड जैसे शोषित और उपेक्षित राज्यों के लिए यह अत्यधिक महत्त्व का है, लेकिन इसमें एक खतरा भी है, यह खतरा है राँची और पटना के स्थापित राजनीतिक सत्ता का औजार बन जाने का। प्रभात खबर को इस खतरे से सावधान रहने की जरूरत है। इसके अलावा इसे अंचल के लोगों को दिग्भ्रमित होने से बचाना है। यह तभी संभव हो पाएगा जब स्थानीय समाचारों और समस्याओं के साथ-साथ देश और सारी दुनिया की राजनैतिक और बौद्धिक गतिविधियों को भी समुचित स्थान मिले। शायद पठन-पठन की परंपरा के अभाव के कारण ही लोगों में अखबार में छपी बातों पर बहुत भरोसा होता है, इससे अखबारों की जिम्मेदारी घटनाओं की सही रपट और वस्तु परख विश्लेषण के प्रति बहुत बढ़ जाती है आशा है आने वाले दिनों में प्रभात खबर यह जवाबदेही पूरी तरह निभाएगा।

शरद पवार

प्रभात खबर ने खबरों की दुनिया में कई नए कीर्तिमान स्थापित किए हैं। खबरों में आम आदमी को तरजीह और विचारों को जीवंत रखने के साथ ही अपनी विकास परक और जनसरोकार की पत्रकारिता के डगर से जरा सा भी विचलित हुए बिना प्रभात खबर ने जो मुकाम हासिल किया है, वह प्रशंसनीय है। गाँव, गरीब, आदिवासी और गैर-आदिवासी की समस्याओं को जिस तरह से यह अखबार उठाता रहा है, समाज में विचारों को जीवंत बनाने और बहस खड़ा करने के साथ ही खबरों की दुनिया में जो मापदंड अपनाए हैं, वे सराहनीय हैं।

शत्रुघ्न सिन्हा, अभिनेता-राजनीतिज्ञ

प्रभात खबर मेरा पसंदीदा दैनिक अखबार है। अकसर मैं मित्रों को प्रभात खबर की प्रतियाँ समर्पित करता रहा हूँ। समाचार (न्यूज) और विचारों (व्यूज) का संतुलित समावेश प्रभात खबर को पठनीय बना देता है, प्रभात खबर अखबार नहीं, आंदोलन है, यह बात एकदम सही है।

योगेंद्र यादव, समाज शास्त्री

मेरे मन में प्रभात खबर सिर्फ एक अखबार नहीं बल्कि एक रूपक है। तमाम व्यावसायिक और गैर-व्यावसायिक दबावों के बावजूद गंभीर और प्रतिबद्ध पत्रकारिता के संघर्ष का रूपक है, महानगरों के बाहर हिंदी की समृद्धि और उसके विकास का। इसलिए दिल्ली में जब भी लोग हिंदी पत्रकारिता के भविष्य को अंधकारमय बताते हैं, तो मैं अकसर प्रभात खबर के बारे में सोचकर मन को दिलासा देता हूँ। जब कभी हिंदी

पत्रकारिता के नकलचीपन और शोध-शून्यता पर खीज आती है, तो झारखंड और बिहार पर प्रभात खबर के विशेषांकों को याद कर अपने को संतुलित करता हूँ। जब-जब चुनाव का वक्त आया, विशेष आग्रह कर दिल्ली में प्रभात खबर मँगवाकर पढ़ना शुरू किया, तब समझ आया कि बड़ी पूँजी के सहयोग के बिना किस-किस तरह से इस अखबार ने पत्रकारिता के धर्म को निभाया है। राँची में दंगों और सांप्रदायिक तनाव के दौर में प्रभात खबर ने सच का साथ नहीं छोड़ा और इसकी कीमत अदा करने की हिम्मत बनाए रखी। बड़ी पूँजी के हमले के बाद भी प्रभात खबर बना रहा, खड़ा रहा, यह अपने आप में एक अद्भुत घटना थी। इससे समझ आया कि ईमानदार पत्रकारिता को सूझ-बूझ और प्रयोग से जोड़कर आज भी जिंदा रखा जा सकता है। प्रभात खबर ने नया मॉडल पेश किया है। प्रभात खबर ने दिखाया है कि आदिवासी अंचल का अखबार आदिवासियों को अपना पाठक व पत्रकार बना सकता है, उन्हें काम दे सकता है, उन्हें जुबान दे सकता है।

अजीत भट्टाचार्या, पत्रकार

दिल्ली में रहकर तो यह संभव नहीं है कि प्रतिदिन प्रभात खबर अखबार पढ़ सकूँ, लेकिन जब भी राँची जाने का मौका मिलता है, या कार्यालय में इसकी प्रति उपलब्ध होती है, तो मैं इसे अवश्य पढ़ता हूँ। भारत में हिंदी अखबारों की तादाद बहुत ज्यादा है, उस भीड़ में प्रभात खबर ने अपनी एक अलग पहचान बनाई है। झारखड की जनता को जागरूक बनाने में प्रभात खबर का बहुत योगदान है। इस दौरान कई अखबार बाजार में आए, कुछ सफल रहे तो कुछ के नामोनिशान तक मौजूद नहीं है। प्रभात खबर ने कभी किसी दूसरे अखबार के नक्शे कदम पर चलने का प्रयास नहीं किया। हिंदी पत्रकारिता में प्रभात खबर की अपनी एक अलग छवि है, जिसे इसने बनाए रखा है। खबरों के मामले में कभी समझौता न करना इसकी खासियतों में से एक है। बाजार में जितने भी अखबार हैं सभी का यही प्रयास रहता है कि किस तरह पाठकों के सामने मनोरंजक खबरों को मसाला लगाकर परोसा जाए, ताकि अधिक-से-अधिक लोग इसके पाठक बन सकें, लेकिन जहाँ तक मैंने देखा है प्रभात खबर ने खबरों को मनोरंजक बनाने की अपेक्षा ज्ञानवर्द्धक और जागरूक बनाने के उद्देश्य से काम किया है। प्रभात खबर की जो सबसे बड़ी खासियत है, वह यह है कि सीमित संसाधन में इसने इतना अच्छा काम किया है कि पत्रकारिता जगत में यह एक मिसाल है। आजकल अखबार निकालना बहुत आसान हो गया है, किसी की तारीफ करनी हो, किसी को ब्लैकमेल करना हो या फिर राजनीति में अपनी पकड़ बनानी हो, अखबार इसके एक माध्यम के रूप में काम कर रहा है। सरकार के खिलाफ न छापने की एवज में उन्हें अच्छे खासे विज्ञापन मिल जाते हैं, लेकिन प्रभात खबर के समाचार को पढ़कर कोई भी कह सकता है कि सरकारी दबाव का असर इस

अखबार के ऊपर नहीं है। सरकारी गलत नीतियों को प्रभात खबर ने हमेशा से जनता के सामने लाने में कोई कोताही नहीं बरती है। यह खबरों के प्रति इसकी सच्चाई और ईमानदारी ही है, जिसके कारण यह पाठकों को बाँधने में आज भी उतना ही सफल है, जितना कुछ वर्ष पूर्व।

प्रभाष जोशी, पूर्व संपादक, जनसत्ता

भूमंडलीकरण और खुले बाजार के इस जमाने में प्रभात खबर ने अपनी भूमिका तय की है। प्रभात खबर बाजार का एजेंट होने की बजाय झारखंड के आम लोगों खासकर आदिवासियों का बोलकर बना है, और ऐसा करके उसने भारतीय और हिंदी पत्रकारिता की श्रेष्ठ परंपरा में ही अपने को नहीं रखा है, बल्कि अपनी वह भूमिका भी मंजूर की है, जो इस देश, समाज के पाठक अपने अखबार की मानते हैं। उस परंपरा और भूमिका में होने के कारण ही प्रभात खबर की जड़ें अपने पाठकों के मन में गहरी उतरी हुई हैं। इस ताकत के बल पर ही प्रभात खबर बाजारवादी और मुनाफाखोर अखबारों के लगातार हमलों को विफल करता आ रहा है। पाठकों का विश्वास और अपनी मिट्टी की पकड़ इस सच्चे संघर्षशील अखबार को अजेय बनाती है।

प्रभात कुमार, पूर्व राज्यपाल, झारखंड

मैंने अपने दीर्घकालीन अनुभव में बहुत सारे राष्ट्रीय, क्षेत्रीय तथा प्रादेशिक समाचार-पत्र देखे हैं तथा उनके संपादकों से रू-ब-रू हुआ हूँ। मुझे यह कहने में संकोच नहीं है कि उनमें से अधिकतर अपने स्तर को बनाए रखने में सफल नहीं हुए। इनमें से कुछ अपवादों में प्रभात खबर एक है। मैं मानता हूँ कि प्रभात खबर एक निर्भीक तथा स्वतंत्र विचारों वाला अखबार है। झारखंड प्रदेश के राज्यपाल के रूप में मैंने न सिर्फ प्रभात खबर को पढ़ा, वरन उसके संपादकीय विचारों से भी अवगत हुआ और उन पर एक आलोचनात्मक दृष्टि डाली। मैं समझता हूँ कि प्रभात खबर एक ऐसा अखबार है, जिससे समाज तथा शासन को समरूप से परिपक्व सलाह मिल सकती है तथा सामान्य नागरिक की सामयिक घटनाक्रम के प्रति जागरूकता बढ़ सकती है। प्रभात खबर समाचार छापने के अतिरिक्त अन्य समाजपरक कार्य भी कर रहा है।

ललित सुरजन, प्रधान संपादक, देशबंधु-पत्र समूह

पहचान उनकी बनती है और याद उनको किया जाता है जो धारा के विपरीत नाव खेते हैं और मंजिल की थका देने वाली तलाश में भी कभी साहस नहीं खोते। 'प्रभात खबर को मैं इसी साहस, इसी तलाश, इसी धारा के विपरीत चलने का एक दुर्लभ

उदाहरण मानता हूँ। जिन्होंने भी भारत में मीडिया की बदलती तसवीर का अध्ययन किया है, मेरी बात से सहमत होंगे। मीडिया अपने आपको बड़ी गंभीरतापूर्वक चौथा स्तंभ मानने लगा है, याने प्रतिष्ठान के अन्य स्तंभों को प्राप्त सुविधाओं और विशेषाधिकारों पर वह भी अपना हक जताने लगा है। लेकिन प्रभात खबर ने एक श्रेयस्कर दूरी बनाए रखी है, यह मैं अखबार के एक नियमित पाठक होने के नाते कह सकने की स्थिति में भी हूँ, और स्वयं एक पत्रकार होने के नाते भी। प्रभात खबर उन अपवादों में से एक है, जिन्होंने अपनी कलम की नोंक पर बैठी बेचैनी को सोने नहीं दिया है। झारखंड राज्य बनने के आंदोलन के दौर में और राज्य बन जाने के बाद प्रदेश की अस्मिता को बचाए रखने के लिए और जनसामान्य के सपनों को साकार करने की दिशा में, प्रभात खबर की जो भूमिका रही है, एक पाठक के नाते मैं उसका गवाह रहा हूँ और उसकी सराहना भी करता हूँ। भारतीय पत्रकारिता में जहाँ-जहाँ भी विकास के मुद्दों, विकास वैकल्पिक मॉडल, आदिवासी दलित समाज के अधिकार, शोषण से मुक्ति और सामाजिक न्याय आदि विषयों पर चर्चा होती है, उनमें जिन अखबारों के नाम आते हैं उनमें स्वाभाविक तौरपर प्रभात खबर का नाम पहली पंक्ति में लिया जाता है!

माधवन, फिल्म अभिनेता

प्रभात खबर ने हमारे जैसे कलाकारों को काफी सम्मान दिया है। डी.बी.एम.एस. स्कूल में पढ़ते वक्त मैं प्रभात खबर पढ़ा करता था। इससे उस वक्त से लगाव रहा है। इस अखबार ने जो काम किया है, वह निश्चित तौर पर सराहनीय है। प्रभात खबर को उदीयमान कलाकारों को निश्चित तौर पर ज्यादा जगह देनी चाहिए। इससे कलाकारों का उत्साह बढ़ता है और उनकी कला को नई पहचान मिलती है।

□

कार्य-संस्कृति है ताकत

प्रभात खबर की राष्ट्रीय स्तर पर पहचान कंटेंट, भ्रष्टाचार के खिलाफ लड़ने वाला अखबार, और जन पत्रकारिता के साथ-साथ बेहतर कार्य-संस्कृति के लिए भी है। यह एक ऐसा अखबार है, जहाँ 20-25 साल से लगातार इसी संस्थान में काम करने वाले कई लोग मिल जाएँगे। ऐसे लोगों की संख्या बहुत अधिक है, जो इस संस्थान को छोड़कर अन्यत्र जाना भी नहीं चाहते, भले ही उन्हें अधिक वेतन देने का ऑफर मिला हो। कुछ अपवाद हो सकते हैं। इसका एक मुख्य कारण है यहाँ की कार्य-संस्कृति और माहौल। कोरोना के समय में जिस तरीके से प्रभात खबर ने अपने कर्मचारियों का खयाल रखा, उससे यहाँ की कार्य-संस्कृति को और मजबूती मिली। उस समय अनेक अखबारों में लोगों की छँटनी की गई, प्रभात खबर ने अपनी नीति के तहत तय किया कि संकट के इस दौर में किसी को हटाया नहीं जाएगा।

राष्ट्रीय स्तर पर पहले यह चर्चा हो चुकी है कि वह कौन सी ताकत है, जिसके बल पर प्रभात खबर देश के तीन बड़े अखबारों का मुकाबला बेहतर तरीके से कर सका। पूँजी में तीनों से कमजोर, कुल संस्करणों की संख्या में भी तीनों बड़े अखबारों की तुलना में सबसे कम, इसके बावजूद प्रभात खबर झारखंड में नंबर एक बना रहा, तो इसका जरूर कोई-न-कोई कारण है। इसमें एक बड़ा कारण है प्रभात खबर की संस्कृति। जब यह अखबार ज्ञानरंजन के हाथ में था (पुराने मैनेजमेंट में), तब भी यहाँ का माहौल पारिवारिक था। इसे उन्होंने सार्वजनिक तौर पर स्वीकार भी किया था। जब नया मैनेजमेंट आया, तब भी पारिवारिक माहौल में कोई बदलाव नहीं आया।

काम के बँटवारे के लिए भले ही संपादकीय, विज्ञापन, सर्कुलेशन, एकाउंट्स, प्रोड्कशन, एडमिनिस्ट्रेशन, एच.आर. जैसे विभाग हों, लेकिन इन सारे विभागों में काम करने वाले प्रभात खबर परिवार की अवधारणा के तहत काम करते हैं। आपस के संबंध बहुत मजबूत हैं। सिर्फ कर्मचारियों के बीच के संबंध ही मजबूत नहीं, बल्कि यह संबंध इनके परिवारों तक भी वैसा ही मजबूत है।

प्रभात खबर में यह प्रयास रहा है कि संस्थान के ही कर्मचारियों को प्रमोट कर महत्त्वपूर्ण पद दिए जाएँ। बहुत आवश्यक होने पर ही दूसरे संस्थानों से सीनियर पद पर लोगों को लाया जाता है। यही कारण है कि आज प्रभात खबर में शीर्ष पदों या सीनियर पदों पर बैठे अनेक लोग ऐसे हैं जो नीचे से पदोन्नति पाकर ऊपर गए हैं। यह प्रभात खबर की ताकत भी है। अधिग्रहण के तुरंत बाद प्रभात खबर में के.के. गोयनका ने एकाउंट्स ऑफिसर के पद पर योगदान दिया था। बाद में वे प्रबंध निदेशक के पद तक गए और अवकाश ग्रहण किया, यानी कंपनी के शीर्ष पद तक गए। इसी प्रकार आर के दत्ता प्रभात खबर में मानव संसाधन (कार्मिक) ऑफिसर के पद पर आए थे। विभिन्न विभागों को देखते हुए वे कार्यकारी निदेशक के तौर पर कंपनी का नेतृत्व कर रहे हैं।

ऐसे उदाहरण भरे पड़े हैं। उमाशंकर ने प्रभात खबर में जब योगदान देना शुरू दिया था, तब वे बिल्कुल ही सामान्य पद पर थे। अपनी प्रतिभा के बल पर बाद में वे प्रभात खबर नेशनल हेड (मार्केटिंग) के पद तक गए। विजय बहादुर (सीनियर वाइस प्रेसिडेंट, बिजनेस), आर.आर. अधिकारी (प्रोड्क्शन प्रभारी), सुमित भट्टाचार्य (कारपोरेट विज्ञापन), सौभिक विश्वास (सर्कुलेशन) आदि अनेक उदाहरण हैं, जिन्होंने प्रभात खबर में अपनी यात्रा मामूली पद से आरम्भ की थी और आज वे अपने-अपने विभाग में शीर्ष पद पर हैं।

इसी प्रकार संपादकीय विभाग में अनेक ऐसे सहयोगी हैं, जिन्होंने अपनी यात्रा स्ट्रिंगर, उपसंपादक या संवाददाता के तौर पर की थी और स्थानीय संपादक, वरिष्ठ संपादक, कार्यकारी संपादक तक बने। इनमें खुद मैं, यानी अनुज कुमार सिन्हा भी हूँ। अजय कुमार, विजय कांत पाठक, संजय मिश्र, अनुराग कश्यप, जीवेश रंजन, कमल किशोर, रंजीत प्रसाद सिंह आदि अनेक उदाहरण हैं, जो किसी-न-किसी संस्करण के संपादक बने या अभी हैं। अधिकांश यूनिट हेड भी वे लोग हैं, जिन्होंने प्रभात खबर से ही अपनी यात्रा शुरू की थी। ये उदाहरण बताते हैं कि प्रभात खबर में लंबे समय से कार्य करने वालों और योग्य लोगों को बेहतर से बेहतर अवसर मिलते रहे हैं।

प्रभात खबर में ऐसे लोगों की संख्या आज भी कम नहीं है जो लंबे समय से इसी संस्थान में कार्यरत हैं। आज देश-दुनिया में लोग पैसे और पद के पीछे इतना भाग रहे हैं कि रातोंरात संस्थान बदल देते हैं। अगर प्रभात खबर में ऐसे लोगों की संख्या बहुत है जो लंबे समय से काम कर रहे हैं तो इसके पीछे यहाँ का माहौल है। 1989 में जब नए प्रबंधन ने प्रभात खबर का दायित्व सँभाला तो पहले निदेशक डी.एस. शर्मा थे, शांत, अनुभवी और सुलझे हए व्यक्ति। उन्होंने महसूस किया कि अगर इस अखबार को स्थापित करना है तो यहाँ कार्यरत सहयोगियों को काम करने

की छूट मिलनी चाहिए, उनकी आवश्यकताओं की पूर्ति होनी चाहिए, वेतन में सुधार होना चाहिए, वर्क कल्चर बेहतर होना चाहिए, अनुशासन होना चाहिए। इन सभी चीजों को उन्होंने एक-एक कर बगैर किसी दबाव के लागू किया।

1989-90 की एक घटना याद है। प्रभात खबर कार्यालय के कैंपस में उन दिनों पीने के पानी की किल्लत थी, बोरिंग करवाया गया था। उस दिन ईद-मिलन समारोह चल रहा था। (प्रभात खबर में यह परंपरा है कि यहाँ होली मिलन होता है तो ईद-क्रिसमस मिलन भी, वर्षों से यह परंपरा चली आ रही है), श्री शर्मा भी आए थे। उन्होंने तत्कालीन कार्मिक पदाधिकारी से पूछा कि पानी की टेस्टिंग हो गई है या नहीं। उस समय पीने के पानी के लिए बोरिंग की गई थी। जब कहा गया कि पानी की टेस्टिंग नहीं हुई है तो श्री शर्मा ने साफ आदेश दिया कि उक्त बोरिंग का पानी तब तक पीने के काम में न लाएँ, जब तक पानी की जाँच नहीं हो जाती और उसे पीने योग्य नहीं बता दिया जाता। अपने कर्मचारियों के स्वास्थ्य के प्रति श्री शर्मा का ध्यान कर्मचारियों का दिल जीतने के लिए काफी था। इतना दूर तक सोचने वाले ऐसे अधिकारी विरले ही मिलते हैं।

यह कार्य-संस्कृति एक दिन में नहीं बनी है। इसे बनाने में अखबार के मालिक लाली बाबू (बीके झवर) का बहुत बड़ा योगदान है, व्यवहार कुशल, कर्मचारियों की परेशानियों को समझने में सबसे आगे, कभी मालिक जैसा व्यवहार नहीं। जमशेदपुर में जब कभी उषा मार्टिन (गम्हरिया) में बैठक बुलाते तो इस बात का खयाल रखते कि मीटिंग 12 बजे के पहले नहीं हो। वे कहते थे कि रात में आप देर तक काम कर घर जाते हैं, सुबह उठने में परेशानी होगी। शीर्ष पद पर बैठा व्यक्ति अगर इतना खयाल रखे तो कर्मचारियों का मनोबल बढ़ता है।

1990-91 में सड़क दुर्घटना में उषा मार्टिन का कोई कर्मचारी गंभीर रूप से घायल हो गया था। उसी के बाद प्रबंधन ने आदेश दिया कि बगैर हेलमेट के कोई भी वाहन नहीं चलाएगा। सिर्फ घोषणा ही नहीं की बल्कि हर उस व्यक्ति को हेलमेट भी दिया जिसके पास वाहन थे। वे कहते थे कि एक-एक व्यक्ति का जीवन अनमोल है, उसे बचाना हम सभी का दायित्व है, इसलिए हेलमेट पहनकर ही गाड़ी चलाएँ ताकि सुरक्षित रह सकें।

प्रभात खबर के सहयोगियों ने भी संस्थान को आगे बढ़ाने व बचाने में कोई कसर नहीं छोड़ी है, अपनी जान को दावँ पर लगाकर अखबार को बचाया है, ऐसे कई उदाहरण हैं। 1990 की घटना होगी। उन दिनों वर्तमान कार्यालय के ग्राउंड फ्लोर पर ही मशीन लगी थी, उसके ठीक बगल में गोदाम था, जहाँ अखबार छपने के लिए न्यूज प्रिंट होता था। पुराने अखबारों का बंडल भी वहीं जमा रहता था। तब एम.एच.

आई. (जहाँ अभी प्रिंटिंग होती है) नहीं होता था। वर्ष 1990 में एक दिन देर शाम में अखबार के गोदाम में आग लग गई। अखबार के अनेक साथी, चाहे वे किसी भी विभाग के क्यों न हों, गोदाम से अखबार के बंडल निकालने और आग बुझाने में लग गए। आग शॉट सर्किट से लगी थी। उस दौरान अशोक मुखर्जी, रजत गुप्ता समेत कई साथियों ने जान जोखिम में डालकर धुएँ से भरे गोदाम में घुसकर कागज का रीला हटाया था, पुराने अखबारों का बंडल खाली कराया था। सभी के प्रयास से आग बुझ गई।

एक घटना है जमशेदपुर की। संभवतः वर्ष 2000 या 2001 की घटना है। एक सुरक्षाकर्मी थे उपाध्याय, वे प्रभात खबर के काशीडीह कार्यालय में पदस्थापित थे, काम तो था सुरक्षा का, लेकिन जब ट्रक से न्यूज प्रिंट आता था तो ड्यूटी के बाद उसे उतारने में भी लग जाते थे। यह काम उनका नहीं था। इस काम के लिए बाहर से लोगों को भाड़े पर लाया जाता था। उपाध्याय और उनके कुछ साथी अपना काम कर पार्ट टाइम में न्यूज प्रिंट भी उतारने में लग जाते ताकि कुछ आमदनी हो जाए। यह काम वे अपनी मरजी से करते थे, सिर्फ वही नहीं, अन्य गार्ड या मशीन के साथी भी ऐसा ही करते थे। इसी बीच एक दिन ट्रक से न्यूज प्रिंट उतारते वक्त एक रीला छिटककर उनके पैर से टकरा गया। पैर टूट गया उन्हें नर्सिंग होम में भरती कराया गया।

इसी बीच जिस दिन उपाध्याय का ऑपरेशन होना था, उनकी तबीयत अचानक खराब हो गई, उन्हें तुरंत टाटा मेन हॉस्पीटल ले जाया गया, उन्हें वहाँ आई.सी.यू. में वेंटिलेटर पर रखा गया। चिकित्सकों ने कहा कि बचने की उम्मीद कम है, इस बीच प्रबंधन से अनुमति लेकर मैं लगातार टी.एम.एच. में उसका इलाज कराता रहा। डॉ. प्रभात कुमार इस काम में बहुत सहयोग करते थे। वे बड़े नेक और सहयोगी व्यक्ति थे। बाद में अपराधियों ने जमशेदपुर में उनकी हत्या कर दी थी। 20-22 दिनों तक अस्पताल में वेंटिलेटर पर रहने के बाद उपाध्याय का जीवन बच गया, लगभग ढाई लाख से ज्यादा का अस्पताल का बिल आया था, प्रभात खबर प्रबंधन ने मानवीय आधार पर सारा खर्च उठाया। इतना ही नहीं, घर आ जाने के बावजूद जब तक (सात-आठ माह तक) उन्होंने ड्यूटी नहीं ज्वाइन की, तब तक हर माह निर्धारित तिथि को उसके घर पर वेतन लेकर एक आदमी जाता था। ये रही है प्रभात खबर की संस्कृति।

40 साल में प्रभात खबर बड़ा ग्रुप बन गया है। अनेक बदलाव हुए हैं। यहाँ काम करने वाले लोगों के कल्याण के लिए अनेक योजनाएँ लागू हैं। अब जमाना प्रोफेशनल्स का है, लेकिन इस जमाने में भी प्रभात खबर मानवीय संवेदनाओं को देखते हुए ही फैसला करता है। तत्कालीन सी.एच.आर.ओ. अंजय शर्मा के कार्यकाल में बहुत कल्याण योजनाएँ लागू की गईं। कोरोना काल में देखा गया कि भले ही बाजार

से विज्ञापन गायब हो गए थे, अखबार को घाटा हो रहा था, अन्य संस्थान छँटनी कर रहे थे, लेकिन प्रभात खबर ने किसी की छँटनी नहीं की। तत्कालीन प्रबंध निदेशक के.के. गोयनका ने कहा था—किसी की जान कोरोना में न जाए, इसके लिए जो भी करना है, प्रबंधन करेगा! इस कठिन दौर में किसी की नौकरी भी नहीं जाएगी। तय हुआ कि वेतन कुछ कम लेंगे और इससे जो पैसा बचेगा, उससे उन साथियों की नौकरी बची रहेगी, जिनकी नौकरी जाने का खतरा था। ऐसे ही हुआ। जब हालात सामान्य हो गए, तो सभी को पुराना वेतन मिलने लगा। इतना ही नहीं, कोरोना से जो भी कर्मचारी पीड़ित हुए, जिनके परिवार पीड़ित हुए, सभी के इलाज का खर्च बीमा कंपनी या प्रभात खबर प्रबंधन ने उठाया। मीडिया जगत में प्रभात खबर के इस निर्णय की सराहना की गई।

□

मल्टी स्किलिंग, कम खर्च और बचत

एक लगभग बंद होते अखबार से देश के शीर्ष दस अखबारों में शामिल होने की प्रभात खबर की सफलता का एक बड़ा कारण है इसका अपना मॉडल, चाहे वह कंटेंट का हो या आय-खर्च का, प्रभात खबर इसी पर आगे बढ़ा है। इस अखबार का अपना एक परखा हुआ फार्मूला है, वह है—जितनी चादर है, उतने ही पाँव फैलाना। यही इसका सक्सेस मॉडल भी है। पारिवारिक माहौल के बीच सीमित संसाधन में अखबार निकालना, बेहतर कार्य-संस्कृति और फालतू खर्च नहीं करना प्रभात खबर का मूल मंत्र रहा है।

बड़े अखबारों के आने के बाद जो स्थिति पैदा हुई, अन्य संस्थानों से प्रोफेशनल्स आए, अखबार बड़ा हुआ, हालात बेहतर हुए, समय के अनुसार मीडिया जगत में जैसी माँग आई, उसके अनुसार बाद में प्रभात खबर को भी अपनी मूल नीति में थोड़ा-बहुत बदलाव करना पड़ा। जब राँची में नए प्रबंधन ने जिम्मेदारी सँभाली, तब प्रभात खबर में आवश्यकता से ज्यादा कर्मचारी (पत्रकार, गैर-पत्रकार) थे। लोगों के पास पर्याप्त काम नहीं था। जितने लोगों के वेतन का भार अखबार पर था उतनी आय नहीं थी, हालात खराब हो चुके थे, उसी समय यह तय हुआ था कि सुविधाएँ बढ़ेंगी, लेकिन मौजूदा मैनपावर का बेहतर और पर्याप्त (अधिकतम) इस्तेमाल किया जाएगा।

संपादकीय की बात करें तो उन दिनों अखबार में एक ही काम के लिए चार-पाँच लोग होते थे। संवाददाता कागज पर रिपोर्ट लिखते, डेस्क के सहयोगी उसी कागज पर उसका संपादन करते, फिर कंपोजिटर कंपोज करते, उसके बाद प्रूफ रीडर प्रूफ पढ़ते, फिर कंपोजिटर प्रूफ रीडर द्वारा बताई गई गलतियों को ठीक करते, ब्रोमाइड निकलता, फिर पेस्टिंग का काम (पेज बनाने का काम, उन दिनों अखबार के आकार के कागज पर ब्रोमाइड को कैंची से काटकर चिपकाया जाता था) होता था। यह तय हुआ कि जो काम चार-पाँच लोग करते हैं, वह काम एक या दो व्यक्ति ही कर सकते हैं। बाकी लोगों का इस्तेमाल अन्य कामों के लिए किया जाएगा। इसी नीति के तहत संवाददाताओं को खुद

कंपोज करने, उपसंपादकों को ही कंप्यूटर पर एडिट करने, प्रूफ पढ़ने और पेज बनाने का प्रशिक्षण दिया गया।

प्रारंभ में लगा था कि यह क्या हो रहा है, इससे तो प्रूफ रीडर और कंपोजिटर की नौकरी ही चली जाएगी। प्रारंभ में पी.टी.एस. (वह विभाग, जहाँ कंपोजिंग का काम होता था) ने विरोध किया, इस विभाग के साथियों को लगा कि अगर संपादकीय के साथी कंपोजिंग सीख जाएँगे, तो पी.टी.एस. के कर्मचारियों को हटा दिया जाएगा। उन्हें समझाया गया, बाद में वे सहमत हो गए। इसके बाद तय हुआ कि अखबार में प्रूफ रीडर नहीं होंगे, उपसंपादक ही प्रूफ पढ़ेंगे, प्रूफ रीडर्स का पद समाप्त कर दिया गया, लेकिन किसी को हटाया नहीं गया। उन्हें उपसंपादक के रूप में (एडिटिंग) काम करने का मौका दिया गया। इनमें से कई प्रूफ रीडर ने बाद में प्रभात खबर में संपादकीय विभाग में महत्त्वपूर्ण पदों पर काम किया। धीरे-धीरे उपसंपादक कंप्यूटर पर खुद पेज बनाने लगे यह तब हुआ जब पेस्टिंग का काम खत्म हो चुका था।

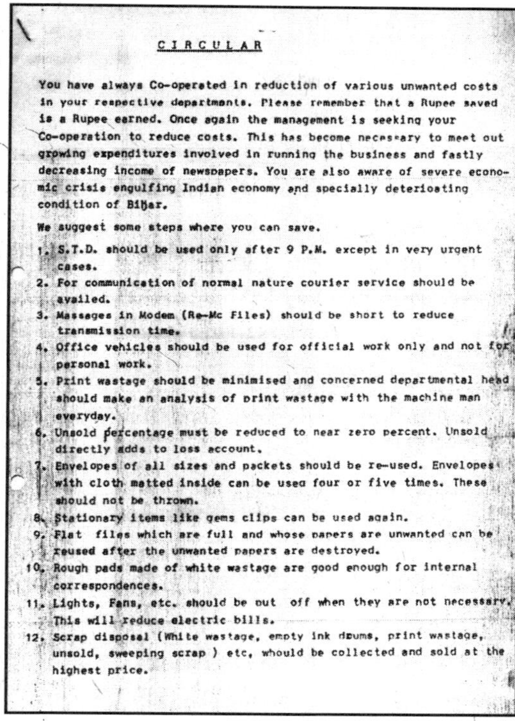

CIRCULAR

You have always Co-operated in reduction of various unwanted costs in your respective departments. Please remember that a Rupee saved is a Rupee earned. Once again the management is seeking your Co-operation to reduce costs. This has become necessary to meet out growing expenditures involved in running the business and fastly decreasing income of newspapers. You are also aware of severe economic crisis engulfing Indian economy and specially deterioating condition of Bihar.

We suggest some steps where you can save.

1. S.T.D. should be used only after 9 P.M. except in very urgent cases.
2. For communication of normal nature courier service should be availed.
3. Massages in Modem (Re-Mc Files) should be short to reduce transmission time.
4. Office vehicles should be used for official work only and not for personal work.
5. Print wastage should be minimised and concerned departmental head should make an analysis of print wastage with the machine man everyday.
6. Unsold percentage must be reduced to near zero percent. Unsold directly adds to loss account.
7. Envelopes of all sizes and packets should be re-used. Envelopes with cloth matted inside can be used four or five times. These should not be thrown.
8. Stationary items like gems clips can be used again.
9. Flat files which are full and whose papers are unwanted can be reused after the unwanted papers are destroyed.
10. Rough pads made of white wastage are good enough for internal correspondences.
11. Lights, Fans, etc. should be out off when they are not necessary. This will reduce electric bills.
12. Scrap disposal (White wastage, empty ink drums, print wastage, unsold, sweeping scrap) etc, whould be collected and sold at the highest price.

खर्च में कटौती और बचत के लिए बताए गए उपाय

संपादकीय में संवाददाताओं को भी ऐसे प्रशिक्षित किया गया ताकि वे कंप्यूटर पर पृष्ठ भी बना सकें। संपादकीय का यह प्रयोग सफल रहा और कम-से-कम मैनपावर में अखबार निकलने लगा। अन्य अखबारों ने यही काम प्रभात खबर के शुरू करने के 10-12 साल बाद किया। जमशेदपुर से 1995 में जब प्रभात खबर का प्रकाशन आरंभ किया गया तो संपादकीय में बहुत कम नियुक्ति की गई। राँची में नई व्यवस्था के कारण जो अतिरिक्त लोग हो गए थे, उन्हें नौकरी से निकालने की जगह नया अखबार निकालने के लिए जमशेदपुर भेजा गया। यही काम अन्य विभागों में हुआ। नई मशीन भी नहीं खरीदी

गई, साधनों का अभाव था, नई मशीन खरीदना संभव ही नहीं था। राँची में हर विभाग से कुछ लोगों को खोजा गया और उन्हें अखबार निकालने के लिए जमशेदपुर भेजा गया। एक भी नई नियुक्ति किए बगैर (चाहे वह संपादकीय हो, विज्ञापन हो, मशीन हो या सर्कुलेशन) एक नया संस्करण शुरू किया गया। अपने आप में यह बड़ी उपलब्धि थी।

1995 में जमशेदपुर में प्रभात खबर का प्रकाशन तो शुरू हो चुका था, लेकिन वहाँ आर्थिक संकट आड़े आ रहा था। आरंभ में न तो सर्कुलेशन अच्छा था और न ही विज्ञापन आ रहे थे। नए संस्करण खोलने के पहले प्रयास यह हुआ था कि प्रवेशांक के अवसर पर इतने विज्ञापन मिल जाएँ कि तीन-चार माह तक का खर्च निकल जाए, लेकिन जमशेदपुर में ऐसा नहीं हो सका। प्रवेशांक में जो विज्ञापन आए थे, उससे बहुत दिनों तक काम नहीं चल सकता था। एक बार तो प्रबंधन की ओर से मुझे खबर भेज दी गई कि जमशेदपुर यूनिट अपने स्तर पर वेतन की व्यवस्था करे। मुझे यह खबर इसलिए भेजी गई थी, क्योंकि तब मैं संपादक के अलावा यूनिट प्रभारी भी था। प्रबंधन के इस फैसले का असर पड़ रहा था क्योंकि वेतन का जो पैसा राँची से आता था, उसकी व्यवस्था आगे से जमशेदपुर को करनी थी, जो उस समय संभव नहीं था। नया-नया अखबार खुला था।

प्रबंधन को पत्र लिखकर मैंने साफ-साफ कह दिया था कि जमशेदपुर यूनिट अभी अपने पैर पर खड़ा नहीं है, इसलिए कुछ महीने तक इसे हर हाल में राँची से सहायता चाहिए, वरना आगे की यात्रा संभव नहीं होगी। प्रबंधन मेरे तर्क से सहमत हुआ। इसके बाद राँची से सारी व्यवस्था की गई। 1996 में ही उषा मार्टिन प्रबंधन ने साफ-साफ कह दिया था कि प्रभात खबर को अपने बल पर चलाना होगा, किसी प्रकार की आर्थिक सहायता आगे देना संभव नहीं है। जमशेदपुर में कुछ ही दिनों पहले अखबार निकलना शुरू हुआ था। आठ पृष्ठ का अखबार था, संपादकीय, विज्ञापन, सर्कुलेशन, पेस्टिंग और कैमरे का काम बिष्टुपुर में होता था, प्लेट बनाने और अखबार छापने, पैकिंग डिस्पैच का काम प्राजीव स्टील (गम्हरिया) में होता था। इन सभी कामों के लिए जमशेदपुर संस्करण में 1996 में सिर्फ 32 लोग थे। इसके अतिरिक्त तीन लोग सिक्युरिटी में थे, यानी कुल 35 व्यक्ति। एक संपादक (यूनिट इंचार्ज की जिम्मेदारी भी), डेस्क के लिए छह उपसंपादक, तीन रिपोटर, यानी संपादकीय में कुल 10 लोग!

इसी प्रकार मशीन में तीन, अकाउंट्स में एक, पी.टी.एस. (कंप्यूटर) में तीन, विज्ञापन में तीन, सर्कुलेशन में दो, पैकिंग में तीन, प्रोसेस (कैमरा, प्लेट मेकिंग) में तीन और पेस्टिंग में चार लोग। यह आँकड़ा अविश्वसनीय लगता है, इतने लोग आज किसी भी अखबार में सिर्फ संपादकीय या मशीन विभाग में मिल जाएँगे, लेकिन उन दिनों इतने ही लोग पूरा अखबार निकालते थे, चलाते थे, कैसे, उसका भी विस्तार से विवरण है।

उन दिनों मैं जमशेदपुर में स्थानीय संपादक था, यूनिट इंचार्ज भी था। जब साधन ही कम हो, अखबार भी निकालना हो तो रास्ते खुद निकल आते हैं, बशर्ते टीम आपके साथ हो। पूरी टीम ने तय कर लिया था कि हर व्यक्ति अपना काम करते हुए दूसरे विभाग के काम में भी हाथ बँटाएगा। टीम में जुनून था। उन दिनों ऐसे अखबार नहीं निकलता था, जैसे आज निकलता है। संवाददाता न्यूज लिखते, पी.टी.एस. के सहयोगी कंपोज करते, डेस्क के लोग उसे संपादित करते, फिर प्रिंट निकलता, उस प्रिंट को पेस्टर अखबार के आकार के कागज पर चिपकाते। जहाँ-जहाँ फोटो होता, उतनी जगह छोड़ देते, फिर कैमरे से पूरे पृष्ठ के आकार की फिल्म (निगेटिव) बनती, फोटो का अलग से निगेटिव बनता, फिर उसे उचित जगह पर चिपकाया जाता, फिर इस निगेटिव से प्लेट बनाई जाती, प्लेट को मशीन में लगाया जाता, फिर प्रिंटिंग होती, उसके बाद अखबार को गिनकर बंडल बाँधा जाता जिसे पैकिंग कहते हैं। इसके बाद गाड़ियों-ट्रेन से उसे निर्धारित स्थान पर भेज दिया जाता। काम अधिक था, लेकिन आदमी कम, इसलिए एक-एक व्यक्ति को कई-कई काम करने पड़ते थे। इसके लिए सभी को प्रशिक्षित किया गया था, इस प्रक्रिया को मल्टी स्किलिंग कहा जाता है।

एक व्यक्ति के पास अपना काम करने के बाद जो समय बचता था, वह उसे गपशप में बरबाद नहीं करता था, वह दूसरे विभाग के काम में हाथ बँटाता था। इससे वह नया काम भी सीख जाता था। उदाहरण के लिए एक सहयोगी थे, शंकर डे। पेस्टिंग में थे। जब पेस्टिंग का काम खत्म हो जाता, तो घर न जाकर कैमरे में निगेटिव बनाते थे, जब यह काम हो जाता तो प्लेट बनाने में लग जाते थे। रमता सिंह प्लेट मेकिंग का काम देखते थे, जब प्लेट का काम पूरा हो जाता तो अखबार का बंडल बाँधने में लग जाते। उत्साही युवक संतोष की नियुक्ति चपरासी के पद पर हुई थी, लेकिन उसे पेस्टिंग का काम सिखाया गया। पेस्टिंग कर वह निगेटिव जोड़ने का काम करता था, उसने खुद मेहनत कर पेस्टिंग और प्रोसेस का काम सीखा था। उसने अपने आपको विकसित (डेवलप) किया था। हाँ, बाद में वह धनबाद में मशीन मैन बन गया। यह उसकी मेहनत का कमाल था।

इसी प्रकार रोशन बारला का काम कैमरे से संबंधित था, लेकिन वह निगेटिव बनाकर प्लेट बनाते, फिर मशीन चलाने में सहयोग करते। दीपू घोष प्रोसेस के प्रभारी थे, लेकिन निगेटिव बनाने के बाद प्लेट भी बनाते, जब मशीन का कोई साथी छुट्टी पर होता तो वे मशीन चलाने लगते। एक-एक व्यक्ति को अनेक कामों में महारत हासिल थी। मशीन में सुनील थे, प्लेट बनाने में जरा सी देर हुई, खुद प्लेट बनाने में लग जाते, बिजली जैसी फूर्ति से मशीन चलाते, फिर एक यूनिट से दूसरे यूनिट में दौड़ लगाते रहते, कैसे कम-से-कम वेस्टेज हो, इसका खयाल रखते। किसी के लिए कोई काम बड़ा या छोटा नहीं था। ऐसे अनेक सहयोगी थी, जो किसी काम को करने में कभी शर्म महसूस

नहीं करते थे। अनेक अवसर आए, जब अखबार लेट हो रहा था तो मैं संपादक होने के बावजूद खुद मशीन के पास जाकर अखबारों का बंडल बाँधने में लग जाता। ऐसा संपादकीय के कई अन्य साथी भी करते थे। इन्हीं सब प्रयासों से अखबार को आगे बढ़ने की ताकत मिली।

कई काम जानने का फायदा यह हुआ कि कर्मचारियों का हुनर बढ़ा और कम-से-कम कर्मचारियों से अखबार का काम भी चलता रहा। यह उसी संस्थान में संभव है, जहाँ कर्मचारी दिल से जुड़े होते हैं, पारिवारिक माहौल होता है, कंपनी को अपना मानते हैं, आगे बढ़ने की तमन्ना होती है। उन दिनों प्रभात खबर की टीम में यह सब मौजूद था। जिन लोगों ने दूसरे विभागों का काम सीखा था, अपने को अपडेट रखा था, वे आज देश के कई महत्त्वपूर्ण संस्थानों में अच्छे पदों पर भी कार्यरत हैं; उन्हें यह मौका इसलिए मिला क्योंकि उनके अंदर कई गुण थे, ऐसे गुण वालों की हर जगह माँग होती है। प्रभात खबर ने व्यक्तियों को तकनीकी तौर पर समृद्ध होने का अवसर दिया।

ऐसी बात नहीं है कि सिर्फ नीचे के पदों पर बैठे सहयोगियों को ही मल्टी स्किलिंग के लिए तैयार किया जाता था। शीर्ष पद बैठे लोग भी स्वत: अन्य विभागों की जिम्मेदारी सँभालते थे। आर के दत्ता खुद इसके उदाहरण हैं। अभी कार्यकारी निदेशक हैं, मूलत: एच.आर. में मैनेजमेंट की डिग्री ली थी, लेकिन प्रभात खबर में एच.आर. के अलावा पी.टी.एस., सिस्टम, प्रोड्कशन, सर्कुलेशन भी वे देखने लगे। तकनीक के हर क्षेत्र की उन्हें जानकारी रही है, इतना ही नहीं, जब प्रभात खबर का रेडियो धूम खुला तो इसकी पूरी तैयारी श्री दत्ता ने ही की। निदेशक बनने के बावजूद जब मौका मिला, सुबह उठकर हाकर्स से मिलते थे। कुछ साल पहले तक के.के. गोयनका ही प्रबंध निदेशक थे, उन्होंने फाइनांस (चार्टर्ड एकाउंटेंट) की पढ़ाई की थी। पहले वे सिर्फ फाइनांस ही देखते थे, लेकिन बाद में वे विज्ञापन/मार्केटिंग का सारा काम भी खुद देखने लगे।

मल्टी स्कीलिंग का एक उदाहरण हरिवंशजी भी थे, वे मूलत: संपादकीय के थे, लेकिन लंबे समय तक उन्होंने सी.इ.ओ. का पद सँभाला। संपादकीय के साथ-साथ विज्ञापन, सर्कुलेशन, एडमिनिस्ट्रेशन, प्लानिंग पर उनकी पकड़ रही थी। एक-एक पैसा कैसे बचे, कम खर्च में संस्थान कैसे चले, इसकी योजना बनाते थे, यानी उन दिनों पूरी टीम ही मल्टी स्किल्ड थी। इसका लाभ पूरे अखबार को मिला। यही कारण था कि प्रभात खबर बुरे-से-बुरे हालात से निकलकर बाहर आता रहा। इन सब प्रयोगों का अच्छा परिणाम मिला, लेकिन उन दिनों जो आर्थिक हालात थे, उनसे निबटना आसान नहीं था। विज्ञापन ज्यादा नहीं था, इसलिए खर्च में कटौती किए बगैर संस्थान को आगे ले जाना संभव नहीं था। उषा मार्टिन प्रबंधन द्वारा अपने पैरों पर खड़ा होने का संदेश मिलने के बाद स्थानीय प्रबंधन और सभी साथियों ने संकल्प लिया था कि वे अपनी मेहनत से

अखबार को आगे ले जाएँगे, आत्मनिर्भर बनाएँगे, खर्च कम-से-कम करेंगे। कहाँ-कहाँ खर्च में कटौती हो सकती थी, इसके लिए सुझाव माँगे गए।

बाद के दिनों में फाइनांस के चीफ बने आलोक पोद्दार। फाइनांस विभाग समेत वित्त से जुड़े अन्य विभागों में सिस्टम को कड़ाई से लागू किया गया। बाजार में बकाया राशि को लाने के लिए योजना बनाई गई और इसे लागू कराया गया। कैसे खर्च में कटौती हो, कहाँ-कहाँ कटौती हो, इसकी योजना वे ही बनाते थे। अनावश्यक खर्च को बंद कर दिया गया। आलोक पोद्दार ने वित्तीय अनुशासन पर ज्यादा फोकस किया, यही कारण है कि अखबार आर्थिक तौर पर भी मजबूत हुआ। आलोक कहते हैं—किसी भी संस्थान को आगे बढ़ने का आधार होता है वित्तीय अनुशासन। आय-खर्च में तालमेल प्रभात खबर का यही मूलमंत्र रहा है। वर्तमान हालात को देखकर निर्णय तो लेते ही हैं, भविष्य के बाजार पर आप जितनी नजर रखेंगे, जितना आने वाले दिन को समझ पाएँगे, आपका अभी का निर्णय उतना ही सटीक होगा। आलोक बताते हैं—हम लोग इसलिए सफल हुए क्योंकि पूरी टीम को सरल भाषा में फाइनांस, कंपनी या निजी फाइनांस के बारे में समझाने में सफल रहे। भारी-भरकम शब्द की जगह चालू या सामान्य शब्दों का प्रयोग ज्यादा किया ताकि हर कर्मचारी समझ सके।

खर्च में कटौती आज की बात नहीं है। अतीत में भी प्रबंधन पत्रों के जरिए यूनिट को खर्च में कटौती करने के लिए राह दिखाता था। 26 जुलाई, 1997 को राँची से प्रधान संपादक ने पत्र लिखकर निर्देश दिया था कि हर हाल वेस्टेज और अनसोल्ड को कंट्रोल किया जाए। पहली नजर में लगता है कि यह मामूली निर्देश है, पर अखबार की अर्थव्यवस्था समझने वाले यह जानते हैं कि अनसोल्ड या फिर वेस्टेज बढ़ने से कितना बड़ा घाटा होता है। पत्र में ही यह संदेश दे दिया गया था कि हर यूनिट अपनी जरूरत भर कमाएगी ही, जो नहीं कमाएगी, वह बंद होगी। हर यूनिट संपादकीय नीति, वित्तीय नियंत्रण को छोड़कर स्वायत्त होगी। रोजमर्रा के काम, अनुशासन, कॉस्ट कंट्रोल वगैरह सारी चीजें खुद सँभालनी होंगी।

इस निर्देश से स्पष्ट है कि आने वाले संकट का सामना करने के लिए क्या-क्या और कैसे संदेश दिए जाते हैं। दरअसल यह तमाम सहयोगियों के लिए संदेश था कि आर्थिक तौर पर हर यूनिट को खड़ा होना होगा वरना भविष्य नहीं होगा। आर्थिक मंदी का दौर चल रहा था, राँची संस्करण तो अच्छी स्थिति में था। सर्कुलेशन और विज्ञापन दोनों मामलों में बेहतर था, लेकिन जमशेदपुर में उन दिनों नया-नया अखबार खुला था, विज्ञापन कम क्या, नहीं के बराबर था। जो था भी, उसकी दर इतनी कम थी कि उससे बेहतर था मुफ्त विज्ञापन छापना। आरंभिक दौर में हर अखबार को ऐसे हालात से गुजरना पड़ता है।

जमशेदपुर और पटना में अखबार लगातार घाटे में चल रहा था, ऊपर से दुनिया की मंदी का भी असर पड़ा था। ऐसे में पूरे प्रभात खबर ग्रुप ने कॉस्ट कंट्रोल करने (खर्च में कटौती) का निर्णय लिया था, छोटी-छोटी कटौती भी साल में बड़ी बचत कर सकती थी। इसलिए तय किया गया कि 'अनसोल्ड' कम-से-कम हो, जितनी अखबार की माँग हो, उससे थोड़ी अधिक प्रति छापी जाए, वेस्टेज नहीं के बराबर हो, अनावश्यक बिजली खर्च न हो, जिस कमरे में काम न हो रहा हो, वहाँ की बत्ती बुझा दी जाये। उस दौरान यह तय किया गया था कि जब तक हालात में सुधार नहीं होता, तब तक सीनियर व्यक्ति (प्रबंधन के लोग भी) ट्रेन या बस से यात्रा करेंगे। झारखंड, बिहार के जिस संस्करण में जाना हो, वहाँ कार से न जाकर बस-ट्रेन से जाने की कोशिश करेंगे। तब इसका पालन भी किया गया था।

एक दिन जमशेदपुर में अचानक खबर आई कि हरिवंशजी राँची से जमशेदपुर आने वाले हैं, वह भी बस से। समय बता दिया गया था। तब मैं जमशेदपुर का स्थानीय संपादक था। मेरे पास पुराना प्रिया स्कूटर था। उसी से मैं बस स्टैंड पहुँचा। मैंने हरिवंशजी को अपने स्कूटर पर पीछे बैठाया, (अभी वही हरिवंशजी राज्यसभा के उपसभापति हैं), गोद में उन्होंने अपना बैग रखा था, मैंने पूछा—सर आपके पास समय है न? जब उन्होंने हाँ कहा तो मैं उन्हें दो और बस स्टैंड ले गया। उन दिनों दूरदराज के इलाकों से प्रभात खबर के प्रतिनिधि बसों से समाचार का पैकेट बनाकर भेज दिया करते थे। कई अवसरों पर मैं खुद उन पैकेटों को लाया करता था। इस काम को करने में कभी लज्जा महसूस नहीं करता था। काम छोटा या बड़ा नहीं होता है, काम तो बस काम होता है, यही संदेश अपने सहयोगियों को दिया करता था।

जिस दिन प्रधान संपादक मेरे साथ स्कूटर पर थे, उस दिन भी मैंने कई जगहों से डाक (न्यूज) जमा किया था। मेरे साथ हरिवंशजी भी डाक लाने गए थे। हम दोनों जैसे ही स्कूटर से दफ्तर आए, सहयोगियों को मालूम हुआ कि राँची से बस से आए हैं, बगैर एक शब्द कहे उनका संदेश सभी सहयोगियों में स्वत: पहुँच गया था। शीर्ष पर बैठे व्यक्ति अगर ऐसे उदाहरण पेश करें तो इसका अच्छा असर संस्थान और उसमें काम करने वाले सहयोगियों पर पड़ता है, वे भी अनावश्यक खर्च पर अंकुश लगाते हैं।

कुछ दिनों बाद राँची से बस से आर के दत्ताजी जमशेदपुर आए थे। किसी एजेंट से मिलने हम लोगों को जमशेदपुर से चाईबासा जाना था। अखबार के पास अपनी कार थी नहीं, भाड़े पर टैक्सी लेनी नहीं थी। तय हुआ कि सभी बिहार राज्य पथ परिवहन निगम की बस से चाईबासा जाएँगे। दो घंटे की यात्रा थी, बस में जगह नहीं थी, हम लोग खड़े रहे और दत्ताजी को ड्राइवर के बगल में बोनेट पर बैठा दिया। हम लोग इसी तरह चाईबासा गए। चाहते तो भाड़े पर कार ली जा सकती थी, लेकिन खर्च में कटौती करनी

थी इसलिए सभी को थोड़ी परेशानी हुई, लेकिन किसी ने शिकायत नहीं की।

कई बार ऑडिट के कागज लेकर आपात स्थिति में खुद के.के. गोयनकाजी को बस से जमशेदपुर और वहाँ से ट्रेन से कोलकाता जाना पड़ा था। खर्च में कटौती करने का यह कोई पहला प्रयास नहीं था। 1991 से जब उदारीकरण का दौर शुरू हुआ, देश में आर्थिक संकट गहराया था, अखबार उद्योग पर भी इसका गहरा असर पड़ा था। प्रभात खबर भी इससे अछूता नहीं था पर प्रभात खबर ने इससे निकलने का प्रयास किया। 01 फरवरी, 1992 को ही प्रभात खबर के सीनियर सहयोगियों ने बैठक की थी, इस बैठक में हरिवंशजी, पीके सेन (महाप्रबंधक), रविभूषण, के.के. गोयनका, आर के दत्ता मौजूद थे। नवभारत टाइम्स के पूर्व कार्यकारी संपादक एस.पी. सिंह प्रभात खबर के कार्यक्रम में आने वाले थे, इसकी तैयारी पर भी चर्चा हुई थी। कई अन्य फैसले लिए गए थे। उस बैठक में भी यह चर्चा हुई थी कि उन क्षेत्रों को तलाशा जाए, जहाँ से कॉस्ट कंट्रोल किया जा सके, ताकि इससे जो पैसा बचे, उसका उपयोग प्रोडक्ट (प्रभात खबर) को आगे बढ़ाने में किया जा सके। बैठक के बाद एक नोट तैयार किया गया था इसके माध्यम से सुझाव/निर्देश दिया गया था कि कौन-कौन से ऐसे क्षेत्र हैं, जहाँ खर्च में कटौती की जा सकती है। यानी प्रभात खबर आरंभ से ही कम खर्च में संस्थान चलाने की नीति पर चलता रहा है। कुछ पुराने पत्र मिले हैं जिसमें इन सभी बातों का जिक्र है। उन दिनों खर्च में कटौती के लिए जो निर्देश थे, वे इस प्रकार थे—

1. रात में नौ बजे के बाद एस.टी.डी. का उपयोग हो (क्योंकि रात में एस.टी. डी. की दर काफी कम थी), 2. सामान्य काम बातचीत के लिए कूरियर का इस्तेमाल हो, 3. मॉडम से कम-से-कम शब्दों में संदेश भेजें ताकि भेजने का खर्च कम पड़े, 4. ऑफिस की गाड़ियों का इस्तेमाल सिर्फ ऑफिस के काम में हो, निजी कामों में नहीं, 5. प्रिंट वेस्टेज कम हो, 6. 'अनसोल्ड' जीरो प्रतिशत के आसपास रहे, 7. लिफाफा और पैकेट का रि-यूज हो, 8. स्टेशनरी (जैसे जेम्स क्लिप) का रि-यूज किया जाए, 9. फ्लैट फाइल जो भर जाएँ, जिनका उपयोग न हो, उसका भी रि-यूज हो, 10. वेस्टेज (व्हाइट पेपर) से रफ पैड बनाए जाएँ, 11. जब काम न हो तो बिजली, पंखे बंद कर दिए जाएँ, 12. यात्रा के दौरान अपना खर्च घटाएँ।

इन सुझावों को अमल में लाया गया था और यही कारण था कि उन दिनों अखबार अपने पैरों पर खड़ा हो सका। उन दिनों सभी सहयोगियों का एक ही उद्देश्य था कि कैसे पैसे की बरबादी न हो। जिस स्तर पर उन दिनों प्रभात खबर के सहयोगी कॉस्ट कंट्रोल को लागू कर रहे थे, उस पर आज कोई विश्वास नहीं करेगा। उन दिनों पटना में रोजगार का पेज बनता था। पटना में निगेटिव बनाकर अपने पास रखकर पेज को राँची, जमशेदपुर भेज दिया जाता था ताकि इन संस्करणों में पेज से निगेटिव बनाया जा सके।

जमशेदपुर में हम लोगों ने यह तय किया कि पटना से पेज न भेजें, उसकी जगह पटना में अखबार छापने के बाद निगेटिव ही जमशेदपुर भेज दें, भले ही फीचर पृष्ठ एक दिन बाद छपे। इसका फायदा यह हुआ कि जमशेदपुर में उसी निगेटिव से काम चलता था, जिससे पटना में अखबार छपता था। उन दिनों एक फिल्म (निगेटिव) की कीमत 80 रुपए के आसपास थी। केमिकल लेकर एक निगेटिव पर लगभग सौ रुपए का खर्च आता था। सिर्फ एक प्रयास से माह में तीन हजार और साल में 36 हजार रुपए की बचत हुई।

उन दिनों और उस हालात में यह बड़ी राशि थी। मैं भी खर्च कम करने पर दिमाग लगा रहा था। एक दिन मैंने तय किया कि हर दिन कूरियर से पटना अखबार नहीं भेजेंगे, एक दिन छोड़ कर कूरियर जाएगा। इससे कूरियर का मासिक खर्च आधा हो गया। कुछ और फैसले मैंने अपने स्तर पर लिए थे (यूनिट प्रभारी होने के नाते)। राँची से एक दिन में तीन-तीन बार बस से सामान जाता था, विज्ञापन विभाग से विज्ञापन (मूलत: निगेटिव या पोजिटिव या वे विज्ञापन जो मॉडम से नहीं जा सकते थे), स्टोर से फिल्म-केमिकल और प्लेट बस से जमशेदपुर भेजे जाते थे। बस का ड्राइवर इसके लिए पैसा लेता था। तीन गाड़ियों से भेजने से ड्राइवर को तीन बार पैसे देने पड़ते थे। जमशेदपुर में तीन बार किसी व्यक्ति को बस का इंतजार करना पड़ता था, ऑटो से आने-जाने का खर्च अलग था। मैंने तय किया कि राँची से एक दिन में एक ही बार किसी बस से सामान आएगा। आपस में हर विभाग तालमेल रखें! इसका फायदा यह हुआ कि ड्राइवर को दिया जाने वाला खर्च एक तिहाई हो गया।

कई जगहों पर दूसरे अखबारों के साथ शेयर कर अखबार का बंडल भेजा जाने लगा। इन सब प्रयासों से अनावश्यक खर्च बचने लगा। बाद के दिनों में दूसरे अखबारों ने अखबार भेजने के लिए यही काम किया, लेकिन प्रभात खबर तो 20 साल पहले से यह काम कर रहा है। भले ही ये छोटे-छोटे प्रयास दिखते हों, भले ही आज इनका बहुत महत्त्व न हो, पर उन दिनों ऐसे प्रयासों से साल में दो-तीन लाख की बचत होने से इसका बहुत अर्थ होता था। ऐसा ही काम प्रभात खबर के अन्य संस्करणों में किया गया।

1997 में प्रभात खबर, जमशेदपुर का घाटा काफी बढ़ गया था। प्रबंधन चिंतित था। 19 अगस्त, 1997 को जमशेदपुर में प्रभात खबर के वरिष्ठ लोगों की आपात बैठक बुलाई गई, इसमें खुद हरिवंशजी और के.के. गोयनकाजी मौजूद थे। इसमें अखबार को चलाने के लिए इमरजेंसी योजना बनाई गई, इसमें तय किया गया कि 'अनसोल्ड' को 10 फीसदी से घटाकर 4 फीसदी किया जाएगा। इससे 15 हजार रुपए की बचत होगी, प्रिंट वेस्टेज को सात फीसदी से कम कर 5 फीसदी किया जाएगा, इससे 6000 रुपए की बचत होगी। उस समय जमशेदपुर संस्करण 10 पृष्ठों का था तय हुआ कि सप्ताह में दो दिन अखबार आठ पृष्ठ का किया जाए, यानी दो पृष्ठ कम करने थे, इससे 15 हजार

रुपए प्रतिमाह की बचत होती, ट्रांसपोटेशन और अन्य चीजों से चार हजार रुपए बचाने की योजना बनी। इस योजना के तहत हर माह 40 हजार रुपए की बचत होनी थी। इंतजार नहीं किया गया, दूसरे दिन से ही इसे लागू कर दिया गया, सवाल अखबार के अस्तित्व का था। अखबार का घाटा कम करने में इससे मदद मिली।

कुछ और प्रयोग किए गए। इसमें एक था सिक्यूरिटी गार्ड का। जमशेदपुर कार्यालय में तीन सिक्यूरिटी गार्ड थे। एक निजी सुरक्षा एजेंसी से वे जुड़े थे। एजेंसी प्रभात खबर से प्रति गार्ड जो पैसा लेती थी, उससे काफी कम पैसा उन्हें दिया जाता था, इसलिए मैंने उन सिक्युरिटी गार्डों से बात की कि आप तीनों एजेंसी से इस्तीफा देकर सीधे हमारे (प्रभात खबर) साथ काम करें। आपको जो एजेंसी से पैसा मिलता है, उससे ज्यादा मिलेगा, सभी तैयार हो गए। सभी का वेतन बढ़ाने के बावजूद प्रभात खबर को प्रतिमाह दो हजार (सालाना असर 24 हजार) की बचत होने लगी। नैतिकता के तौर पर ऐसा करना गलत था, लेकिन संस्थान को बचाने के लिए ऐसा निर्णय करना पड़ा था।

उन दिनों राँची से रोज किसी-न-किसी को जमशेदपुर जाना पड़ता था। इन लोगों को होटल में ठहरना पड़ता था। इस पर हर माह अच्छा खासा खर्च होता था। आर्थिक संकट आने पर यह तय हुआ कि होटल में कोई नहीं ठहरेगा। इसके लिए कार्यालय के पास ही काशीडीह में ही एक मकान किराए पर (किराया तीन हजार प्रतिमाह) लिया गया, उसे गेस्ट हाऊस बनाया गया, रहने सोने की पूरी व्यवस्था की गई। इसके बाद जो भी राँची से आता, उसी गेस्ट हाऊस में ठहरता। इससे होटल पर आने वाला खर्च बचता था। बाद में यही प्रयोग पटना में किया गया। राँची में लंबे समय से गेस्ट हाऊस है, जिसका समय-समय पर उपयोग किया जाता है। हालांकि अब समय बदल गया है। एक समय एमडी, जीएम या प्रधान संपादक भी खर्च में कटौती करने के लिए बस या ट्रेन की यात्रा करते थे। आज अधिक से अधिक सुविधा मिलती हैं, हवाई यात्रा तो सामान्य बात हो गई है।

जमशेदपुर में एक ऐसा प्रयोग किया गया था, जिसे लोग आज भी याद करते हैं। दीपावली का समय था तब काशीडीह में प्रभात खबर का कार्यालय था। दीवारें गंदी लग रही थीं, तय हुआ कि पेंट कराया जाए। पेंटर को बुलाया गया, उसने खर्च का आकलन कर बताया कि चार हजार का पेंट लगेगा और पाँच हजार रुपए पेंट करने का चार्ज लगेगा। यह अजीब लगा। पेंट से ज्यादा पेंटिंग का चार्ज। उसी समय एकाउंटेंट विजय शर्मा को कहा कि आप पेंट मँगा लीजिए, ब्रश मँगा लीजिए, फिर साथियों की बैठक बुलाई और कहा कि जो जहाँ बैठता है, उस जगह की साफ-सफाई की जिम्मेदारी उसकी है, इसलिए पेंट ब्रश आ रहा है। जो जहाँ बैठता है, अपने क्षेत्र में वही पेंट करेगा, बाहर से कोई पेंटर नहीं आएगा। मैंने खुद अपना चैंबर पेंट किया, सभी साथियों ने भी

ऐसा ही किया। किसी ने विरोध नहीं किया, सभी को पहले ही समझा दिया गया था। सभी ने इस काम का आनंद उठाया था। हाँ, पेंटिंग वैसी नहीं हुई जैसा पेंटर करता है, वह संभव था भी नहीं। कहीं पर गहरा रंग चढ़ा तो कहीं पर हल्का, परंतु काम के लायक पेंट हो चुका था। पूरे कार्यालय में सारे सहयोगियों ने खुद पेंट कर दिया। इसका एक फायदा मिला कि कोई दीवार को गंदा नहीं करता था, खुद पेंट किया है तो उससे उसका जुड़ाव हो गया था। ऐसा उदाहरण विरले ही मिलेगा।

यह सब इसलिए संभव हो पाया क्योंकि प्रभात खबर के सभी सहयोगियों ने इसमें साथ दिया, बाद में राँची समेत कई संस्करणों में अद्‌भुत प्रयोग हुए। मशीन और प्रोसेस विभाग ने ऐसे-ऐसे सुझाव दिए, जिसके बाद बचत हुई राशि को अगर जोड़ा जाए तो साल में इसका इंपैक्ट करोड़ रुपए से अधिक का होता था। इसके लिए बाहर से विशेषज्ञों की कोई टीम नहीं आती थी, जो जिस विभाग में काम कर रहा होता था, उनका अपना सुझाव काम आता था। दरअसल हर काम में सहयोगियों का इन्वालमेंट अनिवार्य होता है, उसे पता होना चाहिए कि यह उसका अपना है, इससे ही उसकी रोजी-रोटी चलती है, यह बात अगर कर्मचारियों के मन में घुस जाए तो सारा काम आसान हो जाता है। इसके लिए कर्मचारियों को महत्त्व देना पड़ता है, यह अहसास कराना पड़ता है कि उनका सुझाव कंपनी के लिए कितना मूल्यवान है, प्रभात खबर ने यही किया। प्रभात खबर ने इसके लिए समय-समय पर अच्छे सुझाव देने वालों को प्रोत्साहित भी किया।

जॉब वर्क से मिला नया जीवन। अखबार की आय का मुख्य स्त्रोत विज्ञापन होता है, अगर विज्ञापन नहीं आए तो संकट होता है। इस स्थिति से निबटने के लिए अलग-अलग प्रयास किए जाते हैं। जमशेदपुर में आरंभ के दिनों में बहुत विज्ञापन नहीं थे, इसलिए तय किया गया कि जॉब वर्क लिया जाए, यानी प्रभात खबर की मशीन पर दूसरे अखबार को भी छापा जाए और इसके एवज में उनसे प्रिंटिंग चार्ज लिया जाए। प्रभात खबर ने अपनी मशीन पर एवेन्यू मेल और आवाज को छापना शुरू किया। दोनों से लगभग 65 हजार प्रतिमाह (तब यह बड़ी राशि होती थी) की आय होने लगी। वैसे भी उन दिनों प्रभात खबर का सर्कुलेशन इतना ही था कि एक-डेढ़ घंटे में पूरा अखबार छप जाता था, बाकी समय मशीन खाली रहती थी। मशीन से जुड़े लोगों के पास काम नहीं होता था, इसलिए दूसरे अखबारों को छापने के लिए पर्याप्त समय था। इस जॉब वर्क से काफी राहत मिली, यह काम आगे बढ़ा।

जब जमशेदपुर से टेलीग्राफ का प्रकाशन आरंभ करना था तो यह काम प्रभात खबर को मिला, वह प्रभात खबर, जमशेदपुर के लिए टर्निंग प्वाइंट था। 3 मई, 2000 को प्रभात खबर और टेलीग्राफ के बीच एग्रीमेंट हुआ। टेलीग्राफ को हर हाल क्वालिटी प्रिंटिंग चाहिए थी। बंधु या फिर ओरियेंट मशीन से काम नहीं चलने वाला था। इसके लिए

नई मशीन चाहिए थी। नई मशीन के लिए नई और बड़ी जगह चाहिए थी। जल्दबाजी में आदित्यपुर (जहाँ अभी प्रेस है) में लगभग 30 हजार वर्गफीट का एक पुराना शेड खरीदा गया, वहाँ बड़ी राशि खर्च की गई, शेड को बड़ा किया गया, पक्का भवन बनाया गया उसी बिल्डिंग में कुछ माह के लिए प्रभात खबर का दफ्तर भी शिफ्ट किया गया था, लेकिन शहर से दूरी की वजह से बाद में निर्णय बदल दिया गया। आज प्रभात खबर की वह बड़ी प्रोपर्टी बन चुकी है। शेड को बड़ा किया गया। समय कम था और प्रिंटिंग आरंभ करनी थी। बिना बैंकों के कर्ज के नई मशीन लेना संभव नहीं था, बैंक से कर्ज लेकर वहाँ नई न्यूजलाइन मशीन लगाई गई, इमेज सेटर लगाया गया, टेलीग्राफ से प्रिंटिंग चार्ज के रूप में जो पैसा मिलता था, उससे बैंकों का किश्त चुकाया जाता था, धीरे-धीरे सारा कर्ज चुका दिया गया और प्रभात खबर की अपनी एक और मशीन हो गई।

समय ने प्रभात खबर, जमशेदपुर को आधुनिक तकनीक पर जाने के लिए मजबूर कर दिया। लंबे समय तक टेलीग्राफ का प्रकाशन प्रभात खबर करता रहा, एक और नई मशीन खरीद ली गई, यह सबकुछ जॉब वर्क के पैसे से हुआ। टेलीग्राफ की छपाई से हुई कमाई ने प्रभात खबर, जमशेदपुर को अपने पैरों पर खड़ा होने में सहायता की। जॉब वर्क का यह सिलसिला जमशेदपुर में लंबे समय तक चलता रहा। टेलीग्राफ का प्रभात खबर की मशीन पर प्रकाशन प्रभात खबर की आर्थिक स्थिति के लिए संजीवनी साबित हुआ। दोनों ग्रुप के बीच गहरे संबंध बने, इससे प्रभात खबर को क्वालिटी प्रिंटिंग में भी मदद मिली। राँची में भी देश के बड़े-से-बड़े अखबारों ने जब प्रकाशन करना चाहा तो प्रभात खबर को प्राथमिकता दी। टेलीग्राफ राँची में भी प्रभात खबर की मशीन पर छपता रहा।

जब यह तय हो गया था कि प्रभात खबर को अपने पैर पर खड़ा होना है, कहीं से कोई सहायता नहीं मिलेगी तो नए-नए रास्ते तलाशे गए, प्रबंधन ने बैठक बुलाकर यह आदेश दिया कि हर संस्करण में जो रद्दी बेची जाती है, उससे आ रहे धन को खर्च नहीं करें। हर हाल में एक निश्चित राशि (15-20 हजार जो भी हो) बैंकों में हर माह जमा करे। प्रारंभ में लगा था कि इस 15-20 हजार से क्या होने वाला था। बाद में इसका असर दिखा। हर माह जमा होने वाली छोटी-छोटी राशि बड़ी राशि बन गई। जमशेदपुर और धनबाद में जमीन खरीदने में यही एफ.डी. काम आया। राँची में सिटी ऑफिस को खरीदने में भी इससे मदद मिली। यह सब बचत हर माह जमा करने वाली राशि का ही परिणाम थी, इन छोटे प्रयासों से प्रभात खबर धीरे-धीरे आगे बढ़ता गया।

आज अखबार बड़ा होने के बावजूद बचत के रास्ते पर चलने का प्रयास करता है। समय बदल चुका है, इसलिए पुराने तरीके अपनाना और कम सुविधा में काम लेना संभव नहीं है, उसके बावजूद यही प्रयास होता है कि सबकुछ सीमा के भीतर हो। अब फाइनांस और फाइनांसियल कंट्रोल का पूरा काम आलोक पोद्दार देखते हैं। एक-एक खर्च पर

नजर, एक छोटी सी चूक भी कंपनी को तबाह कर सकती है, इसलिए अगर एक प्लेट भी अतिरिक्त इस्तेमाल होती है तो आलोक पोद्दार की निगाह से वह बच नहीं सकता। तुरंत मेल से सूचना संबंधित व्यक्ति को देते हैं, फिर चर्चा करते हैं कि यह खर्च आवश्यक था या इससे बचा जा सकता था। टीम जो लक्ष्य तय करती है, उस पर अमल हो रहा है या नहीं, कहाँ कमी है, इसके लिए हर माह वीडियो कॉन्फ्रेंसिंग से बैठक होती है। किसी भी कंपनी को आगे बढ़ने के लिए यह अतिआवश्यक है। प्रभात खबर का वित्तीय अनुशासन बहुत ही मजबूत है जो किसी भी संस्थान के लिए अनिवार्य है।

लंबा समय गुजर गया। प्रबंधन में भी जिम्मेदारी में कुछ बदलाव हुए। प्रधान संपादक के तौर पर हरिवंशजी की जगह आशुतोष चतुर्वेदी ने जिम्मेदारी सँभाली। उन्होंने भी बचत के रास्ते को अपनाया। एक-एक नई नियुक्ति के लिए घंटों चर्चा होती है कि नियुक्ति तभी हो, जब बहुत ही आवश्यक हो ताकि कंपनी पर आर्थिक भार न पड़े।

बचत के इन्हीं छोटे-छोटे और अनोखे प्रयासों ने प्रभात खबर को संकट के दिनों में संकट से बाहर निकलने में बहुत मदद की। हो सकता है कि आज के कई साथी उन दिनों बचत के लिए अपनाए गए रास्ते से सहमत न हों, लेकिन यह सच है कि अगर उन दिनों अनाप-शनाप खर्च होता, पैसे की बरबादी की गई होती, तो शायद प्रभात खबर आज इस मुकाम पर खड़ा नहीं हो पाता।

□

सर्कुलेशन-विज्ञापन, प्रचार में प्रयोग

प्रभात खबर आज सर्कुलेशन में झारखंड का नंबर एक अखबार है। बिहार में बहुत मजबूत और बंगाल में हिंदी का सर्वाधिक लोकप्रिय अखबार। झारखंड में प्रभात खबर राज्य बनने के पहले से नंबर एक अखबार बना हुआ है, जो एक बड़ी उपलब्धि है। नंबर वन बनना किसी भी अखबार के लिए कठिन काम होता है, लेकिन उससे भी कठिन है लंबे समय से शीर्ष पर टिके रहना। प्रभात खबर का इतने समय से शीर्ष पर बने रहना यह प्रमाणित करता है कि इस अखबार को लोग बहुत पसंद करते हैं, यह पाठकों का अखबार है और इसमें ऐसा कंटेंट है, जिसने पाठकों को बाँधकर रखा है, वह भी तब, जब झारखंड में बड़े-बड़े अखबार आ चुके हैं और लंबे समय से हैं। इन अखबारों के पास साधनों का अभाव नहीं है। अपने 40 साल में प्रभात खबर ने सर्कुलेशन में काफी उतार-चढ़ाव देखा है।

1984 में राँची से जब इसका प्रकाशन आरंभ हुआ था, तब और आज में बहुत फर्क आ चुका है। कभी सिर्फ राँची शहर से निकलने वाला प्रभात खबर अब तीन राज्यों के आठ शहरों (राँची, जमशेदपुर, धनबाद, देवघर, पटना, भागलपुर, मुजफ्फरपुर और कोलकाता) से प्रकाशित होता है। ऐसी बात नहीं है कि 1984 में राँची से निकलकर सिर्फ राँची और इसके आसपास ही बिका करता था। उन दिनों अधिकांश अखबार पटना से आकर राँची में बेचे जाते थे, लेकिन तब भी प्रभात खबर राँची से प्रकाशित होकर बिहार के कई शहरों में भेजा जाता था और उन शहरों में अच्छी संख्या में बिकता भी था। बिहार के दूर के इलाकों के लिए शाम को ही डाक संस्करण छापकर भेजा जाता था।

उन दिनों पड़ोस के राज्यों में भी प्रभात खबर की कुछ कापियाँ भेजी जाती थीं। सर्कुलेशन और विज्ञापन की अच्छी टीम थी, लेकिन कई ऐसे कारण थे जिनके कारण इस अखबार का सर्कुलेशन गिरने लगा। 1987 में ऐसे हालात पैदा हो गए थे कि किसी भी दिन अखबार बंद हो सकता था। प्रभात खबर का सर्कुलेशन गिरकर पाँच सौ के आसपास हो गया था। समय बदला और आज वही प्रभात खबर देश के दस प्रमुख

अखबारों में शामिल है, प्रतिष्ठा इतनी है कि राष्ट्रीय स्तर पर इसे लोग जानते हैं। यह बदलाव 1989 से तब होने लगा जब न्यूट्रल पब्लिसिंग हाऊस लिमिटेड (एन.पी.एच.एल.) ने इसका अधिग्रहण किया। नई टीम बनी, जहाँ-जहाँ गड़बड़ियाँ थीं, उसे ठीक किया गया, जैसे-जैसे अखबार में कंटेंट बेहतर होता गया, अखबार की माँग बढ़ने लगी।

विज्ञापन और सर्कुलेशन एक-दूसरे के पूरक होते हैं, जितना सर्कुलेशन बढ़ता है, उसी अनुपात में विज्ञापन भी बढ़ते जाते है। ऐसा नहीं होता कि अखबार का सर्कुलेशन कम हो और उसे अधिक-से-अधिक विज्ञापन मिलते रहें। संबंधों के बल पर एक दो बार कमजोर अखबार को विज्ञापन मिल सकते है, लेकिन बार-बार नहीं। प्रभात खबर इस बात को जानता था कि अगर विज्ञापन चाहिए तो सर्कुलेशन बढ़ाना होगा। इसके साथ-साथ विज्ञापन की दुनिया (मार्केटिंग वर्ल्ड) को बताना होगा, उनको यह विश्वास दिलाना होगा कि अखबार का सर्कुलेशन बहुत अच्छा हो गया है। इसके लिए रणनीति बनाई जाती है, कुछ मापदंड होते हैं जिन्हें पूरा करना होता है। प्रभात खबर ने वह सब किया।

तय फैसले के अनुसार प्रभात खबर ऑडिट ब्यूरो ऑफ सर्कुलेशन (ए.बी.सी.) का सदस्य बना। ए.बी.सी. वह प्रमाणिक संस्था है जो किसी भी अखबार का सर्कुलेशन कितना है, उसे सत्यापित करती है। उन दिनों ए.बी.सी. पर विज्ञापन एजेंसियाँ बहुत हद तक निर्भर थी। प्रभात खबर पहली बार जुलाई-दिसंबर 1990 में ए.बी.सी. का सदस्य बना। ए.बी.सी. ने प्रभात खबर की प्रसार संख्या 39,320 बताई थी। इतने सर्कुलेशन का सर्टिफिकेट प्रभात खबर को ए.बी.सी. ने 7.9.1991 को जारी किया था। उन दिनों सिर्फ राँची से अखबार छपता था और पूरे दक्षिण बिहार, साथ में पटना व आसपास के क्षेत्र में भेजा जाता था।

प्रभात खबर के पास ए.बी.सी. प्रमाण-पत्र मिलने से इसे राष्ट्रीय स्तर पर विज्ञापन लेने के लिए बड़ा आधार मिल गया। भले ही यह संख्या बहुत बड़ी न हो, लेकिन छह-आठ माह में अगर कोई अखबार 500-1000 कॉपी से बढ़कर 39 हजार पर आ जाए तो इसे बड़ी उपलब्धि ही कहा जाएगा। ए.बी.सी. के इस सर्टिफिकेट का विज्ञापनों पर भी असर पड़ने लगा। यूँ तो नेशनल विज्ञापन एजेंसियाँ मीडिया प्लान करते समय आई.आर.एस. (इंडियन रीडरशिप सर्वे) को भी आधार मानती थी, पर यह वह समय था जब राँची संस्करण नंबर एक हो चुका था, उसने राँची एक्सप्रेस से ज्यादा सर्कुलेशन हासिल कर लिया था।

प्रभात खबर ने तेजी से झारखंड-बिहार में सर्कुलेशन बढ़ाने का निर्णय लिया था, यह तभी हो सकता था जब कुछ नए संस्करण खुलते। ऐसी स्थिति में प्रभात खबर ने सितंबर, 1995 से अपना जमशेदपुर संस्करण निकाला, धीरे-धीरे कोल्हान में अखबार का सर्कुलेशन बढ़ने लगा, इसका असर कुल सर्कुलेशन पर पड़ा। राँची और जमशेदपुर संस्करण का सर्कुलेशन बढ़कर दिसंबर 1996 तक 81094 तक हो गया। बाद में पटना,

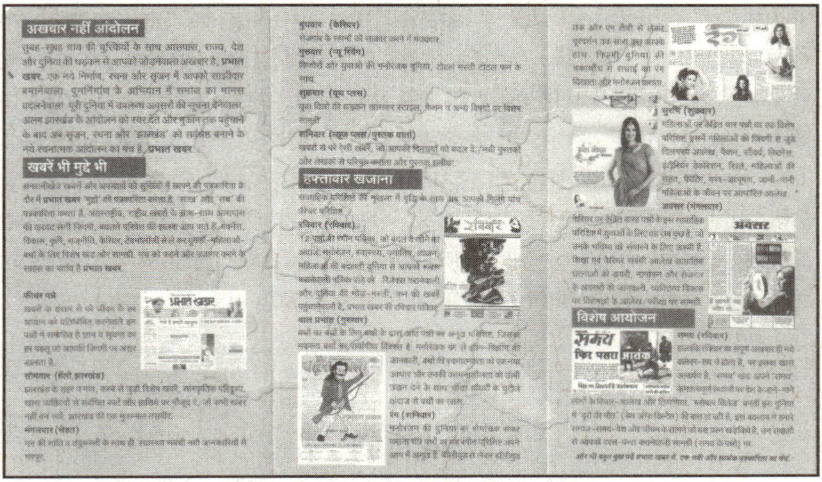

अखबार नहीं आंदोलन

सुबह-सुबह चाय की चुस्कियों के साथ आसपास, राज्य, देश और दुनिया की धड़कन से आपको जोड़नेवाला अखबार है, प्रभात खबर. एक नये निर्माण, रचना और सृजन में आपको साझीदार बनानेवाला. पुनर्निर्माण के अभियान में समाज का मानस बदलनेवाला. पूरी दुनिया में उपलब्ध अवसरों की सूचना देनेवाला. अलग झारखंड के आंदोलन को स्वर देने और मुकाम तक पहुंचाने के बाद अब सृजन, रचना और 'झारखंड' को सर्वश्रेष्ठ बनाने के नये रचनात्मक आंदोलन का मंच है, प्रभात खबर.

खबरें भी मुद्दे भी

हफ्तावार खजाना

विशेष आयोजन

प्रभात खबर द्वारा प्रचार के लिए जारी किया गया बुकलेट और कार्ड

कोलकाता, धनबाद में भी प्रभात खबर के संस्करण शुरू किए गए। दिसंबर 2000 तक प्रभात खबर का सर्कुलेशन दो लाख पार करते हुए 2,16,848 तक पहुँच चुका था।

दिसंबर 1999 तक प्रभात खबर राँची में काफी मजबूत हो चुका था। यह राँची एक्सप्रेस से काफी आगे निकल चुका था। उस समय तक यह एक लाख की संख्या पार कर चुका था। पहली बार प्रभात खबर के किसी भी संस्करण ने एक लाख की संख्या पार की थी। इसके बाद राँची से दैनिक हिंदुस्तान, दैनिक जागरण का भी प्रकाशन हुआ, लेकिन प्रभात खबर का सर्कुलेशन लगातार बढ़ता गया।

2010 में दैनिक भास्कर का प्रकाशन राँची से जब शुरू हो रहा था तो मीडिया जगत में यही चर्चा थी कि आक्रामक रणनीति के कारण दैनिक भास्कर झारखंड में नंबर एक हो जाएगा, प्रभात खबर पर इसका असर पड़ेगा। प्रभात खबर ने भी अपनी रणनीति बनानी शुरू कर दी। जब हिंदुस्तान या दैनिक जागरण झारखंड आया, तो प्रभात खबर ने कंटेंट के बल पर मुकाबला किया, प्राइस पर कोई समझौता नहीं किया, लेकिन भास्कर के साथ हालात अलग थे, इसलिए भास्कर की रणनीति के तहत ही प्रभात खबर को रणनीति बनानी थी।

भास्कर के झारखंड आने के पहले तक प्राइसवार के मामले में प्रभात खबर को आक्रामक अखबार नहीं माना जाता था, लेकिन भास्कर के आने के ठीक पहले प्रभात खबर प्रबंधन ने बाजार को चौंकाने वाला निर्णय लिया था। इसके पहले कि नया अखबार कम कीमत पर पाठकों के हाथ में आए, प्रभात खबर प्रबंधन ने नए अखबार के आने

के चार माह पहले ही प्राइस वार में जाने का निर्णय कर लिया। रातोंरात पूरे झारखंड में प्रभात खबर का दाम दो रुपए कर दिया गया। यह निर्णय इतना गोपनीय था कि किसी प्रतिस्पर्धी अखबार को इसकी भनक भी नहीं लगी, सुबह जब अखबार हॉकरों/एजेंटों के पास पहुँचा, तब पता चला कि प्रभात खबर का दाम कम कर दिया गया है। इसकी पूरी तैयारी पहले से थी, इसके लिए टीम तैयार की गई थी, देर रात में शहर में होर्डिंग्स और बैनर लगाए गए थे, ताकि दूसरे अखबार को पता नहीं चले। इस बात की आशंका थी कि अगर अन्य अखबारों को दाम कम करने की खबर मिल जाती तो वे भी तत्काल प्रभाव से दाम घटा देते। ऐसे में प्रभात खबर को सर्कुलेशन में बड़ा लाभ नहीं मिलता।

2024 के मार्केटिंग सेमिनार में आई प्रभात खबर की सीनियर टीम

प्रभात खबर का यह मास्टर स्ट्रोक था। दाम घटाने का प्रभात खबर को तुरंत ही फायदा मिला, एक सप्ताह में प्रभात खबर की बेची जा रही प्रतियों में तेजी से वृद्धि हुई। अन्य बड़े अखबारों का निर्णय उनके मुख्य कार्यालय से होना था, इसमें विलंब हुआ। जब तक अन्य अखबार दाम घटाते, प्रभात खबर बाजार पर कब्जा कर चुका था। अकेले दाम घटाने का लाभ उसे मिल चुका था, प्रभात खबर अपनी रणनीति में सफल रहा था। दाम घटाना आसान नहीं होता, अखबार पर बड़ा आर्थिक बोझ पड़ता है। अखबारों ने मजबूरी में और अपने प्रतिद्वंद्वी अखबार को जगह नहीं देने की रणनीति के तहत ही ऐसा निर्णय लिया था। जब नया अखबार आ गया, दो साल ऐसे ही चलता रहा, फिर धीरे-धीरे अखबार के दाम बढ़ने लगे और पुरानी कीमत पर अखबार बिकने लगे।

प्रभात खबर द्वारा प्रचार के लिए जारी किया गया बुकलेट और कार्ड

यह सही है कि अगर उस समय प्रभात खबर का दाम कम नहीं किया जाता तो आक्रामक मार्केटिंग रणनीति के तहत दैनिक भास्कर द्वारा उठाए गए कदमों का सामना करने में प्रभात खबर को बहुत परेशानी होती, जिसका असर अखबार की प्रसार संख्या पर पड़ता, लेकिन रणनीति में प्रभात खबर भारी पड़ा। इसे संभव करने में आरके दत्ता की बड़ी भूमिका रही, जिनकी निगरानी में सर्कुलेशन पर रणनीति बनती थी। दाम कम करने का फैसला प्रबंधन का भले ही हो, लेकिन हॉकरों से मिलकर इसका लाभ उठाने का जिम्मा सौभिक विश्वास, यानी बाबू दा का था। पूरे झारखंड में हॉकरों से बाबू दा का निजी संबंध बहुत ही मजबूत रहा है, इसलिए दूसरे अखबारों का दबाव रहने के बावजूद हॉकर्स का झुकाव प्रभात खबर की ओर रहा है। सौभिक अपने काम के प्रति कितने समर्पित हैं, इसका एक उदाहरण ही काफी है। महाप्रबंधक होने के बावजूद चाहे जाड़ा हो, गरमी हो या बरसात, वे हर दिन सवेरे साढ़े तीन या चार बजे तक उस काउंटर पर पहुँच जाते हैं, जहाँ एजेंट अखबार हॉकरों को बाँटते हैं, एक-एक हॉकर से बात करते हैं।

प्रभात खबर की सफलता के बारे में पूछने पर सौभिक विश्वास कहते हैं—प्रभात खबर इसलिए बाजार में टिका रहा, नंबर एक बना रहा क्योंकि यह कंटेंट के हिसाब से मजबूत है, लोगों का लंबे समय से इस पर भरोसा है और इसे लोग अपना अखबार मानते हैं। उनके पास समर्पित टीम है, संतोष मोहन चौधरी, विकास जैसे साथी हैं। जहाँ तक हॉकरों की बात है, वे तो प्रभात खबर का एक हिस्सा हैं। लंबे समय से हम लोग एक-दूसरे के सुख-दुख के साथी रहे हैं, कोरोना के समय जब आफत आई तो प्रभात खबर

अपने हॉकर्स भाइयों के साथ खड़ा रहा, राशन से लेकर दवाई-टीका तक की व्यवस्था कराई ताकि हॉकर्स और उनका परिवार सुरक्षित रहे। ऐसे कदमों से दोनों के बीच संबंध और मजबूत होते रहे हैं और दूसरे अखबारों द्वारा तमाम लोभ देने के बावजूद प्रभात खबर का वे साथ नहीं छोड़ते। सौभिक विश्वास आगे कहते हैं—अभी अनेक हॉकर्स अखबार की लाइन ही छोड़ रहे हैं क्योंकि उनकी कमाई इसमें कम हो रही है। इसका भी उपाय हम सब खोज रहे हैं ताकि किसी हॉकर बंधु को मजबूरी में दूसरा पेशा नहीं अपनाना पड़े। उम्मीद है रास्ता निकलेगा।

सिर्फ झारखंड में ही नहीं, बिहार में भी प्रभात खबर का सर्कुलेशन तेजी से बढ़ा है, खासकर जब से पटना के बाद बिहार में मुजफ्फरपुर और भागलपुर से प्रभात खबर का प्रकाशन आरंभ किया गया। पहले पटना से अखबार छपकर बिहार के कोने-कोने में भेजा जाता था, इसमें समय बहुत ज्यादा लगता था, लेकिन नई-नई जगहों से प्रभात खबर निकालने, नए-नए जिला संस्करण शुरू करने से बहुत लाभ हुआ, समय बचा, ताजा खबरें मिलीं, जिला संस्करण खुलने से समाचारों के लिए ज्यादा जगह मिली, इसका असर यह हुआ कि बिहार के कई जिलों में वर्षों से जमे पुराने अखबारों को किनारे कर प्रभात खबर नंबर एक बना।

इसमें कोई दो राय नहीं कि प्रभात खबर को आगे बढ़ाने में अगर कंटेंट प्रमुख रहा, खबरों पर पाठकों का भरोसा रहा, तो कुछ अन्य कारण भी रहें। इनमें से एक है हॉकरों के साथ बेहतर संबंध रहना, आत्मीय और पारिवारिक संबंध। इसका फायदा यह मिला कि छोटे-छोटे मसलों पर कभी भी हॉकरों ने बिहार-झारखंड में प्रभात खबर को परेशान नहीं किया। जब कुछ मुद्दे आए भी, वह सभी अखबारों के लिए थे। हॉकर्स ने जब दूसरे अखबार को बढ़ाया भी, तो प्रभात खबर की कीमत पर नहीं।

विज्ञापन का मजबूत आधार

जिस प्रकार प्रभात खबर ने सर्कुलेशन में लंबी छलाँग लगाई, अपना सर्कुलेशन बढ़ाया, देश के शीर्ष दस अखबारों में शामिल हुआ, उसका लाभ नेशनल विज्ञापनों पर भी पड़ा। यह सही है कि झारखंड और बिहार से हिंदुस्तान, दैनिक भास्कर और दैनिक जागरण जैसे राष्ट्रीय अखबार निकल रहे हैं और मीडिया प्लानर बिहार-झारखंड के लिए विज्ञापन जारी करते वक्त नेशनल पैकेज के तहत इन अखबारों को ध्यान में रखते हैं, लेकिन यह भी सत्य है कि वे प्रभात खबर को नजर अंदाज नहीं कर सकते। झारखंड में प्रभात खबर को अगर कोई नेशनल विज्ञापन जारी नहीं किया जाता तो उस कैंपेन को अधूरा माना जाता है। यह ताकत है प्रभात खबर की।

ऐसी धारणा एक दिन में नहीं बनी। लंबे संघर्ष, मेहनत और पाठक-विज्ञापनदाताओं

के भरोसे का यह फल है। आरंभ के दिनों में, यानी 1984 में प्रभात खबर के पास विज्ञापन की छोटी टीम थी, अशोक मुखोपाध्याय विज्ञापन मैनेजर हुआ करते थे, बाद में अभय सिन्हा, विनय वर्मा ने इस काम को आगे बढ़ाया। वर्ष 1989 आते-आते विज्ञापनों की स्थिति बहुत ही खराब हो गई थी। एक तो अखबार का सर्कुलेशन नहीं था, विज्ञापन मिलते नहीं थे, जो मिलते भी थे, वह निजी संबंधों के बल पर। ज्ञानरंजनजी के अपने प्रभाव के कारण कुछ बड़े विज्ञापन जरूर मिल जाते थे। सरकारी विज्ञापन भी मिलते थे, लेकिन जो विज्ञापन मिलते थे, उनमें से अधिकांश का पैसा बाजार में बकाया ही रहता था।

उन दिनों के आँकड़े बताते हैं कि हालात क्या थे। यह तय हुआ कि विज्ञापन विभाग में इंडस्ट्रीज के जाने-माने लोगों को लाया जाए, भले ही पैसा खर्च हो। इसी क्रम में प्रशांत कुमार सेन (पीके सेन) को आनंद बाजार पत्रिका ग्रुप से लाया गया। इंडस्ट्री में उनके अपने संपर्क थे। यह तय हुआ कि नेशनल मार्केट में पहचान मिले बगैर विज्ञापन मिलना आसान नहीं होगा। ए.बी.सी. का सर्टिफिकेट आ चुका था। दिल्ली, मुंबई, कोलकाता समेत अन्य महानगरों में प्रभात खबर के दफ्तर खोले गए, वहाँ टीम बनाई गई। राँची से उमाशंकर (पहले दूसरे विभाग में कार्यरत थे) को मुंबई भेजा गया, जिन्होंने अद्‌भुत काम किया। मुंबई में प्रभात खबर की पहचान बनाई। बाद में उमा प्रभात खबर के नेशनल हेड बने, अब देश की एक बड़ी विज्ञापन एजेंसी में बड़े पद पर कार्य कर रहे हैं। इसी प्रकार दिल्ली में उमेश, मानस और अन्य लोगों की टीम ने प्रभात खबर को मजबूत किया। पीके सेन ने राँची में एच.एन. चटर्जी को लगाया था। अपने काम में बड़े पक्के उन्होंने अपने विभाग के सीनियर साथियों को समझाया कि कोई भी काम छोटा नहीं होता। अनेक ऐसे मौके आए, जब दिल्ली से विमान से भेजा गया विज्ञापन लेने वे खुद एयरपोर्ट चले जाते थे। इसी प्रकार उन दिनों दूसरे संस्करणों में विज्ञापन के निगेटिव बस से भेजे जाते थे, इन्हें भेजने के लिए कई बार एच.एन. चटर्जी खुद बस स्टैंड चले जाते थे, यह था उनके काम करने का तरीका।

आज देश के महत्त्वपूर्ण शहरों में विज्ञापन के लिए प्रभात खबर का शानदार और तमाम सुविधाओं, आधुनिक तकनीक से जुड़े कार्यालय हैं। एक समय था जब विज्ञापन विभाग में छह-सात लोग काम करते थे, आज पूरे प्रभात खबर (हर संस्करण और बड़े शहरों, महत्त्वपूर्ण जगहों पर) में सिर्फ विज्ञापन विभाग में पौने दो सौ लोग काम कर रहे हैं, हर चीज व्यवस्थित। यह हुआ है बदलाव। विज्ञापन किसी भी अखबार की रीढ़ होता है, इस पर निगरानी रखने के लिए प्रभात खबर में कारपोरेट स्तर पर एक टीम है। सुमित भट्टाचार्य की निगरानी में यह टीम काम करती है। एम.आई.एस. तैयार होता है, हर दिन का डाटा तैयार होता है, उस पर पूरी निगाह रखनी होती है। इतना ही नहीं, पूरे देश के बड़े विज्ञापनदाताओं-कंपनियों पर सुमित की नजर रहती है। विज्ञापन अगर नहीं मिलते तो

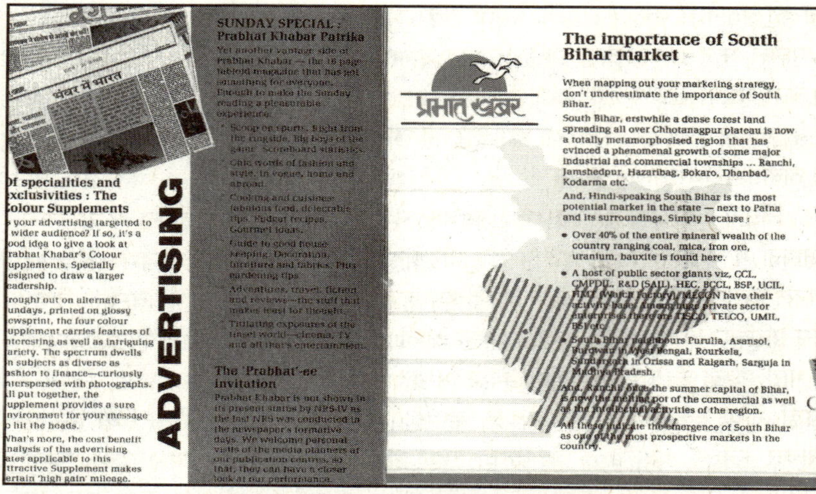

प्रभात खबर द्वारा प्रचार के लिए जारी किया गया बुकलेट और कार्ड

कारण से लेकर पहल तक वे करते हैं। अखबार की ताकत और सर्कुलेशन को बढ़ाने के लिए समय-समय पर क्लाइंट को ईमेल करना या अन्य माध्यमों से जानकारी देना उनकी दिनचर्या में है। सुमित कहते हैं—हमारी टीम की सफलता के पीछे टीम भावना है। सिस्टम काम करता है, इतने सारे संस्करण हैं। जिस किसी भी संस्करण में विज्ञापन किसी कारण से नहीं छपते, (या तो हम छाप नहीं पाए हों या हमें वह विज्ञापन मिला ही नहीं हो), सुबह से ही पोस्टमार्टम आरंभ हो जाता है। उसके बाद फालोअप का सिलसिला चलता है। शाम होते-होते परिणाम मिल जाता है। सुमित कहते हैं—हम लोग निर्णय करने में विलंब नहीं करते हैं। इससे हमारे साथियों को क्लाइंट से बात कर किसी भी विज्ञापन को फाइनल करने में परेशानी नहीं होती है, हमारा बैक आफिस बहुत ही मजबूत है।

प्रभात खबर में जब चुनौतियाँ आईं तो सीनियर लोगों ने विज्ञापनों को खुद देखने का फैसला किया। अनेक अवसरों पर तत्कालीन प्रबंध निदेशक के.के. गोयनका खुद दिल्ली-मुंबई या अन्य बड़े शहरों में गए, एजेंसियों के साथ बैठकें कीं और प्रभात खबर का पक्ष मजबूती से रखा। उनके अवकाशग्रहण करने के बाद यह काम अब आर के दत्ता कर रहे हैं जो प्रभात खबर के कार्यकारी निदेशक भी हैं। वे खुद बड़े-बड़े शहरों में जाकर, बड़े-बड़े क्लाइंट से मिलकर, एजेंसियों से बैठक कर बड़े-बड़े फैसले करते हैं। यही प्रभात खबर की ताकत है। जब लगता है कि कड़े फैसले लेने हैं तो ये लेते हैं, खासकर कोरोना के बाद पूरे देश में एक धारणा बन गई है कि चूँकि हर अखबार का सर्कुलेशन कम हो गया है, इसलिए विज्ञापनों की दरें कम होनी चाहिए। प्रभात खबर इस

बात को बताने में सफल रहा कि प्रभात खबर आज भी मजबूती से खड़ा है और वह रेट के मामले में दूसरों से तुलना करना गलत मानता है। कुछ मामलों में जब प्रभात खबर को कम रेट पर विज्ञापन देने की पेशकश की गई तो प्रभात खबर के सीनियर साथियों ने रेट के मामले में झुकने से बेहतर विज्ञापन को छोड़ना पसंद किया, क्योंकि उन्हें अखबार की ताकत पर भरोसा था—है।

विज्ञापनों में प्रभात खबर की पहचान नेशनल विज्ञापनों की तुलना में स्थानीय विज्ञापनों में ज्यादा है। झारखंड में खासतौर पर कुछ मामलों में भले ही दूसरे अखबार नेशनल विज्ञापन में भारी पड़ जाते हैं, लेकिन जब भी स्थानीय विज्ञापन की बात आती है, खास परिशिष्ट या पृष्ठ निकालने की बात आती है, प्रभात खबर हमेशा अपने प्रतिद्वंद्वियों पर भारी पड़ता है। ऐसा इसलिए क्योंकि प्रभात खबर एक क्षेत्रीय अखबार है, जिसकी प्रखंडों-गाँवों तक पकड़ है, पहुँच है, इसमें ग्रामीण क्षेत्र के प्रतिनिधियों (जो मूलतः समाचार के लिए होते हैं) उनकी बड़ी भूमिका होती है। खास अवसरों, यानी 26 जनवरी, 15 अगस्त, 15 नवंबर और विभिन्न संस्करणों के स्थापना दिवस आदि अवसरों पर प्रभात खबर के विशेषांक निकलते हैं, स्थानीय विज्ञापन के दृष्टिकोण से ये विशेषांक बड़े महत्त्वपूर्ण होते हैं।

झारखंड और बिहार दोनों राज्यों में स्थानीय विज्ञापनों में प्रभात खबर मजबूत है। इन दोनों राज्यों का पूरा जिम्मा बिजनेस हेड और प्रभात खबर के सीनियर वाइस प्रेसिडेंट विजय बहादुर पर है। योजना बनाने से लेकर उसे लागू कराना, उसकी समीक्षा करना उनकी जिम्मेदारी है। विजय की पहचान विज्ञापन में इनोवेशन को लेकर है। वे विज्ञापन के अलावा बिहार-झारखंड में सर्कुलेशन का भी काम देखते हैं, विजय बहादुर कहते हैं—प्रभात खबर एक मजबूत अखबार है, चाहे कंटेंट हो, विज्ञापन या सर्कुलेशन हो, इसकी अपनी पहचान है। हम लोगों की टीम में बेहतर तालमेल है, हम लोग स्थानीय स्तर पर खास मौकों पर परिशिष्ट की योजना बनाते हैं, संपादकीय के स्ट्रिंगर्स साथियों के साथ बात करते हैं और वे परिशिष्ट को सफल बनाने के लिए पूरी ताकत लगा देते हैं। संपादकीय-विज्ञापन, संपादकीय-सर्कुलेशन आदि विभागों में बेहतर तालमेल होने के कारण काम अच्छा होता है। विजय बहादुर कहते हैं कि एक कामर्शियल अखबार होने के बाद भी हम खबरों से समझौता नहीं करते हैं। खबरें छापने या रोकने का दबाव नहीं होता, इससे अखबार निष्पक्ष रहता है। हम लोगों ने कई प्रयोग भी किए हैं, नए-नए विषयों पर परिशिष्ट निकाले हैं। प्रभात खबर का अपना रेवेन्यू मॉडल है। हम छोटे-छोटे अवसरों पर भी खास पृष्ठ निकालने से नहीं चूकते। जहाँ तक सर्कुलेशन का सवाल है, युवाओं को जोड़ना, नए-नए पाठकों को खोजना, हॉकर्स को ट्रेड छोड़कर जाने से रोकना और डिस्ट्रिब्यूशन चैनल को बनाए रखना सबसे बड़ी चुनौतियाँ हैं। दरअसल

डिजिटल की ओर लोगों का झुकाव तेजी से हुआ है, इसका असर पूरे प्रिंट बिजनेस पर पड़ा है। इस चुनौती से निबटना ही आज प्रिंट मीडिया के लिए सबसे बड़ी चुनौती है। यह चुनौती किसी एक अखबार के लिए नहीं है, पूरी मीडिया इंडस्ट्री को मिलकर देखना होगा कि कौन सा मॉडल अपनाया जाए ताकि हॉकर्स की आय नहीं घटे बल्कि बढ़े और इतनी बढ़े कि उसका परिवार ठीक से चल सके।

प्रचार-प्रसार का अनोखा प्रयोग

40 साल में प्रभात खबर ने प्रचार-प्रसार के तरीके में भी काफी बदलाव किया है। आज प्रचार-प्रसार के काम के लिए प्रोफेशनल टीम काम करती है, लेकिन जब साधन कम थे तो प्रभात खबर की टीम खुद रेट कार्ड की डिजाइन तैयार करती थी। 1989-90 में प्रभात खबर के पास अंग्रेजी अखबार भी था, कार्ड छपवाकर दर की जानकारी विज्ञापनदाताओं को दी जाती थी। उस समय का कार्ड देखने से पता चलता है कि तब प्रभात खबर हिंदी में विज्ञापन की दर 40 रुपए प्रति कॉलम सेंमी थी। प्रारंभ में प्रभात खबर की प्रतिस्पर्धा राँची एक्सप्रेस से थी, 1990 में जब प्रभात खबर को पहली बार ए.बी. सी. सर्टिफिकेट मिल गया तो विज्ञापन एजेंसियों से लेकर महत्त्वपूर्ण विज्ञापनदाताओं को सर्कुलेशन की जानकारी दी गई कार्ड छपवाकर बाँटे गए।

धीरे-धीरे अखबार प्रोफेशनल होता गया प्रभात खबर यह महसूस कर चुका था कि संपूर्ण देश को अखबार की ताकत बताएँ बिना कुछ नहीं होने वाला। तब शुरू हुआ ब्रांडिंग का दौर। हालाँकि प्रभात खबर अपनी उपलब्धि को खुद बताना नहीं चाहता था, लेकिन मार्केटिंग के लिए यह अनिवार्य था। प्रभात खबर हर साल मार्केटिंग सेमिनार का आयोजन करता है देश के मीडिया एक्सपर्ट को अतिथि के रूप में बुलाकर अपने सहयोगियों को सीखने का अवसर देता है। 2010 में तो पहली बार प्रभात खबर मार्केटिंग सेमिनार विदेश (थाईलैंड) में हुआ था, इस सेमिनार की खासियत यह रहती है कि यह भले ही मार्केटिंग सेमिनार होता है, लेकिन इसमें अन्य विभागों के प्रमुख भी रहते हैं। इससे संपादकीय-विज्ञापन व अन्य विभागों में बेहतर तालमेल होता है। संपादकीय के साथियों को विज्ञापन की बारीकियों को समझने का मौका मिलता है।

ऐसे सेमिनारों में विभिन्न विभागों की भागीदारी का लाभ यह मिलता है कि सभी स्थानीय संपादकों समेत अन्य सीनियर लोगों को विज्ञापनों के बारे में पूरी जानकारी रहती है, वे विज्ञापनों की योजना बनाने में मदद करते हैं। यह इसलिए भी आवश्यक है क्योंकि प्रभात खबर की विज्ञापनों से होने वाली आय का बड़ा स्त्रोत रुरल विज्ञापन (ग्रामीण क्षेत्रों के प्रतिनिधियों द्वारा भेजे गए छोटे-छोटे विज्ञापन) होते हैं।

प्रभात खबर ऐसा अखबार कभी नहीं रहा जिसने करोड़ों रुपए खर्च कर अपना

प्रभात खबर द्वारा प्रचार के लिए जारी किया गया बुकलेट और कार्ड

प्रचार-प्रसार किया हो। जब 1989 में प्रभात खबर का प्रबंधन बदला, उस समय भी कहीं कोई होर्डिंग्स लगाकर इसे प्रचारित नहीं किया गया। कई वर्षों तक प्रभात खबर बिना बड़े-बड़े प्रचार के चलता रहा। जब भी पाठकों को कोई संदेश देना हुआ, पैम्फलेट छापा गया, वह भी अखबार के कागज पर। अखबार ही इसका मुख्य आधार होता था, टीम स्वतः विज्ञापन बनाती और अपने ही अखबार में छापती थी। कभी-कभार बुकलेट छापकर भी पाठकों के बीच संदेश भेजा जाता था। यह कम खर्चीला हुआ करता था। इसका एक उदाहरण तो जमशेदपुर संस्करण है, जब प्रभात खबर का जमशेदपुर संस्करण खुला, कहीं कोई हो-हंगामा व समारोह का आयोजन नहीं किया गया, दिन में अपने साथियों के साथ चुपचाप पूजा की गई और रात में प्रिंटिंग। पाठकों को पता ही नहीं चला कि यह अखबार राँची से छपकर आ रहा है या फिर जमशेदपुर ही में छप रहा है। सिर्फ जमशेदपुर ही नहीं, आरंभिक दिनों में जो भी संस्करण खुला, उनमें कोई बड़ा कार्यक्रम नहीं हुआ। बाद में छोटे-छोटे प्रयासों से प्रचार किया गया। छोटे प्रयास भी कम प्रभावशाली नहीं रहे।

कुछ समय पश्चात यह महसूस किया गया कि अखबार का प्रचार अनिवार्य है। उन दिनों दीवार पर लिखकर प्रचार किया जाता था। सिनेमाघरों में फिल्म शुरू होने के पहले या मध्यांतर में स्लाइड चलाकर अखबार का प्रचार किया जाता था। प्रभात खबर ने भी

यह प्रयोग किए थे, समय बदला, प्रभात खबर भी बदला। समय और प्रतिस्पर्धा ने प्रभात खबर को भी प्रचार के आधुनिक तरीके अपनाने को बाध्य कर दिया। आज प्रभात खबर ब्रांडिंग के आधुनिक तरीकों का इस्तेमाल कर रहा है और इस मामले में अपने प्रतिद्वंद्वी अखबारों से पीछे नहीं है।

भाषाई अखबार रहेंगे

प्रभात खबर के कार्यकारी निदेशक आरके दत्ता काफी अनुभवी हैं और प्रभात खबर में लगभग 35 साल से कार्यरत हैं। वर्तमान में अखबार के प्रबंधन का सारा निर्णय उनकी देख-रेख में होता है। प्रभात खबर और प्रिंट मीडिया के बारे में वे कहते हैं—भले ही डिजिटल मीडिया का समय आ रहा है, लेकिन प्रभात खबर और इसके जैसे भाषाई अखबार अपनी विश्वसनीता के कारण बाजार में टिके रहेंगे, उनका प्रभाव बना रहेगा। इसके लिए समय के अनुसार अनेक बदलाव करने होंगे। जिस अखबार या मीडिया के पास फर्स्ट हैंड डाटा रहेगा, उसका महत्त्व बढ़ेगा, रेवेन्यू भी उसी को मिलेगा। प्रिंट के साथ-साथ अब मीडिया हाऊस को डिजिटल मीडिया, सोशल मीडिया प्लेटफार्म को भी मजबूत करना होगा।

श्री दत्ता कहते हैं कि प्रभात खबर इसलिए लीडर बना रहा क्योंकि इसका कंटेंट बेहतर है। हरिवंशजी ने जिस तरह की पत्रकारिता की, जिस तरह की टीम बनाई, प्रभात खबर में जिस तरह से लोगों ने समर्पण भाव से काम किया, पाठकों-विज्ञापनदाताओं से जैसा संबंध बनाया, उसके बल पर प्रभात खबर यहाँ तक पहुँचा है। पहले कोई अखबार हॉकर्स पर ध्यान नहीं देता था। प्रभात खबर हमेशा उनके साथ खड़ा रहा, इसलिए हॉकर्स प्रभात खबर के साथ खड़े नजर आते हैं। श्री दत्ता कहते हैं—प्रभात खबर समय के साथ-साथ तकनीक में बदलाव करता रहा। अखबार पेशेवर तरीके अपनाता गया, इनका विस्तार करता गया, इससे संस्थान मजबूत हुआ। चुनौतियाँ आगे भी रहेंगी। युवा अखबार से दूर हो रहे हैं, लेकिन मुझे उम्मीद है कि बाद के दिनों में वे प्रिंट की ओर दोबारा लौटेंगे क्योंकि सोशल मीडिया पर गलत खबरों से वे भी परेशान हैं और सही खबर के लिए प्रिंट ही उनके पास एकमात्र विकल्प है।

□

तकनीक में प्रयोग

एक दौर वह भी था जब दूरदराज के इलाके से न्यूज कवरेज कर प्रभात खबर के प्रतिनिधि कागज पर लिखकर अखबार ले जानेवाली प्रेस की गाड़ी या बस या डाक से खबर मुख्यालय भेजते थे। जब कभी बहुत आवश्यक खबरें होती थी तो टेलीग्राम से या एस.टी.डी. बुककर घंटों इंतजार कर टेलीफोन से समाचार भेजते थे। एक आज का दौर है, घटना घटी, प्रतिनिधि पहुँचे, मोबाइल से फोटो लिया, वीडियो बनाया, मोबाइल पर ही समाचार कंपोज कर लिया या बोलकर समाचार तैयार कर लिया और इंटरनेट या ईमेल के जरिए सीधे मुख्यालय के सर्वर में समाचार भेज दिया। यह काम रोज गाँवों में बैठा प्रभात खबर का एक-एक प्रतिनिधि कर रहा है। न सिर्फ अखबार, यानी प्रिंट को न्यूज-वीडियो भेज रहा है बल्कि डिजिटल और सोशल साइंस के लिए भी सामग्री तैयार कर भेज रहा है। यह है उन्नति, यह है तकनीक का कमाल।

ऐसा सिर्फ संपादकीय में नहीं हुआ, हर विभाग में आधुनिक तकनीक का प्रोफेशनल तरीके से उपयोग हो रहा है। जिस काम में कई दिन या कई घंटे लगते थे, अब पलक झपकते ही हो रहे हैं। ऐसा इसलिए हुआ क्योंकि प्रभात खबर ने तकनीक में हुए बदलाव को स्वीकार किया और उसे तेजी से अपनाया। इसका लाभ कोरोना के कार्यकाल में मिला जब प्रभात खबर के प्रतिनिधि-संवाददाता या डेस्क के सहयोगी बगैर दफ्तर आए घरों से काम कर अखबार निकाल पाए, दफ्तर के सारे कंप्यूटर्स प्रभात खबर के कर्मचारियों के घर पर भेज दिए गए और तकनीक का प्रयोग करते हुए सभी के कंप्यूटर्स को दफ्तर में रखे सर्वर से जोड़ दिया गया, ऐसा कर महीनों अखबार निकलता रहा। यह कमाल था प्रभात खबर में नई तकनीक के प्रयोग का। आर.आर. अधिकारी के नेतृत्व में सिस्टम विभाग के प्रभारी नयन ने यह काम किया था। कोरोना के समय किसी के घर में कंप्यूटर लगाना जोखिम भरा काम था।

प्रभात खबर की यह खासियत रही कि समय के साथ-साथ उसमें तकनीकी अपग्रेडेशन का काम भी चलता रहा। 1984 में जिन दिनों प्रभात खबर की शुरुआत की

पुरानी तकनीक : ब्रोमाइड काट कर पेस्टिंग करने का दृश्य

गई थी, बंधु मशीन (एम–20) आधुनिक मशीन मानी जाती थी। इस इलाके में किसी के पास वह मशीन नहीं थी। वह ब्लैक एंड ह्वाइट अखबार छापनेवाली मशीन थी। कलर प्रिंटिंग का जमाना नहीं आया था। इसी मशीन पर प्रभात खबर छपता था। एक ही मशीन थी, अगर खराब हो जाती थी तो कोई विकल्प नहीं था। किसी दूसरे अखबार के प्रिंटिंग प्रेस में अखबार को छपवाना पड़ता था। अनेक अवसर आते थे जब मशीन खराब होती थी। रातोंरात उसे ठीक किया जाता, फिर दूसरे दिन उसी पर अखबार की छपाई होती।

प्रभात खबर का सर्कुलेशन जब बढ़ने लगा तो राँची में एक और मशीन की जरूरत हुई, तब नई मशीन खरीदने के लिए साधन नहीं थे, ऐसी स्थिति में सेकेंड हैंड, यानी पुरानी मशीन की खोज होने लगी। पता चला कि जालंधर में बंधु–25 नामक मशीन सिर्फ तीन लाख में बिक रही है, यह बजट के अंदर था। उस समय के हालात को देखते हुए उसी मशीन को खरीदा गया, फिर उसमें कुछ पैसा लगाकर उसे ठीक–ठाक किया गया। प्रारंभ में इस मशीन को चालू करने में बड़ी परेशानी हुई। जिस जगह पुरानी बंधु मशीन लगी थी, उसी स्थान पर बाद वाली, यानी सेकेंड हैंड मशीन को लगाना था। सुबह चार–साढ़े–चार बजे तक उसी मशीन पर रोज का अखबार छापा गया। उसके बाद उस मशीन को खोलकर दूसरे स्थान पर दिन भर में लगा दिया गया। रात का अखबार

उसी बंधु मशीन से नई जगह पर (उसी हाल में) छापा गया। मशीन पर काम करने वाले साथियों ने अद्‌भुत काम किया था। उन्होंने बगैर सोए, आराम किए उस अभियान को पूरा किया था। उसके बाद पुरानी जगह पर सेकेंड हैंड बंधु मशीन लगी थी। 1995 में जब जमशेदपुर से प्रभात खबर का प्रकाशन आरंभ हुआ तो पहले पुरानी वाली बंधु एम-20 मशीन को जमशेदपुर भेजा गया। वहाँ कई साल तक उसी मशीन पर अखबार छपा। बाद में उसे वहाँ से धनबाद भेज दिया गया था।

कैमरा, जिससे निगेटिव बनता था

अपने सीमित साधनों में प्रभात खबर समय-समय पर नई-नई मशीनें खरीदता रहा। पटना में जब 1996 में अखबार शुरू किया गया, उन दिनों इतना पैसा नहीं था कि अत्याधुनिक मशीन खरीदी जा सके, इसलिए बीच का रास्ता अपनाते हुए वहाँ ओरियेंट स्टैंडर्ड मशीन खरीदी गई। इसमें सिर्फ 12 पृष्ठ छापने की व्यवस्था थी, कलर भी इसमें छापा जा सकता था। बाद में पटना में नई मशीन आ गई और ओरियेंट स्टैंडर्ड मशीन को जमशेदपुर भेज दिया गया। इस बीच राँची में भी ओरियेंट सुपर मशीन लग चुकी थी, इसमें 16 पृष्ठ छापने की व्यवस्था थी, बाद में इसमें और यूनिट जोड़े गए। इसके कुछ दिनों बाद जमशेदपुर में कुछ बड़े जॉब वर्क मिल गए थे। आधुनिक मशीन के बगैर उस जॉब वर्क को करना संभव नहीं था। वहाँ न्यूज लाइन-30 एस और स्टारलाइन मशीन खरीदी गई। इसकी स्पीड 30 हजार कापी प्रति घंटे की थी। इसके बाद तो नए-नए संस्करण खुलते गए और वहाँ नई-नई मशीनें लगती गई। राँची, पटना में लगाई गई मशीनें ज्यादा आधुनिक होती थीं।

14 अगस्त, 2010 के अंक से प्रभात खबर के राँची संस्करण में सभी पेजों को रंगीन छापने की सुविधा हो गई। सिर्फ प्रिंटिंग मशीन में ही बदलाव नहीं हुआ, पेज बनाने, फिल्म बनाने या प्लेट बनाने की विधि भी बदलती रही। 1999 तक प्रभात खबर में पेस्टिंग कर अखबार का पेज तैयार होता था। आज की नई पीढ़ी उस विधि को जानती भी नहीं होगी। कंपोजिंग की एक मशीन होती थी—सीआरट्रोनिक। जिन दिनों इस मशीन

इसी पुरानी मशीन पर पहले प्रिंटिंग होती थी

को राँची संस्करण के लिए यूके से खरीदा गया था, उसकी कीमत 11 लाख के आसपास थी। तब की तकनीक अलग थी, कंपोज करने के बाद ब्रोमाइड पर उसका प्रिंट निकलता था, इसको डार्क रूप में डेवलप किया जाता था। इसमें समय भी लगता था।

धीरे-धीरे लेजर प्रिंटर का जमाना आ गया जिससे ब्रोमाइड का उपयोग बंद हो गया। ब्रोमाइड काफी महँगा भी पड़ता था। उन दिनों प्रूफ निकालकर पढ़ने की परंपरा थी, इसके लिए अखबारों में उपसंपादक के साथ-साथ प्रूफ रीडर भी हुआ करते थे। बाद में यह काम भी उपसंपादक ही करने लगा। ब्रोमाइड में अगर प्रूफ की गलतियाँ होती थीं, कुछ मात्राएँ छूट जाती थीं तो उन्हें पेन और ब्लेड के जरिए ठीक किया जाता था, सुधारा जाता था, इससे रनिंग मैटर गंदा लगता था। हाँ, अगर बड़ी गड़बड़ी होती थी तो फिर से ब्रोमाइड निकाला जाता था। आमतौर पर दोबारा ब्रोमाइड निकालने से बचा जाता था क्योंकि यह महँगा होता था। बाद में प्रूफ रीडर या उपसंपादक कंपोजिटर के पास बैठकर ही प्रूफ पढ़ने लगे ताकि कंप्यूटर पर ही सुधार हो जाए। चाहे प्रिंट ब्रोमाइड से निकलता था या लेजर प्रिंटर से, पेस्टिंग करनी होती थी, जितने कॉलम का अखबार होता था, उसी चौड़ाई में प्रिंट निकालकर उसे अखबार के आकार के कागज पर (जिसे पेस्टिंग पृष्ठ कहते थे जो थोड़ा मोटा कागज होता था) कैंची से काटकर चिपकाया जाता

अलम्यूनियम के प्लेट को ग्राइडिंग मशीन से साफ करने की तकनीक

था। जिन जगहों पर फोटो होते थे, उस जगह को नापकर खाली छोड़ दिया जाता था। उस स्थान पर बाद में (पूरे पृष्ठ का निगेटिव बनाने के बाद निगेटिव के साथ) उसी फोटो का निगेटिव सटा दिया जाता था, जिसे वहाँ लेना होता था।

अखबार में उन दिनों कैमरा भी होता था। अब शायद ही किसी अखबार में पुरानी तकनीक का प्रयोग होता हो। कैमरा (निगेटिव बनाने वाला बड़ा कैमरा) तो शायद अब कहीं मिले भी नहीं। पेस्टिंग पृष्ठ का कैमरे से निगेटिव (अखबार के आकार का) बनता था, इसके लिए प्रोसेस विभाग हुआ करता था, वहाँ से निकले निगेटिव से प्लेट बनता था, इसी प्लेट को प्रिंटिंग मशीन में लगाकर प्रिंटिंग की जाती थी। यह थी पूरी प्रक्रिया। समय के साथ-साथ इसमें तेजी से परिवर्तन होता गया। पेस्टिंग का जमाना गुजर गया, पेजमेकर लोकप्रिय हो चुका था, कंप्यूटर पर पेज बनने लगे।

प्रभात खबर में 1999 (मध्य) से कंप्यूटर पर ही पेज बनने लगे। कैंची-गम (गोंद) के युग का वह अंत था। कैमरे का जमाना भी उसी समय खत्म हुआ। अब कैमरे से निगेटिव नहीं बनाए जाते थे बल्कि लेजर प्रिंटर से ए-3 आकार में सीधे प्रिंट निकलते थे, इन्हें सिर्फ जोड़ना होता था। यह सब तकनीकी बदलाव थे। प्रभात खबर इन सभी को लागू करता गया, यह सब बहुत पहले की बात नहीं है वर्ष 2000 के आसापास की बात है। साधन कम होने के कारण छोटे अखबारों ने ऐसी व्यवस्था की थी कि एक ही प्लेट

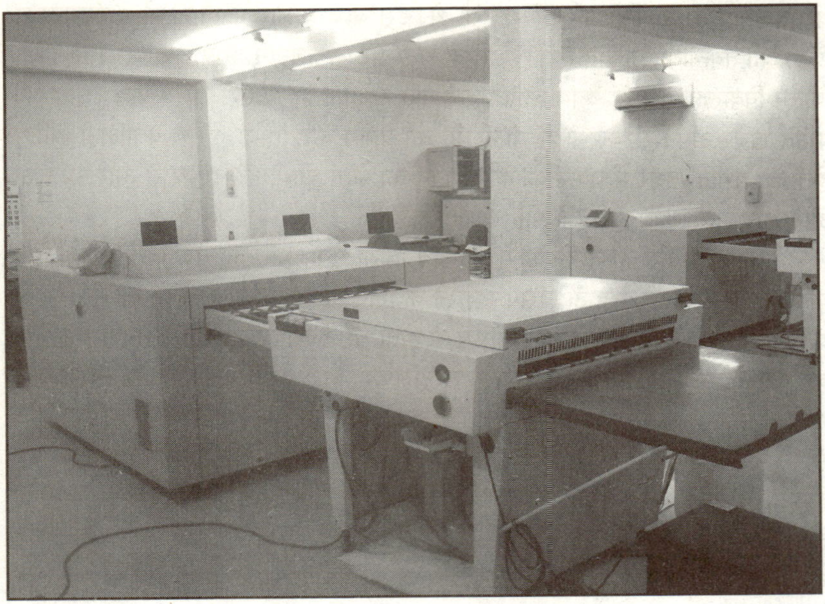

प्रभात खबर की अत्याधुनिक इमेज सेटर मशीन

से तीन-चार बार प्रिंटिंग की जा सके। जो प्लेट एक बार त्रयोग में आ जाता था, उसके बाद उसे साफ किया जाता था। साफ शब्दों में कहें तो उस प्लेट पर शब्दों-फोटो का जो इमेज रहता था, उसे रगड़-रगड़कर साफ किया जाता था, इस काम को करने के लिए एक मशीन आती थी जिसे ग्राइंडिंग मशीन कहते थे। झूले के आकार की मशीन होती थी, इसमें यूज हुए अल्म्यूनियम प्लेट पर शीशे की गोलियाँ रख दी जाती थीं, पाउडर छिड़ककर झूलानुमा मशीन को चालू किया जाता था, झूला तेज कंपन (वाइब्रेट) करते हुए हिलता रहता और प्लेट साफ होती जाती, फिर इसी प्लेट पर कोटिंग कर दोबारा छपाई की जाती। बाद में इसका स्थान पी.एस. प्लेट ने ले लिया, इस प्लेट से एक बार ही छपाई हो सकती थी। इन सारी पुरानी तकनीकों का प्रचलन 2000 तक बंद हो गया था।

जब कलर प्रिंटिंग मशीन आ गई तो यह पत्रकारिता में बड़ा बदलाव था, लेकिन कलर प्रिंट करने के लिए चार-चार निगेटिव (हर कलर के लिए अलग-अलग) बनाने होते थे, सभी को साथ जोड़ना होता था, फिर इन्हें लेंस से देख-देखकर मिलाना होता था। फोटो अधिक रहे तो इसमें घंटों समय बरबाद होता था। सारा कुछ बदल गया जब इमेज सेंटर का जमाना आ गया। प्रभात खबर ने बेहतर प्रिंटिंग के लिए इमेज सेटर मशीन खरीदी, इसमें पूरे पृष्ठ का निगेटिव एक साथ निकलता था, जोड़ने का झमेला नहीं रहता

था। तकनीक में तेजी से परिवर्तन हो रहे थे। इस बीच बाजार में सी.टी.पी. (कंप्यूटर टू प्रिंट) की तकनीक आ चुकी थी। इसमें कंप्यूटर पर पृष्ठ बनाने के बाद सीधे पूरे पृष्ठ की फिल्म निकलती है। यह काम काफी तेज गति से होता है, जिससे समय कम लगता है। प्रभात खबर अपने संस्करणों में सी.टी.पी. का प्रयोग कर रहा है, इससे क्वालिटी प्रिंटिंग होती है। प्रभात खबर में तकनीक में परिवर्तन का सारा कार्य लंबे समय से आर.के. दत्ता और आर.आर. अधिकारी (बापी) देखते रहे हैं।

डाटा ट्रांसफर की तकनीक में बदलाव किया गया, गति को तेज किया गया। एक यूनिट से दूसरे यूनिट में डाटा ट्रांसफर करने के लिए अलग से लीज लाइन ली गई। पहले यही काम सामान्य टेलीफोन और मॉडम से होता था, जिसमें घंटों समय लगता था। एक वह दौर था जब मॉडम से डाटा या पृष्ठ ट्रांसफर करने के दौरान अगर कनेक्शन कट गया तो फिर शून्य से डाटा ट्रांसफर करना पड़ता था। बड़ी-बड़ी फाइल भेजने का कोई साधन नहीं था। आज स्थिति यह है कि लीज लाइन के जरिए बड़ी-से-बड़ी फाइल, पृष्ठ मिनटों में एक यूनिट से दूसरे यूनिट में एक साथ चली जाती है, एक जगह बैठकर यह देखा जा सकता है कि किस पृष्ठ पर क्या छप रहा है। नए प्रयोग से न सिर्फ संपादकीय को इसका लाभ मिला बल्कि विज्ञापन और अन्य विभागों को भी इसका लाभ मिला।

एक समय था जब एक यूनिट से दूसरे यूनिट में विज्ञापन भेजने के लिए (निगेटिव

प्रिंटिंग की आधुनिक मशीन

या आर्ट वर्क) बस या डाक का सहारा लेना पड़ता था। मुंबई, दिल्ली से ये विज्ञापन विमान से आते थे, इन्हें लाने के लिए एक व्यक्ति को एयरपोर्ट पर जाना पड़ता था, घंटों इंतजार करना पड़ता था, अब ये सारे काम कंप्यूटर के जरिए मिनटों में होते हैं। प्रभात खबर में इ.आर.पी. लागू किया गया, इससे विज्ञापन और अकाउंट्स को बहुत लाभ हुआ। अब प्रभात खबर का विज्ञापनों में अपना एम.आई.एस. सिस्टम काम करता है, जिसे सुमित भट्टाचार्य देखा करते हैं।

एक समय था जब टेलीप्रिंटर से न्यूज आते थे, खट-खट की आवाज के साथ टेलीप्रिंटर चलता था। वहाँ से न्यूज आता, एक व्यक्ति उसे फाड़कर लाता। एक ही विषय के सभी क्रिड (कागज) को जमाकर उसी आधार पर उपसंपादक रिपोर्ट तैयार करते। कई बार तो उसी क्रिड में एडिट कर उसे कंपोजिंग के लिए भेज दिया जाता था। फिर जमाना बदला टेलीप्रिंटर के न्यूज को सीधे कंप्यूटर से जोड़ दिया गया, वार्त्ता, भाषा एजेंसियों से आने वाले न्यूज सीधे कंप्यूटर में आने लगे। कंपोज करने का झमेला खत्म हो गया। यह बड़ा परिवर्तन था। समय की बचत होने लगी। अब प्रभात खबर तकनीक के मामले में काफी समृद्ध हो चुका है, न्यूज हो या फोटोग्राफ, सभी कंप्यूटर पर अपडेट होते रहते हैं। प्रिंटिंग की पूरी तकनीक अत्याधुनिक है, यही कारण है कि प्रभात खबर अत्याधुनिक तकनीक के मामले में किसी अन्य मीडिया हाउस से पीछे नहीं है!

□

प्रभात खबर, ब्रांड और प्रचार

अन्य बड़े मीडिया हाउस की तरह प्रभात खबर के पास अपना ब्रांड विभाग भी है, जो प्रभात खबर समूह द्वारा किए गए कार्यों को विभिन्न माध्यमों से लोगों तक पहुँचाता भी है, पाठकों-श्रोताओं को जोड़ता भी है। यहाँ श्रोता का प्रयोग इसलिए किया जा रहा है क्योंकि प्रभात खबर समूह के पास अपना एफ.एम. (रेडियो) भी है।

एक समय था जब अन्य अखबारों की तरह प्रभात खबर भी सिर्फ कंटेंट पर फोकस करता था। प्रचार के लिए छोटे-छोटे प्रयोग किए जाते थे। प्रभात खबर के प्रयोग में व्याख्यानमाला, सेमिनार-गोष्ठी, प्रभात खबर आपके द्वार, मतदाता जागरूकता अभियान, प्रभात खबर क्विज प्रतियोगिता, विद्यालयों-कोचिंग संस्थानों में निबंध-काव्य प्रतियोगिता आदि शामिल थे। इसके लिए अब दायरा बढ़ गया है। बड़े पैमाने पर ब्रांडिंग का काम होता है। कारपोरेट स्तर पर इसकी पूरी योजना डॉ. मंजीत सिंह बनाते हैं और अँकना समेत अपनी टीम के माध्यम से इसे लागू कराते हैं। ब्रांड की टीम ने बड़े-बड़े आयोजन किए हैं, बड़े-बड़े कलाकारों को बुलाकर उनके कार्यक्रम करवाए है। परीक्षा में अच्छे अंक लाने के लिए छात्र-छात्राओं को प्रभात खबर प्रतिभा सम्मान के जरिए सम्मानित करता है, किसानों के लिए कृषि सम्मान का आयोजन करता है, झारखंड, बिहार, बंगाल के जिलों में बेहतरीन कार्य करने वाले समाज के विभिन्न वर्गों के लोगों को सम्मानित करता है, कुछ कार्यक्रमों का आयोजन संपादकीय विभाग करता है, लेकिन बाकी कार्यक्रमों की जिम्मेदारी ब्रांड विभाग की होती है। इसका उद्‌देश्य लोगों को प्रभात खबर समूह से किसी-न-किसी रूप में जोड़ना और प्रभात खबर ब्रांड को मजबूती प्रदान करना होता है।

प्रभात खबर प्रतिभा सम्मान

प्रभात खबर झारखंड का पहला अखबार है, जिसने प्रतिभाओं को आगे बढ़ाने, छात्र-छात्राओं का उत्साह बढ़ाने के लिए प्रभात खबर सम्मान समारोह का आयोजन

किया था। मैट्रिक, इंटर, 10वीं, 12वीं में अपने-अपने स्कूल-कॉलेज में टॉपर्स बच्चों, इंजीनियरिंग और मेडिकल में सफल हुए छात्रों को प्रभात खबर ने सम्मानित करने का अभियान 2003 से ही आरंभ कर दिया था। पहले यह कार्यक्रम सिर्फ राँची में शुरू किया गया था, बाद में पूरे झारखंड में लागू किया गया। हर साल झारखंड, बिहार में जिला स्तर पर बड़े-बड़े कार्यक्रम आयोजित किए जाते हैं। बंगाल के भी कुछ जिलों में यह कार्यक्रम चलता है। प्रभात खबर ने इस कार्यक्रम को नाम दिया है—'प्रभात खबर प्रतिभा सम्मान'। इसमें 30-35 हजार से ज्यादा बच्चों को हर साल सम्मानित किया जाता है, प्रमुख लोगों द्वारा उन्हें मेडल/मोमेंटो और प्रमाण-पत्र दिया जाता है। प्रभात खबर का यह एक लोकप्रिय कार्यक्रम है, जिससे प्रतिभाओं को प्रोत्साहित किया जाता है। राँची और पटना में बड़े कार्यक्रम तो होते ही हैं, छोटे-छोटे जिलों में भी प्रतिभा सम्मान समारोह का आयोजन होता है।

प्रसिद्ध मोटिवेटर शिव खेड़ा प्रभात खबर के कार्यक्रम में

प्रभात खबर कॅरियर फेयर

प्रभात खबर राँची, जमशेदपुर, धनबाद, देवघर, बोकारो, हजारीबाग, मेदिनीनगर जैसे शहरों में कॅरियर मेले का आयोजन कर चुका है। पहले यह कार्यक्रम सिर्फ राँची में होता था, बाद में छोटे-छोटे शहरों में ऐसा आयोजन हुआ। मैट्रिक, 10वीं और 12वीं की परीक्षा खत्म होने के बाद और परिणाम निकलने के बीच के समय का उपयोग किया जाता है। बच्चों को कॅरियर के बारे में जानकारी दी जाती है, इसके लिए विशेषज्ञों को बुलाया जाता है, कई प्रमुख इंजीनियरिंग, मेडिकल कॉलेजों, मैनेजमेंट के संस्थानों से विशेषज्ञ आते हैं और छात्रों को कॅरियर के बारे में बताते हैं। कोरोना के दौरान यह कार्यक्रम प्रभावित हुआ था।

समय-समय पर प्रभात खबर की टीम छोटे-छोटे शहरों में भी जाती है, उनके साथ विशेषज्ञ भी होते हैं जो छात्रों के सवालों का जवाब देते हैं। ऐसा इसलिए किया जाता है

ताकि छोटे शहरों के बच्चों और उनके माता-पिता का सही मार्ग-दर्शन किया जाए। प्रभात खबर ने भारत सरकार के श्रम मंत्रालय के सहयोग से जमशेदपुर के ग्रेजुएट कॉलेज में 23 फरवरी, 2002 को सिर्फ लड़कियों के लिए एक कार्यक्रम का आयोजन किया था। इसमें लड़कियों को बताया गया था कि कहाँ-कहाँ उनके लिए रोजगार के अवसर हैं। तत्कालीन प्राचार्या डॉ. शुक्ला मोहंती के सहयोग से इस अवसर पर एक पुस्तिका का भी प्रकाशन किया गया था। इस पुस्तिका में यह बताने का प्रयास किया गया था कि देश में किन-किन क्षेत्रों में महिलाएँ शीर्ष पर हैं। कोई भी ऐसा काम नहीं है जो महिलाएँ नहीं कर सकती हैं। इसका उद्देश्य छात्राओं को प्रोत्साहित करना, उन्हें जानकारी देना और उनके मनोबल को बढ़ाना था। झारखंड में सिर्फ लड़कियों के लिए इस तरह का कार्यक्रम पहली बार प्रभात खबर ने ही किया था।

प्रभात खबर झनकार नृत्य प्रतियोगिता

प्रभात खबर ने झारखंड में कला और संस्कृति को बढ़ावा देने का भी अभियान चलाया है, इसी क्रम में प्रभात खबर द्वारा लगातार कई सालों तक झारखंड में राज्य स्तर पर झनकार कार्यक्रम का आयोजन किया गया। वैसे तो झनकार के नाम से 2006 में यह प्रतियोगिता आरंभ की गई थी, आरंभ के वर्षों में प्रभात खबर ने गूँज के नाम से भी इस कार्यक्रम का आयोजन किया था। फिर कुछ वर्षों तक ऐसे आयोजन नहीं हो सके थे। इसमें राज्य भर से प्रतिभावान बच्चे डांस-संगीत प्रतियोगिता में भाग लेते थे। इस कार्यक्रम का उद्देश्य झारखंड की छोटी-छोटी जगहों में छिपी हुई प्रतिभा को सामने लाना था। प्रभात खबर के झनकार से कई ऐसी प्रतिभाएँ निकलीं जिन्होंने राष्ट्रीय स्तर पर बाद में अपनी पहचान बनाई। इनमें अलिशा, बीरेन बड़ाइक, सौम्या आदि शामिल हैं। इनमें अलिशा ने तो टेलीविजन पर आने वाले कार्यक्रम में बड़ी भूमिका अदा की है। प्रभात खबर ने इसी क्रम में न सिर्फ झारखंड के कलाकारों को आगे बढ़ाने के लिए काम किया बल्कि देश-दुनिया के प्रसिद्ध गायकों, कलाकारों को बुलाकर उनसे झारखंड की जनता का परिचय कराया। इसी क्रम में दुनिया की मशहूर गायिका आशा भोंसले, गायक सोनू निगम, पाकिस्तान के गजल गायक गुलाम अली खाँ, सुखविंदर, रंजीत रजवाड़ा और अनेक कलाकारों को आमंत्रित किया।

आशा भोंसले नाइट

राँची में सात जनवरी 2012 को आशा भोंसले का कार्यक्रम तय किया गया था, लेकिन उस दिन मौसम इतना खराब हो गया था कि राँची एयरपोर्ट पर कोई विमान नहीं उतर सका था। राँची आने के लिए आशा भोंसले मुंबई से विशेष विमान से कोलकाता तक

राँची में प्रसिद्ध गायिका आशा भोंसले का भव्य कार्यक्रम हुआ था

आ चुकी थी। राँची में कुहासा, वर्षा के कारण विमान उतर नहीं सकता था। उस खराब मौसम में भी आशा भोंसले को सुनने के लिए राँची के बिरसा स्टेडियम में दर्शकों-श्रोताओं की भारी भीड़ जमा हो चुकी थी। भीड़ को नियंत्रित करना आसान नहीं था। आशा भोंसले कोलकाता में कई घंटे तक विमान में बैठी इंतजार करती रहीं कि कब राँची के लिए उनका विमान उड़े। जब उन्हें बताया गया कि राँची में विमान उतारने की अनुमति नहीं मिल रही है, मौसम खराब है, जोखिम है, तो वे निराश हो गईं, लेकिन उन्होंने कहा कि दूसरे दिन हर हाल में राँची में कार्यक्रम करेंगी, मुंबई नहीं लौटेंगी बल्कि कोलकाता में ही इंतजार करेंगी।

जब मौसम नहीं सुधरा, आशा भोंसले नहीं आ सकी तो राँची में स्टेडियम में प्रभात खबर द्वारा घोषणा कर दी गई कि आशा भोंसले का कार्यक्रम मौसम खराब होने के कारण स्थगित कर दिया गया है। तारीफ करनी होगी राँची-झारखंड के संगीत प्रेमियों की, जिन्होंने कोई हंगामा नहीं किया, चुपचाप लौट गए। उन्हें बताया गया था कि दूसरे दिन जैसे ही स्थिति ठीक होगी, कार्यक्रम होगा। दूसरे दिन भी मौसम बहुत अच्छा नहीं था, लेकिन पहले दिन की तुलना में कुछ ठीक था।

दूसरे दिन थोड़ी देर के लिए मौसम में सुधार आया तो आशा भोंसले का विमान किसी तरह राँची में उतर गया। स्टेडियम में श्रोता आशा भोंसले का इंतजार कर रहे थे। स्टेज खुला था, इसी बीच शाम में फिर से मौसम खराब होने लगा था। स्टेडियम में 40 हजार दर्शक थे, हल्की-हल्की बारिश होने लगी। उसी बारिश में आशा भोंसले ने गाना शुरू कर दिया। बारिश तेज हो गई, छाते का इस्तेमाल किया गया। मैदान में बैठे दर्शक उस बारिश में गीतों का आनंद उठा रहे थे। जब बारिश तेज हो गई तो दर्शक जिस कुरसी पर बैठे थे, उसे उठाकर सिर पर रखकर बारिश से बचने की कोशिश की। इसके बावजूद दर्शकों ने कार्यक्रम का लुत्फ उठाया। प्रभात खबर के इतिहास का यह सबसे बड़ा सांस्कृतिक कार्यक्रम था।

गुलाम अली नाइट

26 जनवरी, 2011 को प्रभात खबर ने राँची में 'गुलाम अली नाइट' का आयोजन किया था। पाकिस्तान के गुलाम अली गजल के लिए दुनिया भर में प्रसिद्ध हैं। राँची में जिमखाना क्लब में यह आयोजन हुआ। उन्हें सुनने के लिए भारी भीड़ उमड़ पड़ी थी। राँची में फिर भी भीड़ नियंत्रित थी, लेकिन जब अगले दिन, यानी 27 जनवरी को जमशेदपुर में यह कार्यक्रम हुआ तो जगह कम पड़ गई थी और हजारों गजल प्रेमी गुलाम अली के कार्यक्रम नहीं सुन पाने से निराश हो गए थे। उन्हें गुलाम अली को सुने बगैर लौटना पड़ा था। एक समय ऐसी स्थिति उत्पन्न हो गई थी कि पुलिस को सुरक्षा की जिम्मेदारी सँभालनी पड़ी थी। राँची और जमशेदपुर के बाद पटना में भी गुलाम अली का कार्यक्रम किया गया था। राँची में ही 19 नवंबर, 2011 को गजल गायक रंजीत सिंह रजवाड़ा को प्रभात खबर ने आमंत्रित किया। राँची जिमखाना क्लब में हजारों लोगों ने उनके द्वारा सुनाई गईं गजलें का लुत्फ उठाया।

प्रभात खबर

...हम तेरे शहर में आये हैं मुसाफिर की तरह

गुलाम अली के साथ झूमे श्रोता

सीबीआइ जैसी एजेंसी बनेगी

ड्यूटी में मौत पर 20 लाख

स्वामी बुद्धानंद जी महाराज का निधन

प्रसिद्ध गजल गायक गुलाम अली प्रभात खबर के आमंत्रण पर कार्यक्रम पेश करते

प्रभात खबर

सोनू निगम के साथ झूम उठी रांची

Presents

प्रसिद्ध गायक सोनू निगम ने राँची में कार्यक्रम पेश किया था

सोनू निगम नाइट

आशा भोंसले जैसे महान् कलाकार का कार्यक्रम कराने के बाद प्रभात खबर पर पाठकों का एक और बड़ा कार्यक्रम कराने का दबाव था, लोग चाहते थे कि ऐसा ही कार्यक्रम फिर हो। आशा भोंसले जैसा कार्यक्रम हर बार कराना किसी भी संस्थान के

लिए संभव नहीं होता, फिर भी प्रभात खबर ने तय किया कि किसी बड़े कलाकार को फिर लाया जाए। ऐसी स्थिति में सोनू निगम से प्रभात खबर ने आग्रह किया, वे तैयार हो गए। यह कार्यक्रम दिसंबर 2013 में राँची के जे.एस.सी.ए. स्टेडियम में हुआ था, सोनू निगम को सुनने के लिए भारी भीड़ उमड़ी थी।

कवि सम्मेलन

प्रभात खबर झारखंड और बिहार में कई जिलों में कवि सम्मेलनों का आयोजन करता रहा है, इसकी सूची काफी लंबी है, यह वर्षों से चला आ रहा है। प्रभात खबर देश के जाने-माने कवियों का कविता पाठ अपने इलाके के लोगों के बीच करता रहा है। हास्य कविता के माध्यम से भी मनोरंजन करता रहा है। राँची में प्रभात खबर दफ्तर में ही वीरेन डंगवाल और मंगलेश डबराल का कविता पाठ कराया गया था। फिर निदा फाजली को प्रभात खबर ने अपने शेर सुनाने के लिए आमंत्रित किया था। प्रभात खबर के 25 साल पूरे होने पर मशहूर हास्य कवि सुरेंद्र शर्मा का काव्य पाठ 2009 में राँची में कराया गया था। 30 साल पूरे होने पर राँची में एक बड़ा हास्य कवि सम्मेलन हुआ था, इसमें शैलेश लोढ़ा समेत देश के प्रमुख कवियों ने भाग लिया था।

क्रिकेट टूर्नामेंट

प्रभात खबर ने पत्रकारिता से हटकर खेल प्रतिभाओं को भी आगे बढ़ाने का काम किया। इसी क्रम में बिहार और झारखंड में सीमित ओवर क्रिकेट प्रतियोगिता का आयोजन किया गया। पहला टूर्नामेंट राँची के मेकॉन स्टेडियम में 12 जनवरी, 2008 को खेला गया था। यह इंटर स्कूल टी-20 क्रिकेट टूर्नामेंट था। बाद में भी समय-समय पर यह प्रतियोगिता होती रही। इसका उद्देश्य ही है कि छोटी-छोटी जगह से आए खिलाड़ियों को आगे लाया जाए। जिलों से अच्छे-अच्छे खिलाड़ी निकलकर आए। चक्रधरपुर में फुटबॉल प्रतियोगिता का आयोजन किया गया, उस इलाके में फुटबाल काफी लोकप्रिय है।

शिव खेड़ा का कार्यक्रम

समय-समय पर समाज को जाग्रत् करने, युवाओं और लोगों का मनोबल बढ़ाने का प्रभात खबर प्रयास करता रहा है। राज्य बनने के बाद नई-नई चुनौतियाँ आईं। एक समय ऐसा आया जब चारों ओर निराशा फैल गई थी, आर्थिक मंदी के कारण नौकरी-रोजगार का अभाव आ गया। प्रभात खबर ने देश के बड़े प्रबंधन गुरु शिव खेड़ा को आमंत्रित किया। 14 मार्च, 2004 को जमशेदपुर के कीनन स्टेडियम में शिव खेड़ा को

सुनने के लिए कार्यक्रम के दो घंटे पहले से लोगों की भीड़ जमा हो गई थी। राँची और बोकारो में बड़ी संख्या में लोग जमा हुए। शिव खेड़ा को सुनने के लिए आम लोगों को आमंत्रित किया गया था। छोटे हॉलों में नहीं बल्कि तीनों शहरों में स्टेडियम में ये कार्यक्रम हुए, एक-एक जगह 30-40 हजार लोग शिव खेड़ा को सुनने के लिए उमड़ पड़े। इनमें युवाओं की संख्या ज्यादा थी। शिव खेड़ा ने सकारात्मकता पर लोगों से बात की, यह बताया कि दुनिया का कोई भी काम असंभव नहीं है, अगर आप उसे करने के लिए ठान ले। उन्हें सुनने के लिए सिर्फ बच्चे-युवा ही नहीं बल्कि प्रौढ़ और बुजुर्ग भी आए। राँची में जयपाल सिंह स्टेडियम, जमशेदपुर में कीनन स्टेडियम और बोकारो में भी एक स्टेडियम में यह कार्यक्रम हुआ।

डायना हेडेन को बुलाया

समय के साथ-साथ प्रभात खबर ने अपने काम करने के तरीके को भी बदला। देश के कुछ बड़े अखबार जिस तरह मार्केटिंग में काम करते थे, प्रभात खबर ने भी कुछ चीजों में उनका रास्ता अपनाया। इसमें एक था विज्ञापनदाताओं, एजेंसियाँ या संस्थाओं को सम्मानित करना। इसका उद्‌देश्य यह होता है कि एक दूसरे के साथ संबंध और बेहतर हो, एक-दूसरे के बारे में समझे-जानें। प्रभात खबर ने तय किया कि इस अवसर पर अतिथि के तौर पर ऐसे लोगों को बुलाए जो अपने क्षेत्र के विशेषज्ञ हों ताकि कुछ जानकारी हासिल की जा सके। इसी क्रम में प्रभात खबर ने 19 अगस्त, 2012 को पूर्व मिस वर्ल्ड डायना हेडेन को एचीवर्स अवार्ड बाँटने के लिए आमंत्रित किया। डायना ने न सिर्फ अवार्ड बाँटे बल्कि स्मार्ट बनने के गुण भी बताए। यह भी बताया कि कैसे आत्मविश्वास बढ़ सकता है।

प्रभात खबर बांग्ला मेला

झारखंड के कई शहरों में बंगालियों की अच्छी-खासी आबादी है। यह आज से नहीं, बल्कि आजादी के पहले से है। इन शहरों में राँची, जमशेदपुर, हजारीबाग, देवघर प्रमुख हैं। स्वाभाविक है कि बंगाली संस्कृति का यहाँ गहरा प्रभाव भी है। प्रभात खबर ने इसी संस्कृति को समृद्ध करने का प्रयास किया। झारखंड में भी बांग्ला नववर्ष बड़े धूमधाम से मनाया जाता है। प्रभात खबर इस मौके पर बांग्ला परिशिष्ट निकालता रहा है।

राँची में प्रभात खबर ने बांग्ला संस्कृति को समृद्ध करने के लिए एक बड़ा कदम उठाया और इसने राँची के जिला स्कूल मैदान में 23 मई से 25 मई, 2008 तक तीन दिवसीय बांग्ला मेला का आयोजन किया। इसमें सांस्कृतिक गतिविधियाँ ज्यादा रहीं, प्रसिद्ध कत्थक नृत्यांगना डोना गांगुली (सौरभ गांगुली की पत्नी) को प्रभात खबर ने

आमंत्रित किया। डोना गांगुली ने कत्थक नृत्य प्रस्तुत किया इसके अलावा रवींद्र संगीत का आयोजन भी हुआ। लोगों ने इसे खूब सराहा।

इंटरनेशनल ऑटो शो

प्रभात खबर ने झारखंड के पहले इंटरनेशनल ऑटो शो का भी आयोजन किया। 2 फरवरी, 2012 को राँची के हरमू मैदान में इसका आयोजन किया गया था। जमशेदपुर में भी प्रभात खबर इस प्रकार का आयोजन करता रहा है। राँची में आयोजित यह शो चार दिनों तक चला। इसका उद्घाटन मुख्यमंत्री अर्जुन मुंडा ने किया था। इस शो में डेढ़ लाख से 50 लाख तक की कारों का प्रदर्शन किया गया था। आयोजन स्थल लगभग एक लाख वर्गफीट में फैला हुआ था, जिसमें सौ से ज्यादा कारों को प्रदर्शित किया गया था।

ऐसे आयोजनों से प्रभात खबर का ब्रांड मजबूत बनता गया। कई और प्रयोग हुए। कुछ आध्यात्मिक गुरुओं को भी प्रभात खबर ने आमंत्रित किया। हर मोहल्ले में जाकर ब्रांड के सहयोगियों ने सभी वर्ग के पाठकों के लिए प्रतियोगिता भी आयोजित की। ये सब वे प्रयोग रहे जिनसे प्रभात खबर और इसके पाठकों के बीच संबंध और प्रगाढ़ हुआ।

□

प्रभात उत्सव

अपनी यात्रा के अहम पड़ाव पर प्रभात खबर विशेष आयोजन करता रहा है। चाहे वह 20वीं वर्षगाँठ हो, 25वीं वर्षगाँठ हो या 30वीं या 35वीं वर्षगाँठ, अपने पाठकों के लिए प्रभात खबर खास आयोजन करता रहा है। ऐसे मौकों पर प्रभात उत्सव नाम से बड़े कार्यक्रम भी आयोजित किए गए। प्रभात खबर की यात्रा 1984 में आरंभ हुई थी, 2004 में 20 साल पूरे हुए थे, प्रभात उत्सव नाम से पहली बार भव्य और कई दिनों तक चलने वाला कार्यक्रम आयोजित हुआ था।

पहले स्थापना दिवस, यानी 14 अगस्त पर कोई बड़ा कार्यक्रम करने की परंपरा नहीं थी। वर्षगाँठ पर अखबार में पत्रकारिता पर कोई लेख छापकर ही खानापूर्ति कर ली जाती थी। जब प्रभात खबर विज्ञान प्रकाशन के अधीन था, तब भी यही होता था। 1989 में नए प्रबंधन (न्यूट्रल पब्लिसिंग हाउस लिमिटेड) में भी आरंभ में ऐसा ही होता था। 1994 में प्रभात खबर ने जब दस वर्ष पूरे किए थे, उस समय कार्यक्रम भले ही न हुए हों, लेकिन प्रभात खबर ने लगातार कई दिनों तक दशक अंक का प्रकाशन किया था। 2003 में प्रभात खबर ने नए प्रबंधन में 14 वर्ष पूरे किए थे (यह प्रभात खबर की 19वीं वर्षगाँठ थी)। इस अवसर पर 2 नवंबर, 2003 को प्रभात खबर ने एक विशेषांक का प्रकाशन किया था, यह था—देशज जनतंत्र की हिफाजत के 14 वर्ष। इसमें प्रभात खबर के इतिहास के अलावा देश के महत्त्वपूर्ण पत्रकारों, लोगों के लेख थे, प्रभात खबर के संघर्ष की कहानी थी, लेकिन कोई उत्सव नहीं मनाया गया था।

20 साल में अखबारों की दुनिया बदल चुकी थी। तब तक प्रभात खबर प्रबंधन जान चुका था कि ऐसे अवसरों पर कार्यक्रम कर पाठकों से अपने संबंध को और मजबूत किया जा सकता है, देश-दुनिया को अपने अखबार और उपलब्धि को बताया जा सकता है। इसके बाद ही 20वीं वर्षगाँठ को प्रभात उत्सव के रूप में मनाने का फैसला हुआ था।

यह समय की भी माँग थी। कई बड़े अखबार झारखंड में आ चुके थे, ये जिस तरीके से अपने-अपने अखबार की ब्रांडिंग कर रहे थे, उस पर प्रभात खबर की नजर

वर्ष 2004 में प्रभात खबर के 20 साल पूरा होने पर आयोजित कार्यक्रम का उद्‌घाटन करते तत्कालीन मुख्यमंत्री अर्जुन मुंडा

थी और उसी अनुसार योजना भी बन रही थी। इसी योजना के अनुसार राँची क्लब में 8 अगस्त से 14 अगस्त तक प्रभात खबर ने प्रभात उत्सव का आयोजन किया था। माहौल तो 7 अगस्त के दिन उसी समय बन गया था, जब प्रसिद्ध कथाकार मैत्रेई पुष्पा का भाषण हुआ था। प्रभात खबर परिशिष्ट गृहस्वामिनी द्वारा आयोजित प्रतियोगिता में चुनी गई कहानियों के रचनाकारों को पुरस्कृत किया गया था।

7 अगस्त से पूरे कार्यक्रम की जिम्मेदारी पटना की एडवांटेज मीडिया इवेंट मैनेजमेंट की टीम ने सँभाल ली थी। कार्यक्रम का उद्‌घाटन तत्कालीन राज्यपाल वेद मारवाह ने किया था, उनके साथ आनंद बाजार पत्रिका के तत्कालीन प्रबंध निदेशक अनिरूद्ध लाहिड़ी और पूर्व टेस्ट खिलाड़ी सबा करीम अतिथि थे। उद्‌घाटन कार्यक्रम में संजीव अभ्यंकर ने शास्त्रीय गायन कर श्रोताओं का मन मोह लिया था। उत्सव में ऐसा प्रयास किया गया था कि सभी वर्ग के पाठकों के लिए कुछ-न-कुछ कार्यक्रम हो। 9 अगस्त को महिलाओं के लिए गृहस्वामिनी अंत्याक्षरी का आयोजन किया गया था। इसी दिन महिलाओं के लिए वीमेन वाइज वर्कशाप का आयोजन हुआ था, इसमें सबा करीम की पत्नी डॉ. रश्मि सबा को आमंत्रित किया गया था।

10 अगस्त को स्कूली बच्चों के लिए स्पोर्ट्स क्विज प्रतियोगिता हुई थी, इसमें एंकरिंग का काम चारू शर्मा ने सँभाला था। सबा करीम भी साथ थे। इसी से कार्यक्रम की गुणवत्ता का पता चलता है। अगले दिन यूथ कार्यक्रम हुआ था, इसमें नृत्य प्रतियोगिता

भी हुई थी, भोजपुरी गायन भी हुआ, बच्चों के लिए बाल प्रभात सीट एंड ड्रॉ प्रतियोगिता हुई थी।

समापन के दिन, यानी 14 अगस्त को हास्य कवि सम्मेलन का आयोजन किया गया था, इसमें प्रख्यात हास्य कवि अशोक चक्रधर, रंजन कुमार सिंह, प्रदीप चौबे, ममता शर्मा ने कविता पाठ किया था। इस पूरे आयोजन में प्रभात खबर ने अपने परिवार का भी खयाल रखा, सपरिवार सभी आमंत्रित थे, उनके लिए खास कार्यक्रम हुआ था। प्रभात खबर के पुराने सहयोगियों का सम्मान इस कार्यक्रम में हुआ जो आकर्षक का केंद्र था। प्रभात खबर के पुराने अंकों (20 साल के खास-खास अंक) की प्रदर्शनी भी लगाई गई थी।

रजत जयंती समारोह

किसी भी अखबार के लिए 25 साल की यात्रा महत्त्वपूर्ण होती है। प्रभात खबर ने यह यात्रा 2009 में पूरी की थी। बड़े उत्साह से रजत जयंती समारोह का आयोजन किया गया था। उन दिनों झारखंड में राष्ट्रपति शासन लगा था, राज्यपाल थे के शंकरनारायण। राज्यपाल ने 14 अगस्त, 2009 को राँची क्लब में प्रभात उत्सव का उद्घाटन किया, प्रभात उत्सव कार्यक्रम कई दिनों तक चला। राँची क्लब इसका मुख्य आयोजन स्थल था।

प्रभात खबर ने अपने राज्य के ऐसे लोगों को हमेशा सम्मानित किया है जिन्होंने किसी-न-किसी क्षेत्र में उल्लेखनीय कार्य किया हो, इसलिए रजत जयंती समारोह में

वर्ष 2009 में प्रभात खबर के 25 साल यानी सिल्वर जुबिली समारोह का उद्घाटन करते राज्यपाल शंकर नारायण

वर्ष 2014 में प्रभात खबर के 30 साल पूरा होने पर आयोजित कार्यक्रम का उद्घाटन करते तत्कालीन मुख्यमंत्री अर्जुन मुंडा

भी सम्मान समारोह का आयोजन किया गया। झारखंड का इतिहास बताता है कि प्रभात खबर के सम्मान समारोह में सम्मानित होने वाले जिन लोगों का चयन किया जाता है, वह इतना सही होता है कि उनमें से कई को बाद में भारत सरकार पद्म सम्मान से सम्मानित करती है। 2009 में राज्यपाल ने जिन लोगों या संस्थाओं को प्रभात सम्मान से सम्मानित किया था, वे थे—कड़िया मुंडा (राजनीति), फादर चार्ल्स डिब्रावर (शिक्षा), देवी प्रसाद, बलवीर दत्त (पत्रकारिता), डॉ. रामदयाल मुंडा, डॉ. बी.पी. केसरी, डी.आर. सिंह, गणेश मुंजाल, वेद प्रकाश भाटिया, मुकुंद नायक (नागपुरी कलाकार), अमित बाजला, सुमराई टेटे, फ्रांसिस जेवियर कच्छप, महादेव टोप्पो, दीपशिखा, दीपिका (तीरंदाज), दिनेश्वर प्रसाद, क्रिकेट खिलाड़ी महेंद्र सिंह धोनी, किरणमई डे, कार्डिनल तेलेस्फोर टोप्पो, डॉ. के.के. सिन्हा, मौलाना अजहर, नंदलाल रूंगटा और बीएन सिंह। इन सम्मानित लोगों में कड़िया मुंडा और महेंद्र सिंह धोनी को बाद में भारत सरकार ने पद्म भूषण और बलवीर दत्त, रामदयाल मुंडा, मुकुंद नायक को पद्मश्री सम्मान से सम्मानित किया। उसी दिन राज्यपाल ने प्रभात खबर की पाँच पुस्तकों का विमोचन भी किया था। उद्घाटन समारोह के बाद झारखंड के विकास पर संगोष्ठी आयोजित की गई थी, इसमें पूर्व मुख्यमंत्री बाबूलाल मरांडी, पूर्व मुख्यमंत्री अर्जुन मुंडा, केंद्रीय मंत्री सुबोध कांत सहाय व इंदर सिंह नामधारी ने भाग लिया था।

14 अगस्त को ही ध्रुपद गायक गुंडेचा बंधुओं ने लोगों को मंत्रमुग्ध कर दिया था। रात में कवि सम्मेलन का आयोजन किया गया था, जिसमें सुरेंद्र शर्मा, कुमार बृजेंद्र, माणिक वर्मा, अशोक सुंदरानी, संज्ञा तिवारी और बिष्णु सक्सेना ने हिस्सा लिया था। रजत जयंती पर 15 अगस्त को प्रभात खबर के सहयोगियों ने राँची में प्रभात रैली निकाली थी, इसी दिन पेंटिंग प्रतियोगिता, गायन प्रतियोगिता, डांस प्रतियोगिता और फैशन शो का भी आयोजन किया गया था। प्रभात खबर में 25 साल से जुड़े सहयोगियों का भी सम्मान किया गया था। प्रभात खबर की 25 साल की यात्रा पर प्रदर्शनी भी लगाई गई थी।

2014 में प्रभात खबर ने जब अपनी स्थापना के 30 साल पूरे किए तो राँची क्लब में प्रभात उत्सव मनाया गया। 14 अगस्त को झारखंड में स्थिर सरकार विषय पर संगोष्ठी कराई गई, इसमें झारखंड के तत्कालीन मुख्यमंत्री हेमंत सोरेन, पूर्व मुख्यमंत्री बाबूलाल मरांडी, अर्जुन मुंडा, पूर्व उपमुख्यमंत्री सुदेश महतो, कांग्रेस के प्रदेश अध्यक्ष सुखदेव भगत ने हिस्सा लिया था। रजत जयंती वर्ष की तरह 30वीं वर्षगाँठ पर राज्य के 30 प्रमुख लोगों और विभिन्न क्षेत्रों में बेहतर काम करने वालों को प्रभात सम्मान से सम्मानित किया गया, उनमें सुदर्शन भगत (राजनीति), सिमोन उरांव (पर्यावरण), फादर लुइस फ्रैंकन (शिक्षा), प्रेमलता अग्रवाल (एवरेस्ट फतह करने वाली महिला), महुआ माजी (साहित्य), अशोक भगत (सामाजिक कार्यकर्ता), असुंता लकड़ा (खेल), शाहनवाज

वर्ष 2019 में प्रभात खबर के 35 साल पूरा होने पर आयोजित कार्यक्रम में तत्कालीन उपराष्ट्रपति वेंकैया नायडू, तत्कालीन राज्यपाल और वर्तमान राष्ट्रपति द्रोपदी मुर्मू तत्कालीन मुख्यमंत्री रघुवर दास, राज्यसभा के उपसभापति हरिवंश, प्रभात खबर के प्रधान संपादक आशुतोष चतुर्वेदी, तत्कालीन एम.डी. के.के. गोयनका और तत्कालीन निदेशक आर.के. दत्ता

हुसैन (खेल), राज कुमार गुप्ता (फिल्म), इम्तियाज अली (फिल्म), डॉ. एस.पी. मुखर्जी (समाज सेवा), जया द्रेज (समाज सेवा) शामिल थे। सम्मानित होने वाले सिमोन उरांव, प्रेमलता अग्रवाल, अशोक भगत, डॉ. एस.पी. मुखर्जी को बाद में भारत सरकार ने पद्म सम्मान से सम्मानित किया।

14 अगस्त को ही प्रभात उत्सव के दौरान प्रख्यात कथावाचक रमेश भाई ओझा ने अध्यात्म और पत्रकारिता पर व्याख्यान दिया। 15 अगस्त को राँची क्लब में कवि सम्मेलन का आयोजन हुआ। तीन दिवसीय प्रभात उत्सव का समापन 16 अगस्त, 2014 को किया गया।

35वीं वर्षगाँठ पर उपराष्ट्रपति आए थे, 2019 में प्रभात खबर ने जब अपनी 35वीं वर्षगाँठ मनाई तो तत्कालीन उपराष्ट्रपति वेंकैया नायडू ने कार्यक्रम का उद्घाटन किया था। यह कार्यक्रम 10 अगस्त, 2019 को हुआ था। इस उत्सव में प्रमुख हस्तियों को झारखंड गौरव सम्मान से सम्मानित किया गया था। इसी दौरान प्रभात खबर पर एक डाक टिकट भी जारी किया गया था। जब इस साल प्रभात खबर 40 साल पूरा कर रहा है तो पूरे झारखंड में एक लाख पौधारोपण का लक्ष्य बना कर अभियान चलाया गया ताकि पर्यावरण को बेहतर बनाने में प्रभात खबर का भी योगदान रहे। ऐसे ही कामों के लिए प्रभात खबर को अखबार नहीं आंदोलन कहा जाता है।

□□□